dtv

Feanor, der Sohn Finwes, wurde geboren, als das Glück der Elben in Valinor im Zenit stand. Viele Hoffnungen ruhten auf dem stolzen, feurigen Kämpfer und eigenwilligen Künstler. Aber gerade mit seinem Meisterwerk, den Silmaril, trug er zum Unglück seines Volkes und zur Verdunkelung Valinors bei. Sein Fluch gegen Morgoth, den Schwarzen Feind der Welt, den grausamen Mörder Finwes und Räuber der Silmaril, wird zum Ausgangspunkt jenes endlosen, bitteren Krieges in Mittelerde, den Tolkien in seinem Hauptwerk beschreibt. Die vorliegende Geschichte ist damit der Schlüsselmythos zum Kultbuch ›Der Herr der Ringe‹.

J(ohn) R(onald) R(euel) Tolkien wurde am 3. Januar 1892 in Bloemfontein/Südafrika geboren und lebte seit 1896 in England. Er war Professor für germanische Philologie in Oxford und starb am 2. September 1973 in Bournemouth. Eines seiner bekanntesten Werke ist ›Der Herr der Ringe‹ (dt. 1969/70).

J. R. R. Tolkien

Feanors Fluch

Deutsch von
Wolfgang Krege

Herausgegeben
von der Hobbit Presse

Klett-Cotta
Deutscher Taschenbuch Verlag

J. R. R. Tolkien:
Feanors Fluch
Die Geschichte der Kinder Húrins
Tuor und seine Ankunft in Gondolin

Oktober 2003
Deutscher Taschenbuch Verlag GmbH & Co. KG,
München
www.dtv.de

Die Texte wurden entnommen aus:
›Das Silmarillion‹, herausgegeben von Christopher Tolkien

Published by arrangement with
HarperCollins Publishers Ltd., London
Titel der englischen Originalausgabe:
›The Silmarillion‹
Die Karten wurden entnommen aus:
Karen Wynn Fonstad, ›Historischer Atlas von Mittelerde‹,
Hobbit Presse/Klett-Cotta, Stuttgart 1985

Umschlagkonzept: Balk & Brumshagen
Umschlagfoto: © IFA-Bilderteam/Time Space Inc.
Gesamtherstellung: Druckerei C. H. Beck, Nördlingen
Gedruckt auf säurefreiem, chlorfrei gebleichtem Papier
Printed in Germany · ISBN 3-423-59061-0

Inhalt

Karten

Von Feanor und der Loskettung Melkors

So waren nun die drei Geschlechter der Eldar in Valinor endlich beisammen, und Melkor lag in Ketten. Dies war der Mittag des Segensreiches, der Scheitelpunkt seines Glücks und seiner Pracht, lang nach der Zahl der Jahre, doch allzu kurz in der Erinnerung. In jenen Tagen wuchsen die Eldar zu ihrer ganzen Größe an Körper wie an Geist heran, und die Noldor erfanden immer neue Künste und Wissenschaften; und unter vergnügtem Arbeiten gingen die langen Jahre hin, und viele neue und herrliche Dinge wurden geschaffen. Damals war es, daß die Noldor zuerst Buchstaben ersannen, und Rúmil von Tirion hieß jener Gelehrte, der als erster Zeichen fand, mit denen Sprache und Gesang sich festhalten ließen; manche davon wurden in Metall oder Stein eingegraben, andere mit Pinsel oder Feder hingetuscht.

Zu jener Zeit wurde in Eldamar, im Hause des Königs in Tirion auf dem Gipfel des Túna, der älteste und am innigsten geliebte von Finwes Söhnen geboren. Curufinwe war sein Name, doch seine Mutter nannte ihn Feanor, den Feuergeist; und unter diesem Namen wird in allen Erzählungen der Noldor seiner gedacht.

Míriel war der Name seiner Mutter, auch Serinde geheißen, weil sie unübertrefflich war im Weben und in den Nadelarbeiten; ihre Hände wußten geschickter mit feinen Stoffen umzugehen als alle andren, sogar unter den Noldor. Groß und freudig war die Liebe Finwes und Míriels, denn sie begann im Segensreich in den Tagen des Glücks. Als Míriel aber ihren Sohn trug, verzehrte sie sich an Geist und Körper, und als er geboren war, verlangte es sie nach Erlösung von der Last des Lebens. Und nachdem sie ihm den Namen gegeben, sagte sie zu Finwe: »Nie mehr werde ich ein Kind tragen, denn meine Kraft, die vieler Kinder Leben hätte nähren können, ist ganz in Feanor geflossen.«

Da war Finwe bekümmert, denn die Noldor standen in der Jugend ihrer Tage, und noch viele Kinder wollte er in die glückselige Welt von Aman setzen; und er sagte: »Gewiß gibt es Heilung in Aman? Jede Mühsal kann hier Linderung finden.« Und als Míriel immer weiter dahinsiechte, bat er Manwe um Rat, und Manwe empfahl sie Irmo zur Pflege in Lórien an. Als sie von Finwe schied (für kurze Zeit, wie er glaubte), war er traurig, denn ein unglückliches Ereignis schien es ihm, daß die Mutter fortging und nicht wenigstens die ersten Kindertage ihres Sohnes erlebte.

»Wahrhaftig ist es ein Unglück«, sagte Míriel, »und ich wollte weinen, wenn ich nicht so müd wäre. Doch gib mir keine Schuld an all dem und an nichts, was später kommen mag.«

Zu den Gärten von Lórien ging sie nun und

legte sich dort zum Schlafe nieder; aber wenn sie auch nur zu schlafen schien, so verließ doch der Geist ihren Körper und ging stumm zu den Hallen von Mandos hinüber. Estes Mägde pflegten Míriels Leib, und er blieb unverdorrt, doch kehrte sie nicht zurück. Da lebte Finwe im Leid; oft ging er in die Gärten von Lórien, und unter den silbernen Weiden, neben dem Leib seines Weibes sitzend, rief er sie beim Namen. Doch half es nichts, und er allein in dem ganzen Segensreich war aller Freude beraubt. Nach einiger Zeit ging er nicht mehr nach Lórien.

All seine Liebe gehörte hinfort seinem Sohn, und Feanor wuchs rasch heran, als wäre ein geheimes Feuer in ihm entfacht worden. Er war groß, schön und gebieterisch von Angesicht, mit durchdringend klaren Augen und rabenschwarzem Haar, rege und beharrlich in allem, was er unternahm. Wenige haben je durch Rat seine Wege zu ändern vermocht, niemand durch Gewalt. Von allen Noldor, damals oder später, besaß er den feinsten Verstand und die geschicktesten Hände. In seiner Jugend erfand er, um das Werk Rúmils zu verbessern, die Buchstaben, die nach ihm benannt und fortan von den Eldar stets gebraucht wurden; und er war es, der als erster unter den Noldor die Kunst entdeckte, wie größere und leuchtendere Gemmen, als die Erde sie hergab, von Hand zu schaffen waren. Die ersten Gemmen, die Feanor schuf, waren weiß und farblos, unter dem Sternenlicht aber lohten weiße und blaue Feuer darin auf, heller als Helluin; und noch andere Kristalle schuf er, in denen weit entfernte Dinge zu erblicken waren, klein, aber deutlich, wie mit den Augen von Manwes Adlern gesehen. Selten kamen Feanors Hände und Geist zur Ruhe.

In früher Jugend noch nahm er Nerdanel zur Frau, die Tochter eines großen Schmiedes namens Mahtan, eines von jenen unter den Noldor, die Aule am nächsten standen; und von Mahtan lernte er vieles über die Fertigung der Dinge aus Metall und Stein. Auch Nerdanel war von festem Willen, doch geduldiger als Feanor, denn sie mochte den Geist anderer lieber verstehen als ihn beherrschen, und anfänglich konnte sie ihn zurückhalten, wenn das Feuer seines Herzens zu heiß brannte; später aber bekümmerten sie seine Taten, und sie wurden einander fremd. Sieben Söhne gebar sie Feanor, und manche erbten etwas von ihrem Gemüt, doch nicht alle.

Nun geschah es, daß Finwe Indis, die Blonde, zur zweiten Gemahlin nahm. Sie war eine Vanya, nah verwandt mit Ingwe, dem Hohen König, groß und mit goldnem Haar und in allen Belangen anders als Míriel. Finwe liebte sie sehr und war wieder froh. Doch Míriels Schatten wich nicht aus dem Hause Finwes, noch aus seinem Herzen; und von allen, die er liebte, nahmen seine Gedanken an Feanor immer den größten Anteil.

Die Vermählung seines Vaters behagte Feanor nicht, und weder Indis noch Fingolfin und Finarfin, ihren Söhnen, brachte er viel Liebe entgegen. Er lebte von ihnen getrennt, erkundete das Land Aman oder gab sich den Künsten und Wissenschaften hin, die ihn erfreuten. In jenen unglücklichen Ereignissen, die später eintraten und bei denen Feanor der Anführer war, sahen viele eine Folge dieses Bruchs im Hause Finwes; sie urteilten, wenn Finwe seinen Verlust ertragen hätte und zufrieden gewesen wäre, seinen gewaltigen Sohn großzuziehen, so hätte es mit Feanor eine andere Wendung genommen und großes Unheil wäre vermieden worden; denn der Kummer und der Streit im Hause Finwes bleiben ins Gedächtnis der Noldor eingegraben. Doch auch Indis' Kinder waren groß und ruhmreich, und ebenso deren Kinder; und die Geschichte der Eldar wäre ärmer, hätten sie nicht gelebt.

Während nun Feanor und die andren Meister der Noldor sich mit Lust in unabsehbaren Werken übten, und während Indis' Söhne erwachsen wurden, ging der Mittag von Valinor dem Ende entgegen. Denn nun war es soweit, daß Melkors Haft, wie es die Valar verfügt, abgelaufen war, nachdem er drei Alter lang allein in Mandos' Kerker gesessen hatte. Endlich, wie Manwe versprochen hatte, wurde er von neuem vor die Throne der Valar geführt. Da sah er ihren Glanz und ihr Glück, und voller Neid war sein Herz; er sah die Kinder Ilúvatars, die zu Füßen der Mächtigen saßen, und Haß erfüllte ihn; er sah die vielen leuchtenden Gemmen, und es gelüstete ihn danach; doch verbarg er, was er dachte, und verschob seine Rache.

Vor den Toren von Valmar warf sich Melkor Manwe zu Füßen und bat um Vergebung; er gelobte, wenn man ihn nur zum Letzten unter den freien Bewohnern von Valinor mache, so wolle er den Valar bei all ihren Werken helfen, besonders aber bei der Heilung der vielen Wunden, die er der Welt zugefügt. Nienna unterstützte seine Bitten; Mandos aber blieb stumm.

Da gewährte Manwe ihm Vergebung; doch wollten die Valar noch nicht dulden, daß er sich aus ihrer Aufsicht und Obhut entfernte, und er wurde gehalten, innerhalb der Mauern von Valmar zu bleiben. Doch edel schien alles, was Melkor in jener Zeit sagte und tat, und den Valar sowohl wie den Eldar kamen sein Rat und seine Hilfe zugute, wenn sie darum nachsuchten; und so wurde ihm nach einer Weile erlaubt, sich im Lande frei zu bewegen, und Manwe schien es, daß Melkor vom Bösen geheilt sei. Denn Manwe selbst war frei vom Bösen, und er konnte es nicht verstehen; und er wußte, daß zu Anfang, im Gedanken Ilúvatars, Melkor gleich ihm selber gewesen war; und er blickte nicht bis in die Tiefe von

Melkors Herzen und sah nicht, daß alle Liebe für immer daraus gewichen war. Ulmo aber ließ sich nicht täuschen, und Tulkas ballte jedesmal die Fäuste, wenn er Melkor, seinen Feind, vorübergehen sah; denn zwar dauert es lange, bis Tulkas erzürnt ist, doch ebenso lange auch, bis er vergißt. Aber sie gehorchten dem Urteil Manwes, denn wer die Herrschaft gegen Aufruhr verteidigt, darf sich nicht seinerseits auflehnen.

Von Herzen haßte nun Melkor die Eldar am meisten, teils weil sie schön und froh waren, teils weil er in ihnen den Grund sah, warum die Valar ihn angegriffen und gestürzt hatten. Nur um so mehr Liebe spiegelte er ihnen deshalb vor, und er bemühte sich um ihre Freundschaft und stellte ihnen seine Künste und sein Wissen für jede große Tat, die sie unternehmen mochten, zu Diensten. Zwar mißtrauten ihm die Vanyar, denn sie wohnten im Licht der Bäume und waren zufrieden; und die Teleri beachtete er wenig, da er dachte, sie seien nicht viel wert, zu schwache Werkzeuge für seine Pläne. Die Noldor aber wußten zu schätzen, was er ihnen an geheimer Wissenschaft verraten konnte, und manche unter ihnen lauschten Reden, die sie besser nie gehört hätten. Melkor behauptete später sogar, Feanor habe insgeheim viele Künste von ihm gelernt und das größte seiner Werke unter seiner, Melkors, Anleitung geschaffen; doch darin log er aus Begierde und Neid, denn keiner unter den Eldalië hat Melkor je mehr gehaßt als Feanor, Finwes Sohn, der ihm als erster den Namen Morgoth gab; und wenn er auch in die Gespinste von Melkors Ränken gegen die Valar mit verstrickt war, so hatte er doch keine Absprache mit ihm und nahm keinen Rat von ihm an. Denn Feanor wurde nur vom Feuer des eigenen Herzens getrieben, und stets arbeitete er emsig und allein; und Hilfe und Rat hat er von keinem je erbeten, der in Aman lebte, ob groß oder klein, nur von der klugen Nerdanel, seiner Gemahlin, und auch von ihr nur für kurze Zeit.

Von den Silmaril und der Unruhe der Noldor

Zu jener Zeit wurden die Dinge geschaffen, die später von allen Werken der Elben den höchsten Ruhm erlangten. Denn Feanor, nun in der Fülle seiner Kräfte, wurde von einem neuen Gedanken bewegt, oder vielleicht war auch ein Schatten des Vorwissens von dem Schicksal auf ihn gefallen, das sich nahte; und er grübelte, wie man das Licht der Bäume, den Glanz des Segensreiches unauslöschlich erhalten könne. Dann machte er sich an ein langes und geheimes Werk, und all seine Wissenschaft und Kraft und Kunst bot er auf; und am Ende schuf er die Silmaril.

Wie drei große Edelsteine schienen sie von Gestalt. Doch erst am Ende aller Tage, wenn Feanor zurückkehrt, der verblich, ehe die Sonne aufging, und der nun in den Hallen der Erwartung sitzt und nicht mehr unter sein Volk tritt, erst wenn die Sonne vergeht und der Mond herabstürzt, wird man es wissen, von welchem Stoff sie geschaffen waren. Wie der Kristall der Diamanten schien er zu sein, und doch härter als Adamant, so daß keine Gewalt im Königreich Arda ihn beschädigen oder brechen konnte. Doch war dieser Kristall für die Silmaril nur wie der Leib für die Kinder Ilúvatars: das Haus des inneren Feuers, aus dem er lebt und das darinnen wohnt und zugleich auch in all seinen Teilen. Und das innere Feuer der Silmaril nahm Feanor von dem gemischten Licht der Bäume von Valinor, und das Licht lebt noch in ihnen, wenngleich die Bäume lange verdorrt sind und nicht mehr scheinen. Selbst im Dunkel der tiefsten Schatzkammer leuchteten daher die Silmaril aus eigner Kraft wie Vardas Sterne; und doch, da sie in Wahrheit Dinge von eigenem Leben waren, erfreuten sie sich am Lichte und nahmen es auf und gaben es in herrlicheren Farben zurück.

Alle, die in Aman wohnten, waren voll Staunens und Entzückens über Feanors Werk. Und Varda weihte die Silmaril, auf daß fortan kein sterblicher Leib noch unreine Hand noch irgend etwas von bösem Willen sie berühren konnte, sondern verbrannte und verdorrte; und Mandos verkündete, daß die Geschicke von Arda, von Land, Meer und Luft in ihnen beschlossen lägen. Feanors Herz war fest an diese Dinge gebunden, die er selber geschaffen.

Nun verlangte es Melkor nach den Silmaril, und schon die Erinnerung an ihren Glanz fraß wie ein Feuer an seinem Herzen. Von der Zeit an und in der Hitze dieser Begierde ging er noch unentwegter darauf aus, Feanor zu vernichten und der Freundschaft der Valar mit den Elben ein Ende zu machen; doch schlau verbarg er seine Absichten, und nichts war von seiner Tücke zu sehen in dem Gebaren, das er zur Schau trug. Lange war er geschäftig, und schleppend und dürftig kamen zuerst die Erfolge. Doch wer Lügen sät, dem wird am Ende die Ernte nicht mangeln, und bald kann er gar von der Arbeit ruhen, während andre für ihn mähen und ackern. Stets fand Melkor manche Ohren, die hörten, und manche Zungen, die das Gehörte vergrößerten und verbreiteten; und seine Lügen gingen von Freund zu Freund, als Geheimnisse zum Weitersagen. Bitter mußten die Noldor in den Tagen hernach ihren Wahn büßen, daß sie die Ohren so offen gehalten.

Als Melkor sah, daß viele der Noldor ihm geneigt waren, mischte er sich oft unter sie, und zwischen seine schönen Worte waren andere eingeflochten, so fein, daß mancher, der sie vernahm, in der Erinnerung meinte, sie seien dem eignen Denken entsprungen. Gesichte beschwor er herauf in ihren Herzen, von großen Reichen, wo sie nach eignem Willen frei und mächtig im Osten regiert haben könnten; und schon liefen Gerüchte um, die Valar hätten aus Eifersucht die Eldar nach Aman geholt, aus Furcht, die Schönheit der Quendi und die Schöpferkraft, die ihnen Ilúvatar vererbt, möchten zu groß werden, als daß die Valar sie beherrschen könnten, wenn sich die Elben über die weiten Lande der Welt hin vermehrten und verbreiteten.

Überdies wußten zwar zu jener Zeit die Valar schon von den Menschen, die kommen würden, die Elben aber wußten davon nichts, denn Manwe hatte es ihnen nicht offenbart. Melkor aber sprach heimlich zu ihnen von den Sterblichen Menschen, um zu sehen, ob sich das Stillschweigen der Valar nicht zum Bösen auslegen ließe. Wenig wußte auch er noch von den Menschen, denn in eigne Gedanken versunken, hatte er während der Musik kaum auf Ilúvatars Drittes Thema geachtet; doch schon lief das Gerücht um, gefangengehalten würden die Elben von Manwe, damit die Menschen sie aus den Königreichen von Mittelerde verdrängen sollten, denn diese kurzlebige und schwächere Rasse glaubten die Valar leichter beherrschen zu können, hätten sie nur erst die Elben um Ilúvatars Erbe betrogen. Wenig Wahres war an all dem, und kaum haben die Valar je vermocht, den Willen der Menschen zu lenken; und doch glaubten viele der Noldor den tückischen Reden, oder glaubten ihnen zur Hälfte.

So war der Friede von Valinor vergiftet, ehe noch die Valar davon wußten. Die Noldor begannen gegen sie zu murren, und viele wurden stolz und vergaßen, wie vieles, das sie nun besaßen und wußten, als Geschenk der Valar an sie gekommen war. Am wildesten brannte die neue Flamme des Begehrens nach Freiheit und größeren Reichen in dem stürmischen Herzen Feanors, und Melkor lachte in sich hinein, denn auf Feanor hatten seine Lügen gezielt, den er vor allen haßte; und immer verlangte es ihn nach den Silmaril. Doch diesen durfte er sich nicht nahen; denn wenn auch Feanor sie zu großen Festen trug, wo sie an seiner Stirn flammten, so wurden sie zu anderen Zeiten streng bewacht, verschlossen in seinen tiefen Schatzkammern in Tirion. Denn Feanor begann die Silmaril mit Gier zu lieben, und allen, bis auf seinen Vater und seine sieben Söhne, mißgönnte er ihren Anblick; nur selten erinnerte er sich jetzt noch, daß das Licht in ihnen nicht sein eigen war.

Edle Prinzen waren Feanor und Fingolfin, die ältesten Söhne Finwes, von allen in Aman geehrt; nun aber wurden sie stolz, und eifersüchtig hütete ein jeder seine Rechte und seinen Besitz. Da verbreitete Melkor neue Lügen in Eldamar, und Feanor kam zu Ohren, Fingolfin und seine Söhne hätten sich verschworen, Finwe und der älteren Linie Feanors die Macht zu entreißen und an ihre Stelle zu treten, mit Billigung der Valar, denen es nicht behage, daß die Silmaril in Tirion lägen und nicht ihrem Gewahrsam anvertraut würden. Zu Fingolfin und Finarfin aber wurde gesagt: »Nehmt euch in acht! Wenig Liebe hat Míriels stolzer Sohn je für Indis' Kinder gehegt. Jetzt ist er mächtig geworden und hat seinen Vater in der Hand. Nicht lange, und er wird euch vom Túna vertreiben!«

Und als Melkor sah, daß seine Lügen Fuß gefaßt hatten und Hochmut und Zorn unter den Noldor erwacht waren, da sprach er zu ihnen von Waffen; und zu dieser Zeit begannen die Noldor

Schwerter und Äxte und Speere zu schmieden. Und auch Schilde fertigten sie an, welche die Wappen vieler Häuser und Sippen zeigten, die miteinander wetteiferten; und nur diese führten sie sichtbar mit sich, während sie von den andren Waffen nicht sprachen, denn jeder glaubte, nur er allein habe die Warnung erhalten. Und Feanor richtete insgeheim eine Schmiede ein, von der selbst Melkor nichts wußte, und dort erfand er grausame Schwerter für sich und seine Söhne und große Helme mit roten Federbüschen. Bitter reute Mahtan der Tag, da er Nerdanels Gatten all seine Wissenschaft vom Schmieden gelehrt hatte, so wie er selbst sie von Aule erfahren.

Mit solchen Lügen, bösen Gerüchten und tükkischem Rat entfachte Melkor Zwietracht in den Herzen der Noldor; und in ihrem Streit ging schließlich der Mittag von Valinor zu Ende, und der Abend seines alten Glanzes brach an. Denn Feanor begann nun offen aufrührerische Reden gegen die Valar zu führen; er rief laut aus, daß er aus Valinor in die Welt draußen heimkehren und die Noldor aus der Knechtschaft erlösen werde, wenn sie ihm folgten.

Da herrschte große Erregung in Tirion, und Finwe war bestürzt; und er rief all seine Edlen zum Rate zusammen. Fingolfin aber eilte in Finwes Hallen und trat vor ihn und sagte: »König und Vater, willst du nicht den Stolz unseres Bruders Curufinwe zügeln, den man den Feuergeist nennt, und nur allzu wahr ist's? Mit welchem Rechte spricht er für unser ganzes Volk, als wäre er der König? Du warst es, der vor langer Zeit zu den Quendi gesprochen und sie gebeten, dem Ruf der Valar nach Aman zu folgen. Du hast sie geführt auf dem langen Weg durch die Gefahren von Mittelerde bis ins Licht von Eldamar. Wenn dich das jetzt nicht gereut, so hast du wenigstens noch zwei Söhne, die deine Worte in Ehren halten.«

Doch während Fingolfin noch sprach, trat Feanor in den Saal, in voller Rüstung: den großen Helm auf dem Haupte und an der Seite ein gewaltiges Schwert. »So also ist es, wie ich mir gedacht«, sagte er. »Mein Halbbruder ist vor mir bei meinem Vater, wie hier, so auch in allen andern Dingen.« Dann trat er auf Fingolfin zu, zog sein Schwert und rief: »Pack dich, dorthin, wo dein Platz ist!«

Fingolfin verbeugte sich vor Finwe, und ohne ein Wort oder einen Blick für Feanor ging er aus dem Saal. Feanor aber folgte ihm, und am Tor des königlichen Hauses hielt er ihn an, und die Spitze des blanken Schwertes setzte er Fingolfin auf die Brust. »Sieh nur, Halbbruder!« sagte er. »Dies hier ist noch schärfer als deine Zunge. Versuche du noch einmal, mich von meinem Platze und aus der Liebe meines Vaters zu verdrängen, und es wird die Noldor vielleicht von einem befreien, der nach der Herrschaft über Knechte strebt.«

Diese Worte hörten viele mit an, denn Finwes Haus lag an dem großen Platz unter dem Mindon; wieder aber gab Fingolfin keine Antwort, und schweigend schritt er durch die Menge, um Finarfin, seinen Bruder, aufzusuchen.

Nun war zwar die Unruhe unter den Noldor den Valar nicht mehr verborgen, doch im Dunkeln war sie gesät worden; daher, weil Feanor als erster offen gegen sie geredet, meinten sie, er, der Eigenwillige und Selbstherrliche, sei der Treiber hinter der Unzufriedenheit, wenn auch alle Noldor nun hochfahrend geworden waren. Und Manwe war bekümmert, doch er sah zu und sagte kein Wort. Die Valar hatten die Eldar als Freie in ihr Land geholt, die dort bleiben oder es verlassen konnten; und mochten sie es auch für Torheit halten, wenn sie fort wollten, hindern konnten sie es nicht. Was aber Feanor getan, konnte nicht hingenommen werden; und so wurde er aufgefordert, an den Toren von Valmar vor sie hinzutreten und für all seine Worte und Taten Rede zu stehen. Auch alle anderen, die daran Anteil gehabt oder etwas davon wußten, wurden herbeigerufen; und Feanor stand vor Mandos im Ring des Schicksals und wurde geheißen, auf alle Fragen zu antworten, die man ihm stellte. Da endlich wurde die Wurzel bloßgelegt, und Melkors Tükke kam heraus, und sogleich verließ Tulkas den Rat, um Hand auf ihn zu legen und ihn wieder vor das Gericht zu bringen. Doch auch Feanor wurde nicht für schuldlos befunden, denn er war es, welcher den Frieden von Valinor gebrochen und das Schwert gezogen hatte gegen seinen Bruder; und Mandos sagte zu ihm: »Von Knechtschaft sprichst du. Wenn es Knechtschaft ist, so kannst du ihr nicht entgehen, denn König von Arda ist Manwe, und nicht allein von Aman. Und deine Tat war wider das Recht, ob in Aman oder nicht in Aman. Daher wird nun dieses gesprochen: Für zwölf Jahre sollst du Tirion verlassen, wo diese Drohung geäußert wurde. In der Zeit halte Rat mit dir selbst, und erinnere dich, wer und was du bist. Nach dieser Zeit aber soll dies in Frieden beigelegt sein und für abgebüßt gelten, wenn andere dir verzeihen.«

Da sagte Fingolfin: »Ich werde meinem Bruder verzeihen.« Feanor aber gab kein Wort zur Antwort; stumm stand er vor den Valar. Dann wandte er sich um, ging fort aus dem Rate und verließ Valmar.

Ihm folgten seine sieben Söhne in die Verbannung, und im Norden von Valinor bauten sie sich einen festen Platz und ein Schatzhaus in den Bergen; und dort in Formenos horteten sie vielerlei Gemmen und auch Waffen; und die Silmaril wurden in eine Kammer von Eisen geschlossen. Dorthin kam auch Finwe, der König, weil er Feanor liebte; und Fingolfin regierte die Noldor in Tirion. So waren dem Anschein nach Melkors Lügen wahr geworden, wenn auch Feanor dies durch eignes Tun erreicht hatte; und die Verbitterung, die Melkor gesät, dauerte fort und lebte noch lange hernach zwischen Fingolfins und Feanors Söhnen.

Melkor nun, als er erfuhr, daß seine Ränke entdeckt waren, verbarg sich und zog von Ort zu Ort wie eine Wolke in den Bergen; und vergebens suchte ihn Tulkas. Da schien es allen in Valinor, als wäre das Licht der Bäume getrübt; und die Schatten aller Dinge, die aufrecht standen, wurden zu der Zeit länger und dunkler.

Es wird erzählt, eine Zeitlang sei Melkor in Valinor nicht mehr gesehen worden, noch hörte man irgendein Gerücht über ihn, bis er plötzlich nach Formenos kam und mit Feanor sprach, vor seiner Tür. Freundschaft schützte er vor mit schlauen Reden und gemahnte ihn an seinen alten Wunsch, aus den Netzen der Valar zu entfliehen; und er sagte: »Bedenk nur, wie wahr alles ist, was ich gesprochen, und wie ungerecht sie dich verbannt haben. Wenn aber Feanors Herz immer noch so frei und kühn ist, wie es seine Reden in Tirion waren, so will ich ihm helfen und ihn weit herausführen aus diesem engen Land. Denn bin nicht auch ich ein Vala? Ich bin's, und mehr als die, welche da stolz in Valimar sitzen; und immer bin ich ein Freund der Noldor gewesen, des kunstreichsten und tapfersten unter den Völkern von Arda.«

Nun war Feanors Herz noch immer bitter von

seiner Demütigung vor Mandos, und er sah Melkor schweigend an und überlegte, ob er diesem wohl soweit trauen könne, daß er ihm zur Flucht verhelfe. Und Melkor, der sah, daß Feanor schwankte, und wußte, welchen Platz die Silmaril in seinem Herzen einnahmen, sagte zuletzt: »Ein fester Platz ist dies hier und gut bewacht, doch glaube nicht, daß die Silmaril in irgendeiner Schatzkammer sicher liegen werden im Reich der Valar!«

Aber seine List traf übers Ziel hinaus. Seine Worte griffen zu tief und entfachten ein wilderes Feuer, als er beabsichtigt hatte; und Feanor sah Melkor mit Augen an, die durch sein edles Gebaren hindurchbrannten und alle Schleier seines Geistes zerrissen, und er sah sein wildes Gelüst nach den Silmaril. Haß vertrieb da Feanors Furcht, und er verwünschte Melkor und jagte ihn fort mit den Worten: »Kehr dich von meiner Tür, du Krähe aus Mandos' Kerker!« Und vor dem mächtigsten aller Bewohner von Ea schlug er die Tür seines Hauses zu.

Da schlich Melkor in Schande davon, denn er war selbst in Gefahr, und noch sah er die Zeit seiner Rache nicht gekommen; sein Herz aber war schwarz vor Wut. Und Finwe war von tiefer Furcht erfüllt, und in aller Eile sandte er Boten zu Manwe in Valmar.

Dort saßen die Valar vor ihren Toren zu Rate, besorgt über die länger werdenden Schatten, als die Boten aus Formenos eintrafen. Sogleich sprangen Orome und Tulkas auf, doch als sie sich eben zur Verfolgung anschickten, kamen Boten aus Eldamar, die berichteten, Melkor sei durch den Calacirya geflohen, und von dem Hügel von Túna aus hatten die Elben ihn im Zorn vorbeiziehen sehen, wie eine Gewitterwolke. Und sie sagten, von dort aus habe er sich nach Norden gewandt, denn die Teleri in Alqualonde hatten seinen Schatten über ihrem Hafen gesehen, wie er gen Araman zog.

So verschwand Melkor aus Valinor, und eine Zeitlang schienen die Zwei Bäume wieder ungetrübt, und das Land war voller Licht. Doch vergebens forschten die Valar nach ihres Feindes Verbleib; und wie eine Wolke in weiter Ferne, die immer höher heraufzieht, getragen von einem leisen kalten Wind, so hing nun ein Zweifel über allen Freuden der Bewohner von Aman, ein Bangen, sie wußten nicht, vor welchem Unglück.

Von der Verdunkelung Valinors

Als Manwe erfuhr, welchen Weg Melkor genommen, schien es ihm klar, daß er in seine alten Hochburgen im Norden von Mittelerde zu entkommen gedachte; und Orome und Tulkas eilten nach Norden, so schnell sie konnten, um ihn einzuholen, doch weder Spur noch Gerücht fanden sie von ihm jenseits des Ufers der Teleri, in den unbevölkerten Öden, die sich zum Eise hin erstreckten. Darauf wurden die Wachen an den nördlichen Grenzen von Aman verdoppelt. Doch umsonst, denn ehe noch die Verfolger sich aufmachten, war Melkor schon umgekehrt und heimlich weit in den Süden gegangen. Denn noch war er einer der Valar und vermochte die Gestalt zu wechseln oder ihrer ganz zu entraten, wie die andren Valar, auch wenn er diese Kraft bald für immer einbüßen sollte.

Ungesehen kam er so schließlich in den dunklen Bezirk von Avathar. Dieses schmale Stück Land lag südlich der Bucht von Eldamar, unter den Osthängen der Pelóri, und seine langen und traurigen Küsten erstreckten sich weit in den Süden, lichtlos und unerforscht. Dort, unter den kahlen Wänden der Berge und an dem kalten, dunklen Meer waren die tiefsten und dichtesten Schatten der Welt; und dort in Avathar, geheim und keinem bekannt, hatte Ungolianth sich niedergelassen. Die Eldar wußten nicht, woher sie kam, doch manche haben gesagt, vor vielen Altern sei sie aus dem Dunkel um Arda herabgestiegen, als Melkor anfing, Manwe sein Königreich zu neiden, und eine von jenen sei sie gewesen, die er gleich zu Anfang verführte, ihm zu dienen. Sie aber hatte ihrem Herrn aufgekündigt, denn Herrin ihrer eigenen Begierden wollte sie sein und alle Dinge für sich nehmen, um ihre Leere damit zu füttern; und sie floh in den Süden, wo sie sicher war vor den Angriffen der Valar und vor den Jägern Oromes, denn die achteten immer nur auf den Norden, und der Süden blieb lange unbewacht. Von dort war sie näher an das Licht des Segensreiches herangekrochen, denn sie hungerte nach dem Licht und haßte es.

In einer Schlucht hauste sie, in Gestalt einer ungeheuren Spinne, und wob ihre schwarzen Netze über einen Schrund in den Bergen. Da sog sie alles Licht auf, das sie nur finden konnte, und spann daraus dunkle Netze von würgender Finsternis, bis kein Lichtschimmer mehr zu ihr durchdrang und sie am Verhungern war.

Nach Avathar kam nun Melkor und suchte sie auf; und er nahm wieder die Gestalt an, in welcher er als der Tyrann von Utumno erschienen war, ein dunkler Fürst, groß und schrecklich. Diese Gestalt behielt er fortan für immer.

Dort, in den schwarzen Schatten, wohin selbst Manwe von seinen höchsten Hallen aus nicht sehen konnte, heckte Melkor mit Ungolianth seine Rache aus. Als aber Ungolianth Melkors Absicht begriff, da schwankte sie zwischen Gier und Furcht, denn sie scheute sich, den Gefahren von Aman und der Macht seiner schrecklichen Herren zu begegnen, und sie mochte sich aus ihrem Versteck nicht rühren. Daher sagte Melkor zu ihr: »Tu, wie ich dir sage, und wenn du dann, nachdem alles vollbracht, immer noch hungrig bist, dann will ich dir geben, wonach immer es dich gelüstet, fürwahr, mit beiden Händen.« Leichthin schwur er den Eid, wie immer, und er lachte in sich hinein. So ködert der große Dieb den geringern.

Einen Mantel von Dunkelheit wob Ungolianth um sie beide, als sie mit Melkor aufbrach: das Unlicht, in welchem die Dinge nicht mehr dazusein schienen und das kein Auge durchdringen konnte, denn es war leer. Dann spann sie langsam ihre Netze, Tau über Tau von Spalte zu Spalte, von Fels zu Fels, immer weiter hinauf, kriechend und klebend, bis sie zuletzt auf dem obersten Gipfel des Hyarmentir anlangte, des höchsten Berges in diesem Teil der Welt, weit südlich des großen Taniquetil. Dort hielten die Valar keine Wache, denn westlich der Pelóri lag nur ein leeres Land im Dämmerlicht, und nach Osten zu sah man von den Bergen aus, bis auf das vergessene

Avathar, nur die trüben Wasser des weglosen Meeres.

Auf dem Berggipfel aber lag nun die dunkle Ungolianth, und sie flocht eine Leiter aus Tauen und warf sie hinab; und Melkor stieg herauf und kam auf den hohen Platz, und als er neben ihr stand, sah er hinab, auf das Bewachte Reich. Unter ihnen lagen Oromes Wälder, und im Westen schimmerten Yavannas Wiesen und Felder, Gold unter dem hohen Weizen der Götter. Melkor aber blickte nach Norden und sah in der Ferne die leuchtende Ebene und die silbernen Kuppeln von Valmar, wie sie im gemischten Licht Telperions und Laurelins glänzten. Da lachte Melkor laut auf, und sprang geschwind die langen westlichen Hänge hinunter; und Ungolianth war an seiner Seite, und ihr Dunkel deckte sie beide.

Nun war eben die Zeit eines Festes, wie Melkor wohl wußte. Denn wenn auch alle Wetter und Jahreszeiten den Valar zu Willen standen und Valinor den Winter des Todes nicht kannte, so lebten die Valar damals dennoch im Königreich Arda, und dies war nur ein kleiner Bezirk in den Hallen von Ea, deren Leben die Zeit ist, die stets vom ersten Ton bis zu Erus letztem Akkord dahinströmt. Und so wie es den Valar eine Freude war (wie in der ›Ainulindale‹ berichtet), sich in die Gestalt der Kinder Ilúvatars zu hüllen wie in ein Kleid, so aßen und tranken sie auch und pflückten die Früchte Yavannas von der Erde, die sie unter Eru geschaffen.

Yavanna bestimmte daher die Zeiten, zu denen alles, was in Valinor wuchs, blühte und reifte; und zum Beginn jeder Ernte gab Manwe ein großes Fest, Eru zu Ehren, wo alle Völker von Valinor ihre Freude in Musik und Liedern auf dem Taniquetil ausließen. Dies war nun die Stunde, und Manwe befahl ein Fest an, das glänzender sein sollte als alle früheren, seit die Eldar nach Aman gekommen. Denn wenn auch Melkors Flucht Kummer und Mühen verhieß und niemand zu sagen wußte, welche Wunden Arda noch leiden mochte, ehe er wieder gebändigt war, so wollte zu dieser Zeit Manwe doch das Übel heilen, von dem die Noldor befallen waren; und alle wurden in seine Hallen auf dem Taniquetil geladen, um dort den Zwist unter ihren Prinzen zu begraben und alle Lügen des Feindes vergessen zu machen.

Es kamen die Vanyar, und es kamen die Noldor aus Tirion, und die Maiar waren versammelt, und die Valar erschienen in all ihrer Pracht und Schönheit; und sie sangen vor Manwe und Varda in ihren hohen Hallen oder tanzten auf den grünen Hängen des Berges, die nach Westen, zu den Bäumen hin, abfielen. Die Straßen von Valmar waren leer an diesem Tag, und auf den Stufen von Tirion war es still, und das ganze Land lag und schlief in Frieden. Nur die Teleri jenseits der Berge sangen noch an den Ufern des Meeres, denn sie kümmerten sich wenig um Ernten und Jahreszeiten und machten sich keine Gedanken über die Sorgen der Herrscher von Arda, noch über den Schatten, der auf Valinor gefallen war, denn sie hatte er noch nicht berührt.

Eines nur verdarb Manwes Plan. Feanor kam zwar, denn nur ihm hatte Manwe befohlen, zu kommen, doch Finwe kam nicht, noch irgendein andrer der Noldor von Formenos. Denn, so sagte Finwe: »Solange der Bann auf Feanor liegt, meinem Sohn, daß er nicht nach Tirion gehen darf, so lange bin ich nicht König und so lange gehe ich nicht zu meinem Volk.« Und Feanor kam nicht im Festgewand und trug keinen Schmuck, weder Silber noch Gold, noch Gemmen; und er verweigerte den Valar und den Eldar den Anblick der Silmaril, denn die hatte er in ihrer eisernen Kammer in Formenos gelassen. Immerhin aber sprach er vor Manwes Thron mit Fingolfin, und in Worten war er versöhnt; und Fingolfin erklärte das gezogene Schwert für nichtig und vergessen. Und Fingolfin hob die Hand und sagte: »Wie ich versprochen, so tue ich jetzt. Ich verzeihe dir, und ich erinnere mich keines Zwistes.«

Dann nahm Feanor schweigend seine Hand; Fingolfin aber sagte: »Dein Halbbruder im Blut, doch ganz dein Bruder im Herzen will ich sein.

Befiehl du, und ich will folgen. Möge kein Zwist uns scheiden!«

»Ich höre dich«, sagte Feanor. »So sei es.« Aber sie wußten nicht, welcher Sinn ihren Worten zuwachsen sollte.

Es wird erzählt, daß, als Feanor und Fingolfin eben vor Manwe standen, die Vermischung der Lichter eintrat, so daß beide Bäume leuchteten und die stille Stadt Valmar sich mit silbernen und goldnen Strahlen erfüllte. Und in diesem Augenblick kamen Melkor und Ungolianth über die Felder von Valinor geeilt, wie der Schatten einer schwarzen Wolke auf dem Winde über die besonnte Erde streicht; und sie kamen zu dem grünen Hügel Ezellohar. Dann griff Ungolianths Unlicht den Bäumen an die Wurzeln, und Melkor sprang auf den Hügel, und seinen schwarzen Speer stieß er beiden Bäumen durchs Herz, beide tief verwundend; und Saft quoll hervor wie Blut und verspritzte auf dem Boden. Ungolianth aber leckte ihn auf, und dann, von einem Baum zum andern gehend, setzte sie den schwarzen Rüssel an ihre Wunden, bis sie ganz ausgesogen waren; und das Todesgift, das in ihr war, floß in die Adern der Bäume und verdorrte sie an Wurzel, Zweig und Blatt; und sie starben. Und immer noch war sie durstig, und so ging sie zu Vardas Brunnen und trank sie leer; und schwarze Dämpfe rülpste sie hervor, als sie trank, und schwoll zu solcher Größe und Abscheulichkeit, daß Melkor sich fürchtete.

So fiel das große Dunkel über Valinor. Von den Geschehnissen an jenem Tag werden viele im ›Aldudénië‹ berichtet, das Elemmíre von den Vanyar schrieb und das allen Eldar bekannt ist. Doch kein Lied und keine Erzählung vermag all das Leid und den Schrecken aufzunehmen, die nun hereinbrachen. Das Licht war fort; doch das Dunkel, das folgte, war mehr als nur Verlust des Lichtes. In jener Stunde wurde ein Dunkel gewirkt, das nicht ein Mangel zu sein schien, sondern ein Ding von eignem Leben: hatte doch Tücke es aus dem Licht selber erschaffen, und es hatte Kraft, durchs Auge in Herz und Geist zu dringen und den Willen selbst zu ersticken.

Varda blickte vom Taniquetil hinab und sah, wie sich der Schatten plötzlich zu Türmen von Finsternis aufwarf; Valmar lag in einem tiefen Meer von Nacht versunken. Bald stand der Heilige Berg allein, die letzte Insel einer untergegangenen Welt. Alle Lieder verstummten. Schweigen war in Valinor, und kein Laut war mehr zu hören, nur von fern her trug der Wind durch den Gebirgspaß Klagerufe der Teleri, wie die kalten Schreie der Möwen. Denn es blies kühl aus dem Osten zu jener Stunde, und die großen Schatten der See rollten gegen die Felsen am Ufer.

Manwe aber sah von seinem hohen Sitz hinaus,

und sein Auge allein vermochte die Nacht zu durchdringen, bis auch er ein Dunkel in der Dunkelheit sah, das den Blick nicht einließ, riesengroß, doch in weiter Ferne, wo es in großer Eile nun nordwärts zog; und er wußte, daß Melkor gekommen und gegangen war.

Nun begann die Verfolgung; und die Erde zitterte unter den Rossen von Oromes Schar, und das Feuer, das Nahars Hufe schlugen, war das erste Licht, das man wieder in Valinor sah. Doch sobald die Reiter der Valar Ungolianths Wolke eingeholt hatten, fielen Blindheit und Verzagen über sie, und sie wurden versprengt und wußten nicht, wohin sie ritten; und der Klang des Valaróma stockte und erstarb. Und Tulkas wurde in einem schwarzen Netz von Nacht gefangen, und er stand machtlos da und schlug vergebens um sich. Und als das Dunkel vorüber war, da war es zu spät. Melkor war, wohin er gehen wollte, und seine Rache hatte er geübt.

Von der Verbannung der Noldor

Nach einer Weile sammelte sich eine große Menge um den Schicksalsring; und die Valar saßen im Dunkeln, denn es war Nacht. Doch von oben herab schimmerten nun Vardas Sterne, und die Luft war rein, denn Manwes Winde hatten die Todesdämpfe weggeweht und die Schatten des Meeres vertrieben. Da erhob sich Yavanna und trat auf den Grünen Hügel Ezellohar, doch der war nun schwarz und kahl. Und sie legte die Hände auf die Bäume, doch sie waren dunkel und tot, und jeder Zweig, den sie anrührte, brach ab und fiel ihr leblos zu Füßen. Da brachen viele Stimmen in Klagen aus, und den Trauernden schien es, als hätten sie den Becher des Leids schon bis zur Neige geleert. Doch dem war nicht so.

Yavanna sprach zu den Valar und sagte: »Das Licht der Bäume ist hin und lebt jetzt nur noch in den Silmaril. Hellsichtig war Feanor! Einmal, nur einmal können auch die Mächtigsten unter Ilúvatar manche Werke vollbringen. Das Licht der Bäume habe ich zum Sein erweckt, und nie wieder kann ich es tun, solange Ea dauert. Doch hätte ich nur ein wenig von diesem Licht, so könnte ich die Bäume wieder ins Leben zurückrufen, ehe ihre Wurzeln verfault sind; und dann wäre unser Schmerz geheilt und Melkors Tücke vereitelt.«

Da sprach Manwe und sagte: »Hast du vernommen, was Yavanna gesagt, Feanor, Finwes Sohn? Wirst du gewähren, was sie verlangt?«

Lange schwiegen sie, doch Feanor erwiderte kein Wort. Da rief Tulkas: »Sprich, o Noldo, ja oder nein! Doch wer könnte Yavanna dies verwehren? Und ist das Licht der Silmaril nicht von ihrem Werke genommen?«

Doch Aule, der Meister, sagte: «Vorlaut sprichst du! Mehr verlangen wir von ihm, als du ahnst. Laßt ihn noch eine Weile in Frieden.«

Doch nun sprach Feanor, bitterlich weinend: »Der Geringe wie der Hohe kann manches Werk nur einmal vollbringen, und an diesem Werk hängt sein Herz. Ich kann vielleicht meine Steine hergeben, doch nie mehr werde ich ihresgleichen schaffen; und wenn ich sie zerbrechen muß, so zerbreche ich mein Herz, und ich werde erschlagen, als erster von allen Eldar in Aman.«

»Nicht als erster«, sagte Mandos, doch das verstand niemand, und wieder war Schweigen, während Feanor im Dunkeln brütete. Ihm schien, er sei umringt von Feinden, und Melkors Worte fielen ihm wieder ein, daß die Silmaril nicht sicher seien, weil die Valar sie besitzen wollten. »Und ist er nicht ebenso ein Vala wie sie«, dachte er, »und sollte er ihr Herz nicht kennen? Fürwahr, der Dieb wird die Diebe verraten!« Dann rief er laut aus: »Dies tu ich nicht aus freiem Willen! Wenn aber die Valar mich zwingen, dann weiß ich, wahrlich von ihrer Sippe ist Melkor.«

Da sagte Mandos: »Du hast gesprochen.« Nienna aber erhob sich und ging auf den Ezellohar und warf ihren grauen Schleier zurück und wusch mit ihren Tränen den Schmutz Ungolianths ab; und klagend sang sie von der Bitterkeit der Welt und vom Verderben Ardas.

Doch während Nienna noch klagte, kamen Boten aus Formenos; es waren Noldor, und sie brachten Nachricht von neuem Unheil. Eine blinde Dunkelheit, so berichteten sie, war nach Norden gekommen, und darin ging eine Kraft, für die es keinen Namen gab, und die Dunkelheit wuchs aus ihr hervor. Doch auch Melkor war da, und er kam zum Hause Feanors und dort, vor seiner Tür, erschlug er Finwe, den König der Noldor, und vergoß das erste Blut im Segensreich; denn Finwe allein war vor dem Schrecken des Dunkels nicht geflohen. Und sie berichteten, daß Melkor die Befestigungen von Formenos durchbrochen und alle Edelsteine der Noldor, die dort verwahrt lagen, weggenommen hatte; und die Silmaril waren fort.

Da stand Feanor auf, und die Faust vor Manwe erhebend verfluchte er Melkor und hieß ihn *Morgoth*, den Schwarzen Feind der Welt; und für immer hernach kannten ihn die Eldar nur unter diesem Namen. Und er verfluchte auch die Stunde, zu der Manwe ihn auf den Taniquetil gerufen hatte, denn vor Wut und Schmerz von Sinnen meinte er, seine Kraft, wäre er in Formenos geblieben, hätte zu mehr getaugt, als ihm gleichfalls den Tod zu bereiten, wie es Melkors Absicht gewesen war. Dann lief Feanor fort aus dem Schicksalsring und floh in die Nacht hinaus; denn teurer war ihm sein Vater als das Licht von Valinor oder das unvergleichliche Werk seiner Hände; und wer von allen Söhnen der Elben und Menschen hätte seinen Vater je höher in Ehren gehalten?

Viele waren da bekümmert über Feanors Schmerz, doch war der Verlust nicht nur der seine; und Yavanna weinte unter dem Hügel, in Furcht, das Dunkel werde die letzten Strahlen des Lichtes von Valinor für immer verschlingen. Denn wenn auch die Valar noch nicht recht verstanden, was geschehen war, so erkannten sie doch, daß Melkor Hilfe erlangt hatte, die nicht von Arda kam. Die Silmaril waren fort, und einerlei mag es scheinen, ob Feanor ja oder nein zu Yavannas Bitte gesagt; hätte er aber zuerst ja gesagt, ehe die Botschaft aus Formenos kam, so hätte er vielleicht später anders gehandelt. Nun aber rückte das Schicksal der Noldor heran.

Morgoth unterdessen, der Verfolgung durch die Valar entkommen, war in die Ödlande von Araman gelangt. Diese lagen im Norden zwischen dem Gebirge der Pelóri und dem Großen Meer, ähnlich wie Avathar im Süden; Araman aber war größer, und zwischen den Küsten und dem Gebirge erstreckten sich kahle Ebenen, die, je näher zum Eise hin, immer kälter wurden. Dieses Gebiet nun durcheilten Morgoth und Ungolianth, und so kamen sie durch die großen Nebelfelder von Oiomúre zur Helcaraxe, der Meerenge zwischen Araman und Mittelerde, die voller zermalmender Eisberge war. Sie gingen hinüber und kamen so endlich wieder in den Norden der Außenlande. Zusammen zogen sie weiter, denn Morgoth konnte Ungolianth nicht abschütteln; ihre Wolke war noch um ihn gebreitet, und alle ihre Augen lagen auf ihm. Und so kamen sie in die Lande nördlich des Fjords von Drengist. Morgoth näherte sich nun den Ruinen von Angband, wo seine große Burg im Westen gestanden war; und Ungolianth sah, worauf er hoffte, und sie wußte, dort würde er ihr zu entkommen trachten. Und so hielt sie ihn an und forderte, daß er sein Versprechen erfülle.

»Schwarzherz«, sagte sie, »ich habe getan, wie du mich geheißen. Aber noch immer bin ich hungrig.«

»Was verlangst du mehr?« sagte Morgoth. »Begehrst du die ganze Welt für deinen Bauch? Ich habe nicht gelobt, sie dir zu geben. Ich bin ihr Herr.«

»So viel nicht«, sagte Ungolianth. »Doch hast du einen großen Schatz aus Formenos, und das alles will ich haben. Fürwahr, mit beiden Händen sollst du es mir geben.«

Da überließ ihr Morgoth notgedrungen die Gemmen, die er bei sich trug, und grollend gab er ihr eine nach der andern; und sie verschlang sie, und ihre Schönheit verschwand aus der Welt. Größer und dunkler noch wurde Ungolianth, doch ihre Gier war ungestillt. »Mit einer Hand gibst du«, sagte sie, »allein mit der Linken. Öffne deine Rechte!«

Fest in seiner Rechten hielt Morgoth die Silmaril, und obgleich sie in einem kristallenen Kästchen steckten, fingen sie an, ihn zu versengen, und seine Hand war verkrampft vor Schmerz, doch wollte er sie nicht öffnen. »Nimmer!« sagte er. »Du hast dein Teil bekommen. Denn mit meiner Kraft, die ich dir verliehen, wurde dein Werk vollbracht. Deiner bedarf ich nicht mehr. Diese Dinge sollst du nicht haben noch sehen. Ich nenne sie mein eigen auf ewig.«

Doch Ungolianth war groß und er kleiner geworden durch die Kraft, die aus ihm geflossen war; und sie richtete sich vor ihm auf, und ihre Wolke schloß sich über ihm, und sie fing ihn in einem Netz klebriger Riemen, um ihn zu erwürgen. Da stieß Morgoth einen furchtbaren Schrei aus, der in den Bergen widerhallte. Jene Gegend wurde daher Lammoth geheißen, denn das Echo seiner Stimme hauste für immer dort, so daß jeder, der in diesem Lande laut schrie, es weckte und die ganze Öde zwischen den Bergen und der See mit einem Lärm wie von gepeinigten Stimmen erfüllte. Morgoths Schrei zu jener Stunde war der gewaltigste und schrecklichste, der in der nördlichen Welt je vernommen wurde; die Berge wankten, und die Erde bebte, und Felsen wurden gespalten. Tief an vergessenen Orten fand der Schrei Gehör. Weit unter den zertrümmerten Hallen von Angband, in Verliesen, bis zu denen die Valar in der Hast des Krieges nicht hinabgestiegen waren, lauerten noch immer Balrogs und warteten auf die Rückkehr ihres Herrn; diese stiegen nun geschwind herauf und kamen durch Hithlum wie ein Feuersturm nach Lammoth gefahren. Mit ihren Flammengeißeln zerfetzten sie Ungolianths Netze, und sie verzagte und wandte sich zur Flucht, schwarze Dämpfe ausspeiend, die sie deckten. Aus dem Norden floh sie hinab nach Beleriand, wo sie unter den Ered Gorgoroth hauste, in dem düstern Tale, das später Nan Dungortheb hieß, das Tal des Abscheulichen Todes, nach dem Grauen, das sie dort ausbrütete. Denn noch andere ekle Geschöpfe in Spinnengestalt nisteten dort seit der Zeit, als die Höhlen von Angband gegraben wurden, und mit diesen paarte sie sich, bevor sie sie fraß; und auch nachdem Ungolianth selbst abgezogen war in den vergessenen Süden der Welt, hauste ihre Brut weiter dort und wob ihre scheußlichen Netze. Keine Erzählung berichtet von Ungolianths Schicksal.

Doch manche haben gesagt, vor langer Zeit habe sie ihr Ende gefunden, als sie im schlimmsten Hunger sich selbst verschlang.

Und so trat nicht ein, was Yavanna befürchtet hatte, daß die Silmaril verschlungen und ins Nichts fallen würden; doch blieben sie in der Gewalt Morgoths. Und der, nachdem er befreit war, scharte wieder all seine Diener um sich, die er noch finden konnte, und zog zu den Trümmern von Angband. Dort grub er von neuem seine gewaltigen Höhlen und Verliese, und über ihren Toren türmte er die dreizackigen Gipfel von Thangorodrim auf, die immer von einer großen Fahne schwarzen Rauches umlagert waren. Zahllos wurden dort die Scharen seines Getiers und seiner Dämonen, und die Brut der Orks, lange zuvor schon gezüchtet, wuchs und mehrte sich in den Eingeweiden der Erde. Dunkel fiel nun der Schatten auf Beleriand, wie noch zu erzählen ist; in Angband aber schmiedete Morgoth eine große Krone von Eisen und nannte sich König der Welt. Zum Zeichen solcher Würde setzte er die Silmaril in seine Krone. Seine Hände waren schwarzgesengt von der Berührung der geweihten Steine, und schwarz blieben sie für immer; noch war er jemals frei von dem Schmerz des Brandes und von der Wut über den Schmerz. Die Krone nahm er nie von seinem Haupte, obwohl ihre Last ihm zur unerträglichen Qual wurde. Nie, bis auf einmal und da insgeheim, verließ er für längere Zeit sein Gebiet im Norden; selten verließ er auch nur die tiefen Räume seiner Festung, sondern herrschte über seine Heere von seinem nördlichen Thron. Und nur einmal, solange sein Reich währte, griff er selber zur Waffe.

Denn mehr noch als in den Tagen von Utumno, ehe sein Stolz erniedrigt wurde, verzehrte ihn jetzt der Haß, und sein Geist ging darin auf, seine Diener zu knechten und in ihnen die Lust am Bösen zu stacheln. Doch die Hoheit seiner Erscheinung als einer der Valar blieb lange gewahrt, wenngleich zum Schrecken gewendet, und vor seinem Antlitz versanken bis auf die Mächtigsten alle in einer dunklen Grube der Angst.

Als nun laut wurde, daß Morgoth aus Valinor entkommen war und daß Verfolgung nichts fruchtete, blieben die Valar lange in der Dunkelheit im Schicksalsring sitzen, und die Maiar und Vanyar standen neben ihnen und weinten; von den Noldor aber kehrten die meisten nach Tirion zurück und trauerten über das Dunkel auf ihrer weißen Stadt. Durch die trübe Schlucht des Calacirya trieben Nebel von den schattigen Meeren herein und legten sich um die Türme, und die Lampe von Mindon brannte fahl in der Finsternis.

Da erschien plötzlich Feanor in der Stadt und rief alle auf, zum Hochgericht des Königs auf dem Gipfel des Túna zu kommen; das Urteil aber, das ihn verbannte, war noch nicht aufgehoben, und er rebellierte gegen die Valar. Eine große Menge versammelte sich daher sogleich, um zu hören, was er sagen werde; und der Hügel und alle Stufen und Straßen, die zu ihm hinaufführten, waren hell von dem Licht der Fackeln, die alle in den Händen trugen. Ein Meister der Rede war Feanor, und seine Zunge hatte Gewalt über die Herzen; und in dieser Nacht hielt er den Noldor eine Rede, die sie nie vergaßen. Heiß und hart waren seine Worte, voller Zorn und Stolz; und die Noldor, als sie ihm zuhörten, wurden zum Wahnsinn getrieben. Seine Wut und sein Haß trafen am meisten Morgoth, und doch war fast alles, was er sagte, aus Morgoths Lügen selber erwachsen; aber er war außer sich vor Schmerz um den erschlagenen Vater und vor Zorn über den Raub der Silmaril. Er forderte nun das Königtum über alle Noldor, denn Finwe war tot, und er verhöhnte die Gebote der Valar.

»Warum, o Volk der Noldor«, rief er, »warum sollten wir weiter den neidischen Valar dienen, die uns auch in ihrem eignen Reich vor ihrem Feinde nicht zu schützen vermögen? Und zwar ist er jetzt ihr Feind, doch sind nicht sie und er von einem Geschlecht? Rache ruft mich fort von hier, doch wäre es selbst anders, ich wollte nicht länger in einem Lande wohnen mit der Sippe dessen, der meinen Vater erschlagen und meinen Schatz geraubt. Doch bin ich nicht der einzig Mutige in diesem mutigen Volk. Und habt nicht ihr alle euren König verloren? Und was alles habt ihr nicht außerdem verloren, hier eingepfercht in einem engen Lande zwischen den Bergen und dem Meer?

Hier war einmal das Licht, das die Valar Mittelerde nicht gönnten, doch nun macht das Dunkel alles gleich. Sollen wir hier auf ewig untätig trauern, ein Volk von Schatten und Nebelgängern, das vergebliche Tränen ins undankbare Meer schüttet? Oder sollen wir in unsere Heimat zurückkehren? Mild flossen die Wasser in Cuiviénen unter dem unbewölkten Sternenhimmel, und weite Lande lagen ringsum, wo ein freies Volk wandern konnte. Sie liegen dort noch immer und warten auf uns, die wir in unserem Wahn sie verlassen haben. Kommt, fort von hier! Mögen die Feiglinge diese Stadt hüten!«

Lange sprach er, stets den Noldor zuredend, daß sie ihm folgten und sich aus eigner Kraft Freiheit und große Reiche in den Ländern des Ostens errängen, bevor es zu spät sei; denn er redete Melkors Lügen nach, daß die Valar sie betrogen hätten und sie gefangen hielten, damit in Mittelerde die Menschen herrschen könnten. Viele der Eldar hörten hier zum ersten Mal von den Nachkömmlingen. »Glücklich soll der Ausgang sein«, rief er, »doch lang und hart ist der Weg. Sagt der Knechtschaft Lebwohl! Doch sagt auch der Ruhe Lebwohl! Sagt den Schwachen Lebwohl, sagt euren Schätzen Lebwohl! Größere werden wir erringen. Nehmt wenig mit auf den Weg: Doch vergeßt nicht eure Schwerter! Denn wir werden weiter gehen als Orome und länger standhalten als Tulkas: Wir werden nie ablassen von der Verfolgung. Hinter Morgoth sind wir her bis zu den Grenzen der Erde. Krieg soll er haben und Haß ohne Ende. Doch wenn wir gesiegt und die Silmaril zurückgewonnen haben, dann sind wir, wir allein, die Herren des unbesudelten Lichtes und Herren allen Glücks und aller Schönheit von Arda. Keine andere Rasse soll uns vertreiben!«

Dann schwur Feanor einen furchtbaren Eid. Seine sieben Söhne sprangen ihm zur Seite und legten mit ihm denselben Eid ab, und blutrot leuchteten ihre gezogenen Schwerter im Schein der Fackeln. Sie schwuren einen Eid, wie keiner ihn brechen darf und keiner ihn schwören sollte, im Namen Ilúvatars selbst, und sie riefen das Ewige Dunkel auf sich herab, wenn sie ihn nicht hielten; und Manwe zum Zeugen rufend, Varda und den heiligen Berg Taniquetil, gelobten sie, mit Haß und Rache bis ans Ende der Welt zu verfolgen jeden Vala, Dämon, Elben oder ungeborenen Menschen, oder jede Kreatur, ob groß oder klein, gut oder böse, welche die Zeit hervorbringen mochte bis ans Ende der Tage, wer immer einen Silmaril aus ihrem Besitz nehme, behalte oder verwahre.

So sprachen Maedhros und Maglor und Celegorm, Curufin und Caranthir, Amrod und Amras, Prinzen der Noldor; und vielen wurde bange, als sie die grimmigen Worte hörten. Denn so geschworen, ob gut oder böse, kann ein Eid nicht gebrochen werden, und Eidvollstrecker wie Eidbrecher verfolgt er bis ans Ende der Welt. Fingolfin und Turgon, sein Sohn, sprachen daher gegen Feanor, und böse Worte wurden gewechselt, so daß nicht viel fehlte und die Wut hätte abermals die Schwerter entblößt. Finarfin aber sprach besänftigend, wie es seine Art war; er redete den Noldor zu, innezuhalten und sich zu bedenken, ehe getan werde, was dann nicht mehr ungetan zu machen sei; und Orodreth sprach als einziger von seinen Söhnen im gleichen Sinne. Finrod hielt es mit Turgon, seinem Freunde; doch Galadriel, die einzige Frau der Noldor, die an diesem Tage hoch und kühn unter den streitenden Prinzen stand, brannte darauf, fortzuziehen. Sie schwur keinen Eid, doch Feanors Worte über Mittelerde waren in ihrem Herzen aufgegangen, denn sie sehnte sich danach, die weiten, unbewachten Lande zu sehen und ein Reich nach eignem Gutdünken zu regieren. Gleichen Sinnes wie Galadriel war Fingon, Fingolfins Sohn; auch ihn hatten Feanors Worte bewegt, obgleich er ihn wenig liebte; und zu Fingon hielten, wie immer, Angrod und Aegnor, Finarfins Söhne. Doch diese alle blieben still und sprachen nicht gegen ihre Väter.

Am Ende, nach langem Streit, hatte Feanor seinen Willen, und den größeren Teil der versammelten Noldor entflammte er mit der Sehnsucht nach neuen Dingen und fremden Ländern. Als Finarfin daher noch einmal für Bedenken und Abwarten sprach, erhob sich lautes Geschrei: »Nimmer, wir wollen fort!« Und auf der Stelle begannen Feanor und seine Söhne den Aufbruch vorzubereiten.

Wenig konnten sie voraussehen, die es wagten, einen so dunklen Weg zu beschreiten. Doch alles geschah nun in Übereile, denn Feanor trieb sie an, besorgt, wenn erst ihre Herzen abkühlten, möchten seine Worte verblassen und anderen Ratschlüssen unterliegen; denn bei all seinen stolzen Reden vergaß er doch nicht die Macht der Valar. Aber aus Valmar kam keine Botschaft, und Manwe blieb stumm. Er mochte Feanors Vorhaben weder verbieten noch hindern; denn die Valar waren gekränkt, daß man ihnen zutraute, sie hegten böse Absichten gegen die Eldar oder hielten sie gar gegen ihren Willen gefangen. Jetzt wachten und warteten sie, denn noch glaubten sie nicht, daß Feanor das Volk der Noldor lange an seinen Willen binden könne.

Und in der Tat gab es sogleich Zwietracht, als Feanor die Noldor zum Aufbruch zu scharen begann. Denn zwar hatte er die Versammlung zu dem Entschluß bewogen, fortzuziehen, doch waren bei weitem nicht alle eines Sinnes, Feanor zum König zu nehmen. Beliebter waren Fingolfin und seine Söhne; und seine Verwandten und die meisten Bewohner von Tirion weigerten sich, ihm abzusagen, wenn er mit ihnen ginge; und so machten sich die Noldor zuletzt in zwei getrennten Scharen auf ihren bitteren Weg. Feanor und sein Gefolge zogen voraus, doch die größere Schar folgte unter Fingolfin nach. Fingolfin ging mit wider besseres Wissen, weil Fingon, sein Sohn, ihn drängte und weil er sich von seinem Volk, das begierig war zu gehen, nicht trennen und es nicht den unbedachten Ratschlüssen Feanors ausliefern mochte. Auch hatte er seine Worte vor Manwes Thron nicht vergessen. Mit Fingolfin ging auch Finarfin, aus ähnlichen Gründen, doch mit dem größten Widerstreben. Und von allen Noldor in Valinor, die nun ein zahlreiches Volk geworden waren, wollte nur der zehnte Teil nicht auf den Weg: manche aus Liebe zu den Valar (und nicht zuletzt zu Aule), manche aus Liebe zu Tirion und den vielen Dingen, die sie geschaffen, niemand aus Furcht vor Gefahr.

Als aber die Trompete erschallte und Feanor aus den Toren von Tirion trat, kam schließlich doch ein Bote von Manwe und sagte: »Gegen Feanors Wahn höret nur meinen Rat. Gehet nicht fort! Denn bös ist die Stunde, und euer Weg führet in Leid, das ihr nicht voraussehen. Keine Hilfe werden euch die Valar gewähren zu dieser Fahrt, doch werden sie euch auch nicht hindern. Denn wisset dies: Wie ihr frei hierher gekommen, so seid ihr frei zu gehen. Du aber, Feanor, Finwes Sohn, bist ausgestoßen, aufgrund deines Eides. Bitter soll es dir werden, Melkors Lügen zu verlernen. Ein Vala ist er, sagst du. Dann hast du vergebens geschworen, denn keinen der Valar kannst du überwinden, jetzt nicht und niemals, solange Ea dauert, und wenn Eru, den du angerufen, dich dreimal größer geschaffen hätte, als du bist.«

Feanor aber lachte und sprach nicht zu dem Herold, sondern zu den Noldor und sagte: »So denn! Dies tapfere Volk wird also den Erben seines Königs mit seinen Söhnen allein in die Verbannung schicken und in seine Knechtschaft zurückkehren? Doch wenn noch einige mit mir kommen wollen, so sage ich ihnen: Ist euch Leid vorbestimmt? Nun, wir kennen es aus Aman. In Aman sind wir durch Glück zum Leid gekommen. Umgekehrt versuchen wir es jetzt: durch Leid zur Freude – oder wenigstens zur Freiheit.«

Dann, sich dem Herold zuwendend, rief er: »Sag dies zu Manwe Súlimo, dem Hohen König von Arda: Wenn Feanor Morgoth nicht besiegen kann, so zögert er doch nicht, ihn anzugreifen, und sitzt nicht müßig in Trauer da. Und vielleicht hat Eru mir ein Feuer gegeben, das stärker ist, als du ahnst. Wunden jedenfalls will ich dem Feind der Valar schlagen, daß auch die Mächtigen im Schicksalsring es mit Erstaunen vernehmen sollen. Fürwahr, am Ende werden sie mir folgen. Lebwohl!«

So gebieterisch wurde Feanors Stimme in dieser Stunde, daß selbst der Herold der Valar sich vor ihm verneigte wie vor einem Mächtigen, ehe er schied; und die Noldor waren überwältigt. Daher setzten sie den Marsch fort, und Feanors Sippe eilte ihnen voraus, entlang der Küste von Elende: Kein einziges Mal wandten sie die Augen zurück nach Tirion auf dem grünen Hügel von Túna. Langsamer und weniger entschlossen zog Fingolfins Schar hinter ihnen drein. Ihr ging Fingon voraus; mit der Nachhut aber kamen Finarfin und Finrod und viele der Edelsten und Klügsten der Noldor, und oft blickten sie sich um nach ihrer weißen Stadt, bis daß die Lampe auf dem Mindon Eldaliéva sich in der Nacht verlor. Mehr als alle andern unter den Auswandernden nahmen sie Erinnerungen an das Glück, von dem sie sich abwandten, mit fort, und auch manche Dinge, die sie geschaffen, trugen sie mit sich; ein Trost und eine Bürde auf dem Weg.

Nun führte Feanor die Noldor nordwärts, denn sein erstes Vorhaben war, Morgoth zu folgen. Überdies lag Túna unter dem Taniquetil nahe am Gürtel von Arda, und hier war das Große Meer unermeßlich weit, während nach Norden zu das Scheidemeer schmaler wurde und das

Ödland von Araman den Küsten von Mittelerde näher rückte. Als aber Feanors Geist kühler wurde und Rat annahm, da erkannte er allzu spät, daß all diese großen Scharen niemals den langen Weg nach Norden zurücklegen oder zuletzt das Meer überqueren könnten, es sei denn mit Hilfe von Schiffen; doch würde es viel Zeit und Mühe kosten, eine so große Flotte zu bauen, selbst dann, wenn die Noldor sich auf diese Kunst verstanden hätten. Er beschloß daher, die Teleri, die alten Freunde der Noldor, zum Mitkommen zu überreden; und in seiner Empörung dachte er auch, daß so das Glück von Valinor weiter vermindert und seine eigene Streitmacht gegen Morgoth vermehrt werden möchte. Er eilte also nach Alqualonde und sprach zu den Teleri, so wie er zuvor in Tirion gesprochen.

Doch die Teleri blieben unbewegt, was er auch sagte. Wohl waren sie bekümmert, daß ihre Verwandten und alten Freunde fortgingen, doch mochten sie ihnen lieber abraten als helfen; und kein Schiff wollten sie ihnen leihen oder bauen helfen gegen den Willen der Valar. Was sie anging, so begehrten sie keine andere Heimat als die Ufer von Eldamar und keinen anderen Herrn als Olwe, den Fürsten von Alqualonde. Und Olwe hatte Morgoth nie Gehör geschenkt, noch ihn in seinem Lande empfangen, und er vertraute noch darauf, daß Ulmo und die andren Großen unter den Valar für die Schäden Morgoths Abhilfe schaffen und daß die Nacht einem neuen Morgen weichen würde.

Da wurde Feanor zornig, denn noch immer fürchtete er den Aufschub, und hitzig sprach er zu Olwe: »Zur Stunde, da wir ihrer bedürfen, brichst du unsere Freundschaft«, sagte er. »Doch froh wart ihr über unsere Hilfe, als ihr endlich an diese Ufer kamt, mit leeren Händen, mutlose Zauderer. In Hütten am Strande wohntet ihr noch, hätten nicht die Noldor euren Hafen und eure Häuser gebaut.«

Olwe aber antwortete: »Wir brechen keine Freundschaft. Doch Freundesdienst kann es sein, des Freundes Wahn zu widerstehen. Und als die Noldor uns willkommen geheißen und uns Hilfe geleistet, da war es anders, als du gesagt: Im Lande Aman sollten wir wohnen für immer, als Brüder, deren Häuser Seite an Seite stehen. Doch was unsere weißen Schiffe angeht: die habt nicht ihr uns gegeben. Diese Kunst haben wir nicht von den Noldor gelernt, sondern von den Herren des Meeres; und ihre weißen Planken haben wir mit eigenen Händen gezimmert, und die weißen Segel haben unsere Frauen und Töchter gewoben. Darum geben wir sie nicht her, und sie sind uns nicht feil, für keinen Bund und keine Freundschaft. Denn ich sage dir, Feanor, Finwes Sohn, sie sind für uns, was die Gemmen für die Noldor sind: das Werk unseres Herzens, desgleichen wir kein zweites schaffen können.«

Darauf verließ ihn Feanor und saß in dunklem Sinnen vor den Mauern von Alqualonde, bis seine Schar versammelt war. Als er glaubte, stark genug zu sein, ging er zum Schwanenhafen und begann die Schiffe zu bemannen, die dort ankerten, und sie mit Gewalt zu nehmen. Doch die Teleri widerstanden und warfen viele der Noldor ins Meer. Da wurden die Schwerter gezogen, und heiß wurde auf den Schiffen gekämpft und ringsum auf den lampenerhellten Kaien und Stegen des Hafens, selbst auf dem großen Bogen des Hafentores. Dreimal wurden Feanors Leute zurückgeworfen, und viele wurden auf beiden Seiten erschlagen; doch die Vorhut der Noldor erhielt durch Fingon Verstärkung, mit den Vordersten aus Fingolfins Schar, die, als sie ankamen, eine Schlacht im Gange und ihre Blutsverwandten fallen sahen und eingriffen, ehe sie recht wußten, um was man stritt; manche glaubten auch, die Teleri hätten auf Geheiß der Valar den Zug der Noldor aufhalten wollen.

So wurden zuletzt die Teleri überwunden und ein großer Teil ihrer Seeleute, die in Alqualonde wohnten, grausam erschlagen. Denn die Noldor waren wild und verzweifelt geworden, und die Teleri waren weniger stark und meist nur mit leichten Bogen bewaffnet. Nun zogen die Noldor die weißen Schiffe fort und bemannten die Ruder, so gut sie es verstanden, und fuhren nach Norden die Küste entlang. Und Olwe rief Osse an, doch kam er nicht, denn die Valar ließen es nicht zu, daß die Flucht der Noldor mit Gewalt behindert werde. Uinen aber weinte um die Seeleute der Teleri, und die See bäumte sich wütend gegen die Mörder auf, so daß viele der Schiffe untergingen und die Leute auf ihnen ertranken. Mehr wird über den Sippenmord von Alqualonde in jenem Klagelied mit Namen ›Noldolante‹, der Sturz der Noldor, erzählt, das Maglor dichtete, ehe er verschwand.

Dennoch, der größere Teil der Noldor entkam, und als der Sturm vorüber war, setzten sie ihren Weg fort, manche zu Schiff und manche zu Lande; doch der Weg war lang und wurde immer böser, je weiter sie kamen. Nachdem sie lange Zeit durch die unermeßliche Nacht marschiert waren, gelangten sie schließlich an die nördlichen Grenzen des Bewachten Reiches, am kalten und gebirgigen Rande der leeren Einöde von Araman. Dort erblickten sie plötzlich eine dunkle Gestalt, die auf einem hohen Felsen stand und auf das Ufer herabsah. Manche sagen, kein geringerer Bote Manwes als Mandos selbst sei es gewesen. Und sie hörten eine laute Stimme, würdig und schrecklich, die ihnen gebot, zu halten und zu hören. Und sie hielten alle und standen still, und vom einen Ende des Zuges bis zum andern vernahm man die Stimme, wie sie den Fluch und das Urteil sprach, welche die Weissagung des Nordens und der Spruch der Noldor genannt werden.

Vieles kündete sie in dunkler Rede voraus, das die Noldor erst später verstanden, als das Unheil wirklich hereingebrochen war; alle aber hörten den Fluch, der über jene gesprochen wurde, die nicht bleiben wollten noch das Urteil und die Vergebung der Valar erbitten.

»Ungezählte Tränen sollt ihr vergießen; und die Valar werden Valinor gegen euch umzäunen und euch ausschließen, so daß kein Echo von euren Klagen über die Berge dringt. Auf dem Hause Feanor liegt der Zorn der Valar, vom Westen bis in den fernsten Osten, und so auf allen, die ihm folgen. Ihr Eid wird sie treiben und sie doch betrügen und ihnen immer wieder jene Schätze entreißen, nach denen sie zu jagen geschworen. Zu bösem Ende wird alles sich wenden, was sie wohl beginnen; und dies geschehe durch Verrat des Bruders am Bruder und durch Furcht vor Verrat. Die Enteigneten sollen sie sein für immer.

Wider das Recht habt ihr das Blut eures Geschlechts vergossen und das Land Aman befleckt. Für Blut werdet ihr mit Blut entgelten, und jenseits der Grenzen von Aman lebt ihr im Schatten des Todes. Denn wenn auch Eru euch nicht bestimmt hat, in Ea zu sterben, und keine Krankheit euch befallen kann, so könnt ihr doch erschlagen werden, und erschlagen sollt ihr werden: durch Waffen, und durch Leid und Qual; und nach Mandos werden eure unbehausten Geister dann kommen. Da sollt ihr lange wohnen und um eure Leiber trauern, und wenig Erbarmen werdet ihr finden, und wenn alle, die ihr gemordet, für euch bitten sollten. Und jene, die in Mittelerde ausharren und nicht nach Mandos kommen, sollen der Welt müde werden wie einer schweren Last und sollen verfallen und wie Schatten der Reue werden vor dem jüngeren Geschlecht, das nach euch kommt. Die Valar haben gesprochen.«

Viele verzagten da; doch Feanor panzerte sein Herz und sagte: »Geschworen haben wir, und nicht mit leichtem Sinn. Diesen Eid halten wir. Mit vielerlei Unheil werden wir bedroht, und nicht das geringste ist der Verrat; eines aber wird nicht gesagt: daß wir an Kleinmut leiden werden, an Feigheit oder der Furcht vor Feigheit. Daher sage ich, wir gehen weiter, und dies eine künde ich voraus: Taten werden wir leisten, die besungen werden sollen bis ans Ende aller Tage von Arda.«

Doch in dieser Stunde wandte sich Finarfin von dem Zuge ab und kehrte um, voller Leid und voller Bitterkeit gegen das Haus Feanor, denn sein Schwiegervater war Olwe von Alqualonde; und mit Finarfin gingen viele seiner Leute denselben Weg in Kummer zurück, bis sie von fern wieder den Schein des Mindon auf dem Túna gewahrten, der noch leuchtete in der Nacht; und so kamen sie zurück nach Valinor. Dort erlangten sie Vergebung von den Valar, und Finarfin wurde eingesetzt, die Reste der Noldor im Segensreich zu regieren. Seine Söhne aber waren nicht bei ihm geblieben, denn sie mochten sich von Fingolfins Söhnen nicht trennen; und Fingolfins ganze Schar zog weiter mit, denn sie sahen sich gezwungen durch Blutsbande und durch den Willen Feanors; überdies fürchteten sie das Urteil der Valar, denn nicht alle waren sie beim Sippenmord von Alqualonde ohne Schuld geblieben. Auch waren Fingon und Turgon mutigen Herzens und mochten nicht aufgeben, was sie einmal begonnen, bis zum bitteren Ende, wenn es denn bitter sein mußte. So zog die größte Schar weiter, und rasch begann das verheißene Unheil sein Werk.

Die Noldor kamen zuletzt in den hohen Norden von Arda; und sie sahen die ersten Zähne des Eises, das im Meer schwamm, und wußten, sie näherten sich der Helcaraxe. Denn zwischen dem Lande Aman, das im Norden ostwärts abbog, und den Ostküsten von Endor (was Mittelerde heißt), die sich westwärts hinzogen, lag eine Meerenge, in der die kalten Wasser des Umzingelnden Meeres und die Wellen von Belegaer ineinander flossen, und dort gab es weite Dunst- und Nebelfelder von tödlicher Kälte, und die Meeresströmungen waren erfüllt vom Klirren der Eisberge und vom Knirschen des Grundeises. Dies war die Helcaraxe, und noch niemand bis auf die Valar und Ungolianth hatte es gewagt, sie zu betreten.

Dort machte Feanor Halt, und die Noldor berieten, welchen Weg sie nun nehmen sollten. Doch sie begannen Qualen zu leiden von der Kälte und den zähen Nebeln, durch die kein Schimmer von einem Stern drang; und viele waren des Weges leid, und vor allem die aus Fingolfins Gefolge begannen zu murren, Feanor verwünschend, den sie den Anstifter allen Übels für die Eldar nannten. Feanor aber, der von allem wußte, was gesagt wurde, beriet sich mit seinen Söhnen, und nur zwei Wege sahen sie, um von Araman nach Endor zu entkommen: über das Eis der Meerenge oder zu Schiff. Die Helcaraxe aber glaubten sie unüberschreitbar, während der Schiffe zu wenige waren. Viele hatten sie auf der langen Reise verloren, und nicht genug waren übrig, um die ganze große Schar auf einmal überzusetzen; niemand aber war bereit, am westlichen Ufer zu warten, während andre zuerst überfuhren: Schon war die Furcht vor Verrat unter den Noldor erwacht. So kam es Feanor und seinen Söhnen in den Sinn, mit allen Schiffen plötzlich abzufahren; die Herrschaft über die Flotte nämlich hatten sie seit der Schlacht im Hafen in den eigenen Händen behalten, und die Schiffe waren nur mit jenen bemannt, die dort gekämpft hatten und an Feanor gebunden waren. Und wie gerufen kam ein Wind von Nordwesten auf, und Feanor schlich sich heimlich an Bord, mit allen, die er sich ergeben glaubte, stach in See und ließ Fingolfin in Araman zurück. Und da der Meeresarm schmal war, gelangte er, nach Osten und ein wenig nach Süden steuernd, ohne Verluste hinüber und setzte als erster von allen Noldor von neuem den Fuß auf die Küste von Mittelerde; und Feanors Landeplatz lag an der Mündung des Fjords, der Drengist genannt wurde und der sich nach Dor-lómin hineinzog.

Nachdem sie aber gelandet waren, sprach Maedhros, sein ältester Sohn, der einst der Freund Fingons gewesen war, ehe Morgoths Lügen sich zwischen sie drängten, zu Feanor und sagte: »Welche Schiffe und Ruderer hast du nun ausersehen, zurückzukehren, und wen sollen sie zuerst herüberholen? Fingon, den Tapferen?«

Da lachte Feanor wie ein Verdammter und rief: »Keinen einzigen! Nicht als Verlust achte ich, was ich zurückgelassen; als nutzloses Gepäck auf dem Weg hat es sich erwiesen. Sollen jene, die meinen Namen verfluchen, mich weiterhin verfluchen und winselnd zurückkehren in die Käfige der Valar! Brennen sollen die Schiffe!« Da trat Maedhros allein beiseite, Feanor aber ließ an die weißen Schiffe der Teleri das Feuer legen. So fanden an jenem Orte, der Losgar hieß, an der Mündung des Fjords von Drengist, die schönsten Schiffe, die je die Meere befuhren, in einem großen Brand ihr Ende, leuchtend und schrecklich. Und Fingolfin und sein Gefolge sahen das Licht aus der Ferne, einen roten Schein unter den Wolken; und sie wußten, sie waren verraten worden. Dies waren die ersten Früchte des Sippenmords und des Verhängnisses der Noldor.

Da war Fingolfin voller Bitterkeit, als er sah, daß Feanor ihn verlassen hatte, so daß er in Araman umkommen oder in Schande nach Valinor zurückkehren müßte; doch mehr denn zuvor begehrte er nun, einen Weg nach Mittelerde zu finden und Feanor noch einmal zu begegnen. Und lange wanderten er und seine Schar im Elend, doch Mut und Ausdauer wuchsen mit ihren Mühen; denn ein starkes Volk waren sie, die älteren, die unsterblichen Kinder von Eru Ilúvatar, als sie noch Neuankömmlinge aus dem Segensreich waren und noch nicht müde von der Last der Erde. Das Feuer in ihren Herzen war jung, und geführt von Fingolfin und seinen Söhnen und von Finrod und Galadriel, wagten sie sich in den kältesten Norden; und da sie keinen anderen Weg fanden, nahmen sie zuletzt die Schrecknisse der Helcaraxe und der erbarmungslosen Eisberge auf sich. Von den späteren Taten der Noldor waren wenige kühner als dieser verzweifelte Übergang, und wenige waren opferreicher. Elenwe, Turgons Gattin, verloren sie dort, und noch viele andere kamen um; und mit einer verringerten Schar setzte Fingolfin endlich den Fuß auf die Außenlande. Wenig Liebe hegten sie für Feanor und seine

Söhne, die nun hinter ihnen dreinzogen und in Mittelerde ihre Trompeten bliesen beim ersten Aufgang des Mondes.

Von Sonne und Mond und der Verhüllung Valinors

Erzählt wurde, wie die Valar nach Melkors Flucht lange regungslos auf ihren Thronen im Schicksalsring saßen; doch müßig, wie Feanor in seiner Verblendung gesagt hatte, waren sie nicht. Denn vieles können die Valar mit Gedanken statt mit Händen bewirken, und stumm, ohne zu sprechen, können sie miteinander Rat halten. So wachten sie in der Nacht von Valinor, und ihre Gedanken gingen zurück bis vor Ea und voraus bis an das Ende; doch keine Kraft noch Weisheit milderte ihr Leid und Wissen um das Unheil zur Stunde, da es geschah. Und um den Tod der Bäume trauerten sie nicht mehr als um die Verderbnis Feanors: von allen Werken Melkors eines der bösesten. Denn der Gewaltigste unter allen Kindern Ilúvatars war Feanor an allen Gliedern von Leib und Geist, an Kühnheit, an Beharrlichkeit, Schönheit, Wissen und Kunst, List und Kraft, und eine helle Flamme brannte in ihm. Die Wunder, die er zum Ruhme Ardas hätte schaffen können, vermochte nur Manwe halbwegs zu ermessen. Und später erzählten die Vanyar, welche mit den Valar wachten: als die Boten Manwe berichteten, was Feanor seinen Herolden geantwortet, da habe Manwe geweint und den Kopf sinken lassen. Bei Feanors letzten Worten aber, daß die Noldor wenigstens Taten leisten würden, die auf immer in den Liedern leben sollten, da hob er den Kopf, als lauschte er auf eine Stimme von fern, und sagte: »So sei es! Als teuer bezahlt mögen jene Lieder gelten, und doch als wohlfeil. Denn der Preis könnte kein anderer sein. Wie Eru zu uns gesprochen: Unerahnte Schönheit werde Ea zuteil, und Böses soll gut sein, wenn es gewesen ist.«

Mandos aber sagte: »Und doch böse bleiben. Zu mir wird Feanor bald kommen.«

Als aber die Valar zuletzt erfuhren, daß die Noldor tatsächlich Aman verlassen hatten und nach Mittelerde zurückgekehrt waren, da erhoben sie sich und begannen auszuführen, was sie in Gedanken beschlossen hatten, um die Übel Melkors gutzumachen. Manwe bat Yavanna und Nienna, all ihre Kräfte des Wachsens und Heilens aufzubieten, und sie wandten sich ganz den Bäumen zu. Doch Niennas Tränen halfen nicht, die tödlichen Wunden zu heilen, und lange Zeit sang Yavanna allein in den Schatten. Doch als alle Hoffnung schwand und ihr Lied erstarb, da trug Telperion zuletzt eine große silberne Blüte an einem blattlosen Ast, und Laurelin trug eine einzige goldene Frucht.

Diese nahm Yavanna; dann starben die Bäume, und ihre leblosen Stämme stehen noch in Valinor, zum Gedenken vergangenen Glücks. Die Blüte und die Frucht aber gab Yavanna Aule, und Manwe weihte sie, und Aule und seine Gehilfen schufen Gefäße, um sie darinnen zu halten und ihren Glanz zu wahren – wovon im ›Narsilion‹ berichtet wird, dem Lied von Sonne und Mond. Diese Gefäße gaben die Valar Varda, damit sie Himmelslichter aus ihnen erschaffe, welche, da sie näher bei Arda stünden, die alten Sterne überglänzten; und Varda verlieh ihnen die Kraft, die unteren Regionen des Ilmen zu durchqueren, und brachte sie auf ihre vorbestimmte Bahn über dem Gürtel der Erde, von West nach Ost und zurück.

Dies taten die Valar, da sie in ihrer Dämmerung der Dunkelheit in den Landen von Arda gedachten; und sie beschlossen nun, Mittelerde zu erhellen und mit dem Licht Melkors Werke zu hindern. Denn sie erinnerten sich der Avari, die an den Wassern, wo sie erwacht, geblieben waren, und sie gaben die Noldor in ihrer Verbannung nicht ganz und gar auf; und Manwe wußte auch, daß die Stunde nahe war, wo die Menschen erwachen würden. Und es heißt, ebenso wie die Valar um der Quendi willen gegen Melkor in den Krieg gezogen waren, so seien sie nun um die Hildor besorgt gewesen, die Nachzügler, die Jüngeren Kinder Ilúvatars. Denn so schwere Wunden Mittelerde in dem Krieg gegen Utumno auch geschlagen worden waren, die Valar befürchteten, es könne jetzt noch schlimmer kommen, obgleich doch die Hildor sterblich sein würden und schwächer als die Quendi im Ertragen von Angst und Erschütterung. Auch war es Manwe nicht offenbar, wo die Geburtsstätte der Menschen sein werde, ob im Norden, Süden oder Osten. Daher sandten die Valar das Licht und befestigten im übrigen das Land, wo sie selber wohnten.

Isil, der Schein, so nannten einst die Vanyar den Mond, Telperions Blüte in Valinor; und Anar, die Feuriggoldne, nannten sie die Sonne, Laurelins Frucht. Die Noldor aber nannten ihn auch Rána, den Bummler, und sie Vása, das Feuerherz, das erweckt und verzehrt; die Sonne nämlich wurde als Zeichen für das Erwachen der Menschen und das Vergehen der Elben gesetzt, während der Mond ihr Andenken bewahrt.

Das Mädchen, das die Valar unter den Maiar dazu ausersahen, das Schiff der Sonne zu steuern, hieß Arien, und die Insel des Mondes lenkte Tilion. In den Tagen der Bäume hatte Arien die goldenen Blumen in Vánas Gärten gepflegt und sie mit dem hellen Tau von Laurelin gewässert; Tilion aber war ein Jäger aus Oromes Gefolge, und er hatte einen silbernen Bogen. Silber liebte er über alles, und wenn er ruhen wollte, so pflegte er Oromes Wälder zu verlassen und nach Lórien zu gehen, wo er träumend an Estes Teichen lag, unter Telperions flimmernden Strahlen; und er bat darum, daß man ihn auf ewig damit betraue, die letzte Silberblüte zu pflegen. Stärker als er war das Mädchen Arien, und auf sie fiel die Wahl, weil sie die Hitze Laurelins nicht gefürchtet hatte und keinen Schaden von ihr nahm, denn von Anfang an war sie ein Feuergeist gewesen, den Melkor nicht zu betrügen oder in seinen Dienst zu locken vermochte. Zu hell leuchteten Ariens Augen, als daß selbst die Eldar hineinblicken konnten, und als sie Valinor verließ, gab sie die Gestalt und Hülle auf, die sie wie die Valar dort getragen hatte, und sie erschien wie eine nackte Flamme, schrecklich in ihrem vollen Glanz.

Isils Schiff wurde zuerst gebaut und zur Fahrt gerüstet, und als erster stieg er in die Sphäre der Sterne hinauf; er war von den beiden neuen Lichtern das ältere, wie Telperion der ältere von den Bäumen gewesen war. Nun hatte die Welt eine Zeitlang Mondschein, und viele Dinge regten sich und erwachten, die lange im Schlafe Yavannas gewartet hatten. Morgoths Diener wurden scheu, die Elben der Außenlande sahen freudig hinauf; und als der Mond eben über die Dunkelheit im Westen stieg, da ließ Fingolfin seine silbernen Trompeten blasen und begann seinen Marsch nach Mittelerde hinein, und lang und schwarz gingen seinen Leuten ihre Schatten voraus.

Tilion hatte siebenmal den Himmel überquert und befand sich gerade im fernsten Osten, als Ariens Schiff bereitgemacht wurde. Da stieg Anar auf in ihrem Glanze, und der erste Sonnenschein auf den Türmen der Pelóri war wie ein großes

Feuer: die Wolken über Mittelerde wurden bewegt, und man vernahm den Laut vieler Wasserfälle. Nun war Morgoth erst recht entmutigt und stieg in die tiefsten Grüfte von Angband hinab; alle seine Diener rief er zurück und breitete große Wolken von Dunst und Qualm über sein Land, um es vor dem Licht des Tagesgestirns zu verbergen.

Vardas Absicht nun war, daß die beiden Schiffe Ilmen durchwandern und stets am Himmel stehen sollten, doch nicht zusammen; beide sollten von West nach Ost fahren und zurückkommen, so daß das eine im Westen gerade abfuhr, wenn das andre im Osten umkehrte. Die ersten neuen Tage wurden daher wie bei den Bäumen gezählt, von der Mischung der Lichter an, wenn sich Arien und Tilion auf halbem Wege über der Mitte der Erde begegneten. Tilion aber war saumselig und hielt weder die Geschwindigkeit noch die vorgezeichnete Bahn ein; angezogen von ihrem Glanze, versuchte er, sich Arien zu nähern, obgleich Anars Flamme ihn versengte, und die Insel des Mondes wurde verdunkelt.

Mit Rücksicht auf Tilions Säumigkeit und mehr noch auf das Bitten von Lórien und Este, die klagten, Schlaf und Ruhe seien nun von der Erde verbannt und die Sterne verborgen, änderte daher Varda ihren Plan und sah wieder eine Zeit vor, zu der die Welt Schatten und Halblicht haben sollte. Anar blieb nun eine Weile in Valinor am kühlen

Busen des Außenmeeres liegen, und der Abend, die Zeit, wo die Sonne untergeht und ruht, war in Aman die Stunde des hellsten Lichts und der höchsten Freude. Bald darauf aber wurde die Sonne von Ulmos Dienern herabgezogen und in aller Eile ungesehen unter der Erde nach Osten gebracht, wo sie von neuem am Himmel aufstieg, damit die Nacht nicht allzu lange dauerte und kein Unheil sich unter dem Monde hervorwagte. Durch Anar aber wurden die Wasser des Außenmeeres erhitzt, und sie glühten in bunten Feuern, und auch wenn Arien fort war, hatte Valinor noch für eine Weile Licht. Wenn sie aber unter die Erde sank und nach Osten zog, verblaßte das Glühen und Valinor wurde dunkel, und dann beklagten die Valar über alles den Tod von Laurelin. In der Morgendämmerung lasteten die Schatten, welche die Berge der Abwehr warfen, schwer auf dem Segensreich.

Dem Monde gebot Varda, in der gleichen Weise dahinzuziehen, unter der Erde nach Osten, um dort aufzugehen, doch erst, nachdem die Sonne vom Himmel herniedergestiegen sei. Tilion aber ging bald schneller, bald langsamer, wie es noch immer seine Art ist, und nach wie vor zog ihn Arien an, wie sie ihn immer anziehen wird, so daß man oft beide zusammen über der Erde sehen kann; oder zu anderen Zeiten kommt er ihr so nahe, daß sein Schatten ihre Strahlen verbirgt, und dunkel wird es mitten am Tag.

Nach dem Kommen und Gehen Anars zählten daher die Valar fortan die Tage bis zur Wandlung der Welt. Denn Tilion verweilte selten in Valinor, sondern zog meist rasch über das Westland hinweg, über Avathar, Araman oder Valinor, und tauchte dann in die Kluft jenseits des Außenmeeres, von wo er allein seines Weges ging zwischen den Grotten und Höhlen an den Wurzeln von Arda. Dort wanderte er oft lange umher und kam spät erst wieder.

Immer noch war daher, auch nach der Langen Nacht, das Licht von Valinor größer und heller als das Licht von Mittelerde, denn die Sonne machte dort Rast, und die Himmelslichter kamen in jener Gegend der Erde näher. Doch weder Sonne noch Mond können das Licht zurückrufen, das einstmals war, das von den Bäumen fiel, ehe Ungolianths Gift sie berührte. Jenes Licht lebt nun allein noch in den Silmaril.

Morgoth aber haßte die neuen Lichter und war eine Zeitlang verwirrt durch diesen unerwarteten Streich der Valar. Dann griff er Tilion an, indem er Schattengeister gegen ihn aussandte, und es gab einen Kampf in Ilmen, unter den Bahnen der Sterne; doch Tilion blieb Sieger. Und vor Arien fürchtete sich Morgoth zutiefst, wagte er doch nicht, ihr zu nahe zu kommen, denn dazu reichte seine Kraft nicht mehr. Indem er an Tücke wuchs und das Unheil, das er ersann, seinen üblen Kreaturen eingab und in seine Lügen verstrickte, ging seine Kraft in diese über und verstreute sich, während er selbst immer erdgebundener wurde und nicht mehr geneigt war, aus seinen dunklen Burgen hervorzukommen. Mit Schatten verbarg er sich selbst und seine Diener vor Arien, deren Augen sie nicht lange standhalten konnten; und die Lande um seine Burg lagen in Rauch und große Wolken gehüllt.

Als die Valar aber sahen, wie Tilion angegriffen wurde, kamen ihnen Zweifel und Besorgnis, was Morgoths List und Tücke noch gegen sie aushekken mochten. Obgleich sie nicht gewillt waren, ihn in Mittelerde zu bekriegen, erinnerten sie sich doch der Zerstörung von Almaren; und sie beschlossen, daß dies sich in Valinor nicht wiederholen dürfe. Daher gaben sie ihrem Lande zu jener Zeit neue Befestigungen, und sie hoben die Berghänge der Pelóri im Osten, Norden und Süden zu steilen und furchtbaren Höhen an. Die Außenseiten waren dunkel und glatt, ohne Spalt oder Vorsprung, und sie stürzten tiefe Klüfte hinab, deren Boden hart war wie Glas, und wuchsen zu Türmen mit Kronen von weißem Eis empor. Auf diesen stand eine niemals schlafende Wache, und kein Paß führte hindurch bis auf den einen am Calacirya: Diesen aber schlossen die Valar nicht, den Eldar zuliebe, die ihnen treu geblieben waren; und in der Stadt Tirion auf dem grünen Hügel regierte immer noch Finarfin die Reste der

Noldor in der tiefen Schlucht zwischen den Bergen. Denn alle, die elbischen Geschlechtes sind, sogar die Vanyar und Ingwe, ihr König, müssen zuweilen die Luft von draußen atmen und den Wind spüren, der von ihren Geburtslanden über das Meer weht; und auch die Teleri wollten die Valar nicht gänzlich von ihren Stammesbrüdern trennen. Doch im Calacirya erbauten sie starke Türme und stellten viele Wachen auf, und wo die Schlucht in die Ebenen von Valmar mündete, lagerte ein Heer, so daß weder Vogel noch Tier oder Elb oder Mensch noch irgendein andres Geschöpf, das in Mittelerde lebte, diesen Weg passieren konnte.

Und in jener Zeit, die in den Liedern *Nurtale Valinóreva* heißt, die Verhüllung von Valinor, wurden auch die Verwunschenen Inseln ins Meer gesetzt, und alle Gewässer um sie her waren voller Schatten und Zauberwerk. Und diese Inseln lagen wie ein Netz von Norden nach Süden im Schattigen Meer, bevor einer, der nach Westen segelt, Tol Eressea, die Einsame Insel, erreicht. Kaum vermochte ein Schiff zwischen ihnen hindurchzufinden, denn gefährlich ächzten die Wellen immer auf den dunklen, im Nebel verborgenen Felsen. Und im Dämmerlicht kam eine tiefe Müdigkeit über die Seeleute und ein Abscheu vor dem Meer; und alle, die je den Fuß auf die Inseln setzten, blieben dort gefangen und schliefen bis zur Wandlung der Welt. So geschah es, wie Mandos den Noldor in Araman vorausgesagt, daß das Segensreich den Noldor verschlossen wurde; und von den vielen Boten, die in späteren Tagen in den Westen fuhren, kam keiner je nach Valinor – bis auf einen, den größten Seefahrer der Lieder.

Von den Menschen

Nun saßen die Valar in Frieden hinter ihren Bergen, und Mittelerde, nachdem es nun Licht hatte, kümmerte sie lange nicht mehr; und nur noch die Kühnheit der Noldor machte Morgoth die Herrschaft streitig. Am meisten behielt Ulmo die Verbannten im Sinn, der aus allen Wassern die Botschaften der Erde empfing.

Von dieser Zeit an wurden die Jahre nach der Sonne gezählt. Hastiger und kürzer waren sie als die langen Jahre der Bäume von Valinor. In jener Zeit wurde die Luft von Mittelerde schwer vom Atem des Wachsens und Sterbens, und das Wechseln und Altern aller Dinge beschleunigte sich über die Maßen. Es wimmelte von Leben auf der Erde und in den Gewässern im Zweiten Frühling von Arda, und die Eldar mehrten sich, und unter der neuen Sonne wurde Beleriand grün und hell.

Beim ersten Aufgang der Sonne erwachten die Jüngeren Kinder Ilúvatars in dem Lande Hildórien, in den östlichen Gebieten von Mittelerde; das erste Mal aber ging die Sonne im Westen auf, und als sich die Augen der Menschen öffneten, waren sie ihr zugekehrt, und ihre Füße, als sie über die Erde wanderten, gingen meist in jene Richtung. Die Atani wurden sie von den Eldar genannt, das Zweite Volk, doch nannten sie sie auch die Hildor, die Nachkömmlinge, und gaben ihnen noch viele andere Namen: Apanónar, die Nachzügler, Engwar, die Kränklichen, oder Fírimar, die Sterblichen; und sie nannten sie auch die Usurpatoren, die Fremden, die Unbegreiflichen, die Selbst-Verfluchten, die Tolpatsche, die Nachtfürchtigen und die Kinder der Sonne. Von den Menschen wird in diesen Erzählungen wenig berichtet, denn sie handeln von den Ältesten Tagen vor der Ausbreitung der Sterblichen und dem Verschwinden der Elben; nur von jenen Vätern der Menschen, den Atanatári, ist die Rede, die in den ersten Jahren der Sonne und des Mondes in den Norden der Welt wanderten. Nach Hildórien kam kein Vala, um die Menschen zu führen oder sie nach Valinor zu rufen; und die Menschen fürchteten eher die Valar, als daß sie sie liebten, und sie verstanden nicht die Absichten der Mächte, sondern haderten mit ihnen und lagen mit aller Welt in Streit. Ulmo indessen dachte auch an sie, gemäß Manwes Ratschluß und Willen; und oft trugen ihnen Bach und Fluß seine Botschaften zu. Doch auf derlei Dinge verstehen sie sich nicht, und besonders nicht in jenen Tagen, bevor sie sich unter die Elben gemengt hatten. Daher liebten sie die Wasser, und ihre Herzen wurden bewegt, aber die Botschaften verstanden sie nicht. Doch heißt es, sie seien binnen kurzem an vielen Orten den Dunkel-Elben begegnet, die sie freundlich aufnahmen; und so wurden die Menschen in ihrer Kindheit zu Gefährten und Schülern dieses alten Wandervolks von elbischem Geschlecht, das sich nie auf den Weg nach Valinor gemacht hatte und für das die Valar nur ein Gerücht und ein fremder Name waren.

Morgoth war damals noch nicht lange wieder in Mittelerde, und seine Macht reichte nicht weit, und überdies gebot der plötzliche Aufgang des großen Lichtes ihm Einhalt. Wenig Gefahr war in den Ländern und Bergen; und neue Dinge, vor vielen Altern im Geist Yavannas entsprungen und als Samen in der Dunkelheit ausgesät, begannen nun endlich zu knospen und zu blühen. Nach Westen, Norden und Süden wandernd, breiteten die Menschenkinder sich aus, und ihre Freude war die Freude am Morgen, ehe der Tau trocken und wenn jedes Blatt noch grün ist.

Doch kurz ist der Morgen, und allzu oft nur leugnet der Tag, was er versprochen; und es nahte nun die Zeit der großen Kriege zwischen den Mächten des Nordens, als Noldor und Sindar und Menschen gegen die Heere von Morgoth Bauglir kämpften und zugrunde gingen. Zu diesem Ende hin wirkten stets die schlauen Lügen Morgoths, die er vor Zeiten gesät hatte und immer wieder von neuem unter seinen Feinden streute, der Fluch, der von dem Gemetzel in Alqualonde herrührte, und Feanors Eid. Nur ein Teil von den Ereignissen jener Tage wird hier erzählt, und am meisten ist von den Noldor die Rede, von den Silmaril und von den Sterblichen, die in ihre Geschicke verstrickt wurden. In jenen Tagen waren Elben und Menschen an Wuchs und Leibeskräften gleich, doch waren die Elben klüger, geschickter und schöner; und jene, die in Valinor gelebt und mit eigenen Augen die Mächte gesehen hatten, übertrafen die Dunkel-Elben in diesen Dingen ebenso wie diese ihrerseits die Völker von sterblicher Art übertrafen. Nur im Reich von Doriath, dessen Königin Melian war, aus dem Geschlecht der Valar, kamen die Sindar den Calaquendi des Segensreiches nahezu gleich.

Unsterblich waren die Elben, und ihr Wissen wuchs von Alter zu Alter, und keine Krankheit oder Seuche brachte ihnen den Tod. Ihre Leiber waren jedoch von irdischem Stoff und konnten vernichtet werden, und in jenen Tagen waren sie den Menschen von Gestalt ähnlicher, denn das Feuer ihres Geistes hatte noch nicht so lange in ihnen gebrannt, das sie im Lauf der Zeiten von innen verzehrt. Die Menschen aber waren gebrechlicher, leichter niedergeschlagen von Waffen oder vom Unglück und weniger leicht geheilt; sie unterlagen Krankheiten und vielerlei Übeln, wurden alt und starben. Was mit ihrem Geist nach dem Tode geschehen mag, wissen die Elben nicht. Manche sagen, auch sie begeben sich in Mandos' Hallen, warten dort aber nicht am gleichen Ort wie die Elben, und wohin sie gehen nach der Zeit der Sammlung in jenen stillen Hallen am Außenmeer, das weiß von allen unter Ilúvatar bis auf Manwe nur Mandos allein. Keiner ist je aus den Häusern der Toten zurückgekehrt bis auf Beren, Barahirs Sohn, dessen Hand einen Silmaril berührt hatte; er aber sprach später nie mehr mit sterblichen Menschen. Nicht in den Händen der Valar liegt vielleicht das Schicksal der Menschen nach dem Tode, und nicht alles war in der Musik der Ainur schon geweissagt.

In späterer Zeit, als nach Morgoths Triumph Elben und Menschen einander fremd wurden, wie er es so sehnlich gewünscht, schwanden und verblaßten jene aus dem Elbengeschlecht, die noch in Mittelerde lebten; und vom Sonnenlicht ergriffen die Menschen Besitz. Da wanderten die Quendi durch die einsamen Gegenden der großen Lande und über die Inseln, und sie hielten sich ans Mond- und Sternenlicht, an Wälder und Grotten, wie zu Schatten und Erinnerung werdend, bis auf manche, die nach Westen Segel setzten und aus Mittelerde verschwanden. In der Morgenröte der Jahre aber waren Elben und Menschen Bundesgenossen und glaubten sich verwandt, und unter den Menschen gab es manche, welche die Wissenschaft der Eldar erfuhren und zu großen und kühnen Kriegshauptleuten der Noldor wurden. Und vollen Anteil an Glanz und Schönheit der

Elben und an ihrem Schicksal hatten die Nachkommen von Elben und Sterblichen, Earendil und Elwing und Elrond, ihr Sohn.

Von der Rückkehr der Noldor

Erzählt wurde, wie Feanor und seine Söhne als erste der Verbannten nach Mittelerde kamen und in der Öde von Lammoth, dem Großen Echo, an der Mündung des Fjords von Drengist landeten. Und als die Noldor den Strand betraten, da drangen ihre Rufe zwischen die Hügel hinauf und wurden vervielfacht, so daß ein Geschrei wie von unzähligen kraftvollen Stimmen alle Küsten des Nordens erfüllte; und den Lärm vom Brand der Schiffe bei Losgar trugen die Seewinde fort als ein grimmiges Getöse, und alle, die in der Ferne diese Laute hörten, waren voller Verwunderung.

Nun sahen die Flammen des Brandes nicht nur Fingolfin und jene, die Feanor in Araman im Stich gelassen hatte, sondern auch die Orks und die Späher Morgoths. Keine Erzählung berichtet, was Morgoth im Herzen dachte bei der Nachricht, daß Feanor, sein bitterster Feind, ein Heer aus dem Westen heranführte. Es mag sein, daß er ihn wenig fürchtete, denn noch hatten die Schwerter der Noldor ihm keine Probe geleistet, und bald konnte man sehen, daß er sie ins Meer zurückzutreiben gedachte.

Unter den kalten Sternen, ehe der Mond aufging, zog Feanors Schar den langen Fjord von Drengist hinauf, der die Echoberge der Ered Lómin durchschnitt; und so drangen sie von der Küste in das große Land Hithlum hinein. Schließlich kamen sie an den langen Mithrim-See, und an dessen Nordufer, in der Gegend gleichen Namens, schlugen sie ihr Lager auf. Doch Morgoths Heer, durch das Getöse von Lammoth und den Schein des Brandes bei Losgar aufmerksam gemacht, kam über die Pässe der Ered Wethrin, der Schattenberge, und griff Feanor unversehens an, ehe sein Lager noch fertig oder zur Verteidigung gerüstet war; und dort, auf den grauen Feldern von Mithrim, wurde die zweite Schlacht in den Kriegen von Beleriand geschlagen. Dagor-nuin-Giliath wird sie genannt, die Schlacht-unter-Sternen, denn noch war der Mond nicht aufgegangen; und sie wird in den Liedern besungen. Die Noldor, obgleich in der Minderzahl und vom Feind überrascht, trugen doch schnell den Sieg davon, denn das Licht von Aman war in ihren Augen noch ungetrübt, und sie waren stark und behend und furchtbar im Zorn, und ihre Schwerter waren lang und tödlich. Die Orks flohen vor ihnen und wurden unter großem Gemetzel aus Mithrim vertrieben und über das Schattengebirge in die weite Ebene von Ard-galen gejagt, die nördlich von Dorthonion lag. Dort kamen jene Heere Morgoths ihnen zu Hilfe, die aus Süden heimkehrten, wo sie ins Tal des Sirion vorgedrungen waren und Círdan in den Häfen der Falas belagert hatten; und auch sie gerieten mit ins

Verderben. Denn Celegorm, Feanors Sohn, der von ihrem Kommen Meldung hatte, lauerte ihnen mit einem Teil des Elbenheeres auf und jagte sie, von den Hügeln bei Eithel Sirion auf sie hinabstoßend, ins Fenn von Serech. Schlechte Nachricht also kam zuletzt nach Angband, und Morgoth war in Sorgen. Zehn Tage hatte die Schlacht gedauert, und nur mehr ein paar Häuflein kehrten von all den Scharen zurück, die er gerüstet hatte, um Beleriand zu erobern.

Doch einen Grund zu großer Freude hatte er, auch wenn der ihm noch eine Weile verborgen blieb. Denn Feanor, in seinem Haß auf den Feind, kannte kein Halten, und immer weiter drang er hinter den Resten der Orks her, hoffte er doch, so bis zu Morgoth selbst vorzustoßen; und er lachte laut, als er sein Schwert übte, und froh war er, den Zorn der Valar und die Gefahren des Weges nicht gescheut zu haben, wenn er die Stunde seiner Rache erleben könnte. Nichts wußte er von Angband und der großen Verteidigungsmacht, die Morgoth rasch gerüstet hatte; doch hätte er es auch gewußt, es hätte ihn nicht geschreckt, denn er war verdammt, und die Flamme des eignen Zorns verzehrte ihn. So kam es, daß er der Vorhut seines Heeres weit voraus war; und die Diener Morgoths, als sie dies sahen, stellten sich zum Kampf, und aus Angband eilten Balrogs zu ihrer Hilfe herbei. An der Grenze von Dor Daedeloth, dem Lande Morgoths, wurde

Feanor umzingelt, und keine Freunde umgaben ihn dort. Lange focht er unverzagt, in Flammen gehüllt und aus vielen Wunden blutend, zuletzt aber schlug ihn Gothmog zu Boden, der Fürst der Balrogs, den später Ecthelion in Gondolin erschlug. Dort wäre Feanor umgekommen, wären nicht in diesem Augenblick seine Söhne mit Macht zu ihm durchgedrungen; und die Balrogs ließen ihn liegen und zogen sich nach Angband zurück.

Nun hoben die Söhne ihren Vater auf und trugen ihn zurück, nach Mithrim zu. Doch als sie sich Eithel Sirion näherten und den Gebirgspaß hinaufstiegen, gebot Feanor ihnen Halt, denn seine Wunden waren tödlich, und er wußte, sein Ende war da. Und von den Hängen der Ered Wethrin erblickte er mit seinem letzten Augenlicht in der Ferne die Gipfel von Thangorodrim, die mächtigsten Türme von Mittelerde, und mit der Voraussicht des Todes wußte er, daß keine Macht der Noldor sie je brechen würde; doch verfluchte er dreimal den Namen Morgoths, und seinen Söhnen erlegte er auf, ihren Eid zu halten und ihren Vater zu rächen. Dann starb er; doch gab man ihm weder Grab noch Stein, denn so heiß brannte sein Geist, als er aus ihm wich, daß sein Leib zu Asche verfiel und wie Rauch davongeweht wurde; und nie wieder ist seinesgleichen in Arda erschienen, noch hat sein Geist Mandos' Hallen verlassen. So endete der mächtigste der

Noldor, aus dessen Taten ihr höchster Ruhm und tiefstes Leid erwuchs.

In Mithrim nun lebten Grau-Elben, Volk aus Beleriand, das über das Gebirge nach Norden gezogen war. Die Noldor begegneten ihnen freudig, als Stammesbrüdern, von denen sie lange getrennt gewesen waren; mit ihnen zu sprechen freilich war zuerst nicht leicht, denn während der langen Trennung waren die Sprachen der Calaquendi in Valinor und der Moriquendi in Beleriand einander unähnlich geworden. Durch die Elben von Mithrim erfuhren die Noldor von der Macht Elu Thingols, des Königs in Doriath, und von dem Banngürtel, der sein Reich umhegte; und Nachricht von ihren großen Taten im Norden gelangte nach Menegroth im Süden und in die Häfen von Brithombar und Eglarest. Alle Elben Beleriands waren voller Verwunderung und Hoffnung bei der Ankunft ihrer mächtigen Vettern, die so unversehens in der Stunde der Not aus dem Westen zurückgekehrt waren; und zunächst glaubte man sogar, sie kämen als Abgesandte der Valar, um Beleriand zu retten.

Noch in Feanors Todesstunde aber traf bei seinen Söhnen eine Botschaft Morgoths ein, worin die Niederlage anerkannt und Verhandlungen angeboten wurden; sogar von der Übergabe eines der Silmaril war die Rede. Maedhros der Lange, Feanors ältester Sohn, bewog die Brüder, zum

Schein darauf einzugehen und Morgoths Gesandten an dem verabredeten Ort zu begegnen; doch trauten die Noldor Morgoth so wenig wie dieser ihnen. Beide Gesandtschaften kamen daher mit stärkerem Gefolge als vereinbart, doch Morgoth hatte am meisten gesandt, und unter den Seinen waren Balrogs. Maedhros fiel in einen Hinterhalt, und all sein Gefolge wurde erschlagen; er selbst aber wurde auf Morgoths Geheiß lebendig gefangengenommen und nach Angband gebracht.

Nun zogen Maedhros' Brüder sich zurück und legten ein großes befestigtes Lager in Hithlum an; Morgoth aber hielt Maedhros als Geisel fest und ließ verlauten, nicht eher werde er ihn freigeben, als bis die Noldor den Krieg beendeten und in den Westen zurückkehrten oder aber weit fort von Beleriand in den Süden der Welt zögen. Feanors Söhne aber wußten, daß Morgoth sie betrügen und Maedhros keinesfalls freigeben würde, was immer sie taten; auch waren sie durch den Eid gebunden, und kein Grund erlaubte, daß sie vom Kriege gegen ihren Feind abließen. Morgoth nahm daher Maedhros und hängte ihn an einen Felsvorsprung von Thangorodrim, mit dem rechten Handgelenk in einer stählernen Schlinge, die an den Felsen geschmiedet war.

Nun kam Meldung von dem Zuge Fingolfins und jener, die ihm folgten und mit ihm über das Malm-Eis gegangen waren, in das Lager in Hithlum; und dann lag alle Welt in Erstaunen über den Aufgang des Mondes. Als aber Fingolfins Schar in Mithrim einzog, da ging flammend im Westen die Sonne auf, und Fingolfin entrollte seine blausilbernen Banner und ließ die Hörner blasen; und zu Füßen seiner Schar wuchsen Blumen auf, und die Zeitalter der Sterne waren zu Ende. Morgoths Diener flohen beim Aufgang des großen Lichtes nach Angband hinein, und Fingolfin kam ohne Widerstand durch die Befestigungen von Dor Daedeloth, während seine Feinde sich unter die Erde verkrochen. Dann pochten die Elben an die Tore von Angband, und der Kampfruf ihrer Trompeten ließ die Türme von Thangorodrim erzittern; und Maedhros hörte sie in seiner Qual und schrie laut, doch seine Stimme ging unter im Echo von den Felsen.

Fingolfin aber, der anderen Gemütes war als Feanor und sich vor Morgoths Tücken in acht nahm, zog aus Dor Daedeloth ab und wandte sich zurück nach Mithrim, denn er hatte Meldung, dort werde er Feanors Söhne finden; außerdem wollte er das Schattengebirge als Schild zwischen sich und den Feinden wissen, solange die Seinen ausruhten und sich stärkten, denn er hatte gesehen, wie stark Angband war, und glaubte nicht, daß es mit Trompetenschall allein zu nehmen wäre. Als er schließlich nach Hithlum kam, schlug er daher sein erstes Lager an den Nordufern des Sees von Mithrim auf. Keine

Freundschaft für das Haus Feanor empfanden sie, die Fingolfin folgten, denn Schweres hatten sie beim Übergang über das Eis erlitten, und in Feanors Söhnen sah Fingolfin Mitschuldige ihres Vaters. Nun bestand Gefahr, daß beide Lager handgemein wurden; doch so groß auch ihre Verluste unterwegs gewesen waren, Fingolfins Schar und die von Finrod, Finarfins Sohn, waren immer noch zahlreicher als die Feanors; und diese zog sich nun vor ihnen zurück und legte ein neues Lager am Südufer an, so daß der See zwischen ihnen war. Viele aus Feanors Gefolge bereuten zwar die Schiffsverbrennung bei Losgar, und voller Bewunderung waren sie für den Mut, der die Freunde, die sie verlassen, über das Eis des Nordens geführt hatte; doch aus Scham wagten sie es nicht, sie willkommen zu heißen.

So, wegen des Fluchs, der auf ihnen lag, richteten die Noldor nichts aus, während Morgoth zauderte und das Entsetzen vor dem Licht bei den Orks neu und stark war. Morgoth aber erwachte aus seinem Sinnen, und als er sah, daß seine Feinde uneins waren, da lachte er. In den Gruben von Angband ließ er gewaltigen Rauch und Qualm entfachen, und Wolken fielen von den stinkenden Gipfeln der Eisenberge, und aus der Ferne konnte man sie in Mithrim sehen, wie sie die klaren Lüfte in den ersten Morgentagen der Welt besudelten. Ein Wind kam aus Osten und wehte sie über Hithlum, die neue Sonne verdunkelnd; und sie sanken herab, krochen über die Felder und lagen über den Wassern des Mithrimsees, finster und giftig.

Da beschloß der tapfere Fingon, Fingolfins Sohn, die Fehde zu beenden, welche die Noldor trennte, ehe noch ihr Feind zum Krieg gerüstet wäre; denn der Boden zitterte in den Nordlanden über dem Dröhnen von Morgoths unterirdischen Schmieden. Vor langer Zeit, im glückseligen Valinor, ehe Melkors Fesseln abgenommen waren und seine Lügen Zwietracht gestiftet hatten, war Fingon Maedhros' Freund gewesen; und obgleich er noch nicht wußte, daß auch Maedhros vor der Verbrennung der Schiffe an ihn gedacht hatte, stach ihn der Gedanke an ihre alte Freundschaft ins Herz. Er wagte deshalb eine Tat, die mit Recht Ruhm genießt unter allen Taten, welche die Prinzen der Noldor geleistet: Allein und ohne irgendeines andern Rat machte er sich auf die Suche nach Maedhros; und im Schutze der Dunkelheit, die Morgoth selbst geschaffen, kam er ungesehen durch das Land seiner Feinde. Hoch auf die Schultern von Thangorodrim kletterte er hinauf, verzweifelt in dem öden Lande umherblickend, doch keinen Durchlaß und kein Mauerloch fand er, die ihn in Morgoths Burg geführt hätten. Dann, den Orks zum Trotz, die noch in ihren dunklen Verliesen unter der Erde hockten, nahm er seine Harfe und sang ein Lied aus Valinor, das die Noldor einst gedichtet, ehe Streit unter Finwes Söhnen aufkam; und seine Stimme erscholl über den trostlosen Höhlen, die nie zuvor andres vernommen hatten als Schreie von Angst und Schmerz.

So fand Fingon, wen er suchte. Denn plötzlich hörte er über sich, schwach und von fern, wie sein Lied aufgenommen wurde und eine Stimme ihm antwortete. Maedhros war es, der in seinen Qualen sang. Fingon aber kletterte zum Fuße des Felsens, an dem sein Vetter hing, doch dann kam er nicht weiter; und er weinte, als er Morgoths grausames Werk sah. Maedhros nun, in seinem Schmerz und ohne Hoffnung, bat Fingon, ihn mit seinem Bogen zu erschießen, und Fingon legte einen Pfeil auf und spannte. Und da er keine andere Hoffnung mehr sah, rief er Manwe an und sagte: »O König, dem alle Vögel lieb sind, hilf nun auch diesem gefiederten Schaft und gedenke mit Erbarmen der Noldor in ihrer Not!«

Sein Gebet wurde sogleich beantwortet. Denn Manwe, dem alle Vögel lieb sind und dem sie Nachricht aus Mittelerde auf den Taniquetil tragen, hatte das Volk der Adler ausgesandt, mit dem Auftrag, in den Felsen des Nordens zu nisten und auf Morgoth Obacht zu geben; denn noch immer hatte Manwe Mitleid mit den verbannten Elben. Und von vielem, das in jenen Tagen geschah, trugen die Adler Nachricht an Manwes Ohr. Und jetzt, als Fingon eben den Bogen spannte, ließ sich aus den hohen Lüften Thorondor nieder, der König der Adler und der gewaltigste von allen

Vögeln, die je gewesen, dessen ausgespannte Schwingen dreißig Faden maßen; und, Fingons Hand Einhalt gebietend, trug er ihn empor bis zu der Spitze des Felsens, wo Maedhros hing. Doch die Höllenfessel an seinem Handgelenk konnte Fingon weder biegen noch brechen oder vom Steine losreißen. Abermals bat ihn Maedhros in seiner Qual, ihn zu töten; Fingon aber schnitt ihm die Hand über dem Gelenk ab, und Thorondor trug sie beide zurück nach Mithrim.

Dort wurde Maedhros beizeiten geheilt; denn das Feuer des Lebens brannte heiß in ihm, und seine Kraft war die Kraft der alten Welt, wie sie jene besaßen, die in Valinor aufgewachsen waren. Sein Leib genas von der Qual und wurde gesund, doch der Schatten des Schmerzes blieb in seinem Herzen; und er regte das Schwert fortan mit der Linken tödlicher als zuvor mit der Rechten. Fingon gewann durch seine Tat einen großen Namen, und alle Noldor rühmten ihn; und der Haß zwischen den Häusern Fingolfins und Feanors wurde gemildert. Denn Maedhros bat um Verzeihung für ihre Flucht aus Araman, und er ließ den Anspruch auf das Königtum über alle Noldor fallen, indem er zu Fingolfin sagte: »Wenn kein Streit zwischen uns ist, Herr, so ist die Königswürde rechtens dein, denn der Älteste hier bist du aus Finwes Haus und nicht der Geringste an Weisheit.« Doch in dem waren nicht alle seine Brüder von Herzen einig.

Wie Mandos geweissagt, waren daher Feanors Söhne Enteignete, weil die Oberhoheit von ihnen, der älteren Linie, an das Haus Fingolfin überging, sowohl in Elende wie in Beleriand, und weil sie die Silmaril verloren hatten. Doch die Noldor, wieder geeint, stellten eine Wache an die Grenzen von Dor Daedeloth, und Angband wurde von Westen, Süden und Osten belagert; und weit und breit schickten sie Boten aus, um die Länder von Beleriand zu erkunden und mit den Völkern zu verhandeln, die dort lebten.

Nun begrüßte König Thingol nicht aus vollem Herzen die Ankunft so vieler mächtiger Prinzen aus dem Westen, die es nach neuen Reichen verlangte; und er öffnete sein Königreich nicht, noch hob er den Banngürtel auf, denn wohlberaten von Melian, vertraute er nicht darauf, daß Morgoth auf Dauer zurückgeworfen sei. Von den Prinzen der Noldor durften allein die aus Finarfins Haus die Grenzen von Doriath überschreiten; sie nämlich konnten Blutsverwandtschaft mit König Thingol selbst geltend machen, denn Earwen von Alqualonde, Olwes Tochter, war ihre Mutter.

Angrod, Finarfins Sohn, war der Erste der Verbannten, der nach Menegroth kam, als Bote seines Bruders Finrod, und lange sprach er mit dem König, berichtete ihm von den Taten der Noldor im Norden, von ihrer Anzahl und der Ordnung ihrer Streitmacht; da er aber ehrlich und klugen Sinnes war und alle Klagen nun verziehen glaubte, sprach er nicht von dem Sippenmord, noch von den Gründen für die Auswanderung der Noldor und dem Eid Feanors. König Thingol hörte Angrods Worten zu, und ehe er ging, sagte er zu ihm: »Dies sollst du jenen, die dich gesandt, von mir ausrichten. In Hithlum steht es den Noldor frei zu wohnen, in den Hochlanden von Dorthonion und in den Landen östlich von Doriath, die leer und wild sind; andernorts aber wohnen viele von meinem Volk, und ich wünsche nicht, daß sie in ihrer Freiheit beschränkt, geschweige denn, daß sie aus ihrer Heimat vertrieben werden. Gebt daher acht, ihr Prinzen aus dem Westen, wie ihr euch hier betragt; denn der Herr von Beleriand bin ich, und alle, die dort leben mögen, sollen auf mein Wort hören. Nach Doriath darf niemand herein, um hier zu wohnen, sondern nur jene, die ich als Gäste begrüße oder die mich in großer Not aufsuchen.«

Nun hielten die Fürsten der Noldor in Mithrim Rat, und dorthin ging Angrod mit König Thingols Botschaft. Kalt schien dieser Gruß den Noldor, und Feanors Söhne verdrossen seine Worte; Maedhros aber lachte und sagte: »König ist, wer seinen Besitz zu wahren weiß, sonst ist sein Titel leer. Thingol gewährt uns nur Lande, wohin seine Macht nicht reicht. Doriath allein wäre sein Reich bis zu diesem Tage, wären die Noldor nicht gekommen. In Doriath mag er daher herrschen und froh sein, daß er Finwes Söhne zu Nachbarn hat und nicht die Orks, die wir hier vorgefunden. Anderswo soll alles so zugehen, wie es uns gut dünkt.«

Doch Caranthir, der Finarfins Söhne nicht liebte und der von den Brüdern der bitterste und der am schnellsten erzürnte war, rief laut aus: »Fürwahr, und noch eins: Laßt nicht Finarfins Söhne in dieses Dunkel-Elben Höhle aus und ein gehen und ihm Geschichten zutragen! Wer hat sie zu unseren Sprechern ernannt, um mit ihm zu verhandeln? Und wenn sie nun auch tatsächlich nach Beleriand gekommen sind, so mögen sie doch nicht so rasch vergessen, daß zwar ihr Vater ein Fürst der Noldor, ihre Mutter aber aus anderm Geschlecht ist.«

Da war Angrod zornig und ging fort aus dem Rat. Maedhros wies auch Caranthir zurecht, doch die meisten der Noldor, aus beiden Lagern, die seine Worte gehört hatten, waren tief bestürzt und voll Sorge über den grimmigen Sinn von Feanors Söhnen, die anscheinend immer drauf und dran waren, in heftige Worte oder Gewalttat auszubrechen. Doch Maedhros zügelte seine Brüder, und sie verließen den Rat und zogen bald darauf fort aus Mithrim, nach Osten über den Aros, in die weiten Lande um den Berg von Himring. Daher wurde dieses Gebiet fortan Maedhros' Mark genannt, denn nach Norden zu bot es wenig Schutz durch Berge oder Flüsse gegen Angriffe aus Angband. Dort hielten Maedhros und seine

Brüder Wache und scharten alles Volk um sich, das zu ihnen kommen mochte; und außer in Notzeiten hatten sie wenig Umgang mit ihren Verwandten im Westen. Es heißt sogar, Maedhros selbst habe dies so erdacht, um die Anlässe zum Streit zu mindern; und außerdem war er fest entschlossen, die größte Gefahr eines Angriffs selbst zu tragen. Für sein Teil wahrte er die Freundschaft mit den Häusern Fingolfin und Finarfin und nahm bisweilen an ihren Beratungen teil. Doch blieb auch er an den Eid gebunden, obgleich der nun eine Zeitlang schlief.

Caranthirs Gefolgsleute wohnten am weitesten östlich, jenseits des oberen Gelion, um den Helevorn-See unter dem Berg Rerir und weiter nach Süden; sie erstiegen die Höhen der Ered Luin und sahen verwundert nach Osten, denn wild und weit schienen ihnen die Lande von Mittelerde. Und so kam es, daß Caranthirs Volk den Zwergen begegnete, die nach dem Vordringen Morgoths und der Ankunft der Noldor den Handel mit Beleriand eingestellt hatten. Doch obwohl beide Völker kunstvolle Arbeiten schätzten und jedes begierig war, vom anderen zu lernen, herrschte keine große Freundschaft zwischen ihnen; die Zwerge nämlich waren Geheimniskrämer und schnell beleidigt, während Caranthir hochfahrend war und aus seiner Geringschätzung für das unliebenswürdige Volk der Naugrim kaum ein Hehl machte; und Caranthirs Volk stand seinem Fürsten an Hochmut nichts nach. Dennoch, da beide Völker Morgoth fürchteten und haßten, verbündeten sie sich und hatten viel Vorteil davon; denn die Naugrim lernten in jenen Tagen viele geheime Kunstgriffe, so daß die Schmiede und Mauerwerker von Nogrod und Belegost unter ihresgleichen berühmt wurden, und als die Zwerge ihre Reisen nach Beleriand wieder aufnahmen gingen alle Güter aus ihren Bergwerken zuerst durch Caranthirs Hände, und so fielen große Reichtümer an ihn.

Als zwanzig Sonnenjahre vergangen waren, gab Fingolfin, der König der Noldor, ein großes Fest. Es wurde im Frühjahr gefeiert, an den Weihern von Ivrin, wo der schnellfließende Narog entsprang, denn dort lagen die Lande grün und hell zu Füßen des Schattengebirges, das sie nach Norden abschirmte. Lange noch erinnerte man sich später, in den Tagen des Leids, an den Glanz dieses Festes; und es wurde Mereth Aderthad geheißen, das Fest der Versöhnung. Viele der Edlen und Gefolgsleute Fingolfins und Finrods kamen, und von Feanors Söhnen kamen Maedhros und Maglor mit Kriegern aus der östlichen Mark; und es kamen in großer Zahl Grau-Elben, die Wanderer aus den Wäldern von Beleriand, und Volk von den Häfen mit Círdan, seinem Fürsten. Sogar Grün-Elben aus Ossiriand kamen, dem Land der Sieben Flüsse fern unter den Hängen der Blauen

Berge; doch aus Doriath kamen nur zwei Boten, Mablung und Daeron, mit Grüßen von ihrem König.

Viele Beratungen in gutem Einvernehmen gab es beim Mereth Aderthad, und Bündnisse und Freundschaften wurden in Eiden beschworen; und es heißt, die Sprache der Grau-Elben sei bei diesem Fest auch von den Noldor am meisten gesprochen worden, denn sie hatten schnell die Sprache von Beleriand erlernt, während die Sindar nur langsam die von Valinor lernten. Die Noldor waren hochgemut und voller Zuversicht, und vielen schien es, daß Feanors Worte sich als richtig erwiesen hätten, als er sie Freiheit und weite Reiche in Mittelerde suchen hieß; und wirklich folgten darauf viele Jahre des Friedens, in denen ihre Schwerter Beleriand vor Morgoths Unheil schützten und ihn hinter seinen Mauern eingeschlossen hielten. Freude war in jenen Tagen unter den neuen Lichtern von Sonne und Mond, und das ganze Land war froh; aber noch immer brütete der Schatten im Norden.

Und nachdem abermals dreißig Jahre vergangen waren, machte sich Turgon, Fingolfins Sohn, aus Nevrast auf, wo er saß, und besuchte seinen Freund Finrod auf der Insel Tol Sirion, und gemeinsam wanderten sie nach Süden den Fluß entlang, denn sie waren für eine Weile der nördlichen Gebirge überdrüssig geworden; und unterwegs überraschte sie die Nacht an den Dämmerseen um das Flußbett des Sirion, und dort legten sie sich unter den Sommergestirnen zum Schlafe nieder. Doch Ulmo, der den Strom heraufkam, gab ihnen tiefen Schlaf und schwere Träume; und die Träume blieben bedrückend, auch nachdem sie erwacht waren, doch sagte keiner dem andren ein Wort, denn sie erinnerten sich nicht klar, und jeder meinte, ihm allein habe Ulmo Botschaft gesandt. Doch stets hernach war die Unrast in ihnen und der Zweifel, was kommen werde, und oft wanderten sie allein durch weglose Länder und suchten nach Orten von verborgener Kraft; denn jeder glaubte, er sei geheißen worden, sich für den Tag des Unheils zu rüsten und eine Zuflucht zu schaffen, damit Morgoth, wenn er aus Angband hervorbräche, nicht alle Heere des Nordens überwältige.

Einmal nun waren Finrod und seine Schwester Galadriel zu Gast bei Thingol, ihrem Verwandten in Doriath. Da staunte Finrod über die Stärke und Pracht von Menegroth mit seinen Schatz- und Waffenkammern und den säulenreichen steinernen Hallen, und es kam ihm in den Sinn, daß auch er solche weiten Hallen hinter Tag und Nacht bewachten Toren bauen wollte, an einem tiefen und geheimen Ort unter den Bergen. Daher öffnete er Thingol sein Herz und erzählte ihm von seinen Träumen; und Thingol sprach zu ihm von der tiefen Schlucht des Flusses Narog und den Höhlen unter Hoch-Faroth an seinem steilen westlichen Ufer, und als Finrod schied, gab er ihm Führer mit, die ihn zu jenem Orte brachten, den erst wenige kannten. So kam Finrod zu den Naroghöhlen und begann dort tiefe Hallen und Kammern zu bauen, wie er sie in Menegroth gesehen, und jene Burg wurde Nargothrond geheißen. Bei der Arbeit halfen ihm die Zwerge von den Blauen Bergen, und sie wurden reich belohnt, denn Finrod hatte mehr Schätze aus Tirion mitgebracht als alle andern Prinzen aus Noldor. Und zu der Zeit wurde ihm das Nauglamír gefertigt, das Halsband der Zwerge, ihre berühmteste Arbeit während der Ältesten Tage. Es war ein Halsgeschmeide von Gold, mit ungezählten Gemmen aus Valinor besetzt, doch hatte es eine Kraft in sich, daß es leicht wie ein Faden Flachs an seinem Träger hing, und um welchen Hals es auch geschlungen war, es saß immer genau und anmutig.

Dort in Nargothrond ließ Finrod mit vielen aus seinem Volke sich nieder, und in der Zwergensprache nannte man ihn Felagund, den Höhlenschleifer, und diesen Namen behielt er bis an sein Ende. Doch war Finrod Felagund nicht der erste, der in Höhlen am Narog lebte.

Seine Schwester Galadriel ging nicht mit ihm nach Nargothrond, denn in Doriath lebte Celeborn, ein Anverwandter von Thingol, und groß war die Liebe zwischen ihnen. Daher blieb sie im Verborgenen Königreich und wohnte bei

Melian, und von ihr erfuhr sie große Wissenschaft und Weisheit, Mittelerde betreffend.

Turgon aber gedachte der Stadt auf dem Hügel, des weißen Tirion mit seinem Turm und Baum, und er fand nicht, was er suchte, sondern kehrte nach Nevrast zurück und lebte in Frieden in Vinyamar am Ufer des Meeres. Und im Jahr darauf erschien ihm Ulmo selbst und hieß ihn wieder allein aufbrechen, in das Tal des Sirion; und Turgon ging und entdeckte dank Ulmos Führung das verborgene Tal von Tumladen in den Umzingelnden Bergen, in dessen Mitte sich ein steinerner Hügel erhob. Davon sprach er vorerst zu niemandem, sondern kehrte wieder nach Nevrast zurück, und dort begann er insgeheim den Plan zu einer Stadt nach dem Vorbild von Tirion auf Túna zu zeichnen, nach der sein Herz in der Verbannung verlangte.

Morgoth nun, der den Berichten seiner Späher glaubte, daß die Fürsten der Noldor umherwanderten, ohne viel an Krieg zu denken, stellte die Stärke und Wachsamkeit seiner Feinde auf die Probe. Wieder einmal, ohne Vorwarnung, regte er seine Kräfte, und plötzlich gab es Erdbeben im Norden, und Feuer quoll aus Erdspalten, und die Eisenberge spien Flammen aus, und Orks strömten über die Ebene von Ard-galen. Von da aus stießen sie im Westen durch den Paß des Sirion vor, und im Osten brachen sie durch Maglors

Land, in der Lücke zwischen Maedhros' Hügelland und den Ausläufern der Blauen Berge. Fingolfin und Maedhros aber schliefen nicht, und während andere die verstreuten Haufen der Orks jagten, die durch Beleriand schweiften und viel Unheil stifteten, überraschten sie das Hauptheer von zwei Seiten, als es eben Dorthonion angriff; und sie besiegten Morgoths Diener, jagten sie über die Ebene von Ard-galen und vernichteten sie bis auf den letzten Mann, in Sichtweite der Tore von Angband. Das war die dritte große Schlacht der Kriege von Beleriand, und sie wurde Dagor Aglareb genannt, die Ruhmreiche Schlacht.

Ein Sieg war es und doch eine Warnung; und die Prinzen bedachten dies wohl und schlossen hernach ihre Grenzen noch dichter, verstärkten und ordneten ihre Wachen und legten eine Belagerung um Angband, die fast vierhundert Sonnenjahre lang dauerte. Für lange Zeit nach der Dagor Aglareb wagte sich kein Diener Morgoths mehr aus den Toren, aus Furcht vor den Fürsten der Noldor; und Fingolfin prahlte, nie wieder könne Morgoth, es sei denn durch Verrat unter den Eldar selbst, aus ihrem Sperrgürtel ausbrechen oder sie unversehens überfallen. Doch konnten die Noldor weder Angband einnehmen noch die Silmaril zurückgewinnen; und der Krieg kam während der ganzen Zeit der Belagerung nie ganz zur Ruhe, denn Morgoth heckte neues Unheil aus, und dann und wann stellte er seine Feinde auf die Probe. Auch konnte Morgoths Festung nie ganz eingeschlossen werden, denn die Eisenberge, aus deren großem, gebogenen Wall die Türme von Thangorodrim vorsprangen, schützten sie von beiden Seiten, und wegen ihres Schnees und Eises waren sie unüberschreitbar für die Noldor. In seinem Rücken und nach Norden zu hatte also Morgoth keine Feinde, und in dieser Richtung zogen bisweilen seine Späher aus und gelangten dann auf Umwegen nach Beleriand. Und da er vor allem Furcht und Zwietracht unter den Eldar säen wollte, befahl er den Orks, jeden, den sie fangen konnten, lebendig und in Fesseln nach Angband zu bringen; und manche ängstigte er so mit der Folter seines Blicks, daß sie auch ohne Fesseln in steter Furcht vor ihm lebten und ihm zu Willen waren, wo immer sie sich aufhielten. So erfuhr Morgoth von all dem, was seit Feanors Aufruhr geschehen war, und er frohlockte, sah er darin doch den Samen zu mancherlei Zwist unter seinen Feinden.

Als nahezu hundert Jahre seit der Dagor Aglareb vergangen waren, versuchte Morgoth, Fingolfin unversehens zu überfallen (denn Maedhros' Wachsamkeit kannte er); und er schickte ein Heer in den weißen Norden, das sich dann nach Westen und zuletzt nach Süden wandte und die Küste entlang zum Fjord von Drengist zog, auf demselben Wege, auf dem Fingolfin vom Malm-Eis gekommen war. So gedachten sie, von Westen her nach Hithlum einzufallen; doch wurden sie beizeiten ausgekundschaftet, und Fingon überraschte sie zwischen den Bergen am Ende des Fjords, und die meisten der Orks wurden ins Meer gejagt. Diese Schlacht wurde nicht zu den großen gerechnet, denn die Orks waren nicht stark an Zahl, und nur ein Teil der Männer von Hithlum kämpften dort. Hernach aber herrschte für viele Jahre Ruhe, und kein offener Angriff kam mehr aus Angband, denn Morgoth sah nun ein, daß die Orks ohne andere Hilfe den Noldor nicht gewachsen waren; und in seinem Herzen sann er auf neue Wege.

Abermals hundert Jahre später stieg Glaurung, der erste der Urulóki, der Feuerdrachen des Nordens, des Nachts aus den Toren von Angband. Er war noch jung und kaum zur Hälfte ausgewachsen, denn lang und langsam ist das Leben der Drachen, doch die Elben flohen entsetzt vor ihm in die Ered Wethrin und nach Dorthonion, und er verwüstete die Felder von Ard-galen. Da zog Fingon, Prinz von Hithlum, mit berittenen Bogenschützen gegen ihn aus und umringte ihn mit schnellen Reitern; und Glaurung konnte ihre Pfeile nicht ertragen, war doch sein Panzer noch nicht ganz geschlossen; und so floh er nach Angband zurück und kam viele Jahre lang nicht mehr hervor. Fingon erwarb hohen Ruhm, und die

Noldor waren froh, denn nur wenige erkannten im voraus die ganze Bedeutung und Gefahr dieses neuen Dings. Morgoth war verdrossen, daß Glaurung sich voreilig hatte sehen lassen; und nach dieser Niederlage gab es den langen Frieden, der fast zweihundert Jahre währte. In der ganzen Zeit gab es nur noch Scharmützel an den Grenzen, und ganz Beleriand blühte und wurde reich. Hinter der Wache ihrer Heere im Norden bauten die Noldor ihre Paläste und Türme, und viele schöne Dinge schufen sie in jenen Tagen, Gedichte und Geschichten und Bücher von Wissenschaft. In vielen Teilen des Landes verschmolzen Noldor und Sindar zu einem Volke und sprachen die gleiche Sprache; der Unterschied allerdings blieb zwischen ihnen, daß die Noldor über die größeren Geistes- und Leibeskräfte geboten und die mächtigeren Krieger und Gelehrten waren; und sie bauten mit Stein und liebten die Berghänge und die offenen Lande. Die Sindar dagegen hatten die schöneren Stimmen und verstanden sich besser auf die Musik, ausgenommen allein Maglor, Feanors Sohn, und sie liebten die Wälder und die Flußufer; und manche Grau-Elben wanderten immer noch nach Belieben umher, ohne feste Heimstätte, und sie sangen auf ihrem Weg.

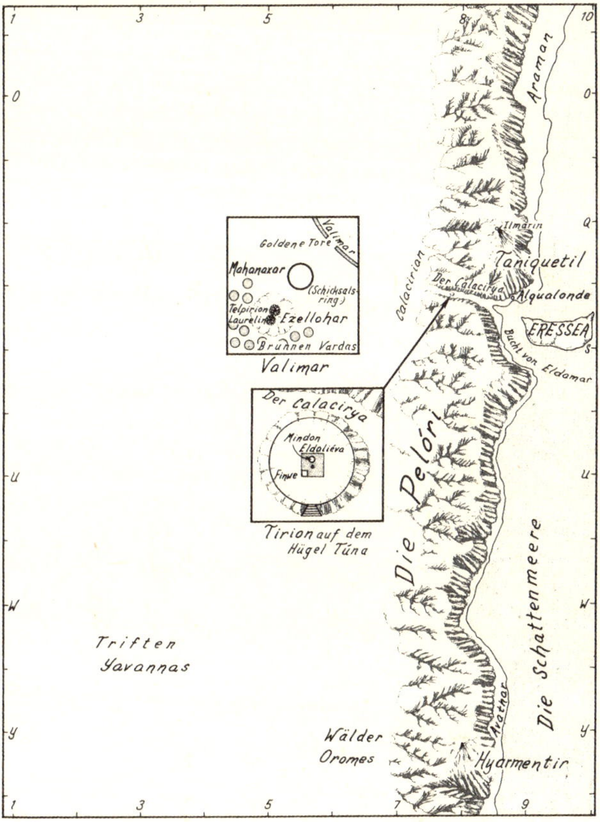

Goldene Tore
Valimar
Mahanaxar
(Schicksalsring)
Telpirion
Laurelin
Ezellohar
Brunnen Vardas
Valimar
Der Calacirya
Mindon Eldaliéva
Finwe
Tirion auf dem Hügel Túna
Araman
Ilmarin
Taniquetil
Calacirian
Der Calacirya
Alqualonde
ERESSEA
Bucht von Eldamar
Die Pelóri
Die Schattenmeere
Triften Yavannas
Wälder Oromes
Avathar
Hyarmentir

Valinor

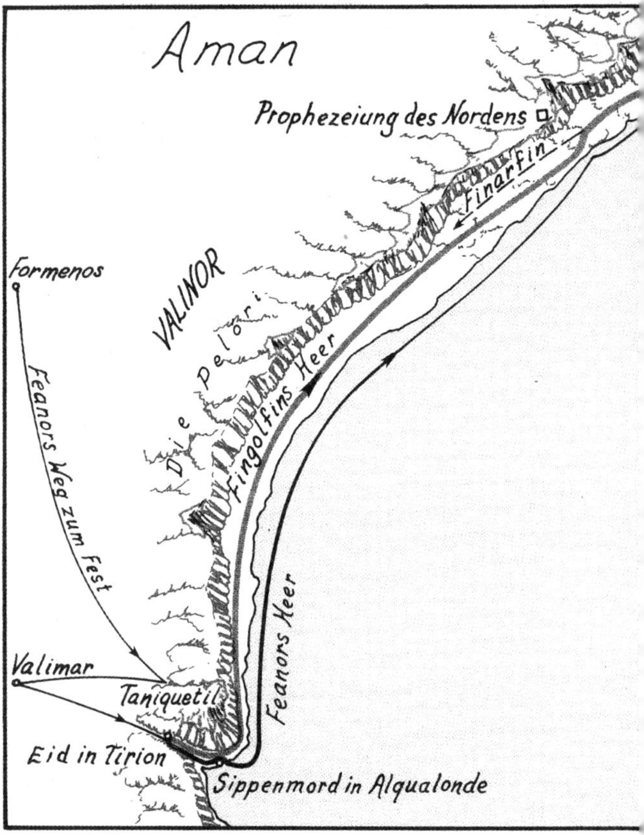

Flucht der Noldor

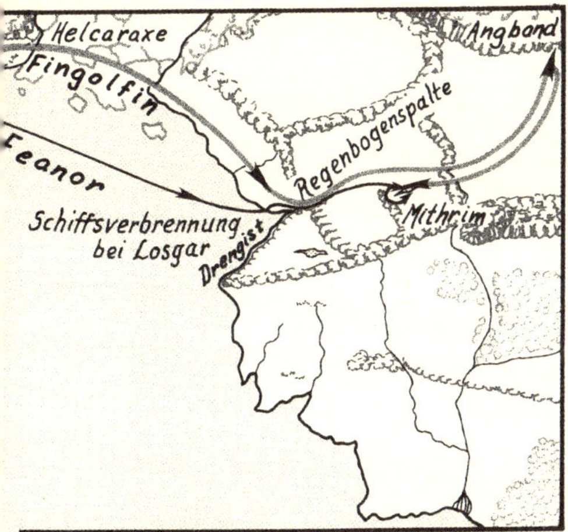
Helcaraxe
Angband
Fingolfin
Regenbogenspalte
Feanor
Schiffsverbrennung
bei Losgar
Drengist
Mithrim

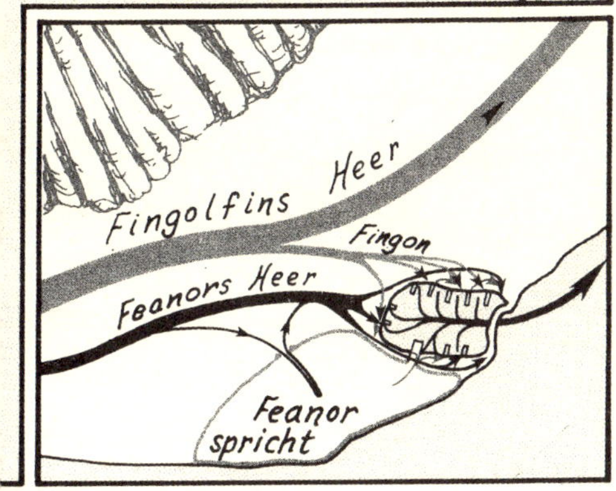
Fingolfins Heer
Fingon
Feanors Heer
Feanor
spricht

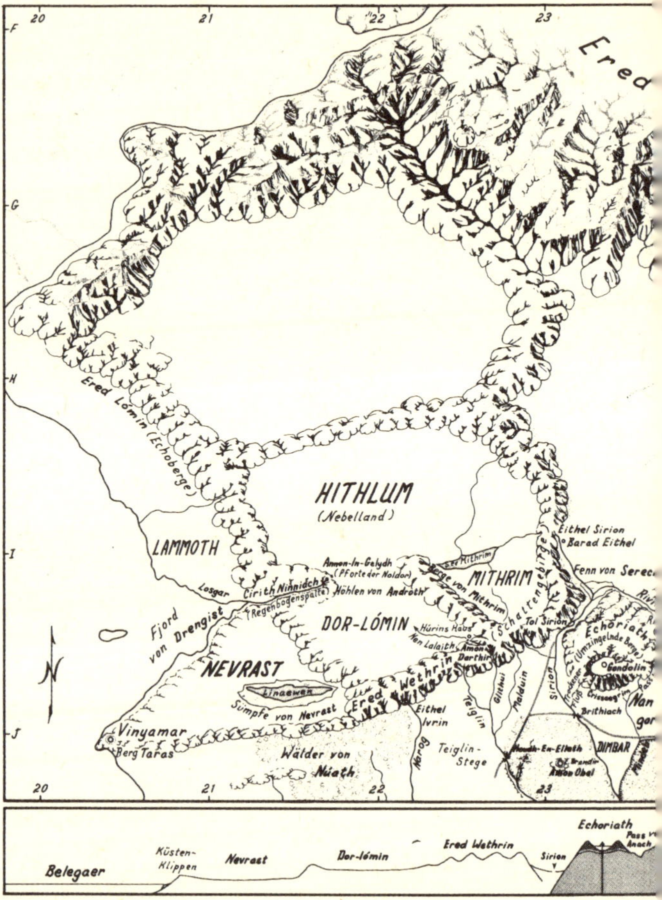

Länder im Norden

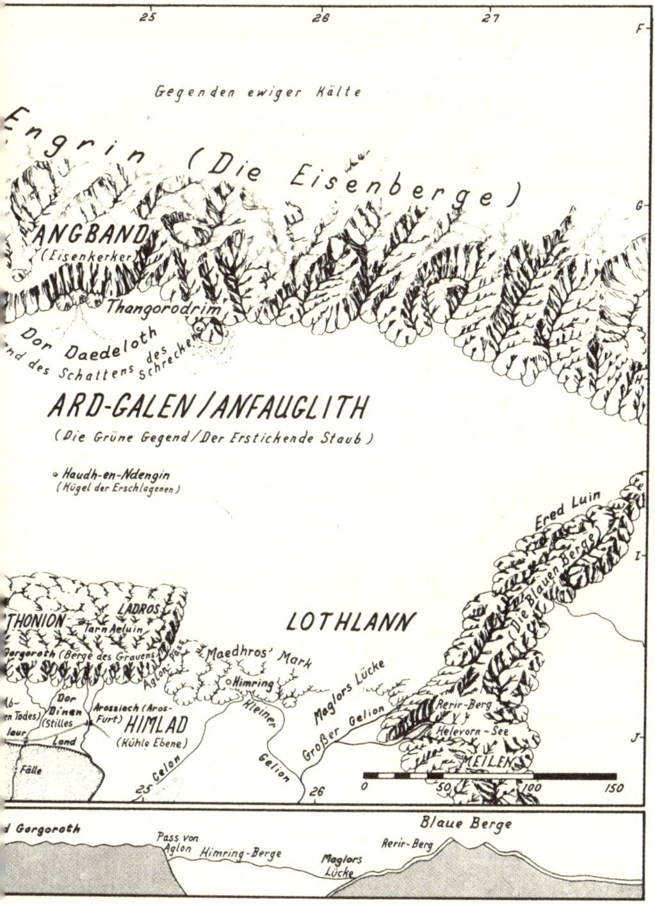

25
26
27
F
G
H
I
J
Gegenden ewiger Kälte
Engrin (Die Eisenberge)
ANGBAND
(Eisenkerker)
Thangorodrim
Dor Daedeloth
Land des Schattens des Schreckens
ARD-GALEN / ANFAUGLITH
(Die Grüne Gegend / Der Erstickende Staub)
Haudh-en-Ndengin
(Hügel der Erschlagenen)
Ered Luin
Die Blauen Berge
THONION
LADROS
Tarn Aeluin
Gorgoroth (Berge des Grauens)
LOTHLANN
Aglon-Pass
Maedhros' Mark
Himring
Maglors Lücke
Dor Dinen (Stilles Land)
Arossiach (Aros-Furt)
HIMLAD
(Kühle Ebene)
Kleiner Gelion
Großer Gelion
Rerir-Berg
Helevorn-See
Gelion
Fälle
MEILEN
0
50
100
150
Blaue Berge
Gorgoroth
Pass von Aglon
Himring-Berge
Maglors Lücke
Rerir-Berg

NEVRAST
Linaewen
Vinyamar
Berg Taras
Wälder von Núath
Eithel Ivrin
Teiglin
Glithui
Malduin
Gondolin
Brithiach
DIMBAR
Nan Du
gorth
Teiglin-Stege
Haudh-En-Elleth
Amon Obel
Wald von Brethil
Ginglith
Fumhalad
Narog
Dor-Cúarthol
Moore der Nibin-noeg
Teiglin
Amon Rûdh
Bar-en-Danwedh
Brithon
Taleth Dirnen
(Bewachte Ebene)
Amon Ethir (Hügel der Späher)
Nargothrond
Methed-en-glad
Narog
Malduin
Brithombar
Nenning
Taur-en-Faroth
(Wald der Jäger)
Bar-erib
Aelin-uial
(Dämmerseen)
Fälle des Sirion
FALAS (Küste)
Eglarest
Barad Nimras
Pforten des Sirion
Andram
WEST BELERIAND
Nan-Tathren
(Weiden-tal)
Belegaer
Sirion
Birkenwälder von Nimbrethil
ARVERNIEN
Lisgardh
Kap Balar
Anfurten des Sirion
Mundungen des Sirion
Bucht von Balar
Städte, einige mit Stadtmauern
Straßen, einige mit Furten und Brücken
Flüsse, Wasserflächen
Waldgebiet
Sumpf
N
INSEL BALAR
MEILEN
0
50
100
150
20
21
22
23
J
K
L
M
N
Eisenberge
Hochland von Dorthon
Thangorodrim
Hügel der Erschlagenen
Angband
Ard-galen / Anfauglith

Beleriand

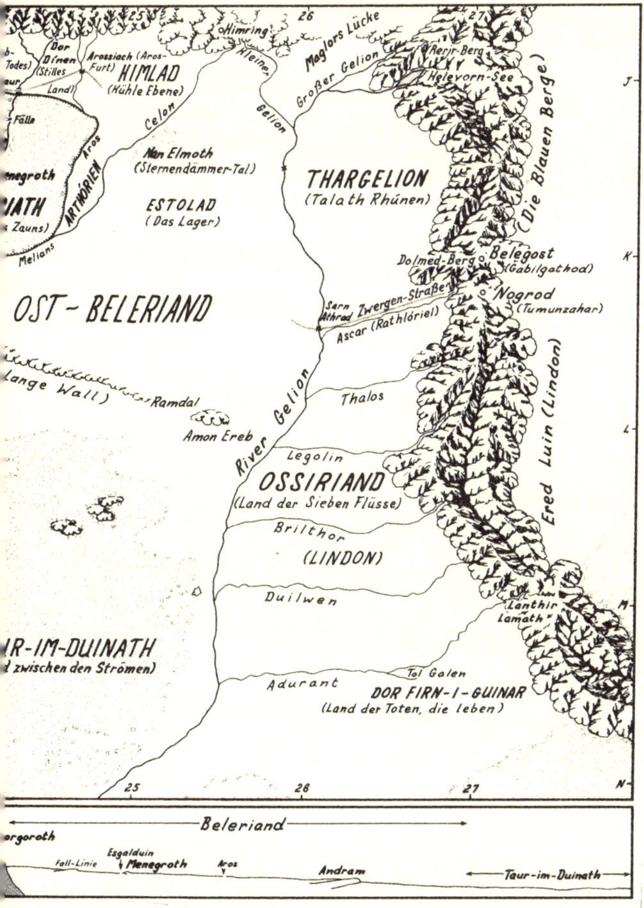
25
26
27
Himring
Maglors Lücke
Rerir-Berg
Helevorn-See
Großer Gelion
Kleiner
Gelion
Dor Dínen (Stilles Land)
Arossiach (Aros-Furt)
HIMLAD
(Kühle Ebene)
Celon
Fälle
Aros
ARTHÓRIEN
Nan Elmoth
(Sternendämmer-Tal)
ESTOLAD
(Das Lager)
THARGELION
(Talath Rhúnen)
(Die Blauen Berge)
Melians
Dolmed-Berg
Belegost
(Gabilgathod)
Nogrod
(Tumunzahar)
OST-BELERIAND
Sarn Athrad
Zwergen-Straße
Ascar (Rathlóriel)
Ramdal
Thalos
Amon Ereb
River Gelion
Ered Luin (Lindon)
Legolin
OSSIRIAND
(Land der Sieben Flüsse)
Brilthor
(LINDON)
Duilwen
Lanthir Lamath
Adurant
Tol Galen
DOR FIRN-I-GUINAR
(Land der Toten, die leben)
J
K
L
M
N
Beleriand
Esgalduin
Fall-Linie
Menegroth
Aros
Andram
Taur-im-Duinath

Glossar

Aegnor. Vierter Sohn Finarfins.

Aelin-uial. »Dämmerseen«, an der Mündung des Aros in den Sirion.

Älteste Tage. Das Erste Zeitalter.

Ainulindale. »Die Musik der Ainur«, auch »das (Große) Lied«, »die (Große) Musik« genannt. Zugleich auch der Name der Schöpfungsgeschichte, die Rúmil von Tirion in den Ältesten Tagen aufgeschrieben haben soll.

Ainur (Singular *Ainu).* »Die Heiligen«, die ersten von Ilúvatar erschaffenen Wesen, älter als Ea, die »Orden« der Valar und Maiar.

Aldudénië. »Klagelied um die Zwei Bäume«, von einem Vanyar-Elben namens Elemmíre gedichtet.

Almaren. Erster Wohnsitz der Valar in Arda, vor dem zweiten Angriff Melkors: eine Insel in einem großen See inmitten von Mittelerde.

Alqualonde. »Schwanenhafen«, Stadt und Hafen der Teleri an der Küste von Aman.

Aman. »Gesegnet, frei von Unheil«, Name des Landes im Westen, wo die Valar wohnten, nachdem sie die Insel Almaren verlassen hatten. Oft auch als »Segensreich« bezeichnet.

Amras. Zwillingsbruder von Amrod, jüngster Sohn Feanors.

Amrod. Siehe *Amras.*

Anar. Quenya-Name der Sonne.

Angband. »Eisenkerker, Eisenhölle«, Morgoths große Höhlenfestung im Nordwesten von Mittelerde.

Angrod. Dritter Sohn Finarfins.

Apanónar. »Die Nachgeborenen«, eine elbische Bezeichnung für die Menschen.

Araman. Ödland an der Küste von Aman, zwischen den Pelóri und dem Meer, sich nach Norden zur Helcaraxe hin erstreckend.

Arda. »Das Reich«, Name der Erde als Königreich Manwes.

Ard-galen. Das große flache Grasland nördlich von Dorthonion.

Arien. Eine Maia, von den Valar auserwählt, das Sonnenschiff zu lenken.

Aros. Fluß im Süden von Doriath.

Atani (Singular *Atan*). »Das Zweite Volk«, die Menschen.

Aule. Ein Vala, Schmied und Meister der Handwerke, Gemahl Yavannas.

Außenlande. Mittelerde.

Außenmeer. Siehe *Ekkaia.*

Avari. »Die Widerstrebenden, die Ablehnenden«; Name, der allen Elben beigelegt wurde, die es ablehnten, sich der Wanderung von Cuiviénen nach Westen anzuschließen. Siehe auch *Eldar* und *Dunkel-Elben.*

Avathar. »Die Schatten«, das verödete Land an der Küste von Aman, südlich der Bucht von Eldamar, zwischen den Pelóri und dem Meer, wo Melkor Ungolianth traf.

Balrog. »Starker Dämon«, Sindarin-Form des Namens der Feuergeister in Morgoths Diensten.

Barahir. Vater von Beren.

Belegaer. »Das Große Meer« des Westens, zwischen Mittelerde und Aman.

Belegost. »Große Festung«, eine der beiden Zwergenstädte in den Blauen Bergen.

Beleriand. Der Name soll ursprünglich »das Land von Balar« bedeutet haben und zuerst für das Land um die Sirionmündungen gegenüber der Insel Balar gebraucht worden sein. Später bezeichnete der Name die ganze alte Nordwestküste von Mittelerde südlich des Fjords von Drengist, alle Länder im Innern südlich von Hithlum und nach Osten bis zu den Füßen der Blauen Berge; durch den Sirionstrom in Ost- und West-Beleriand geteilt.

Beren. Barahirs Sohn; schnitt einen Silmaril aus Morgoths Krone; als einziger aller sterblichen Menschen von den Toten zurückgekehrt.

Berge der Abwehr. Siehe *Pelóri.*

Bewachtes Reich. Siehe *Valinor.*

Blaue Berge. Siehe *Ered Luin.*

Brithombar. Der nördliche Hafen der Falas an der Küste von Beleriand.

Calacirya. »Lichtspalt«; der Durchlaß, der durch das Pelóri-Gebirge gelegt worden war und in dem sich der grüne Hügel von Túna erhob.

Calaquendi. »Elben des Lichts«; diejenigen Elben, die in Aman lebten oder gelebt hatten (die Hochelben). Siehe auch *Moriquendi* und *Dunkel-Elben.*

Caranthir. Vierter Sohn Feanors, genannt der Dunkle.

Celeborn. Elb aus Doriath, Verwandter Thingols, heiratete Galadriel.

Celegorm. Dritter Sohn Feanors, genannt der Helle.

Círdan. »Der Schiffbauer«; Telerin-Elb, Herr der Falas.

Cuiviénen. »Wasser des Erwachens«; der See in Mittelerde, wo die ersten Elben erwachten und wo Orome sie fand.

Curufin. Fünfter Sohn Feanors, genannt der Geschickte.

Curufinwe. Siehe *Feanor.*

Dämmerseen. Siehe *Aelin-uial.*

Daeron. Spielmann und größter Gelehrter König Thingols, Erfinder der Cirth (Runen).

Dagor Aglareb. »Die Ruhmreiche Schlacht«, die dritte der großen Schlachten in den Kriegen von Beleriand.

Dagor-nuin-Giliath. »Die Schlacht-unter-Sternen«, die zweite Schlacht in den Kriegen von Beleriand, in Mithrim, nach Feanors Ankunft in Mittelerde.

Dor Daedeloth. »Land des Schattens des Schreckens«, das Land Morgoths im Norden.

Doriath. »Land des Zauns« (Dor lâth), Anspielung auf den Gürtel Melians; das Königreich Thingols und Melians, von Menegroth aus regiert. Auch das »Verborgene Königreich« genannt.

Dor-lómin. Gegend im Süden von Hithlum, das Gebiet Fingons.

Dorthonion. »Land der Kiefern«, das große, bewaldete Hochland an den Nordgrenzen von Beleriand.

Drengist. Der lange Fjord, der die Ered Lomin an der Westgrenze von Hithlum durchschnitt.

Dunkel-Elben. In der Sprache von Aman waren alle Elben, die das Große Meer nicht überquert hatten, Dunkel-Elben (Moriquendi). Während der Verbannung der Noldor aber bezeichnete der Ausdruck oft alle Elben von Mittelerde, die keine Noldor oder Sindar waren, und ist dann etwa gleichbedeutend mit Avari.

Ea. Die Welt, das stoffliche Universum; Ea (elbisch »es ist« oder »es sei«) war das Wort Ilúvatars, mit dem die Welt ins Sein trat.

Earendil. Genannt »Halbelb«, »der Gesegnete«, »der Strahlende« und »der Seefahrer«; Enkel Turgons, heiratete Elwing.

Earwen. Tochter Olwes von Alqualonde (Thingols Bruder), verheiratet mit Finarfin von den Noldor.

Echoberge. Siehe *Ered Lómin.*

Echoriath. »Die Umzingelnden Berge« um die Ebene von Gondolin.

Ecthelion. Elbenfürst von Gondolin, der bei der Vernichtung der Stadt Gothmog, den Fürsten der Balrogs, erschlug und von diesem erschlagen wurde.

Eglarest. Der südliche Hafen der Falas an der Küste von Beleriand.

Eisenberge. Siehe *Ered Engrin.*

Eithel Sirion. »Sirion-Brunnen«, an den Osthängen der Ered Wethrin.

Ekkaia. Elbischer Name für das Außenmeer, von dem Arda umgeben ist; auch als das »Umzingelnde Meer« bezeichnet.

Eldalië. »Das Elbenvolk«, gleichbedeutend mit Eldar verwendet.

Eldamar. »Elbenheim«, das Gebiet in Aman, wo die Elben wohnten; auch die große Bucht gleichen Namens.

Eldar. Nach elbischer Überlieferung wurde der Name Eldar, »Volk der Sterne«, allen Elben von dem Vala Orome verliehen. Im späteren Gebrauch bezeichnete er jedoch nur noch die Elben der Drei Geschlechter (Vanyar, Noldor und Teleri), die sich aus Cuiviénen zu dem großen Zug nach Westen aufmachten (ob sie dann in Mittelerde blieben oder nicht), unter Ausschließung der Avari. Die Elben von Aman und alle Elben, die je dort gelebt hatten, wurden Hochelben und Lichtelben (Calaquendi) genannt. Siehe auch *Dunkel-Elben*.

Elemmíre. Vanyarin-Elb, Dichter des ›Aldudénië‹, des Klagelieds um die Zwei Bäume.

Elende. Ein Name für Eldamar.

Elenwe. Turgons Gemahlin, kam bei dem Übergang über die Helcaraxe um.

Elrond. Sohn Earendils und Elwings.

Elu. Sindarin-Form von Elwe.

Elwe. Siehe *Thingol*.

Elwing. Enkelin von Beren, verheiratet mit Earendil; Mutter Elronds.

Endor. »Mittelland«, Mittelerde.

Engwar. »Die Kränklichen«, einer der Elbennamen für die Menschen.

Enteigneten, Die. Das Haus Feanor.

Ered Engrin. »Die Eisenberge« im hohen Norden.

Ered Gorgoroth. »Die Berge des Grauens«, nördlich von Nan Dungortheb.

Ered Lómin. »Die Echoberge«, Gebirgskette an der Westgrenze von Hithlum.

Ered Luin. »Die Blauen Berge«, auch Ered Lindon genannt. Nach der Zerstörung am Ende des Ersten Zeitalters bildeten die Ered Luin das nordwestliche Küstengebirge von Mittelerde.

Ered Wethrin. »Die Berge des Schattens«, »das Schattengebirge«, die große gebogene Bergkette, die Ard-galen von Westen her begrenzte und Hithlum von West-Beleriand trennte.

Eru. »Der Eine«, »Er, welcher einzig ist«: Ilúvatar.

Este. Eine der Valier, Gemahlin von Irmo; ihr Name bedeutet »Rast«.

Ezellohar. Der Grüne Hügel der Zwei Bäume von Valinor.

Falas. Die Westküste von Beleriand südlich von Nevrast.

Feanor. Ältester Sohn Finwes (einziges Kind von Finwe und Míriel), Halbbruder Fingolfins und Finarfins; der größte der Noldor und der Anführer ihrer Rebellion; Erfinder der feanorischen Schrift; Schöpfer der Silmaril; in Mithrim in der Dagor-nuin-Giliath gefallen. Sein Name war Curufinwe (curu, »Geschicklichkeit«), und diesen Namen gab er selbst seinem fünften Sohn, Curufin; doch wurde er immer mit dem ihm von seiner Mutter gegebenen Namen Feanáro, »Feuergeist«, genannt, der im Sindarin die Form Feanor erhielt.

Finarfin. Dritter Sohn Finwes, der jüngere von Feanors Halbbrüdern; blieb nach der Verbannung der Noldor in Aman und herrschte über das restliche Volk in Tirion. Nur er und seine Nachkommen hatten unter den Noldorfürsten goldblondes Haar, von seiner Mutter Indis, die eine Vanyarin-Elbin war.

Fingolfin. Zweiter Sohn Finwes, der ältere von Feanors Halbbrüdern; Hoher König der Noldor in Beleriand, saß in Hithlum.

Fingon. Ältester Sohn Fingolfins, genannt der Kühne; rettete Maedhros von Thangorodrim.

Finrod. Ältester Sohn Finarfins, genannt »der Treue« und »der Freund der Menschen«. Gründer und König von Nargothrond, wo er den Namen Felagund (»Höhlenschleifer«) erhielt.

Finwe. Führer der Noldor auf der Wanderung von Cuiviénen nach Westen; König der Noldor in Aman; Vater Feanors, Fingolfins und Finarfins; von Morgoth in Formenos erschlagen.

Fírimar. »Sterbliche«, einer der Elbennamen für die Menschen.

Formenos. »Nördliche Festung«, Burg Feanors und seiner Söhne im Norden von Valinor, erbaut nach der Verbannung Feanors aus Tirion.

Galadriel. Tochter Finarfins und Schwester Finrod Felagunds; eine der Anführerinnen in der Rebellion der Noldor gegen die Valar; heiratete Celeborn von Doriath.

Gelion. Der große Strom von Ost-Beleriand.

Glaurung. Der erste von Morgoths Drachen, genannt »der Vater der Drachen«.

Gondolin. »Der Verborgene Felsen«, geheime Stadt König Turgons in den Umzingelnden Bergen.

Gothmog. Fürst der Balrogs, Feldherr von Angband, erschlug Feanor und Ecthelion.

Grau-Elben. Siehe *Sindar.*

Großes Meer. Siehe *Belegaer.*

Grün-Elben. Die Nandorin-Elben von Ossiriand.

Hallen der Erwartung. Mandos' Hallen.

Helcaraxe. Die Meerenge zwischen Araman und Mittelerde, auch das »Malm-Eis« genannt.

Helevorn. »Schwarzer Spiegel«; See, an dem Caranthir wohnte.

Helluin. Der Stern Sirius.

Herren des Westens. Siehe *Valar.*

Hildor. »Die Nachkömmlinge«, »die Nachzügler«, Elbenname für die Menschen als die Jüngeren Kinder Ilúvatars.

Hildórien. Das Land im Osten von Mittelerde, wo die ersten Menschen (Hildor) erwachten.

Himring. Der große Berg westlich von Maglors Lücke, auf dem Maedhros' Burg stand.

Hithlum. »Nebelland«; das Gebiet, das im Osten und Süden von den Ered Wethrin, im Westen von den Ered Lómin begrenzt wurde.

Hochelben. Siehe *Eldar.*

Hoch-Faroth. Siehe *Taur-en-Faroth.*

Hyarmentir. Höchster Berg in den Gebieten südlich von Valinor.

Ilmen. Die Region über der Luft, wo die Sterne sind.

Ilúvatar. »Vater des Alls«, Eru.

Indis. Vanyarin-Elbin, nah verwandt mit Ingwe; zweite Gemahlin Finwes, Mutter Fingolfins und Finarfins.

Ingwe. Führte die Vanyar, die erste der drei Scharen der Eldar, von Cuiviénen nach Westen. In Aman lebte er auf dem Taniquetil und galt als Hoher König aller Elben.

Irmo. Ein Vala, meist Lórien genannt, nach dem Ort, wo er wohnte. Irmo bedeutet »der Wünscher« oder »Meister des Wunsches«.

Isil. Name des Mondes im Quenya.

Ivrin. See und Wasserfälle unterhalb der Ered Wethrin, wo der Fluß Narog entsprang.

Kinder Ilúvatars. Auch: »Kinder Erus«; die Erstgeborenen und die Nachkömmlinge, Elben und Menschen; auch: »die Kinder«, »Kinder der Erde«, »Kinder der Welt«.

Lammoth. »Das große Echo«, Gebiet nördlich des Fjords von Drengist, benannt nach dem Echo auf Morgoths Schreie bei seinem Kampf mit Ungolianth.

Laurelin. »Goldenes Lied«, der jüngere der Zwei Bäume von Valinor.

Lórien. Name der Gärten und des Wohnsitzes des Vala Irmo, der selbst meist Lórien genannt wurde.

Losgar. Der Platz, wo Feanor die Schiffe der Teleri verbrannte, an der Mündung des Fjords von Drengist.

Mablung. Elb aus Doriath, Feldhauptmann Thingols.

Maedhros. Ältester Sohn Feanors, genannt der Lange; von Thangorodrim gerettet durch Fingon; herrschte in den Gebieten um den Berg von Himring.

Maedhros' Mark. Das offene Land nördlich der Quellflüsse des Gelion, das Maedhros und seine Brüder gegen Angriffe auf Ost-Beleriand verteidigten; auch »die Ostmark« genannt.

Maglor. Zweiter Sohn Feanors, ein großer Sänger und Spielmann; hatte das Gebiet inne, das »Maglors Lücke« genannt wurde.

Maglors Lücke. Das Gebiet zwischen den Armen des Gelion, das nicht durch Berge gegen Angriffe aus Norden geschützt war.

Máhanaxar. Der Schicksalsring vor den Toren von Valmar, wo die Throne der Valar standen und wo sie Rat hielten.

Mahtan. Ein großer Schmied der Noldor, Vater von Feanors Gemahlin Nerdanel.

Maiar (Singular *Maia*). Ainur geringeren Ranges als die Valar.

Malm-Eis. Siehe *Helcaraxe.*

Mandos. In Aman der Wohnsitz des Vala, dessen eigentlicher Name Námo, der Richter, war, doch wurde dieser Name selten gebraucht, und er selbst wurde meist Mandos genannt.

Manwe. Höchster der Valar, auch Súlimo, »der Älteste König« oder »der Herrscher von Arda« genannt.

Melian. Eine Maia, die Valinor verließ und nach Mittelerde kam; später Gemahlin König Thingols in Doriath, um das sie einen Banngürtel legte, den Gürtel Melians.

Melkor. Der Quenya-Name des großen aufrührerischen Vala, Ursprung des Bösen, zu Anfang der mächtigste der Ainur; später genannt Morgoth, Bauglir, »der Dunkle Herr«, »der Feind« usw. Die Bedeutung von Melkor war »Er, der in Macht ersteht«.

Menegroth. »Die Tausend Grotten«, die verborgenen Hallen Thingols und Melians in Doriath.

Mereth Aderthad. Das »Fest der Versöhnung«, das Fingolfin an den Weihern von Ivrin gab.

Mindon Eldaliéva. »Hoher Turm der Eldalië«, Ingwes Turm in der Stadt Tirion; auch einfach »der Mindon« genannt.

Míriel. Erste Gemahlin Finwes, Feanors Mutter; starb nach Feanors Geburt. Genannt Serinde, »die Stickerin«.

Mithrim. Name des großen Sees im Osten von Hithlum, auch der Umgebung und der Berge im Westen, die Mithrim von Dor-lómin trennten. Der Name bezeichnete ursprünglich die dort lebenden Sindarin-Elben.

Mittelerde. Die Lande östlich des Großen Meeres; auch »Außenlande« oder »Endor« genannt.

Morgoth. »Der Schwarze Feind«, Name Melkors, den ihm Feanor nach dem Raub der Silmaril verlieh.

Moriquendi. »Elben der Dunkelheit«. Siehe *Dunkel-Elben.*

Musik der Ainur. Siehe *Ainulindale.*

Nachkömmlinge. Siehe *Hildor.*

Nahar. Das Pferd des Vala Orome.

Nandor. Soll bedeuten »die sich abwenden«: die Nandor waren diejenigen Elben aus der Schar der Teleri, die sich während des Zuges von Cuiviénen nach Westen weigerten, das Nebelgebirge zu überschreiten, von denen jedoch sehr viel später ein Teil über die Blauen Berge kam und in Ossiriand blieb (die Grün-Elben).

Nan Dungortheb. Das Tal zwischen den Hängen der Ered Gorgoroth und dem Gürtel Melians.

Nargothrond. »Die große unterirdische Festung am Fluß Narog«, von Finrod Felagund begründet; auch das Reich Nargothrond östlich und westlich des Narog.

Narog. Der größte Fluß in West-Beleriand.

Narsilion. Das Lied von Sonne und Mond.

Nauglamír. »Das Halsband der Zwerge«, von den Zwergen für Finrod Felagund gefertigt.

Naugrim. »Die Kurzgewachsenen«, Sindarin-Name für die Zwerge.

Nerdanel. Genannt die Kluge; Tochter Mahtans des Schmiedes, Gemahlin Feanors.

Nevrast. Das Gebiet westlich von Dor-lómin, jenseits der Ered Lómin, wo Turgon saß, bevor er nach Gondolin zog.

Nienna. Eine der Valier; die Herrin des Mitleids und der Trauer, Mandos' und Lóriens Schwester.

Nogrod. Eine der beiden Zwergenstädte in den Blauen Bergen.

Noldolante. »Der Sturz der Noldor«, ein Klagelied von Maglor, Feanors Sohn.

Noldor (Singular *Noldo*). Die Tiefelben, die zweite Schar der Elben auf dem Weg von Cuiviénen nach Westen, angeführt von Finwe. Der Name bedeutet »die Weisen« (»weise« im Sinne von »wissend, gelehrt«, nicht von »klug« oder »urteilssicher«).

Nurtale Valinóreva. »Die Verhüllung von Valinor«.

Oiomúre. Ein Nebelgebiet in der Nähe der Helcaraxe.

Olwe. Führte gemeinsam mit seinem Bruder Elwe (Thingol) die Scharen der Teleri aus Cuiviénen nach Westen; Fürst der Teleri von Alqualonde in Aman.

Orks. Kreaturen Morgoths.

Orodreth. Zweiter Sohn Finarfins.

Orome. Ein Vala; der große Jäger, der die Elben von Cuiviénen fortführte; Gemahl Vánas.

Osse. Ein Maia, Untertan Ulmos, mit dem er in die Gewässer von Arda kam; Freund und Lehrer der Teleri.

Ossiriand. »Land der Sieben Flüsse« (des Gelion und seiner von den Blauen Bergen herabfließenden Nebenflüsse); das Land der Grün-Elben.

Pelóri. »Die umfriedenden oder wehrhaften Höhen«, auch »Berge von Aman« oder »Berge der Abwehr« genannt, von den Valar nach der Zerstörung ihres Sitzes auf Almaren aufgetürmt; in einer steil abfallenden Kette von Norden nach Süden verlaufend, nahe an der Ostküste von Aman.

Quendi. Ursprünglicher Elbenname der Elben (jeder Art, einschließlich der Avari), bedeutet »die mit Stimmen reden«.

Quenya. Die alte, allen Elben gemeinsame Sprache in der Form, die sie in Valinor annahm; von den verbannten Noldor nach Mittelerde gebracht, jedoch auch von ihnen im täglichen Gebrauch aufgegeben.

Rána. »Der Wanderer«, ein Name des Mondes bei den Noldor.

Rerir. Berg im Norden des Helevorn-Sees.

Rúmil. Ein gelehrter Noldo aus Tirion, der erste Erfinder der Schriftzeichen; ihm wird die ›Ainulindale‹ zugeschrieben.

Schattengebirge. Siehe *Ered Wethrin.*

Schicksalsring. Siehe *Máhanaxar.*

Schwanenhafen. Siehe *Alqualonde.*

Segensreich. Siehe *Aman.*

Silmaril. Die drei von Feanor vor der Vernichtung der Zwei Bäume von Valinor geschaffenen Edelsteine, welche das Licht der Bäume enthielten.

Sindar. Die Grau-Elben; der Name bezeichnete alle Elben telerischer Herkunft, welche die zurückgekehrten Noldor in Beleriand vorfanden, ausgenommen die Grün-Elben von Ossiriand. Vielleicht haben die Noldor diesen Namen gewählt, weil sie den ersten Elben dieser Herkunft im Norden, unter dem grauen Himmel und in den Nebeln um den Mithrim-See begegneten; vielleicht auch, weil die Grau-Elben weder »des Lichtes« (von Valinor) noch »des Dunkels« (Avari), sondern »Elben der Dämmerung« waren. Es wurde jedoch angenommen, daß sich die Bezeichnung von Elwes Namen Thingol herleitete, da er als oberster König des ganzen Landes und aller seiner Völker anerkannt wurde.

Sindarin. Die Elbensprache von Beleriand, aus der gemeinsamen Elbensprache stammend, durch die langen Zeiten der Trennung aber gegenüber dem Quenya von Valinor stark verändert; wurde von den verbannten Noldor in Beleriand übernommen.

Sippenmord, Der. Die Tötung der Teleri durch die Noldor in Alqualonde.

Sirion. »Der Große Strom«, von Norden nach Süden fließend; trennte West- und Ost-Beleriand.

Söhne Feanors. Siehe *Maedhros, Maglor, Celegorm, Caranthir, Curufin, Amrod, Amras.*

Súlimo. Name Manwes.

Taniquetil. »Hoher weißer Gipfel«, höchster Berg der Pelóri und von Arda, auf dessen Gipfel Ilmarin steht, der Palast Manwes und Vardas; auch »der Weiße Berg« genannt, »der Heilige Berg« und »der Berg Manwes«.

Taur-en-Faroth. Das bewaldete Hochland westlich des Flusses Narog, oberhalb Nargothrond; auch »Hoch-Faroth« genannt.

Teleri. Die dritte und größte Schar der Eldar auf der Wanderung von Cuiviénen nach Westen, angeführt von Elwe (Thingol) und Olwe. Der Name Teleri (die Letzten, die Hintersten) wurde ihnen von denen verliehen, die vor ihnen gingen. Viele der Teleri verließen Mittelerde nicht; die Sindar und die Nandor waren ursprünglich Telerin-Elben.

Telperion. Der ältere der Zwei Bäume von Valinor.

Thangorodrim. »Berge der Tyrannei«, von Morgoth über Angband aufgetürmt.

Thingol (Quenya *Sindacollo, Singollo*). »Graumantel«; Name, unter dem Elwe, mit seinem Bruder Olwe Führer der Schar der Teleri beim Auszug von Cuiviénen und später König von Doriath, in Beleriand bekannt war; auch »der Verborgene König« genannt.

Thorondor. »König der Adler«.

Tilion. Ein Maia, Steuermann des Mondes.

Tirion. »Großer Wachtturm«, die Stadt der Elben auf dem Hügel von Túna in Aman.

Tol Eressea (auch einfach *Eressea*). »Die Einsame Insel«, auf der die Vanyar, die Noldor und später auch die Teleri von Ulmo über den Ozean gebracht wurden und die zuletzt in der Bucht von Eldamar, nahe an der Küste von Aman, eingewurzelt wurde. Auf Eressea blieben die Teleri lange, ehe sie nach Alqualonde fuhren.

Tulkas. Ein Vala, »der Größte an Kraft und Mannestaten«, der als letzter nach Arda kam.

Tumladen. »Das Weite Tal«, das verborgene Tal in den Umzingelnden Bergen, in dessen Mitte die Stadt Gondolin stand.

Túna. Der grüne Hügel im Calacirya, auf dem Tirion, die Stadt der Elben stand.

Turgon. Zweiter Sohn Fingolfins, genannt der Kluge; saß in Vinyamar in Nevrast, ehe er insgeheim nach Gondolin ging, wo er bis zu seinem Tod während der Eroberung der Stadt herrschte.

Uinen. Eine Maia, die Herrin der Meere, Gemahlin Osses.

Ulmo. Ein Vala, genannt »Herr der Wasser und König des Meeres«. Der Name wurde von den Eldar mit »der Begießer« oder »der Regenmacher« übersetzt.

Umzingelnde Berge. Siehe *Echoriath.*

Umzingelndes Meer. Siehe *Ekkaia.*

Ungolianth. Die große Spinne, die mit Melkor die Bäume von Valinor vernichtete.

Urulóki. Quenya-Wort, »Feuerschlange«, Drache.

Utumno. Melkors erste große Burg, im Norden von Mittelerde; von den Valar zerstört.

Valar (Singular *Vala*). »Die, welche Macht haben«, »die Mächte«; Name jener großen Ainur, die zu Beginn der Zeit nach Ea kamen und die Aufgabe übernahmen, Arda zu behüten und zu regieren. Auch »die Großen«, »die Herrscher von Arda«, »die Herren des Westens«, »die Herren von Valinor« genannt.

Valaróma. Das Jagdhorn des Vala Orome.

Valier. »Die Königinnen der Valar«.

Valimar. Siehe *Valmar.*

Valinor. Das Land der Valar in Aman, jenseits des Pelóri-Gebirges; auch das »Bewachte Reich« genannt.

Valmar. Die Stadt der Valar in Valinor; der Name kommt auch in der Form Valimar vor.

Vána. Eine der Valier, Schwester Yavannas und Gemahlin Oromes.

Vanyar (Singular *Vanya*). Die erste Schar der Eldar auf der Wanderung von Cuiviénen nach Westen, geführt von Ingwe. Der Name bedeutet »die Hellen«, mit Bezug auf das goldblonde Haar der Vanyar.

Varda. »Die Erhabene«, »die Hohe«, auch »die Herrin der Gestirne« genannt. Größte der Valier, Gemahlin Manwes, wohnt mit ihm auf dem Taniquetil.

Vása. »Die Verzehrende«, ein Name der Sonne bei den Noldor.

Verborgenes Königreich. Siehe *Doriath.*

Verwunschene Inseln. Die Inseln, welche die Valar östlich von Tol Eressea ins Große Meer setzten, zur Zeit der Verhüllung von Valinor.

Vinyamar. Turgons Sitz in Nevrast. Der Name bedeutet vermutlich »Neues Obdach«.

Weissagung des Nordens. Das Verhängnis der Noldor, von Mandos an der Küste von Araman ausgesprochen.

Yavanna. »Spenderin der Früchte«; eine der Valier, Gemahlin Aules.

Zwei Bäume von Valinor, Die. Siehe *Telperion* und *Laurelin.*

Zwerge. Siehe *Naugrim.*

J. R. R. Tolkien im dtv

»Tolkien hat das Verdienst, im nüchternen 20. Jahrhundert die Welt der Drachen, Elben, Zauberer und Könige wieder transparent gemacht zu haben.«
Salzburger Nachrichten

Der kleine Hobbit

ISBN 3-423-20277-7

Bilbo Beutlin, ein Hobbit aus guter Familie und von untadeligem Ruf, wird von dem Zauberer Gandalf animiert, einer Zwergenschar bei der Rückgewinnung ihres geraubten Schatzes zu helfen ... »Die (Vor-)Geschichte zum Fantasy-Helden-Epos ›Der Herr der Ringe‹. Absolut zu empfehlen, und auch für Nicht-Fantasy-Fans sind die Abenteuer des Bilbo Beutlin in Mittelerde ein Muss!« (Berliner Morgenpost)

Feanors Fluch

ISBN 3-423-20372-2

Feanors Meisterwerk, die Silmaril, bringen Unglück über Mittelerde. Sein Fluch gegen Morgoth wird zum Ausgangspunkt jenes endlosen, bitteren Krieges in Mittelerde, den Tolkien in seinem Hauptwerk beschreibt. Die vorliegende Geschichte ist damit der Schlüsselmythos zum Kultbuch ›Der Herr der Ringe‹.

Die Geschichte der Kinder Húrins

ISBN 3-423-20459-1

Es herrscht Krieg in Mittelerde, und Húrin, der Herr von Dor-lómin, fällt seinem ärgsten Feind in die Hände – dem grausamen Morgoth.

Tuor und seine Ankunft in Gondolin

ISBN 3-423-20278-5

Aus der Sagenwelt von Mittelerde: Die abenteuerliche Geschichte des Elbenfreundes Tuor und seiner Reise in die Verborgene Stadt Gondolin.

Das Tolkien Lesebuch

ISBN 3-423-20669-1

Einblicke in die Welt von Mittelerde, Hintergründe und autobiographische Mitteilungen. – »Für Neueinsteiger und Tolkien-Anhänger.« (Rheinischer Merkur)

Farmer Giles of Ham / Bauer Giles von Ham

dtv zweisprachig

ISBN 3-423-09383-8

dtv

Man schreibt das 469. Jahr nach der Rückkehr der Noldor nach Mittelerde. Immer noch wirft der finstere Morgoth seinen Schatten über das Land. Aber bei den Elben und Menschen beginnt sich Hoffnung zu regen, daß man die Orks vielleicht doch noch zurückdrängen kann. Auch Húrin zieht in den Krieg. Zurück bleiben seine Frau, die ungeborene Tochter Nienor und der Sohn und Erbe Túrin ... Aus einer Anmerkung Tolkiens geht hervor, die Geschichte der Kinder Húrins sei, obgleich in der Elbensprache verfaßt, das Werk Dírhavels, eines Dichters der Menschen. Die Geschichte der Kinder Húrins, das längste aller Lieder aus Beleriand, sei alles, was er geschaffen habe.

J(ohn) R(onald) R(euel) Tolkien wurde am 3. Januar 1892 in Bloemfontein/Südafrika geboren und lebte seit 1896 in England. Er war Professor für germanische Philologie in Oxford und starb am 2. September 1973 in Bournemouth. Eines seiner bekanntesten Werke ist ›Der Herr der Ringe‹ (dt. 1969/70).

J. R. R. Tolkien

Die Geschichte der Kinder Húrins

Deutsch von
Hans J. Schütz

Herausgegeben
von der Hobbit Presse

Klett-Cotta
Deutscher Taschenbuch Verlag

J. R. R. Tolkien:
Feanors Fluch
Die Geschichte der Kinder Húrins
Tuor und seine Ankunft in Gondolin

Oktober 2003
Deutscher Taschenbuch Verlag GmbH & Co. KG,
München
www.dtv.de
Die Texte wurden entnommen aus: ›Nachrichten aus Mittelerde‹, herausgegeben von Christopher Tolkien

Published by arrangement with
HarperCollins Publishers Ltd., London
Titel der englischen Originalausgabe:
›Unfinished Tales of Numenor and Middle-earth‹

Umschlagkonzept: Balk & Brumshagen
Umschlagfoto: © Mauritius/Chad Ehlers
Gesamtherstellung: Druckerei C. H. Beck, Nördlingen
Gedruckt auf säurefreiem, chlorfrei gebleichtem Papier
Printed in Germany · ISBN 3-423-59061-0

Inhalt

Einleitung

Die Entstehungsgeschichte der Sage von Túrin Turambar ist in mancher Hinsicht die verwickeltste und komplizierteste von allen erzählenden Elementen der Geschichte des Ersten Zeitalters. Wie die Geschichte ›Von Tuor und dem Fall von Gondolin‹ (siehe dtv-Band 20278) reicht sie in die ersten Anfänge zurück und ist in einer frühen Prosaerzählung (einer der ›Verlorenen Geschichten‹) und in einem langen, unvollendeten Gedicht in Stabreimen erhalten. Doch während die spätere »Langfassung« der Tuor-Geschichte niemals sehr weit gedieh, vollendete mein Vater die entsprechende Fassung der Túrin-Geschichte fast ganz. Sie hat den Titel ›Narn i Hîn Húrin‹, und diese Erzählung ist hier wiedergegeben.

Der Ablauf der langen ›Narn‹ weist freilich große Unterschiede auf, und zwar in dem Maße, in welchem sich der Text einer vollkommenen oder endgültigen Gestalt näherte. Der Schlußabschnitt (von der Rückkehr Túrins nach Dor-lómin bis zu seinem Tod) hat kaum editorische Bearbeitung erfahren. Der erste Abschnitt hingegen (bis zum Weggang Túrins aus Doriath) machte ein gerüttelt Maß an Korrekturen, Aussonderungen und an einigen Stellen eine leichte Straffung notwendig, da die Originaltexte bruchstückhaft und unzusammenhängend waren. Der Mittelabschnitt der Erzählung (Túrin unter den Geächteten, Mîm, der Kleinzwerg, das Land Dor-Cúarthol, der Tod Belegs von Túrins Hand und Túrins Leben in Nargothrond) stellte ein weit schwierigeres editorisches Problem dar. Die Erzählung ist hier nur zu einem geringen Teil vollendet und stellenweise auf Entwürfe für ihre mögliche Weiterführung reduziert. Mein Vater war noch mit der Ausarbeitung dieses Teils beschäftigt, als er die Arbeit abbrach. Die kürzere Version für ›Das Silmarillion‹ mußte bis zum endgültigen Abschluß der ›Narn‹ liegenbleiben. Bei der Vorbereitung zur Publikation des ›Silmarillion‹ entnahm ich notgedrungen einen großen Teil der entsprechenden Passagen der Túrin-Geschichte diesen Materialien, die sich in ihrer Vielfalt und in ihren

Bezügen untereinander außerordentlich vielschichtig darstellen.

Für den ersten Teil dieses zentralen Abschnitts (bis zum Beginn von Túrins Aufenthalt in Mîms Wohnung auf dem Amon Rûdh) habe ich aus dem vorliegenden Material eine zusammenhängende Erzählung kompiliert, die im Umfang mit anderen Teilen der ›Narn‹ vergleichbar ist und die an einer Stelle (Seite 67) eine Lücke aufweist. Jedoch von dort an (Seite 80) bis zu Túrins Ankunft am Ivrin nach dem Fall Nargothronds gab ich diese Methode als unergiebig auf. Die Lücken in der ›Narn‹ waren hier allzu groß und konnten nur durch den entsprechenden, bereits publizierten Text des ›Silmarillion‹ ausgefüllt werden. Dennoch habe ich in einem Anhang (Seite 147) vereinzelte Fragmente aus dem entsprechenden Teil der geplanten längeren Erzählung angeführt.

Im dritten Abschnitt der ›Narn‹ (beginnend mit der Rückkehr Túrins nach Dor-lómin) wird ein Vergleich mit dem ›Silmarillion‹ zahlreiche (zum Teil sogar wörtliche) Übereinstimmungen zeigen. Dagegen habe ich im ersten Abschnitt des vorliegenden Textes zwei längere Passagen weggelassen (vgl. Seite 12 und Anmerkung 1, sowie Seite 23 und Anmerkung 2), weil es sich um unerhebliche Varianten von Passagen handelt, die in ›Das Silmarillion‹ aufgenommen sind. Diese Überschneidungen und wechselseitigen Beziehungen zwischen einem Werk und einem anderen können unterschiedlich interpretiert und von verschiedenen Standpunkten beurteilt werden. Meinem Vater machte es Freude, den gleichen Stoff in einem anderen Zusammenhang neu zu erzählen; doch einige Teile verlangten nicht nach einer ausführlichen Behandlung in einer längeren Fassung, und es gab keinen Anlaß, sie um ihrer selbst willen neu zu formulieren. Wenn andrerseits alles noch im Fluß war und die endgültige Anordnung der verschiedenen Erzählstränge in weiter Ferne lag, konnte dieselbe Passage probeweise an verschiedenen Stellen eingefügt werden. Doch auch auf einer anderen Ebene läßt sich eine Erklärung finden: Geschichten wie der von Túrin Turambar war bereits vor langer Zeit eine besondere dichterische Form verliehen worden (in diesem Fall war es die ›Narn i Hîn Húrin‹ des Dichters Dírhavel); Redewendungen oder sogar ganze Passagen (besonders Szenen von großer rhetorischer Eindringlichkeit wie Túrins Ansprache an sein Schwert vor seinem Tod) dieser Fassungen konnten als Ganzes von jenen beibehalten werden, die später Zusammenfassungen der Geschichte der Altvorderenzeit erstellten (als solche ist ›Das Silmarillion‹ gedacht).

Christopher Tolkien

Narn i Hîn Húrin: Die Geschichte der Kinder Húrins

Túrins Kindheit

Hador Goldscheitel war ein Fürst der Edain, und die Eldar liebten ihn sehr. Zeit seines Lebens lebte er unter der Herrschaft Fingolfins, der ihm ausgedehnte Ländereien in jener Gegend Hithlums zum Lehen gab, die Dor-lómin genannt wurde. Seine Tochter Glóredhel heiratete Haldir, den Sohn Halmirs, Fürst der Menschen von Brethil; und auf demselben Fest heiratete sein Sohn Galdor der Lange Hareth, die Tochter Halmirs.

Galdor und Hareth hatten zwei Söhne, Húrin und Huor. Húrin war drei Jahre älter, doch er war weniger groß gewachsen als andere Männer seines Stammes. Darin schlug er dem Volk seiner Mutter nach, doch in allen anderen Belangen glich er seinem Großvater: Er war schön von Angesicht, goldhaarig, von großer Körperkraft und feurigem Gemüt. Doch sein inneres Feuer loderte ständig, und groß waren seine Ausdauer und seine Willenskraft. Von allen Menschen im Norden wußte er am meisten über die Absichten der Noldor. Sein Bruder Huor war großgewachsen; er war der größte aller Edain mit Ausnahme seines Sohnes Tuor, und ein schneller Läufer. Doch war die Rennstrecke lang und anstrengend, war es Húrin, der als erster zu Hause anlangte, denn er lief am Ende der Strecke mit der gleichen Kraft wie am Anfang. Die beiden Brüder liebten sich sehr, und in ihrer Jugend sah man den einen selten ohne den anderen.

Húrin heiratete Morwen, die Tochter Baragunds, Sohn des Bregolas aus dem Haus Beor, und war auf diese Weise mit Beren dem Einhänder eng verwandt. Morwen war dunkelhaarig und großgewachsen, und wegen ihres strahlenden Blicks und der Schönheit ihres Angesichts wurde sie von den Menschen Eledhwen, Elbenschein, genannt. Doch sie war stolz und von ernstem Sinn. Das Unglück des Hauses Beor betrübte sie, denn nach der Niederlage in der Bragollach kam sie als eine Vertriebene von Dorthonion nach Dor-lómin.

Das älteste Kind Húrins und Morwens hieß Túrin, und es wurde in dem Jahr geboren, in dem Beren nach Doriath kam und Lúthien Tinúviel fand, Thingols Tochter. Morwen gebar Húrin auch eine Tochter, die den Namen Urwen erhielt; doch von allen, die sie in ihrem kurzen Leben kannten, wurde sie Lalaith genannt, das Lachen.

Huor heiratete Rían, die Base Morwens. Sie war die Tochter Belegunds, Sohn des Bregolas. Ein hartes Schicksal ließ sie in solch harten Zeiten geboren werden, denn ihr Gemüt war sanft, und sie liebte weder die Jagd noch den Krieg. Ihre Liebe galt den Bäumen und Blumen der Wildnis, sie sang und erfand Lieder. Nur zwei Monate war sie mit Huor verheiratet, als er mit seinem Bruder in die Nirnaeth Arnoediad zog, und sie sah ihn niemals wieder.[1]

In den Jahren nach der Dagor Bragollach und dem Fall Fingolfins wurden die Schatten der Furcht länger, die Morgoth über das Land warf. Aber im vierhundertneunundsechzigsten Jahr nach der Rückkehr der Noldor nach Mittelerde rührte sich Hoffnung unter den Elben und Menschen, denn es gab Gerüchte über die Taten Berens und Lúthiens, und wie man Morgoth sogar auf seinem Thron in Angband Schande zugefügt habe. Einige sagten, daß Beren und Lúthien noch lebten oder von den Toten auferstanden seien. In diesem Jahr waren auch die großen Pläne Maedhros' beinahe ausgereift, und die wieder auflebende Kraft der Eldar und Edain brachte den Vormarsch Morgoths zum Stehen, und die Orks wurden aus Beleriand zurückgedrängt. Darauf begannen manche von kommenden Siegen zu sprechen: Die Niederlage in der Bragollach sollte wettgemacht werden, Maedhros die vereinigten Heere in den Kampf führen, und Morgoth sollte unter die Erde getrieben und die Tore Angbands versiegelt werden.

Die Klügeren jedoch blieben beunruhigt und fürchteten, Maedhros könne seine eigene Stärke zu früh offenbaren und Morgoth dadurch Zeit geben, Gegenmaßnahmen zu ergreifen. Sie sagten: »Es wird immer so sein, daß neue arglistige Pläne, die Elben und Menschen nicht erahnen können, in Angband ausgeheckt werden.« Und im Herbst dieses Jahres, wie um ihre Worte zu bestätigen, zog unter bleiernem Himmel aus dem Norden ein übler Wind heran. Er wurde der Verfluchte Wind genannt, denn er trug die Pest mit sich, und in diesem Herbst erkrankten und starben viele in den nördlichen Ländern, die an die Anfauglith grenzten. Und zum größten Teil traf es die Kinder und Heranwachsenden in den Häusern der Menschen.

In jenem Jahr zu Beginn des Frühlings waren Húrins Sohn Túrin erst fünf und seine Schwester Urwen drei Jahre alt. Urwens Haar war gelb wie die Lilien im Gras, wenn sie durch die Felder tollte, und ihr Lachen war wie das heitere Plätschern des Baches, der aus den Hügeln kam und an den Mauern ihres Vaterhauses vorbeifloß. Der Bach hieß Nen Lalaith, und nach ihm wurde das Kind von allen Hausbewohnern Lalaith genannt, denn immer, wenn es unter ihnen weilte, machte es ihre Herzen froh.

Túrin hingegen war weniger beliebt. Wie seine Mutter war er dunkelhaarig, und er schien auch ihr ernstes Gemüt geerbt zu haben. Er war nicht heiter, sprach wenig, obgleich er das Sprechen früh erlernte und immer älter wirkte, als er wirklich war. Túrin vergaß Ungerechtigkeit und Spott nur allmählich, doch das Feuer seines Vaters brannte auch in ihm, und er konnte wild und unbesonnen sein. Doch ebenso schnell empfand er Mitleid; Schmerz und Trauer lebender Wesen konnten ihn zu Tränen rühren, und auch darin glich er seinem Vater. Morwen hingegen war streng gegen sich selbst und gegen andere. Túrin liebte seine Mutter, denn sie sprach ehrlich und offen mit ihm, während er seinen Vater nur selten sah, denn Húrin war mit dem Heer Fingons, das die östlichen Grenzen Hithlums bewachte, oft lange von zu Hause fort. Kam er heim, beunruhigte und verwirrte er den Sohn durch seine schnelle Redeweise und seine Sprache, die mit fremdartigen Wörtern, Andeutungen und Spötteleien durchsetzt war. Zu dieser Zeit galt Túrins ganze zärtliche Zuneigung seiner Schwester Lalaith, doch er spielte nur selten mit ihr und zog es vor, sie ungesehen zu beschützen und sie zu beobachten, wenn sie auf dem Gras oder unter den Bäumen entlanglief. Dabei sang sie Lieder, wie sie sich die Kinder der Edain vor langer Zeit auszudenken pflegten, als die Sprache der Elben ihnen noch leicht von der Zunge ging.

»Lalaith ist schön wie ein Elbenkind«, sagte Húrin zu Morwen, »doch, wahrlich, Elben leben länger. So hübsch sie ist, desto empfindlicher ist sie vielleicht.«

Túrin, der diese Worte gehört hatte, grübelte darüber nach, aber er konnte sie nicht verstehen, denn Elbenkinder hatte er nie gesehen. Zu dieser Zeit lebte keiner der Eldar im Land seines Vaters, und nur ein einziges Mal hatte Túrin sie gesehen, als König Fingon mit vielen seiner Fürsten durch Dor-lómin geritten war und sie in silbernem und weißem Glanz die Brücke über den Nen Lalaith passiert hatten.

Doch bevor das Jahr vorüber war, erwies sich, daß sein Vater die Wahrheit gesagt hatte, denn der Verfluchte Wind kam nach Dor-lómin, Túrin wurde krank und lag lange in Fieber und dunklen Träumen darnieder. Aber als er wieder gesund wurde, weil sein Schicksal es wollte und die Lebenskraft in ihm stark war, fragte er nach Lalaith. Doch die Kinderfrau antwortete: »Sprich nicht mehr von Lalaith, Sohn Húrins, doch nach deiner Schwester Urwen mußt du deine Mutter fragen.«

Und als Morwen zu ihm kam, sagte er zu ihr: »Ich bin nicht mehr krank und will Urwen sehen; aber warum darf ich nicht mehr Lalaith sagen?«

»Weil Urwen tot ist und das Lachen in diesem Hause verstummt ist«, antwortete sie. »Doch du lebst, mein Sohn, und ebenso der Feind, der uns dies angetan hat.«

Sie versuchte weder ihn noch sich selbst zu trösten, sondern ertrug stumm ihren Schmerz und wappnete ihr Herz mit Eis. Húrin jedoch trauerte offen, und er nahm seine Harfe, um ein Klagelied anzustimmen. Doch es gelang ihm nicht, und er zerbrach die Harfe, ging hinaus, reckte die Hand gen Norden und rief: »Verderber Mittelerdes, geschähe es, daß ich dir von Angesicht zu Angesicht gegenüberstünde, so würde ich dich verderben, wie es mein Herr Fingolfin getan hat!«

In der Nacht aber, als er allein war, weinte Túrin bitterlich, wenn er auch seiner Mutter gegenüber den Namen seiner Schwester niemals wieder aussprach. Nur einem Freund vertraute er sich in dieser Zeit an, erzählte ihm von seinem Kummer und der Leere des Hauses. Dieser Freund hieß Sador und war ein Knecht im Dienst Húrins; der war lahm und wurde nur gering geachtet. Er war Holzfäller gewesen, der, weil das Unglück es wollte oder er die Axt nicht recht führte, sich den rechten Fuß abgeschlagen hatte. Das fußlose Bein war verkrüppelt, und deshalb nannte Túrin ihn Labadal, was »Hüpf-Fuß« bedeutete. Gleichwohl mißfiel Sador dieser Beiname nicht, denn er war Túrins Mitleid entsprungen, und nicht seinem Spott. Sador arbeitete auf den Vorwerken, wo er kleine Gegenstände von geringem Wert herstellte oder Dinge ausbesserte, die im Hause gebraucht wurden, denn in der Bearbeitung von Holz war er sehr geschickt. Um Sadors Bein zu schonen, brachte ihm Túrin, was er für seine Arbeit brauchte. Manchmal trug er heimlich einige Werkzeuge und Holzstücke herbei, auf die niemand achtgab, denn er glaubte, sein Freund könne etwas damit anfangen. Dann lächelte Sador und gebot ihm, die Geschenke an ihren Platz zurückzubringen. »Habe eine offene Hand«, sagte er, »aber verschenke nur, was dir selber gehört.« So gut er konnte, belohnte er die Freundlichkeit des Kindes und schnitzte ihm Menschen- und Tierfiguren. Doch am meisten Freude hatte Túrin an Sadors Geschichten. Dieser war nämlich in den Tagen der Bragollach ein junger Mann gewesen und liebte es, sich der Erinnerung an jene kurze Zeit zu überlassen, in der er ein vollwertiger Mann gewesen war, bevor er zum Krüppel wurde.

»Es war eine große Schlacht, sagt man, Sohn Húrins. In der großen Not jenes Jahres wurde ich von meiner Arbeit in den Wäldern fortgerufen. Aber ich habe an der Bragollach nicht teilgenommen, wo ich vielleicht auf ehrenhaftere Weise eine Verwundung erlitten hätte. Wir kamen zu spät, konnten nur noch die Bahre mit dem Leichnam des alten Fürsten Hador vom Schlachtfeld tragen, der gefallen war, als er König Fingolfin schützte. Dann wurde ich Soldat und diente viele Jahre in Eithel Sirion, der großen Festung der Elbenkönige. So kommt es mir jedenfalls heute vor, und die dunklen Jahre, die darauf folgten, haben nichts Bemerkenswertes. Ich war in Eithel Sirion, als der Schwarze König es bestürmte und Galdor, dein Großvater, dort Hauptmann in des Königs Diensten war. In jenem Gefecht wurde er erschlagen, und ich sah deinen Vater seine Nachfolge antreten und die Befehlsgewalt übernehmen, obgleich er noch ein sehr junger Mann war. Ein Feuer brenne in ihm, sagte man, von dem das Schwert in seiner Hand erglühe. In seinem Gefolge trieben wir die Orks in die Sandwüste, und seit jenen Tagen haben sie es nicht gewagt, sich in Sichtweite der Mauern blicken zu lassen. Doch genug davon! Meine Kampfeslust war gestillt, denn ich hatte genug vergossenes Blut und Wunden gesehen. Ich erhielt die Erlaubnis, in die Wälder zurückzukehren, nach denen ich mich sehnte. Dort trug ich meine Verwundung davon, denn ein Mann, der vor seiner eigenen Furcht flieht, wird feststellen, daß er nur den Weg abgekürzt hat, der erneut zu ihr führt.«

So sprach Sador zu Túrin, als dieser älter wurde und viele Fragen zu stellen begann, deren Beantwortung Sador schwerfiel; außerdem fand er, daß andere, die Túrin verwandtschaftlich näherstanden, diese Aufgabe übernehmen sollten. Eines Tages sagte Túrin zu ihm: »War Lalaith wirklich einem Elbenkind ähnlich, wie mein Vater sagte? Und was meinte er, als er sagte, sie lebe nicht so lange wie eine Elbe?«

»Sie war den Elbenkindern sehr ähnlich«, sagte Sador, »denn in ihrer ersten Jugend scheinen die Kinder von Elben und Menschen eng miteinander verwandt zu sein. Doch die Kinder der Menschen wachsen schneller, ihre Jugend geht bald vorbei, das ist ihr Schicksal.«

Darauf fragte ihn Túrin: »Was bedeutet Schicksal?«

»Was das Schicksal der Menschen angeht«, erwiderte Sador, »mußt du jene fragen, die klüger sind als Labadal. Doch wie jedermann sehen kann, welken wir bald und sterben, und durch einen unglücklichen Zufall ereilt manche der Tod sogar früher. Doch die Elben welken nicht, und sie sterben nicht, außer durch schwere Wunden. Von Verwundungen und Schmerzen, denen Menschen zum Opfer fallen, können sie geheilt werden. Sogar wenn ihre Körper zugrundegegangen sind, können sie eines Tages zurückkehren. Mit uns ist es nicht so.«

»Dann wird Lalaith nicht zurückkehren?« fragte Túrin. »Wohin ist sie gegangen?«

»Sie wird nicht zurückkehren«, sagte Sador, »aber wohin sie gegangen ist, weiß niemand, zumindest ich weiß es nicht.«

»Ist das immer so gewesen? Oder müssen wir einen Fluch des verruchten Königs erdulden so wie den Verfluchten Wind?«

»Ich weiß es nicht. Hinter uns liegt eine Finsternis, aus der nur wenige Geschichten überliefert sind. Die Väter unserer Väter hätten vieles erzählen können, doch sie haben es nicht getan. Zwischen uns und dem Leben, aus dem sie kamen, stehen Berge, und niemand weiß heute, wovor die Vorväter geflohen sind.«

»Haben sie sich gefürchtet?« fragte Túrin.

»Es kann sein«, antwortete Sador. »Vielleicht sind wir vor der furchteinflößenden Finsternis geflohen, nur um ihr hier gegenüberzustehen, wo uns nur noch die Flucht zum Meer bleibt.«

»Wir fürchten uns nicht mehr«, sagte Túrin, »jedenfalls nicht alle. Mein Vater hat keine Furcht, und auch ich nicht, zumindest werde ich mich so verhalten wie meine Mutter und meine Furcht nicht zeigen.«

Als Túrin dies sagte, kam es Sador vor, als seien Túrins Augen nicht die Augen eines Kindes, und er dachte: Für einen unbeugsamen Geist ist Kummer nur ein Wetzstein, an dem er sich härtet. Aber laut sagte er: »Sohn Húrins und Morwens, wie es um dein Herz bestellt sein wird, kann Labadal nicht sagen, doch du wirst nur selten und nur wenigen offenbaren, was in ihm vorgeht.«

Darauf entgegnete Túrin: »Vielleicht ist es besser, nicht auszusprechen, was man sich wünscht, wenn man es nicht erreichen kann. Aber ich wünschte, Labadal, ich wäre einer der Eldar. Dann könnte Lalaith zurückkehren, und ich wäre noch immer hier, selbst wenn sie lange fort wäre. Sobald ich kann, werde ich als Soldat zu einem Elbenkönig gehen, wie du es getan hast, Labadal.«

»Du könntest viel von ihnen lernen«, sagte Sador und seufzte. »Sie sind ein wunderbares und gerechtes Volk, und sie besitzen Macht über die Herzen der Menschen. Und doch denke ich manchmal, daß es besser gewesen wäre, wenn wir sie niemals getroffen hätten, sondern bescheidenere Wege gewandelt wären, denn ihr Wissen ist uralt, und sie sind stolz und festen Sinnes. In ihrem Licht werden wir undeutlich oder brennen mit allzu heißer Flamme, und das Gewicht des Verhängnisses lastet schwer auf uns.«

»Aber mein Vater liebt sie«, sagte Túrin, »und ohne sie ist er nicht glücklich. Er sagt, fast alles, was wir wissen, hätten wir von ihnen gelernt und seien durch sie zu einem edleren Volk geworden. Und er sagt auch, daß die Menschen, die vor kurzem über die Berge gekommen sind, kaum besser sind als Orks.«

»Das trifft zu«, erwiderte Sador, »zumindest auf einige von uns. Doch der Aufstieg ist qualvoll, und aus großer Höhe fällt man leicht herab.«

Zu dieser Zeit war Túrin fast acht Jahre alt, und nach dem Kalender der Elben war es im Monat Gwaeron des Jahres, das unvergeßlich bleiben wird. Schon munkelten die Älteren über eine große Sammlung und Musterung von Waffen, doch der Junge hörte nichts davon. Húrin, der den Mut und die Verschwiegenheit seiner Frau kannte, sprach oft mit ihr über die Pläne der Elbenkönige und was geschehen könne, wenn sie gut oder schlecht ausgingen. Sein Herz war voller Hoffnung, und er hatte wenig Furcht vor dem Ausgang der Schlacht, denn er glaubte nicht daran, daß irgendeine Macht in Mittelerde die Eldar in ihrer Kraft und Größe würde besiegen können. »Sie haben das Licht im Westen gesehen«, sagte er, »und am Ende muß die Finsternis vor ihren Gesichtern fliehen.« Morwen widersprach ihm nicht, denn in seiner Gegenwart schien die Hoffnung immer glaubwürdiger als anderswo. Aber in ihrem Geschlecht war auch die Kenntnis des Elbenwissens überliefert worden, und sie sagte zu sich selbst: Haben sie nicht doch das Licht verlassen, und sind sie nicht jetzt von ihm ausgeschlossen? Es kann sein, daß die Herren des Westens sie aus ihren Gedanken verbannt haben, und wie können gerade die Älteren Kinder eine der Mächte besiegen?

Auf Húrin Thalion schien kein Hauch eines solchen Zweifels zu liegen. Doch eines Morgens im Frühling erwachte er nach unruhigem Schlaf, und an diesem Tag lag ein Schatten auf seiner strahlenden Zuversicht. Am Abend sagte er plötzlich: »Wenn ich zu den Waffen gerufen werde, Morwen Eledhwen, werde ich den Erben des Hauses Hador in deiner Obhut zurücklassen. Das menschliche Leben ist kurz, und sogar in Friedenszeiten ist man gegen böse Zufälle nicht immer gefeit.«

»Das ist immer so gewesen«, antwortete sie, »doch was verbirgt sich hinter deinen Worten?«

»Vorsicht, nicht Zweifel«, entgegnete Húrin, jedoch er sah sorgenvoll aus. »Aber jemand, der nach vorn blickt, muß folgendes bedenken: Die Dinge bleiben nicht, wie sie waren. Was vor uns liegt, ist ein großer Wurf, und eine Seite wird dabei zu Fall kommen. Sind es die Elbenkönige, die fallen, dann muß es mit den Edain ein böses Ende nehmen, und wir sind es, die dem Feind am nächsten wohnen. Doch wenn die Dinge schlecht ausgehen, werde ich nicht zu dir sagen: *Habe keine Furcht!* Denn du fürchtest nur, wovor man sich fürchten sollte, und nur dieses allein. Furcht bringt dich nicht zur Verzweiflung. Aber ich rate dir: *Warte nicht!* Ich werde zu dir zurückkehren, wenn ich kann, doch warte nicht auf mich! Ziehe in den Süden, so schnell du kannst. Ich werde folgen, und ich werde dich finden, müßte ich auch ganz Beleriand absuchen.«

»Beleriand ist groß und bietet keinen Unterschlupf für Vertriebene«, sagte Morwen. »Wohin soll ich fliehen, mit wenigen oder mit vielen Begleitern?«

Darauf dachte Húrin eine Weile schweigend nach. »Die Familie meiner Mutter lebt in Brethil«, sagte er. »Das ist etwa dreißig Meilen von hier, wenn man dem Flug des Adlers folgt.«

»Wenn eine solch schlimme Zeit wirklich kommt, welche Hilfe können Menschen gewähren?« sagte Morwen. »Das Haus Beor ist gefallen. Wenn das mächtige Haus Hador fällt, in welche Löcher soll sich das kleine Volk von Haleth verkriechen?«

»Sie sind nur sehr wenige und unerfahren, doch zweifle nicht an ihrer Tapferkeit«, sagte Húrin. »Wo sonst ist Hoffnung?«

»Du sprichst nicht von Gondolin«, sagte Morwen.

»Nein, dieser Name ist niemals über meine Lippen gekommen«, erwiderte Húrin. »Doch es trifft zu, was dir zu Ohren gekommen ist: Ich bin dort gewesen. Aber ich sage dir jetzt die Wahrheit. Ich habe sie keinem anderen gesagt und werde es auch künftig nicht tun: Ich weiß nicht, wo es liegt.«

»Aber du ahnst es, du hast eine bestimmte Vermutung, denke ich«, sagte Morwen.

»Kann sein«, erwiderte Húrin, »doch wenn nicht Turgon selbst mich von meinem Eid entbindet, darf ich diese Vermutung nicht aussprechen, selbst dir gegenüber nicht. Deshalb würde deine Suche vergeblich sein. Würde ich aber, zu meiner eigenen Schande, den Mund auftun, gelangtest du im besten Fall an ein verschlossenes Tor. Niemand wird es durchschreiten, es sei denn, Turgon käme heraus, um in den Krieg zu ziehen (und dafür gibt es keine Hinweise, und man hoffe nicht darauf).«

»Wenn deine Familie wenig Hoffnung bietet und deine Freunde dich abweisen«, sagte Morwen, »muß ich mit mir selbst zu Rate gehen, und dabei kommt mir Doriath in den Sinn. Als letzte Verteidigung wird der Gürtel Melians zerbrochen werden, denke ich, und das Haus Beor wird in Doriath nicht gering geschätzt. Bin ich nicht mit dem König verwandt? Immerhin war mein Vater ebenso ein Enkelsohn Bregors wie Beren, der Sohn Barahirs.«

»Mein Herz ist Thingol nicht geneigt«, sagte Húrin. »Er wird König Fingon seine Unterstützung versagen, und ich weiß nicht, warum sich mein Gemüt verdüstert, wenn ich den Namen Doriath höre.«

»Beim Namen Brethil wird mir ebenso schwer ums Herz«, sagte Morwen.

Plötzlich lachte Húrin und sagte: »Da sitzen wir nun, reden über die Dinge, auf die wir keinen Einfluß haben, und über Schatten, die aus Träumen aufsteigen. Alles wird nicht so schlimm werden. Geschieht es aber doch, dann ist alles deinem Mut und deiner Klugheit anvertraut. Dann handle so, wie dein Herz es dir gebietet, aber handle schnell. Und wenn wir unsere Ziele erreichen, sind die Elbenkönige entschlossen, alle Lehen des

Hauses Beor an die Erben zurückzugeben, und unserem Sohn wird eine prächtige Erbschaft zufallen.«

Als Túrin in der Nacht im Halbschlaf lag, kam es ihm vor, als stünden seine Eltern neben seinem Bett, hielten brennende Kerzen in den Händen und blickten auf ihn herab. Doch ihre Gesichter konnte er nicht sehen.

Am Morgen von Túrins Geburtstag überreichte Húrin seinem Sohn ein Elbenmesser zum Geschenk, dessen Griff und Scheide silbern und schwarz waren, und er sagte: »Erbe des Hauses Hador, hier ist ein Geburtstagsgeschenk. Aber gib darauf acht! Es ist eine furchtbare Klinge, und Stahl ist nur denen von Nutzen, die mit ihm umgehen können. Er ist gleichermaßen dazu bereit, die eigene Hand zu verletzen als irgend etwas anderes.« Und indem er Túrin auf einen Tisch setzte, küßte er ihn und sagte: »Du überragst mich schon, Sohn Morwens. Bald wirst du so groß sein wie ich und dabei auf eigenen Füßen stehen. An diesem Tag werden viele deine Klinge fürchten.«

Darauf rannte Túrin aus dem Zimmer, ging allein umher und verspürte in seinem Herzen eine Wärme wie die Sonnenwärme, die in der kalten Erde alles zum Wachsen bringt. Er wiederholte für sich die Worte seines Vaters: Erbe von Hador. Aber auch andere Worte kamen ihm in den Sinn: Habe eine offene Hand, doch verschenke nur, was dir gehört. Und er lief zu Labadal und rief: »Labadal, es ist mein Geburtstag, der Geburtstag des Erben von Hador! Ich habe dir ein Geschenk gebracht zur Erinnerung an diesen Tag. Hier ist ein Messer, gerade so eines, wie du es brauchst. Es schneidet alles, was du willst, haarfein.«

Darauf war Sador betrübt, denn er wußte wohl, daß Túrin an diesem Tag das Messer selbst zum Geschenk bekommen hatte; doch es galt unter Männern als kränkend, ein aus freiem Willen gegebenes Geschenk zurückzuweisen, aus welcher Hand es auch immer kam. Darauf sagte er ernst zu Túrin: »Du entstammst einer großherzigen Familie, Túrin, Sohn Húrins, und ich habe nichts getan, was dein Geschenk wettmachen könnte. Ich kann auch nicht hoffen, es in den Tagen, die mir geblieben sind, besser zu machen. Aber was in meiner Macht steht, werde ich tun.« Als Sador das Messer aus der Scheide zog, sagte er: »Das ist ein wirkliches Geschenk: eine Klinge aus Elbenstahl. Ich hatte schon fast vergessen, wie er sich anfühlt.«

Húrin bemerkte alsbald, daß Túrin das Messer nicht trug, und fragte ihn, ob seine warnenden Worte ihm Furcht eingeflößt hätten. Túrin antwortete darauf: »Nein. Aber ich habe es Sador, dem Holzschnitzer, gegeben.«

»Schätzt du das Geschenk deines Vaters so gering?« fragte Morwen, und Túrin sagte: »Nein, doch ich habe Sador gern und empfinde Mitleid mit ihm.«

Darauf sagte Húrin: »Es gehörte alles dir, Túrin, was du verschenkt hast: Liebe, Mitleid, und das Messer ist dabei das wenigste.«

»Jedoch zweifle ich, ob Sador dieses Geschenk verdient«, sagte Morwen. »Er ist durch eigene Ungeschicklichkeit verkrüppelt, und er kommt seinen Pflichten schleppend nach, weil er viel Zeit auf überflüssige Dinge verschwendet, um die ihn niemand gebeten hat.«

»Habe dennoch Mitleid mit ihm«, entgegnete Húrin. »Eine ehrliche Hand und ein aufrichtiges Herz können danebenschlagen, und ein solches Leid ist schwerer zu tragen als eine Wunde, die ein Feind geschlagen hat.«

»Aber jetzt mußt du dich mit einer zweiten Klinge gedulden«, versetzte Morwen, »damit das Geschenk auch ein wahres Geschenk ist und einen Verlust für dich bedeutet.«

Nichtsdestoweniger bemerkte Túrin, daß Sador in der Folge freundlicher behandelt wurde und jetzt den Auftrag erhielt, einen großen Sessel anzufertigen, auf dem der Hausherr in seiner Halle sitzen sollte.

Es war an einem strahlenden Morgen des Monats Lothron, als Túrin von plötzlichem Trompetenschall geweckt wurde. Als er zur Tür rannte, sah er im Hof ein großes Gedränge von Männern zu Fuß und zu Pferde und in voller Kriegsausrüstung. Auch Húrin stand dort, erteilte Befehle, und Túrin erfuhr, daß sie heute nach Barad Eithel aufbrechen würden. Diese Männer waren

Húrins Wachmannschaften und Hausknechte, doch alle Männer des Landes waren aufgeboten. Einige waren bereits mit Huor, dem Bruder seines Vaters, aufgebrochen, viele andere wollten sich unterwegs zum Fürsten von Dor-lómin gesellen und sich hinter seinem Banner zur großen Heerschau vor dem König begeben.

Ohne Tränen nahm Morwen von Húrin Abschied und sagte: »Ich will beschützen, was du in meiner Obhut zurückläßt, was auch immer sein und geschehen wird.«

Húrin antwortete: »Lebe wohl, Herrin von Dor-lómin. Wir reiten jetzt fort, und unsere Hoffnungen sind größer als jemals zuvor. Wir wollen daran glauben, daß die Feier zu dieser Wintersonnenwende fröhlicher sein wird als in allen anderen Jahren, und daß ihr ein Frühling ohne Furcht folgt!« Darauf hob er Túrin auf seine Schulter und rief seinen Männern zu: »Laßt den Erben des Hauses Hador den Glanz eurer Schwerter sehen!« Und die Sonne ließ die Klingen fünfzig gezückter Schwerter aufblitzen, und der Hof hallte wider vom Schlachtruf der Edain des Nordens: *Lacho calad! Drego morn!* Licht, flamme auf! Nacht, entfliehe!

Dann sprang Húrin schließlich in den Sattel, sein goldenes Banner wurde entrollt, und wieder tönten die Trompetenklänge in den Morgen. So ritt Húrin Thalion davon in die Nirnaeth Arnoediad.

Morwen und Túrin aber verharrten schweigend in der Tür, bis sie in weiter Ferne den schwachen, vom Wind getragenen Klang eines einzelnen Horns vernahmen: Húrin hatte den Hügelrücken überquert, und von dort konnte er sein Haus nicht mehr sehen.

Der Wortstreit zwischen Húrin und Morgoth

Die Elben singen viele Lieder und erzählen viele Geschichten von der Nirnaeth Arnoediad, der Schlacht der Ungezählten Tränen, in der Fingon fiel und die Blüte der Eldar dahinwelkte. Erzählte man sie alle, würde das Leben eines Menschen nicht ausreichen, sie anzuhören.[2] Aber jetzt soll nur erzählt werden, was Húrin widerfuhr, dem Sohn Galdors und Herrn Dor-lómins, als er schließlich an den Ufern des Rivil auf Befehl Morgoths lebend ergriffen und nach Angband geschleppt wurde.

Húrin wurde vor Morgoth gebracht, denn durch seine geheimen Künste und seine Kundschafter wußte dieser, daß Húrin die Freundschaft des Königs von Gondolin besaß, und er versuchte, ihn mit seinen Augen einzuschüchtern. Doch Húrin ließ sich nicht erschrecken und widerstand ihnen. Deshalb ließ ihn Morgoth in Ketten legen und einer langsamen Folter unterwerfen. Nach einer Weile jedoch ging er zu ihm und machte ihm ein Angebot: Er ließ ihm die Wahl, entweder frei zu gehen, wohin er wolle, oder den Rang und die Befehlsgewalt als einer seiner mächtigsten Hauptleute anzunehmen. Er brauche nur zu enthüllen, wo sich Turgons Festung befinde, und alles zu erzählen, was er über die Pläne des Königs wisse. Doch Húrin, der Standhafte, verspottete ihn und sagte: »Du bist blind, Morgoth Bauglir, du wirst es immer sein und nur das Dunkle sehen. Du weißt nicht, welchen Gesetzen die Herzen der Menschen folgen, und wenn du es wüßtest, könntest du sie nicht beeinflussen. Ein Narr, wer ein Angebot Morgoths annimmt. Zuerst wirst du einheimsen, was man dir bietet, und dann dein Versprechen nicht halten. Ich würde nur den Tod empfangen, wenn ich dir sagte, was du wissen willst.«

Darauf lachte Morgoth und sagte: »Du wirst den Tod noch wie eine Gnade von mir erflehen.« Dann brachte er Húrin auf den Haudh-en-Nirnaeth, der damals neu errichtet wurde und über dem der Gestank des Todes lastete. Morgoth setzte Húrin auf die höchste Spitze, befahl ihm nach Westen zu schauen, nach Hithlum, und an sein Weib, seinen Sohn und seine Familie zu denken. »Sie wohnen jetzt in meinem Herrschaftsbereich und sind meiner Barmherzigkeit ausgeliefert«, sagte er.

»Du kennst kein Erbarmen«, entgegnete Húrin. »Doch über diese Menschen wirst du den Weg zu Turgon nicht finden, denn sie kennen seine Geheimnisse nicht.«

Darauf überkam Morgoth großer Zorn, und er sprach: »Und ich werde doch über dich triumphieren und über dein verfluchtes Haus, und mein Wille wird euch zerbrechen, und wäret ihr alle aus Stahl.« Er ergriff ein langes Schwert, das dort lag, zerbrach es vor Húrins Augen, daß ein Splitter ihn im Gesicht verwundete, doch Húrin erbleichte nicht. Darauf streckte Morgoth seinen langen Arm gegen Dor-lómin aus, verfluchte Húrin, Morwen und ihre Nachkommen und schrie: »Merke also! Der Schatten meines Trachtens wird über ihnen lasten, wo immer sie sind, und mein Haß wird sie bis ans Ende der Welt verfolgen!«

Aber Húrin antwortete: »Umsonst sind deine Worte, denn du kannst diese Menschen nicht sehen und sie aus der Ferne nicht beherrschen, nicht, solange du diese Gestalt hast und noch danach verlangst, ein König zu sein, der auf Erden sichtbar ist.«

Darauf wandte sich Morgoth Húrin zu und sagte: »Narr, winzig unter den Menschen, die die Geringsten sind unter allen, die ihre Stimme erheben! Hast du die Valar gesehen, oder die Macht Manwes und Vardas ermessen? Weißt du, wie weit ihr Einfluß reicht? Oder glaubst du vielleicht, daß du in ihrer Hut bist, daß sie dich aus weiter Ferne beschirmen können?«

»Ich weiß es nicht«, sagte Húrin. »Doch es könnte so sein, wenn sie es wollten, denn der Älteste König wird nicht entthront werden, solange Arda besteht.«

»Du sagst es«, erwiderte Morgoth. »Der Älteste König bin ich. Ich bin Melkor, der erste und mächtigste aller Valar, der bereits vor der Welt da war und der sie erschuf. Der Schatten meiner Vorhaben liegt auf Arda, und alles, was in ihr ist, beugt sich langsam und sicher meinem Willen. Über allen, denen deine Liebe gilt, wird mein Schatten liegen wie eine Wolke des Unheils, das sie in Finsternis und Verzweiflung stürzen wird. Wo sie auch immer gehen, wird das Böse vor ihnen aufstehen. Wann immer sie sprechen, werden ihre Worte schlimme Folgen haben. Was immer sie tun, es wird sich gegen sie selbst richten. Sie werden ohne Hoffnung sterben, und sie werden ihr Leben und ihren Tod verfluchen!«

Aber Húrin gab ihm zur Antwort: »Vergißt du, mit wem du sprichst? Diese Worte hast du schon vor langer Zeit unseren Vätern gesagt, doch wir sind deinem Schatten entkommen. Und jetzt haben wir dich durchschaut, denn wir haben die Gesichter erblickt, die das Licht gesehen haben. Und wir haben die Stimmen gehört, die mit Manwe gesprochen haben. Ja, du bist vor Arda dagewesen, doch andere waren es auch. Du hast Arda nicht geschaffen. Auch der Mächtigste bist du nicht, denn du hast deine Kraft für dich selbst verzehrt und sie in der eigenen Leere vergeudet. Du bist nicht mehr als ein entsprungener Sklave der Valar, und ihre Ketten erwarten dich schon!«

»Du hast recht gut auswendig gelernt, was deine Lehrmeister dir beigebracht haben«, sagte Morgoth. »Aber dieses kindische Wissen wird dir nicht helfen, jetzt, wo sie alle geflohen sind.«

»Dann will ich dir ein Letztes sagen, Sklave Morgoth«, erwiderte Húrin. »Es entstammt nicht der Weisheit der Eldar, sondern wird in dieser Stunde in mein Herz gelegt: Du bist nicht der Herr der Menschen, und du wirst es nicht sein, obwohl du über ganz Arda und Menel herrschst. Außerhalb der Weltkreise wirst du jene nicht verfolgen, die sich dir widersetzen!«

»Außerhalb der Weltkreise werde ich sie in der Tat nicht verfolgen«, erwiderte Morgoth, »denn außerhalb der Welt ist nichts. Doch innerhalb der Welt sollen sie nicht hoffen, mir zu entfliehen, bis sie in das Nichts eintreten.«

»Du lügst«, sagte Húrin.

»Du wirst es sehen, und du wirst es eingestehen, daß ich nicht lüge«, sagte Morgoth. Er brachte Húrin nach Angband zurück, setzte ihn auf einen steinernen Sessel hoch oben auf den Thangorodrim, von wo aus er in der Ferne das Land Hithlum im Westen und die Länder Beleriands im Süden einsehen konnte. Dort blieb er durch Morgoths Macht an seinen Platz gefesselt, und dieser stand neben ihm, verfluchte ihn erneut und belegte ihn mit einem Bann, so daß er sich weder fortbewegen noch sterben konnte, bevor Morgoth ihn nicht erlöste.

»Hier bleibe nun«, sagte Morgoth, »und schaue über die Länder, in denen Elend und Verzweiflung über alle kommen wird, die du mir ausgeliefert hast. Denn du hast es gewagt, mich zu verspotten und die Allmacht Melkors anzuzweifeln, der Herr über Ardas Geschicke ist. Deshalb sollst du mit meinen Augen sehen, mit meinen Ohren hören, und nichts soll dir verborgen bleiben.«

Túrins Abreise

Nur drei Männer fanden am Ende den Weg durch den schrecklichen Taur-nu-Fuin zurück nach Brethil, und als Glóredhel, Hadors Tochter, erfuhr, daß Haldir gefallen war, brach ihr der Kummer das Herz.

Nach Dor-lómin drangen keine Nachrichten. Rían, Huors Gemahlin, floh in ihrer Verzweiflung in die Wildnis, doch Grau-Elben aus den Bergen von Mithrim standen ihr bei, und als ihr Sohn Tuor geboren wurde, zogen sie ihn auf. Rían jedoch begab sich zum Haudh-en-Nirnaeth, legte sich nieder und starb.

Morwen Eledhwen blieb in Hithlum in stummem Schmerz. Ihr Sohn Túrin war erst neun Jahre alt, und sie war erneut schwanger. Sie erlebte schlimme Zeiten. Die Ostlinge kamen in großer Zahl ins Land, sie verfuhren grausam mit dem Volk Hadors, raubten ihm seinen Besitz und versklavten es. Alle Bewohner der Heimatländer Húrins, die arbeiten konnten oder zu irgend etwas nütze waren, schleppten sie fort, sogar junge Mädchen und Knaben; die Alten töteten sie oder ließen sie in der Wildnis Hungers sterben. Aber sie wagten es nicht, Hand an die Herrin von Dor-lómin zu legen oder sie aus ihrem Haus zu stoßen, denn es liefen Gerüchte um, sie sei gefährlich und eine Hexe, die mit den Weiß-Furien Umgang habe; so nannten sie die Elben, die sie haßten, aber mehr noch fürchteten.[3] Aus diesem Grund fürchteten und mieden sie auch die Berge, in denen viele der Eldar Zuflucht gesucht hatten, vor allem im Süden des Landes. Nachdem sie das Land geplündert und verheert hatten, zogen sich die Ostlinge nach Norden zurück. Húrins Haus befand sich im Südosten Dor-lómins in der Nähe der Berge. Der Ursprung des Nen Lalaith war eine Quelle unterhalb des Amon Darthir, über dessen Rücken ein steiler Paß führte. Wer waghalsig genug war, konnte hier die Ered Wethrin überqueren und an den Quellen des

Glithui nach Beleriand hinabsteigen. Dieser Weg aber war weder den Ostlingen noch Morgoth bekannt, weshalb jener ganze Landstrich, solange das Haus Fingolfin bestand, vor Morgoth sicher war; keiner seiner Knechte war jemals hierher gekommen. Er vertraute darauf, daß die Ered Wethrin eine unüberwindliche Mauer bildeten, sowohl für Flüchtlinge aus dem Norden wie auch für Angreifer aus dem Süden. Und es gab in der Tat für alle, die keine Flügel hatten, keine andere Verbindung zwischen dem Serech und dem äußersten Westen, wo Dor-lómin an Nevrast grenzte. So konnte es geschehen, daß Morwen nach den ersten Überfällen unbehelligt blieb, obwohl Männer in den umliegenden Wäldern herumlungerten und es gefährlich war, sich zu weit vom Haus zu entfernen. Dort lebten unter Morwens Schutz Sador, der Holzschnitzer, einige alte Männer und Frauen und Túrin, den Morwen nur im Hof herumlaufen ließ.

Aber Húrins Hauswesen geriet bald in Verfall, und obgleich Morwen hart arbeitete, lebte man in Armut. Man hätte Hunger leiden müssen, wäre nicht die Unterstützung gewesen, die Aerin, Húrins Verwandte, Morwen heimlich zukommen ließ. Ein gewisser Brodda, ein Ostling, hatte Aerin gewaltsam zu seiner Ehefrau gemacht. Es war bitter für Morwen, Almosen annehmen zu müssen, doch Túrins und ihres ungeborenen Kindes wegen nahm sie die Hilfe an; überdies, so sagte sie, stammten die Gaben aus ihrem Besitz. Nämlich es war eben dieser Brodda, der sich der Menschen, der Güter und des Viehs von Túrins Heimatländern bemächtigt und sie zu seinem eigenen Wohnsitz geschleppt hatte. Er war ein unerschrockener Mann, der freilich unter seinen Landsleuten wenig gegolten hatte, bevor sie nach Hithlum kamen. Da er den Reichtum suchte, war er immer bereit, sich Ländereien anzueignen, auf die sonst keiner seiner Rasse Anspruch erhob. Er hatte Morwen einmal gesehen, als er auf einem Raubzug zu ihrem Haus ritt, doch bei ihrem Anblick hatte ihn große Furcht ergriffen. Er glaubte in die grausamen Augen einer Weiß-Furie geblickt zu haben, und ihn überkam ein tödlicher Schrekken, der böse Geist könne über ihn kommen. Da er ihr Haus nicht durchsuchte, entdeckte er auch Túrin nicht, sonst wären die Tage des Erben des wahren Fürsten gezählt gewesen.

Brodda machte die Strohköpfe, wie er die Leute von Hador nannte, zu Sklaven und ließ sich von ihnen in der Gegend nördlich von Húrins Haus eine hölzerne Halle erbauen. Seine Sklaven waren wie eine Viehherde in einem Gehege zusammengepfercht, doch sie wurden nachlässig bewacht. Unter ihnen fanden sich einige, die trotz aller Gefahr mutig und bereitwillig waren, der Herrin von Dor-lómin zu helfen. Durch sie erhielt Morwen geheime Nachrichten aus dem Land, wenn diese auch zu Hoffnungen kaum Anlaß gaben.

Brodda hatte Aerin zu seiner Frau gemacht und nicht zu seiner Sklavin, denn in seinem eigenen Gefolge gab es nur wenige Frauen und keine, die mit den Töchtern der Edain zu vergleichen gewesen wäre. Er hegte die Hoffnung, sich zur Herrschaft in diesem Land aufzuschwingen, einen Erben zu haben und die Herrschaft an diesen weiterzugeben.

Darüber, was geschehen war und was in zukünftigen Tagen geschehen konnte, sprach Morwen mit Túrin nur wenig, und er selbst fürchtete durch Fragen an ihr Schweigen zu rühren. Als die Ostlinge zum ersten Mal in Dor-lómin einfielen, sagte er zu seiner Mutter: »Wann kommt mein Vater zurück, um diese garstigen Diebe aus dem Land zu jagen? Warum kommt er nicht?«

»Ich weiß es nicht«, antwortete Morwen. »Es kann sein, daß er gefallen ist oder daß man ihn gefangenhält. Vielleicht hat es ihn auch sehr weit verschlagen, und er kann nicht zurückkehren, weil die Feinde uns eingeschlossen haben!«

»Dann denke ich, daß er tot ist«, sagte Túrin und hielt vor der Mutter seine Tränen zurück. »Niemand könnte ihn davon abhalten heimzukommen, wenn er noch lebte.«

»Ich glaube nicht, daß irgendeine dieser Vermutungen zutrifft, mein Sohn«, sagte Morwen.

Mit fortschreitender Zeit schlich sich Sorge um ihren Sohn Túrin in Morwens Herz, denn sie sah voraus, daß ihm nichts anderes übrigbleiben würde, als Sklave der

Ostlinge zu werden, bevor er viel älter geworden war. Deshalb entsann sie sich ihres Gespräches mit Húrin, und ihre Gedanken richteten sich wieder auf Doriath. Endlich entschloß sie sich, Túrin heimlich fortzuschicken, wenn es ihr möglich war, und König Thingol zu bitten, ihm Zuflucht zu gewähren. Und während sie dasaß und darüber nachgrübelte, wie sie es anfangen solle, hörte sie deutlich die Stimme Húrins in ihrem Inneren sagen: *»Geh ohne Säumen! Warte nicht auf mich!«* Doch die Geburt des Kindes rückte näher, und der Weg würde beschwerlich und gefährlich sein. Je länger sie zauderte, desto geringer wurden die Aussichten, zu entkommen. In ihrem Herzen nährte sie noch immer eine uneingestandene Hoffnung, denn eine geheime Stimme sagte ihr, daß Húrin nicht tot sei. In ihren durchwachten Nächten horchte sie auf das Geräusch seiner Schritte, oder sie wachte auf, weil sie im Hof das Wiehern seines Pferdes zu hören glaubte. Obwohl sie dazu bereit war, ihren Sohn in den Hallen eines anderen aufziehen zu lassen, wie es zu jener Zeit Sitte war, wollte sie ihren Stolz dennoch nicht demütigen und Empfängerin von Almosen sein, kämen sie auch von einem König. Deshalb widerstand sie der Stimme Húrins oder der Erinnerung daran, und der erste Faden zu Túrins Schicksal war gesponnen.

So rückte der Herbst des Jahres des Jammers heran, bevor Morwen zu ihrer Entscheidung gelangte, und jetzt mußte sie rasch handeln. Sollte er abreisen, durfte man keine Zeit verlieren, denn sie fürchtete, man könne ihn abholen, wenn sie auch noch den Winter verstreichen ließ. Ostlinge schlichen um den Hof und kundschafteten das Haus aus. Also sagte sie unvermittelt zu Túrin: »Dein Vater kommt nicht. Also mußt du gehen, und zwar bald. Es wäre auch sein Wunsch.«

»Gehen?« rief Túrin. »Wohin sollen wir gehen? Über die Berge?«

»Ja«, sagte Morwen. »Über die Berge nach Süden. Dort könnte es noch Hoffnung geben. Doch ich habe nicht uns beide gemeint, mein Sohn. Du mußt allein gehen, ich aber muß hierbleiben!«

»Ich kann nicht allein gehen!« sagte Túrin. »Ich will

dich nicht verlassen. Warum gehen wir nicht zusammen?«

»Ich kann nicht«, sagte Morwen. »Doch du wirst nicht allein gehen. Ich werde dir Gethron mitgeben, und vielleicht auch Grithnir.«

»Warum nicht Labadal?« fragte Túrin.

»Weil er lahm ist«, antwortete Morwen, »und weil ein schwieriger Weg euch erwartet. Und weil du mein Sohn bist und die Zeiten grausam sind, will ich dir nichts vormachen: Auf diesem Weg kannst du sterben. Es ist spät im Jahr, doch wenn du hierbleibst, wartet Schlimmeres auf dich, nämlich ein Sklave zu werden. Wenn du ein Mann sein willst und dich wie ein Mann verhalten willst, wirst du tapfer sein und tun, was ich dir gebiete.«

»Aber ich werde dich nur mit Sador, dem blinden Ragnir und den alten Frauen zurücklassen«, sagte Túrin. »Sagte nicht mein Vater, ich sei der Erbe von Hador? Der Erbe sollte in Hadors Haus sein, um es zu verteidigen. Jetzt wünschte ich, ich hätte mein Messer noch!«

»Der Erbe sollte hier sein, aber er kann nicht bleiben«, erwiderte Morwen. »Doch er kann eines Tages zurückkehren. Nun fasse dir ein Herz! Ich werde dir folgen, wenn ich kann, falls alles noch schlimmer wird.«

»Aber wie willst du mich finden, irgendwo in der Wildnis?« rief Túrin, und plötzlich verlor er die Beherrschung und weinte ungehemmt.

»Wenn du jammerst, wird man dich sofort finden«, sagte Morwen. »Aber ich weiß, wohin du gehst, und wenn du dort ankommst und dort bleibst, werde ich dich finden, wenn ich kann. Denn ich schicke dich zu König Thingol in Doriath. Möchtest du nicht lieber Gast eines Königs sein als ein Sklave?«

»Ich weiß es nicht«, antwortete Túrin. »Ich weiß nicht, was ein Sklave ist.«

»Ich schicke dich fort, damit du es nicht zu lernen brauchst«, erwiderte Morwen. Dann setzte sie Túrin vor sich hin und sah ihm in die Augen, als versuche sie ein Rätsel zu lösen, das in ihnen verborgen war. »Es ist schwer, Túrin, mein Sohn«, sagte sie schließlich. »Nicht nur für dich. Es lastet schwer auf mir, in schlimmen Tagen entscheiden zu müssen, was für uns das Beste ist.

Doch ich glaube, daß ich richtig handle, denn warum sonst sollte ich mich von dem Teuersten trennen, das mir geblieben ist?«

Sie sprachen nicht mehr darüber miteinander, und Túrin war betrübt und verwirrt. Am Morgen machte er sich auf, um Sador zu suchen, der Feuerholz geschlagen hatte, von dem sie nur wenig hatten, weil sie es nicht wagten, in den Wäldern umherzustreifen. Jetzt stützte er sich auf seine Krücke und betrachtete den großen Sessel für Húrin, der unvollendet in eine Ecke geworfen worden war. »Er muß dran glauben«, sagte er, »in diesen Zeiten braucht man keine überflüssigen Dinge.«

»Zerschlag ihn noch nicht«, bat Túrin. »Vielleicht kommt mein Vater heim, und dann wird er sich freuen, wenn er sieht, was du während seiner Abwesenheit für ihn gemacht hast.«

»Falsche Hoffnungen sind gefährlicher als falsche Ängste«, sagte Sador, »und sie werden uns in diesem Winter nicht warmhalten.« Er betastete die Schnitzerei des Sessels und seufzte. »Verschwendete Zeit«, sagte er, »wenn mir die Stunden auch angenehm vergangen sind. Aber solche Dinge sind von kurzer Dauer, und was zählt, glaube ich, ist einzig die Freude, die man hat, während man daran arbeitet. Und jetzt könnte ich dir ebensogut dein Geschenk zurückgeben.«

Túrin streckte seine Hand aus und zog sie schnell wieder zurück. »Ein Mann nimmt seine Geschenke nicht zurück«, sagte er.

»Aber es gehört mir«, wandte Sador ein, »darf ich es nicht geben, wem ich will?«

»Doch«, erwiderte Túrin, »jedermann, nur nicht mir. Aber warum solltest du es wegschenken?«

»Ich habe keine Hoffnung, es für Aufgaben zu verwenden, die seiner würdig sind«, sagte Sador. »Künftig wird es für Labadal keine Arbeit mehr geben als Sklavenarbeit.«

»Was ist ein Sklave?« fragte Túrin.

»Ein Mann, der einmal ein Mann war, aber wie ein Tier behandelt wird. Er wird ernährt, damit er am Leben bleibt, am Leben erhalten, damit er schuftet, und er schuftet nur aus Furcht vor Schmerzen und Tod. Und je nachdem, wonach es diese Räuber gelüstet, empfängt er von ihnen Pein oder Tod. Ich höre, daß sie einige der Schnellfüßigen auswählen und sie mit Hunden hetzen. Sie haben von den Orks schneller gelernt als wir vom Elbenvolk.«

»Jetzt verstehe ich die Dinge besser«, sagte Túrin.

»Es ist eine Schande, daß du solche Dinge so früh erfahren mußt«, sagte Sador. Als er den seltsamen Ausdruck auf Túrins Gesicht bemerkte, fragte er: »Was verstehst du jetzt besser?«

»Warum meine Mutter mich fortschickt«, sagte Túrin, und seine Augen füllten sich mit Tränen.

»Ach so«, sagte Sador und murmelte vor sich hin: »Warum erst so spät?« Dann wandte er sich an Túrin und sagte: »Mir scheint, das ist keine Nachricht, über die man Tränen vergießen sollte. Aber du solltest über die Pläne deiner Mutter weder mit Labadal noch mit irgendeinem anderen laut sprechen. In diesen Zeiten haben alle Mauern und Zäune Ohren, und zwar Ohren, die nicht an ehrlichen Köpfen wachsen.«

»Aber ich muß mit jemandem reden!« sagte Túrin. »Ich habe dir immer alles erzählt. Ich will dich nicht verlassen, Labadal. Ich will dieses Haus nicht verlassen, und schon gar nicht meine Mutter.«

»Aber wenn du es nicht tust«, antwortete Sador, »wird es bald für immer mit dem Haus Hador zu Ende sein, das mußt du verstehen. Labadal will nicht, daß du gehst, doch Sador, der Knecht Húrins, wird glücklich sein, wenn er Húrins Sohn außerhalb der Reichweite der Ostlinge weiß. Nun gut, es hilft nichts, wir müssen uns Lebewohl sagen. Willst du jetzt mein Messser als Abschiedsgeschenk annehmen?«

»Nein«, sagte Túrin. »Ich gehe zu den Elben, sagt meine Mutter, zum König von Doriath. Dort kann ich vielleicht ähnliche Dinge bekommen. Aber ich werde dir keine Geschenke schicken können, Labadal. Ich werde weit weg sein und ganz allein.« Darauf weinte er, doch Sador sagte zu ihm: »Kopf hoch! Wo ist Húrins Sohn geblieben, den ich noch vor kurzem sagen hörte: *Ich werde als Soldat mit einem Elbenkönig ziehen, sobald ich kann?*«

Darauf trocknete Túrin seine Tränen und erwiderte:

»Gut! Wenn dies die Worte von Húrins Sohn waren, so muß er sich daran halten und gehen. Aber jedesmal, wenn ich sage, daß ich dieses oder jenes tun werde, sieht es ganz anders aus, wenn es soweit ist. Jetzt habe ich keine Lust. Ich muß darauf achten, solche Dinge nicht noch einmal zu sagen.«

»Es wäre in der Tat das Beste«, sagte Sador. »Die meisten Menschen leben mit guten Vorsätzen, und nur wenige beherzigen sie. Warum an die ferne Zukunft denken? Das Morgen ist mehr als genug.«

Jetzt wurde Túrin für die Reise gerüstet, er sagte seiner Mutter Lebewohl und brach in aller Verschwiegenheit mit seinen beiden Gefährten auf. Doch als sie ihn aufforderten, sich noch einmal umzuwenden und auf das Haus seines Vaters zurückzublicken, traf ihn der Abschiedsschmerz wie ein Schwertstreich, und er schrie: »Morwen, Morwen, wann werde ich dich wiedersehen?« Morwen, die auf der Türschwelle stand, hörte das Echo dieses Schreis in den waldigen Hügeln, und sie umklammerte den Türpfosten so heftig, daß ihre Finger bluteten. Dies war das erste der Leiden Túrins.

Im Frühjahr des Jahres nach Túrins Abreise schenkte Morwen einer Tochter das Leben, die sie Nienor nannte, was Trauer bedeutet; doch bei der Geburt war Túrin bereits weit fort. Sein Weg war lang und gefährlich, denn Morgoths starker Arm reichte weit. Doch er hatte Gethron und Grithnir als Führer, die in den Tagen Hadors jung gewesen waren und trotz ihres Alters von ihrer Tapferkeit nichts eingebüßt hatten. Sie kannten sich im Land gut aus, denn in früheren Tagen waren sie oft durch Beleriand gezogen. Also überquerten sie mit Glück und Geschick das Schattengebirge, stiegen in das Tal des Sirion hinab, wanderten in die Wälder von Brethil hinein und erreichten endlich, erschöpft und abgezehrt, die Grenzen Doriaths. Dort jedoch verloren sie den Weg, verstrickten sich in den Irrgärten der Königin und irrten so lange zwischen den pfadlosen Bäumen umher, bis ihre Lebensmittel aufgebraucht waren. Sie waren dem Tod nahe, denn aus dem Norden nahte der kalte Winter. Doch Túrins Schicksal wollte es anders, denn gerade als die Verzweiflung sie übermannen wollte, hörten sie den Klang eines Horns. Beleg Langbogen, der größte Jäger jener Tage, war in dieser Gegend auf der Jagd, denn er hatte in den Grenzmarken Doriaths seine ständige Behausung. Er hörte ihre Rufe, kam zu ihnen, und nachdem er ihnen zu essen und zu trinken gegeben hatte, erfuhr er ihre Namen, woher sie kamen, und Staunen und Mitleid erfüllten ihn. Er blickte mit Wohlgefallen auf Túrin, denn dieser besaß die Schönheit seiner Mutter, die Augen seines Vaters und war derb und stark.

»Welches Anliegen hast du an König Thingol?« fragte Beleg den Jungen. »Ich möchte einer seiner Ritter werden, gegen Morgoth ziehen und meinen Vater rächen«, sagte Túrin.

»Das kann wohl möglich sein«, sagte Beleg, »wenn die Jahre dich zu einem Mann gemacht haben. Obwohl du noch ein schmächtiger Junge bist, hast du die Anlage zu einem tapferen Mann, würdig, ein Sohn Húrins des Standhaften zu sein, wenn dies möglich wäre.« Der Name Húrins wurde nämlich in allen Elbenländern in Ehren gehalten. Deshalb nahm sich Beleg der Wanderer mit Freuden an, führte sie zu seiner Behausung, wo er zu jener Zeit mit anderen Jägern lebte, und gab ihnen dort Obdach, während sich ein Bote nach Menegroth begab. Als die Antwort eingetroffen war, daß Thingol und Melian den Sohn Húrins und seine Begleiter empfangen wollten, führte sie Beleg auf geheimen Pfaden in das Verborgene Königreich.

So kam Túrin zur großen Brücke über den Esgalduin, schritt durch die Tore von Thingols Hallen und, Kind, das er war, bestaunte er die Wunder Menegroths, die kein Sterblicher mit Ausnahme Berens zuvor erblickt hatte. Vor dem Angesicht Thingols und Melians überbrachte Gethron die Botschaft Morwens. Thingol nahm sie wohlwollend entgegen und setzte Túrin auf sein Knie zu Ehren Húrins, des Mächtigsten der Menschen, und Berens, seines Verwandten. Diejenigen, die Zeugen waren, wunderten sich, denn es war ein Zeichen, daß Thingol Túrin als Pflegesohn annahm. In jenen Zeiten pflegten Könige dies nicht zu tun, und niemals wieder behandelte ein Elbenfürst einen Menschen so zuvorkommend. Dann sprach Thingol zu ihm: »Hier, Sohn Húrins, soll deine Heimat sein, und dein Leben lang sollst du wie mein eigener Sohn behandelt werden, wenn du auch ein Mensch bist. Du wirst Weisheit erlangen, die sterblichen Menschen verschlossen ist, und die Waffen der Elben werden in deine Hände gelegt werden. Vielleicht kommt die Zeit, daß du die Länder deines Vaters in Hithlum zurückgewinnst. Doch nun lebe hier im Hort der Liebe.«

So begann Túrins Aufenthalt in Doriath. Gethron und Grithnir, seine Führer, blieben eine Weile bei ihm, obwohl es sie danach verlangte, zu ihrer Herrin nach Dorlómin zurückzukehren. Doch Grithnir machten Krankheit und Alter zu schaffen, und er blieb bis zu seinem Tode bei Túrin. Gethron jedoch machte sich auf den Rückweg, und Thingol gab ihm eine Eskorte mit, die ihn führte und beschützte und die eine Botschaft Thingols an Morwen überbringen sollte. Schließlich kamen sie in Morwens Haus an, und als diese erfuhr, daß ihr Sohn ehrenvoll in Thingols Hallen aufgenommen worden war, wurde ihr kummervolles Herz leichter. Neben reichen Geschenken überbrachten die Elben auch eine Botschaft Melians, in der Morwen gebeten wurde, gemeinsam mit Thingols Abgesandten nach Doriath zurückzukehren. Melian nämlich war klug und vorausschauend, und sie hoffte, auf diese Weise das Unheil, das Morgoth ausbrütete, abzuwenden. Doch Morwen wollte ihr Haus nicht verlassen, denn ihre innerste Überzeugung hatte sich nicht geändert, und ihr Stolz war ungebrochen; außerdem war Nienor noch ein Säugling. Doch entließ sie die Elben aus Doriath mit Dank und schenkte ihnen die letzten goldenen Gegenstände, die ihr geblieben waren, um ihre Armut zu verbergen; und sie bat die Boten, den Helm Hadors zu Thingol zurückzubringen. Túrin aber wartete unausgesetzt auf die Rückkehr der Boten, und als sie allein eintrafen, floh er in die Wälder und weinte, denn er wußte von Melians Bitte und hatte gehofft, Morwen würde ihr Folge leisten. Dies war das zweite der Leiden Túrins.

Als die Boten Morwens Antwort überbrachten, wurde Melian von Mitleid ergriffen, und sie verstand Morwens

Gründe. Sie erkannte, daß das böse Schicksal, das sie voraussah, nicht so leicht aus dem Weg geräumt werden konnte.

Hadors Helm wurde in Thingols Hände gelegt. Er war aus grauem Stahl geschmiedet, mit Gold verziert und trug eingravierte Siegesrunen. Ihm wohnte eine Kraft inne, die jeden, der ihn trug, vor Verwundung und Tod bewahrte, denn Schwerter, die ihn trafen, zerbrachen, und Pfeile prallten von ihm ab. Telchar hatte ihn angefertigt, der Schmied von Nogrod, dessen Arbeiten berühmt waren. Der Helm hatte ein Visier (es war den Schirmen ähnlich, welche die Zwerge beim Schmieden trugen, um ihre Augen zu schützen), und das Gesicht seines Trägers schickte Furcht in die Herzen aller, die es sahen; er selbst aber blieb vor Pfeilen und Feuer geschützt. Der Helmkamm trug wie zum Spott das vergoldete Bild eines Drachenkopfes; der Helm war nämlich bald nach jenem Tag geschmiedet worden, an dem Glaurung zum ersten Mal aus den Toren Morgoths hervorgekommen war. Hador und nach ihm Galdor hatten diesen Helm oft im Krieg getragen. Wenn die Streiter von Hithlum ihn hoch über dem Kampfgetümmel aufragen sahen, schlugen ihre Herzen höher, und sie riefen: »Höher steht der Drachen von Dor-lómin als der Gold-Wurm von Angband!«

Aber in Wahrheit war dieser Helm nicht für Sterbliche gemacht, sondern für Azaghâl, Fürst von Belegost, der von Glaurung im Jahr des Jammers getötet wurde.[4] Azaghâl gab ihn Maedhros zur Belohnung, weil dieser ihm das Leben und seinen Schatz gerettet hatte, als ihm Orks auf der Zwergenstraße in Ost-Beleriand auflauerten.[5] Maedhros gab ihn später als Geschenk an Fingon, mit dem er des öfteren Zeichen der Freundschaft austauschte, zur Erinnerung an den Tag, an dem Fingon Glaurung nach Angband zurückgetrieben hatte. Doch in ganz Hithlum fanden sich außer Hador und seinem Sohn Galdor kein Kopf und keine Schulter, die kräftig genug waren, den Zwergenhelm mühelos zu tragen. Deshalb übergab Fingon ihn Hador, als dieser die Herrschaft in Dor-lómin übernahm. Das Unglück wollte es, daß Galdor den Helm bei der Verteidigung Eithel Sirions nicht trug, denn der Angriff erfolgte plötzlich, so daß er barhäuptig auf die Mauern rannte, wo ihm ein Ork-Pfeil das Auge durchbohrte. Húrin dagegen trug den Helm ungern und hätte ihn auf keinen Fall im Kampf benutzt, denn er sagte: »Ich ziehe es vor, meinen Feinden mit meinem wahren Gesicht gegenüberzutreten.« Gleichwohl zählte er den Helm zu den bedeutsamsten Erbstücken seines Hauses.

Es verhielt sich nun so, daß Thingol in Menegroth über wohlbestückte Waffenkammern verfügte, angefüllt mit einer Vielzahl von Waffen: Metalle, geschmiedet wie die Panzer von Fischen und schimmernd wie Wasser im Mondlicht, Schwerter, Äxte, Schilde, Helme, angefertigt von Telchar selbst oder von seinem Lehrmeister Gamil Zirak, dem Alten, oder von Elbenschmieden, deren Arbeiten noch kunstreicher waren. Einige Stücke hatte er als Geschenke erhalten, sie stammten aus Valinor und waren der Meisterhand Feanors zu verdanken, den in allen Zeitaltern kein Kunstschmied übertraf. Aber Thingol erwies dem Helm Hadors eine solche Ehre, als seien seine eigenen Waffenkammern armselig, und bedachte ihn mit liebenswürdigen Worten: »Stolz wäre das Haupt, das diesen Helm tragen dürfte, den die Vorfahren Húrins trugen.«

Dann kam ihm ein Gedanke, er berief Túrin zu sich und erzählte ihm, daß Morwen ihrem Sohn eine prächtige Gabe habe zukommen lassen, nämlich das Erbstück seiner Vorväter. »Nimm den Drachenhelm des Nordens«, sagte er, »und wenn die Zeit kommt, so trage ihn in Ehren.« Doch Túrin war noch zu jung, um den Helm hochzuheben, und er beachtete ihn nicht, weil tiefer Kummer sein Herz erfüllte.

Túrin in Doriath

In den Jahren seiner Kindheit im Königreich Doriath stand Túrin unter der Obhut Melians, obwohl er sie selten zu Gesicht bekam. Doch ein Mädchen namens Nellas, das in den Wäldern lebte, folgte ihm auf Melians

Geheiß, wenn er im Wald umherstreifte, und oft traf sie dort wie zufällig mit ihm zusammen. Von Nellas lernte er viel über die Eigenart des wilden Landes, und sie lehrte ihn Sindarin, wie es im alten Reich gesprochen wurde, urtümlicher, liebenswürdiger und reicher an prächtigen Wörtern.[6] Auf diese Weise hellte sich seine Stimmung für eine Weile auf, bis sie sich wieder verdüsterte und diese Freundschaft vorüberging wie ein Frühlingsmorgen. Nellas nämlich mied Menegroth und weigerte sich, jemals unter steinernen Dächern entlangzugehen. Als sich also seine Knabenzeit ihrem Ende näherte und seine Gedanken sich auf männliche Taten richteten, sah er sie immer seltener, und zum Schluß fragte er nicht mehr nach ihr. Doch wachte sie noch immer über ihn, wenn sie jetzt auch im Verborgenen blieb.[7]

Neun Jahre lebte Túrin in den Hallen Menegroths. Sein Sinnen und Trachten galt immer seiner Familie, und von Zeit zu Zeit erhielt er zu seinem Trost Nachrichten von daheim. Denn Thingol sandte, sooft er konnte, Boten zu Morwen, und sie wiederum ließ ihrem Sohn auf diesem Wege Nachrichten zukommen. So erfuhr er, daß seine Schwester Nienor zu einem schönen Mädchen heranwächst, einer Blume im grauen Norden, und daß Morwens Lage sich gebessert hatte. Túrin wuchs kräftig, bis er die Menschen an Körpergröße übertraf, und seine Kraft und Kühnheit waren im Reiche Thingols berühmt. In diesen Jahren eignete er sich viel Wissen an, indem er mit Fleiß den Schilderungen aus alten Zeiten zuhörte, er wurde nachdenklich und wortkarg. Beleg Langbogen kam oft nach Menegroth, um ihn zu besuchen, führte ihn tief in die Wildnis, wo er ihn das Holzschnitzen lehrte, das Bogenschießen und (was Túrin am meisten liebte) den Umgang mit dem Schwert. Im Handwerklichen war er freilich weniger geschickt, denn er unterschätzte seine eigene Kraft, und oft verdarb er sein Werk durch einen unüberlegten Hieb. Auch in anderen Belangen schien ihm das Glück nicht günstig, so daß seine Pläne oft scheiterten und er nicht erreichte, was er sich vorgenommen hatte. Auch Freundschaft schloß er nicht leicht, denn er war nicht heiter, lachte selten, und ein Schatten lag über seiner Jugend. Dennoch bezeugten ihm die, die ihn gut kannten, Liebe und Wertschätzung, und er wurde als Pflegesohn des Königs geehrt.

Doch einen gab es, der ihm dies neidete, je mehr, desto näher Túrin dem Mannesalter kam. Er hieß Saeros und war der Sohn Ithilbors. Er gehörte zu den Nandor und war einer von denen, die, nachdem ihr Fürst Denethor in der ersten Schlacht Beleriands auf dem Amon Ereb gefallen war, in Doriath Zuflucht gesucht hatten. Die Nandor-Elben lebten zum größten Teil in Arthórien, zwischen Aros und Celon, und wanderten zuweilen über den Celon in die jenseitigen wilden Länder. Seit dem Durchzug der Edain durch Ossiriand und ihrer Niederlassung in Estolad waren sie diesen nicht freundlich gesinnt. Saeros freilich verbrachte die meiste Zeit in Menegroth und gewann die Achtung des Königs. Er war stolz und behandelte jedermann mit Hochmut, den er für niedriger gestellt und weniger würdig hielt als sich selbst. Er schloß Freundschaft mit Daeron, dem Sänger,[8] denn er beherrschte ebenfalls die Sangeskunst. Er empfand für Menschen keine Neigung, und schon gar nicht für jene, welche zum Geschlecht Beren Erchamions gehörten. »Ist es nicht merkwürdig«, sagte er, »daß dieses Land noch einem zweiten Angehörigen dieser unglücklichen Rasse geöffnet wurde? Hat nicht der andere schon genug Unheil in Doriath angerichtet?« Deshalb sah er Túrin scheel an, und über alles, was dieser tat, sagte er das Schlechteste, doch seine Worte waren doppeldeutig und seine Boshaftigkeiten verhüllt. Traf er mit Túrin allein zusammen, sprach er herablassend mit ihm und machte aus seiner Geringschätzung kein Hehl. Túrin wurde ihm gegenüber mißmutig, obgleich er bösen Worten lange Zeit mit Schweigen begegnete, denn Saeros genoß Ansehen beim Volk von Doriath und war Berater des Königs. Aber Túrins Schweigen mißfiel Saeros ebenso wie seine Worte.

In dem Jahr, in dem Túrin siebzehn Jahre alt war, wurde sein Schmerz aufs neue entfacht, denn zu dieser Zeit versiegten die Nachrichten aus seiner Heimat. Die Macht Morgoths war von Jahr zu Jahr gewachsen, und ganz Hithlum lag jetzt unter seinem Schatten. Ohne Zweifel wußte er viel über das Treiben von Húrins Familie und hatte sie eine Zeitlang nicht behelligt, damit seine Pläne heranreifen konnten. Doch jetzt ließ er in Verfolgung seiner Ziele alle Pässe der Schattenberge streng überwachen, so daß niemand Hithlum verlassen oder hineingelangen konnte, außer unter größter Gefahr. Die Orks umschwärmten die Quellen von Narog und Teiglin und den Oberlauf des Sirion. Auf diese Weise ergab es sich, daß Thingols Boten nicht zurückkehrten, worauf er keine neuen aussandte. Er hatte Ausflügen über die bewachten Grenzen hinaus immer ablehnend gegenübergestanden, und nichts zeigte seinen Großmut gegenüber Túrin und dessen Familie besser, als daß er Männer seines Volkes über die gefährlichen Pfade zu Morwen nach Dor-lómin gesandt hatte.

Jetzt wurde Túrins Herz schwer, weil er nicht wußte, welches neue Unheil im Gange war, und er fürchtete, über Morwen und Nienor sei Schlimmes hereingebrochen. Viele Tage lang verharrte er schweigend und zerbrach sich den Kopf über den Untergang des Hauses Hador und der Menschen des Nordens. Dann erhob er sich und suchte Thingol auf. Er fand ihn mit Melian unter der Hírilorn sitzend, der gewaltigen Rotbuche Menegroths.

Thingol sah ihn erstaunt an, denn plötzlich erblickte er statt seines Pflegekindes einen Mann und einen Fremdling, großgewachsen, dunkelhaarig, aus dessen weißem Gesicht ihn unergründliche Augen anblickten. Alsdann bat Túrin Thingol um Panzer, Schwert und Schild und erhob jetzt Anspruch auf den Drachenhelm Dor-lómins. Der König gewährte ihm, was er verlangte, und sprach: »Ich werde dir einen Platz unter meinen Rittern des Schwerts zuweisen, denn das Schwert wird immer dein Wappen sein. Mit ihnen magst du dich in den Marken im Krieg erproben, wenn dies dein Begehr ist.«

Aber Túrin antwortete: »Mein Herz zieht mich mit Gewalt über die Grenzmarken Doriaths hinaus. Mich verlangt eher nach einem Angriff auf den Feind als nach der Verteidigung der Grenzen.«

»In diesem Falle mußt du allein gehen«, sagte Thingol darauf, »über die Teilnahme meines Volkes am Krieg mit Angband befinde ich, wie es mir die Klugheit gebietet,

Túrin, Sohn Húrins. Soweit ich voraussehen kann, werde ich weder jetzt noch zu irgendeiner anderen Zeit eine Streitmacht aussenden.«

»Dennoch bist du frei, zu tun, was du willst«, sagte Melian. »Der Gürtel Melians hindert niemanden zu gehen, der mit unserer Erlaubnis gekommen ist.«

»Falls ein kluger Rat dich nicht zurückhält«, sagte Thingol.

»Was rätst du mir, Herr?« fragte Túrin.

»Der Größe nach wirkst du wie ein Mann«, sagte Thingol, »aber dennoch hast du die volle männliche Reife, die notwendig ist, noch nicht erreicht. Wenn diese Zeit gekommen ist, dann kannst du vielleicht an deine Familie denken. Doch es gibt wenig Hoffnung, daß ein Mann allein mehr gegen den Fürsten der Finsternis tun kann, als den Elbenfürsten bei ihrem Abwehrkampf zu helfen, wie lange er auch dauern mag.«

»Beren, mein Blutsverwandter, hat mehr getan«, sagte Túrin darauf.

»Beren und Lúthien«, sagte Melian. »Aber du bist vermessen, so zum Vater Lúthiens zu sprechen. Für solche Höhen hat dich das Geschick nicht bestimmt, denke ich, Túrin, Morwens Sohn, obwohl dein Schicksal im Guten wie im Bösen mit dem des Elbenvolkes verflochten ist. Gib auf dich selbst acht, damit es nicht böse ausgeht.« Nach einer Weile des Schweigens wandte sie sich noch einmal an ihn und sagte: »Geh jetzt, Pflegesohn, und beachte den Rat des Königs. Doch ich glaube nicht, daß du lange bei uns in Doriath bleiben wirst, wenn du erst ein Mann geworden bist. Wenn du dich in den kommenden Tagen der Worte Melians erinnerst, bedenke, daß ich dein Bestes will. Fürchte beides: die Hitze wie die Kälte deines Herzens.«

Darauf verneigte sich Túrin und ging. Bald danach setzte er den Drachenhelm auf, nahm seine Waffen, begab sich in die nördlichen Marken und wurde unter die Elbenkrieger eingereiht, die dort einen immerwährenden Kampf gegen Orks und gegen alle Knechte und Kreaturen Morgoths führten. Auf diese Weise wurden, wo er doch kaum dem Knabenalter entwachsen war, seine Kraft und sein Mut erprobt. Eingedenk des Unrechts, das man seinem Geschlecht angetan hatte, tat er sich bei wagemutigen Unternehmungen stets hervor und empfing viele Wunden von Speeren, Pfeilen oder den gekrümmten Klingen der Orks. Doch sein Schicksal hielt den Tod von ihm fern. Durch die Wälder aber lief die Kunde und drang weit über Doriaths Grenzen hinaus, daß der Drachenhelm wieder aufgetaucht sei. Viele wunderten sich darüber und sagten: »Kann der Geist Hadors oder Galdors des Langen von den Toten zurückgekehrt sein, oder ist Húrin aus Hithlum wahrhaftig den Fallgruben Angbands entflohen?«

Einer nur war zu dieser Zeit unter den Grenzwachen Thingols Túrin im Waffenhandwerk überlegen, und das war Beleg Cúthalion. Die beiden wurden Gefährten in jeder Gefahr, und sie drangen zusammen weit in die Tiefen der wilden Wälder vor.

So vergingen drei Jahre, und während dieser Zeit kam Túrin selten in Thingols Hallen. Er kümmerte sich nicht mehr um sein Äußeres und um seine Kleidung, sein Haar war zerzaust, und über seinem Panzer trug er einen grauen, wettergegerbten Umhang. Doch im dritten Sommer, als Túrin zwanzig Jahre alt war, traf es sich, daß ihn nach Ruhe verlangte, seine beschädigten Waffen eines Schmiedes bedurften und er deshalb eines Abends unerwartet nach Menegroth kam und in die Halle ging. Thingol war nicht anwesend, denn er und Melian ergingen sich im Wald, denn dort hielten sie sich im Hochsommer gern eine Zeitlang auf. Túrin strebte ahnungslos einem Sitzplatz zu, denn er war müde und in Gedanken verloren. Zum Unglück setzte er sich unter die Ältesten des Reiches an einen Tisch und auf einen Platz, auf dem gewöhnlich Saeros zu sitzen pflegte. Saeros, verspätet eintretend, glaubte, Túrin habe in der Absicht ihn zu kränken und im Übermut so gehandelt, und wurde wütend. Sein Zorn wurde noch dadurch gesteigert, als er feststellte, daß die dort Sitzenden Túrin deswegen nicht zurechtwiesen, sondern ihn in ihrer Mitte willkommen hießen.

Deshalb heuchelte er eine Weile Gleichmut, nahm einen anderen Platz ein und musterte Túrin über den Tisch hinweg. »Der Wächter der Mark beehrt uns selten mit seiner Gesellschaft«, sagte er, »und für den Vorzug, mit ihm sprechen zu dürfen, stelle ich ihm gern meinen angestammten Platz zur Verfügung.« In dieser Art sagte er manches zu Túrin, befragte ihn nach Neuigkeiten von den Grenzen und nach seinen Heldentaten in der Wildnis. Doch obwohl seine Worte ohne Falsch zu sein schienen, war der Spott in seiner Stimme nicht zu überhören. Danach wurde Túrin müde, er blickte in die Runde, und die Bitterkeit des Heimatlosen überkam ihn. Seine Gedanken wanderten weit weg vom Gelächter und all dem Licht in den Elben-Hallen zu Beleg, zu ihrem gemeinsamen Leben in den Wäldern und weiter zu Morwen und seinem Vaterhaus in Dor-lómin. Diese trüben Gedanken ließen ihn die Stirn runzeln, und er gab Saeros keine Antwort. Darauf, im Glauben, das Stirnrunzeln beziehe sich auf ihn, hielt Saeros seinen Zorn nicht länger zurück. Er zog einen goldenen Kamm hervor, warf ihn vor Túrin auf den Tisch und sagte: »Ohne Zweifel, Mann aus Hithlum, bist du in Eile an diesen Tisch gekommen, und das mag deinen zerfetzten Mantel entschuldigen. Doch besteht kein Grund, dein Haar so ungepflegt zu lassen wie ein Gestrüpp von Brombeerranken. Außerdem würdest du vielleicht besser verstehen, was man dir sagt, wenn deine Ohren unbedeckt wären.«

Túrin entgegnete nichts, doch er richtete seine Augen auf Saeros, und auf ihrem dunklen Grunde begann ein Funken zu glimmen. Saeros jedoch beachtete diese Warnung nicht, erwiderte Túrins Blick voll Hohn und sagte, daß es alle hören konnten: »Wenn die Männer von Hithlum so wild und grausam sind, welcher Art mögen wohl die Frauen in diesem Lande sein? Laufen sie wie Tiere umher, nur mit ihren Haaren bekleidet?«

Darauf ergriff Túrin einen Trinkbecher und schleuderte ihn Saeros ins Gesicht, so daß dieser böse verletzt zu Boden fiel. Túrin zog sein Schwert, und er wäre auf ihn losgegangen, wenn ihn nicht der Jäger Mablung, der neben ihm saß, zurückgehalten hätte. Saeros erhob sich, spie Blut auf den Tisch, und mühsam formte sein zerschlagener Mund die Worte: »Wie lange sollen wir diesen wilden Menschen aus den Wäldern beherbergen?[9] Wer vertritt hier heute abend das Recht. Schwer trifft das Gesetz des Königs jeden, der in dieser Halle seine Vasallen verletzt, und für den, der das Schwert zieht, ist Ächtung die geringste Strafe. Außerhalb der Halle könnte ich dir die gebührende Antwort erteilen, Mensch aus den Wäldern!«

Aber als Túrin das Blut auf dem Tisch sah, kehrte seine Beherrschung zurück, er befreite sich aus Mablungs Griff und verließ wortlos die Halle. Darauf sagte Mablung zu Saeros: »Welcher Teufel reitet dich heute abend? Du bist verantwortlich für diesen bösen Auftritt. Es kann sein, daß das königliche Gesetz befindet, daß ein zerschlagener Mund die verdiente Belohnung für deinen Spott gewesen ist.«

»Falls der Flegel Grund zur Klage hat, soll er sie vor das Gericht des Königs bringen«, antwortete Saeros. »Doch an diesem Ort aus einem solchen Anlaß das Schwert zu ziehen, ist nicht zu entschuldigen. Wenn der Mensch aus den Wäldern außerhalb der Halle das Schwert gegen mich zieht, werde ich ihn töten.«

»Das scheint mir nicht so gewiß«, sagte Mablung, »doch wenn einer von euch erschlagen werden sollte, wäre das eine schändliche Tat, die Angband mehr nützt als Doriath und die viel Böses nach sich ziehen wird. Mich dünkt, irgendein Schatten aus dem Norden hat sich heute abend auf uns gelegt. Gib acht, Saeros, Sohn Ithilbors, daß du in deinem Hochmut nicht zum Werkzeug Morgoths wirst. Und denke daran: Du bist einer der Eldar.«

»Ich vergesse es nicht«, erwiderte Saeros, doch mäßigte er seinen Zorn nicht, und im Laufe der Nacht, während er seine Wunde pflegte, wuchs sein Groll.

Am nächsten Morgen, als Túrin Menegroth verließ, um zu den nördlichen Marken zurückzukehren, lauerte Saeros ihm auf und stürmte schildbewehrt und mit gezogenem Schwert von hinten auf ihn los. Aber Túrin, in der Wildnis zur Wachsamkeit erzogen, erspähte ihn aus einem Augenwinkel, sprang beiseite, zog rasch sein Schwert und stellte sich dem Feind entgegen. »Morwen«, rief er, »jetzt soll dein Spötter für seinen Hohn bezahlen!« Er zerhieb Saeros' Schild, und dann gingen sie mit blitzenden Klingen aufeinander los. Doch Túrin war lange durch eine harte Schule gegangen, er war ebenso behende geworden wie jeder Elbe und kraftvoller dazu. So gewann er bald die Oberhand, und nachdem er Saeros' Schwertarm verwundet hatte, war dieser in seiner Gewalt. Darauf setzte er den Fuß auf das Schwert, das Saeros hatte fallen lassen, und sagte: »Saeros, du hast einen langen Lauf vor dir, und Kleider könnten dich dabei hindern. Deine Haare mögen dir genügen.« Und indem er ihn plötzlich zu Boden warf, entkleidete er ihn. Saeros spürte Túrins überlegene Kraft und fürchtete sich, doch Túrin ließ ihn aufstehen und rief: »Lauf! Lauf! Und wenn du nicht rennst, so schnell wie ein Hirsch, werde ich dich von hinten anspornen!« Saeros floh in die Wälder, wild um Hilfe rufend, doch Túrin folgte ihm wie ein Jagdhund. Mochte Saeros geradeaus rennen oder seitlich ausbrechen, immer war Túrins Schwert hinter ihm, um ihn anzutreiben.

Saeros' Schreie machten viele andere auf die Hetzjagd aufmerksam, und sie folgten ihr, doch nur die Schnellsten konnten es mit den beiden Läufern aufnehmen. Einer davon war Mablung. Dieser war sehr besorgt, und obwohl ihm Saeros' Spott bösartig erschienen war, glaubte er, daß »Niedertracht, die am Morgen erwacht, sich in Morgoths Freude verwandelt, wenn es Nacht wird«. Außerdem galt es als ein ernster Verstoß, jemandem aus Eigensinn Schande zuzufügen, ohne daß der Streit vor ein Gericht gebracht worden wäre. Zu dieser Zeit wußte niemand, daß Saeros Túrin zuerst und mit der Absicht, ihn zu töten, angegriffen hatte.

»Halt ein, Túrin!« schrie Mablung. »Alles ist ein Werk der Orks in den Wäldern!« Doch Túrin rief zurück: »Ork-Werke im Wald für Ork-Worte in der Halle!« und sprang erneut hinter Saeros her. Dieser, an jeder Hilfe verzweifelnd und im Glauben, der Tod sei ihm dicht auf den Fersen, rannte ungestüm weiter. Plötzlich kam er an eine Felskante, wo ein Zufluß des Esgalduin durch hohe Felsen in einen tiefen Spalt floß, der so breit war, daß ein Hirsch hätte hinübersetzen können. Von übergroßer Furcht getrieben, versuchte Saeros den Sprung, doch auf der anderen Seite des Spalts verlor er den festen Halt, aufschreiend fiel er zurück, und sein Körper wurde beim Aufprall auf einen großen Stein im Wasser zerschmettert.

So endete sein Leben in Doriath, und Mandos würde ihn lange bei sich behalten.

Túrin blickte auf den im Fluß liegenden Leichnam hinab und dachte: »Unglücklicher Narr! Von hier aus hätte ich ihn nach Menegroth zurückgehen lassen. Nun hat er mir eine Schuld aufgeladen, die ich nicht verdient habe.« Er wandte sich um und sah finster Mablung und dessen Gefährten entgegen, die nun herbeikamen und neben ihm an der Felskante standen. Nach einem Schweigen sagte Mablung: »Wohlan! Kehre mit uns zurück, Túrin, denn der König muß über diese Vorfälle Gericht halten.« Doch Túrin erwiderte: »Wäre der König gerecht, würde er mich freisprechen. Aber war nicht dieser hier einer seiner Ratgeber? Warum sollte ein gerechter König ein böswilliges Herz einem Freund vorziehen? Ich schwöre seinem Gesetz und seinem Urteil ab.«

»Deine Worte sind unklug«, sagte Mablung, obwohl er insgeheim Mitleid mit Túrin empfand. »Du sollst nicht davonlaufen. Ich bitte dich, mit mir zurückzukehren, als ein Freund. Wenn der König die Wahrheit erfährt, kannst du auf seine Verzeihung hoffen. Außerdem gibt es noch andere Zeugen.«

Aber Túrin war der Elben-Hallen überdrüssig, er fürchtete, man könne ihn zum Gefangenen machen, und er sagte zu Mablung: »Ich schlage dir deine Bitte ab. Um nichts in der Welt werde ich nach der Vergebung König Thingols streben. Ich werde dorthin gehen, wo sein Urteilsspruch mich nicht finden wird. Du hast nur zwei Möglichkeiten: Entweder du läßt mich unbehelligt gehen, oder du erschlägst mich, wenn eurem Gesetz dadurch Genüge getan ist. Um mich lebend in die Hände zu bekommen, seid ihr zu wenige.«

Seine Augen verrieten ihnen, daß er es ernst meinte, sie ließen ihn gehen, und Mablung sprach: »Ein Tod ist genug.«

»Ich habe ihn nicht gewollt«, sagte Túrin, »aber ich beklage ihn nicht. Möge Mandos ein gerechtes Urteil über Saeros sprechen. Sollte er jemals zu den Gefilden der Lebenden zurückkehren, möge er sich klüger zeigen. Lebt wohl!«

»Fahre dahin!« sagte Mablung. »Denn es ist dein Wille.

Aber wenn du weiterhin so handelst, erwarte ich nichts Gutes. Ein Schatten liegt auf deinem Herzen. Wenn wir uns wiedertreffen, möge er, so hoffe ich, nicht dunkler geworden sein.«

Darauf erwiderte Túrin nichts, sondern verließ sie und ging rasch davon. Niemand wußte, wohin.

Es wird erzählt, daß, als Túrin nicht zu den nördlichen Marken zurückkehrte und man nichts von ihm hörte, Beleg Langbogen selbst nach Menegroth kam, um ihn dort zu suchen. Das Herz wurde ihm schwer, als er von Túrins Taten und von seiner Flucht erfuhr. Bald danach kehrten Thingol und Melian nach Menegroth zurück, denn der Sommer neigte sich seinem Ende zu. Als man dem König berichtete, was geschehen war, setzte er sich auf seinen Thron in der großen Halle, und alle Fürsten und Ratgeber Doriaths waren um ihn versammelt.

Darauf wurde alles untersucht und vorgetragen, auch jene letzten Worte, die Túrin bei seinem Weggang gesprochen hatte. Schließlich seufzte Thingol und sprach: »Wohlan! Wie konnte sich ein solcher Schatten in mein Reich einschleichen? Ich habe Saeros für verläßlich und klug gehalten. Aber wenn er noch lebte, würde er meinen Zorn zu spüren bekommen, denn sein Spott war niederträchtig, und ich gebe ihm die Schuld an allem, was in der Halle vorgefallen ist. Bis dahin vergebe ich Túrin. Daß er aber Schande über Saeros brachte und ihn zu Tode hetzte, ist ein Unrecht, das schwerer wiegt als die Kränkung, die er erfuhr. Diese Tat kann ich nicht ungesühnt lassen. Sie offenbart ein hartes und hochmütiges Herz.« Darauf verfiel er in Schweigen, doch schließlich sprach er betrübt weiter: »Er ist ein undankbarer Pflegesohn und ein Mensch, der sich über den Rang erhebt, der ihm zugewiesen ist. Wie soll ich jemanden beherbergen, der meiner selbst und meinem Gesetz spottet, oder jemandem verzeihen, der nicht bereuen will? Deshalb verbanne ich Túrin, Húrins Sohn, aus dem Königreich Doriath. Sollte er Zutritt zu Doriath suchen, soll er zu mir geführt werden, damit ich über ihn richte. Und solange er nicht zu meinen Füßen um Vergebung nachsucht, ist er mein Sohn nicht mehr. Falls irgend jemand diesen Spruch für ungerecht hält, möge er sprechen.«

Schweigen breitete sich darauf in der Halle aus, und Thingol hob die Hand, um seinen Schuldspruch feierlich zu verkünden. Doch in diesem Augenblick betrat Beleg eilig die Halle und rief: »Herr, darf ich noch etwas sagen?«

»Du kommst spät«, sagte Thingol. »Warst du nicht mit den anderen zusammen hergebeten?«

»Gewiß, Herr«, antwortete Beleg, »aber ich verlor Zeit, weil ich jemanden suchte, den ich kannte. Jetzt bringe ich im letzten Augenblick einen Zeugen, der gehört werden sollte, bevor du dein Urteil endgültig sprichst.«

»Alle sind vorgeladen worden, die etwas auszusagen hatten«, sagte der König. »Was kann dieser Zeuge jetzt noch Gewichtigeres vorbringen als jene, die ich bereits gehört habe?«

»Urteile selbst, wenn du gehört hast«, sagte Beleg. »Gewähre mir diese Gunst, wenn ich deine Gnade jemals verdient habe.«

»Ich gewähre sie dir«, erwiderte Thingol. Darauf ging Beleg hinaus und führte an seiner Hand Nellas in den Saal, das Mädchen, das in den Wäldern lebte und nie nach Menegroth kam. Sie fürchtete sich angesichts der gewaltigen Säulenhalle, des steinernen Daches und der vielen Augenpaare, die auf sie gerichtet waren. Als Thingol sie zu sprechen aufforderte, sagte sie: »Herr, ich saß in einem Baum.« Doch dann ließ die Ehrfurcht vor dem König ihre Stimme versagen, und sie konnte nicht weitersprechen. Darüber mußte der König lächeln, und er sagte: »Das haben andere auch schon getan, aber sie haben nicht das Bedürfnis verspürt, mir davon zu berichten.«

Das Lächeln des Königs machte Nellas Mut, und sie erwiderte: »So ist es. Sogar Lúthien! Und an sie dachte ich an jenem Morgen, und an Beren dachte ich, den Menschen.«

Thingol sagte nichts dazu, hörte auf zu lächeln und wartete, daß sie fortfahren würde.

»Túrin erinnerte mich an Beren«, sagte sie schließlich. »Sie sind miteinander verwandt, sagte man mir, und solche, die genau hinsehen, können ihre Verwandtschaft erkennen.«

Thingol wurde ungeduldig. »Mag sein«, sagte er. »Aber Túrin, Húrins Sohn, ist mit Spott von mir gegangen, und du wirst ihn nie mehr sehen, um über seine Abstammung nachzudenken. Denn nun will ich mein Urteil sprechen.«

»Hoher König!« rief sie daraufhin. »Habe Nachsicht mit mir, und laß mich erst sprechen. Ich saß in einem Baum, um Túrin fortgehen zu sehen. Und ich sah Saeros, wie er mit Schwert und Schild aus dem Wald kam und auf den ahnungslosen Túrin lossprang.«

Bei diesen Worten ging ein Raunen durch die Halle, und der König erhob die Hand und sagte: »Die Neuigkeiten, die du mich hören läßt, sind ernster als zu erwarten war. Doch was du jetzt sagst, wäge genau ab, denn dies ist ein Gerichtshof.«

»Das hat Beleg mir gesagt«, erwiderte sie. »Und nur deshalb habe ich es gewagt herzukommen, damit Túrin nicht zu Unrecht verurteilt werde. Er ist rauh, aber er ist auch barmherzig. Die beiden kämpften, bis Túrin Saeros seines Schwertes und seines Schildes beraubte, doch er erschlug ihn nicht. Deshalb glaube ich nicht, daß er Saeros' Tod wollte. Falls man diesem Schande antat, so hatte er sie verdient.«

»Das Urteil ist meine Sache«, entgegnete Thingol. »Doch was du berichtet hast, soll dabei den Ausschlag geben.« Dann befragte er Nellas eindringlich und wandte sich schließlich an Mablung. »Ich kann nicht verstehen«, sagte er, »daß Túrin dir von alldem nichts gesagt hat.«

»Aber er tat's nicht«, antwortete Mablung. »Hätte er's getan, wären meine Worte anders ausgefallen, die ich ihm bei unserer Trennung sagte.«

»Auch mein Urteil wird jetzt anders lauten«, sagte Thingol. »Hört denn! Eine derartige Schuld, wie man sie Túrin anlasten kann, vergebe ich ihm jetzt, denn man tat ihm Unrecht, und er wurde herausgefordert. Und weil es in der Tat, wie er sagte, ein Mitglied meines Rates war, das ihn so schlecht behandelt hat, braucht er nicht um Verzeihung nachzusuchen, sondern ich will sie ihm übermitteln, wo immer man ihn auch findet. Und ich werde ihn mit allen Ehren wieder in meine Halle aufnehmen.«

Als aber das Urteil gesprochen war, begann Nellas plötzlich zu weinen. »Wo sollen wir ihn finden«, schluchzte sie. »Er hat unser Land verlassen, und die Welt ist groß.«

»Man wird ihn suchen«, sagte Thingol und erhob sich. Beleg führte Nellas aus Menegroth fort und sagte zu ihr: »Weine nicht, denn wenn Túrin lebt oder sich noch außerhalb der Grenzen aufhält, werde ich ihn finden, selbst wenn alle anderen keinen Erfolg haben.«

Am nächsten Tag kam Beleg zu Thingol und Melian, und der König sagte zu ihm: »Gib mir einen Rat, Beleg, denn ich bin betrübt. Ich habe Túrin als meinen Sohn angenommen, und er soll es bleiben, es sei denn, Húrin käme aus dem Schattenland zurück und beanspruchte sein Fleisch und Blut. Ich möchte nicht, daß jemand behauptet, Túrin sei durch einen ungerechten Spruch in die Wildnis getrieben worden. Mit Freuden würde ich ihn wieder hier willkommen heißen, denn ich liebte ihn sehr.«

Und Beleg antwortete: »Ich werde nach Túrin suchen, bis ich ihn finde, und ich werde ihn nach Menegroth zurückbringen, denn auch ich liebe ihn.« Damit ging er fort. Und unter vielen Gefahren suchte er kreuz und quer in Beleriand nach einer Spur Túrins, aber vergeblich. Darüber vergingen der Winter und das folgende Frühjahr.

Túrin bei den Geächteten

Nun wendet sich die Erzählung wieder Túrin zu. Dieser, im Glauben, er sei ein Geächteter, den der König verfolge, kehrte nicht zu Beleg in die nördlichen Marken von Doriath zurück, sondern wandte sich nach Westen. Heimlich verließ er das Land des Zauns und kam in die Waldgebiete südlich des Teiglin. Dort hatten vor der Nirnaeth viele Menschen in verstreuten Gehöften gewohnt. Zum größten Teil gehörten sie zu Haleths Volk, doch sie hatten keinen Herrn und lebten von der Jagd und von der Landwirtschaft. Sie mästeten Schweine, und in den Wäldern beackerten sie die Lichtungen, die sie mit Zäunen gegen das Wild schützten. Aber inzwischen waren die meisten von ihnen getötet worden oder nach Brethil geflohen; über der ganzen Gegend lastete die Furcht vor den Orks und vor den Geächteten. In jener Zeit des Untergangs irrten nämlich viele Menschen heimatlos umher: Überlebende der Schlacht und der Niederlagen, Flüchtlinge aus verwüsteten Landstrichen, und es waren auch einige darunter, die böseste Taten verübt hatten und deshalb in die Wildnis getrieben worden waren. Sie jagten und erbeuteten jegliche Nahrung, derer sie habhaft werden konnten, doch im Winter, wenn der Hunger sie plagte, fürchtete man sie wie die Wölfe. Diejenigen, die Haus und Hof noch immer verteidigten, nannten sie Gaurwaith, die Wolfsmänner. Ungefähr fünfzig dieser Männer hatten sich zu einer Bande zusammengeschlossen, die die Wälder jenseits der westlichen Marken Doriaths unsicher machte. Sie wurden kaum weniger gehaßt als die Orks, denn unter ihnen waren hartherzige Ausgestoßene, die Groll gegen ihre eigene Art in sich trugen. Der grausamste unter ihnen war ein Mann namens Andróg, der aus Dor-lómin fortgejagt worden war, weil er eine Frau erschlagen hatte; auch andere stammten von dort: Algund, der Älteste der Bande, der aus der Nirnaeth geflohen war; oder Forweg, wie er sich selbst nannte, der Anführer, ein großer, starker Mann mit hellem Haar und glitzernden unsteten Augen, der sich weit entfernt hatte von den ehrlichen Wegen der Edain aus Hadors Volk. Sie waren sehr wachsam, sandten, ob sie umherzogen oder lagerten, Kundschafter aus und stellten Wachen auf. Auf diese Weise wurden sie Túrin schnell gewahr, als er sich ihren Schlupfwinkeln näherte. Sie schlichen hinter ihm her, zogen einen Ring um ihn, und als er auf eine Lichtung in der Nähe eines Flusses trat, fand er sich plötzlich von Männern mit gespannten Bogen und gezückten Schwertern eingekreist.

Túrin blieb stehen, doch er zeigte keine Furcht. »Wer seid ihr?« fragte er. »Ich war der Meinung, nur Orks lauerten Menschen auf, doch ich sehe, daß ich mich geirrt habe.«

»Diesen Irrtum könntest du bereuen«, sagte Forweg, »denn dies sind unsere Schlupfwinkel, und wir erlauben anderen Menschen nicht, sie zu betreten. Wir nehmen ihr Leben als Pfand, damit sie sich freikaufen.«

Darüber lachte Túrin. »Von mir werdet ihr kein Lösegeld bekommen. Ich bin ein Ausgestoßener und Geächteter. Ihr könnt mich durchsuchen, wenn ich tot bin, aber es wird euch teuer zu stehen kommen, die Wahrheit meiner Worte nachzuprüfen!«

Dennoch schien ihm der Tod gewiß, denn viele Pfeile waren auf die Kerben gelegt und erwarteten den Befehl des Hauptmanns. Keinen der Feinde konnte er mit einem schnellen Sprung und gezücktem Schwert erreichen, doch am Flußufer sah Túrin vor seinen Füßen einige Steine. Plötzlich bückte er sich, und in diesem Augenblick ließ einer der Männer, durch Túrins Worte gereizt, den Pfeil von der Sehne schnellen. Doch er flog über Túrin hinweg, und aufspringend warf dieser mit großer Kraft und sicherer Hand einen Stein auf den Bogenschützen. Dieser fiel mit zertrümmertem Schädel zu Boden.

»Lebend könnte ich euch von größerem Nutzen sein und den Platz dieses unglücklichen Mannes einnehmen«, sagte Túrin, und sich an Forweg wendend fügte er hinzu: »Wenn du hier der Hauptmann bist, solltest du diesen Männern nicht erlauben, ohne Befehl zu schießen.«

»Ich habe es ihm nicht erlaubt«, antwortete Forweg, »aber er ist rasch genug dafür bestraft worden. Ich will dich an seiner Stelle aufnehmen, wenn du meine Befehle besser achtest.«

Darauf erhoben zwei der Geächteten ein Geschrei gegen ihren Anführer, von denen einer, Ulrad genannt, ein Freund des Getöteten war. »Eine merkwürdige Art, sich Zutritt zu einer Kameradschaft zu verschaffen«, sagte er, »indem man einen ihrer besten Männer tötet.«

»Ich bin herausgefordert worden«, gab Túrin zur Antwort, »aber kommt nur heran! Ich will es mit euch beiden aufnehmen, mit Waffen oder mit bloßen Händen. Dann werdet ihr sehen, daß ich geeignet bin, einen eurer besten Männer zu ersetzen.« Mit diesen Worten ging er kampfbereit auf sie zu, aber Ulrad zog sich zurück und wollte nicht kämpfen. Der zweite Mann warf seinen Bogen zu Boden und musterte Túrin von Kopf bis Fuß. Dieser Mann war Andróg aus Dor-lómin.

»Ich kann es mit dir nicht aufnehmen«, sagte er endlich kopfschüttelnd. »Ich denke, keiner von uns kann es. Für meinen Teil kannst du dich uns anschließen. Aber du hast etwas Rätselhaftes an dir. Du bist ein gefährlicher Mann. Wie heißt du?«

»Neithan, der Gekränkte, nenne ich mich«, sagte Túrin, und so wurde er später auch von den Geächteten genannt. Aber obwohl er ihnen erzählte, daß er eine Ungerechtigkeit erlitten hätte (und jedem, der dasselbe von sich behauptete, lieh er jederzeit bereitwillig sein Ohr), enthüllte er doch nichts weiter über sein Leben oder über seine Heimat. Doch es blieb ihnen nicht verborgen, daß er einem höheren Stand angehört hatte und von ihm herabgesunken war, und wenn er auch nichts als seine Waffen besaß, waren diese doch von Elbenschmieden gemacht. Bald gewann er ihre Achtung, denn er war stark und tapfer und fand sich in den Wäldern besser zurecht als sie. Sie vertrauten ihm, denn er war nicht habgierig und dachte kaum an sich selbst. Aber sie fürchteten ihn auch wegen seiner plötzlichen Wutausbrüche, die sie selten verstanden. Nach Doriath konnte er nicht zurückkehren, oder wollte es nicht, weil er stolz war; zu Nargothrond war nach dem Fall Felagunds niemandem der Zutritt erlaubt. Er mochte sich nicht dazu herablassen, zu dem niederen Volk Haleths nach Brethil zu gehen, und nach Dor-lómin wagte er sich nicht, denn es war völlig eingeschlossen, und ein einzelner Mann konnte in diesen Zeiten, wie er glaubte, nicht darauf hoffen, über die Pässe des Schattengebirges zu gelangen. Deshalb blieb Túrin bei den Geächteten, weil menschliche Gesellschaft die Mühsal des Lebens in den Wäldern leichter ertragen ließ. Weil er sein eigenes Leben führen wollte und er sich nicht an jedem ihrer Streifzüge beteiligen konnte, unternahm er wenig, um sie von bösen Taten abzuhalten. Doch manchmal erwachten Mitleid und Scham in ihm, und dann war er in seinem Zorn gefährlich. So lebte er bis zum Ende des Jahres, durchlitt Hunger und Not, bis die Zeit der Regung kam, der ein lieblicher Frühling folgte.

Wie schon erzählt wurde, gab es in den Wäldern südlich des Teiglin noch einige Gehöfte, auf denen zwar nur wenige, aber verwegene und wachsame Menschen lebten. Obwohl sie die Geächteten nicht im geringsten liebten und wenig Mitleid mit ihnen hatten, ließen sie ihnen im bitteren Winter dennoch Nahrung zukommen, indem sie diese an Orten niederlegten, die den Wolfsmännern bekannt waren. Auf diese Weise hofften sie Überfällen durch die Rotten der Hungernden zu entgehen. Aber von den Geächteten ernteten sie dafür weniger Dank als vom Wild und den Vögeln, und ihre Hunde und Zäune schützten sie besser. Jedes Gehöft verfügte nämlich über hohe Hecken, die das bebaute Land umgaben, jedes Haus hatte zudem Gräben und Palisaden, und von Haus zu Haus führten Pfade, über die die Menschen durch Hornsignale Hilfe und Unterstützung bei Gefahren herbeirufen konnten.

Mit dem Anbruch des Frühlings war es für die Wolfsmänner gefährlich, sich in der Nähe der Häuser der Waldmenschen herumzutreiben, die sich zusammentun und sie zu Tode hetzen konnten. Deshalb wunderte sich Túrin, daß Forweg seine Männer nicht in den Süden führte. Dort gab es nämlich keine Menschen mehr und deshalb mehr Nahrung und Kurzweil und keine Gefahr. Bald darauf vermißte er eines Tages Forweg und dessen Freund Andróg. Er fragte, wo sie sich aufhielten, doch seine Gefährten lachten.

»Unterwegs in eigenen Geschäften, glaube ich«, sagte Ulrad. »Sie werden bald zurück sein, und dann werden wir aufbrechen. In aller Eile vermutlich, denn wir können von Glück sagen, wenn ihnen der Bienenschwarm nicht auf den Fersen ist.«

Die Sonne schien, und die jungen Blätter waren grün. Der Anblick des verwahrlosten Lagers der Geächteten verdroß ihn, und Túrin wanderte allein tief in die Wälder. Gegen seinen Willen erinnerte er sich an das Verborgene Königreich, und ihm war, als höre er den Widerhall der Blumennamen Doriaths, gesprochen in einer alten, fast vergessenen Sprache. Doch plötzlich hörte er Schreie, und aus einem Haseldickicht rannte eine junge Frau hervor. Ihre Kleider waren von Dornen zerrissen, sie war in großer Angst, und strauchelnd fiel sie keuchend zu Boden. Sogleich sprang Túrin mit gezogenem Schwert in das Dickicht und hieb einen Mann nieder, der, die Frau verfolgend, durch die Zweige brach. Und im gleichen Augenblick, als er den Streich führte, sah er, daß dieser Mann Forweg war.

Aber als er noch dastand und verwundert auf das blutige Gras blickte, stürzte Andróg hinzu und blieb ebenso erstaunt stehen. »Eine böse Tat, Neithan«, sagte er und zog sein Schwert. Doch Túrin bezwang seinen Ärger und sagte ruhig zu Andróg: »Wo also sind die Orks? Hast du sie hinter dir gelassen, um der Frau zu helfen?«

»Orks?« fragte Andróg. »Narr! Nennst du dich nicht selbst einen Geächteten? Geächtete kennen kein Gesetz außer ihrem eigenen. Geh deine eigenen Wege, Neithan, und laß uns die unseren gehen.«

»Das will ich tun«, versetzte Túrin. »Aber heute haben sich unsere Wege gekreuzt. Du wirst diese Frau mir überlassen oder Forwegs Schicksal teilen.«

Andróg lachte. »Ich bin nicht darauf erpicht, mich allein mit dir zu messen. Aber unsere Kameraden könnten dir übelnehmen, daß du Forweg erschlagen hast.«

Die Frau stand auf und legte ihre Hand auf Túrins Arm. Sie sah auf das Blut, sie blickte Túrin an, und ihre Augen glänzten vor Freude. »Tötet ihn, Herr!« sagte sie. »Tötet auch ihn! Und dann kommt mit mir. Wenn ich meinem Vater Larnach ihre Köpfe bringe, wird er erfreut sein. Andere Männer hat er für zwei ›Wolfsköpfe‹ gut belohnt.«

Aber Túrin sagte zu Andróg: »Ist es weit bis zu ihrem Haus?«

»Ungefähr eine Meile«, antwortete dieser. »Ein umzäuntes Gehöft dort drüben. Sie trieb sich außerhalb herum.«

»Geh jetzt schnell«, sagte Túrin, sich wieder der Frau zuwendend. »Sage deinem Vater, er soll besser auf dich aufpassen. Aber die Köpfe meiner Kameraden werde ich ihm zu Gefallen nicht abschlagen noch irgend etwas anderes tun.«

Mit diesen Worten steckte er sein Schwert in die Scheide. »Komm!« sagte er zu Andróg. »Wenn du freilich deinen Hauptmann begraben willst, mußt du es selber tun. Aber beeile dich. Bald könnte sich großes Geschrei erheben. Bringe seine Waffen mit!« Dann ging er wortlos seines Weges. Andróg sah ihm nach und runzelte die Stirn, als grüble er über einem Rätsel.

Als Túrin zum Lager der Geächteten zurückkam, fand er sie unruhig und übel gelaunt, denn sie waren schon zu lange an einem Ort nahe den gut bewachten Gehöften gewesen, und sie murrten gegen Forweg. »Er spielt gefährliche Spiele auf unsere Kosten«, sagten sie. »Andere müssen für sein Vergnügen bezahlen.«

»Dann wählt einen neuen Hauptmann!« sagte Túrin, der vor ihnen stand. »Forweg kann euch nicht länger anführen, denn er ist tot.«

»Woher weißt du das?« fragte Ulrad. »Hast du beim selben Bienenstock Honig gesucht? Haben ihn die Bienen gestochen?«

»Nein«, erwiderte Túrin. »Ein Stich war genug. Ich habe ihn erschlagen. Aber Andróg habe ich verschont, und er wird bald hier sein.« Darauf erzählte er, was geschehen war, und tadelte alle Männer auf das Schärfste, die solche Taten begingen. Während er noch sprach, kam Andróg zurück und trug Forwegs Waffen. »Siehst du, Neithan!« rief er. »Es hat kein Geschrei gegeben. Vielleicht hofft sie, dich wiederzutreffen.«

»Wenn du deinen Scherz mit mir treibst«, sagte Túrin, »werde ich bedauern, daß ich ihr deinen Kopf verweigert habe. Jetzt erzähle deine Geschichte, und fasse dich kurz.«

Darauf erzählte Andróg wahrheitsgemäß, was vorgefallen war. »Ich möchte wissen«, sagte er, »was Neithan dort zu suchen hatte. Gewiß nicht das, was wir suchten. Als ich dazukam, hatte er Forweg schon erschlagen. Der Frau gefiel das wohl, sie bot an, mit ihm zu gehen, und bat um unsere Köpfe als Brautgeschenk. Doch er wollte sie nicht und schickte sie fort. Ich weiß nicht, warum er einen solchen Groll gegen den Hauptmann hatte. Er ließ mir den Kopf auf meinen Schultern, wofür ich dankbar bin, wenn ich es auch nicht ganz begreifen kann.«

»Ich bestreite hiermit, daß du zum Volk Hadors gehörst«, sagte Túrin, »du gehörst eher zu Uldor dem Verfluchten und solltest dich in Angband verdingen.« Dann wandte er sich an alle: »Aber jetzt hört mir zu! Ich stelle euch vor die Wahl, mich entweder an Forwegs Stelle zu eurem Anführer zu machen, oder mich ziehen zu lassen. Diese Kameradschaft soll jetzt unter meinem Befehl stehen, oder ich werde sie verlassen. Wenn ihr mich aber töten wollt, so fangt an! Ich werde gegen euch alle kämpfen, bis ich tot bin – oder ihr!«

Viele Männer griffen zu den Waffen, doch Andróg rief: »Nein! Der Kopf, den er verschont hat, ist nicht ohne Verstand. Wenn wir miteinander kämpfen, wird mehr als einer umsonst sterben, bevor wir den besten Mann unter uns getötet haben.« Dann lachte er. »So wie es war, als er zu uns kam, so ist es jetzt wieder. Er tötet, um Platz zu schaffen. Hat es sich vorher bewährt, wird es das auch jetzt tun. Er könnte uns ein besseres Los bescheren, und wir brauchten nicht mehr um die Kehrichthaufen anderer Menschen herumzuschnüffeln.«

Algund der Alte sagte: »Er ist der beste Mann unter uns. Es gab eine Zeit, in der wir dasselbe getan hätten, wären wir mutig genug gewesen, doch wir haben sie vergessen. Er könnte uns am Ende nach Hause führen.«

Bei diesen Worten keimte in Túrin der Gedanke auf, daß er diese kleine Bande nutzen könnte, um sich eine eigene, freie Herrschaft zu errichten. Doch er blickte Algund und Andróg an und sagte: »Nach Hause, sagt ihr? Riesenhaft und kalt steht das Schattengebirge davor. Hinter ihm haust das Volk Uldors, und dahinter stehen die Armeen Angbands. Wenn euch das nicht entmutigt, euch siebenundsiebzig Männer, dann könnte ich euch heimführen. Aber wie weit werden wir kommen, bevor wir sterben?«

Alle schwiegen. Dann sprach Túrin weiter. »Nehmt ihr mich zu eurem Anführer? Dann werde ich euch von den Häusern der Menschen wegführen in die tiefe Wildnis. Vielleicht wird uns dort ein neues Glück beschieden sein, oder auch nicht. Zumindest werden wir dort lernen, unsere eigene Rasse weniger zu hassen.«

Darauf sammelten sich alle, die zum Volk Hadors gehörten, um ihn und machten ihn zu ihrem Anführer. Die übrigen, die weniger guten Willens waren, fügten sich. Und ohne weiteren Verzug führte sie Túrin aus diesem Land fort.[10]

Viele Boten waren von Thingol ausgesandt worden, um Túrin innerhalb Doriaths oder in den Ländern nahe seinen Grenzen zu suchen. Doch im Jahr seiner Flucht suchten sie vergeblich, denn niemand wußte oder ahnte, daß er sich bei den Geächteten aufhielt, den Feinden der Menschen. Als der Winter anbrach, kehrten die Boten zum König zurück, ausgenommen Beleg. Nachdem alle anderen die Suche beendet hatten, setzte er sie noch immer auf eigene Faust fort.

Aber in Dimbar und entlang der Nordmarken Doriaths hatten die Dinge eine üble Wendung genommen. In den Gefechten dort sah man den Drachenhelm nicht mehr, und auch der Langbogen wurde vermißt. Die Knechte Morgoths wurden ermutigt, ständig wuchs die Zahl, und ihr Wagemut nahm zu. Der Winter kam und ging, und im Frühling erneuerten sie ihren Angriff: Dimbar wurde überrannt, und die Menschen in Brethil gerieten in Angst, denn außer im Süden trieb das Böse jetzt an allen ihren Grenzen sein Unwesen.

Es war jetzt fast ein Jahr seit Túrins Flucht vergangen, und noch immer war Beleg auf der Suche nach ihm, und seine Hoffnung wurde immer geringer. Auf seiner Wanderung stieß er nach Norden zu den Teiglin-Stegen vor. Dort vernahm er die schlechte Nachricht vom erneuten Eindringen der Orks aus Taur-nu-Fuin, kehrte um und gelangte zufällig zu den Siedlungen der Waldmenschen, kurz nachdem Túrin diese Gegend verlassen hatte. Dort hörte er eine merkwürdige Geschichte, die sich die Leute erzählten. Ein großgewachsener, herrischer Mann, ein Elbenkrieger, wie manche sagten, sei in den Wäldern aufgetaucht, habe einen der Gaurwaiths erschlagen und die Tochter Larnachs gerettet, die von den Wolfsmännern verfolgt worden sei. »Er war sehr stolz«, erzählte Larnachs Tochter Beleg, »mit hellen Augen, die mir kaum einen Blick gönnten. Doch er nannte die Wolfsmänner seine Kameraden und weigerte sich, einen zweiten Mann zu töten, der dabei war. Dieser nannte ihn Neithan.«

»Kannst du dieses Rätsel lösen?« fragte Larnach den Elben.

»Ich kann's, fürwahr«, sagte Beleg. »Der Mann, von dem ihr sprecht, ist jemand, den ich suche.« Doch mehr von Túrin erzählte er den Waldmenschen nicht. Doch warnte er sie vor dem Unheil, das sich im Norden zusammenbraute. »Bald werden die Orks raubend und plündernd in dieses Land einfallen, und ihre Zahl wird so groß sein, daß ihr ihnen nicht werdet widerstehen können«, sagte er zu ihnen. »In diesem Jahr ist es soweit: Ihr müßt entweder eure Freiheit aufgeben oder euer Leben. Geht nach Brethil, ehe es zu spät ist.«

Dann machte er sich eilig auf den Weg, suchte nach den Lagerplätzen der Geächteten und nach Spuren, aus denen er erkennen konnte, wohin sie gezogen waren. Zwar fand er bald Spuren, doch Túrin hatte bereits mehrere Tage Vorsprung und zog rasch weiter. Er fürchtete die Verfolgung der Waldmenschen, und er wandte alle Kunstgriffe an, die er kannte, um jemanden, der ihm folgte, zu täuschen und irrezuführen. Nur selten blieben sie länger als zwei Tage an einem Lagerplatz, und ob sie unterwegs waren oder rasteten, sie hinterließen nur wenige Spuren. So geschah es, daß sogar Beleg sie vergeblich jagte. Spuren, die er deuten konnte, oder Gerüchte, die er von Leuten hörte, die durch die Wildnis streiften, halfen ihm und ließen ihn oft dicht an die Geächteten herankommen. Doch immer war ihr Lager schon verlassen, wenn er es erreichte, denn sie hatten Tag und Nacht Wachen aufgestellt, und beim geringsten sich nähernden Geräusch waren sie auf und davon. »Potztausend!« rief er aus. »Allzu gut habe ich dieses Menschenkind die Kniffe gelehrt, sich in Wald und Feld zu bewegen! Man könnte fast glauben, es handle sich um eine Schar von Elben!« Doch die Geächteten ihrerseits wurden gewahr, daß ihnen ein unermüdlicher Verfolger auf den Fersen war, den sie zwar nicht zu Gesicht bekamen, den sie aber dennoch nicht abschütteln konnten; sie begannen sich unbehaglich zu fühlen.[11]

Nicht lange danach überschritten, wie Beleg befürchtet hatte, die Orks die Brithiach, und während ihnen Handir aus Brethil mit allen Streitkräften, die er aufbringen konnte, Widerstand leistete, drangen sie auf der Suche nach Beute über die Teiglin-Stege nach Süden vor. Viele der Waldmenschen waren Belegs Rat gefolgt und hatten ihre Frauen und Kinder nach Brethil gesandt, mit der Bitte, ihnen Zuflucht zu gewähren. Dieser Trupp und seine Eskorte passierte die Teiglin-Stege rechtzeitig und entkam. Die nachfolgenden bewaffneten Männer jedoch trafen auf die Orks und wurden besiegt. Einigen gelang es, sich durchzukämpfen und nach Brethil zu gelangen, doch viele andere wurden getötet oder gefangengenommen. Die Orks zogen weiter zu den Siedlungen, plünderten sie und setzten sie in Brand. Danach wandten sie sich plötzlich nach Westen und suchten die Straße, denn jetzt wollten sie so schnell wie möglich mit der Beute und den Gefangenen in den Norden zurückkehren.

Aber die Kundschafter der Geächteten hatten sie bald ausgemacht. Die Gefangenen erweckten kaum ihr Interesse, doch das geplünderte Gut der Waldmenschen stachelte ihre Habgier an. Túrin erschien es gefährlich, den Orks offen entgegenzutreten, bevor er nicht ihre Anzahl kannte. Aber die übrigen Geächteten wollten nicht auf ihn hören, denn für das Leben in der Wildnis ermangelten ihnen viele notwendige Dinge, und sie begannen bereits zu bedauern, daß sie ihn zum Anführer gemacht hatten. Deshalb brach Túrin mit einem Gefährten namens Orleg auf, um die Orks auszukundschaften. Er übertrug Andróg das Kommando und schärfte ihnen ein, während seiner Abwesenheit dicht zusammenzubleiben und sich gut versteckt zu halten.

Nun war zwar das Heer der Orks weit größer als der Trupp der Geächteten, doch es befand sich in einem Land, das Orks selten zu betreten gewagt hatten. Außerdem wußten sie, daß sich jenseits der Straße die Talath Dirnen, die Bewachte Ebene, erstreckte, auf der Kundschafter und Späher aus Nargothrond Wache hielten. Da sie die Gefahr fürchteten, waren sie sehr vorsichtig, und auf jeder Seite des marschierenden Heerwurms schlichen ihre Kundschafter durch die Bäume. So geschah es, daß Túrin und Orleg entdeckt wurden, denn sie wurden von drei Kundschaftern aufgestöbert, als sie in einem Versteck lagen. Und obwohl sie zwei davon erschlugen, entkam der dritte und schrie davonrennend: *Golug! Golug!* Mit diesem Namen bezeichneten sie die Noldor. Im Nu wimmelte es im Wald von Orks, die sich geräuschlos verteilten und das Gelände nach allen Richtungen durchkämmten. Als Túrin erkannte, daß sie kaum Hoffnung hatten, zu entkommen, entschloß er sich, sie zu täuschen und zumindest vom Lagerplatz seiner Männer wegzulokken. Aus dem *Golug*-Geschrei schloß er, daß sie die Kundschafter aus Nargothrond fürchteten, und deshalb floh er mit Orleg nach Westen. Die Verfolger waren ihnen dicht auf den Fersen, und obwohl sie alle Kniffe und Listen anwandten, wurden sie schließlich aus dem Wald herausgetrieben. Sogleich wurden sie erspäht, und beim Versuch, die Straße zu überqueren, wurde Orleg von einem Pfeil tödlich getroffen. Túrin jedoch rettete sein Elbenpanzer das Leben, und er entkam in die Wildnis jenseits der Straße. Durch seine Schnelligkeit und Geschicklichkeit entzog er sich den Feinden und floh tief in das Land, in dem er sich nicht auskannte. Die Orks, die fürchteten, die Elben von Nargothrond könnten auf sie aufmerksam werden, erschlugen daraufhin ihre Gefangenen und zogen eilig in nördlicher Richtung davon.

Als nunmehr drei Tage verstrichen waren und Túrin und Orleg dennoch nicht zurückkehrten, wollten einige der Geächteten die Höhle verlassen, in der sie sich versteckt hielten, doch Andróg sprach sich dagegen aus. Während sie noch darüber stritten, stand plötzlich eine graue Gestalt vor ihnen. Es war Beleg, der sie schließlich gefunden hatte. Er trat ein ohne Waffen in den Händen, die er ihnen geöffnet entgegenstreckte. Doch sie sprangen erschreckt auf, und Andróg, sich Beleg von hinten nähernd, warf eine Schlinge über ihn, so daß seine Arme gefesselt waren.

»Wenn ihr keine Gäste wünscht, solltet ihr besser Wache halten«, sagte Beleg. »Warum heißt ihr mich so willkommen? Ich komme als Freund, und ich suche einen Freund, den ihr Neithan nennt, wie ich hörte.«

»Er ist nicht da«, sagte Ulrad. »Wie kannst du diesen Namen kennen, wenn du uns nicht lange gefolgt bist?«

»Er hat uns lange ausgekundschaftet«, sagte Andróg. »Er ist der Schatten, der uns auf den Fersen war. Jetzt werden wir vielleicht seine wahren Absichten erfahren.« Dann befahl er, Beleg an einen Baum neben der Höhle zu binden, und als er an Händen und Füßen schmerzhaft gefesselt war, verhörten sie ihn. Doch auf alle ihre Fragen gab Beleg nur die eine Antwort: »Seit ich ihn zum ersten Mal in den Wäldern traf, bin ich ein Freund Neithans gewesen, und er war damals noch ein Kind. Ich suche ihn aus Freundschaft und um ihm gute Nachrichten zu bringen.«

»Laßt ihn uns töten und uns von seiner Schnüffelei befreien«, sagte Andróg zornig und warf, da er ein Bogenschütze war, begehrliche Blicke auf Belegs großen Bogen. Aber einige weniger Verdorbene wandten sich dagegen, und Algund sagte zu ihm: »Der Hauptmann könnte doch noch zurückkehren, und dann wirst du es bereuen, wenn er erfährt, daß er durch dich plötzlich einen Freund verloren hat, der ihm gute Nachrichten bringen wollte.«

»Ich glaube der Geschichte dieses Elben nicht«, sagte Andróg. »Er ist ein Spion des Königs von Doriath. Aber wenn er wirklich irgendwelche Nachrichten hat, soll er sie uns mitteilen. Dann werden wir darüber entscheiden, ob sie wichtig genug sind, um ihn leben zu lassen.«

»Ich werde auf euren Hauptmann warten«, sagte Beleg.

»Du wirst so lange hier stehenbleiben, bis du sprichst«, entgegnete Andróg. Auf seinen Befehl ließen sie ihn an den Baum gebunden und ohne Nahrung und Wasser stehen, während sie selbst in der Nähe saßen und aßen und tranken. Doch Beleg sagte kein Wort mehr.

Als auf diese Weise zwei Tage und zwei Nächte vergangen waren, wurden sie ärgerlich, bekamen Angst und gerieten in Aufbruchsstimmung; die meisten waren jetzt dazu bereit, den Elben zu töten. Als die Nacht hereinbrach, waren alle um ihn versammelt, und Ulrad brachte eine Fackel herbei, die er an dem kleinen Feuer, das am Höhleneingang brannte, entzündet hatte. Doch in diesem Augenblick kehrte Túrin zurück. Nach seiner Gewohnheit war er geräuschlos gekommen, stand im Schatten außerhalb des Kreises der Männer und erblickte im Schein der Fackel Belegs abgezehrtes Gesicht.

Er stand wie vom Donner gerührt, und wie wenn Eis plötzlich schmilzt, schossen ihm Tränen in die Augen, die er lange nicht mehr vergossen hatte. Er sprang hervor und eilte auf den Baum zu. »Beleg! Beleg!« schrie er. »Wie bist du hierher gekommen? Und warum bist du gefesselt?« Im Nu durchschnitt er die Fesseln seines Freundes, und Beleg fiel nach vorn in seine Arme.

Als Túrin hörte, was die Männer erzählten, überkamen ihn Zorn und Schmerz, doch zuerst kümmerte er sich um Beleg. Während er ihn mit all seiner Geschicklichkeit pflegte, überdachte er sein Leben in den Wäldern, und er wurde zornig über sich selbst. Oft waren nämlich Fremde getötet worden, wenn sie nahe der Lager der Geächteten ergriffen wurden, oder man hatte ihnen aufgelauert und sie überfallen, ohne daß er es verhindert hätte. Oft hatte er selbst böse Worte über König Thingol und die Grau-Elben gesagt, und er trug seinen Teil der Schuld daran, daß man sie als Feinde behandelte. Von Bitterkeit übermannt, wandte er sich an die Männer: »Ihr wart grausam«, sagte er, »grundlos grausam. Niemals bis heute haben wir einen Gefangenen gefoltert. Doch das Leben, wie wir es führen, hat uns dahin gebracht, uns zu verhalten wie Orks. Gesetzlos und sinnlos sind alle unsere Handlungen gewesen, sie haben uns nur selbst genützt und den Haß in unseren Herzen genährt.«

Aber Andróg sagte darauf: »An wen sonst sollen wir denken, außer an uns selbst? Wen sollen wir lieben, wenn uns alle hassen?«

»Zumindest werde ich meine Hand nicht mehr gegen Elben und Menschen erheben«, sagte Túrin. »Angband hat Helfershelfer genug. Wenn andere dieses Versprechen nicht ebenfalls geben wollen, werde ich allein weiterziehen.«

Darauf öffnete Beleg die Augen und hob den Kopf. »Nicht allein!« sagte er. »Jetzt kann ich endlich meine Nachricht überbringen. Du bist kein Geächteter, und Neithan ist kein zutreffender Name. Ein Jahr lang bist du gesucht worden, um dir deine Ehre wiederzugeben und dich heimzuholen in den Dienst des Königs. Man vermißt den Drachenhelm schon lange.«

Aber Túrin zeigte keine Freude über diese Neuigkeit und saß lange schweigend da, denn bei Belegs Worten überfiel ihn erneut Düsterkeit. »Lasse diese Nacht vorübergehen«, sagte er endlich. »Dann werde ich meine Entscheidung treffen. Wie auch immer sie ausfällt, morgen müssen wir dieses Lager verlassen. Nicht alle, die nach uns suchen, sind uns wohlgesinnt.«

»Nein, niemand ist es«, fügte Andróg hinzu und warf einen bösen Blick auf Beleg.

Am Morgen nahm Beleg, dessen Schmerzen schnell abgeklungen waren, Túrin beiseite und sprach mit ihm in der alten Elbensprache.

»Ich habe bei dir mehr Freude über meine Nachricht erwartet«, sagte er. »Jetzt willst du sicherlich nach Doriath zurückkehren?« Und er suchte auf jede mögliche Weise Túrin zur Heimkehr zu bewegen, doch je mehr er in ihn drang, desto mehr zauderte Túrin. Nichtsdestoweniger befragte er Beleg eingehend nach Thingols Urteil. Darauf berichtete ihm Beleg alles, was er wußte. Schließlich sagte Túrin: »Dann hat sich Mablung als der Freund erwiesen, der er einst zu sein schien?«

»Eher als ein Freund der Wahrheit«, entgegnete Beleg. »Und das war am Ende das Beste. Aber warum, Túrin, hast du ihm nicht erzählt, daß Saeros dich überfallen hat? Alles hätte einen anderen Verlauf genommen.« Mit einem Seitenblick auf die Männer, die in der Nähe des Höhleneingangs herumlungerten, fügte er hinzu: »Und du hättest deinen Helm weiterhin in Ehren tragen können und wärst nicht so tief gesunken.«

»Kann sein, wenn du es ein Absinken nennst«, erwiderte Túrin. »Kann sein. Aber so ging es nun einmal, und die Worte blieben mir im Halse stecken. Ohne daß er mich fragte, war in Mablungs Augen ein Vorwurf wegen einer Tat, die ich nicht begangen hatte. Wie der Elbenkönig sagte: Mein Menschenherz war stolz. Und stolz ist es noch immer, Beleg Cúthalion. Es kann noch nicht ertragen, nach Menegroth heimzukehren und dort die mitleidigen und entschuldigenden Blicke zu spüren, wie man sie einem unartigen Kind zuwirft, das sich gebessert hat. Ich bin kein Knabe mehr, sondern ein Mann gemäß meiner Art. Das Schicksal hat mich hart gemacht.«

Diese Worte betrübten Beleg.

»Was also willst du tun?« fragte er.

»Frei leben«, gab Túrin zur Antwort. »Eben dieses wünschte mir Mablung, als wir uns trennten. Ich denke, die Gnade Thingols wird nicht so weit reichen, um diese Gefährten meines Falls mit einzuschließen. Ich aber will mich jetzt nicht von ihnen trennen, falls sie bei mir bleiben wollen. Ich habe sie auf meine Weise gern, ein wenig sogar die Verworfensten unter ihnen. Sie sind Menschen wie ich, und in jedem von ihnen schlummert etwas Gutes, das wachsen kann. Ich glaube, daß sie bei mir bleiben wollen.«

»Du siehst sie mit anderen Augen als ich«, sagte Beleg. »Wenn du versuchst, sie vom Bösen abzubringen, werden sie dich enttäuschen; vor allem einer von ihnen.«

»Wie kann ein Elbe über Menschen urteilen?« fragte Túrin.

»So wie er über alle Taten urteilt, wer sie auch immer begangen hat«, erwiderte Beleg, doch mehr sagte er nicht und schwieg über Andrógs Bösartigkeit, der er seine üble Behandlung in erster Linie verdankte. Da er Túrins Gemütszustand durchschaute, fürchtete er, dieser werde ihm nicht glauben. Er fürchtete auch, ihre alte Freundschaft zu verletzen und Túrin auf seinen bösen Weg zurückzutreiben.

»Ein freies Leben, sagtest du, Túrin, mein Freund«, fuhr er fort. »Was verstehst du darunter?«

»Über meine eigenen Männer zu befehlen und auf meine Weise Krieg zu führen«, gab Túrin zur Antwort. »Aber zumindest was den Krieg betrifft, hat meine Meinung sich geändert: Ich bereue jeden Schwertstreich, außer denen, die gegen den Feind der Elben und Menschen geführt wurden. Aber vor allem anderen wollte ich, du wärst an meiner Seite. Bleib bei mir!«

»Wenn ich bei dir bliebe, würde ich der Freundschaft gehorchen und nicht der Klugheit«, sagte Beleg. »Mein Herz sagt mir, daß es besser wäre, wir kehrten nach Doriath zurück.«

»Trotzdem, ich werde nicht dorthin gehen«, sagte Túrin.

Darauf bemühte Beleg sich noch einmal, ihn zu überreden, in den Dienst König Thingols zurückzukehren. Er sprach davon, wie sehr man seiner Kraft und seines Mutes in den Nordmarken Doriaths bedürfe, berichtete vom neuerlichen Einfall der Orks, die aus Taur-nu-Fuin über den Paß von Anach nach Dimbar hinuntergekommen seien. Aber alle seine Worte waren vergeblich, so daß er schließlich sagte: »Du hast dich selbst einen harten Mann genannt, Túrin. In der Tat: Du bist hart und verstockt. Jetzt bin ich an der Reihe: Wenn du den Langbogen wirklich an deiner Seite haben willst, suche ihn in Dimbar, denn dorthin werde ich zurückkehren.«

Darauf verfiel Túrin in Schweigen, kämpfte mit seinem Stolz, der ihm die Rückkehr verbot, und ließ die Jahre an sich vorüberziehen, die hinter ihm lagen. Mitten aus dem Grübeln heraus sagte er plötzlich zu Beleg: »Dem Elbenmädchen, das du erwähnt hast, habe ich wegen seiner rechtzeitigen Aussage viel zu verdanken, doch ich kann mich nicht an sie erinnern. Warum hat sie mich beobachtet?«

Beleg blickte ihn befremdet an: »Warum wohl?« sagte er. »Túrin, hast du während der ganzen Zeit mit deinem Herzen und der Hälfte deines Gedächtnisses weit weg gelebt? Du bist mit Nellas durch die Wälder Doriaths gestreift, als du ein Knabe warst!«

»Das ist lange her«, erwiderte Túrin. »Auch meine Kindheit, wie mir nun scheint, liegt weit zurück, und ein Schleier bedeckt sie, ausgenommen die Erinnerung an mein Vaterhaus in Dor-lómin. Aber warum hätte ich mit einem Elbenmädchen umherziehen sollen?«

»Vielleicht um zu lernen, was sie dir beibringen konnte«, sagte Beleg. »Nun denn, Kind der Menschen, es gibt in Mittelerde noch anderes Leid als das deine und Wunden, die nicht von Waffen herrühren. Wahrlich, ich beginne zu glauben, daß Elben und Menschen sich nicht begegnen oder sich miteinander abgeben sollten.«

Túrin schwieg, doch lange betrachtete er Belegs Gesicht, als sei darin die Lösung seiner rätselhaften Worte zu lesen. Nellas aus Doriath jedoch sah ihn niemals wieder, und seine Gestalt verflüchtigte sich vor ihr.[12]

Nachdem Beleg fortgegangen war (dies war im zweiten Sommer nach Túrins Flucht aus Doriath),[13] kamen für die Geächteten schlechte Zeiten. Der Jahreszeit unangemessen begann es zu regnen, und in größerer Zahl als zuvor kamen Orks aus dem Norden und entlang der alten Südstraße herbei und sorgten für Unruhe an den Westgrenzen Doriaths. Es gab dort wenig Sicherheit und Ruhe, und die Geächteten waren viel öfter Gejagte als Jäger.

Eines Nachts, als sie halb schlummernd und ohne Feuer in der Dunkelheit lagen, überdachte Túrin sein Leben, und es schien ihm, als könne er ihm eine Wendung zum Besseren geben. »Ich muß irgendeine sichere Zuflucht finden«, dachte er, »und Vorbereitungen gegen Winter und Hunger treffen«; und am nächsten Tag führte er seine Männer weit fort, weiter als sie sich bisher vom Teiglin und den Marken Doriaths entfernt hatten. Nachdem sie drei Tage lang gewandert waren, machten sie am westlichen Rand der Wälder im Tal des Sirion halt. Dort, wo das Land zu den Moorgebieten aufzusteigen begann, war es trockener und kahler.

Bald danach, als das graue Licht eines regnerischen Tages verblaßte, geschah es, daß Túrin und seine Männer in einem Dickicht von Hulstbäumen Schutz suchten; dahinter erstreckte sich eine baumlose Fläche, auf der viele große Steine in ungeordneten Haufen beisammenlagen. Es war still, nur der Regen tropfte von den Blättern. Plötzlich stieß eine der Wachen einen Ruf aus, und aufspringend sahen sie drei grauvermummte Gestalten, die sich verstohlen zwischen den Steinen zu schaffen machten. Jede war mit einem großen Sack beladen, bewegte sich aber dennoch schnell.

Túrin schrie ihnen zu, stehenzubleiben, und seine Männer rannten wie Jagdhunde auf sie los; aber sie setzten ihren Weg fort, und obwohl Andróg Pfeile auf sie abschoß, verschwanden sie in der Dämmerung. Einer blieb zurück, weil er ein schlechter Läufer oder schwerer beladen war, und wurde rasch gepackt und niedergeworfen. Obwohl er um sich schlug und biß wie ein Tier, hielten viele kräftige Hände ihn am Boden fest. Doch Túrin kam hinzu und schalt seine Männer. »Was habt ihr da?« fragte er. »Warum so grob? Er ist alt und schmächtig. Was ist gefährlich an ihm?«

»Er beißt«, sagte Andróg und zeigte seine blutende Hand. »Es ist ein Ork oder einer aus ihrer Sippe. Tötet ihn!«

»Er verdient nichts Besseres«, sagte ein anderer, der den Sack geöffnet hatte, »denn er hat unsere Hoffnungen enttäuscht: nichts als Wurzeln und kleine Steine.«

»Nein«, sagte Túrin, »seht den Bart. Ich glaube, es ist nur ein Zwerg. Laßt ihn aufstehen und sprechen.«

Auf diese Weise geriet Mîm in die Geschichte von den Kindern Húrins. Mühsam richtete er sich auf, kniete zu Túrins Füßen und bat um sein Leben. »Ich bin alt«, sagte er, »und arm. Ich bin nur ein Zwerg, wie du gesagt hast, und kein Ork. Mein Name ist Mîm. Lasse mich nicht grundlos töten, Herr, wie die Orks es tun würden.«

Túrin empfand Mitleid mit ihm, doch er sagte: »Arm scheinst du zu sein, Mîm, obgleich mich dies bei einem Zwerg wundert. Doch ich denke, wir sind noch ärmer: heimatlose Menschen ohne Freunde. Wenn ich dir sagte, daß wir niemanden aus Mitleid verschonen, wenn wir in großer Not sind, was würdest du uns anbieten, um dich freizukaufen?«

»Ich weiß nicht, was du verlangst, Herr«, sagte Mîm vorsichtig.

»Im Augenblick wenig genug!« sagte Túrin und sah ihn verbittert an, während ihm der Regen in die Augen lief. »Einen sicheren Platz zum Schlafen außerhalb der nassen Wälder. Ohne Zweifel nennst du einen solchen Platz dein eigen?«

»Ich habe einen solchen Platz«, erwiderte Mîm, »aber ich kann ihn als Auslöse nicht hergeben. Ich bin zu alt, um unter offenem Himmel zu leben.«

»Du brauchst dich um dein Alter nicht zu sorgen«, sagte Andróg und trat vor, in der unverwundeten Hand ein Messer. »Ich kann dir diese Sorge abnehmen.«

»Herr!« schrie Mîm darauf in großer Angst. »Wenn ich mein Leben verliere, verliert ihr auch euren Unterschlupf, denn ohne mich werdet ihr ihn nicht finden. Ich kann ihn euch nicht überlassen, aber ich will ihn mit euch teilen. Es ist jetzt mehr Platz darin als früher, denn viele haben uns für immer verlassen.« Und er begann zu weinen.

»Dein Leben sei dir geschenkt, Mîm«, sagte Túrin.

»Zumindest bis wir zu seinem Schlupfwinkel kommen«, sagte Andróg.

Doch Túrin wandte sich an ihn und sagte: »Wenn uns Mîm ohne Betrug zu seiner Wohnung bringt und diese für uns geeignet ist, dann hat er sein Leben freigekauft. Und er soll von keinem Mann getötet werden, der zu mir gehört. Das schwöre ich.«

Darauf umklammerte Mîm Túrins Knie und sagte: »Mîm wird dein Freund sein, Herr. Zuerst dachte ich, du seist ein Elbe, wegen deiner Sprache und deiner Stimme. Aber wenn du ein Mensch bist, ist es besser. Mîm liebt die Elben nicht.«

»Wo ist deine Wohnung?« fragte Andróg. »Sie muß wirklich vortrefflich sein, wenn Andróg sie schon mit einem Zwerg teilen muß. Andróg mag nämlich keine Zwerge. Von dieser Rasse aus dem Osten sind meinem Volk nur wenige gute Geschichten zu Ohren gekommen.«

»Urteile über mein Heim, wenn du es siehst«, erwiderte Mîm. »Aber auf dem Weg dorthin werdet ihr Licht brauchen, ihr Stolper-Menschen. Ich werde rechtzeitig zurück sein und euch führen.«

»Nein, nein!« sagte Andróg. »Das wirst du nicht erlauben, nicht wahr, Hauptmann? Du würdest den alten Halunken niemals wiedersehen.«

»Es wird dunkel«, sagte Túrin. »Er soll uns ein Pfand dalassen. Sollen wir deinen Sack und seinen Inhalt hierbehalten, Mîm?«

Aber als er dies hörte, fiel der Zwerg mit kummervoller Miene erneut auf die Knie.

»Wenn Mîm vorhätte, nicht zurückzukommen, würde er dann wegen eines Sackes mit alten Wurzeln zurückkommen?« sagte er. »Ich werde zurückkommen. Laß mich gehen!«

»Das werde ich nicht tun«, antwortete Túrin. »Wenn du dich von deinem Sack nicht trennen willst, mußt du bei ihm bleiben. Eine Nacht unter Blättern wird vielleicht dein Mitleid mit uns wecken.« Doch Túrin und auch andere Männer bemerkten, daß für den Zwerg der Inhalt des Sackes wertvoller war, als er es auf den ersten Blick zu sein schien.

Sie führten den alten Zwerg zu ihrem armseligen Lager, und während er ging, murmelte er in einer fremdartigen, rauhen Sprache vor sich hin, die ein uralter Haß mißtönend zu machen schien. Als sie ihm jedoch die Beine fesselten, verstummte er plötzlich. Diejenigen, welche Wache hielten, sahen ihn die ganze Nacht wie einen Stein still und stumm dahocken. Nur seine schlaflosen Augen glitzerten, wenn er sie durch die Dunkelheit schweifen ließ.

Bevor es Tag wurde, hörte der Regen auf, und Wind regte sich in den Bäumen. Die Morgendämmerung war heller als an vielen anderen Tagen, und eine leichte Brise aus dem Süden machte den Himmel um die aufgehende Sonne weit, hell und klar. Mîm saß noch immer unbeweglich da, als sei er tot, denn jetzt waren seine schweren Lider geschlossen, und das Morgenlicht enthüllte, wie zusammengeschrumpft und altersschwach er war. Túrin stand vor ihm und blickte auf ihn herab. »Jetzt haben wir Licht genug«, sagte er.

Mîm öffnete die Augen, deutete auf seine Fesseln, und als er von ihnen befreit war, sagte er: »Merkt euch, ihr Narren! Legt einem Zwerg keine Fesseln an! Er wird es nicht verzeihen. Ich wünsche mir den Tod nicht, aber mein Herz ist voll Zorn über das, was ihr mir angetan habt. Ich bereue mein Versprechen.«

»Aber ich nicht«, sagte Túrin. »Du wirst mich zu deiner Wohnung führen. Bis wir dort sind, wollen wir nicht vom Tod sprechen. Dies ist *mein* Wille.« Er blickte dem Zwerg unverwandt in die Augen, und dieser konnte den Blick nicht ertragen. In der Tat konnten nur wenige der gesammelten Willenskraft oder dem Zorn in Túrins Augen standhalten; nach kurzer Zeit wandte Mîm seinen Kopf zur Seite und erhob sich. »Folgt mir, Herr!« sagte er.

»Gut!« sagte Túrin. »Doch ich will jetzt noch eines

hinzufügen: Ich verstehe deinen Stolz. Vielleicht mußt du sterben, aber du sollst nicht wieder gefesselt werden.«

Darauf führte sie Mîm zu dem Platz zurück, an dem er gefangengenommen worden war, und er deutete nach Westen. »Dort liegt meine Heimat!« sagte er. »Ihr habt sie oft gesehen, schätze ich, denn sie ist groß genug. Wir nannten sie Scharbhund, bevor die Elben alle Namen änderten.« Da sahen sie, daß er auf den Amon Rûdh deutete, den Kahlen Berg, dessen nackte Kuppe sich über der meilenweiten Wildnis erhob.

»Wir haben ihn gesehen«, sagte Andróg, »doch niemals aus der Nähe. Wie kann es dort einen sicheren Unterschlupf geben, oder Wasser und all die anderen Dinge, die wir brauchen? Ich dachte es mir, daß Betrug im Spiel sei. Wie sollen sich Männer auf der Kuppe eines Hügels verstecken?«

»Ein weiter Ausblick kann sicherer sein als umherzuschleichen«, sagte Túrin. »Amon Rûdh liegt in weiter Ferne. Wohlan, Mîm, ich werde kommen und sehen, was du uns zu zeigen hast. Wie lange werden wir Stolper-Menschen brauchen, um dorthin zu gelangen?«

»Den ganzen Tag bis zur Abenddämmerung«, erwiderte Mîm.

Der Trupp setzte sich in westlicher Richtung in Bewegung, und Túrin ging an der Spitze, Mîm an seiner Seite. Als sie die Wälder verließen, bewegten sie sich vorsichtig, doch das Land ringsum war leer und ruhig. Sie stiegen über die herumliegenden Steine und begannen den Aufstieg, denn Amon Rûdh lag am östlichen Rand der Hochmoore, die sich zwischen den Tälern von Sirion und Narog erhoben, und sein Gipfel ragte mehr als tausend Fuß über dem steinigen Heideland zu seinen Füßen empor. An seiner östlichen Flanke stieg der zerklüftete Boden zwischen Gruppen von felsenverwurzelten Birken, Ebereschen und uralten Dornenbäumen allmählich zu den hohen Kämmen hinauf. Auf den niedrigen Hängen des Amon Rûdh wuchsen Dickichte von *aeglos*; doch seine steile graue Kuppe war bis auf das rote *seregon*,[14] das den Stein überzog, kahl.

Als der Nachmittag zu Ende ging, kamen die Geächteten dicht an den Fuß des Berges heran. Sie näherten sich ihm von Norden her, denn so hatte Mîm sie geführt, und das Licht der sinkenden Sonne fiel auf den Berggipfel, wo das *seregon* in voller Blüte stand.

»Seht! Es ist Blut auf dem Gipfel«, sagte Andróg.

»Noch nicht«, gab Túrin zur Antwort.

Die Sonne sank, und das Licht in den Mulden wurde schwächer. Der Berg ragte nun vor und über ihnen auf, und sie fragten sich, welchen Nutzen ein Führer bei einem so unübersehbaren Ziel haben konnte. Aber als Mîm sie weiterführte und sie die letzten steilen Hänge zu erklettern begannen, begriffen sie, daß er, alter Gewohnheit oder geheimen Markierungen folgend, einen bestimmten Pfad benutzte. Dieser wand sich jetzt hin und her, und wenn sie zur Seite blickten, sahen sie, daß sich zu beiden Seiten dunkle Täler und Grate auftaten oder der Hang in Wüsten großer Steine auslief, die mit Abstürzen und Gruben durchsetzt waren, die unter Brombeerranken und Dorngestrüpp verborgen waren. Hier hätten sie sich ohne einen Führer tagelang abmühen und umherklettern müssen, um überhaupt einen Weg zu finden.

Schließlich stieg der Untergrund steiler an, wurde aber glatter. Sie tauchten in die Schatten uralter Ebereschen und traten in die Schneisen langbeiniger *aeglos* wie in eine mit süßem Duft geschwängerte Düsternis.[15] Plötzlich stand eine Felswand vor ihnen, glatt und kerzengerade, die hoch in die Dämmerung über ihnen hinaufragte.

»Ist dies die Tür zu deinem Haus?« fragte Túrin. »Zwerge lieben Stein, sagt man«, sagte er und trat dicht an Mîm heran, damit dieser ihnen nicht noch zu guter Letzt einen Streich spielte.

»Nicht die Tür des Hauses, sondern das Tor zu seinem Hof«, antwortete Mîm. Dann wandte er sich nach rechts, ging am Fuß des Berges entlang und blieb nach zwanzig Schritten plötzlich stehen. Túrin sah, daß durch geschickte Hände oder durch die Natur eine Spalte in der Felswand so geformt war, daß zwei Felsschichten sich übereinanderschoben, zwischen denen eine Öffnung nach links verlief. Ihr Eingang war mit lang wuchernden Pflanzen verhängt, die über ihm in Felsenrissen wurzelten, doch drinnen war ein steiler, steiniger Pfad, der nach oben in die Dunkelheit führte. Wasser tropfte herab, und es war feuchtkalt. Einer nach dem anderen betraten sie den Gang. An seinem oberen Ende bog der Pfad nach rechts, führte wieder nach Süden und brachte sie durch ein Dornengestrüpp auf eine grüne, ebene Fläche hinaus, über die der Pfad in die Schatten weiterlief. Sie hatten Mîms Haus erreicht, Bar-en-Nibin-noeg,[16] von dem nur in uralten Geschichten aus Doriath und Nargothrond die Rede ging, und das niemals ein Mensch gesehen hatte. Doch die Nacht war hereingebrochen, der Himmel im Osten von Sternen erleuchtet, und sie konnten noch nicht erkennen, wie dieser merkwürdige Ort beschaffen war.

Der Amon Rûdh trug gleichsam eine Krone: eine gewaltige Steinmasse, geformt wie eine steile Kappe mit einer kahlen, abgeflachten Oberseite. Auf ihrer nördlichen Seite ragte eine ebene, fast rechteckige Felsplatte heraus, die von unten nicht zu sehen war, denn hinter ihr erhob sich die Hügelkrone wie eine Mauer, und von ihrem Rand stürzten nach Westen und Osten nackte Klippen hinab. Nur von Norden her, auf dem Weg, den sie benutzt hatten, war dieser Ort von Wegekundigen bequem zu erreichen.[17] Ein Pfad verließ die Felsspalte und führte nach kurzer Zeit in einen kleinen Hain von Zwergbirken, die am Rand eines klaren Weihers wuchsen, der in ein steinernes Becken gefaßt war. Er wurde durch eine Quelle gespeist, die am Fuß der rückwärtigen Felswand entsprang, durch eine Rinne floß und sich wie ein weißer Faden über den westlichen Rand der Felsplatte ergoß. Hinter dem Schirm der Bäume nahe der Quelle, zwischen zwei mächtigen Felsvorsprüngen, befand sich eine Höhle. Sie ähnelte eher einer flachen Grotte mit einer niedrigen, sanften Wölbung. Doch weiter im Inneren war sie in den langen Jahren, die die Kleinzwerge, unbehelligt von den Grau-Elben der Wälder, hier verbracht hatten, durch ihre behutsamen Hände vertieft und weit in das Berginnere vorgetrieben worden.

Durch die tiefe Dämmerung führte Mîm sie am Weiher vorbei, in dem sich jetzt die matt schimmernden Sterne zwischen den Schatten der Birkenzweige spiegelten. Am

Eingang der Höhle wandte er sich um und verbeugte sich vor Túrin. »Tritt ein«, sagte er, »in Bar-en-Danwedh, in das Haus der Auslöse, denn diesen Namen soll es tragen.«

»Möge es so sein«, sagte Túrin. »Ich will als erster einen Blick hineinwerfen.« Dann trat er mit Mîm ein, und die übrigen, die ihn furchtlos sahen, folgten nach, sogar Andróg, der dem Zwerg am meisten mißtraute. Sogleich umgab sie pechschwarze Finsternis, doch Mîm klatschte in die Hände, und hinter einer Biegung leuchtete ein schwacher Lichtschein auf: Aus einem Gang an der Rückseite der Grotte kam ein zweiter Zwerg hervor, der eine kleine Fackel trug.

»Ha! Ich habe ihn verfehlt, wie ich befürchtet habe«, sagte Andróg. Mîm wechselte mit dem anderen Zwerg schnelle Worte in ihrer eigenen rauhen Sprache; er schien über das, was er hörte, betrübt oder erzürnt, und pfeilschnell stürzte er in den Gang und verschwand. Andróg brannte darauf, weiterzugehen. »Sofort angreifen!« sagte er. »Ein ganzer Haufen von ihnen könnte dort sein, doch sie sind klein.«

»Nur drei, schätze ich«, sagte Túrin und setzte sich an die Spitze, während sich hinter ihm die anderen mit den Händen an den rauhen Wänden des Ganges vorwärtstasteten. Der Verlauf des Ganges wies viele scharfe Biegungen auf, doch schließlich schimmerte ein dünnes Licht vor ihnen auf; sie kamen in eine kleine, aber hohe Halle, von Lampen schwach erhellt, die an dünnen Ketten aus dem Schatten der Gewölbekuppel herabhingen. Mîm war nicht zu sehen, doch sie hörten seine Stimme, welcher Túrin folgte, bis er vor der Tür eines Gemaches an der rückwärtigen Wand der Halle stand. Er blickte hinein und sah Mîm, der am Boden kniete. Neben ihm stand schweigend der Zwerg mit der Fackel, doch an der entfernten Wand lag auf einer Liegestatt aus Stein ein dritter Zwerg. »Khîm, Khîm, Khîm!« jammerte der alte Zwerg und raufte sich den Bart.

»Nicht alle deine Pfeile gingen fehl«, sagte Túrin zu Andróg. »Doch dieser Treffer kann böse Folgen haben. Du gehst zu leichtfertig mit deinen Pfeilen um, doch du wirst nicht lange genug leben, um klug zu werden.« Dann trat er leise ein, stellte sich hinter Mîm und sagte zu ihm: »Was fehlt ihm, Mîm? Ich kenne mich ein wenig in der Heilkunst aus. Kann ich dir helfen?«

Mîm wandte den Kopf, und seine Augen waren rot unterlaufen. »Nein«, antwortete er, »es sei denn, du könntest die Zeit zurückdrehen und die grausamen Hände deiner Männer abschlagen. Dies ist mein Sohn, durchbohrt von einem Pfeil. Nun erreichen ihn keine Worte mehr. Er starb bei Sonnenuntergang. Eure Fesseln hinderten mich daran, ihn zu heilen.«

Wieder quoll Mitleid, lange unter Stein begraben, in Túrins Herz auf, wie Wasser, das durch einen Fels dringt. »Wahrlich!« sagte er. »Wenn ich könnte, würde ich den Pfeil zurückrufen. Jetzt trägt Bar-en-Danwedh, das Haus der Auslöse, seinen Namen zu Recht. Denn ob wir hier wohnen oder nicht, ich werde mich in deiner Schuld fühlen. Und sollte ich jemals zu Reichtum gelangen, werde ich dir eine Auslöse in schwerem Gold für deinen Sohn zahlen, auch wenn es dein Herz nicht mehr froh machen wird.«

Darauf erhob sich Mîm und blickte Túrin lange an. »Ich habe es vernommen«, sagte er. »Du sprichst wie ein Zwergenfürst von einst, und das wundert mich. Deshalb will ich meine eigene Auslöse zahlen: Ihr mögt, wenn ihr wollt, hier wohnen. Aber dies füge ich hinzu: Derjenige, der diesen Pfeil abgeschossen hat, soll seinen Bogen und seine Pfeile zerbrechen und sie zu den Füßen meines Sohnes niederlegen; und er soll niemals wieder Pfeil und Bogen zur Hand nehmen. Tut er es dennoch, soll er durch sie sterben. Diesen Fluch lege ich auf ihn.«

Andróg packte die Furcht, als er von diesem Fluch hörte, und trotz heftigen Widerwillens zerbrach er Pfeile und Bogen und legte sie zu Füßen des toten Zwerges nieder. Als er aber aus dem Gemach trat, warf er einen bösen Blick auf Mîm und murmelte: »Der Fluch eines Zwerges, sagt man, gilt auf ewig, aber auch der eines Menschen kann sein Ziel erreichen. Möge er mit dem Pfeil in der Kehle sterben!«[18]

In jener Nacht lagen sie in der Halle, und wegen der Klagen von Mîm und Ibun, seinem anderen Sohn, schliefen sie unruhig. Sie konnten sich nicht erinnern, wann es aufgehört hatte, aber als sie schließlich erwachten, waren die Zwerge verschwunden, und das Gemach war mit einem Stein verschlossen. Der Tag war wiederum schön, und in der Morgensonne wuschen sich die Geächteten im Weiher und bereiteten sich ein Mahl aus ihren letzten Vorräten.

Während sie aßen, trat Mîm vor sie und verbeugte sich vor Túrin. »Er ist bestattet, und alles ist getan«, sagte er. »Er liegt bei seinen Vätern. Wenden wir uns nun dem Leben zu, das uns geblieben ist, obwohl die Tage, die vor uns liegen, kurz sein können. Hat Mîms Haus dir gefallen? Ist die Auslöse bezahlt und angenommen?«

»Sie ist es«, antwortete Túrin.

»Sodann bleibt es euch überlassen, eure Wohnung nach euren Wünschen einzurichten. Ausgenommen sei das Gemach, das verschlossen ist: Niemand außer mir soll es öffnen.«

»Wir verstehen dich«, sagte Túrin. »Was unser Leben hier betrifft, sind wir in Sicherheit, oder zumindest scheint es so. Aber wir brauchen Lebensmittel und andere Dinge. Wie werden wir hinausgelangen und, was noch wichtiger ist, wie kommen wir zurück?«

Zu ihrem Mißvergnügen hörten sie Mîm tief in der Kehle lachen. »Fürchtet ihr, einer Spinne in die Mitte ihres Netzes gefolgt zu sein?« fragte er. »Mîm verspeist keine Menschen! Und eine Spinne kann schlecht mit dreißig Wespen auf einmal fertig werden. Seht, ihr seid bewaffnet, und ich stehe waffenlos vor euch. Nein, ihr und ich, wir müssen alles miteinander teilen: Haus, Nahrung, Feuer und vielleicht noch andere nützliche Dinge. Das Haus, denke ich, werdet ihr zu eurem eigenen Vorteil beschützen und geheimhalten, auch wenn ihr die Wege kennen werdet, die hinein und hinaus führen. Mit der Zeit werdet ihr über sie Bescheid wissen. Doch in der Zwischenzeit muß Mîm euer Führer sein oder Ibun, sein Sohn.«

Damit war Túrin einverstanden, er dankte Mîm, und die meisten seiner Männer waren froh, denn im Schein der Morgensonne und mitten im Hochsommer erschien ihnen das Haus des Zwerges als ein schöner Ort, um dort zu wohnen. Allein Andróg war unzufrieden. »Je eher wir selbst über unser Kommen und Gehen bestimmen, desto besser«, sagte er. »Niemals zuvor haben wir einen Gefangenen, der uns übel gesinnt war, zu unseren Unternehmungen mitgenommen und wieder zurückgebracht.«

An diesem Tag ruhten sie aus, reinigten ihre Waffen und setzten ihre Ausrüstung instand; freilich besaßen sie nur noch Lebensmittel für einen oder zwei Tage, und Mîm ergänzte ihre Vorräte. Er überließ ihnen drei große Kochtöpfe und Brennmaterial und brachte auch den Inhalt des Sackes herbei. »Wertloses Zeug«, sagte er. »Das Stehlen nicht wert. Nur wilde Wurzeln.«

Doch als sie gekocht waren, erwiesen sie sich als eine nahrhafte Speise, die fast wie Brot schmeckte. Die Geächteten waren sehr froh darüber, denn Brot hatten sie lange entbehrt, wenn sie es nicht gerade hatten stehlen können. Mîm sagte: »Wilde Elben kennen diese Wurzeln nicht, Grau-Elben haben sie nicht gefunden, und die Stolzen jenseits des Meeres lassen sich zum Graben nicht herab.«

»Wie heißen sie?« fragte Túrin.

Mîm sah ihn von der Seite an. »Sie haben keinen Namen«, sagte er, »außer in der Zwergensprache, in die wir niemanden einweihen. Und wir zeigen den Menschen nicht, wie man sie findet, denn die Menschen sind habgierig und verschwenderisch und würden nicht eher Ruhe geben, bis alle Pflanzen ausgerottet wären, während sie jetzt an ihnen vorbeigehen, wenn sie durch die Wildnis stolpern. Mehr wirst du von mir nicht erfahren. Doch solange eure Worte ohne Falsch sind und ihr weder stehlt noch spioniert, sollt ihr ausreichend an meiner Beute teilhaben.« Dann stieß er erneut ein kehliges Lachen hervor. »Sie sind von großem Wert«, fuhr er fort. »Wertvoller als Gold in der Hungerzeit des Winters, weil man sie aufspeichern kann, wie es Eichhörnchen mit Nüssen tun; wir waren bereits dabei, von den ersten reifen Wurzeln einen Vorrat anzulegen. Doch ihr seid Narren, wenn ihr glaubt, daß ich mich nicht von einer kleinen Ausbeute trennen wollte, selbst als es um mein Leben ging.«

»Ich hab's vernommen«, sagte Ulrad, der in den Sack geschaut hatte, als Mîm ergriffen worden war. »Doch du wolltest dich nicht von ihr trennen, und deshalb erstaunen mich deine Worte jetzt um so mehr.«

Mîm drehte sich herum und sah ihn finster an. »Du bist einer der Narren, die man im Frühling nicht beklagt, wenn sie im Winter zugrunde gegangen sind«, sagte er. »Ich hatte mein Wort gegeben, also mußte ich zurückkommen, ob ich wollte oder nicht, mit oder ohne Sack, was immer ein gesetzloser und treuloser Mann darüber denken mag. Aber ich mag es nicht, wenn ich durch Gewalt oder Trug meines Eigentums beraubt werde, und sei es nur ein Schuhriemen. Wie könnte ich vergessen, daß du unter jenen warst, deren Hände mich in Fesseln legten und die mich so daran hinderten, noch einmal mit meinem Sohn zu sprechen! Immer, wenn ich das Brot der Erde aus meinem Vorrat austeile, sollst du leer ausgehen, und wenn du es doch ißt, sollst du es nur der Freigebigkeit der Kameraden zu verdanken haben und nicht der meinen!«

Mit diesen Worten ging Mîm fort, Ulrad jedoch, den Mîms Zorn in Furcht versetzt hatte, sagte hinter seinem Rücken: »Große Worte. Nichtsdestotrotz hatte der alte Schurke andere Dinge in seinem Sack, ähnlich geformt wie Wurzeln, aber härter und schwerer. Vielleicht gibt es außer dem Erdenbrot andere Dinge in der Wildnis, die die Elben nicht gefunden haben, und von denen die Menschen nichts wissen sollen.«[19]

»Das ist möglich«, sagte Túrin. »Trotzdem hat der Zwerg zumindest in einem Punkt die Wahrheit gesprochen, als er dich nämlich einen Narren nannte. Warum mußt du aussprechen, was du denkst? Wenn dir schöne Worte schon nicht über die Lippen wollen, so dient Schweigen unseren Absichten besser.«

Der Tag verlief friedlich, und keiner der Geächteten hatte das Verlangen, das Versteck zu verlassen. Túrin erging sich ausgiebig auf dem grünen Rasen der Felsplatte, indem er von einem zum anderen Ende hin und zurückschritt. Er schaute nach Osten, Westen und Norden hinaus und war erstaunt, wie weit der Blick in der klaren Luft reichte. Im Norden erkannte er den Wald von Brethil und den Amon Obel, der grün in seiner Mitte anstieg, und dorthin wurden seine Augen wieder und wieder gezogen, er wußte nicht, warum; sein Herz zog es nämlich eher in den Nordwesten, wo er, viele Meilen entfernt an den Rändern des Himmels, das Schattengebirge zu erkennen glaubte, die Berge seiner Heimat. Abends jedoch sah Túrin nach Westen in die untergehende Sonne, wie sie rot im Dunst über den fernen Küsten versank, und das Tal des Narog dazwischen lag tief in Schatten. So begann der Aufenthalt Túrins, Húrins Sohn, in den Hallen Mîms, in Bar-en-Danwedh, dem Haus der Auslöse.

(Zum Verlauf der Geschichte von Túrins Ankunft im Bar-en-Danwedh bis zum Fall Nargothronds, siehe ›Das Silmarillion‹, Seite 227–240 und Anhang zu ›Narn i Hîn Húrin‹, Seite 147.)

Die Rückkehr Túrins nach Dor-lómin

Schließlich kam Túrin, erschöpft von der Eile und von der Länge des Weges (denn er war vierzig Meilen und mehr gereist, ohne zu rasten), zugleich mit dem ersten Eis des Winters zu den Weihern von Ivrin, die ihn schon einmal geheilt hatten. Doch jetzt waren sie nur noch ein gefrorener Sumpf, und er konnte dort nicht mehr trinken.

Von dort gelangte er zu den Pässen, die nach Dor-lómin führten,[20] bitterkalter Schnee kam aus dem Norden, und die Wege waren vereist und gefährlich. Obwohl dreiundzwanzig Jahre vergangen waren, seit er diesen Pfad gegangen war, hatte er sich ihm tief eingeprägt, so groß war der Schmerz bei jedem Schritt gewesen, mit dem er sich von Morwen entfernt hatte. So kehrte er schließlich in das Land seiner Kindheit zurück. Es war öde und kahl, und die wenigen Menschen waren unwirsch und sprachen die rauhe Sprache der Ostlinge; die alte Sprache war die von Sklaven und Feinden geworden.

Deshalb war Túrin auf der Hut, bewegte sich unauffällig, vermummte sich und kam schließlich zu dem Haus, das er suchte. Es stand leer und dunkel, und nichts Lebendiges war in seiner Nähe. Morwen war fort, und

Brodda, der Eindringling (der Aerin, Húrins Verwandte, gezwungen hatte, sein Weib zu werden), hatte ihr Haus geplündert und alles geraubt, was ihr an Gütern und Dienerschaft geblieben war. Broddas Haus stand dem alten Hause Húrins am nächsten; dorthin kam Túrin, von der Reise erschöpft und von Schmerz verzehrt, und bat um Obdach. Es wurde ihm gewährt, denn einige der freundlichen Sitten von einst hatte Aerin sich noch bewahrt. Man wies ihm einen Platz am Feuer unter den Dienern und einigen Landstreichern an, die beinahe ebenso düster und zerschunden aussahen wie Túrin; und er fragte sie nach Neuigkeiten aus dem Land.

Da verfiel die Gesellschaft in Schweigen, einige wandten sich ab und blickten den Fremdling mißtrauisch an. Aber ein alter Landstreicher mit einer Krücke sagte: »Wenn du unbedingt die alte Sprache sprechen mußt, Meister, sprich leiser und frage nicht nach Neuigkeiten. Willst du wie ein Gauner geschlagen oder als Spion gehängt werden? Deinen Blicken nach könntest du nämlich beides sein.« Er rückte näher und sprach leise in Túrins Ohr: »Sie könnten aber auch bedeuten, daß du zu dem freundlichen Volk von einst gehörst, das in den goldenen Tagen mit Hador kam, bevor Wolfshaar auf den Köpfen sproß. Einige aus diesem Volk sind hier, wenn sie jetzt auch zu Bettlern und Sklaven gemacht worden sind, und ohne Frau Aerin hätten sie weder dieses Feuer noch dieses Brot. Woher kommst du, und welche Auskünfte begehrst du?«

»Es gab eine Frau namens Morwen«, erwiderte Túrin, »und vor langer Zeit habe ich in ihrem Haus gelebt. Nach langer Wanderschaft bin ich hierher gekommen, um freundliche Aufnahme zu finden, doch weder ihr Feuer noch ihre Hausbewohner sind jetzt hier.«

»Und sind auch während der langen Jahre vorher nicht hiergewesen«, sagte der alte Mann. »Seit dem todbringenden Krieg war in jenem Haus das Feuer kärglich und die Zahl der Menschen klein; die Herrin gehörte nämlich zum alten Volk und war, was du sicherlich weißt, die Witwe unseres Herrn Húrin, Hadors Sohn. Dennoch wagte man nicht, sie anzurühren, denn man fürchtete sie. Sie war stolz und schön wie eine Königin, bevor der

Kummer sie zugrunde richtete. Sie nannten sie Hexenweib und wichen ihr aus, und dieses Wort bedeutet in der neuen Sprache nichts anderes als Elbenfreundin. Doch man raubte sie aus. Sie und ihre Tochter hätten oft Hunger gelitten, wenn nicht Frau Aerin gewesen wäre. Man sagte, sie unterstütze sie heimlich und wurde dafür oft von Brodda, diesem Schuft, geprügelt, den sie in ihrer Bedrängnis geheiratet hatte.«

»Und dieses lange Jahr und später?« fragte Túrin. »Sind sie tot oder versklavt? Oder haben die Orks sie erschlagen?«

»Man weiß es nicht mit Sicherheit«, erwiderte der alte Mann. »Aber sie ist mit ihrer Tochter fortgegangen, und dieser Brodda hat ihr Haus geplündert und alles geraubt, was noch übrig war. Nicht einmal ein Hund wurde verschmäht, und ihr kleines Gesinde wurde versklavt, außer einigen, die betteln gingen wie ich. Ich habe ihr viele Jahre gedient, und zuvor dem großen Meister Sador Einfuß: Hätte es nicht vor langer Zeit in den Wäldern eine verfluchte Axt gegeben, läge ich jetzt im Großen Grab. Ich erinnere mich gut an den Tag, an dem Húrins Sohn fortgeschickt wurde, wie er weinte; und seine Mutter auch, nachdem er gegangen war. Man sagte, er ging ins Verborgene Königreich.«

Nach diesen Worten verstummte der alte Mann und blickte Túrin unsicher an. »Ich bin ein alter Mann, und ich schwätze viel«, sagte er. »Nimm nicht ernst, was ich sage! Aber wenn es auch Freude macht, in der alten Sprache mit jemandem zu reden, der sie so rein spricht wie in vergangenen Tagen, so sind doch die Zeiten schlecht, und man muß auf der Hut sein. Nicht alle, die die reine Sprache sprechen, sind auch reinen Herzens.«

»Wahrlich«, sagte Túrin. »Mein Herz ist düster. Wenn du aber fürchtest, ich sei ein Spion aus dem Norden oder Osten, dann besitzt du weniger Klugheit, als du sie vor langer Zeit hattest, Sador Labadal.«

Der alte Mann starrte ihn entgeistert an. Dann sagte er mit zitternder Stimme: »Komm nach draußen! Es ist dort kälter, aber sicherer. Für die Halle eines Ostlings sprichst du zu laut und ich zu viel.«

Als sie auf den Hof getreten waren, umklammerte Sador Túrins Mantel. »Vor langer Zeit habt Ihr in jenem Haus gewohnt, sagt Ihr? Fürst Túrin, Sohn Húrins, warum seid Ihr zurückgekommen? Endlich öffnen sich mir Augen und Ohren. Ihr habt die Stimme Eures Vaters. Doch der junge Túrin gab mir als einziger den Namen Labadal, und er hatte dabei nichts Böses im Sinn, denn in jenen Tagen waren wir fröhliche Freunde. Was sucht er jetzt hier? Wir Übriggebliebenen sind wenige, wir sind alt und ohne Waffen. Jene im Großen Grab sind glücklicher.«

»Ich bin nicht mit dem Gedanken an Kampf hergekommen«, sagte Túrin, »obwohl deine Worte ihn jetzt in mir geweckt haben, Labadal. Aber das muß warten. Ich bin gekommen, um Frau Morwen und Nienor zu suchen. Was kannst du mir über sie sagen?«

»Wenig, Herr«, sagte Sador. »Sie gingen heimlich weg. Unter uns flüsterte man sich zu, Fürst Túrin habe sie gerufen. Wir zweifelten nämlich nicht daran, daß er mit den Jahren mächtig geworden war, ein König oder ein Fürst in irgendeinem Land des Südens. Doch es scheint, daß es nicht so ist.«

»Es ist nicht so«, entgegnete Túrin. »Zwar war ich in einem Land des Südens ein Fürst, doch jetzt bin ich ein Landstreicher. Aber gerufen habe ich sie nicht.«

»Dann weiß ich nicht, was ich Euch sagen soll«, sagte Sador. »Doch zweifle ich nicht, daß Frau Aerin es wissen wird. Sie kannte alle Pläne Eurer Mutter.«

»Wie kann ich zu ihr gelangen?«

»Das weiß ich nicht. Es würde ihr viel Leid eintragen, wenn man sie dabei ertappen würde, wie sie zwischen Tür und Angel mit einem wandernden Vagabunden flüstert, der dem mit Füßen getretenen Volk angehört; sogar eine Botschaft könnte sie nicht aus der Halle locken. Und ein Bettler, wie Ihr einer seid, wird nicht weit in die Halle und zur vornehmen Tafel vordringen, denn vorher werden die Ostlinge ihn packen, verprügeln oder noch schlimmer mit ihm verfahren.«

Da rief Túrin in hellem Zorn: »Ich soll Broddas Halle nicht betreten dürfen, und sie werden mich prügeln? Komm und sieh selbst!«

Darauf ging er in die Halle, warf seine Vermummung

ab, und indem er alles beiseite stieß, was sich ihm in den Weg stellte, schritt er auf die Tafel zu, an welcher der Herr des Hauses, sein Weib und vornehme Ostlinge saßen. Da rannten einige herzu, um ihn zu packen, doch er schleuderte sie zu Boden und rief: »Gebietet niemand in diesem Haus, oder ist es eine Festung der Orks? Wo ist der Hausherr?«

Darauf erhob sich Brodda zornig. »Ich gebiete in diesem Haus«, sagte er.

Doch bevor er fortfahren konnte, sagte Túrin: »Dann hast du die Ritterlichkeit nicht gelernt, die vor deiner Zeit in diesem Lande zu Hause war. Ist es jetzt bei Männern Sitte geworden, zuzulassen, daß Lakaien die Verwandten der Ehefrauen mißhandeln? Ich bin ein solcher Verwandter, und ich habe ein Anliegen an Frau Aerin. Darf ich ungehindert nähertreten, oder soll ich kommen, wie es mir behagt?«

»Tritt näher«, sagte Brodda stirnrunzelnd, doch Aerin erbleichte.

Darauf schritt Túrin an die vornehme Tafel, stand davor und verbeugte sich. »Ich bitte um Vergebung, Frau Aerin«, sagte er, »daß ich auf diese Weise bei Euch eindringe, doch mein Anliegen ist dringend und hat mich von weit hergeführt. Ich suche Morwen, Herrin von Dor-lómin, und Nienor, ihre Tochter. Doch ihr Haus ist leer und ausgeplündert. Was könnt Ihr mir darüber sagen?«

»Nichts«, sagte Aerin in großer Furcht, denn Brodda beobachtete sie scharf. »Nichts, außer, daß sie verschwunden ist.«

»Das glaube ich nicht«, sagte Túrin.

Da sprang Brodda vor, und sein Gesicht war rot vor Zorn und Trunkenheit. »Kein Wort mehr!« schrie er. »Soll mein Weib vor meinen Augen der Lüge geziehen werden, von einem Bettler, der die Sprache der Sklaven spricht? Hier gibt es keine Herrin von Dor-lómin. Was aber Morwen betrifft, so gehört sie zum Sklavenvolk und ist geflohen, wie es Sklaven tun. Tue das gleiche, und tue es schnell, oder ich werde dich an einem Baum aufhängen lassen!«

Da sprang Túrin auf ihn los, zog sein schwarzes

Schwert, packte ihn bei den Haaren und zwang seinen Kopf in den Nacken. »Niemand soll sich rühren«, sagte er, »oder dieser Kopf wird seine Schultern verlassen! Frau Aerin, ich würde Euch ein zweites Mal um Vergebung bitten, wenn ich glaubte, daß dieser Lump Euch jemals etwas anderes als Schlechtes angetan hat. Doch jetzt sprecht, und weist mich nicht zurück! Bin ich nicht Túrin, Fürst von Dor-lómin? Soll ich es Euch befehlen?«

»Gebietet über mich«, antwortete sie.

»Wer plünderte Morwens Haus?«

»Brodda«, sagte sie.

»Wann floh sie und wohin?«

»Vor einem Jahr und drei Monaten. Herr Brodda und andere Ostlinge aus dieser Gegend unterdrückten sie aufs schlimmste. Vor langer Zeit war sie aufgefordert worden, in das Verborgene Königreich zu kommen, und schließlich ging sie fort. Die dazwischenliegenden Länder waren nämlich eine Zeitlang vom Bösen frei, dank der Tapferkeit des Schwarzen Schwertes aus dem südlichen Land, wie man sagte; doch das ist jetzt vorbei. Sie hoffte, ihren Sohn dort zu finden, der sie erwartete. Doch wenn Ihr Túrin seid, dann, fürchte ich, ist alles schiefgegangen.«

Da lachte Túrin bitter. »Schiefgegangen?« schrie er. »Ja, immer ging alles schief: so schief wie Morgoth gewachsen ist!« Und plötzlich schüttelte ihn schwarze Wut, denn ihm wurden die Augen geöffnet, die Fesseln von Glaurungs Bann fielen von ihm ab, und er erkannte die Lügen, mit denen er getäuscht worden war. »Bin ich hergekommen, durch Arglist getäuscht, um hier entehrt zu sterben, ich, der ich zumindest mutig vor den Toren Nargothronds hätte sterben können?« Und es war ihm, als höre er aus der Nacht rings um die Halle die Rufe Finduilas'.

»Ich werde hier nicht als erster sterben!« rief er. Er ergriff Brodda, und mit der Kraft, die ihm Qual und Zorn verliehen, hob er ihn in die Höhe und schüttelte ihn wie einen Hund. »Morwen aus dem Sklavenvolk, hast du gesagt? Du Sohn gemeiner Feiglinge, Dieb, Sklave von Sklaven!« Mit diesen Worten schleuderte er Brodda mit dem Kopf voran über seinen eigenen Tisch, so daß er genau in das Gesicht eines Ostlings flog, der aufstand, um Túrin anzugreifen.

Bei diesem Sturz brach Brodda sich das Genick; und Túrin sprang hinterdrein und erschlug drei weitere Männer, die sich duckten, weil sie waffenlos waren. Die Halle geriet in Aufruhr. Die Ostlinge, die dort saßen, wollten auf Túrin losgehen, doch viele Männer des alten Volkes sammelten sich um ihn: Lange waren sie zahme Knechte gewesen, doch jetzt erhoben sie sich schreiend zum Aufstand. Im Nu tobte in der Halle ein heftiger Kampf; obwohl die Sklaven den Dolchen und Schwertern nichts entgegenzusetzen hatten als Fleischmesser und ähnliche Dinge, die sie erhaschen konnten, gab es auf beiden Seiten viele Tote, ehe noch Túrin mitten in das Getümmel sprang und die letzten Ostlinge erschlug, die in der Halle übriggeblieben waren.

Dann lehnte er sich an eine Säule, schöpfte Atem, und das Feuer seines Zorns wurde zu Asche. Aber Sador, der Alte, kroch zu ihm und umklammerte seine Knie, denn er war tödlich verwundet. »Dreimal sieben Jahre und mehr! Lange haben wir auf diese Stunde gewartet«, sagte er. »Aber jetzt geht, Herr, geht! Geht und kehrt nicht zurück, es sei denn mit einer großen Streitmacht. Sie werden das Land gegen Euch aufhetzen. Viele sind aus der Halle geflohen. Geht, oder Ihr werdet hier sterben. Lebt wohl!« Dann sank er zu Boden und starb.

»Der Tod verleiht seinen Worten Wahrheit«, sagte Aerin. »Ihr habt erfahren, was Ihr wissen wolltet. Jetzt geht rasch! Aber geht zuerst zu Morwen und tröstet sie, sonst wird es mir schwerfallen, all die Zerstörung, die Ihr hier angerichtet habt, zu verzeihen. Wenn mein Leben auch schlecht war, so habt Ihr mir durch Eure Gewalt den Tod gebracht. Die Ostlinge werden für diese Nacht an allen, die dabei waren, Rache nehmen, Eure Taten sind unbesonnen, Sohn Húrins, als wäret Ihr noch das Kind, das ich kannte.«

»Und dein Herz ist furchtsam, Aerin, Tochter Indors, so wie einst, als ich dich Tante nannte, und ein garstiger Hund dich erschreckte«, erwiderte Túrin. »Du warst für eine freundlichere Welt bestimmt. Aber nun komm fort von hier! Ich werde dich zu Morwen bringen.«

»Der Schnee liegt auf dem Land, doch höher noch auf meinem Haupt«, gab sie zur Antwort. »In der Wildnis mit Euch würde ich ebenso schnell sterben wie hier durch die grausamen Ostlinge. Ihr könnt nicht wiedergutmachen, was Ihr getan habt. Geht! Hierzubleiben würde alles noch schlimmer machen und Morwen sinnlos berauben. Geht, ich bitte Euch!«

Darauf verbeugte sich Túrin tief vor ihr, wandte sich um und verließ Broddas Halle; doch die Aufrührer, die noch bei Kräften waren, folgten ihm. Sie flohen auf die Berge zu, denn einige unter ihnen kannten die Pfade der Wildnis, und sie waren glücklich über den Schnee, der hinter ihnen fiel und ihre Spuren auslöschte. So entkamen sie, wenn man sie auch mit vielen Männern, Hunden und wiehernden Pferden alsbald verfolgte, nach Süden in die Berge. Als sie von dort zurückblickten, sahen sie weit in der Ferne des Landes, das sie verlassen hatten, einen roten Lichtschein.

»Sie haben die Halle in Brand gesetzt«, sagte Túrin. »Zu welchem Zweck?«

»Die Ostlinge? Nein, Herr, Aerin hat es getan, glaube ich«, sagte einer namens Asgon. »Mancher Mann der Waffen mißdeutet Geduld und Ruhe. Sie hat uns zu ihrem eigenen Schaden viel Gutes getan. Ihr Herz war nicht furchtsam, und zum Schluß hatte die Geduld ein Ende.«

Jetzt blieben einige der abgehärtetsten Männer, die dem Winter standhalten konnten, bei Túrin, und sie führten ihn über unbekannte Pfade zu einer Zuflucht in den Bergen, die Ausgestoßenen und Landstreichern bekannt war, und wo sich ein Vorrat an Lebensmitteln befand. Dort warteten sie, bis es zu schneien aufhörte; dann gaben sie ihm Wegzehrung und führten ihn zu einem kaum begangenen Paß, der nach Süden in das Tal des Sirion führte, wohin der Schnee nicht gekommen war. Dort, wo der Pfad hinunterführte, schieden sie voneinander.

»Nun lebt wohl, Herr von Dor-lómin«, sagte Asgon. »Aber vergeßt uns nicht. Wir sind jetzt Männer, die man jagt, und wegen Eures Kommens wird das Wolfsvolk noch grausamer sein. Deshalb geht und kehrt zurück, wenn Ihr stark genug seid, um uns zu befreien. Lebt wohl!«

Nun stieg Túrin zum Sirion hinab, und sein Herz war zerrissen. Hatte er früher die bittere Wahl zwischen zwei Entscheidungen gehabt, so wollte ihm nunmehr scheinen, es seien drei geworden und sein unterdrücktes Volk riefe ihn, dessen Leiden er noch vermehrt hatte. Er hatte nur den einen Trost, daß Morwen und Nienor vor langem nach Doriath gelangt waren und daß es die Tapferkeit des Schwarzen Schwertes von Nargothrond gewesen war, die ihren Weg sicher gemacht hatte. Und in Gedanken sagte er zu sich selbst: »Wo sonst hätte ich sie besser unterbringen können, wäre ich wirklich früher gekommen? Wenn der Gürtel Melians zerbrochen wird, dann ist alles zu Ende. Nein, es bleibt am besten, wie es ist, denn durch meinen Jähzorn und meine unbesonnenen Taten werfe ich einen Schatten, wo immer ich wohne. Mag Melian sie behüten! Und ich will sie für eine Weile im schattenlosen Frieden lassen.«

Doch jetzt suchte Túrin zu spät nach Finduilas, die Wälder durchstreifend unterhalb des Ered Wethrin, wild und scheu wie ein Tier. Er lauerte an allen Straßen, die nach Norden zum Sirion-Paß führten. Es war zu spät, denn alle Spuren waren durch Regen und Schnee verwischt. Aber so geschah es, daß Túrin, als er den Teiglin abwärts zog, auf einige Männer vom Volk Haleths aus dem Wald von Brethil stieß. Durch den Krieg war es zu einem kleinen Häufchen zusammengeschmolzen, das zum größten Teil tief im Wald verborgen hinter einem Palisadenzaun auf dem Amon Obel wohnte. Dieser Ort wurde Ephel Brandir genannt; denn Brandir, der Sohn Handirs, war nun ihr Fürst, seit sein Vater erschlagen worden war. Brandir war ein friedliebender Mann, der seit einem Unglücksfall in seiner Kindheit lahmte. Überdies war er von sanftem Gemüt, liebte Holz mehr als Metall, und die Kenntnis der Dinge, die in der Erde wuchsen, zog er anderem Wissen vor.

Aber einige der Waldmenschen jagten noch immer die Orks an ihren Grenzen. Und so geschah es, daß Túrin den Lärm eines Handgemenges hörte, als er dorthin kam. Er eilte hinzu, und vorsichtig durch die Bäume näherschleichend, sah er eine kleine Gruppe von Männern, die von Orks umringt war. Sie wehrten sich verzweifelt mit dem Rücken gegen eine Baumgruppe, die für sich allein auf einer Lichtung stand. Doch die Orks waren in der Überzahl, und die Waldmenschen hatten kaum Hoffnung, zu entfliehen, wenn nicht Hilfe kam. Deshalb vollführte Túrin trampelnd und polternd im Unterholz einen großen Lärm und rief dann, als führe er viele Männer an, mit lauter Stimme: »Ha! Dort sind sie! Folgt mir alle! Heraus jetzt und zugeschlagen!«

Darauf wandten sich die Orks bestürzt um, und dann sprang Túrin hervor, tat so, als winke er Männern zu, die ihm folgten, und die Schneide Gurthangs flackerte in seiner Hand wie eine Flamme. Diese Klinge war den Orks allzugut bekannt, und noch bevor er mitten zwischen sie sprang, zerstreuten sie sich und flohen. Dann eilten die Waldmenschen zu seiner Unterstützung herbei, gemeinsam jagten sie die Feinde in den Fluß, und nur wenige von ihnen gelangten ans andere Ufer.

Schließlich machten sie am Flußufer halt, und Dorlas, Anführer der Waldmenschen, sagte: »Du jagst sehr schnell, Herr, doch deine Männer lassen sich Zeit, dir zu folgen.«

»Nein«, erwiderte Túrin. »Wir handeln alle zusammen wie ein Mann, und so werden wir nicht voneinander getrennt.«

Da lachten die Männer aus Brethil und sagten: »Nun, ein solcher Mann wiegt viele Männer auf. Wir schulden dir großen Dank. Aber wer bist du, und was tust du hier?«

»Ich tue nichts, außer daß ich meinem Handwerk nachgehe, Orks zu erschlagen«, sagte Túrin. »Und ich wohne dort, wohin mein Handwerk mich führt. Ich bin der Wilde Mann aus den Wäldern.«

»Dann komm mit und wohne bei uns«, sagten sie, »denn wir wohnen in den Wäldern, und wir brauchen solche Handwerker. Du würdest willkommen sein.«

Túrin blickte sie sonderbar an und sagte: »Sind denn noch Menschen übrig, die es dulden, daß ich ihre Türen verdunkle? Aber, Freunde, ich habe noch ein ernstes Anliegen: Ich muß Finduilas finden, Orodreths Tochter aus

Nargothrond, oder wenigstens Neuigkeiten über sie erfahren. Ach, viele Wochen sind vergangen, seit sie aus Nargothrond weggeführt wurde, aber ich suche sie noch immer.«

Darauf blickten sie ihn voll Mitleid an, und Dorlas sagte: »Suche nicht länger. Ein Ork-Heer kam nämlich von Nargothrond zu den Teiglin-Stegen, was uns schon lange bekannt war. Wegen der großen Zahl von Gefangenen, die mitgeführt wurden, marschierte es sehr langsam. Da dachten wir, unseren kleinen Teil zum Krieg beizutragen; mit allen Bogenschützen, die wir aufbieten konnten, lauerten wir den Orks auf und hofften, einige Gefangene zu retten. Aber, ach! Sobald sie angegriffen wurden, erschlugen die abscheulichen Orks zuerst die Frauen unter ihren Gefangenen. Und die Tochter Orodreths spießten sie mit einem Speer an einen Baum.«

Túrin stand da wie jemand, der tödlich getroffen ist. »Woher weißt du das?« fragte er.

»Weil sie zu mir sprach, bevor sie starb«, sagte Dorlas. »Sie sah uns an, als ob sie jemanden suche, den sie erwartete, und sie sagte: ›Sagt es dem Mormegil, daß Finduilas hier ist.‹ Mehr sagte sie nicht. Doch wegen ihrer letzten Worte betteten wir sie dort zur Ruhe, wo sie starb. Sie liegt in einem Grab unweit des Teiglin. Es ist nun ein Monat seitdem vergangen.«

»Bringt mich dorthin«, sagte Túrin, und sie führten ihn zu einem kleinen Hügel an den Teiglin-Stegen. Dort legte er sich nieder, und ein Dunkel befiel ihn, daß sie dachten, er sei tot. Doch Dorlas blickte auf den daliegenden Túrin nieder, wandte sich dann an seine Männer und sagte: »Zu spät! Welch jämmerliches Mißgeschick. Denn seht: Hier liegt der Mormegil selbst, der große Hauptmann von Nargothrond. Wir hätten ihn an seinem Schwert erkennen müssen, wie die Orks es taten.« Der Ruhm des Schwarzen Schwertes aus dem Süden hatte sich nämlich überall verbreitet, sogar in den Tiefen der Wälder.

Darum hoben sie ihn jetzt ehrerbietig auf und trugen ihn nach Ephel Brandir. Und Brandir, der ihnen entgegenkam, wunderte sich über die Bahre, die sie trugen. Dann zog er den Überwurf beiseite, blickte in Túrins Gesicht, und ein dunkler Schatten fiel ihm aufs Herz.

»Oh, grausame Männer Haleths!« rief er. »Warum habt ihr den Tod von diesem Mann ferngehalten. Was ihr mit großer Mühe hierhergebracht habt, ist das letzte Verderben unseres Volkes.«

Doch die Waldmenschen sagten: »Nein, es ist der Mormegil aus Nargothrond[21], ein gewaltiger Ork-Töter, und wenn er am Leben bleibt, wird er uns eine große Hilfe sein. Und wenn es auch nicht so wäre, hätten wir einen vom Leid niedergestreckten Mann wie ein Stück Aas am Wege liegenlassen sollen?«

»Gewiß nicht«, antwortete Brandir. »Das Schicksal wollte es nicht so.« Und er nahm Túrin in sein Haus und pflegte ihn sorgsam

Aber als Túrin endlich dieses Dunkel abschüttelte, war der Frühling zurückgekehrt, und er erwachte und sah die Sonne auf den grünen Knospen. Da regte sich auch der Lebensmut des Hauses Hador in ihm, er stand auf und sprach zu sich selbst: »Alle meine Taten und vergangenen Tage waren dunkel und böse. Aber es ist ein neuer Tag angebrochen. Hier will ich in Frieden leben und mich von meinem Namen und von meiner Sippe lossagen. Und so will ich meinen Schatten hinter mir lassen und ihn zumindest nicht auf jene legen, die ich liebe.«

Darum nahm er einen neuen Namen an und nannte sich selbst Turambar, was in der Sprache der Hoch-Elben »Meister des Schicksals« bedeutet. Und er lebte bei den Waldmenschen, wurde von ihnen geliebt, und er verpflichtete sie, seinen alten Namen zu vergessen und ihn als jemanden zu betrachten, der in Brethil geboren war. Doch wenn er seinen Namen auch geändert hatte, so konnte er sein reizbares Gemüt dennoch nicht völlig bezähmen und seinen Gram nie ganz verwinden, den er gegen die Knechte Morgoths hegte. Und er fuhr fort, mit wenigen Gleichgesinnten die Orks zu jagen, obwohl Brandir dies nicht behagte. Dieser hoffte nämlich, sein Volk durch Stille und Heimlichkeit besser vor dem Verderben zu schützen.

»Den Mormegil gibt es nicht mehr«, sagte er, »doch trage Sorge, daß die Tapferkeit Turambars nicht eine ähnliche Strafe für Brethil heraufbeschwört!«

Deshalb legte Turambar sein Schwert beiseite, nahm es

nicht mehr in den Kampf mit und benutzte nunmehr Bogen und Speer. Doch er wollte es nicht leiden, daß die Orks die Teiglin-Stege benutzten oder dem Grab Finduilas' zu nahe kamen. Der Ort wurde Haudh-en-Elleth genannt, Grabhügel des Elbenmädchens. Bald lernten die Orks diesen Ort fürchten, und sie mieden ihn. Und Dorlas sagte zu Turambar: »Du hast den Namen abgelegt, doch du bist noch immer das Schwarze Schwert; und gibt es nicht Gerüchte, die sagen, hinter diesem Namen verberge sich in Wirklichkeit der Sohn Húrins aus Dor-lómin, Fürst aus dem Hause Hador?«

Turambar erwiderte: »Ich habe davon gehört. Doch ich bitte dich, nicht öffentlich davon zu sprechen, wenn du mein Freund bist.«

Die Reise Morwens und Nienors nach Nargothrond

Als der Grausame Winter sich zurückzog, kamen neue Nachrichten aus Nargothrond nach Doriath. Einige Menschen waren nämlich aus der geplünderten Stadt entkommen, hatten den Winter in der Wildnis überlebt und kamen schließlich zu Thingol, um ihn um Zuflucht zu bitten. Die Grenzwächter brachten sie zum König. Und die einen sagten, die Feinde seien allesamt nach Norden abgezogen, andere dagegen sagten, Glaurung hause noch in Felagunds Hallen; und die einen sagten, der Mormegil sei tot, andre wiederum, er sei unter einen Bann des Drachen gefallen und stehe noch dort wie versteinert. Alle aber erklärten, daß vor dem Ende in Nargothrond bekannt war, das Schwarze Schwert sei niemand anderer als Túrin, der Sohn Húrins aus Dor-lómin.

Da waren Morwens und Nienors Kummer groß, und Morwen sagte: »Solche Ungewißheit ist allein Morgoths Werk! Sollen wir die Wahrheit nicht erfahren und keine Gewißheit über das Schicksal erhalten, das uns erwartet?«

Nun hatte Thingol selbst großes Verlangen, mehr über das Schicksal Nargothronds zu erfahren, und bereits erwogen, einige Männer heimlich dorthin zu schicken. Er aber glaubte, daß Túrin wirklich tot oder rettungslos verloren war, und der Gedanke an die Stunde, in der Morwen die Wahrheit erfahren würde, war ihm verhaßt. Deshalb sagte er zu ihr: »Dies ist ein gefährliches Unternehmen, Herrin von Dor-lómin, das man wohl erwägen muß. Eine solche Ungewißheit könnte wahrhaftig von Morgoth geplant sein, um uns zur Unbesonnenheit zu verleiten.«

Doch Morwen war erregt und rief: »Unbesonnenheit, Herr! Wenn mein Sohn hungrig in den Wäldern umherirrte, wenn er in Fesseln geschlagen wäre, wenn sein Körper unbestattet daläge, dann würde ich unbesonnen sein. Ich würde keine Stunde verlieren und mich auf die Suche nach ihm machen.«

»Herrin von Dor-lómin«, erwiderte Thingol, »dies würde der Sohn Húrins sicherlich nicht wünschen. Er würde finden, daß du hier besser aufgehoben bist als in irgendeinem anderen verbliebenen Land: in der Obhut Melians. Um Húrins und Túrins willen werde ich dich in der dunklen Gefahr dieser Tage nicht draußen umherwandern lassen.«

»Du hast Túrin nicht vor der Gefahr bewahrt, mich aber willst du von ihm fernhalten«, rief Morwen. »In der Obhut Melians! Ja, als eine Gefangene des Gürtels. Lange habe ich gezögert, bevor ich ihn betrat, und jetzt bereue ich es.«

»Genug, Herrin von Dor-lómin«, sagte Thingol. »Wenn du so sprichst, so sollst du eines wissen: Der Gürtel ist offen. Aus freiem Willen bist du hierher gekommen, und es steht dir frei, zu bleiben oder zu gehen.«

Darauf sagte Melian, die bisher geschwiegen hatte: »Gehe nicht von hier fort, Morwen. Du hast ein wahres Wort gesagt: Diese Ungewißheit stammt von Morgoth. Wenn du gehst, vollstreckst du seinen Willen.«

»Furcht vor Morgoth wird mich nicht hindern, wenn mein Fleisch und Blut mich ruft«, antwortete Morwen. »Doch wenn du um mich fürchtest, Herr, dann überlasse mir einige deiner Leute.«

»Über dich gebiete ich nicht«, sagte Thingol. »Aber meine Männer unterstehen allein meinem Befehl. Ich werde sie nach meinem eigenen Gutdünken aussenden.«

Darauf sagte Morwen nichts mehr und ging hinweg. Thingol war es schwer ums Herz, denn ihm schien, als sei Morwens Gemüt von Todesahnungen überschattet. Er fragte Melian, ob sie Morwen nicht durch ihre Macht zurückhalten könne.

»Gegen Böses, das sich nähert, vermag ich etwas auszurichten«, gab sie zur Antwort, »aber nichts gegen solche, die um jeden Preis fortgehen wollen. Dies ist deine Aufgabe. Wenn sie hierbleiben soll, mußt du sie mit Gewalt zurückhalten. Doch vielleicht kannst du auf diese Weise ihren Starrsinn besiegen.«

Morwen ging nun zu Nienor und sagte: »Lebe wohl, Tochter Húrins, ich gehe, um meinen Sohn zu suchen oder Gewißheit über sein Schicksal zu erlangen, weil niemand hier etwas tun, sondern abwarten will, bis es zu spät ist. Warte hier auf mich, bis ich – vielleicht – zurückkehre.«

Da wollte sie Nienor, von Furcht und Kummer gepackt, zurückhalten, aber Morwen gab keine Antwort, ging in ihre Kammer, und als der Morgen graute, war sie fortgegangen.

Nun hatte Thingol befohlen, daß niemand sie aufhalten oder ihr auf irgendeine Weise nachstellen sollte. Aber sobald sie fort war, stellte er eine Abteilung seiner verwegensten und geschicktesten Männer zusammen und berief Mablung zu ihrem Führer.

»Folgt ihr nun rasch«, sagte er, »doch achtet darauf, daß sie euch nicht bemerkt. Wenn sie sich aber in der Wildnis befindet und ihr Gefahr droht, gebt euch zu erkennen. Wenn sie nicht umkehren will, beschützt sie, so gut ihr könnt. Doch ich möchte, daß einige von euch so weit wie möglich vordringen und nach bestem Vermögen alles auskundschaften.«

So geschah es also, daß Thingol eine größere Truppe aussandte, als er anfangs beabsichtigt hatte, und darunter waren zehn Reiter mit Ersatzpferden. Die Männer folgten Morwen, und sie ging durch Region nach Süden und gelangte oberhalb der Dämmerseen an die Ufer des Sirion. Dort machte sie halt, denn der Sirion war breit und reißend, und sie kannte den Weg nicht. Deshalb mußten die Wächter sich notgedrungen zu erkennen geben; und Morwen sagte: »Will Thingol mich aufhalten? Oder schickt er mir spät noch die Hilfe, die er mir verweigerte?«

»Beides«, antwortete Mablung. »Du willst nicht zurückkehren?«

»Nein!« sagte sie.

»Dann muß ich dir helfen«, sagte Mablung, »wenn auch gegen meinen Willen. Der Sirion ist breit und tief, und es ist gefährlich für Mensch und Tier, ihn zu durchschwimmen.«

»Dann bringe mich hinüber, auf welche Weise das Elben-Volk ihn auch immer zu überqueren pflegt«, sagte Morwen, »sonst werde ich versuchen, ihn zu durchschwimmen.«

Deshalb führte Mablung sie zu den Dämmerseen. Dort waren zwischen den Wasserläufen und dem Ried des östlichen Ufers Boote und Wachmannschaften versteckt, denn auf diesem Wege verkehrten Boten zwischen Thingol und seinen Verwandten in Nargothrond.[22] Sie warteten nun, bis die sternenhelle Nacht sich neigte, und setzten in den weißen Nebeln vor der Morgendämmerung über den Fluß. Und gerade als die Sonne rot über den Blauen Bergen aufging, ein kräftiger Morgenwind blies und die Nebel zerstreute, stiegen die Bootswachen zum westlichen Ufer hinauf und verließen den Gürtel Melians. Es waren großgewachsene Elben aus Doriath, und sie trugen Mäntel über ihren Panzern. Morwen beobachtete sie vom Boot aus, während sie schweigend an ihnen vorbeizogen, und plötzlich stieß sie einen Schrei aus und deutete auf den letzten Mann des Trupps, der an ihr vorbeiging.

»Woher ist er gekommen?« fragte sie. »Zuerst sah ich dreimal zehn. Und jetzt steigen dreimal zehn und einer ans Ufer!«

Da drehten sich die anderen Wachen um und sahen, daß die Sonne auf goldfarbenem Haar glänzte, denn der letzte Mann war Nienor, deren Kapuze der Wind zurückgeschlagen hatte. So wurde offenbar, daß sie dem Trupp gefolgt war und sich ihm in der Dunkelheit angeschlossen hatte, bevor er den Fluß überquerte. Die Männer waren entsetzt, und Morwen nicht weniger. »Kehre zurück! Kehre zurück! Ich befehle es dir!« rief sie.

»Wenn Húrins Weib gegen jeden guten Rat allein fortgehen kann und dem Ruf ihrer Sippe folgt«, sagte Nienor, »dann kann es auch Húrins Tochter. Trauer, so hast du mich genannt, doch ich will nicht allein um Vater, Mutter und Bruder trauern; denn von allen diesen habe ich nur dich gekannt, und dich liebe ich mehr als die anderen. Und nichts, was du nicht fürchtest, will ich fürchten.«

Tatsächlich waren in ihrem Gesicht und in ihrer Haltung kaum Furcht zu erkennen. Sie erschien groß und kräftig, denn die Nachfahren Hadors waren großgewachsen; da sie zudem Elbenkleidung trug, konnte sie es mit den Wächtern wohl aufnehmen und war nur wenig kleiner als der größte unter ihnen.

»Was hattest du vor?« fragte Morwen.

»Dorthin zu gehen, wo du hingehst«, antwortete Nienor. »Ich stelle dich freilich vor die Wahl: Entweder du führst mich zurück in die sichere Hut Melians, weil es nicht klug ist, ihren Rat zu mißachten, oder, wenn du es nicht tust, sollst du wissen, daß ich wie du die Gefahr suchen werde.« In Wahrheit war Nienor nämlich vor allem in der Hoffnung gekommen, Furcht und Mutterliebe könnten Morwen zur Umkehr bewegen. Und in der Tat war Morwen in ihrem Entschluß schwankend geworden.

»Es ist eine Sache, einen Rat zu mißachten«, sagte sie. »Es ist eine andere, einem Befehl deiner Mutter zuwiderzuhandeln. Kehre jetzt zurück!«

»Nein«, entgegnete Nienor. »Es ist lange her, daß ich ein Kind war. Ich habe meinen eigenen Willen und Verstand, obwohl sie sich bis jetzt nicht mit den deinigen gekreuzt haben. Ich gehe mit dir. Lieber nach Doriath, aus Achtung vor denen, die dort herrschen; doch wenn nicht, dann gehe ich nach Westen. Wahrlich, wenn einer von uns beiden weitergehen sollte, käme es eher mir zu, denn ich bin im vollen Besitz meiner Kraft.«

Da erkannte Morwen in Nienors grauen Augen die Standhaftigkeit Húrins. Sie war unschlüssig, doch sie konnte ihren Stolz nicht überwinden und es nicht über sich bringen (ungeachtet der freundlichen Worte), auf diese Weise von ihrer Tochter zurückgeführt zu werden, als sei sie alt und schwach.

»Ich gehe weiter, wie ich es mir vorgenommen habe«, sagte sie. »Komme also mit, aber gegen meinen Willen.«

Darauf sagte Mablung zu seinen Männern: »Wahrlich, es ist der Mangel an nüchterner Überlegung, nicht der an Mut, durch den Húrins Familie anderen so viel Kummer bereitet. Mit Túrin ist es das gleiche, doch nicht mit seinen Vorvätern. Jetzt aber sind sie alle todgeweiht, und das gefällt mir nicht. Diesen Auftrag des Königs fürchte ich mehr als die Jagd auf den Wolf. Was ist zu tun?«

Aber Morwen, die ans Ufer gelangt und nun nähergekommen war, hörte seine letzten Worte. »Tue, was der König dir aufgetragen hat«, sagte sie. »Forsche nach Nachrichten aus Nargothrond und von Túrin. Zu diesem Zweck sind wir alle zusammengekommen.«

»Dennoch ist es ein langer und gefährlicher Weg«, sagte Mablung. »Wenn ihr weiterwollt, setzt euch beide zu Pferde, haltet euch zwischen den Reitern, und entfernt euch keinen Fußbreit von ihnen.«

So geschah es, daß sie sich bei Tagesanbruch aufmachten, langsam aus dem Lande des Rieds und der niedrigen Weiden hinausritten und zu den grauen Wäldern kamen, die einen großen Teil der südlichen Ebene vor Nargothrond bedeckten. Den ganzen Tag lang ritten sie stracks nach Westen, sahen nichts als entvölkerte Räume und hörten keinen Laut, denn die Lande waren verstummt; und Mablung schien es, als sei eine Furcht über ihnen allgegenwärtig. Den gleichen Weg hatte Jahre zuvor Beren zurückgelegt, und damals waren die Wälder voll von den verborgenen Augen der Jäger. Jetzt aber waren alle Menschen aus Narog verschwunden, und die Orks streiften noch nicht so weit südlich umher. In dieser Nacht lagerten sie ohne Feuer und Licht in dem grauen Wald.

Während der folgenden beiden Tage setzten sie ihren Weg fort, und am Abend des dritten Tages seit ihrem Aufbruch vom Sirion hatten sie die Ebene durchquert und waren nahe an das östliche Ufer des Narog herangekommen. Dann überkam Mablung eine so starke Unruhe, daß er Morwen bat, nicht weiterzureiten. Jedoch sie lachte und sagte: »Du wirst bald froh sein, uns los zu sein, das ist mehr als wahrscheinlich. Aber eine kleine Weile mußt du uns noch ertragen. Wir sind nun zu weit geritten, um aus Furcht umzukehren.«

Da schrie Mablung: »Todgeweiht und tollkühn seid ihr beide! Ihr seid keine Hilfe, sondern hindert uns daran, Nachrichten zu sammeln. Hört mich also: Ich habe den Auftrag, euch nicht mit Gewalt festzuhalten, doch ich bin auch gehalten, euch nach Möglichkeit zu beschützen. In dieser Lage kann ich nur eines von beiden tun: Ich werde euch beschützen. Morgen werde ich euch auf den Amon Ethir führen, den Hügel der Späher, der in der Nähe ist. Dort werdet ihr unter Bewachung bleiben und keinen Schritt tun, solange ich hier befehle.«

Amon Ethir war eine Erhebung, hoch wie ein Hügel, den Felagund einst unter großen Mühen in der Ebene vor den Toren hatte aufwerfen lassen, und er lag eine Meile vom Ostufer des Narog entfernt. Er war mit Bäumen bewachsen, ausgenommen sein höchster Punkt. Von dort hatte man jederzeit einen weiten Ausblick nach allen Richtungen, auf die Straßen, die zur großen Brücke von Nargothrond führten, und auf das Land ringsumher. Zu diesem Hügel kamen sie am späten Morgen und erstiegen ihn von Osten her. Mablung, der nach dem Hoch-Faroth hinübersah, der sich braun und kahl über dem Fluß erhob,[23] erkannte mit seinem Elbenblick auf den steilen westlichen Uferbänken die Terrassen Nargothronds und als kleine schwarze Öffnung in der Bergwand die gähnenden Tore Felagunds. Doch er hörte kein Geräusch und konnte weder irgendeinen Feind erblicken noch ein Anzeichen für die Anwesenheit des Drachen; er sah nur die verbrannten Tore, gegen die Glaurung am Tage der Plünderung sein Feuer geblasen hatte. Alles lag stumm unter bleichem Sonnenlicht.

Darum befahl nun Mablung, wie er es angekündigt hatte, seinen zehn Reitern, Morwen und Nienor auf der Spitze des Hügels in Gewahrsam zu halten und sich nicht vom Fleck zu rühren, bis er zurückkehre, außer es ergebe sich eine große Gefahr. Trete diese ein, sollten die Reiter Morwen und Nienor in ihre Mitte nehmen und so schnell wie möglich ostwärts nach Doriath fliehen; einen Reiter sollten sie vorausschicken, der die Nachricht überbringen und Hilfe holen sollte.

Dann nahm Mablung den anderen Teil seines Trupps zu sich, und sie kletterten vom Hügel herab, und als sie in die Felder auf der Westseite kamen, wo es wenige Bäume gab, zerstreuten sie sich; kühn und verstohlen suchte sich jeder seinen eigenen Weg zu den Ufern des Narog. Mablung selbst schlug den mittleren Weg ein, ging auf die Brücke zu, kam an ihr diesseitiges Ende und sah, daß sie völlig zerstört war. Regenfälle im fernen Norden hatten den Fluß anschwellen lassen; er raste wild durch sein tief eingeschnittenes Bett dahin und schäumte und brauste zwischen den herabgefallenen Steinen.

Aber dort lag Glaurung, mitten im Schatten des großen Durchgangs, der von den zerstörten Toren in das Innere führte; er hatte die Späher längst bemerkt, obwohl es in Mittelerde nur wenige andere Augen gab, die sie ausgemacht haben würden. Aber seine grausamen Augen sahen schärfer als die der Adler und übertrafen den Fernblick der Elben. Und so wußte er auch, daß einige zurückgeblieben waren und sich auf dem kahlen Gipfel des Amon Ethir aufhielten.

Gerade als Mablung zwischen den Felsen kriechend nach einer Möglichkeit suchte, den Fluß auf den herabgefallenen Steinen der Brücke zu überqueren, kam Glaurung plötzlich hervor, mächtig Feuer speiend, und kroch in den Fluß hinein. Das Wasser begann auf der Stelle zu zischen, ungeheure Dämpfe stiegen auf, und Mablung und seine Gefährten, die in der Nähe lauerten, wurden in dichten Dunst und üblen Gestank gehüllt; und die meisten hielten es für das Beste, zum Hügel der Späher zu fliehen. Als aber Glaurung den Narog überquerte, wich Mablung seitlich aus, legte sich unter einen Felsen und blieb zurück; er glaubte nämlich, seinen Auftrag dennoch erfüllen zu müssen. Er wußte jetzt mit Sicherheit, daß Glaurung sich in Nargothrond aufhielt, doch er hatte überdies den Auftrag, nach Möglichkeit auch die Wahrheit über Húrins Sohn in Erfahrung zu bringen. Deshalb beschloß er tapferen Herzens, sobald Glaurung verschwunden war, den Fluß zu überqueren und die Hallen Felagunds zu durchstöbern. Er war nämlich im Glauben, daß alles, was möglich war, für die Sicherheit Morwens und Nienors getan worden war: Man würde Glaurungs Auftauchen bemerkt haben, und in diesem Augenblick würden sich die Reiter so schnell sie nur konnten auf den Weg nach Doriath machen.

Darum ließ Mablung Glaurung an sich vorbeikriechen: ein gewaltiger Umriß im Nebel, der sich schnell bewegte, denn Glaurung war zwar ein riesiger Wurm, aber dennoch behende. Dann überquerte Mablung unter großer Gefahr den Narog; jedoch die Wachen auf dem Amon Ethir bemerkten das Auftauchen des Drachen und waren entsetzt. Sogleich geboten sie Morwen und Nienor ohne Widerrede aufzusitzen, und machten sich bereit, nach Osten zu fliehen. Doch gerade als sie vom Hügel herab in die Ebene kamen, blies ihnen ein übler Wind die dichten Dünste entgegen, die einen Gestank mit sich trugen, den kein Pferd ertragen konnte. Die Pferde, vom Nebel blind gemacht und vom Gestank des Drachen in rasenden Schrecken versetzt, waren bald nicht mehr zu halten und rasten ungebärdig hin und her. Die Wachen wurden zersprengt, gegen Bäume geschmettert, wobei sie sich schwer verletzten, oder sie suchten einander vergeblich. Das Wiehern der Pferde und die Schreie der Reiter drangen an Glaurungs Ohren, und er freute sich darüber.

Einer der Elben-Reiter, der sich im Nebel mit seinem Pferd abmühte, sah Frau Morwen in seiner Nähe vorbeihuschen: ein graues Gespenst auf einem tobenden Pferd; doch sie verschwand im Nebel, nach Nienor rufend, und sie sahen sie niemals wieder.

Als der blinde Schrecken über die Reiter kam, ging Nienors Pferd durch, strauchelte, und sie wurde abgeworfen. Sie fiel weich in das Gras und blieb unverletzt; doch als sie wieder auf die Füße kam, war sie allein, verloren im Nebel, ohne Pferd und ohne Gefährten. Ihr Mut war ungebrochen, und es schien ihr nutzlos, diesem oder jenem Schrei zu folgen, denn überall im Umkreis waren Schreie, die aber immer schwächer wurden. In dieser Lage schien es ihr besser, die Rückkehr zum Hügel zu versuchen, denn Mablung würde zweifellos dorthin kommen, bevor er fortging, und sei es nur, um sich zu vergewissern, daß keiner seiner Gefährten zurückgeblieben war.

Sie schlug deshalb die Richtung ein, in der sie den Hügel vermutete, der in der Tat in der Nähe war und zu dem der aufsteigende Boden unter ihren Füßen sie hinführte. Langsam erstieg sie den Pfad, der von Osten hinaufführte. Während des Aufstieges wurde der Nebel lichter, bis sie schließlich auf dem kahlen Gipfel ins Sonnenlicht trat. Sie schritt vorwärts und blickte nach Westen. Und dort, unmittelbar vor ihr, war der gewaltige Kopf Glaurungs, der gerade von der anderen Seite heraufgekrochen war; und bevor sie es sich versah, blickten ihre Augen in die seinen, die furchtbar waren, erfüllt vom grausamen Geist seines Meisters Morgoth.

Doch Nienor wehrte sich heftig gegen seinen Blick, denn ihr Wille war stark, aber er legte seine Macht auf sie.

»Was suchst du hier?« fragte er. Und wie unter einem Zwang antwortete sie: »Ich suche nur einen gewissen Túrin, der sich hier eine Zeitlang aufhielt. Aber vermutlich ist er tot.«

»Ich weiß nicht«, sagte Glaurung. »Er wurde hier zurückgelassen, um die Frauen und Schwächlinge zu verteidigen. Aber als ich kam, ließ er sie im Stich und floh. Ein Großmaul, aber ein Feigling, wie es scheint. Warum suchst du einen solchen Mann?«

»Du lügst«, sagte Nienor. »Die Kinder Húrins sind zumindest keine Feiglinge. Wir fürchten dich nicht.«

Da lachte Glaurung, denn auf diese Weise hatte sich Húrins Tochter seiner Bosheit zu erkennen gegeben. »Dann seid ihr Narren, du und dein Bruder«, sagte er. »Und deine Prahlerei soll vergeblich sein, denn ich bin Glaurung!«

Dann zwang er sie, in seine Augen zu blicken, und ihre Willenskraft schwand dahin. Und ihr war, als werde die Sonne schwächer und ringsum alles düster; allmählich überkam sie ein großes Dunkel, und in diesem Dunkel war Leere: Sie wußte nichts, hörte nichts und erinnerte sich an nichts.

Lange erkundete Mablung die Hallen Nargothronds, so gut er es bei der Dunkelheit und dem Gestank vermochte; aber er fand kein lebendiges Wesen dort: Nichts rührte sich inmitten der Knochen, und niemand antwortete auf seine Rufe. Niedergedrückt durch den grauenhaften Anblick des Ortes und aus Furcht, Glaurung könne zurückkehren, gelangte er schließlich wieder zu den Toren zurück. Im Westen sank die Sonne, und die Schatten der Faroth im Hintergrund lagen schwarz auf den Terrassen und dem tosenden Fluß in der Tiefe. Doch in der Ferne, unterhalb des Amon Ethir, glaubte er die widerwärtige Gestalt des Drachen erkennen zu können. Da Eile und Furcht ihn trieben, war die Rückkehr über den Narog schwieriger und gefährlicher, und kaum hatte er das Ostufer erreicht und war in ein Versteck gekrochen, als Glaurung nahte. Doch jetzt kam er langsam und verstohlen, denn die Feuer in seinem Innern waren heruntergebrannt: Seine große Kraft hatte ihn verlassen, und es verlangte ihn nach Ruhe und Schlaf in der Dunkelheit. So wand er sich durch das Wasser und schlich wie eine ungeheure aschgraue Schlange zu den Toren hinauf, und sein Bauch überzog den Boden mit Schleim.

Doch bevor er hineinglitt, wandte er sich um, blickte nach Osten zurück, und es entrang sich ihm das Gelächter Morgoths, schwach, aber entsetzlich wie ein bösartiges Echo aus den schwarzen Tiefen in weiter Ferne. Und dem Lachen folgte diese kalte und leise Stimme: »Da liegst du wie ein Maulwurf unter dem Ufer, Mablung, du Mächtiger! Du hast Thingols Aufträge schlecht ausgeführt. Eile nun zum Hügel zurück und sieh, was aus deinen Schützlingen geworden ist.«

Dann zog Glaurung sich in sein Versteck zurück, die Sonne ging unter, und ein grauer Abend legte sich frostig auf das Land. Mablung aber hastete zum Amon Ethir zurück, und als er zum Gipfel hinaufkletterte, gingen im Osten die Sterne auf. Oben sah er gegen die Sterne eine dunkle, reglose Gestalt stehen, als sei sie ein Bildnis aus Stein. So verharrte Nienor, und sie hörte nichts von dem, was er sagte, und sie gab ihm keine Antwort. Aber als er sie schließlich bei der Hand nahm, bewegte sie sich und ließ es zu, daß er sie wegführte; und solange er sie hielt, folgte sie, ließ er sie aber los, stand sie still.

Da waren Mablungs Kummer und Verwirrung groß,

doch er hatte keine andere Wahl, als Nienor auf diese Weise, ohne Hilfe und Begleitung, auf den langen Weg nach Osten zu führen. So gingen sie denn fort, schreitend wie Träumende, hinaus auf die nachtüberschattete Ebene. Und als der Morgen dämmerte, strauchelte Nienor, fiel und lag stumm da; und verzweifelt saß Mablung neben ihr.

»Ich habe diesen Auftrag nicht ohne Grund gefürchtet«, sagte er. »Er wird auch mein letzter sein, wie es scheint. Gemeinsam mit diesem unglücklichen Kind der Menschen werde ich in der Wildnis zugrundegehen, und in Doriath wird man meines Namens im Zorn gedenken, falls man wirklich jemals Nachricht von unserem Schicksal erhalten wird. Alle übrigen sind ohne Zweifel erschlagen; Nienor ist als einzige verschont geblieben, aber nicht aus Barmherzigkeit.«

So wurden sie von drei Männern des Kundschaftertrupps gefunden; diese waren, als Glaurung sich näherte, vom Narog geflohen, und als nach langem Umherirren der Nebel sich gelichtet hatte, zum Hügel zurückgekehrt. Als sie ihn verlassen fanden, hatten sie begonnen, den Weg nach Hause zu suchen. Da schöpfte Mablung neue Hoffnung, und jetzt gingen sie zusammen weiter, ihren Weg einmal nach Norden, dann nach Osten lenkend, denn es gab keine Straße, die von Süden her zurück nach Doriath führte; überdies war es den Bootswachen seit dem Fall Nargothronds untersagt, jemanden überzusetzen, ausgenommen solche, die aus dem Landesinneren kamen.

Ihre Reise ging langsam vonstatten, denn es war, als führten sie ein ermüdetes Kind mit sich. Doch je weiter sie sich von Nargothrond entfernten und sich Doriath näherten, so kehrten auch Nienors Kräfte nach und nach zurück, und sie marschierte folgsam, an der Hand geführt, Stunde um Stunde. Doch ihre weit offenen Augen nahmen nichts wahr, ihre Ohren hörten keine Worte, und über ihre Lippen kam kein Wort.

Und dann kamen sie nach vielen Tagen endlich in die Nähe der Westgrenze Doriaths, ein wenig südlich des Teiglin. Sie hatten nämlich vor, die Zäune von Thingols kleinem Land jenseits des Sirion zu passieren und so die bewachte Brücke nahe der Einmündung des Esgalduin zu erreichen. Dort machten sie eine Weile halt. Sie betteten Nienor auf ein Lager aus Gras, und sie schloß die Augen, wie sie es bisher noch nicht getan hatte, und schien zu schlafen. Dann ruhten auch die Elben, und wegen ihrer völligen Erschöpfung waren sie unachtsam. So wurden sie unerwartet von einer Bande jagender Orks überfallen, die nun in dieser Gegend umherstreiften und sich nahe an die Zäune Doriaths heranwagten. Mitten im Kampfgetümmel sprang Nienor plötzlich von ihrem Lager auf wie jemand, der durch einen nächtlichen Lärm aus dem Schlaf gerissen wird; und mit einem Schrei stob sie fort in den Wald. Darauf drehten sich die Orks um und verfolgten sie, und die Elben jagten sie ihrerseits. Aber mit Nienor ging eine seltsame Veränderung vor: Jetzt lief sie allen davon, flog wie ein Reh zwischen den Bäumen dahin, so schnell, daß ihr Haar im Luftzug wehte. Mablung und seine Gefährten holten die Orks rasch ein, erschlugen sie alle und rannten weiter. Doch inzwischen war Nienor wie ein Gespenst verschwunden, und obgleich sie viele Tage suchten, bekamen sie sie weder zu Gesicht noch fanden sie eine Spur von ihr.

Da kehrte Mablung schließlich nach Doriath zurück und verbeugte sich vor Thingol, Kummer und Scham im Herzen. »Sucht Euch einen neuen Anführer für Eure Jäger, Herr«, sagte er zum König, »denn ich bin entehrt.«

Doch Melian sagte: »Das stimmt nicht, Mablung. Du hast alles getan, was du konntest, und keiner unter den Dienern des Königs hätte so viel getan. Aber durch ein böses Geschick mußtest du dich mit einer Macht messen, die zu groß für dich war: Zu groß, wahrlich, für alle, die jetzt in Mittelerde wohnen.«

»Ich habe dich ausgeschickt, um Nachrichten einzuholen, und das hast du getan«, sagte Thingol. »Es ist nicht deine Schuld, wenn jene, die von ihnen am meisten berührt werden, sie jetzt nicht mehr hören können. Wahrlich, bitter ist dieses Ende von Húrins Sippe, aber dir kann man es nicht zur Last legen.«

Nunmehr war nicht nur Nienor wie von Sinnen in die Wildnis gerannt, sondern auch Morwen war verschwunden. Weder zu dieser Zeit noch später kam irgendeine verläßliche Nachricht von ihrem Schicksal nach Doriath oder Dor-lómin. Dennoch gab Mablung keine Ruhe, und er brach mit einem kleinen Trupp in die Wildnis auf. Und drei Jahre lang wanderten sie weit umher, von den Ered Wethrin bis gar zu den Mündungen des Sirion, und suchten nach Zeichen oder Nachrichten von den Verschwundenen.

Nienor in Brethil

Was aber Nienor betraf, so rannte sie weiter in den Wald hinein und hörte hinter sich die Rufe der Verfolger. Sie riß sich die Kleider herunter, warf sie während der Flucht fort, bis sie ganz nackt war. Und sie lief noch den ganzen Tag wie ein Tier, das gejagt wird bis ihm das Herz versagt und das nicht wagt, innezuhalten und Atem zu schöpfen. Aber gegen Abend verging plötzlich ihre Tollheit. Einen Augenblick blieb sie wie verwundert stehen, und dann fiel sie aufs äußerste erschöpft, wie vom Schlag getroffen, ohnmächtig in ein Farndickicht. Und dort, zwischen den vorjährigen Farnwedeln und den frischen Trieben des Frühjahrs, lag sie, ohne sich um ihre Umwelt zu kümmern.

Am Morgen erwachte sie und begrüßte das Licht wie jemand, der zum ersten Mal ins Leben gerufen wird; alle Dinge, die sie sah, erschienen ihr neu und fremd, und sie hatte keine Namen für sie. Denn hinter ihr lag eine leere Finsternis, und keine Erinnerung durchdrang sie an etwas, das sie gekannt hatte, und nicht das Echo eines einzigen Wortes. Sie erinnerte sich nur an einen Schatten von Furcht, und darum war sie auf der Hut und hielt immer nach Verstecken Ausschau: Wenn irgendein Geräusch oder Schatten sie erschreckte, kletterte sie auf einen Baum oder schlüpfte ins Dickicht, hurtig wie ein Eichhörnchen oder ein Fuchs; und von dort spähte sie lange Zeit durch die Blätter, ehe sie ihren Weg fortsetzte.

Indem sie so den Weg verfolgte, den sie zuerst eingeschlagen hatte, kam sie zum Teiglin, wo sie ihren Durst stillte. Aber sie fand nichts Eßbares und wußte auch nicht, wo sie etwas finden sollte; sie war hungrig, und sie fror. Weil ihr die Bäume auf der anderen Seite des Flusses dichter und dunkler vorkamen (das waren sie tatsächlich, denn sie bildeten die Säume des Waldes von Brethil), überquerte sie ihn schließlich, kam auf eine grüne Anhöhe und warf sich auf den Boden: Sie war am Ende ihrer Kraft, und es schien ihr, als hole das Dunkel sie wieder ein, das hinter ihr lag, und die Sonne verdunkele sich.

Doch in Wahrheit war es ein schwarzer Sturm, der aus dem Süden heraufzog, mit Blitzen geladen und regenschwer; und sie lag dort zusammengekauert auf der Anhöhe, und der dunkle Regen prasselte auf ihren nackten Körper.

Es geschah nun zufällig, daß einige der Waldmenschen von Brethil, um diese Zeit von einem Zug gegen Orks heimkehrend, vorbeikamen und über die Teiglin-Stege zu einer nahegelegenen Schutzhütte hasteten. Und es leuchtete ein gewaltiger Blitz auf, so daß der Haudh-en-Elleth wie eine weiße Flamme strahlte. Da wich Turambar, der die Männer anführte, zurück, bedeckte seine Augen und zitterte. Ihm war nämlich, als sehe er die geisterhafte Gestalt eines toten Mädchens auf dem Grabhügel Finduilas' liegen.

Aber einer der Männer rannte zur Anhöhe und rief ihm zu: »Hierher, Herr! Hier liegt eine junge Frau, und sie lebt!« Turambar kam hinzu, hob sie hoch, und das Wasser rann aus ihren durchweichten Haaren, doch sie hielt die Augen geschlossen, zitterte und wehrte sich nicht. Über ihre Nacktheit verwundert, warf Turambar seinen Umhang über sie und trug sie zur Jagdhütte in den Wäldern. Dort entzündeten sie ein Feuer, wickelten sie in Decken, und sie öffnete ihre Augen und blickte die Männer an. Und als ihr Blick auf Turambar fiel, trat ein Glanz auf ihr Gesicht, und sie streckte eine Hand nach ihm aus. Es war ihr, als habe sie endlich etwas gefunden, das sie in der Dunkelheit gesucht hatte, und sie war getröstet. Turambar nahm ihre Hand, lächelte und sagte: »Nun, junge Frau, willst du uns nicht deinen Namen sagen, den deiner Sippe, und uns erzählen, was dir Böses zugestoßen ist?«

Da schüttelte sie den Kopf und sagte nichts, sondern begann zu weinen. Sie bedrängten sie nicht weiter, bis sie sich, ausgehungert wie sie war, an den Speisen, die sie ihr geben konnten, gesättigt hatte. Dann seufzte sie, legte ihre Hand wieder in Turambars Hand, und er sagte: »Bei uns bist du sicher. Hier magst du den Rest der Nacht ruhen, und am Morgen werden wir dich zu unseren Wohnungen oben im Hochwald bringen. Aber wir würden gern deinen Namen wissen und aus welcher Familie du stammst, damit wir sie finden und ihr Nachricht von dir geben können. Willst du nicht zu uns sprechen?«

Aber wiederum gab sie keine Antwort und weinte.

»Sei unbesorgt«, sagte Turambar. »Vielleicht ist die Geschichte zu schlimm, um sie jetzt zu erzählen. Doch einen Namen will ich dir geben, und so nenne ich dich Níniel, das Tränenmädchen.« Und bei diesem Namen sah sie auf, schüttelte den Kopf, wiederholte aber den Namen. Dies war das erste Wort, das sie nach ihrer Dunkelheit sprach, und es blieb für immer ihr Name unter den Waldmenschen.

Am Morgen trugen sie Níniel nach Ephel Brandir, und der Weg stieg steil zum Amon Obel hinauf, bis sie an die Stelle kamen, wo sie den herabstürzenden Celebros überqueren mußten. Dort hatte man eine hölzerne Brücke gebaut, und unter ihr floß der Strom über die Rundung eines ausgewaschenen Steins, fiel über viele schäumende Stufen tief nach unten in ein felsiges Becken, und die ganze Luft war mit Dunst wie von einem feinen Regen erfüllt. Am oberen Ende der Fälle, wo Birken wuchsen, war eine weite Rasenfläche; von dort hatte man einen weiten Blick bis zu den ungefähr zwei Meilen entfernten Schluchten des Teiglin. Die Luft war dort kühl, und sommers rasteten hier die Reisenden und tranken von dem kalten Wasser. Dimrost, die Regentreppe, wurden diese Fälle genannt, aber seit diesem Tag nannte man sie Nen Girith, das Schauderwasser; Turambar und seine Gefährten machten nämlich dort halt, und sobald Níniel an diesen Platz kam, wurde ihr kalt, und sie schauderte, und man konnte sie weder wärmen noch ihr sonst helfen.[24] Deshalb beeilten sie sich auf ihrem Weg, doch bevor sie nach Ephel Brandir kamen, war Níniel bereits an einem Fieber erkrankt.

Lange lag sie krank darnieder, und Brandir wandte seine

ganze Kunst auf, ihr zu helfen, und die Frauen der Waldmenschen wachten Tag und Nacht bei ihr. Doch nur wenn Turambar in der Nähe blieb, ruhte sie friedlich oder schlief ohne zu stöhnen ein. Eines aber bemerkten alle, die bei ihr wachten: während der ganzen Zeit, da sie im Fieber lag und oft arge Qualen litt, murmelte sie niemals ein Wort, weder in der Sprache der Elben noch der Menschen. Und als ihre Gesundheit allmählich zurückkehrte, sie aufstehen konnte und wieder zu essen anfing, da mußten die Frauen von Brethil Níniel wie einem Kind Wort für Wort das Sprechen lehren. Doch sie lernte schnell und hatte Freude daran, wie jemand, der große und kleine Schätze wiederfindet, die er verlegt hatte. Als sie endlich genug gelernt hatte, um sich mit ihren Freunden zu verständigen, sagte sie: »Wie heißt dieser Gegenstand? In meiner Dunkelheit habe ich seinen Namen nämlich vergessen.« Als sie wieder umhergehen konnte, suchte Níniel Brandir in seinem Haus auf, denn sie war sehr begierig, die Namen aller Lebewesen kennenzulernen, und in diesen Dingen kannte er sich gut aus; und sie gingen zusammen im Garten und auf den Waldlichtungen spazieren.

Da begann Brandir sie lieb zu gewinnen; und als sie zu Kräften kam, stützte sie ihn, den Lahmen, und nannte ihn ihren Bruder. Ihr Herz aber hatte sie an Turambar verloren, und nur wenn er nahte, lächelte sie, und nur wenn er scherzte, lachte sie.

An einem goldumrandeten Herbstabend saßen sie beisammen, die Sonne ließ den Berghang und die Häuser Ephel Brandirs aufglühen, und eine tiefe Stille herrschte. Da sagte Níniel zu Turambar: »Ich habe nun nach dem Namen aller Lebewesen gefragt, nur nach dem deinen nicht. Wie nennt man dich?«

»Turambar«, antwortete er.

Da hielt sie inne, als lausche sie auf ein Echo; doch sie sagte: »Und was bedeutet das, oder ist es nichts weiter als ein Name?«

»Es bedeutet Meister des Dunklen Schattens«, sagte er. »Denn auch ich, Níniel, hatte meine Dunkelheit, in der manches verschwunden ist, das mir lieb war. Aber jetzt habe ich es überwunden, denke ich.«

»Und bist du auch davor geflohen und gerannt, bis du in diese lieblichen Wälder kamst?« fragte sie. »Und wann bist du entkommen, Turambar?«

»Ja«, sagte er. »Ich bin viele Jahre lang geflohen. Und ich entrann, als du kamst. Denn es war dunkel, bevor du kamst, Níniel, aber seitdem ist es immer hell gewesen. Und es scheint mir, daß endlich zu mir gekommen ist, was ich so lange vergeblich gesucht habe.«

Als er in der Abenddämmerung zu seinem Haus zurückging, sagte er zu sich selbst: »Haudh-en-Elleth! Sie kam von der grünen Anhöhe. Wenn dies ein Zeichen ist – wie soll ich es deuten?«

Nun neigte sich das goldene Jahr, ging in einen milden Winter über, dem ein weiteres strahlendes Jahr folgte. In Brethil war Frieden, die Waldmenschen selbst verhielten sich ruhig, verließen ihre Gegend nicht und empfingen keine Nachrichten aus den Ländern ringsum. Denn die Orks, die zu dieser Zeit nach dem Süden in Glaurungs dunkles Reich kamen oder als Späher an die Grenzen Doriaths gesandt wurden, mieden die Teiglin-Stege und hielten sich weit im Westen jenseits des Flusses auf.

Und nunmehr war Níniel gänzlich geheilt, und sie war blühend und kräftig geworden, und Turambar hielt sich nicht länger zurück und bat sie, seine Frau zu werden. Níniel war darüber froh, als aber Brandir davon erfuhr, wurde das Herz ihm schwer, und er sagte zu ihr: »Übereile nichts! Halte mich nicht für unfreundlich, wenn ich dir rate, zu warten.«

»Nichts, was du tust, geschieht aus böser Absicht«, erwiderte sie. »Aber warum gibst du mir dann einen solchen Rat, kluger Bruder?«

»Kluger Bruder?« fragte er. »Eher lahmer Bruder, ungeliebt und nicht liebenswert. Und ich weiß kaum, warum. Aber auf diesem Mann liegt ein Schatten, und ich habe Furcht.«

»Es hat einen Schatten gegeben«, sagte Níniel. »Er hat es mir erzählt. Aber er ist ihm entronnen, genau wie ich. Und ist er der Liebe nicht wert? Wenn er sich jetzt auch friedlich verhält, war er nicht einst der größte Hauptmann, vor dem all unsere Feinde flohen, wenn sie ihn sahen?«

»Wer hat dir das erzählt?« fragte Brandir.

»Dorlas«, erwiderte sie. »Hat er nicht die Wahrheit gesagt?«

»Es ist in der Tat wahr«, sagte Brandir, doch er war mißgestimmt, denn Dorlas war der Anführer jener Gruppe, die Krieg mit den Orks wollte. Dennoch suchte er weiter nach Gründen, um Níniel zum Aufschub zu bewegen, und er sagte: »Es ist die Wahrheit, freilich nicht die ganze, denn er war der Hauptmann von Nargothrond und vorher aus dem Norden gekommen, und er war (wie man sagt) der Sohn Húrins aus Dor-lómin, aus dem kriegerischen Hause Hador.« Brandir, der den Schatten sah, der sich bei diesem Namen auf ihr Gesicht legte, mißdeutete ihre Miene und sprach weiter: »Wahrlich, Níniel, bedenke wohl, daß ein solcher Mann wahrscheinlich in Kürze zum Kriegshandwerk zurückkehren muß, vielleicht weit von diesem Land entfernt. Und wenn dies eintritt, wie willst du es ertragen? Sei auf der Hut, denn ich sehe voraus, wenn Turambar wieder in die Schlacht zieht, daß nicht er, sondern der Schatten die Oberhand behalten wird.«

»Ich würde es nicht ertragen«, entgegnete sie, »doch unverheiratet ebensowenig wie verheiratet. Und seine Frau könnte ihn vielleicht davon abhalten und die Schatten verscheuchen.« Trotzdem war sie über Brandirs Worte betrübt, und sie bat Turambar, noch eine Zeitlang zu warten. Und er wunderte sich darüber und war niedergeschlagen, doch als er von ihr erfuhr, daß Brandir ihr dazu geraten hatte, nahm er es übel auf.

Aber als der nächste Frühling kam, sagte er zu Níniel: »Die Zeit vergeht. Wir haben gewartet, und länger will ich nun nicht warten. Tu, was dein Herz dir befiehlt, Níniel, Liebste, doch bedenke: Ich muß wählen. Ich werde zum Krieg in den Wäldern zurückkehren, oder ich werde dich heiraten und niemals mehr in den Krieg ziehen, außer um dich zu verteidigen, wenn irgendein Bösewicht dein Heim angreift.«

Da war Níniel wirklich glücklich, sie gelobte ihm Treue, und am Tag der Sommersonnenwende wurden sie miteinander vermählt. Die Waldmenschen veranstalteten ein großes Fest und schenkten ihnen ein schönes Haus, das sie für die Eheleute auf dem Amon Obel erbaut hatten. Dort wohnten sie und waren glücklich, aber Brandir war betrübt, und der Schatten, der auf seinem Herzen lag, wurde dunkler.

Die Ankunft Glaurungs

Nun wuchsen die Kraft und die Bosheit Glaurungs schnell, er wurde fett, sammelte Orks um sich, herrschte als ein Drachenkönig, und alles, was zum Reich von Nargothrond gehört hatte, wurde von ihm unterworfen. Und bevor dieses Jahr zu Ende ging, das dritte Jahr von Turambars Aufenthalt bei den Waldmenschen, begann Glaurung deren Land anzugreifen, das eine Zeitlang Frieden gehabt hatte; in der Tat war es Glaurung und seinem Meister sehr wohl bekannt, daß in Brethil noch ein Überrest freier Menschen wohnte, die letzten Angehörigen der Drei Häuser, die der Macht des Nordens trotzten. Und dies wollten sie nicht hinnehmen, denn es war Morgoths Ziel, ganz Beleriand zu unterjochen, jeglichen Winkel des Landes zu durchstöbern, damit in keinem Loch oder Versteck noch ein einziger lebe, der nicht sein Sklave war. Deshalb war es kaum von Bedeutung, ob Glaurung erriet, wo Turambar sich versteckt hielt, oder ob (wie manche glaubten) er wirklich zu jener Zeit aus dem Gesichtskreis des Bösen, das ihn verfolgte, geschlüpft war. Denn am Ende mußten sich Brandirs Pläne als vergeblich erweisen, und für Turambar selbst konnte es schließlich nur zwei Möglichkeiten geben: tatenlos abzuwarten, bis man ihn fand und wie eine Ratte aufscheuchte, oder umgehend den Kampf zu suchen und sich offen zu zeigen.

Aber als erstmals Nachrichten vom Kommen der Orks nach Ephel Brandir gebracht wurden, zog er nicht hinaus und fügte sich den flehentlichen Bitten Níniels. Denn sie sagte: »Unsre Häuser sind noch nicht angegriffen worden, und dies hast du zur Bedingung gemacht. Man sagt, daß die Orks nicht zahlreich sind. Und Dorlas hat mir erzählt, daß, bevor du kamst, solche Vorstöße häufig vorkamen und die Waldmenschen sie abwehren konnten.«

Aber die Waldmenschen wurden geschlagen, denn diese Orks gehörten einer grausamen Rasse an, waren wild und wagemutig; und sie kamen in der Tat mit der Absicht, in den Wald von Brethil einzufallen, und nicht wie zuvor, um mit anderen Aufträgen seine Randgebiete zu durchziehen oder in kleinen Trupps zu jagen. Darum wurden Dorlas und seine Männer unter Verlusten zurückgetrieben, die Orks kamen über den Teiglin und drangen tief in die Wälder vor. Dorlas kam zu Turambar, zeigte ihm seine Wunden und sagte: »Sieh, Herr, jetzt ist nach einem falschen Frieden für uns die Zeit der Not gekommen, genau wie ich es vorausgesagt habe. Hast du nicht darum gebeten, als Angehöriger unseres Volkes betrachtet zu werden und nicht als ein Fremdling? Unsere Wohnungen werden nicht unentdeckt bleiben, wenn die Orks tiefer in unser Land eindringen.«

Aus diesem Grunde erhob sich Turambar, nahm wieder sein Schwert Gurthang zur Hand und zog in den Kampf; und als die Waldmenschen davon erfuhren, schöpften sie großen Mut, sammelten sich um ihn, bis er über eine Streitmacht von vielen hundert Männern verfügte. Dann jagten sie durch den Wald, erschlugen alle Orks, die sich dort herumtrieben, und hängten sie an die Bäume in der Nähe der Teiglin-Stege. Und als ein neues Heer gegen sie vorrückte, lockten sie es in eine Falle, und die Orks, überrascht durch die Zahl der Waldmenschen und durch die Rückkehr des Schwarzen Schwerts erschreckt, wurden vertrieben, und eine große Anzahl von ihnen wurde erschlagen. Darauf errichteten die Waldmenschen große Scheiterhaufen und verbrannten die Leichname von Morgoths Kriegern zuhauf; der Rauch der Vergeltung stieg schwarz in den Himmel, und der Wind trug ihn nach Westen fort. Die wenigen überlebenden Orks kehrten mit diesen Nachrichten nach Nargothrond zurück.

Darüber wurde Glaurung ernstlich wütend; doch eine Weile verhielt er sich ruhig und dachte über das nach, was er gehört hatte. So ging der Winter in Frieden vorbei, und die Männer sagten: »Gewaltig ist das Schwarze Schwert aus Brethil, denn alle unsere Feinde sind besiegt.« Níniel war zufrieden und freute sich über Turambars Ruhm. Er aber saß tief in Gedanken da und sagte bei sich: »Die Würfel sind gefallen. Jetzt kommt die Prüfung, in der ich mich mit meinem Stolz bewähren oder völlig versagen werde. Ich werde nicht fliehen. Turambar will ich nunmehr bleiben, und durch meinen eigenen Willen und durch meinen Mut will ich mein Verhängnis überwinden – oder fallen. Aber ob ich falle oder steige, wenigstens will ich Glaurung töten.«

Dennoch war er unruhig, und er schickte wagemutige Männer als Kundschafter weit ins Land hinaus. Obwohl ihn niemand damit beauftragt hatte, handhabte er die Dinge jetzt nämlich nach seinem Willen, als sei er Herr über Brethil; und niemand beachtete Brandir.

Der Frühling kam voller Hoffnung, und die Menschen sangen bei der Arbeit. Doch in diesem Frühling wurde Níniel schwanger, sie wurde blaß und kraftlos, und alle ihre Fröhlichkeit schwand dahin. Und bald trafen von den Männern, die in das Land jenseits des Teiglin gezogen waren, merkwürdige Nachrichten ein: Weit draußen in den Wäldern, auf der Ebene vor Nargothrond, brenne ein riesiges Feuer, und die Männer fragten sich, was dies wohl sein könnte.

Kurz darauf kamen weitere Berichte: daß die Feuer immer weiter nach Norden vordrangen und daß in Wirklichkeit Glaurung ihr Urheber war. Er hatte nämlich Nargothrond verlassen und war wieder mit einem Auftrag unterwegs. Darauf sagten die Törichten und Hoffnungsvollen: »Sein Heer ist zerstört, und er ist jetzt endlich klug geworden und geht dorthin zurück, wo er hergekommen ist.« Andere sagten: »Laßt uns hoffen, daß er an uns vorüberzieht.« Doch Turambar hegte solche Hoffnung nicht und wußte, daß Glaurung kam, um ihn zu suchen. Deshalb grübelte er Tag und Nacht darüber, welchen Entschluß er fassen sollte, doch um Níniels willen verbarg er seine Gedanken. Darüber wurde es allmählich Sommer.

Es kam ein Tag, an dem zwei Männer schreckerfüllt nach Ephel Brandir zurückkehrten, denn sie hatten den Großen Wurm gesehen. »Es ist die Wahrheit, Herr«, sagten sie zu Turambar, »er kommt nun nahe an den Teiglin heran und behält seine Richtung bei. Er liegt inmitten eines großen Brandes, und rings um ihn rauchen die Bäume. Sein Gestank ist kaum zu ertragen. Und von Nargothrond her zieht er meilenweit eine stinkende Schneise, die in einer geraden Linie verläuft und geradewegs auf uns zuführt. Was ist zu tun?«

»Wenig«, antwortete Turambar, »aber über dieses Wenige habe ich schon nachgedacht. Die Nachrichten, die ihr bringt, flößen mir eher Hoffnung als Furcht ein. Wenn er nämlich wirklich geradeaus weiterkriecht, wie ihr sagt, und nicht abweicht, dann habe ich einen Plan für entschlossene Männer.« Die Männer wunderten sich, denn zu dieser Stunde sagte er nichts weiter, aber sein standhaftes Auftreten ließ sie neuen Mut schöpfen.[25]

Der Verlauf des Teiglin war nun folgender: Schnell wie der Narog floß er von den Ered Wethrin herab, doch zunächst zwischen niedrigen Ufern, bis er hinter den Stegen durch weitere Zuflüsse Kraft gewann und sich am Fuß der Hochländer, auf denen sich der Wald von Brethil erhob, seinen Weg durch den Felssockel grub. Danach strömte er durch tiefe Schluchten, deren gewaltige Seitenwände wie Steinmauern aufragten, und an deren Grund das eingeschlossene Wasser mit großer Gewalt lärmend dahinströmte. Und gerade auf dem Weg Glaurungs lag nun eine dieser Schluchten, keineswegs die tiefste, aber die schmalste, genau nördlich von der Einmündung des Celebros. Darum sandte Turambar drei wagemutige Männer aus, die vom Rand der Schlucht die Bewegungen des Drachen beobachten sollten; er selbst jedoch wollte zum hohen Wasserfall Nen Girith reiten, wo Nachrichten ihn rasch erreichen konnten und von wo er weit die Lande überschauen konnte.

Doch zuerst rief er die Waldmenschen in Ephel Brandir zusammen und sprach zu ihnen: »Männer von Brethil, eine tödliche Gefahr ist über uns gekommen, und nur große Kühnheit wird sie abwenden. Doch hierbei würde ein großes Aufgebot wenig nützen; wir müssen eine List anwenden und hoffen, daß wir Glück haben. Wenn wir mit unserer gesamten Streitmacht gegen den Drachen anrücken wie gegen ein Heer von Orks, würden wir uns bloß dem Tod ausliefern und unsere Frauen und Kinder wehrlos zurücklassen. Deshalb sage ich, daß ihr hierbleiben und euch auf die Flucht vorbereiten sollt. Denn wenn Glaurung kommt, müßt ihr diesen Ort aufgeben und euch in alle Richtungen zerstreuen: So könnten einige entkommen und überleben. Wenn es ihm irgend möglich ist, wird er nämlich mit Sicherheit zu unserer Feste und Wohnstätte kommen, und er wird sie vernichten und alle Menschen, die er zu Gesicht bekommt. Doch anschließend wird er nicht hierbleiben. In Nargothrond liegt sein ganzer Schatz, dort sind die tiefen Hallen, in denen er sicher ruhen und wachsen kann.«

Da waren die Männer entsetzt und völlig niedergeschlagen, denn sie vertrauten auf Turambar und hatten hoffnungsvollere Worte erwartet. Aber er sagte weiter: »Nun, dies ist der schlechteste Fall. Und er wird nicht eintreten, wenn mein Plan gut und das Glück uns hold ist. Ich glaube nämlich nicht daran, daß dieser Drache unbesiegbar ist, obwohl im Laufe der Jahre seine Stärke und seine Bösartigkeit gewachsen sind. Ich weiß etwas über ihn. Seine Macht beruht eher auf dem bösen Geist, der in ihm wohnt, als auf seiner reinen Körperkraft, so groß diese auch sei. Vernehmt nun diese Geschichte, die mir einige Männer erzählten, die im Jahre der Nirnaeth fochten, als ich und die meisten meiner Zuhörer Kinder waren. Auf jenem Schlachtfeld widerstanden ihm die Zwerge, und Azaghâl aus Belegost verletzte ihn durch einen tiefen Stich so sehr, daß Glaurung zurück nach Angband floh. Doch ich habe hier einen Dorn, der schärfer und länger ist als Azaghâls Messer.«

Und Turambar zog Gurthang aus der Scheide und führte damit einen Stoß über seinen Kopf aus; denen, die zusahen, schien es, als springe aus Turambars Hand eine Flamme viele Fuß hoch in die Luft. Da stießen sie einen lauten Schrei aus: »Der Schwarze Dorn von Brethil!«

»Der Schwarze Dorn von Brethil«, wiederholte Turambar, »möge er ihn wohl fürchten. Denn wisset: Es ist das Verhängnis dieses Drachen (und all seiner Brut, sagt man), daß, so mächtig sein Hornpanzer auch immer sein mag und härter als Eisen, er auf seiner Unterseite den Bauch einer Schlange besitzt. Darum, Männer von Brethil, ich gehe jetzt, um den Bauch Glaurungs zu suchen, auf welche Art auch immer. Wer will mit mir kommen? Ich brauche nur wenige starke Arme und noch stärkere Herzen.«

Da trat Dorlas vor und sagte: »Ich will mit dir gehen, Herr; denn ich würde es immer vorziehen, dem Feind entgegenzugehen, als auf ihn zu warten!«

Doch keine weiteren Männer hatten es so eilig, dem Ruf zu folgen, denn die Furcht vor Glaurung lag auf allen; überdies hatte die Erzählung der Kundschafter, die ihn gesehen hatten, die Runde gemacht und war dabei noch ausgeschmückt worden. Da rief Dorlas aus: »Hört, Männer von Brethil, es liegt nun klar zutage, daß die Pläne Brandirs vergeblich waren, um in unserer Zeit das Böse zu bekämpfen. Man entgeht ihm nicht, indem man sich versteckt. Will niemand von euch den Platz des Sohnes von Handir einnehmen, damit nicht Schande über das Haus Haleth komme?« So wurde Brandir, der in der Tat den erhöhten Sitz des Oberhauptes dieser Versammlung einnahm, aber unbeachtet blieb, dem Spott preisgegeben; und sein Herz füllte sich mit Bitterkeit, denn Turambar wies Dorlas nicht zurecht. Doch einzig Hunthor, ein Verwandter Brandirs, stand auf und sagte: »Es war böswillig, Dorlas, so zu sprechen und unseren Herrn zu beschämen, dessen Glieder durch einen bösen Zufall nicht ausführen können, was sein Herz verlangt. Gib acht, daß nicht durch irgendeine Wendung sich an dir das Gegenteil erweist! Und wie kann jemand behaupten, diese Pläne seien vergeblich, wenn sie niemals ausgeführt wurden? Du, sein Lehnsmann, hast sie immer für nichts geachtet. Ich sage dir: Glaurung kommt jetzt zu uns, wie er zuvor nach Nargothrond gekommen ist, weil unsere Taten uns verraten haben, wie Brandir es befürchtete. Aber weil dieses Elend nun näherrückt, werde ich, mit deiner Erlaubnis, Sohn Handirs, und mit Rücksicht auf Haleths Haus mit euch gehen.«

Da sagte Turambar: »Drei sind genug! Euch beide nehme ich mit. Jedoch, Brandir, ich spotte deiner nicht. Sieh! Wir müssen in aller Eile aufbrechen, und unsere Aufgabe erfordert starke Glieder. Ich meine, dein Platz ist bei deinem Volk. Denn du bist klug und kannst Menschen gesund machen.« Aber diese Worte, obwohl freundlich gesprochen, verbitterten Brandir nur noch mehr, und er sagte zu Hunthor: »Gehe denn, aber nicht mit meiner Erlaubnis. Denn es liegt ein Schatten auf diesem Mann, und er wird euch zu einem bösen Ende führen.«

Jetzt hatte es Turambar mit dem Aufbruch sehr eilig; als er aber zu Níniel kam, um ihr Lebewohl zu sagen, klammerte sie sich an ihn und weinte bitterlich. »Geh nicht fort, Turambar, ich bitte dich«, sagte sie. »Fordere den Schatten nicht heraus, vor dem du geflohen bist. Nein, nein, fliehe weiter und nimm mich mit dir, weit weg von hier!«

»Níniel, Liebste«, sagte er, »wir können nicht weiterhin fliehen, du und ich. Wir sind in diesem Land umzingelt. Und selbst wenn ich fortginge und diese Menschen im Stich ließe, die uns geholfen haben, ich könnte dich doch nur in die häuserlose Wildnis führen, die deinen Tod und den unseres Kindes bedeuten würde. Hundert Meilen liegen zwischen uns und irgendeinem Land, das vom Schatten noch nicht erreicht wird. Doch fasse dir ein Herz, Níniel, denn ich sage dir: Weder werden du noch ich von diesem Drachen getötet werden, noch von irgendeinem anderen Feind aus dem Norden.« Da hörte Níniel zu weinen auf und verfiel in Schweigen, doch beim Abschiedskuß waren ihre Lippen kalt.

Dann gingen Turambar, Dorlas und Hunthor fort, und sie begaben sich eilig zum Nen Girith, und als sie dort anlangten, stand die Sonne tief im Westen, und die Schatten waren lang; die letzten beiden der Kundschafter erwarteten sie.

»Du kommst nicht zu früh, Herr«, sagten sie, »denn der Drache ist herangekommen und hatte, als wir fortgingen, den Rand der Teiglin-Schlucht schon erreicht und starrte voll Haß ins Wasser. Er bewegt sich bei Nacht vorwärts, und morgen vor Tagesanbruch können wir an einen Angriff denken.«

Turambar blickte über die Wasserfälle des Celebros, sah die Sonne sinken und von den Uferrändern des Flusses schwarze Rauchspiralen aufsteigen. »Es ist keine Zeit zu verlieren«, sagte er, »doch diese Nachrichten sind günstig. Ich fürchtete nämlich, er würde in der Gegend herumschnüffeln; wenn er nach Norden ziehen würde und zu den Stegen und zur alten Straße in die Niederungen käme, dann wären unsere Hoffnungen zunichte. Aber jetzt treiben ihn sein rasender Zorn und seine Boshaftigkeit Hals über Kopf vorwärts.« Doch als er diese Worte eben ausgesprochen hatte, wunderte er sich und wurde nachdenklich: Konnte es sein, daß ein so bösartiges und grausames Wesen die Teiglin-Stege ebenso mied wie die Orks es taten? Haudh-en-Elleth! Lag nicht Finduilas noch immer zwischen ihm und seinem Schicksal?

Dann wandte er sich an seine Gefährten und sagte: »Folgende Aufgabe liegt vor uns: Wir müssen noch ein wenig warten, denn in diesem Fall zu früh zu handeln, wäre ebenso schlimm wie zu spät zu handeln. Wenn es dämmert, müssen wir in aller Heimlichkeit zum Teiglin hinabkriechen. Aber nehmt euch in acht! Glaurungs Ohren sind ebenso scharf wie seine Augen – und sie sind tödlich. Wenn wir den Fluß unbemerkt erreichen, müssen wir in die Schlucht hinunterklettern, den Fluß überqueren und so auf den Weg gelangen, den er einschlagen wird, wenn er weiterzieht.«

»Aber wie will er das bewerkstelligen?« fragte Dorlas. »Er mag ja geschmeidig sein, aber er ist ein großer Drache, und wie soll er die eine Klippe hinunter und die andere wieder hinaufklettern, wenn doch der vordere Teil schon wieder hochklettern muß, während der hintere noch hinabsteigt? Und wenn ihm dies gelingt, was nützt es uns, wenn wir uns unten im reißenden Wasser befinden?«

»Vielleicht gelingt es ihm«, antwortete Turambar, »und wenn er es wirklich tut, wird es uns schlecht ergehen. Aber das, was wir von ihm wissen, und der Ort, an dem er jetzt liegt, geben mir die Hoffnung, daß seine Absicht eine andere ist. Er ist zum Rand der Cabed-en-Aras gekommen, über die, wie ihr sagt, einst ein Hirsch auf der Flucht vor den Jägern Haleths hinwegsetzte. Glaurung ist jetzt so groß, daß er versuchen wird, denke ich, sich über die Schlucht zu schnellen. Dies ist unsere ganze Hoffnung, und auf sie müssen wir vertrauen.«

Bei diesen Worten sank Dorlas der Mut, denn besser als jeder andere kannte er das Land Brethil, und Cabed-en-Aras war in der Tat ein furchtbarer Ort. Auf ihrer Westseite war eine senkrechte, nackte, ungefähr vierzig Fuß hohe Klippe, doch auf ihrem Scheitel von Bäumen bestanden; auf der anderen Seite war das Flußufer weniger steil und hoch, mit hängenden Bäumen und Buschwerk bedeckt, doch dazwischen schoß der Fluß tobend durch die Felsen; obwohl ein unerschrockener und seines Tritts sicherer Mann ihn bei Tage überqueren konnte, war es gefährlich, dies bei Nacht zu wagen. Doch eben dies war Turambars Plan, und es war sinnlos, ihm zu widersprechen.

Also brachen sie in der Dämmerung auf; sie gingen nicht geradewegs auf den Drachen los, sondern schlugen den Pfad zu den Stegen ein; bevor sie diese erreichten, wandten sie sich nach Süden und kamen über einen schmalen Weg in das Dämmerlicht der Wälder oberhalb des Teiglin.[26] Und als sie sich der Cabed-en-Aras näherten, Schritt für Schritt und oft stehenbleibend, um zu lauschen, zog ihnen Brandgeruch entgegen und ein Gestank, der ihnen Übelkeit bereitete. Doch alles war tödlich still, und kein Lüftchen regte sich. Die ersten Sterne schimmerten hinter ihnen im Westen, und dünne Rauchspiralen standen kerzengerade und unbeweglich gegen das letzte Licht im Westen.

Als Turambar nun gegangen war, stand Níniel stumm wie ein Stein, doch Brandir kam zu ihr und sagte: »Fürchte nicht das Schlimmste, Níniel, bevor du Anlaß dazu hast. Aber habe ich dir nicht geraten, zu warten?«

»Das hast du«, antwortete sie. »Doch was soll das jetzt nützen? Auch wenn man unverheiratet ist, dauern Liebe und Schmerz fort.«

»Das weiß ich«, sagte Brandir, »dennoch ist eine Heirat nichts Geringes.«

»Ich trage sein Kind seit zwei Monaten«, sagte Níniel. »Aber es kommt mir nicht so vor, als sei meine Furcht, ihn zu verlieren, schwerer zu ertragen. Ich verstehe dich nicht.«

»Ich verstehe mich selbst nicht«, sagte er. »Und doch habe ich Angst.«

»Welch ein Tröster bist du!« rief sie. »Aber, Brandir, mein Freund, ob er verheiratet oder nicht, ob Mutter oder Jungfrau, meine Furcht übersteigt das, was ich ertragen kann. Der Meister des Schicksals ist ausgezogen, um weit weg von hier sein Schicksal herauszufordern. Wie soll ich hier ausharren und darauf warten, daß allmählich Nachrichten eintreffen, gute oder schlechte? Es kann sein, daß er in dieser Nacht mit dem Drachen zusammentrifft, und wie soll ich die schrecklichen Stunden überstehen, soll ich dasitzen oder gehen?«

»Ich weiß es nicht«, antwortete er, »aber irgendwie müssen diese Stunden vorübergehen, für dich und für die Frauen derer, die mit ihm gegangen sind.«

»Laß sie tun, was ihre Herzen ihnen befehlen!« rief sie. »Was aber mich betrifft, so werde ich gehen. Zwischen mir und der Gefahr meines Herrn sollen keine Meilen liegen. Ich will den Nachrichten entgegengehen!«

Bei ihren Worten verwandelte sich Brandirs Furcht in nachtschwarzen Groll, und er rief: »Das wirst du nicht tun, wenn ich es verhindern kann! Denn dadurch wirst du alle Pläne gefährden. Die Meilen, die zwischen euch liegen, können uns Zeit geben, zu entkommen, falls Schlimmes geschieht.«

»Wenn etwas Schlimmes geschieht, werde ich nicht wünschen zu entkommen«, erwiderte sie. »Und jetzt verschwendest du nutzlos deine Klugheit. Du wirst mich nicht aufhalten.« Und sie trat vor das Volk, das sich auf dem freien Platz des Ephel versammelt hatte, und rief: »Leute von Brethil! Ich werde nicht hier warten. Falls mein Herr scheitert, dann ist all unsere Hoffnung eine Täuschung gewesen. Euer Land und eure Wälder werden restlos verbrannt und eure Häuser in Asche gelegt werden, und keiner, kein einziger, wird entkommen. Weshalb also säumen wir hier? Ich gehe jetzt den Nachrichten entgegen, was immer das Schicksal uns bescheren mag. Alle, die mit mir der gleichen Meinung sind, mögen mit mir kommen!«

Da waren viele willens, mit ihr zu gehen: die Frauen von Dorlas und Hunthor, weil die, die sie liebten, mit Turambar gegangen waren; andere aus Mitleid mit Níniel und aus dem Wunsch, ihr zu helfen; und viele andere, die das bloße Hörensagen vom Drachen lockte und die in ihrer Frechheit und Torheit (sie wußten wenig vom Bösen) merkwürdige und ruhmreiche Taten zu sehen gedachten. In Wahrheit war das Schwarze Schwert in ihrer Vorstellung nämlich zu einer solchen Größe gewachsen, daß die meisten glaubten, nicht einmal Glaurung könne es besiegen. Darum brachen sie eilig auf, eine große Menschenmenge, die einer Gefahr entgegenging, von der sie keine Vorstellung hatte. Da sie sich kaum eine Rast gönnten, kamen sie endlich gerade bei Anbruch der Nacht am Nen Girith an, jedoch kurz nach Turambars Aufbruch von dort. Doch die Nacht kühlte die Gemüter, und viele waren jetzt über ihre eigene Unbesonnenheit erstaunt. Und als sie von den zurückgebliebenen Kundschaftern erfuhren, wie nahe Glaurung gekommen war, und sie von dem verzweifelten Plan Turambars hörten, überlief sie ein kalter Schauer, und sie wagten es nicht, weiterzugehen. Einige sahen mit ängstlichen Blicken zur Cabed-en-Aras hinüber, doch sie konnten nichts erkennen, und außer dem teilnahmslosen Rauschen der Fälle war nichts zu hören. Und Níniel saß abseits, und ein heftiges Zittern überkam sie.

Als Níniel und ihre Begleitung verschwunden waren, sagte Brandir zu den Zurückgebliebenen: »Seht, wie man mich zum Gespött gemacht hat und alle meine Ratschläge in den Wind geschlagen hat. Laßt Turambar auch dem Namen nach euer Herr sein, denn meine Amtsgewalt hat er bereits übernommen. Hiermit entsage ich meiner Herrschaft und meinem Volk. Möge niemand jemals wieder bei mir Rat oder Heilung suchen!« Und er zerbrach seinen Stab. Bei sich selbst dachte er: »Jetzt ist mir nichts geblieben, außer meiner Liebe zu Níniel. Darum muß ich dorthin gehen, wohin sie geht, ob aus Klugheit oder Torheit. In dieser dunklen Stunde kann man nichts voraussehen, doch es könnte sich sehr wohl fügen, daß gerade ich Schlimmes von ihr abwenden könnte, wenn ich in ihrer Nähe bin.«

Deshalb umgürtete er sich mit einem kurzen Schwert, was er zuvor selten getan hatte, nahm seine Krücke, ging so rasch er konnte durch das Tor des Ephels und humpelte den anderen nach den langen Pfad entlang, der zur Westmark Brethils führte.

Endlich, gerade als tiefe Nacht über das Land hereinbrach, gelangten Turambar und seine Gefährten zur Cabed-en-Aras. Sie waren froh über den gewaltigen Lärm des Wassers, denn wenn sich dahinter auch Gefahren verbargen, so übertönte er doch alle anderen Geräusche. Dann führte sie Dorlas ein wenig in südlicher Richtung beiseite, und sie kletterten durch eine Spalte zum Fuß der Klippe hinab; jedoch dort verließ Dorlas der Mut, denn im Fluß lagen viele Felsen und große Steine, zwischen denen das Wasser ungestüm hindurchschoß, als schärfe es seine Zähne an ihnen.

»Es ist der einzige Weg, er führt zum Leben oder in den Tod«, sagte Turambar, »und ein Aufschub wird ihn nicht hoffnungsvoller erscheinen lassen. Deshalb folgt mir!« Und er ging voran, und durch Geschicklichkeit und Mut, oder weil das Schicksal es wollte, gelangte er hinüber. In der tiefen Dunkelheit wandte er sich um, um zu sehen, wer ihm folgte. Eine dunkle Gestalt stand neben ihm. »Dorlas?« fragte er.

»Nein, ich bin es«, sagte Hunthor. »Beim Übergang hat Dorlas der Mut verlassen. Ein Mann kann wohl den Krieg lieben und doch viele Dinge fürchten. Er sitzt zitternd am Ufer, glaube ich. Möge Schande über ihn kommen wegen der Worte, die er zu meinem Verwandten gesagt hat.«

Turambar und Hunthor ruhten sich jetzt ein wenig aus, doch bald ließ die Kühle der Nacht sie frösteln, denn sie waren vom Wasser durchweicht, und sie begannen einen Weg den Strom entlang nach Norden zum Aufenthalt des Drachen zu suchen. Dort wurde die Schlucht dunkler und schmäler, und während sie sich vorwärtstasteten, sahen sie über sich ein Flackern wie von einem schwelenden Feuer und hörten das Schnarchen des Drachen in seinem halbwachen Schlaf. Dann suchten sie tastend einen Weg nach oben, um dicht unter den Rand des Abgrundes zu gelangen, denn ihre ganze Hoffnung lag darin, in die Nähe der ungeschützten Unterseite ihres Feindes zu kommen. Doch der Gestank war jetzt so ekelerregend, daß ihnen schwindlig wurde, sie glitten beim mühsamen Klettern aus, klammerten sich an die Baumstämme und Wurzeln; in ihrem Elend vergaßen sie jede Furcht, außer jener, in den Rachen des Teiglin zu fallen.

Da sagte Turambar zu Hunthor: »Wir vergeuden nutzlos unsere schwindenden Kräfte. Bis wir nämlich wissen, an welcher Stelle der Drachen die Schlucht überquert, ist es sinnlos zu klettern.«

»Aber wenn wir es wissen«, erwiderte Hunthor, »wird keine Zeit mehr sein, einen Aufstieg aus der Schlucht zu suchen.«

»Das ist wahr«, sagte Turambar, »doch wo alles vom Zufall abhängt, müssen wir auf diesen vertrauen.« Deshalb machten sie halt und warteten; und aus der Tiefe der Schlucht beobachteten sie einen weißen Stern, der sich hoch oben über den undeutlichen Streifen Himmel bewegte. Allmählich sank Turambar in einen Traum, worin er all seinen Willen aufwandte, um sich festzuhalten, obwohl eine schwarze Flut an seinen Gliedern sog und nagte.

Plötzlich entstand ein gewaltiger Lärm, und die Wände der Schlucht erzitterten und hallten wider. Turambar raffte sich auf und sagte zu Hunthor: »Er rührt sich. Die Stunde ist gekommen. Stoße tief zu, denn jetzt führen nur zwei statt drei Männer den Stoß.«

Und damit begann Glaurung seinen Angriff gegen Brethil, und alles vollzog sich beinahe so, wie Turambar es erhofft hatte. Der Drache kroch nämlich jetzt mit träger Wucht zum Klippenrand; er wich nicht seitlich aus, sondern schickte sich an, mit seinen großen Vorderbeinen sich über den Abgrund zu schnellen und dann seinen Rumpf nachzuziehen. Damit kam Entsetzen über sie, denn Glaurung vollführte seinen Übergang nicht direkt über ihnen, sondern ein wenig nördlicher, und Turambar und Hunthor sahen von unten den ungeheuren Schattenriß seines Kopfes gegen die Sterne; seine Kiefer waren gähnend aufgerissen, und er hatte sieben feurige Zungen. Dann entfuhr ihm ein Feuerstrahl, so daß die Schlucht in rotes Licht getaucht war und schwarze Schatten über die Felsen flogen. Doch die Bäume vor ihm verdorrten, gingen in Rauch auf, und Steine krachten in den Fluß hinab. Und dann schleuderte er sich nach vorn, packte die ge-

genüberliegende Klippe mit seinen Klauen und begann sich hinüberzuziehen.

Nun galt es kühn und schnell zu handeln. Wenn Turambar und Hunthor dem Feuerstrahl auch entgangen waren, weil sie sich außerhalb seiner Reichweite befanden, mußten sie dennoch an Glaurung herankommen, bevor er gänzlich hinübergelangt war, oder alle ihre Hoffnung war vergebens gewesen. Ungeachtet der Gefahr kletterte Turambar am Wasser entlang, um unter den Drachen zu gelangen; doch dort waren Hitze und Gestank so tödlich, daß er taumelte und gestürzt wäre, hätte nicht Hunthor, der ihm standhaft folgte, seinen Arm gepackt und ihm Halt gegeben.

»Tapferes Herz!« sagte Turambar. »Welch glückliche Wahl, die dich zum Helfer machte!« Doch gerade als er dies sagte, stürzte ein großer Stein von oben herab, traf Hunthor am Kopf, und er fiel ins Wasser; und so endete Hunthor, nicht der Furchtsamste aus dem Volk Haleths. Da schrie Turambar: »Wehe, es bringt Unglück, in meinem Schatten zu wandeln! Warum habe ich Hilfe gesucht? Jetzt bist du allein, oh, Meister des Schicksals; du hättest es wissen müssen, daß es so sein würde. Jetzt mußt du das Schicksal allein bezwingen!«

Da nahm er all seine Willenskraft und seinen Haß gegen den Drachen und dessen Meister zusammen, und es schien, als gewinne er plötzlich eine Stärke des Herzens und des Leibes, die er vorher nicht gekannt hatte. Und von Stein zu Stein erkletterte er die Klippe, von Wurzel zu Wurzel, bis er endlich ein schlankes Bäumchen zu fassen bekam, das ein wenig unterhalb des Randes der Schlucht wuchs; und obwohl seine Krone verbrannt war, hielt es sich noch mit seinen Wurzeln fest. Und gerade als er in einer Astgabel einen festen Halt suchte, schob sich das Mittelstück des Drachenkörpers über ihn, das durch seine Schwere fast bis auf Turambars Kopf durchhing, bevor Glaurung es hochheben konnte. Die Unterseite war bleich und runzlig und überall feucht von grauem Schleim, von dem sich allerlei anklebender Unrat ablöste, und sie stank wie der Tod. Da zog Turambar das Schwarze Schwert Belegs, und mit der gesammelten Kraft seines Armes und seines Hasses stieß er es nach oben, und die tödliche Klinge drang lang und gefräßig bis zum Heft in den Bauch Glaurungs.

Darauf stieß Glaurung, Todesqual spürend, einen Schrei aus, der alle Wälder erschütterte und die Wächter am Nen Girith mit Entsetzen erfüllte. Turambar taumelte wie unter einem Schlag, glitt nach unten, sein Schwert riß sich aus seiner Hand und blieb im Bauch des Drachen stecken. Denn Glaurung schleuderte in einem gewaltigen Krampf seinen zitternden Rumpf in die Höhe, warf sich über die Schlucht hinweg; und dort auf der anderen Seite krümmte er sich im Todeskampf, schreiend, um sich schlagend und zuckend, bis er weit um sich herum alles zerschlagen hatte und er schließlich in Rauch und Zerstörung still dalag.

Nun klammerte sich Turambar an die Baumwurzeln, betäubt und beinahe übermannt. Doch er rang mit sich selbst und trieb sich an, und halb gleitend, halb kletternd kam er zum Fluß hinab; noch einmal, jetzt auf Händen und Füßen kriechend und sich festklammernd, wagte er den gefährlichen Übergang, vom Dunst geblendet, bis er endlich hinübergelangte, und mühsam stieg er durch den Felsspalt, durch den sie hinabgeklettert waren. So kam er schließlich an den Ort, wo der sterbende Drache lag, blickte ohne Mitleid auf seinen zu Tode getroffenen Feind und empfand tiefe Freude.

Dort lag Glaurung nun mit aufgesperrtem Maul, doch alle seine Feuer waren erloschen und seine Augen geschlossen. Er war der Länge nach ausgestreckt, auf eine Seite gerollt, und Gurthangs Heft stak in seinem Bauch. Da ging Turambars Herz vor Freude über, und obwohl der Drache noch lebte, wollte er das Schwert aus seinem Leib ziehen. Wenn er auch Gurthang schon vorher immer gepriesen hatte, war es ihm jetzt so viel wert wie alle Schätze Nargothronds. Die Worte, die gefallen waren, als es geschmiedet wurde, erwiesen sich als wahr: Nichts, ob groß ob klein, sollte überleben, das einmal einen Streich von ihm empfing.

Darum ging er auf seinen Feind zu, setzte den Fuß auf Glaurungs Bauch, ergriff Gurthangs Heft und nahm seine ganze Kraft zusammen, um es herauszuziehen. Und er rief, Glaurungs Worte bei Nargothrond verspottend:

»Heil, Wurm Morgoths! Gut getroffen! Stirb nun, und die Finsternis nehme dich auf! So ist Túrin, Húrins Sohn, gerächt!« Damit riß er das Schwert heraus, doch in diesem Augenblick schoß ein Strahl schwarzen Blutes hervor, traf seine Hand, und sein Fleisch wurde durch das Gift verbrannt, so daß er vor Schmerz laut aufschrie. Darüber rührte sich Glaurung, öffnete seine unheilvollen Augen und blickte Túrin mit solcher Bosheit an, daß diesem war, als habe ihn ein Pfeil getroffen. Dieser Blick und der rasende Schmerz in seiner Hand ließen ihn in Ohnmacht sinken, daß er wie tot neben dem Drachen lag, sein Schwert unter sich begraben.

Nun drangen die Schreie Glaurungs zu den Leuten am Nen Girith und erfüllten sie mit Entsetzen. Als die Wächter aus der Ferne die Verwüstungen und den Brand sahen, die der Drache in seinem Todeskampf anrichtete, glaubten sie, daß er seine Angreifer niedertrample und vernichte. Da wünschten sie wirklich, es lägen noch mehr Meilen zwischen ihnen und jenem Ort. Aber sie wagten es nicht, diesen hochgelegenen Platz, auf dem sie sich zusammendrängten, zu verlassen, denn sie erinnerten sich, daß Turambar gesagt hatte, falls der Drache siegreich bleibe, werde er zuerst nach Ephel Brandir ziehen. Deshalb hielten sie ängstlich Ausschau nach dem geringsten Anzeichen einer Bewegung, aber niemand war so mutig, zum Kampfplatz hinunterzusteigen, um Genaues zu erfahren. Und Níniel saß bewegungslos da, außer daß Schauer sie überliefen und sie ihre Glieder nicht zur Ruhe bringen konnte. Als sie Glaurungs Stimme hörte, erstarrte ihr Herz, und sie spürte, wie das Dunkel wieder über sie kroch.

So fand sie Brandir, der schließlich langsam und müde zur Brücke über den Celebros kam; den ganzen langen Weg war er allein mit seiner Krücke gehumpelt, und es waren von seinem Haus mindestens fünf Meilen zu gehen. Angst um Níniel hatte ihn vorwärtsgetrieben, und die Neuigkeiten, die er jetzt erfuhr, waren nicht schlimmer, als er befürchtet hatte. »Der Drache hat den Fluß überquert«, erzählten ihm die Männer, »und das Schwarze Schwert und seine Begleiter sind sicher tot.« Dann stand er neben Níniel, begriff ihren Kummer, und er hatte Mitleid mit ihr. Doch zugleich dachte er: »Das Schwarze Schwert ist tot, und Níniel lebt.« Und ihn schauderte, denn plötzlich schienen die Wasser des Nen Girith Kälte zu verströmen, und er warf Níniel seinen Mantel über. Doch Worte fand er nicht, und sie schwieg.

Die Zeit verging, noch immer stand Brandir stumm neben ihr, spähte in die Nacht und lauschte. Doch er konnte nichts sehen und nichts hören, außer dem Geräusch der stürzenden Wasser Nen Giriths, und er dachte: »Jetzt ist der Drache gewiß verschwunden und in Brethil eingedrungen.« Doch er hatte mit seinem Volk kein Mitleid mehr, es war ein Volk von Narren, das seinen Rat verlacht und ihn verspottet hatte. »Mag der Drache zum Amon Obel ziehen, dann wird Zeit genug sein, zu fliehen und Níniel wegzuführen.«

Er wußte kaum, wohin, denn er war niemals über die Grenzen Brethils hinausgelangt.

Schließlich beugte er sich nieder, berührte Níniels Arm und sagte: »Die Zeit vergeht, Níniel. Komm! Es ist Zeit, zu gehen. Wenn du willst, so laß mich dich führen.«

Darauf stand sie schweigend auf, nahm seine Hand, und sie gingen über die Brücke und den Pfad hinunter, der zu den Teiglin-Stegen führte. Jene aber, die sie sahen, wie sie sich schattengleich durch das Dunkel bewegten, wußten nicht, wer sie waren, und beachteten sie nicht. Und als sie ein kleines Stück durch die stillen Bäume gegangen waren, stieg hinter dem Amon Obel der Mond auf, und die Waldlichtungen füllten sich mit einem grauen Licht. Da blieb Níniel stehen und sagte zu Brandir: »Ist dies der Weg?« Und er antwortete: »Was heißt Weg? All unsere Hoffnung in Brethil ist zu Ende. Wir haben keinen Weg, es gilt nur, dem Drachen zu entgehen und aus seiner Reichweite zu fliehen, solange noch Zeit dazu ist.«

Níniel blickte ihn verwundert an und sagte: »Hast du dich nicht bereit erklärt, mich zu ihm zu führen? Oder wolltest du mich täuschen? Das Schwarze Schwert war mein Geliebter und mein Gatte, und nur ihn will ich suchen. Tu du jetzt, was du willst, ich muß mich beeilen.«

Und während Brandir noch einen Augenblick erstaunt

dastand, eilte sie von ihm fort; und er schrie ihr nach: »Warte, Níniel! Geh nicht allein! Du weißt nicht, was dich erwartet. Ich will mit dir kommen!« Doch sie achtete seiner nicht und rannte hinweg, als sei ihr Blut auf einmal in Hitze geraten, das vorher kalt gewesen war. Und obwohl er ihr nachlief, so schnell er konnte, verlor er sie bald aus den Augen. Da verfluchte er sein Schicksal und seine Schwäche, aber er wollte dennoch nicht umkehren.

Jetzt ging der Mond weiß am Himmel auf, und er war fast voll; und als Níniel vom Hochland in das Land in der Nähe des Flusses kam, war ihr, als riefe die Gegend Erinnerungen in ihr wach, und sie fürchtete sie. Sie war nämlich zu den Teiglin-Stegen gekommen, und vor ihr erhob sich Haudh-en-Elleth, fahl im Mondlicht und mit einem schwarzen Schatten, der schräg darüber geworfen wurde; und etwas Furchtbares ging von diesem Grabhügel aus.

Da wandte sie sich mit einem Schrei ab und floh südwärts am Fluß entlang, im Laufen warf sie ihren Mantel fort, als werfe sie damit die Dunkelheit ab, die sie umklammerte; darunter trug sie ein weißes Gewand, und es schimmerte im Mondlicht, als sie durch die Bäume huschte. So sah sie Brandir vom Abhang des Hügels, und er wandte sich seitwärts, um ihr den Weg abzuschneiden, wenn es möglich war. Durch einen glücklichen Zufall fand er den schmalen Pfad, den Turambar benutzt hatte, und da er den ausgetretenen Weg verließ und in südlicher Richtung steil zum Fluß hinabführte, konnte sich Brandir wieder dicht an ihre Fersen heften. Doch sie achtete nicht auf seine Rufe, oder sie hörte sie nicht, und bald hatte sie wiederum einen Vorsprung. Und so näherten sie sich den Wäldern an der Cabed-en-Aras und dem Schauplatz von Glaurungs Todeskampf.

Der Mond zog am wolkenlosen südlichen Himmel seine Bahn, und sein Licht war kalt und klar. Als Níniel an den Rand der Verwüstung kam, die Glaurung angerichtet hatte, sah sie dort den Körper des Drachen liegen und seinen grauen Bauch im Mondschein, doch daneben lag ein Mann. Da vergaß sie ihre Furcht, rannte mitten durch die schwelende Verwüstung und kam zu Turambar. Er war auf die Seite gefallen, und sein Schwert lag unter ihm, doch sein Gesicht war im weißen Licht totenbleich. Da warf sie sich weinend bei ihm nieder und küßte ihn. Ihr war, als atme er schwach, doch sie dachte, es sei nur ein Trugbild falscher Hoffnung, denn er war kalt, bewegte sich nicht und antwortete nicht. Als sie ihn liebkoste, bemerkte sie, daß seine Hand geschwärzt war, als sei sie versengt, und sie wusch sie mit ihren Tränen und verband sie mit einem Streifen von ihrem Gewand. Als sie ihn dabei berührte, bewegte er sich noch immer nicht, und sie küßte ihn erneut und rief laut: »Turambar, Turambar, komm zurück! Höre mich! Wach auf! Níniel ist hier. Der Drache ist tot, tot, und ich allein bin hier bei dir.« Doch er antwortete nicht.

Brandir hörte ihren Schrei, denn er hatte den Rand der Zerstörung erreicht. Doch während er auf Níniel zuging, hielt er inne und stand still. Denn, geweckt durch Níniels Schrei regte sich Glaurung ein letztes Mal, und ein Zittern lief durch seinen ganzen Körper. Und er öffnete seine unheilvollen Augen einen Spaltbreit, und das Mondlicht schimmerte in ihnen, als er keuchend sagte: »Gegrüßt seist du, Nienor, Húrins Tochter. So sehen wir uns wieder vor dem Ende. Dir gönn' ich's, daß du endlich deinen Bruder gefunden. Und nun lerne ihn kennen: Ein Meuchler im Dunkeln, Verräter an Freund und Feind, und ein Fluch für seine Sippe, Túrin, Húrins Sohn! Die schlimmste von allen Taten aber spüre du im eignen Leibe!«

Da saß Nienor wie eine Betäubte da, aber Glaurung starb; und mit seinem Tod fiel der Schleier seiner Tücke von ihr, und die Erinnerung an all ihre Tage lag klar vor ihr, und sie wußte alles, was mit ihr geschehen war, seit sie auf dem Haudh-en-Elleth lag. Ihr ganzer Körper schüttelte sich vor Entsetzen und Qual. Brandir aber, der alles mit angehört hatte, war im Innersten getroffen und lehnte sich an einen Baum.

Da sprang Nienor plötzlich auf die Füße, stand fahl wie ein Gespenst im Mondlicht, und auf Túrin niederblikkend rief sie: »Lebwohl, o zweifach Geliebter! *A Túrin Turambar turún' ambartanen:* Meister des Schicksals, vom Schicksal gemeistert! O Glück, tot zu sein!« Und von Grauen und Schmerz überwältigt, verließ sie diesen

Ort in wilder Flucht, und Brandir stolperte hinter ihr her und schrie: »Warte! Warte, Níniel!«

Einen Augenblick hielt sie inne und sah starren Blickes zurück. »Warten?« schrie sie. »Das war immer dein Rat. Hätte ich ihn nur befolgt! Aber nun ist es zu spät. Und jetzt will ich in Mittelerde nicht länger warten.« Und sie rannte von ihm fort.[27]

Rasch kam sie zum Rand der Cabed-en-Aras, und dort stand sie, blickte in das tosende Wasser und schrie: »Wasser, Wasser! Nimm nun Níniel Nienor, Tochter Húrins, zu dir; nimm Trauer, Trauer, die Tochter Morwens! Nimm mich und trage mich zum Meer!« Mit diesen Worten warf sie sich über den Rand: Ein weißer Blitz, den der dunkle Abgrund verschlang, ein Schrei, verloren im Brausen des Flusses. Die Wasser des Teiglin flossen weiter, doch die Cabed-en-Aras gab es nicht mehr: Von jetzt an wurde sie von den Menschen Cabed Naeramarth genannt, denn kein Hirsch übersprang sie mehr, alle Lebewesen mieden sie, und kein Mensch ging an ihrem Ufer entlang. Der letzte Mensch, der in ihre Dunkelheit hinabblickte, war Brandir, Sohn Handirs; und voll Entsetzen wandte er sich ab, denn sein Herz zitterte, und wenn er sein Leben jetzt auch haßte, brachte er es doch nicht über sich, den ersehnten Tod an diesem Ort zu suchen.[28] Dann kehrten seine Gedanken zu Túrin Turambar zurück, und er rief: »Hasse ich dich, oder habe ich Mitleid mit dir? Aber du bist tot. Ich schulde dir keinen Dank, der du mir alles genommen hast, was ich hatte oder haben wollte. Doch mein Volk ist in deiner Schuld. Es ziemt sich, daß es durch mich erfährt, was geschehen ist.«

Und also begann er zum Nen Girith zurückzuhumpeln, wobei er schaudernd den Ort vermied, wo der Drache lag. Als er den steilen Pfad erneut hinabkletterte, stieß er auf einen Mann, der durch die Bäume lugte und sich zurückzog, als er Brandir erblickte. Brandir aber hatte das Gesicht im Schein des sinkenden Monds erkannt.

»Ha, Dorlas!« rief er. »Welche Neuigkeiten kannst du mir erzählen? Wie bist du lebend davongekommen? Was geschah mit meinem Verwandten?«

»Ich weiß es nicht«, sagte Dorlas mürrisch.

»Das ist merkwürdig«, erwiderte Brandir.

»Wenn du es wissen willst«, sagte Dorlas, »so vernimm, daß das Schwarze Schwert uns in der Dunkelheit die Stromschnellen des Teiglin überqueren lassen wollte. Ist es verwunderlich, daß ich es nicht konnte? Ich kann besser mit der Axt umgehen als mancher andere, aber habe ich die Füße einer Ziege?«

»Also gingen sie ohne dich weiter und auf den Drachen los?« sagte Brandir. »Doch was geschah, als sie drüben waren? Zumindest bist du doch in der Nähe gewesen und hast sehen können, was geschah?«

Aber Dorlas gab keine Antwort und starrte Brandir mit haßerfüllten Augen nur an. Da verstand Brandir und wußte plötzlich, daß dieser Mann seine Gefährten im Stich gelassen und sich, von Scham übermannt, in den Wäldern versteckt hatte. »Schande über dich, Dorlas!« sagte er. »Du hast unsere Feinde auf uns gezogen: Du hast das Schwarze Schwert angestachelt, du hast den Drachen über uns gebracht, mich hast du dem Spott ausgesetzt, Hunthor in den Tod gelockt, und dann bist du als Feigling in die Wälder geflohen!« Und während er sprach, kam ihm ein zweiter Gedanke, und er sagte in großer Wut: »Warum brachtest du keine Nachricht? Es war die letzte Buße, die du tun konntest. Hättest du Nachrichten gebracht, hätte Frau Níniel sie nicht selbst suchen müssen. Sie hätte den Drachen niemals zu sehen brauchen. Sie könnte noch leben. Dorlas, ich hasse dich!«

»Behalte deinen Haß für dich!« erwiderte Dorlas. »Er ist so schwach wie alle deine Pläne. Doch wäre es nach mir gegangen, hätten die Orks kommen und dich wie eine Vogelscheuche in deinen Garten hängen können. Du bist selbst ein Feigling!« Und mit diesen Worten, durch seine Scham zum Zorn entflammt, holte er mit seiner großen Faust zu einem Schlag gegen Brandir aus, und so endete sein Leben, bevor der Blick des Erstaunens seine Augen verließ: Brandir zog sein Schwert und versetzte ihm einen tödlichen Stoß. Einen Augenblick stand er zitternd da, vom Blut angeekelt, dann warf er sein Schwert zu Boden, wandte sich ab und ging, auf die Krücke gestützt, seines Weges.

Als er zum Nen Girith kam, war der bleiche Mond untergegangen, und die Nacht schwand vor dem Morgen, der im Osten aufstieg. Die Leute, die sich noch immer bei der Brücke zusammendrängten, sahen ihn wie einen grauen Schatten durch die Dämmerung kommen, und einige fragten ihn erstaunt: »Wo bist du gewesen? Hast du Níniel gesehen. Frau Níniel ist nämlich verschwunden.«

»Ja, sie ist verschwunden«, sagte er, »verschwunden, fortgegangen, um nie zurückzukehren! Doch ich bin gekommen, um euch Neuigkeiten zu bringen. Hört denn, Leute von Brethil, und sagt selbst, ob es jemals eine solche Geschichte gab, wie ich sie mitbringe! Der Drache ist tot, doch auch Turambar ist tot und liegt an seiner Seite. Und das sind gute Nachrichten, ja, es sind wahrlich beides gute Nachrichten.«

Da murrten die Leute, wunderten sich über seine Worte, und einige sagten, er rede irre. Aber Brandir rief: »Hört mich bis zu Ende an! Auch Níniel ist tot, die ihr liebtet und die mir das Teuerste war. Sie sprang vom Rand des Hirschsprunges[29] hinab, und der Rachen des Teiglin hat sie verschlungen. Sie ist fort, und sie haßte das Tageslicht. Bevor sie aber entfloh, erfuhr sie dies: Beide waren sie Húrins Kinder, Bruder und Schwester. Mormegil wurde er genannt, Turambar nannte er sich selbst und verbarg seine Vergangenheit: Túrin, Húrins Sohn. Wir nannten sie Níniel und kannten ihre Vergangenheit nicht: Sie war Nienor, Húrins Tochter. Beide brachten sie den Schatten ihres dunklen Schicksals nach Brethil. Hier hat es sich erfüllt, und niemals wieder wird dieses Land von Leid frei sein. Nennt es nicht Brethil, das Land der Halethrim, sondern nennt es *Sarch nia Hîn Húrin*, das Grab der Kinder Húrins.«

Obgleich die Leute nicht verstehen konnten, wie solch Böses hatte geschehen können, weinten sie, und einige sagten: »Dort im Teiglin ist ein Grab für Níniel, die geliebte, und dort soll ein Grab für Turambar sein, den kühnsten der Menschen. Wir wollen unseren Befreier nicht unter bloßem Himmel liegenlassen. Laßt uns zu ihm gehen.«

Gerade als Níniel entfloh, regte sich Túrin, und es kam ihm vor, als höre er sie aus seiner tiefen Dunkelheit und aus weiter Ferne nach ihm rufen; als aber Glaurung starb, wich die schwarze Ohnmacht von ihm, er atmete wieder tief, seufzte und sank in einen Schlummer großer Erschöpfung. Aber ehe der Morgen kam, wurde es bitter kalt, und im Schlaf drehte er sich um, und das Heft Gurthangs drückte ihm in die Seite, so daß er plötzlich erwachte. Die Nacht schwand, und der Hauch des Morgens lag in der Luft. Er sprang auf, entsann sich seines Sieges und spürte das brennende Gift an seiner Hand. Er hob sie hoch, sah sie an und wunderte sich, denn sie war mit einem Streifen weißen Stoffes verbunden; er war noch feucht und tat ihm wohl. Da sprach er zu sich selbst: »Warum sollte mich jemand so pflegen und mich doch in der Kälte hier liegenlassen, mitten in der Verwüstung und im Gestank des Drachen? Welch seltsame Dinge haben sich zugetragen?« Dann rief er laut, aber niemand antwortete. Ringsum war alles schwarz und trostlos, und der Hauch des Todes schwebte über dem Ort. Er bückte sich, hob sein Schwert auf, und es war unversehrt und der Glanz seiner Schneiden ungetrübt. »Verpestet war das Gift Glaurungs«, sagte er, »aber du bist stärker als ich, Gurthang! Du trinkst jedes Blut. Dein ist der Sieg. Doch komm! Ich brauche Hilfe. Mein Körper ist erschöpft, und Kälte kriecht mir durchs Gebein!«

Dann wandte er Glaurung den Rücken und überließ ihn der Verwesung; als er aber diesen Ort verließ, kam ihm jeder Schritt doppelt schwer vor, und er dachte: »Vielleicht finde ich am Nen Girith einen Kundschafter, der auf mich wartet. Wäre ich doch bald in meinem eigenen Haus, spürte die zärtlichen Hände Níniels und die wohltuende Geschicklichkeit Brandirs.« Er bewegte sich mühsam vorwärts, stützte sich auf Gurthang und kam so im grauen Licht des jungen Tages endlich zum Nen Girith; gerade wollten die Leute aufbrechen, um seinen Leichnam zu suchen, als er vor ihnen stand.

Da wichen sie entsetzt zurück, im Glauben Turambars ruheloser Geist sei gekommen, und die Frauen jammerten und bedeckten die Augen mit ihren Händen. Doch er sagte: »Nein, weint nicht, sondern freut euch! Seht! Bin ich nicht am Leben? Und habe ich nicht den Drachen getötet, den ihr gefürchtet habt?«

Da wandten sie sich gegen Brandir und schrien: »Narr, mit deinen falschen Geschichten hast du uns weisgemacht, er sei tot. Haben wir nicht gesagt, du redest irre?« Doch Brandir war entgeistert, starrte Túrin mit furchtsamen Augen an und konnte nichts sagen.

Aber Túrin sagte zu ihm: »Dann bist du es gewesen, der dort war und meine Hand verbunden hat? Ich danke dir. Aber deine Kunst ist unvollkommen, wenn du Ohnmacht nicht vom Tod zu unterscheiden weißt.« Dann wandte er sich an die Leute: »Sprecht nicht so zu ihm, ihr Narren! Wer von euch hätte es besser machen können? Zumindest hatte er den Mut, zum Kampfplatz zu kommen, während ihr jammernd dagesessen habt. Doch nun, Sohn Handirs, sprich! Es gibt noch mehr, was ich erfahren möchte: Warum sehe ich dich hier, und alle diese Menschen, die ich in Ephel Brandir zurückgelassen habe? Wenn ich mich um euretwillen in Todesgefahr begebe, kann ich nicht Gehorsam erwarten, wenn ich fort bin? Und wo ist Níniel? Ich hoffe zumindest, daß ihr sie nicht mit hierhergebracht habt, sondern sie dort gelassen habt, wo ich sie behütet wußte, in meinem Haus, beschützt von treuen Männern!«

Als ihm aber niemand antwortete, schrie er: »Sprecht, sagt mir, wo Níniel ist! Sie wollte ich als erste sehen, und ihr will ich zuerst von den Taten in der Nacht berichten.«

Doch sie wandten die Gesichter von ihm ab, und endlich sagte Brandir: »Níniel ist nicht hier.«

»Dann ist es gut«, erwiderte Túrin. »Dann will ich zu meinem Haus gehen. Gibt es hier ein Pferd für mich, oder besser noch eine Trage? Die Anstrengungen haben mich geschwächt.«

»Nein, nein!« rief Brandir voll Pein. »Dein Haus ist leer. Níniel ist nicht dort. Sie ist tot.«

Aber eine der Frauen – das Weib Dorlas', das Brandir nicht wohlgesonnen war – kreischte: »Achte nicht auf ihn, Herr, denn er ist wahnsinnig. Er kam her und schrie, du wärest tot, und nannte es eine gute Nachricht. Doch du lebst. Warum soll wahr sein, was er von Níniel erzählt hat: sie sei tot, und das sei eine schlimme Nachricht?«

Da ging Túrin auf Brandir zu: »Mein Tod war eine gute Nachricht?« schrie er. »Ja, du hast sie mir immer geneidet, das wußte ich. Jetzt sei sie tot, sagst du. Und das sei schlimmer? Welche Lüge hast du dir in deiner Bosheit ausgedacht, Klumpfuß? Wolltest du uns denn mit üblen Worten töten, weil du keine anderen Waffen gebrauchen kannst?«

Da wurde das Mitleid in Brandirs Herz durch Wut vertrieben, und er schrie: »Wahnsinnig? Nein, der Wahnsinnige bist du, Schwarzes Schwert des schwarzen Schicksals! Und dieses ganze schwachsinnige Volk. Ich lüge nicht. Níniel ist tot, tot, tot! Suche sie im Teiglin!«

Da stand Túrin stumm und kalt. »Woher weißt du das?« fragte er leise. »Wie hast du das zustande gebracht?«

»Ich weiß es, weil ich sie springen sah«, antwortete Brandir. »Doch der Urheber warst du. Sie floh vor dir, Túrin, Sohn Húrins, und warf sich selbst in die Cabed-en-Aras, damit sie dich nie wieder zu sehen brauchte. Níniel! Níniel? Nein, Nienor, Húrins Tochter!«

Da packte ihn Túrin und schüttelte ihn, denn durch diese Worte vernahm er die Schritte seines Verhängnisses, die ihn einholten; doch in Entsetzen und Raserei leugnete er sie, so wie ein zu Tode gehetztes Tier alles in seiner Nähe verwunden will, bevor es stirbt.

»Ja, ich bin Túrin, Húrins Sohn«, schrie er. »Du hast es seit langem geahnt. Doch von Nienor, meiner Schwester, weißt du nichts. Nichts! Sie lebt im Verborgenen Königreich und ist in Sicherheit. Es ist eine Ausgeburt deiner eigenen gemeinen Seele, mein Weib um seinen Verstand zu bringen, und jetzt mich. Du humpelnder Bösewicht – wolltest du uns beide in den Tod treiben?«

Doch Brandir machte sich los. »Rühr mich nicht an!« sagte er. »Hör auf mit dem tollen Gerede. Sie, die du dein Weib nennst, kam zu dir und pflegte dich, und du antwortetest nicht auf ihren Ruf. Doch ein anderer tat es für dich. Glaurung der Drache, dessen Zauberwerk, wie ich glaube, für euer beider Verhängnis verantwortlich ist. Und bevor er starb, sagte er: ›Nienor, Tochter Húrins, hier ist dein Bruder, Verräter an seinen Feinden, treulos gegen Freunde, ein Fluch für seine Sippe, Túrin, Húrins Sohn.‹« Da ergriff Brandir plötzlich ein entrücktes Gelächter. »Auf dem Totenbett, sagt man, sprechen die Menschen die Wahrheit«, kicherte er. »Und ein Drache ebenfalls, wie es scheint! Túrin, Sohn Húrins, ein Fluch für deine Sippe und für alle, die dich beherbergen!«

Da griff Túrin nach Gurthang, und ein grausames Leuchten war in seinen Augen. »Und was soll man von dir sagen, Klumpfuß?« sagte er langsam. »Wer hat ihr heimlich hinter meinem Rücken meinen richtigen Namen genannt? Wer brachte sie zu dem bösartigen Drachen? Wer stand dabei und ließ sie sterben? Wer kam hierher, um diese entsetzliche Nachricht schnellstens zu verbreiten? Wer weidet sich jetzt an meinem Anblick? Sprechen die Menschen die Wahrheit, bevor sie sterben? Dann sprich sie jetzt aus, rasch!«

Brandir, der in Túrins Gesicht seinen eigenen Tod las, stand still und zitterte nicht, obwohl er außer seiner Krücke keine Waffe hatte, und er sagte: »Es wäre eine lange Geschichte, wollte ich alles erzählen, was sich ereignet hat, und ich bin deiner überdrüssig. Aber du hast mich verleumdet, Sohn Húrins. Hat Glaurung dich verleumdet? Wenn du mich erschlägst, dann werden alle sehen, daß er es nicht getan hat. Doch ich fürchte mich nicht vor dem Tod, denn dann werde ich Níniel suchen gehen, die ich liebte, und vielleicht finde ich sie jenseits des Meeres wieder.«

»Níniel suchen!« schrie Túrin. »Nein, Glaurung wirst du finden und mit dieser Brut zusammenliegen. Du wirst mit dem Wurm schlafen, deinem Seelenfreund, und in einer Finsternis mit ihm verwesen!« Dann hob er Gurthang, hieb nach Brandir und traf ihn tödlich. Die Menschen aber bedeckten ihre Augen vor dieser Tat, und als Túrin sich umwandte und Nen Girith verließ, flohen sie vor ihm voller Schrecken.

Dann wandelte er wie jemand, der seines Verstandes beraubt ist, durch die wilden Wälder, verfluchte nun Mittelerde und das menschliche Leben und beschwor Níniel. Als aber die Raserei seines Schmerzes ihn schließlich verließ, ruhte er eine Weile, überdachte alle seine Taten und hörte sich selbst rufen: »Sie wohnt im Verborgenen Königreich und ist in Sicherheit!« Und er dachte, daß er jetzt, da sein Leben gänzlich zerstört war, dorthin gehen mußte, denn aller Trug Glaurungs hatte ihn immer vom rechten Weg weggeführt. Deshalb machte er sich auf, ging zu den Teiglin-Stegen, und als er am Haudh-en-Elleth vorüberkam, rief er: »Bitter habe ich dafür bezahlt, o Finduilas, daß ich mich jemals mit dem Drachen einließ! Gib mir jetzt einen Rat!«

Doch als er gerade diese Worte rief, sah er zwölf wohlbewaffnete Jäger über die Stege kommen, und es waren Elben. Und als sie näherkamen, erkannte er einen von ihnen, denn es war Mablung, der Führer der Jäger Thingols. Und Mablung begrüßte ihn und sagte: »Túrin! Endlich habe ich dich doch noch gefunden. Ich suche dich und bin froh, dich lebend zu sehen, obwohl die Jahre schwer auf dir gelastet haben.«

»Schwer!« erwiderte Túrin. »Ja, schwer wie die Füße Morgoths. Doch wenn du froh bist, mich lebend zu sehen, bist du der letzte in der Mittelerde, der das meint. Warum?«

»Weil dein Name bei uns in Ehren gehalten wurde«, antwortete Mablung. »Obwohl du vielen Gefahren entronnen bist, fürchtete ich zuletzt um dich. Ich sah Glaurung hervorkommen, und ich dachte, er habe seinen verruchten Zweck erfüllt und kehre zu seinem Meister zurück. Doch er wandte sich gegen Brethil, und zur gleichen Zeit erfuhr ich von Wanderern im Lande, daß das Schwarze Schwert von Nargothrond dort wieder aufgetaucht sei und die Orks die Grenzen Brethils wie den Tod scheuten. Da überkam mich Furcht, und ich sagte: Wehe. Um Túrin zu suchen, zieht Glaurung in eine Gegend, die seine Orks nicht zu betreten wagen. Deshalb kam ich so schnell wie möglich hierher, um dich zu warnen und dir beizustehen.«

»Schnell, aber nicht schnell genug«, sagte Túrin. »Glaurung ist tot.«

Da schauten die Elben ihn voll Staunen an und sagten: »Du hast den Großen Wurm getötet! Dein Name wird unter den Elben und Menschen auf immer gepriesen werden!«

»Das kümmert mich nicht«, sagte Túrin. »Denn auch mein Herz ist tot. Aber weil ihr aus Doriath kommt, gebt mir Nachricht von den Meinen. Man sagte mir nämlich in Dor-lómin, sie seien ins Verborgene Königreich geflohen.«

Die Elben gaben keine Antwort, doch schließlich sagte Mablung: »Das haben sie in der Tat getan, in dem Jahr, bevor der Drache kam. Doch sie sind jetzt leider nicht mehr dort!« Da stand Túrins Herz still, und er hörte die Schritte des Verhängnisses, das ihn bis zum Ende verfolgen wollte. »Sprich weiter!« rief er. »Und beeile dich!«

»Sie gingen in die Wildnis, um dich zu suchen«, sagte Mablung. »Es geschah gegen jede Vernunft, doch sie wollten nach Nargothrond ziehen, als bekannt wurde, du seiest das Schwarze Schwert; und Glaurung kam hervor, und alle ihre Wachen wurden zerstreut. Niemand hat Morwen seit jenem Tag gesehen, Nienor aber fiel unter einen Bann dumpfen Vergessens, sie floh wie ein wildes Reh nach Norden in die Wälder und verschwand.« Da fing Túrin zum Erstaunen der Elben laut und schrill zu lachen an. »Ist es nicht zum Lachen?« schrie er. »Oh, die schöne Nienor. Sie lief von Doriath zum Drachen und vom Drachen zu mir. Welch liebliche Gnade des Schicksals! Sie war braun wie eine Nuß, dunkel war ihr Haar, klein und schlank war sie wie ein Elbenkind, und niemand konnte sie verwechseln!«

Darüber wunderte sich Mablung, und er sagte: »Aber das ist ein Irrtum. Deine Schwester sah anders aus. Sie war groß, ihre Augen blau, ihr Haar reines Gold, ganz das Abbild ihres Vaters Húrin in weiblicher Gestalt. Du kannst sie nicht gesehen haben!«

»Kann ich nicht, kann ich nicht, Mablung?« schrie Túrin. »Aber warum nicht! Denn siehe: Ich bin blind! Weißt du das nicht? Blind, blind, seit meiner Kindheit taste ich im dunklen Nebel Morgoths umher! Deshalb verlaßt mich! Geht! Geht nach Doriath zurück, und möge der Winter es verwelken lassen! Einen Fluch über Menegroth! Und über eure Botschaft. Dies fehlte noch. Jetzt kommt die Nacht!«

Und schnell wie der Wind entlief er ihnen, und Staunen und Furcht erfüllte sie. Doch Mablung sagte: »Etwas

Seltsames und Schreckliches hat sich zugetragen, von dem wir nichts wissen. Laßt uns ihm folgen und ihm beistehen, wenn wir können, denn jetzt ist er entrückt und ohne Verstand.«

Aber Túrin war ihnen weit voraus und kam zur Cabed-en-Aras und stand still; und er hörte das Wasser toben und sah, daß alle Bäume dort, nah und fern, verwelkten und ihre Blätter abwarfen, als sei es in den ersten Tagen des Sommers Winter geworden.

»Cabed-en-Aras, Cabed Naeramarth!« schrie er. »Ich will deine Wasser nicht besudeln, die Níniel reingewaschen haben. Denn alle meine Taten sind schlecht gewesen, und die letzte war die schlimmste.«

Dann zog er sein Schwert und sagte: »Gegrüßt seist du, Gurthang, Stahl des Todes, der du allein mir noch geblieben bist. Keinen Herrn kennst du und keine Treue, nur gegen die Hand, die dich führt. Kein Blut verschmähst du. Ist also auch Túrin dir genehm, und wirst du mir ein rasches Ende bereiten?«

Und aus der Klinge sprach eine kalte Stimme und gab ihm Antwort: »Fürwahr, freudig trinken will ich dein Blut, daß ich das Blut Belegs, meines Herrn, vergesse und Brandirs, des zu Unrecht Erschlagenen. Ich will dich rasch töten.«

Da setzte Túrin das Heft auf den Boden und stürzte sich in Gurthangs Spitze, und die schwarze Klinge nahm ihm das Leben.

Mablung aber kam, sah die scheußliche Gestalt Glaurungs, der tot dalag, und er sah Túrin, und Trauer erfüllte ihn; er dachte an Húrin, wie er ihn in der Nirnaeth Arnoediad gesehen hatte, und an das schreckliche Verhängnis seiner Sippe. Als die Elben dort standen, kamen Menschen von dem Nen Girith herab, um den toten Drachen anzusehen, und als sie sahen, welches Ende Túrin Turambar genommen hatte, weinten sie. So erfuhren die Elben schließlich den Grund für die Worte, die Túrin zu ihnen gesprochen hatte, und sie waren entgeistert. Da sagte Mablung bitter: »Auch ich war verstrickt in das Schicksal von Húrins Kindern, und so habe ich mit meiner Nachricht einen, den ich liebte, getötet.«

Dann hoben sie Túrin auf und sahen, daß sein Schwert

zerbrochen war. So ging alles dahin, was er besessen hatte.

Viele Hände mühten sich, sie trugen Holz zusammen, türmten es hoch auf, machten ein großes Feuer und verbrannten den Leichnam des Drachen, bis er nur noch schwarze Asche war und sein Gebein zu Staub zerfiel. Doch der Ort dieses Feuers blieb für alle Zeiten kahl und unfruchtbar. Túrin aber begruben sie auf einer Anhöhe, wo er gestorben war, und die Hälften von Gurthang legten sie ihm an die Seite. Und als alles getan war und die Sänger der Elben und Menschen ein Klagelied gesungen hatten über Túrins Tapferkeit und Níniels Schönheit, wurde ein großer grauer Stein gebracht und auf dem Hügel aufgestellt, und darauf meißelten die Elben in der Runenschrift von Doriath:

TÚRIN TURAMBAR DAGNIR GLAURUNGA

und darunter schrieben sie auch

NIENOR NÍNIEL

Sie lag aber nicht dort, noch wurde je bekannt, wohin die kalten Wasser des Teiglin sie getragen hatten.

So endete die Geschichte von Húrins Kindern, das längste aller Lieder Beleriands.

Anmerkungen

In einer einführenden Anmerkung, die in verschiedenen Fassungen existiert, heißt es, die ›Narn i Hîn Húrin‹ (›Die Geschichte der Kinder Húrins‹) sei, obgleich sie in der Elbensprache verfaßt sei und viel elbische Überlieferung (besonders aus Doriath) verwende, das Werk Dírhavels, eines Dichters der Menschen. Er lebte in den Tagen Earendils an den Anfurten des Sirion und sammelte dort alle Nachrichten über das Haus Hador, deren er habhaft werden konnte, ob von Menschen oder Elben, Überlebenden und Flüchtlingen aus Dor-lómin, Nargothrond, Gondolin und Doriath. In einer Version dieser Anmerkung ist davon die Rede, Dírhavel stamme selbst aus dem Hause Hador. Dieses Lied, das längste aller Lieder aus Beleriand, war alles, was er geschaffen hat, doch es wurde von den Eldar gerühmt, weil Dírhavel die Elbensprache verwendete, die er ausgezeichnet beherrschte. Er benutzte jene Art elbischen Verses, der *Minlamed thent/estent* genannt wurde, und der von altersher der ›Narn‹ (eine Erzählung in Versen, die jedoch gesprochen, nicht gesungen wurde) ihr eigenes Gepräge gab. Dírhavel kam beim Überfall der Söhne Feanors auf die Anfurten des Sirion ums Leben.

1 An dieser Stelle des Textes der ›Narn‹ folgt eine Beschreibung von Húrins und Huors Aufenthalt in Gondolin. Diese lehnt sich eng an eine Geschichte an, die in einem der »konstituierenden Texte« des ›Silmarillion‹ erzählt wird. Die Übereinstimmung ist so groß, daß es sich lediglich um eine Variante handelt, die ich hier nicht wiedergegeben habe. Die Geschichte kann man im ›Silmarillion‹, Seite 177–178, lesen.

2 Hier folgt im Text der ›Narn‹ ein Bericht über die Nirnaeth Arnoediad, den ich aus dem gleichen Grund nicht aufgenommen habe, den ich in Anmerkung 1 angeführt habe. Vgl. ›Das Silmarillion‹, Seite 210–220.

3 In einer zweiten Version des Textes wird deutlich, daß Morwen in der Tat Kontakte zu den Eldar unterhielt, die unweit ihres Hauses in den Bergen geheime Wohnungen besaßen: »Doch sie konnten ihr keine Neuigkeiten berichten. Niemand hatte Húrins Fall gesehen. ›Er war nicht bei Fingon‹, sagten sie; ›er wurde mit Turgon nach Süden abgedrängt, doch wenn irgend jemand aus seinem Volk entkam, geschah es im Gefolge des Heeres aus Gondolin. Aber wer will das wissen? Denn die Orks haben alle Erschlagenen zu einem Haufen aufgetürmt, eine Suche ist vergeblich, sogar wenn es jemand wagte, sich zum Haudh-en-Nirnaeth zu begeben.‹«

4 Mit dem hier beschriebenen Helm Hadors sind die »großen

Masken, die gräßlich anzuschauen waren«, zu vergleichen, welche die Zwerge aus Belegost in der Nirnaeth Arnoediad trugen und die ihnen »aber gut zustatten kamen gegen die Drachen« (›Das Silmarillion‹, Seite 216). Túrin trug später eine Zwergenmaske, als er in die Schlacht bei Nargothrond zog: »und die Feinde flohen bei seinem Anblick« (ebd., Seite 234). Vgl. auch den Anhang zur ›Narn‹, Seite 147.

5 Der Einfall der Orks nach Ost-Beleriand, bei dem Maedhros Azaghâl rettete, ist an keiner anderen Stelle erwähnt.

6 An anderer Stelle hat mein Vater angemerkt, daß die Sprache Doriaths, sowohl die des Königs als auch anderer, selbst zur Zeit Túrins altertümlicher war als die anderswo gesprochene; er bemerkt auch, daß Mîm beobachtete (obwohl die vorhandenen Schriften dies nicht erwähnen), daß Túrin trotz seines Grolls gegen Doriath sich niemals von der Sprache trennen konnte, mit der er aufgewachsen war.

7 Eine Randnotiz in einem Text sagt hier: »Immer suchte er in allen Frauengesichtern das Gesicht Lalaiths.«

8 In einer anderen Textfassung dieses Abschnitts der Erzählung wird von Saeros gesagt, er sei ein Verwandter Daerons gewesen, in einer anderen Version ist er der Bruder; die vorliegende Fassung ist vermutlich die letzte.

9 *Waldmensch:* »wilder Mensch aus den Wäldern«.

10 In einer anderen Textvariante dieses Teils der Geschichte teilt Túrin in diesem Augenblick den Geächteten seinen wirklichen Namen mit. Er behauptet weiter, daß er ja von Rechts wegen Herr und Richter über das Volk von Hador sei und deshalb Forweg zu Recht erschlagen habe, weil dieser Mann aus Dor-lómin stamme. Darauf sagt Algund, der alte Bandit, der den Sirion entlang aus der Nirnaeth Arnoediad geflohen war, daß Túrins Augen ihn lange an einen anderen Mann erinnert hätten, den er sich nicht ins Gedächtnis zurückrufen könne, und daß er jetzt den Sohn Húrins in ihm erkenne: ›Aber er war ein kleinerer Mann, klein für seine Sippe, doch voll Feuer, und sein Haar war goldrot. Du bist großgewachsen und dunkel. Ich erkenne deine Mutter in dir, wenn ich genauer hinsehe; sie stammte aus Beors Haus. Ich möchte wissen, was mit ihr geschah!‹ ›Ich weiß es nicht‹, sagte Túrin. ›Es gibt keine Nachrichten aus dem Norden.‹ In dieser Version werden die ursprünglich aus Dor-lómin kommenden Geächteten dazu veranlaßt, Túrin als Anführer anzuerkennen, weil sie wissen, daß Neithan Húrins Sohn ist.

11 Die zuletzt geschriebenen Fassungen dieses Teils der Geschichte stimmen darin überein, daß Túrin, als er Anführer der Geächteten-Bande wurde, sie fort von den Siedlungen der Waldmenschen in den Wald südlich des Teiglin führte; und daß Beleg bald nach ihrem Aufbruch dorthin kam. Aber die geographischen

Details sind unklar und die Schilderungen der Bewegungen der Bande widersprüchlich. Im Hinblick auf den anschließenden Verlauf der Geschichte scheint es notwendig, anzunehmen, daß sie im Tal des Sirion blieben und daß sie in Wahrheit von ihren früheren Schlupfwinkeln zur Zeit des Ork-Überfalls auf die Siedlungen der Waldmenschen nicht weit entfernt waren. In einer vorläufigen Version gingen sie nach Süden und kamen in das Land »oberhalb der Aelin-uial und der Fenne des Sirion«; doch in diesem »Land ohne Zuflucht« wurden die Männer unzufrieden und überredeten Túrin, sie in die Waldgebiete südlich des Teiglin zurückzuführen, wo er ihnen zum ersten Mal begegnet war. Dies würde den Anforderungen der Geschichte entsprechen.

12 Im ›Silmarillion‹ (Seite 224) geht die Geschichte weiter mit Belegs Abschied von Túrin, dessen merkwürdiger Vorahnung, daß sein Schicksal ihn zum Amon Rûdh führen werde, Belegs Ankunft in Menegroth (wo er von Thingol das Schwert Anglachel und von Melian *lembas* erhielt) und seiner Rückkehr in den Krieg gegen die Orks in Dimbar. Einen anderen ergänzenden Text gibt es nicht, und diese Passage ist hier weggelassen.

13 Túrin floh im Sommer aus Doriath; er verbrachte Herbst und Winter bei den Geächteten, im folgenden Frühjahr erschlug er Forweg und wurde Anführer der Bande. Die hier beschriebenen Ereignisse fanden im darauffolgenden Sommer statt.

14 *Aeglos*, »Schneedorn«, soll dem Ginster (Stechginster) ähnlich gewesen sein, er war jedoch größer und blühte weiß. *Aeglos* war auch der Name des Speers von Gil-galad. *Seregon*, »Blut des Steines«, war eine Pflanze jener Gattung, die man gewöhnlich »Mauerpfeffer« nennt. Die Pflanze hatte tiefrote Blüten.

15 Auch die gelb blühenden Ginsterbüsche, die Frodo, Sam und Gollum in Ithilien entdeckten, waren »dürr und langbeinig unten, aber oben dicht«, so daß sie aufrecht unter ihnen hindurchgehen konnten »wie durch lange, trockene Schneisen«, und sie trugen Blüten, »die in der Dämmerung schimmerten und einen schwachen, süßen Duft ausströmten« (›Die Zwei Türme‹, 4, Kapitel 7).

16 An anderer Stelle ist der Sindarin-Name der Kleinzwerge mit *Noegyth Nibin* (so im ›Silmarillion‹, Seite 227) und *Nibin-Nogrim* angegeben. Die »Hochmoore, die sich zwischen den Tälern von Sirion und Narog erhoben«, und zwar nordöstlich von Nargothrond (vgl. oben Seite 72), sind des öfteren als die Moore der Nibin-noeg (oder Varianten dieses Namens) erwähnt.

17 Die große Klippe, auf die sie von Mîm durch eine Felsspalte geführt werden und die er das »Tor zum Hof« nennt, war (wie es scheint) der Nordrand der Felsplatte; die Klippen auf der östlichen und westlichen Seite waren sehr viel abschüssiger.

18 Andrógs Fluch ist auch in folgender Form erhalten: »Möge er bis zu seinem Ende keinen Bogen haben, wenn er ihn braucht.«

Letztlich fand Mîm vor den Toren Nargothronds durch Túrins Schwert den Tod. (›Das Silmarillion‹, Seite 257).

19 Das Geheimnis um die anderen Gegenstände in Mîms Sack wird nicht enthüllt. Die einzige andere Aussage darüber findet sich in einer flüchtig gekritzelten Notiz, die darauf hinweist, daß es sich um als Wurzeln getarnte Goldbarren handle; dies bezieht sich auf Mîms Suche »nach alten Schätzen in einem Zwergenhaus in der Nähe der ›flachen Steine‹«. Hierbei handelt es sich zweifellos um die im Text (Seite 68) erwähnten Steine, die »in ungeordneten Haufen beisammenlagen« und bei denen Mîm gefangengenommen wurde. Doch es gibt nirgendwo einen Hinweis darauf, welche Rolle dieser Schatz in der Geschichte von Bar-en-Danwedh eigentlich spielen sollte.

20 Auf Seite 28 wird gesagt, daß der Paß über den Rücken des Amon Darthir die einzige Verbindung gewesen sei »zwischen dem Serech und dem äußersten Westen, wo Dor-lómin an Nevrast grenzte«.

21 In der Geschichte, wie sie im ›Silmarillion‹ (Seite 242) erzählt wird, »sank eine Wolke von Vorahnungen« auf Brandirs Herz, nachdem er gehört hatte, »was Dorlas meldete«, und er deshalb (wie es scheint), nachdem er im Mann auf der Bahre das Schwarze Schwert von Nargothrond erkannt hatte, das Gerücht verbreitete, es handle sich um den Sohn Húrins aus Dor-lómin.

22 Vgl. unten Seite 150. Dort findet sich ein Hinweis auf den gegenseitigen Austausch von Nachrichten, der auf »geheime Weise« zwischen Orodreth und Thingol stattfand.

23 Im ›Silmarillion‹ (Seite 137) sind die Hohen Faroth oder Taur-en-Faroth »große, bewaldete Hochflächen«. Daß sie hier als »braun und kahl« beschrieben werden, bezieht sich auf die blattlosen Bäume im beginnenden Frühling.

24 Man könnte annehmen, daß Dimrost erst in Nen Girith umbenannt wurde, als alles vorüber war, Túrin und Nienor tot waren, die Leute sich ihres Schauderanfalles erinnerten und seine Bedeutung klar wurde. Doch in der Sage wird Nen Girith durchgehend als Name verwendet.

25 Wenn es wirklich Glaurungs Absicht gewesen wäre, nach Angband zurückzukehren, wäre es denkbar, daß er die alte Straße zu den Teiglin-Stegen benutzt hätte, deren Verlauf sich nicht wesentlich von dem Weg unterschied, der ihn zur Cabed-en-Aras brachte. Vielleicht nahm man an, er würde auf jenem Weg nach Angband zurückkehren, der ihn aus dem Süden nach Nargothrond geführt hatte (den Narog aufwärts zum Ivrin). Vgl. auch Mablungs Worte (Seite 137): »Ich sah Glaurung hervorkommen, und ich dachte, er ... kehre zu seinem Meister zurück. Doch er wandte sich gegen Brethil ...«

Als Túrin von seiner Hoffnung sprach, Glaurung werde sich

geradeaus bewegen und nicht abweichen, meinte er, wenn der Drache den Teiglin entlang zu den Stegen zöge, könnte er Brethil betreten, ohne die Schlucht zu überqueren, wo er angreifbar war. (Vgl. seine Worte zu den Leuten am Nen Girith, Seite 117f.).

26 Ich habe keine Karte gefunden, welche die Vorstellung meines Vaters von der Lage des Landes im einzelnen hätte verdeutlichen können. Doch die folgende Skizze dürfte zumindest mit den Angaben in der Geschichte übereinstimmen:

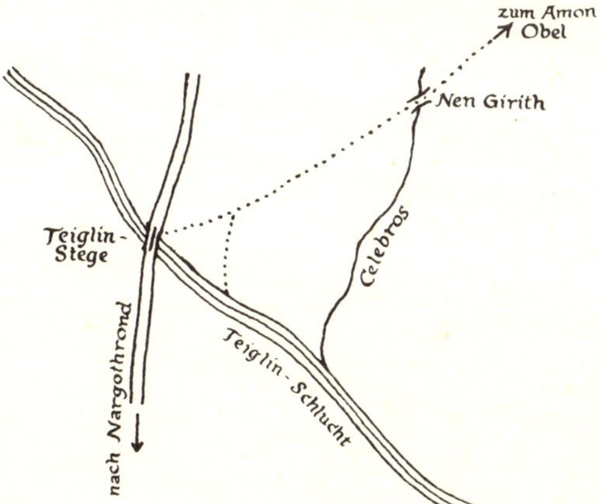

27 Die Wendungen »in wilder Flucht verließ sie diesen Ort« und »sie rannte von ihm fort« deuten darauf hin, daß zwischen der Stelle, wo Túrin neben Glaurungs Leichnam lag, und dem Rand des Abgrundes einige Entfernung war. Es kann sein, daß der Todessprung des Drachen ihn ein Stück vom äußersten Rand hinweggetragen hat.

28 An einer späteren Stelle der Erzählung (Seite 139) nennt Túrin selbst vor seinem Tod den Ort Cabed Naeramarth, und man darf annehmen, daß man den späteren Namen aus der Überlieferung seiner letzten Worte ableitete.

Es besteht ein offensichtlicher Widerspruch, wenn von Brandir gesagt wird (sowohl hier als auch im ›Silmarillion‹), er sei der letzte Mensch gewesen, der in die Cabed-en-Aras geblickt habe, bald darauf jedoch Túrin dorthin kam, sowie die Elben und alle, die den Grabhügel aufwarfen. Er kann vielleicht erklärt werden, wenn man die Brandir betreffenden Worte der ›Narn‹ in einem engen Sinn auslegt: er war eigentlich der letzte Mensch, »der in ihre Finsternis hinabblickte«. In der Tat war es die Absicht meines Vaters, die Erzählung so zu ändern, daß Túrin sich nicht an der Cabed-en-Aras tötete, sondern auf dem Grabhügel Finduilas' an den Teiglin-Stegen; doch es kam nie zu einer geschriebenen Fassung.

29 Hieraus scheint hervorzugehen, daß »Hirschsprung« der ursprüngliche Name dieses Orts war, und so auch der wirklichen Bedeutung von »Cabed-en-Aras« entspricht.

Anhang

Von dem Punkt der Geschichte an, wo Túrin und seine Männer sich im alten Wohnsitz der Kleinzwerge auf dem Amon Rûdh niederlassen, gibt es keine vollständige, bis ins einzelne ausgeführte Erzählung mehr; die ›Narn‹ setzt erst mit Túrins Reise in den Norden nach dem Fall Nargothronds wieder ein. Aus zahlreichen vorläufigen und probeweisen Entwürfen und Notizen lassen sich jedoch weitere Aufschlüsse gewinnen, die über die summarische Schilderung im ›Silmarillion‹ hinausgehen. Es gibt sogar einige zusammenhängende Erzählstränge im Stil der ›Narn‹.

Ein vereinzeltes Bruchstück beschreibt das Leben der Geächteten auf dem Amon Rûdh in der Zeit nach ihrer Niederlassung, und liefert eine nähere Beschreibung Bar-en-Danwedhs:

Lange Zeit verlief das Leben der Geächteten ganz nach ihrem Geschmack. Es war kein Mangel an Nahrung, sie hatten einen warmen und trockenen Unterschlupf und ausreichend Raum zur Verfügung; sie hatten nämlich entdeckt, daß die Höhlen zur Not hundert und mehr Männer beherbergen konnten. Weiter im Höhleninnern gab es eine zweite kleinere Halle. Sie hatte an einer Seite eine Feuerstelle, von der ein Kamin nach oben durch den Fels zu einem Abzugsloch führte, das geschickt in einer Spalte des Berghanges verborgen war. Außerdem gab es zahlreiche weitere Gemächer, die sich zu den Hallen oder dem Gang dazwischen öffneten; einige dienten als Wohnräume, andere als Werkstätten oder Vorratskammern. Was das Lagern von Vorräten anbetraf, war Mîm weitaus findiger als sie selbst, und er besaß viele Gefäße und Kisten aus Stein und Holz, die sehr alt zu sein schienen. Doch die meisten der Kammern standen jetzt leer: In den Waffenkammern hingen verrostete und staubige Äxte und anderes Gerät, die Borde und Schränke waren leer und die Schmieden unbenutzt. Außer einer: Es war ein kleiner Raum, der an die innere Halle grenzte und dessen Feuerstelle den Kamin mit jener in der Halle gemeinsam hatte. Dort arbeitete Mîm zuweilen, doch erlaubte er anderen nicht, dabeizusein.

Für den Rest des Jahres unternahmen sie keine Raubzüge mehr, und wenn sie sich draußen aufhielten, um zu jagen oder Vorräte zu sammeln, teilten sie sich meist in kleine Gruppen auf. Aber lange fiel es ihnen schwer, den Rückweg zu finden, und außer Túrin waren es nur sechs Männer, die sich jederzeit des Weges sicher waren. Da sie freilich sahen, daß andere, die einigermaßen geschickt waren, ihr Versteck ohne Mîms Hilfe finden konnten, ließen sie dennoch jeden Tag und jede Nacht einen Mann bei der Felsspalte in der Nordwand Wache halten. Aus dem Süden erwarteten sie keine Feinde und fürchteten auch nicht, daß jemand aus dieser Richtung kommend, Amon Rûdh erklettern könnte; aber tagsüber befand sich die meiste Zeit ein Wachtposten auf der Spitze der Bergkrone, der nach überallhin weite Sicht hatte. Obgleich die Hänge der Krone steil waren, konnte man ihre Spitze besteigen, denn östlich vom Höhleneingang waren große Stufen in den Fels geschlagen, die zu Hängen hinaufführten, über die Männer ungesehen emporklettern konnten.

So verging das Jahr ohne Unheil oder Unruhe. Doch als die Tage kürzer wurden, der Teich erkaltete und sich grau färbte, die Birken kahl wurden und die großen Regen sich einstellten, mußten sie mehr Zeit unter Dach zubringen. Da wurden sie bald mißmutig über die Dunkelheit im Berginnern oder über den trüben Halbdämmer in den Hallen; und den meisten schien es, als würde es sich besser leben lassen, wenn sie diesen Ort nicht würden mit Mîm teilen müssen. Allzuoft tauchte er plötzlich aus einer schattigen Ecke oder in einem Türeingang auf, wenn sie ihn irgendwo anders vermutet hatten. Sie gingen dazu über, nur noch im Flüsterton miteinander zu sprechen.

Zugleich kam es ihnen merkwürdig vor, daß es Túrin anders erging, daß er ihn immer freundlicher behandelte und zunehmend auf dessen Rat hörte. Im folgenden Winter verbrachte Túrin lange Stunden mit Mîm, hörte zu, wenn dieser ihn an seinen Kenntnissen teilhaben ließ oder Geschichten aus seinem Leben erzählte, und ihn noch nicht einmal zurechtwies, wenn er schlecht von den Eldar sprach. Mîm schien darüber erfreut und erwies Túrin seinerseits manche Gunst; ihm allein gestattete er manchmal, seine Schmiede zu betreten, und dort sprachen sie leise miteinander. Die Männer waren darüber weniger froh, und Andróg sah es mit mißgünstigen Blicken.

Der nun im ›Silmarillion‹ folgende Text gibt keinen Hinweis darauf, wie Beleg den Weg zum Bar-en-Danwedh fand; er »erschien an einem trüben Wintertag plötzlich unter ihnen«. In anderen Entwürfen war es die Sorglosigkeit der Geächteten, die dazu führte, daß im Bar-en-Danwedh im Winter die Lebensmittel knapp wurden und Mîm ihnen die genießbaren Wurzeln aus seinem Vorrat mißgönnte; deshalb verließen sie zu Jahresbeginn die Festung zu einem Beutezug. Beleg, der sich dem Amon Rûdh näherte, kam auf ihre Spur; entweder folgte er ihnen zu einem Lager, das sie wegen eines plötzlichen Schneesturms aufschlagen mußten, oder er folgte ihnen auf dem Rückweg zum Bar-en-Danwedh und schlüpfte hinter ihnen hinein.

Um diese Zeit verirrte sich Andróg in den Höhlen, als er nach Mîms geheimer Vorratskammer suchte, und fand eine verborgene

Treppe, die auf die flache Kuppe des Amon Rûdh hinausführte (über diese Treppe entflohen einige der Geächteten aus dem Bar-en-Danwedh, als es von den Orks angegriffen wurde; (›Das Silmarillion‹, Seite 230). Und entweder während des erwähnten Angriffs oder bei einer späteren Gelegenheit wurde Andróg – der Mîms Fluch zum Trotz wieder zu Pfeil und Bogen gegriffen hatte – von einem vergifteten Pfeil verwundet. Nur in einem einzigen der verschiedenen Hinweise auf diesen Vorfall wird gesagt, es habe sich um einen Ork-Pfeil gehandelt.

Andróg wurde durch Beleg von seiner Wunde geheilt, doch es scheint, daß seine Abneigung und sein Mißtrauen gegen den Elben dadurch nicht besänftigt wurden. Um so größer wurde Mîms Haß auf Beleg, denn dieser hatte Mîms Fluch über Andróg »übergangen«. Er sagte: »Der Fluch wird wieder über ihn kommen.« Es kam Mîm in den Sinn, er könne seine Jugend zurückgewinnen und wieder stark werden, wenn er ebenfalls von den *lembas* äße; und weil er sie durch List nicht erhalten konnte, täuschte er Krankheit vor, um sie von seinem Feinde zu erbitten. Als Beleg sie ihm verweigerte, war sein Haß besiegelt und erstreckte sich in noch stärkerem Maße auf Túrin, weil dieser den Elben liebte.

Es mag an dieser Stelle erwähnt werden, daß Túrin die *lembas* zurückwies, als Beleg sie aus seinem Pack hervorzog. (Vgl. auch ›Das Silmarillion‹, Seite 225 und 228)

Die silbernen Blätter waren rot im Licht des Feuers, und als Túrin das Siegel sah, verdunkelten sich seine Augen.

»Was hast du da?« fragte er.

»Das größte Geschenk, das jemand machen kann, der dich noch immer liebt«, antwortete Beleg. »Das ist *lembas*, die Wegzehrung der Eldar, die noch niemals ein Mensch gekostet hat.«

»Den Helm meiner Väter habe ich angenommen«, sagte Túrin, »aus Wohlwollen für deine gute Hut; aber Geschenke aus Doriath nehme ich nicht an.«

»Dann schicke dein Schwert und deine Waffen zurück«, sagte Beleg. »Und auch die Erziehung und Fürsorge, die dir in deiner Jugend zuteil wurden. Und laß diese Männer in der Einöde sterben, um deiner Laune willen. Außerdem war die Wegzehrung ein Geschenk an mich und nicht an dich, und ich kann damit verfahren, wie ich will. Verschmähe es, wenn es dir in der Kehle steckenbleibt; aber andere hier sind vielleicht hungriger und weniger stolz.«

Da war Túrin beschämt, und in diesem Fall besiegte er seinen Stolz.

Es finden sich weitere flüchtige Hinweise auf Dor-Cúarthol, das Land von Helm und Bogen, in dem Beleg und Túrin von ihrem Stützpunkt auf dem Amon Rûdh aus eine Zeitlang Anführer einer starken Streitmacht in den Ländern südlich des Teiglin wurden. (Vgl. auch ›Das Silmarillion‹, Seite 229)

Túrin nahm mit Freuden alle auf, die zu ihm kamen, doch auf Rat Belegs gewährte er keinem Neuankömmling Zutritt zu seinem Versteck auf dem Amon Rûdh (der nun Echad i Sedryn, Lager der Getreuen genannt wurde); den Weg dorthin kannten nur die Mitglieder der Alten Kameradschaft, und kein anderer wurde eingeweiht. Doch in der Umgebung wurden weitere bewachte Lager und Außenposten angelegt: im Wald auf der Ostseite, in den Hochländern oder in den südlichen Fennen, vom Methed-en-Glad (»das Wald-Ende«) bis zum Bar-erib, einige Meilen südlich vom Amon Rûdh. Von allen diesen Plätzen konnten die Männer den Gipfel des Amon Rûdh sehen und durch Signale Nachrichten empfangen.

Noch ehe der Sommer vorüber war, war Túrins Gefolgschaft auf diese Weise zu einer großen Streitmacht herangewachsen, und der Ansturm Angbands wurde zurückgeworfen. Davon drang die Kunde sogar bis nach Nargothrond, und viele wurden unzufrieden und sagten, wenn schon ein Geächteter dem Feind solche Verluste zufügen könne, was könne dann erst der Herr von Narog tun. Aber Orodreth wollte seine Pläne nicht ändern. In allen Belangen folgte er Thingol, mit dem er auf geheime Weise durch Boten Verbindung hielt; und er war ein weiser Herrscher, der sich an die Klugheit jener hielt, die zuerst an ihr eigenes Volk dachten und wie lange es sich Leben und Wohlstand gegen den lüsternen Norden erhalten konnte. Deshalb erlaubte er niemandem aus seinem Volk, sich Túrin anzuschließen; und er sandte Boten zu ihm, durch die er ihm sagen ließ, er solle bei allem, was er in seinem Krieg tue oder plane, den Fuß nicht nach Nargothrond setzen oder die Orks dorthintreiben. Doch für Notlagen bot er den beiden Anführern andere als bewaffnete Hilfe an (und dazu wurde er, wie man glaubte, durch Thingol und Melian bewogen).

Es ist verschiedene Male betont worden, daß Beleg den weitgespannten Plänen Túrins ablehnend gegenüberstand, obgleich er ihn unterstützte; es schien ihm, als habe der Drachenhelm eine andere Wirkung auf Túrin, als er erhofft hatte; und daß er mit Trübsal im Herzen voraussah, was die kommenden Tage bringen würden. Bruchstücke der Gespräche, die er mit Túrin darüber führte, sind erhalten. So saßen sie einmal in der Festung Echad i Sedryn beisammen, und Túrin sagte zu Beleg:

»Warum bist du so traurig und nachdenklich? Hat nicht alles einen guten Verlauf genommen, seit du zu mir zurückgekehrt bist? Hat sich mein Plan nicht als erfolgreich erwiesen?«

»Im Augenblick ist alles gut«, sagte Beleg. »Noch sind unsere

Feinde überrascht und eingeschüchtert. Und es liegen noch gute Tage vor uns – für eine gewisse Zeit.«

»Und was dann?«

»Dann ist es Winter. Und danach kommt ein neues Jahr, zumindest für jene, die noch am Leben sind.«

»Und dann?«

»Dann kommt der Zorn Angbands. Wir haben nur die Fingerspitzen der Schwarzen Hand versengt – nicht mehr. Sie wird sich nicht zurückziehen.«

»Aber ist der Zorn Angbands nicht das, was wir und unsere Freunde wollen«, sagte Túrin. »Was sonst möchtest du, daß ich tue?«

»Das weißt du sehr wohl«, erwiderte Beleg, »doch du hast mir verboten, über diese Möglichkeit zu sprechen. Doch höre mich nun an: Der Führer eines großen Heeres braucht mancherlei: Er muß einen sicheren Rückzugspunkt haben; er muß begütert sein und braucht viele Hände, deren Tätigkeit nicht im Kriegführen besteht. Mit der wachsenden Zahl steigt der Bedarf an Nahrung, man braucht mehr, als die Wildnis liefern kann; und schließlich ist es mit der Geheimhaltung vorbei. Amon Rûdh ist ein guter Platz für wenige Männer – er hat Augen und Ohren. Aber er steht für sich allein, ist von weitem zu sehen, und man braucht keine große Streitmacht, um ihn einzuschließen.«

»Dennoch will ich Anführer meines eigenen Heeres sein«, antwortete Túrin, »und wenn ich falle, so falle ich. Ich stehe mitten auf der Marschlinie Morgoths, und solange ich hier stehe, kann er die südliche Straße nicht benutzen. Man sollte mir dafür in Nargothrond dankbar sein und mir überdies mit notwendigen Dingen beistehen.«

In einer anderen kurzen Gesprächspassage antwortet Túrin auf Belegs Warnungen vor der Zerbrechlichkeit seiner Macht mit folgenden Worten:

»Ich will über ein Land herrschen, doch nicht über dieses. Hier will ich nur Kräfte sammeln. Mein Herz zieht es nach Dor-lómin, dem Land meines Vaters, und dorthin werde ich gehen, wenn ich kann.«

Es wird auch gesagt, daß Morgoth sich für eine gewisse Zeit zurückzog und nur Scheinangriffe durchführte, »damit durch leichte Siege das Selbstvertrauen dieser Rebellen ins Übertriebene wuchs; was sich in der Tat als richtig erwies«.

Andróg taucht in einem Entwurf jener Passage wieder auf, die den Angriff auf den Amon Rûdh schildert. Erst hier enthüllte er Túrin, daß es im Inneren des Berges eine Treppe gab; und er war einer derjenigen, die über diese Treppe auf die Bergspitze gelangten. Es wird gesagt, er habe dort tapferer gekämpft als jeder andere, doch er wurde schließlich durch einen Pfeil tödlich getroffen: So hatte sich Mîms Fluch erfüllt.

Der Erzählung im ›Silmarillion‹ (Belegs Reise auf den Spuren Túrins, sein Treffen mit Gwindor in Taur-nu-Fuin, die Rettung Túrins und Belegs Tod von Túrins Hand) ist nichts von Bedeutung hinzuzufügen. Zur Tatsache, daß Gwindor eine jener blauleuchtenden »Feanorischen Lampen« besaß, und welche Rolle diese Lampe in einer Version der Geschichte spielte, siehe ›Von Tuor und seiner Ankunft in Gondolin‹, Anmerkung 2 (siehe dtv-Band 10456).

Es sei hier angemerkt, daß mein Vater die Absicht hatte, die Geschichte vom Drachenhelm aus Dor-lómin bis in die Zeit von Túrins Aufenthalt in Nargothrond und sogar darüber hinaus fortzuführen, doch fand dies in den Erzählungen niemals Niederschlag. In der vorliegenden Version verschwindet der Helm mit dem Ende Dor-Cúarthols und der Zerstörung der Festung der Geächteten auf dem Amon Rûdh; aber auf irgendeine Weise taucht er bei Nargothrond wieder in Túrins Besitz auf. Er kann nur dorthin gelangt sein, indem die Orks ihn mitnahmen, als sie Túrin nach Angband verschleppten; doch die Geschichte seiner Rückeroberung zur Zeit der Rettung Túrins durch Beleg und Gwindor hätte eine Weiterentwicklung der Geschichte an diesem Punkt notwendig gemacht.

Ein einzelnes handschriftliches Fragment erzählt, daß Túrin in Nargothrond den Helm nicht wieder tragen wollte, »damit er nicht sichtbar wurde«, daß er ihn aber trug, als er in die Schlacht bei Tumhalad zog. (Vgl. ›Das ›Silmarillion‹, Seite 212, wo es heißt, daß er jene Zwergenmaske trug, die er in den Waffenkammern Nargothronds fand.) In diesem Fragment heißt es weiter:

Aus Furcht vor diesem Helm gingen ihm alle Feinde aus dem Weg, und so geschah es, daß er dieses todbringende Schlachtfeld unverletzt verließ. Es trug sich aber nun zu, daß er nach Nargothrond zurückkam und den Drachenhelm trug. Glaurung, der den Wunsch hatte, ihn um dessen Beistand und Schutz zu bringen (die er selbst fürchtete), verhöhnte ihn und sagte, Túrin beanspruche sicherlich sein Vasall und Lehnsmann zu werden, weil er das Ebenbild seines Meisters auf dem Helmkamm trage.

Doch Túrin antwortete: »Du lügst, und du weißt es. Denn dieses Bild wurde gemacht, um dich zu verhöhnen; und solange es diesen Helm gibt und jemanden, der ihn trägt, wird immer die Furcht an dir nagen, er könne dir dein Verhängnis bescheren.«

»Dann muß der Helm auf einen Meister warten, der einen anderen Namen trägt«, sagte Glaurung, »denn Túrin, Húrins Sohn, fürchte ich nicht. Im Gegenteil: Er hat noch nicht einmal die Kühnheit, mir offen ins Gesicht zu blicken.«

Und in der Tat war der Anblick des Drachen so entsetzlich, daß Túrin es nicht wagte, geradewegs nach oben in dessen Auge zu blicken; doch er hatte das Visier des Helms geschlossen, um sein Gesicht zu schützen, und während des Gesprächs nicht höher als bis zu Glaurungs Füßen hinaufgeschaut. Als er aber so verspottet wurde, öffnete er außer sich vor Stolz und Tollkühnheit das Visier und sah Glaurung ins Auge.

An anderer Stelle gibt es eine Anmerkung zu Morwen: Als sie in Doriath hörte, daß der Drachenhelm in der Schlacht bei Tumhalad aufgetaucht war, wußte sie, daß das Gerücht zutraf, bei Mormegil handle es sich um ihren Sohn Túrin.

Schließlich darf man vermuten, daß Túrin den Helm tragen sollte, als er Glaurung tötete; und daß er den sterbenden Drachen mit dessen eigenen, bei Nargothrond gesprochenen Worten vom »Meister mit dem anderen Namen« verspotten sollte; es gibt jedoch keine Hinweise darauf, wie dies erzählerisch gelöst werden sollte.

Es gibt einen Bericht über Art und Inhalt von Gwindors Widerstand gegen Túrins Taktik in Nargothrond, der im ›Silmarillion‹ nun sehr kurz angedeutet wird (vgl. dort Seite 236). Dieser Bericht ist nicht gänzlich zu einer Erzählung ausgeformt, mag aber dennoch hier wiedergegeben werden:

Im Rat des Königs sprach Gwindor fortwährend gegen Túrin und sagte, daß er in Angband gewesen sei und einiges über Morgoths Macht und seine Pläne wisse. »Kleine Siege werden sich am Ende als nutzlos erweisen«, sagte er, »denn auf diese Weise erfährt Morgoth, wo die Kühnsten seiner Feinde zu finden sind, und kann genügend Kräfte zusammenziehen, um sie zu vernichten. Zusammengenommen reichte die Macht der Elben und der Menschen nur aus, ihn im Zaum zu halten und den Frieden eines Belagerungszustandes zu gewinnen; er dauerte wahrlich eine lange Zeit, doch freilich nur so lange, bis Morgoth im rechten Augenblick den Belagerungsring sprengte. Und niemals wieder wird man einen solchen Zusammenschluß zustandebringen. Nur in der Heimlichkeit liegt jetzt jede Hoffnung, bis die Valar kommen.«

»Die Valar!« sagte Túrin. »Sie haben euch verlassen, und sie halten die Menschen zum Narren. Wozu nach Westen schauen über das endlose Meer? Es gibt nur einen Vala, mit dem wir es zu tun haben, und das ist Morgoth; und wenn wir ihn letztlich nicht besiegen können, dann können wir ihn zumindest verwunden und aufhalten. Denn ein Sieg ist ein Sieg, sei er noch so klein, und sein Wert liegt nicht nur darin, was aus ihm folgt, sondern er hat auch einen

Wert in sich selbst: Wenn ihr nichts tut, um Morgoth aufzuhalten, wird ganz Beleriand über kurz oder lang unter seinen Schatten fallen, und er wird euch einen nach dem anderen in euren Verstekken ausräuchern. Und was dann? Ein erbärmlicher Rest wird nach Süden oder Westen fliehen, um sich an den Ufern des Meeres zu verkriechen, gefangen zwischen Morgoth und Osse. Da ist es besser, sich eine Zeit des Ruhms zu erwerben, sei sie auch von kurzer Dauer; das Ende wird nämlich kein schlimmeres sein. Du sprichst von Heimlichkeit und sagst, darin liege die einzige Hoffnung; aber könnt ihr jeden, auch den letzten und geringsten Kundschafter und Spion Morgoths überfallen und abfangen, damit niemals einer mit Nachrichten nach Angband zurückkehrt? Wird Morgoth nicht doch erfahren, daß ihr lebt, und sich ausrechnen können, wo ihr euch aufhaltet? Und auch dies sage ich euch: Mit dem Maßstab der Elben gemessen, haben die sterblichen Menschen nur ein kurzes Leben, und doch würden sie es lieber in der Schlacht verlieren, als fliehen oder sich unterwerfen. Der Widerstand Húrin Thalions ist eine große Tat, und obwohl Morgoth den tötete, der sie vollbrachte, kann er die Tat nicht auslöschen. Sogar die Herren des Westens werden ihr Hochachtung zollen; und ist sie nicht aufgezeichnet in Ardas Geschichte, die weder Morgoth noch Manwe ungeschrieben machen können?«

»Du sprichst von großen Dingen«, entgegnete Gwindor, »und es ist offenkundig, daß du unter den Eldar gelebt hast. Aber mit Blindheit bist du geschlagen, wenn du Morgoth und Manwe in einem Atemzug nennst und von den Valar als den Feinden der Elben und Menschen sprichst; die Valar verspotten wahrlich niemanden, am wenigsten von allen die Kinder Ilúvatars. Auch kennst du nicht alle Hoffnungen der Eldar. Es gibt bei uns eine Prophezeiung, daß eines Tages ein Bote von Mittelerde durch die Schatten nach Valinor kommen wird, und Manwe wird ihn erhören und Mandos sich erbarmen. Sollten wir uns nicht nach Kräften bemühen, die Nachkommen der Noldor für diese Zeit zu erhalten und die der Edain ebenso? Und Círdan wohnt jetzt im Süden, und Schiffe werden dort gebaut; doch was weißt du von Schiffen oder vom Meer? Du denkst an dich selbst und an deinen eigenen Ruhm und verlangst, daß jeder von uns ebenso handelt; aber wir müssen an andere denken, nicht nur an uns selbst, denn nicht alle können kämpfen und fallen, und diese müssen wir vor Krieg und Untergang bewahren, solange wir können.«

»Dann schickt sie zu euren Schiffen, solange noch Zeit ist«, sagte Túrin.

»Wir werden uns nicht von ihnen trennen«, sagte Gwindor, »auch könnte Círdan sie nicht ernähren. Solange wir können, müssen wir gemeinsam ausharren, anstatt den Tod zu suchen.«

»All diesem habe ich Genüge getan«, erwiderte Túrin. »Tapfere

Verteidigung der Grenzen und harte Schläge, bevor der Feind sich sammelt: das bietet die beste Gewähr, daß ihr lange zusammenbleiben könnt. Und die, von denen du sprichst – gilt ihre Liebe eher den Drückebergern, die in den Wäldern wie Wölfe jagen, oder dem, der sich mit seinem Helm und verzierten Schild wappnet und die Feinde verjagt, seien sie auch weit zahlreicher als sein ganzes Heer? Zumindest die Frauen der Edain taten es nicht. Sie hielten ihre Männer nicht vor der Nirnaeth Arnoediad zurück!«

»Wäre diese Schlacht nicht geschlagen worden, hätten sie weniger Kummer gelitten«, sagte Gwindor.

Auch die Liebe Finduilas' zu Túrin sollte ausführlicher dargestellt werden:

Finduilas, die Tochter Orodreths, war wie alle aus dem Haus Finarfins goldhaarig, und Túrin begann Gefallen an ihrem Anblick und ihrer Gesellschaft zu finden; sie erinnerte ihn nämlich an seine Sippe und an die Frauen Dor-lómins in seinem Vaterhaus. Zuerst traf er sie nur, wenn Gwindor dabei war, doch nach einer Weile suchte sie seine Wege zu kreuzen, und sie trafen sich zuweilen allein, obgleich es zufällig zu geschehen schien. Dann befragte sie ihn nach den Edain, von denen sie selten einige gesehen hatte, nach seiner Heimat und seiner Sippe.

Túrin sprach denn freimütig mit ihr über diese Dinge, obwohl er ihr weder den Namen seines Geburtslandes noch irgendeinen Namen aus seiner Familie nannte. Einmal sagte er zu ihr: »Ich hatte eine Schwester, Lalaith – jedenfalls nannte ich sie so, und du erinnerst mich an sie. Aber Lalaith war ein Kind, eine gelbe Blume im grünen Gras des Frühlings; wäre sie am Leben geblieben, hätte sich ihr Gemüt vielleicht vor Kummer verdunkelt. Aber du bist wie eine Königin, wie ein goldener Baum; ich wollte, ich hätte eine so schöne Schwester.«

»Aber du bist königlich«, erwiderte sie, »genauso wie die Fürsten des Volkes von Fingolfin: Ich wollte, ich hätte einen so tapferen Bruder. Und ich glaube nicht, daß Agarwaen dein richtiger Name ist, und er paßt nicht zu dir, Adanedhel. Ich nenne dich Thurin, den Geheimnisvollen.«

Bei diesen Worten fuhr Túrin zusammen, doch er sagte: »Das ist nicht mein Name; und ich bin kein König, denn unsere Könige kommen aus den Reihen der Eldar, ich hingegen nicht.«

Nun bemerkte Túrin, daß Gwindors Freundschaft zu ihm abkühlte; er wunderte sich auch darüber, daß Gwindor wieder in Sorge und Leid zurückzusinken schien, nachdem zunächst das Elend und der Schrecken Angbands begonnen hatten, von ihm zu weichen. Und Túrin dachte, daß Gwindor vielleicht gekränkt sei, weil er sich seinen Vorschlägen widersetzt und die Oberhand behalten hatte. Denn er liebte Gwindor, weil dieser ihn behütet und geheilt hatte, und empfand großes Mitleid für ihn. Doch in diesen Tagen trübte sich auch Finduilas' strahlende Heiterkeit, ihr Schritt wurde langsamer und ihr Gesicht ernst; Túrin, der es gewahrte, argwöhnte, Gwindors Worte über das, was geschehen könne, hätten ihrem Herzen Furcht eingeflößt.

In Wahrheit war Finduilas mit sich selbst uneins. Denn sie schätzte Gwindor und bemitleidete ihn und wollte seine Leiden nicht um eine Träne vermehren; aber gegen ihren Willen wuchs ihre Liebe zu Túrin von Tag zu Tag, und sie dachte an Beren und Lúthien. Aber Túrin war nicht wie Beren! Er verspottete sie nicht und war glücklich, wenn er mit ihr zusammen war; und doch wußte sie, daß seine Liebe nicht von der Art war, die sie sich wünschte. Mit den Gedanken und mit dem Herzen war er woanders, verweilte an Flüssen in längst vergangenen Frühlingszeiten.

Dann sagte Túrin zu Finduilas: »Laß dich durch Gwindors Worte nicht erschrecken. Er hat in der Finsternis Angbands gelitten; und es ist hart für einen so tapferen Mann, nur der Schatten seiner selbst zu sein, und dies ohne eigenes Zutun. Er braucht jeden Trost und eine längere Zeit, um gesund zu werden.«

»Ich weiß es wohl«, sagte Finduilas.

»Aber wir werden ihm diese Zeit verschaffen!« sagte Túrin. »Nargothrond soll Bestand haben! Niemals wieder wird der Feigling Morgoth aus Angband hervorkommen, und in allem muß er sich auf seine Knechte verlassen; so spricht Melian aus Doriath. Sie sind die Finger seiner Hand, und wir werden sie packen und abschlagen, bis er seine Klauen zurückzieht. Nargothrond soll Bestand haben!«

»Vielleicht«, entgegnete Finduilas. »Es wird bestehen, wenn du es vollbringen kannst. Aber gib acht, Adanedhel, mein Herz ist schwer, wenn du in die Schlacht ziehst, denn es fürchtet, Nargothrond könnte einen Verlust erleiden.«

Und danach suchte Túrin Gwindor auf und sagte zu ihm: »Gwindor, teurer Freund, du fällst zurück in Trübsal; lasse das nicht zu! Denn in den Häusern deiner Sippe und im Licht Finduilas' wirst du gesunden.«

Da starrte Gwindor Túrin an, doch er sagte kein Wort, und sein Gesicht war umwölkt.

»Warum siehst du mich so an?« fragte Túrin. »In der letzten Zeit haben deine Augen mich öfter so angeblickt. Wodurch habe ich dich verletzt? Ich habe deinen Ansichten widersprochen, aber ein Mann muß so reden, wie er die Dinge sieht, und nicht aus persönlichen Gründen mit der Wahrheit zurückhalten, an die er glaubt. Ich wünschte, wir wären einer Meinung, denn ich stehe tief in deiner Schuld, und ich werde es nicht vergessen.«

»Wirklich nicht?« fragte Gwindor. »Trotzdem haben deine Taten und deine Ratschläge meine Heimat und meine Sippe verändert. Dein Schatten liegt auf ihnen. Warum sollte ich froh sein, der ich alles an dich verloren habe!«

Aber Túrin verstand diese Worte nicht, sondern er glaubte, Gwindor neide ihm seinen Platz im Herzen des Königs und seinen Einfluß auf dessen Entscheidungen.

Es folgt eine Passage, in der Gwindor Finduilas vor ihrer Liebe zu Túrin warnte; diese ist eng an den entsprechenden Text im ›Silmarillion‹ (Seite 235) angelehnt. Doch am Ende der Rede Gwindors antwortete ihm Finduilas ausführlicher als in der anderen Version:

»Deine Augen sind getrübt, Gwindor«, sagte sie. »Du siehst oder verstehst nicht, was hier geschehen ist. Muß ich nun zweifach beschämt werden, wenn ich dir die Wahrheit enthülle? Ich habe dich nämlich lieb, Gwindor, und ich schäme mich, daß ich dich nicht noch mehr liebe; aber mich hat eine größere Liebe ergriffen, vor der ich nicht fliehen kann. Ich habe sie nicht gesucht, und lange habe ich sie beiseite geschoben. Doch so wie ich Mitleid mit deinen Verletzungen habe, so auch mit den meinen: Túrin liebt mich nicht, und er wird mich nicht lieben.«

»Du sagst das«, antwortete Gwindor, »um die Schande von dem Mann zu nehmen, den du liebst. Warum hat er gerade dich auserwählt, verweilt lange bei dir und kommt immer glücklicher zurück?«

»Weil auch er Trost braucht«, sagte Finduilas, »und seiner Sippe beraubt ist. Ihr habt beide eure Nöte. Doch was ist mit mir? Schlimm genug, daß ich dir gegenüber bekennen muß, nicht geliebt zu werden – auch ohne daß du hinzufügst, ich spräche so, um dich zu täuschen?«

»Nein, in einem solchen Fall lassen sich Frauen nicht leicht täuschen«, sagte Gwindor. »Du wirst auch nicht viele finden, die leugnen, daß sie geliebt werden, wenn es doch wahr ist.«

»Wenn einer von uns dreien treulos ist, dann bin ich es«, sagte Finduilas, »aber gegen meinen Willen. Aber wie steht es mit deinem Schicksal und den Gerüchten aus Angband? Was ist mit Tod und Zerstörung? Der Adanedhel hat eine große Bedeutung in der Geschichte der Welt, und eines fernen Tages wird er Morgoth an Größe erreichen.«

»Er ist stolz«, sagte Gwindor.

»Aber er ist auch barmherzig. Er ist sich dessen noch nicht bewußt«, sagte Finduilas, »aber noch kann Mitleid jederzeit sein Herz verwunden, und er wird sich dem nie verweigern. Mitleid wird vielleicht immer der einzige Zugang zu seinem Herzen sein. Aber mich bemitleidet er nicht. Er behandelt mich mit Ehrfurcht, als wäre ich zugleich seine Mutter und seine Königin!«

Vielleicht waren Finduilas' Worte richtig, und sie sah alles mit dem scharfen Blick der Eldar. Túrin, der nicht wußte, was zwischen ihr und Gwindor gesprochen worden war, benahm sich jetzt immer liebenswürdiger, je trauriger sie zu sein schien. Doch einmal sagte Finduilas zu ihm: »Thurin Adanedhel, warum verbirgst du deinen Namen vor mir? Hätte ich gewußt, wer du bist, hätte ich dich nicht weniger geschätzt, aber deinen Kummer hätte ich besser verstanden.«

»Was willst du damit sagen?« fragte er. »Für wen hältst du mich?«

»Für Túrin, den Sohn Húrin Thalions, Hauptmann des Nordens.«

Darauf tadelte Túrin Gwindor, weil dieser seinen wahren Namen preisgegeben hat. (›Das Silmarillion‹, Seite 235)

Eine andere Passage in diesem Teil der Erzählung existiert in einer ausführlicheren Fassung. (Von der Schlacht bei Tumhalad und der Plünderung Nargothronds gibt es keine andere Schilderung; die Reden Túrins und des Drachen sind im ›Silmarillion‹ so ausführlich niedergeschrieben, daß es unwahrscheinlich scheint, sie sollten noch breiter ausgeführt werden.) Diese Passage ist eine ausführliche Beschreibung der Ankunft der Elben Gelmir und Arminas in Nargothrond im Jahr seines Falls. (Vgl. ›Das Silmarillion‹, Seite 236f.) Zu ihrer früheren Begegnung mit Tuor in Dor-lómin, die hier erwähnt wird, vgl. ›Von Tuor und seiner Ankunft in Gondolin‹, Seite 21f. (dtv-Band 10456).

Im Frühling kamen zwei Elben, die sich Gelmir und Arminas aus dem Volk Finarfins nannten, und sagten, sie hätten eine Botschaft für den Fürsten von Nargothrond. Sie wurden vor Túrin gebracht, doch Gelmir sagte: »Es ist Orodreth, Finarfins Sohn, den wir zu sprechen wünschen.«

Und als Orodreth kam, sagte Gelmir zu ihm: »Herr, wir gehörten zu den Leuten Angrods, und wir sind seit der Dagor Bragollach weit gewandert, doch bis vor kurzem haben wir bei Círdans Gefolgschaft an den Mündungen des Sirion gewohnt. Und eines Tages rief er uns und gebot uns, zu Euch zu gehen. Denn Ulmo selbst, der Herr der Wasser, war ihm erschienen und hatte ihn vor einer großen Gefahr gewarnt, die sich Nargothrond nähere.«

Aber Orodreth verhielt sich abwartend, und er erwiderte: »Warum kommt ihr dann aus dem Norden hierher? Oder hattet ihr vielleicht noch andere Aufträge?«

Darauf antwortete Arminas: »Herr, seit der Nirnaeth habe ich unablässig nach dem Verborgenen Königreich Turgons gesucht, und ich habe es nicht gefunden; und bei dieser Suche, so fürchte ich jetzt, bin ich mit dem Auftrag, hierherzugehen, über Gebühr in Verzug geraten. Um den Auftrag geheimzuhalten und schnell durchzuführen, sandte uns Círdan nämlich mit dem Schiff die Küste entlang und ließ uns in Drengist an Land setzen. Doch unter den Seeleuten waren einige, die in vergangenen Jahren als Boten Turgons nach Süden gekommen waren, und aus ihrer vorsichtigen Ausdrucksweise glaubte ich schließen zu können, daß Turgon vielleicht noch immer im Norden wohne und nicht im Süden, wie die meisten glauben. Aber wir fanden weder ein Zeichen noch eine Spur dessen, was wir suchten.«

»Warum sucht ihr Turgon?« fragte Orodreth.

»Weil man sagt, daß sein Königreich Morgoth am längsten widerstehen wird«, antwortete Arminas. Diese Worte erschienen Orodreth wie ein böses Zeichen, und er war ungehalten.

»Dann säumt nicht länger in Nargothrond«, sagte er, »denn hier werdet ihr keine Nachrichten über Turgon erhalten. Und ich brauche niemanden, der mich darüber aufklärt, daß Nargothrond sich in Gefahr befindet.«

»Seid nicht verärgert, Herr«, sagte Gelmir, »wenn wir Eure Fragen wahrheitsgemäß beantworten. Und unser Abweichen vom geraden Weg hierher ist nicht unnütz gewesen, denn den Bereich, der Euren Kundschaftern bekannt ist, haben wir weit überschritten. Wir haben Dor-lómin durchquert und alle Länder unter den Säumen der Ered Wethrin, wir haben den Sirion-Paß erkundet und die Wege des Feindes ausgespäht. In jenen Gegenden gibt es eine große Anzahl von Orks und bösen Kreaturen, und bei Saurons Insel sammelt sich ein Heer.«

»Das weiß ich«, sagte Túrin. »Eure Neuigkeit ist alt. Hätte die Botschaft Círdans irgendeinen Zweck haben sollen, hätte sie früher kommen müssen.«

»Ihr sollt die Botschaft wenigstens hören, Herr«, sagte Gelmir zu Orodreth. »Vernehmt denn die Worte des Herrn der Wasser! Also sprach er zu Círdan, dem Schiffbauer: ›Das Böse aus dem Norden hat die Quellen des Sirion besudelt, und meine Macht zieht sich aus den Armen des fließenden Wassers zurück. Doch jetzt wird Schlimmes hervorkommen. Deshalb sage jetzt dem Fürsten von Nargothrond: Schließe die Tore der Festung und verlasse sie nicht. Wirf die Steine deines Stolzes in den lärmenden Fluß, damit der kriechende Unhold das Tor nicht finde!‹«

Diese Worte erschienen Orodreth rätselhaft, und nach seiner Gewohnheit wandte er sich um Rat an Túrin. Doch dieser mißtraute den Boten, und er sagte voller Spott: »Was weiß Círdan von unseren Kriegen, die wir in der Nähe des Feindes wohnen? Laßt den Seemann auf seine Schiffe achtgeben! Aber wenn der Herr der Wasser uns wirklich einen Rat geben wollte, hätte er verständlicher sprechen sollen. So erscheint es in unserem Fall besser, unsere Kräfte zu sammeln und unseren Feinden tapfer zu begegnen, ehe sie uns allzu nahe kommen.«

Darauf verbeugte sich Gelmir vor Orodreth und sagte: »Ich habe gesprochen, wie es mir aufgetragen wurde, Herr.« Und er wandte sich ab. Arminas jedoch sagte zu Túrin: »Stammst du wirklich aus dem Haus Hador, wie ich habe sagen hören?«

»Hier werde ich Agarwaen genannt, das Schwarze Schwert von Nargothrond«, erwiderte Túrin. »Wie es scheint, verstehst du dich recht gut auf die vorsichtige Sprache, Freund Arminas; und es ist gut, daß Turgons Geheimnis dir verborgen geblieben ist, sonst würde man bald in Angband darum wissen. Der Name eines Mannes gehört nur ihm selbst, und sollte Húrins Sohn erfahren, daß du ihn ausgeplaudert hast, während er ihn geheimhalten wollte, dann möge Morgoth dich packen und dir deine Zunge herausbrennen!«

Da war Arminas über Túrins finsteren Zorn erschrocken, doch Gelmir sagte: »Er wird von uns nicht verraten werden, Agarwaen. Sind wir nicht im Ratszimmer hinter verschlossenen Türen, wo die Sprache offener sein darf? Und Arminas fragte dies, glaube ich, weil allen bekannt ist, die am Meer wohnen, daß Ulmo dem Haus Hador sehr zugetan ist; und manche sagen, daß Húrin und sein Bruder einst in das Verborgene Reich kamen.«

»Wenn es so gewesen wäre, hätte er zu keinem darüber gesprochen, weder zu Großen noch zu Geringeren, am wenigsten zu seinem Sohn im Kindesalter«, antwortete Túrin. »Deshalb glaube ich nicht, daß Arminas mich das in der Hoffnung gefragt hat, etwas über Turgon zu erfahren. Ich mißtraue solchen Unglücksboten.«

»Spare dir dein Mißtrauen!« sagte Arminas wütend. »Gelmir hat mich falsch verstanden; denn in Wahrheit erinnerst du mich wenig an die Sippe Hadors, wie immer dein Name sein mag.«

»Und was weißt du von ihr?« fragte Túrin.

»Ich habe Húrin gesehen«, erwiderte Arminas, »und seine Väter vor ihm. Und in den Einöden Dor-lómins habe ich Tuor getroffen, Huors Sohn, Húrins Bruder; und er ist wie seine Vorväter, du bist es nicht.«

»Das mag sein«, sagte Túrin, »obwohl ich bis zu diesem Augenblick von Tuor nicht das geringste gehört habe. Doch ich schäme mich dessen nicht, daß mein Haar dunkel und nicht goldfarben ist. Denn ich bin nicht der erste Sohn, der seiner Mutter ähnlich sieht, und durch Morwen Eledhwen stamme ich aus dem Hause Beor und bin mit Beren Camlost verwandt.«

»Ich sprach nicht vom Unterschied zwischen schwarz und goldfarben«, sagte Arminas. »Doch andere aus dem Haus Hador, unter ihnen Tuor, benehmen sich anders. Sie befleißigen sich nämlich der Höflichkeit, folgen einem guten Rat und bezeugen Ehrfurcht vor den Herren des Westens. Aber du willst, wie es scheint, nur von deiner eigenen Weisheit einen Rat annehmen oder von deinem Schwert. Und ich sage dir, Agarwaen Mormegil, wenn du dich so verhältst, könnte dich ein anderes Schicksal erwarten als sonst jemanden aus den Häusern Hador und Beor.«

»Es ist immer anders gewesen«, antwortete Túrin. »Und wenn ich schon, wie es scheint, wegen der Tapferkeit meines Vaters den Haß Morgoths auf mich nehmen muß, soll ich auch noch die spöttischen und unheilverkündenden Worte eines Entlaufenen ertragen, wenn er auch für sich in Anspruch nimmt, mit Königen verwandt zu sein? Ich rate euch: Schert euch zurück zu den sicheren Ufern des Meeres!«

Darauf gingen Gelmir und Arminas fort und kehrten in den Süden zurück: Aber trotz Túrins Hohn hätten sie mit Freuden Seite an Seite mit ihren Verwandten die Schlacht erwartet; sie gingen nur, weil Círdan ihnen auf Befehl Ulmos geboten hatte, ihm so schnell wie möglich eine Antwort aus Nargothrond zu bringen. Orodreth war über die Worte der Boten sehr besorgt; doch Túrins Stimmung wurde um so unversöhnlicher, und er wollte um keinen Preis auf ihren Rat hören; am allerwenigsten wollte er zulassen, daß die große Brücke eingerissen wurde. Zumindest was das betraf, wurden die Worte Ulmos richtig gedeutet.

Es ist nirgendwo erklärt, warum Gelmir und Arminas mit einer dringenden Botschaft für Nargothrond von Círdan die Küste entlang zum Fjord von Drengist gesandt wurden. Arminas sagte, es sei aus Gründen der Schnelligkeit und Geheimhaltung geschehen; aber größere Geheimhaltung wäre sicherlich erreicht worden, wenn sie von Süden her den Narog aufwärts gereist wären. Es darf angenommen werden, daß Círdan in dieser Frage Ulmos Wünschen folgte (damit sie Tuor in Dor-lómin treffen und ihn durch die Pforte der Noldor geleiten konnten), doch dies wird nirgendwo angedeutet.

Glossar

Adanedhel. »Elbenmensch«; Name, der Túrin in Nargothrond verliehen wurde.

Aelin-uial. »Dämmerseen«, das Gebiet der Marschen und Tümpel, wo der Aros in den Sirion mündete.

Ältere Kinder. Siehe *Kinder Ilúvatars.*

Ältester König. Siehe *Manwe.* (Von Morgoth beanspruchter Titel.)

Aerin. Verwandte Húrins in Dor-lómin; vom Ostling Brodda zur Frau genommen; unterstützte Morwen nach der Nirnaeth Arnoediad.

Agarwaen. »Der Blutbefleckte«; Name, den Turin sich beilegte, als er nach Nargothrond kam.

Algund. Mann aus Dor-lómin, einer aus der Schar der Geächteten (Gaurwaith), der Túrin sich anschloß.

Alte Kameradschaft. Bezeichnung für die ursprünglichen Mitglieder von Túrins Bande in Dor-Cúarthol.

Amon Ethir. »Der Hügel der Späher«, großer Erdhügel, von Finrod Felagund östlich der Tore von Nargothrond aufgeworfen.

Amon Obel. Ein Hügel im Wald von Brethil, auf dem Ephel Brandir erbaut war.

Amon Rûdh. »Der Kahle Berg«, eine vereinzelte Höhe in den Ländern südlich von Brethil; Wohnstätte Mîms und Versteck von Túrins Geächteten-Bande. Bei den Kleinzwergen »Scharbhund« genannt.

Andróg. Mann aus Dor-lómin, ein Anführer der Geächteten-Bande, der Túrin sich anschloß.

Anfauglith. Name der Ebene von Ard-galen nach ihrer Verwüstung durch Morgoth in der Dagor Bragollach.

Angband. Morgoths große Festung im Nordosten von Mittelerde.

Anglachel. Siehe *Gurthang.*

Angrod. Fürst der Noldor, der dritte Sohn Finarfins; in der Dagor Bragollach gefallen.

Annon-in-Gelydh. »Pforte der Noldor«, Eingang zu einem unterirdischen Wasserlauf in den westlichen Bergen von Dor-lómin.

Arda. »Das Reich«, Name der Erde als Königreich Manwes.

Arminas. Noldor-Elb, der mit Gelmir Tuor bei Annon-in-Gelydh traf und später nach Nargothrond ging, um Orodreth vor Gefahr zu warnen.

Asgon. Mann aus Dor-lómin, der Túrin nach dem Tode Broddas bei der Flucht half.

Azaghâl. Fürst der Zwerge von Belegost; verwundete Glaurung in der Nirnaeth Arnoediad und wurde von ihm getötet.

Barad Eithel, »Turm an der Quelle«, die Festung der Noldor bei Eithel Sirion.

Baragund. Vater Morwens, der Gemahlin Húrins; Neffe Barahirs.

Barahir. Vater von Beren.

Bar-en-Danwedh. »Haus der Auslöse«; Name, den der Zwerg Mîm seiner Behausung auf dem Amon Rûdh gab, als er sie Túrin überließ. Siehe auch *Echad i Sedryn.*

Bar-en-Nibin-noeg. »Haus der Kleinzwerge«, Mîms Behausung auf dem Amon Rûdh.

Beleg. Genannt Cúthalion, »Langbogen«. Elb aus Doriath. Ein großer Bogenschütze, Oberhaupt der Grenzwachen Thingols, Freund und Gefährte Túrins, von dem er erschlagen wurde.

Belegost. Eine der beiden Zwergenstädte in den Blauen Bergen.

Belegund. Vater von Huors Gattin Rían; Neffe von Barahir.

Beleriand. In der Altvorderenzeit die Länder westlich der Blauen Berge.

Beor. Führer der ersten Menschen, die nach Beleriand kamen, Ahnherr des Ersten Hauses der Edain.

Beren. Genannt Erchamion, »Einhänder«, und Camlost, »Leerhändiger«. Mensch aus dem Hause Beor, der den Silmaril aus Morgoths Krone schnitt und der als einziger aller sterblichen Menschen von den Toten zurückkehrte.

Blaue Berge. Siehe *Ered Luin.*

Bragollach. Siehe *Dagor Bragollach.*

Brandir. Oberhaupt des Volkes von Haleth in Brethil zur Zeit der Ankunft Túrin Turambars, von dem er erschlagen wurde. Von Túrin »Klumpfuß« genannt.

Bregolas. Bruder Barahirs und Vater Baragunds und Belegunds.

Bregor. Vater von Barahir und Bregolas.

Brethil. Der Wald zwischen den Flüssen Teiglin und Sirion in Beleriand, Wohnsitz der Haladin. Die Menschen von Brethil wurden auch »Waldmenschen« genannt.

Brithiach. Furt über den Sirion nördlich des Waldes von Brethil.

Brodda. Genannt »der Eindringling«. Ostling in Hithlum nach der Nirnaeth Arnoediad, der Húrins Verwandte Aerin zum Weib nahm; von Túrin erschlagen.

Cabed-en-Aras. »Der Hirschsprung«, tiefe Schlucht, durch die der Teiglin floß, wo Túrin Glaurung erschlug und Nienor in den Tod sprang.

Cabed Naeramarth. »Sprung des Entsetzlichen Schicksals«; Name, den man der Cabed-en-Aras gab, nachdem sich Nienor von den Klippen gestürzt hatte.

Celebros. »Silberschaum« oder »Silberregen«, ein Bach in Brethil, der nahe bei den Stegen in den Teiglin hinabstürzte.

Círdan. Genannt »der Schiffbauer«; Telerin-Elb.

Dämmerseen. Siehe *Aelin-uial.*

Daeron. Spielmann aus Doriath; liebte Lúthien und verriet sie zweimal; Freund (oder Verwandter) von Saeros.

Dagor Bragollach. »Die Schlacht des Jähen Feuers« (auch einfach »die Bragollach«), die vierte der Schlachten in den Kriegen von Beleriand, mit der die Belagerung von Angband beendet wurde.

Denethor. Führer der Nandorin-Elben, die über die Blauen Berge kamen und in Ossiriand wohnten; fiel auf dem Amon Ereb in der Ersten Schlacht von Beleriand.

Dimrost. »Regentreppe«, die Fälle des Celebros im Wald von Brethil, später Nen Girith, »Schauderwasser«, genannt.

Dírhavel, Mann aus Dor-lómin, Verfasser der ›Narn i Hîn Húrin‹.

Dor-Cúarthol. »Land von Helm und Bogen«, Name des von Beleg und Túrin aus ihrem Versteck auf dem Amon Rûdh verteidigten Landes.

Doriath. »Land des Zauns« (Dor lâth), Anspielung auf den Gürtel Melians; das Königreich Thingols und Melians in den Wäldern von Neldoreth und Region, von Menegroth am Esgalduin aus regiert. Genannt »das Verborgene Königreich«.

Dorlas. Mann aus Brethil; ging mit Túrin und Hunthor zu dem Angriff auf Glaurung, zog sich aber aus Furcht zurück; von Brandir erschlagen.

Dor-lómin. Gegend im Süden von Hithlum, das Gebiet Fingons, wurde dem Hause Hador zum Lehen gegeben; Heimat Húrins und Morwens.

Dorthonion. »Land der Kiefern«, das große, bewaldete Hochland an den Nordgrenzen Beleriands, später Taur-nu-Fuin, »Wald unter dem Nachtschatten«, genannt.

Drachenhelm von Dor-lómin. Erbstück des Hauses Hador, von Túrin getragen.

Earendil. Sohn Tuors.

Echad i Sedryn. »Lager der Getreuen«; Name, den man der Zuflucht Túrins und Belegs auf dem Amon Rûdh gab.

Edain (Singular *Adan*). Die Menschen aus den Drei Häusern der Elbenfreunde.

Eithel Sirion. »Sirion-Brunnen«, an den Osthängen der Ered Wethrin, mit Bezug auf die am selben Ort befindliche Festung der Noldor (Barad Eithel) gebraucht.

Elbenfreunde. Die Menschen aus den Drei Häusern von Beor, Haleth und Hador: die Edain.

Eldar. Die Elben der Drei Geschlechter (Vanyar, Noldor und Teleri).

Eledhwen. Siehe *Morwen.*

Ephel Brandir. »Der Umschließende Zaun Brandirs«, Wohnsitz der Menschen von Brethil auf dem Amon Obel.

Ered Luin. »Die Blauen Berge«, auch Ered Lindon genannt. Die große Bergkette, die in der Altvorderenzeit Beleriand von Eriador trennte; nach der Zerstörung am Ende des Ersten Zeitalters bildete sie das nordwestliche Küstengebirge von Mittelerde.

Ered Wethrin. »Schattengebirge«, die große gebogene Bergkette, die Anfauglith (Ard-galen) von Westen her begrenzte und Hithlum von West-Beleriand trennte.

Esgalduin. Zufluß des Sirion in Doriath.

Feanor. Ältester Sohn Finwes, Halbbruder Fingolfins und Finarfins, Vater von Maedhros; Anführer der Noldor in ihrer Rebellion gegen die Valar; Schöpfer der Silmaril.

Felagund. Siehe *Finrod.*

Finarfin. Dritter Sohn Finwes, der jüngere von Feanors Halbbrüdern; Vater von Finrod, Orodreth und Angrod.

Finduilas. Tochter Orodreths, von Gwindor geliebt; kam bei der Eroberung von Nargothrond in Gefangenschaft, wurde von den Orks an den Teiglin-Stegen getötet und im Haudh-en-Elleth begraben.

Fingolfin. Zweiter Sohn Finwes, der ältere von den Halbbrüdern Feanors; Hoher König der Noldor in Beleriand, saß in Hithlum; von Morgoth im Zweikampf erschlagen; Vater Fingons und Turgons.

Fingon. Ältester Sohn Fingolfins; Hoher König der Noldor in Beleriand nach dem Tod seines Vaters; Vater Gil-galads.

Finrod. Ältester Sohn Finarfins; Gründer und König von Nargothrond, wo er seinen Namen Felagund, »Höhlen-Gräber«, erhielt.

Finwe. König der Noldor in Aman; Vater Feanors, Fingolfins und Finarfins.

Forweg. Mann aus Dor-lómin, Anführer der Geächteten-Bande, der Túrin sich anschloß; von Túrin erschlagen.

Galdor. Genannt »der Lange«; Sohn von Hador Goldscheitel und nach ihm Herr von Dor-lómin; Vater Húrins und Huors; gefallen bei Eithel Sirion.

Gamil Zirak. Genannt »der Alte«; Zwergenschmied, Lehrmeister Telchars aus Nogrod.

Gaurwaith. »Wolfsmänner«, die Bande von Geächteten an den Westgrenzen Doriaths, der Túrin sich anschloß und deren Anführer er wurde.

Gelmir. Noldor-Elb, der mit Arminas am Annon-in-Gelydh mit Tuor zusammentraf und später nach Nargothrond ging, um Orodreth vor Gefahr zu warnen.

Gethron. Mann aus Túrins Haushalt, der mit Grithnir Túrin nach Doriath begleitete und später nach Dor-lómin zurückkehrte.

Gil-galad. »Strahlenstern«, der Name, unter dem Ereinion, Fingons Sohn, bekannt war. Nach dem Tode Turgons wurde er der letzte Hohe König der Noldor in Mittelerde und blieb nach dem Ende des Ersten Zeitalters in Lindon.

Glaurung. Der erste von Morgoths Drachen; beteiligt an der Dagor Bragollach, der Nirnaeth Arnoediad und der Eroberung von Nargothrond; legte seinen Bann auf Túrin und Nienor; von Túrin bei Cabed-en-Aras getötet; vielfach »der Drache« genannt, »der (Große) Wurm«, »Gold-Wurm von Angband«.

Glóredhel. Tochter Hador Goldscheitels aus Dor-lómin und Schwester Galdors.

Golug. Ork-Name für die Noldor.

Gondolin. »Die Verborgene Stadt«, »das Verborgene Reich« König Turgons, von Morgoth zerstört.

Grabhügel des Elbenmädchens. Siehe *Haudh-en-Elleth.*

Grau-Elben. Siehe *Sindar.*

Grausamer Winter. Der Winter des Jahres 495 vom Mondaufgang an, nach dem Fall Nargothronds.

Grithnir. Mann aus Húrins Haushalt, der zusammen mit Gethron Túrin nach Doriath begleitete, wo er starb.

Großer Grabhügel. Siehe *Haudh-en-Ndengin.*

Großer Wurm. Siehe *Glaurung.*

Gurthang. »Todeseisen« (auch »der Schwarze Dorn von Brethil« genannt), Name für Belegs Schwert Anglachel, nachdem es in Nargothrond für Túrin neu geschmiedet worden war und nach welchem er Mormegil, »Schwarzes Schwert«, genannt wurde.

Gwaeron. Sindarin-Name des dritten Monats »in der Rechnung der Edain«.

Gwindor. Elb aus Nargothrond; in Angband versklavt, doch er entkam und half Beleg, Túrin zu retten; brachte Túrin nach Nargothrond; liebte Finduilas, Orodreths Tochter; in der Schlacht von Tumhalad gefallen.

Hador. Genannt Goldscheitel, Herr von Dor-lómin, Vasall Fingolfins, Vater Glóredhels und Galdors, des Vaters von Húrin; in der Dagor Bragollach bei Eithel Sirion gefallen.

Haladin. Das zweite Volk der Menschen, das nach Beleriand kam; später Haleths Volk genannt.

Haldir. Sohn Halmirs von Brethil; heiratete Glóredhel, die Tochter Hadors aus Dor-lómin; in der Nirnaeth Arnoediad gefallen.

Haleth. Genannt Frau Haleth; führte die Haladin aus Thargelion in die Gebiete westlich des Sirion.

Halethrim. Das Volk Haleths.

Halmir. Führer der Haladin; Vater Hareths und Haldirs.

Handir. Führer der Haladin nach Haldirs Tod, Sohn Haldirs und Glóredhels, Vater Brandirs des Lahmen.

Hareth. Tochter Halmirs aus Brethil, heiratete Galdor aus Dor-lómin; Mutter Húrins und Huors.

Haudh-en-Elleth. »Grabhügel des Elbenmädchens«, Finduilas' Grabhügel in der Nähe der Teiglin-Stege.

Haudh-en-Ndengin. »Hügel der Erschlagenen«, der »Große Grabhügel« in der Wüste von Anfauglith, wo die Leiber der in der Nirnaed Arnoediad gefallenen Elben und Menschen auf einen Haufen geworfen worden waren.

Haudh-en-Nirnaeth. »Hügel der Tränen«, anderer Name für den Haudh-en-Ndengin.

Helm Hadors. Siehe *Drachenhelm von Dor-lómin.*

Herr der Wasser. Siehe *Ulmo.*

Herren des Westens. Siehe *Valar.*

Hírilorn. Die große dreistämmige Buche in Doriath, auf der Lúthien gefangen gehalten wurde.

Hirschsprung. Siehe *Cabed-en-Aras.*

Hithlum. Das Gebiet, das im Osten und Süden von den Ered Wethrin und im Westen von den Ered Lómin (»Echoberge«) begrenzt wurde.

Hochelbisch. Siehe *Quenya.*

Hunthor. Mann aus Brethil, Gefährte Túrins bei seinem Angriff auf Glaurung am Cabed-en-Aras.

Huor. Sohn Galdors von Dor-lómin, Gemahl Ríans und Vater Tuors; kam mit seinem Bruder Húrin nach Gondolin; in der Nirnaeth Arnoediad gefallen.

Húrin. Genannt Thalion, »der Standhafte«; Sohn Galdors von Dor-lómin, Gemahl Morwens und Vater Túrins und Nienors; Herr von Dor-lómin, Vasall Fingons, ging mit seinem Bruder Huor nach Gondolin; in der Nirnaeth Arnoediad von Morgoth gefangengenommen und jahrelang auf Thangorodrim festgehalten.

Ibun. Einer der Söhne des Kleinzwerges Mîm.

Indor. Mann aus Dor-lómin, Vater von Aerin.

Ithilbor. Nandorin-Elb, Vater von Saeros.

Jahr des Jammers. Jahr der Nirnaeth Arnoediad.

Khîm. Einer der Söhne des Kleinzwerges Mîm; von Andróg erschlagen.

Kinder Ilúvatars. Elben und Menschen; »die Älteren Kinder«: Elben.

Kleinzwerge (Nibin-noeg, Noegyth Nibin). Eine Zwergenrasse in Beleriand, die im ›Silmarillion‹ (S. 227f.) beschrieben ist.

Labadal. Siehe *Sador.*

Lalaith. Siehe *Urwen.*

Langbogen. Siehe *Beleg.*

Larnach. Einer der Waldmenschen in den Ländern südlich des Teiglin.

Lembas. Sindarin-Name für die Wegzehrung der Eldar.

Lothron. Sindarin-Name des fünften Monats.

Lúthien. Genannt Tinúviel, »Nachtigall«; Tochter Thingols und Melians, die sich nach Erfüllung des Auftrages, den Silmaril zu holen, und nach dem Tod Berens dafür entschied, sterblich zu werden und Berens Schicksal zu teilen.

Mablung. Genannt »der Jäger«; Elb aus Doriath, Feldhauptmann Thingols, Freund Túrins.

Maedhros. Ältester Sohn Feanors.

Mandos. Vala, dessen Name Námo war, der sich jedoch gewöhnlich Mandos nannte, nach dem Namen seines Wohnsitzes in Aman.

Manwe. Der Höchste der Valar, genannt »der Älteste König«.

Meister des Schicksals. Siehe *Turambar.*

Melian. Gemahlin König Thingols in Doriath, um das sie einen Banngürtel legte; Mutter Lúthiens.

Melkor. Der Quenya-Name des großen aufrührerischen Vala, später genannt Morgoth.

Menegroth. »Die Tausend Grotten«, die verborgenen Hallen Thingols und Melians am Esgalduin in Doriath.

Menel. Hoher Himmel, das Gefilde der Sterne.

Mîm. Der Kleinzwerg, in dessen Haus (Bar-en-Danwedh) auf dem Amon Rûdh Túrin mit seiner Geächteten-Bande wohnte und durch den ihr Versteck an die Orks verraten wurde; von Húrin in Nargothrond erschlagen.

Mittelerde. Die Lande östlich des Großen Meeres (Belegaer), genannt »die Dunklen Lande«, »die Großen Lande«.

Morgoth. Späterer Name Melkors. Genannt »der Feind«; »der Schwarze König«; Bauglir, »der Bedrücker«; »der Fürst der Finsternis«.

Mormegil. »Schwarzschwert« (auch »Schwarzes Schwert«); Name, den man Túrin als Hauptmann des Heeres von Norgothrond seines Schwertes wegen gab (siehe *Gurthang*) und der später in Brethil benutzt wurde.

Morwen. Tochter von Baragund; Gemahlin Húrins, Mutter Túrins und Nienors; genannt Eledhwen, »Elbenschein«, und Herrin von Dor-lómin.

Nandor. Elben aus der Schar der Teleri. »Grün-Elben« und »Wald-Elben«.

Nargothrond. »Die große unterirdische Festung am Fluß Narog«, von Finrod Felagund begründet und von Glaurung zerstört; auch das Reich Nargothrond östlich und westlich des Narog.

Narog. Der größte Fluß in West-Beleriand.

Neithan. »Der Gekränkte«; Name, den Túrin sich bei den Geächteten gab.

Nellas. Elbin aus Doriath, Freundin Túrins in seiner Knabenzeit; in der Gerichtsverhandlung vor Thingol gegen Túrin zeugte sie gegen Saeros.

Nen Girith. Siehe *Dimrost.*

Nienor. »Trauer«, Tochter Hurins und Morwens und Schwester Túrins; von Glaurung in Nargothrond gebannt; in Unkenntnis ihrer Vergangenheit vermählte sie sich in Brethil mit Túrin unter dem Namen Níniel, »Trauermädchen«.

Níniel. Siehe *Nienor.*

Nirnaeth Arnoediad. Die Schlacht der »Ungezählten Tränen«, beschrieben im XX. Kapitel des ›Silmarillion‹; auch einfach »die Nirnaeth« genannt.

Nogrod. Eine der beiden Zwergenstädte in den Blauen Bergen.

Noldor (Singular *Noldo*). Genannt »die Weisen«, das zweite der Drei Geschlechter der Eldar.

Orks. Kreaturen Morgoths.

Orleg. Ein Mann aus Túrins Geächteten-Bande; von den Orks auf der Straße nach Nargothrond erschlagen.

Orodreth. Zweiter Sohn Finarfins; nach dem Tode Finrod Felagunds König von Nargothrond; Vater von Finduilas; Herr von Narog.

Osse. Untertan Ulmos.

Ossiriand. »Land der Sieben Flüsse«, in der Altvorderenzeit zwischen dem Gelion und den Blauen Bergen.

Ostlinge. Im Ersten Zeitalter Menschen, die nach der Dagor Bragollach nach Beleriand kamen, in der Nirnaeth Arnoediad auf beiden Seiten kämpften und denen danach von Morgoth Hithlum als Wohnsitz angewiesen wurde, wo sie die Überreste des Volkes von Hador unterdrückten. In Hithlum »Eindringlinge« genannt.

Pforte der Noldor. Siehe *Annon-in-Gelydh.*

Quenya. Die alte, allen Elben gemeinsame Sprache in der Form, die sie in Valinor annahm; von den verbannten Noldor nach Mittelerde gebracht, doch im täglichen Gebrauch außer in Gondolin aufgegeben. Hochsprache der Noldor.

Ragnir. Ein blinder Diener in Húrins Haus in Dor-lómin.

Region. Der dichte Wald, der den südlichen Teil Doriaths bildete.

Rían. Gemahlin Huors und Mutter Tuors.

Sador. Dienstmann Húrins in Dor-lómin und Freund Túrins in seiner Knabenzeit, von Túrin Labadal, »Hüpf-Fuß«, genannt.

Saeros. Nandor-Elb, Ratgeber König Thingols; beleidigte Túrin in Menegroth und wurde von ihm in den Tod gejagt.

Schattengebirge. Siehe *Ered Wethrin.*

Schwarzer König. Siehe *Morgoth.*

Schwarzes Schwert. Siehe *Gurthang, Mormegil.*

Sindar. Die Grau-Elben; der Name bezeichnete alle Elben telerischer Herkunft, welche die zurückgekehrten Noldor in Beleriand vorfanden, ausgenommen die Grün-Elben von Ossiriand.

Sindarin. Sprache der Sindar.

Sirion. Der große Strom Beleriands.

Taur-nu-Fuin. Siehe *Dorthonion.*

Teiglin. Ein Nebenfluß des Sirion, entsprang in den Ered Wethrin und bildete im Süden die Grenze des Waldes von Brethil.

Telchar. Berühmter Zwergenschmied aus Nogrod.

Teleri. Das dritte der Drei Geschlechter der Eldar; von ihnen stammten u.a. die Sindar und Nandor in Mittelerde ab.

Thalion. Siehe *Húrin.*

Thangorodrim. »Berge der Tyrannei«, von Morgoth über Angband aufgetürmt; in der Großen Schlacht am Ende des Ersten Zeitalters geschleift.

Thingol. »Graumantel«, König von Doriath.

Thurin. »Der Geheimnisvolle«; Name, den Finduilas Túrin in Nargothrond gab.

Tumhalad. Tal in West-Beleriand zwischen den Flüssen Ginglith und Narog, wo das Heer von Nargothrond besiegt wurde.

Tuor. Sohn Huors und Ríans.

Turambar. »Meister des Schicksals«, »Meister des Dunklen Schattens«; Name, den Túrin während seines Aufenthalts im Wald von Brethil annahm.

Turgon. Genannt »der Verborgene König«, zweiter Sohn Fingolfins; saß in Vinyamar in Nevrast, ehe er insgeheim nach Gondolin ging, wo er bis zu seinem Tod während der Eroberung der Stadt herrschte.

Túrin. Sohn Húrins und Morwens, Hauptgestalt der ›Narn i Hîn Húrin‹. Zu seinen anderen Namen siehe unter *Neithan, Agarwaen, Thurin, Mormegil, Wilder Mann aus den Wäldern, Turambar.*

Uldor. Genannt »der Verfluchte«; ein Anführer der Ostlinge; in der Nirnaeth Arnoediad erschlagen.

Ulmo. Einer der großen Valar, der Herr der Wasser.

Ulrad. Ein Mitglied aus der Geächteten-Bande, der Túrin sich anschloß.

Urwen. Genannt Lalaith, »Lachen«, nach dem Bach Nen Lalaith, der an Húrins Haus vorbeifloß; Tochter Húrins und Morwens; starb als Kind.

Valar (Singular *Vala*). Die herrschenden Mächte Ardas; auch »die Herren des Westens« genannt.

Valinor. Das Land der Valar in Aman.

Varda. Gemahlin Manwes.

Verborgenes Königreich. Name, den man sowohl Gondolin als auch Doriath beilegte.

Verfluchter Wind. Ein Wind aus Angband, der Krankheit nach Dor-lómin trug, an der Túrins Schwester Urwen starb.

Wilder Mann aus den Wäldern. Name, den Túrin annahm, als er zum ersten Mal zu den Menschen von Brethil kam.

Wolfsmänner. Siehe *Gaurwaith.*

Wolfsvolk. Name der Ostlinge von Dor-lómin.

J. R. R. Tolkien im dtv

»Tolkien hat das Verdienst, im nüchternen 20. Jahrhundert die Welt der Drachen, Elben, Zauberer und Könige wieder transparent gemacht zu haben.«
Salzburger Nachrichten

Der kleine Hobbit

ISBN 3-423-20277-7

Bilbo Beutlin, ein Hobbit aus guter Familie und von untadeligem Ruf, wird von dem Zauberer Gandalf animiert, einer Zwergenschar bei der Rückgewinnung ihres geraubten Schatzes zu helfen … »Die (Vor-)Geschichte zum Fantasy-Helden-Epos ›Der Herr der Ringe‹. Absolut zu empfehlen, und auch für Nicht-Fantasy-Fans sind die Abenteuer des Bilbo Beutlin in Mittelerde ein Muss!« (Berliner Morgenpost)

Feanors Fluch

ISBN 3-423-20372-2

Feanors Meisterwerk, die Silmaril, bringen Unglück über Mittelerde. Sein Fluch gegen Morgoth wird zum Ausgangspunkt jenes endlosen, bitteren Krieges in Mittelerde, den Tolkien in seinem Hauptwerk beschreibt. Die vorliegende Geschichte ist damit der Schlüsselmythos zum Kultbuch ›Der Herr der Ringe‹.

Die Geschichte der Kinder Húrins

ISBN 3-423-20459-1

Es herrscht Krieg in Mittelerde, und Húrin, der Herr von Dor-lómin, fällt seinem ärgsten Feind in die Hände – dem grausamen Morgoth.

Tuor und seine Ankunft in Gondolin

ISBN 3-423-20278-5

Aus der Sagenwelt von Mittelerde: Die abenteuerliche Geschichte des Elbenfreundes Tuor und seiner Reise in die Verborgene Stadt Gondolin.

Das Tolkien Lesebuch

ISBN 3-423-20669-1

Einblicke in die Welt von Mittelerde, Hintergründe und autobiographische Mitteilungen. – »Für Neueinsteiger und Tolkien-Anhänger.« (Rheinischer Merkur)

Farmer Giles of Ham / Bauer Giles von Ham

dtv zweisprachig

ISBN 3-423-09383-8

dtv

Es gab eine Zeit in Mittelerde, lange vor den Hobbits, als Elben und Menschen noch vertrauten Umgang pflegten. Damals lebte Tuor, dessen Vater im Kampf gefallen war, bei den Grau-Elben. Als das Land von übermächtigen Feinden heimgesucht wird, drängt er darauf, Turgon, den König der Noldor und Kampfgefährten seines Vaters, zu suchen, der sich vor Morgoths Heeren in Gondolin, der geheimen Festung, verborgen hält. Ein Abenteuer beginnt ... Die Geschichte Gondolins war eine der ersten, die J. R. R. Tolkien im Jahre 1917 verfaßt und später mehrfach überarbeitet hat. Die beiden hier vorliegenden Texte wurden in deutscher Sprache zuerst in den ›Nachrichten aus Mittelerde‹ und im ›Silmarillion‹ veröffentlicht.

J(ohn) R(onald) R(euel) Tolkien wurde am 3. Januar 1892 in Bloemfontein/Südafrika geboren und lebte seit 1896 in England. Er war Professor für germanische Philologie in Oxford und starb am 2. September 1973 in Bournemouth. Eines seiner bekanntesten Werke ist ›Der Herr der Ringe‹ (dt. 1969/70).

J. R. R. Tolkien

Tuor und seine Ankunft in Gondolin

Deutsch von Hans J. Schütz
und Wolfgang Krege

Herausgegeben
von der Hobbit Presse

Klett-Cotta
Deutscher Taschenbuch Verlag

J. R. R. Tolkien:
Feanors Fluch
Die Geschichte der Kinder Húrins
Tuor und seine Ankunft in Gondolin

Oktober 2003
Deutscher Taschenbuch Verlag GmbH & Co. KG,
München
www.dtv.de

Umschlagkonzept: Balk & Brumshagen
Umschlagfoto: © Premium/Images
Gesamtherstellung: Druckerei C. H. Beck, Nördlingen
Gedruckt auf säurefreiem, chlorfrei gebleichtem Papier
Printed in Germany · ISBN 3-423-59061-0

Inhalt

Vorwort

Als J. R. R. Tolkien, der große Mythenschöpfer, starb, war sein Werk noch nicht vollendet, war die Geschichte Mittelerdes noch nicht ganz erzählt, und nur zwei Epochen des Dritten Zeitalters, die wichtigsten freilich, waren abgeschlossen: ›Der kleine Hobbit‹, die Vorgeschichte des Ringkrieges, und ›Der Herr der Ringe‹. Sagen und Überlieferungen, die in beiden Erzählungen eingestreut sind, verweisen auf Ereignisse früherer Zeitalter, als zum Beispiel in Dunharg die Puckelmänner aufgestellt wurden, als die Ents noch ein freieres Leben führten, als Númenor Lehrmeister und Könige nach Mittelerde entsandte, als das finstere Angband noch nicht zerstört war, als Yavanna, die mitleidlose Göttin, auf Erden wandelte, oder als Melkor einst den Zorn der übrigen Götter erregte. Zum Teil scheint es beabsichtigt gewesen zu sein, daß nicht jedes Ereignis aus allen drei Zeitaltern enthüllt werden sollte, denn Tolkien schrieb 1951 an seinen Verleger:

»Es gab eine Zeit ... da hatte ich vor, eine Sammlung von mehr oder weniger zusammenhängenden Geschichten zu schaffen, die von den großen kosmogonischen bis hin zum romantischen Märchen reichen sollten – die größeren auf den kleineren aufruhend, den Boden berührend, die kleineren um den Glanz des weiten Hintergrundes bereichert ... Ich wollte manche der großen Erzählungen ganz ausführen, für viele aber nur einen Platz im Zusammenhang bestimmen und es bei Skizzen belassen. Die Zyklen sollten zu einem majestätischen Ganzen verbunden sein ...«

Von den Geschichten, die er auszuführen gedachte, finden sich die meisten im ›Silmarillion‹, einem nachgelassenen Werk, mit dem Christopher Tolkien eine Reihe begann, die die Geschichte Mittelerdes – soweit dies möglich ist – aufarbeiten sollte. Dem ›Silmarillion‹ folgte der Band ›Nachrichten aus Mittelerde‹, der frühere Fassungen derselben Geschichten enthält, dazu Fragmente und Notate, die Rückschlüsse auf eine mögliche Endfassung zulassen.

Aus beiden Bänden wird hier die Geschichte Tuors und seiner Reise nach Gondolin, der Verborgenen Stadt, abgedruckt. Es sind Fragmente, die auf eine mündlich überlieferte Fassung zurückgehen, die einst in der Hütte des Verlorenen Spiels von Winzigherz erzählt wurde, dem Sohn Bronwegs. Wenn wir die Geschichte von Gondolin auch nicht ganz erfahren, so enthüllen uns die beiden Erzählungen von der Ankunft in Gondolin doch ein Stück Mittelerde des Ersten Zeitalters; und wir gleichen so Kindern, die durch eine Lücke im Zaun einen verstohlenen Blick auf das wunderbare Land dahinter erhaschen können. *Redaktion der Hobbit Presse*

Einleitung

Mehr als einmal hat mein Vater gesagt, der ›Fall von Gondolin‹ sei als erste Geschichte des Ersten Zeitalters verfaßt worden, und es gibt keinen Grund, an seiner Erinnerung zu zweifeln. In einem Brief aus dem Jahr 1964 erklärte er, daß er sie »aus dem Kopf« geschrieben habe, »während eines Genesungsurlaubs von der Armee im Jahre 1917«; bei anderen Gelegenheiten gab er die Entstehungszeit mit 1916 oder 1916–1917 an. In einem an mich gerichteten Brief aus dem Jahre 1944 schrieb er: »Mit dem Schreiben [des ›Silmarillions‹] begann ich erstmals in überfüllten Armee-Baracken, inmitten von Grammophonlärm.« In der Tat sind einige Verszeilen, in denen die sieben Namen Gondolins auftauchen, auf die Rückseite eines Stückes Papier gekritzelt, auf dem die ›Bedeutung der Verantwortung in einem Bataillon‹ dargelegt war. Das früheste Manuskript existiert noch und umfaßt zwei kleine Schulhefte. Es ist schnell mit Bleistift geschrieben, zu einem großen Teil durch Zusätze in Tintenschrift ergänzt und mit zahlreichen Korrekturen versehen. Auf der Grundlage dieses Textes hat meine Mutter offenbar 1917 eine saubere Abschrift angefertigt. Doch in der Folge wurde dieses Manuskript weiterhin von Grund auf überarbeitet. Die Zeit, in der dies geschah, kann ich nicht genau bestimmen, doch war es vermutlich zwischen 1919 und 1920, als mein Vater in Oxford zum Mitarbeiterstab des damals noch unvollendeten Wörterbuches gehörte. Im Frühjahr 1920 wurde er vom Essay-Club seines Colleges (Exeter) zu einer Lesung eingeladen, und er las dort den ›Fall von Gondolin‹. Was er als Einleitung zu seinem »Essay« zu sagen beabsichtigte, geht aus seinen Notizen hervor, die noch erhalten sind. Darin entschuldigt er sich, daß es ihm nicht möglich gewesen sei, einen kritischen Text zu verfassen, und er fährt fort: »Folglich mußte ich etwas bereits Geschriebenes lesen und verfiel in meiner Not auf diese Erzählung, die natürlich bis heute das Licht der Welt noch nicht erblickt hat ... Vor geraumer Zeit erwuchs in meiner Vorstellung (besser gesagt: wurde entworfen) ein abgeschlossener Zyklus von Ereignissen in einer erfundenen Elbenwelt. Einige dieser Episoden sind flüchtig skizziert worden ... Die vorliegende Geschichte gehört nicht zu den besten, doch ist sie die einzige, die überhaupt soweit überarbeitet ist, daß ich, so wenig zufriedenstellend die Revision auch war, es wagen kann, sie vorzulesen.«

Die Geschichte von Tuor und dem Auszug aus Gondolin (wie der ›Fall von Gondolin‹ im frühen Manuskript überschrieben ist), blieb viele Jahre liegen, obgleich mein Vater in einem gewissen Stadium, vermutlich zwischen 1926 und 1930, eine kurze, gedrängte Version verfaßte, die einen Teil des ›Silmarillion‹ bilden sollte. (Dieser Titel taucht übrigens erstmals in einem Brief meines Vaters an den ›Observer‹

vom 20. Februar 1938 auf.) Diese Fassung wurde nachträglich weiter überarbeitet, um sie mit veränderten Konzeptionen in anderen Teilen des Buches in Einklang zu bringen. Viel später begann er mit der Arbeit an einer völlig umgestalteten Erzählung mit dem Titel ›Von Tour und dem Fall von Gondolin‹. Sie ist sehr wahrscheinlich 1951 verfaßt worden, als der ›Herr der Ringe‹ abgeschlossen, seine Veröffentlichung aber noch zweifelhaft war. Stilistisch und inhaltlich von Grund auf verändert, doch unter Beibehaltung vieler wesentlicher Züge der Jugendfassung, entfaltet sich in der Geschichte ›Von Tuor und dem Fall von Gondolin‹ detailliert ausgearbeitet die gesamte Sage, die dem kurzen XXIII. Kapitel des veröffentlichten ›Silmarillion‹ zugrunde liegt. Es ist jedoch schmerzlich, daß er nur bis zu jenem Punkt gelangte, an welchem Tuor, über die Ebenen Tumladens blickend, Gondolins ansichtig wurde. Es gibt keine Anhaltspunkte, warum er die Geschichte an dieser Stelle abbrach.

Dieser Text wird hier abgedruckt. Um Verwirrung zu vermeiden, habe ich ihn ›Von Tuor und seiner Ankunft in Gondolin‹ betitelt, da über den Fall der Stadt nichts berichtet wird. Wie immer bei den Werken meines Vaters existieren verschiedene Lesarten und von einem kurzen Abschnitt (in dem sich Tuor und Voronwe dem Sirion nähern und ihn überqueren) mehrere konkurrierende Fassungen, wodurch eine geringfügige editorische Bearbeitung notwendig wurde. *Christopher Tolkien*

Von Tuor und seiner Ankunft in Gondolin

Rían, die Gemahlin Huors, wohnte beim Volk des Hauses Hador. Als jedoch Gerüchte von der Nirnaeth Arnoediad nach Dor-lómin drangen, und sie gleichwohl keine Nachricht von ihrem Gatten empfing, wurde sie unruhig und machte sich allein auf den Weg in die Wildnis. Dort wäre sie elend zugrunde gegangen, wären ihr nicht die Grau-Elben zur Hilfe gekommen, die in den Bergen westlich des Sees Mithrim wohnten. Dorthin brachten sie Rían, und bevor das Jahr des Jammers vorüber war, wurde sie dort von einem Sohn entbunden.

Und Rían sagte zu den Elben: »Wir wollen ihn Tuor nennen, denn diesen Namen hat sein Vater ausgewählt, bevor der Krieg uns trennte. Ich bitte euch, das Kind aufzuziehen und es sorgsam zu hüten, denn ich sehe voraus, daß es Elben und Menschen viel Gutes bringen wird. Ich aber muß mich auf die Suche nach Huor, meinem Gemahl, begeben.«

Darauf bemitleideten sie die Elben, aber Annael, der von allen, die in den Krieg gezogen waren, als einziger aus der Schlacht zurückgekehrt war, sprach zu ihr: »Hört, Herrin, es ist jetzt bekannt, daß Huor an der Seite seines Bruders Húrin gefallen ist. Sein Leichnam ruht, wie ich glaube, in dem großen Hügel der Gefallenen, den die Orks auf dem Schlachtfeld errichtet haben.«

Deshalb erhob sich Rían, verließ die Behausungen der Elben, durchquerte das Land Mithrim und gelangte schließlich zum Haudh-en-Ndengin in der Öde von Anfauglith. Dort legte sie sich nieder und starb. Die Elben jedoch sorgten für den kleinen Sohn Huors, und er wuchs unter ihnen auf. Wie alle aus seines Vaters Sippe war er schön von Angesicht und goldhaarig, wurde groß, stark und tapfer, und da er von den Elben aufgezogen wurde, gewann er nicht weniger Wissen und Kunstfertigkeit als die Prinzen der Edain, ehe das Verderben über den Norden hereinbrach.

Aber während die Jahre dahingingen, wurde das Leben der ehemaligen Bewohner Hithlums, der übriggebliebenen Elben und Menschen, zunehmend härter und gefährlicher. Denn, wie anderswo erzählt wird, brach Morgoth sein Versprechen gegenüber den Ostlingen, die ihm gedient hatten, und verweigerte ihnen die fruchtbaren Landstriche Belerionds, nach denen es sie gelüstete. Er vertrieb dieses bösartige Volk und bestimmte ihm Hithlum zum Wohnsitz. Obwohl die Ostlinge Morgoth haßten, dienten sie ihm aus Furcht weiterhin, und Haß gegen alle Elbenvölker erfüllte sie. Sie verachteten die Letzten des Hauses Hador (zum größten Teil Alte, Frauen und Kinder), unterdrückten das Volk, zwangen die Frauen zur Heirat, eigneten sich Land und Besitz an und versklavten die Kinder. Orks tauchten auf, durchstreiften nach Belieben das

Land, verfolgten die heimatlosen Elben bis in ihre Schlupfwinkel in den Bergen und schleppten viele Gefangene in die Bergwerke von Angband, wo sie als Knechte Morgoths Sklavenarbeit leisten mußten.

Deshalb führte Annael sein kleines Volk in die Höhlen von Androth, wo es, stets auf der Hut, ein mühseliges Leben führte, bis Tuor sechzehn Jahre alt und kräftig genug geworden war, um die Axt und den Bogen der Grau-Elben zu führen. Die Berichte von den Leiden seines Volkes entfachten die Glut seines Herzens, und er wollte hinausziehen und an den Orks und Ostlingen Rache nehmen, doch Annael verbot es ihm.

»An einem Ort, weit von hier, so wähne ich, wird sich dein Weg erfüllen, Tuor, Sohn Huors«, sagte er. »Dieses Land wird nicht eher vom Schatten Morgoths befreit sein, bis die Thangorodrim geschleift sind. Deshalb haben wir uns entschlossen, es endlich zu verlassen und in den Süden zu wandern. Und du wirst mit uns kommen.«

»Aber wie sollen wir den Netzen unserer Feinde entgehen?« fragte Tuor. »Wenn wir uns alle zusammen auf den Weg machen, werden sie es gewiß bemerken.«

»Wir werden das Land nicht ohne Schutz durchqueren«, erwiderte Annael, »und wenn wir Glück haben, werden wir den geheimen Pfad erreichen, den wir Annon-in-Gelydh nennen, Pforte der Noldor, denn dieses kunstreiche Volk hat sie vor langer Zeit in den Tagen Turgons errichtet.«

Als er diesen Namen hörte, befiel Tuor eine unerklärliche Erregung, und er bestürmte Annael mit Fragen nach Turgon.

»Er ist ein Sohn Fingolfins«, antwortete Annael, »und seit Fingon in der Schlacht fiel, gilt er als der Hohe König der Noldor. Er lebt noch immer, der gefürchtetste der Feinde Morgoths, denn er entkam nach dem Unheil der Nirnaeth, als Húrin aus Dorlómin und Huor, dein Vater, hinter ihm die Pässe von Sirion hielten.«

»Dann will ich mich aufmachen und ihn suchen«, sagte Tuor, »denn er wird mir um meines Vaters willen helfen.«

»Das kannst du nicht«, sagte Annael, »denn seine Festung ist vor den Augen der Elben und Menschen verborgen, und wir wissen nicht, wo sie steht. Vielleicht kennen einige der Noldor den Weg dorthin, aber sie werden ihn niemandem verraten. Doch wenn du mit ihnen sprechen willst, so komme mit mir, wie es mein Wunsch ist, denn in den fernen Häfen des Südens triffst du vielleicht Wanderer aus dem Verborgenen Königreich.«

So geschah es also, daß die Elben die Höhlen von Androth verließen und Tuor mit ihnen ging. Doch die Feinde hatten ihre Behausungen beobachtet und ihren Aufbruch alsbald bemerkt. Sie hatten sich noch nicht weit von den Bergen entfernt, als sie in der Ebene von einem großen Heer der Orks und Ostlinge angegriffen wurden, in die schützende Nacht fliehen mußten und so in alle Winde verstreut wurden.

Doch Tuors Herz entflammte in Kampfeslust, und obgleich er noch ein Knabe war, entfloh er nicht, sondern wehrte sich mit seiner Axt wie einst sein Vater. Lange behauptete er seinen Platz und erschlug zahlreiche Angreifer, aber schließlich wurde er überwältigt, gefangengenommen und vor Lorgan den Ostling geführt. Dieser wurde als Anführer der Ostlinge angesehen, und er erhob den Anspruch, als Lehnsmann Morgoths über ganz Dorlómin zu herrschen. Er machte Tuor zu seinem Sklaven. Hart und bitter war nun sein Leben, denn Lorgan fand Gefallen daran, ihn besonders grausam zu behandeln, weil Tuor aus dem Geschlecht der früheren Herrscher stammte und Lorgan sich nach Kräften bemühte, den Stolz des Hauses Hador zu brechen. Aber Tuor bewahrte seine Weisheit und ertrug Pein und Hohn mit großer Geduld. So wurde sein Los mit der Zeit ein wenig leichter, und zumindest starb er nicht den Hungertod, wie viele der unglücklichen Sklaven Lorgans. Denn er war kräftig und geschickt, und solange Lorgans Lasttiere jung und fleißig waren, erhielten sie reichlich Nahrung.

Aber nach dreijähriger Sklaverei witterte Tuor endlich eine Gelegenheit zur Flucht. Er war nun fast zur vollen Mannesgröße herangewachsen und größer und behender als jeder Ostling; und als man ihn und andere Sklaven mit einem Auftrag in die Wälder schickte, wandte er sich plötzlich gegen die Wachen, erschlug sie mit einer Axt und entfloh in die Berge. Die Ostlinge verfolgten ihn mit Hunden, doch ohne Erfolg, denn fast alle Hunde Lorgans waren Tuors Freunde, und als sie ihn eingeholt hatten, wedelten sie mit den Schwänzen und rannten auf seinen Befehl nach Hause. Also kehrte er schließlich zu den Höhlen von Androth zurück und wohnte dort allein. Vier Jahre lang war er ein Geächteter im Land seiner Väter, der in mürrischer Einsamkeit lebte. Sein Name war gefürchtet, denn oft unternahm er weite Streifzüge und erschlug viele Ostlinge, die ihm begegneten. Daraufhin setzte man einen hohen Preis auf seinen Kopf, doch selbst mit Unterstützung der Menschen wagten es die Ostlinge nicht, sich seinem Versteck zu nähern, denn sie fürchteten das Elbenvolk und mieden die Höhlen, in denen es gewohnt hatte. Doch sagte man, daß Tuor seine Streifzüge nicht unternahm, um Rache zu nehmen, sondern daß er vielmehr unablässig nach der Pforte der Noldor suchte, von der Annael gesprochen hatte. Doch er fand sie nicht, zumal er nicht wußte, wo er suchen sollte, und die wenigen Elben, die sich noch in den Bergen aufhielten, hatten nie von ihr gehört.

Jetzt begriff Tuor, obwohl ihm das Glück noch immer günstig war, daß schließlich die Tage eines Geächteten doch gezählt sind, daß seine Zeit immer kurz bemessen und ohne Hoffnung ist. Auch war er nicht willens, einem Wilden gleich, für alle Zeit in den häuserlosen Bergen zu leben, zumal sein Herz ihn fortwährend zu großen Taten trieb. Darin, heißt es, offenbarte sich die Kraft Ulmos. Dieser war über alles unterrichtet, was in Beleriand geschah, und jeder Strom, der von Mittelerde in das Große Meer floß, diente ihm, stromauf und stromab, als Bote. Ulmo pflegte von altersher die Freundschaft mit Círdan und den Schiffbauern im Mündungsgebiet des Sirion.[1] Und Ulmo war es, der zu dieser Zeit vor allem das Schicksal des Hauses Hador verfolgte, denn nach seinem geheimen Entschluß sollte es bei seinen Plänen zur Unterstützung der Verbannten eine große Rolle spielen. Er kannte Tuors Gelöbnis sehr wohl, denn Annael und viele seiner Gefährten waren in der Tat aus Dor-lómin entkommen und schließlich in den tiefen Süden zu Círdan gelangt.

Es geschah also, daß eines Tages zu Beginn des Jahres dreiundzwanzig nach der Nirnaeth, Tuor an einer Quelle saß, die in der Nähe des Eingangs seiner Behausung aus dem Boden rieselte, und den Sonnenuntergang am bewölkten westlichen Himmel betrachtete. Da überkam ihn plötzlich der Gedanke, nicht mehr länger zu warten, sondern aufzustehen und sich auf den Weg zu machen. »Jetzt werde ich das graue Land meiner Sippe verlassen, die es nicht mehr gibt«, rief er. »Und ich will mich auf die Suche nach meinem Schicksal begeben! Aber wohin soll ich mich wenden? Lange habe ich nach der Pforte gesucht und sie nicht gefunden.«

Mit diesen Worten ergriff er seine Harfe, die er immer bei sich hatte und die er wohl zu spielen wußte. Ungeachtet der Gefahr, die seine klare Stimme in der stillen Ödnis heraufbeschwor, stimmte er ein Elbenlied aus dem Norden an, das das Herz erheben sollte. Und als er sang, begann die Quelle zu seinen Füßen aufzuwallen, sie wurde reicher an Wasser, floß über und ein Bächlein rann geräuschvoll den felsigen Hang vor ihm hinab.

Tuor nahm dies als ein Zeichen, und ohne zu zögern erhob er sich und folgte dem Bach. So stieg er die mächtigen Hügel Mithrims hinab und wanderte in die nördliche Ebene Dor-lómins hinaus. Der Bach, dem er nach Westen folgte, wurde beständig breiter, und nach drei Tagen erblickte Tuor im Westen die langgestreckten grauen Kämme der Ered Lómin, die in dieser Gegend von Norden nach Süden verlaufen und den ausgedehnten Küstenstrichen der Westlichen Gestade vorgelagert sind. Auf allen seinen Reisen war Tuor niemals bis zu diesen Bergen gelangt.

Je näher er den Bergen kam, desto zerklüfteter und steiniger wurde das Land, bald begann es unter seinen Füßen anzusteigen, während der Fluß in ein eingeschnittenes Flußbett hinabströmte. Doch am dritten Tag seiner Wanderung, als eine fahle Dämmerung hereinbrach, sah er sich einer Felswand gegenüber, in der eine große runde Öffnung wie ein Tor sich auftat; und der Fluß strömte hinein und verschwand.

»Also hat mich meine Hoffnung getrogen«, sagte er voller Verzweiflung. »Das Zeichen, das ich in den

Bergen empfing, hat mich nur zu einem dunklen Loch geführt, mitten im Land meiner Feinde!«

In trüben Gedanken saß er zwischen den Felsen auf den steilen Ufern des Flusses und durchwachte eine bittere, feuerlose Nacht. Wenn es auch schon März war, hatte doch der Hauch des Frühlings dieses Land im hohen Norden noch nicht gestreift, und aus dem Osten blies ein schneidender Wind.

Aber gerade als das Licht der aufgehenden Sonne schwach durch die fernen Nebel Mithrims drang, hörte Tuor Stimmen, und als er hinabsah, gewahrte er zu seiner Verwunderung zwei Elben, die durch das seichte Wasser wateten. Und als sie die Stufen hinaufkletterten, die in die Uferböschung geschlagen waren, erhob sich Tuor und rief sie an. Sogleich zogen sie ihre glänzenden Schwerter und sprangen auf ihn los. Er sah, daß sie graue Umhänge, darunter jedoch Harnische trugen, und er erstaunte, denn ein Glanz in ihren Augen ließ sie strahlender und kriegerischer erscheinen als alle Elben, die er bisher zu Gesicht bekommen hatte. Er richtete sich zu seiner vollen Größe auf und wartete. Als sie aber sahen, daß er keine Waffe zückte, daß er allein war und sie in der Elbensprache begrüßte, steckten sie ihre Schwerter in die Scheiden und redeten ihn höflich an. Einer der beiden sagte: »Wir sind Gelmir und Arminas vom Volk Finarfins. Bist du nicht einer der Edain, die vor der Nirnaeth seit altersher in diesem Land lebten? Wahrlich, ich vermute, daß du aus dem Geschlecht Hadors und Túrins stammst, denn dein goldfarbenes Haar bezeugt es.«

Tuor antwortete: »Ja, ich bin Tuor, der Sohn Huors, des Sohnes von Galdor, des Sohnes von Hador. Doch jetzt will ich dieses Land verlassen, in dem niemand meines Stammes mehr lebt, und wo ich verfemt bin.«

»Wenn es so ist«, sagte Gelmir, »und du zu den Häfen des Südens fliehen willst, so haben deine Füße dir bereits den rechten Weg gewiesen.«

»Das dachte ich auch«, erwiderte Tuor, »denn in den Bergen folgte ich einer plötzlich sprudelnden Quelle, bis sie sich mit diesem heimtückischen Fluß vermählte. Aber jetzt weiß ich nicht, wohin ich mich wenden soll, denn er ist im Dunkel verschwunden.«

»Durch Dunkelheit kann man zum Licht gelangen«, sagte Gelmir.

»Doch mancher zieht es vor, im Sonnenlicht zu wandeln, solange er kann«, sagte Tuor. »Doch da ihr hier heimisch seid, sagt mir, wenn ihr könnt, wo die Pforte der Noldor zu finden ist. Denn lange schon suche ich danach, seit mir Annael, mein Ziehvater bei den Grau-Elben, davon erzählt hat.«

Darauf lachten die Elben und sagten: »Deine Suche ist zu Ende: Wir selbst haben diese Pforte gerade durchquert. Dort ist sie, vor dir!« Und sie wiesen auf die runde Öffnung, in die das Wasser strömte. »Komm jetzt! Durch das Dunkel wirst du ans Licht gelangen. Wir werden dich auf den rechten Weg bringen, doch weit können wir dich nicht geleiten, denn unser Auftrag ruft uns in das Land zurück, von dem wir mit einer wichtigen Botschaft ausgesandt worden sind. Habe keine Furcht«, sagte Gelmir. »Auf deiner Stirn lese ich, daß dir ein großes Schicksal bevorsteht, das sich weit fort von hier, ja weit von Mittelerde entfernt, erfüllen wird, wie ich glaube.«

Tuor folgte den beiden Noldor die Stufen hinab. Sie wateten durch das kalte Wasser und traten sodann in das schattige Bogengewölbe ein. Jetzt zog Gelmir eine jener Lampen hervor, für welche die Noldor bekannt sind. Seit altersher wurden sie in Valinor angefertigt, und weder Wind noch Wasser konnten sie auslöschen. Entfernte man ihre Umhüllung, spendete eine in weißen Kristall eingeschlossene Flamme ein klares blaues Licht.[2] Im Schein der Lampe, die Gelmir über seinen Kopf hielt, sah Tuor, daß der Fluß plötzlich einen sanften Abhang hinunter in einen großen Tunnel floß, der in den Fels geschlagen war. Doch am Flußlauf entlang zogen sich lange Treppenfluchten hin, die, wo der Lichtstrahl sie nicht erfaßte, in tiefem Dunkel lagen.

Als sie den tiefsten Punkt der Stromschnellen erreicht hatten, befanden sie sich unter einer mächtigen Felskuppel, und dort rauschte der Fluß mit gewaltigem Getöse, das aus der Tiefe widerhallte, über eine steile Wand hinunter. Dann verschwand er erneut durch einen Steinbogen und in einen zweiten Tunnel. Neben dem Wasserfall blieben die Noldor stehen, um Tuor Lebewohl zu sagen.

»Wir müssen jetzt umkehren«, sagte Gelmir. »Wir müssen uns sputen, denn in Beleriand wachsen große Gefahren.«

»Ist also die Stunde gekommen, da Turgon in Erscheinung treten wird?« fragte Tuor.

Die Elben sahen ihn verwundert an. »Das ist eine Angelegenheit, die die Noldor mehr betrifft als die Söhne der Menschen«, sagte Arminas. »Was weißt du von Turgon?«

»Wenig«, erwiderte Tuor, »außer, daß mein Vater ihm half, aus der Nirnaeth zu entkommen, und daß in seiner verborgenen Festung die Hoffnung der Noldor wohnt. Aber, ohne daß ich weiß warum, bewegt sein Name fortwährend mein Herz und kommt mir auf die Lippen. Wenn ich könnte, würde ich lieber Turgon suchen, als diesem dunklen, grausigen Pfad zu folgen. Oder ist es vielleicht der geheime Weg, der zu seinem Aufenthalt führt?«

»Wer kann das wissen?« antwortete der Elbe. »Seit Turgons Aufenthalt unbekannt ist, sind es auch die Wege, die dorthin führen. Obwohl ich lange nach ihnen gesucht habe, ist es mir nicht gelungen, sie zu finden. Aber auch wenn ich sie kennen würde, verriete ich sie weder dir noch irgendeinem anderen der Menschen.«

Gelmir aber sagte: »Doch ich habe gehört, daß dein Haus die Gunst des Herrn der Wasser genießt. Und wenn er beschlossen hat, dich zu Turgon zu führen, wirst du auch mit Sicherheit zu ihm gelangen, wohin du dich auch wendest. Folge jetzt dem Weg, den dir das Wasser aus den Bergen gewiesen hat, und fürchte dich nicht! Du wirst lange in der Finsternis wandeln. Lebe wohl! Und glaube nicht, daß unser Zusammentreffen ein Zufall war, denn der Bewohner der Tiefe vermag noch immer viel in diesem Land. *Anar kaluva tielyanna!*«[3]

Damit wandten sich die Noldor zum Gehen und kehrten über die langen Treppen ans Tageslicht zurück. Tuor stand still, bis das Licht ihrer Lampe verschwunden war. Dann war er allein in einer Dunkelheit dichter als die Nacht, inmitten des gewaltigen Tosens des herabstürzenden Wasserfalls. Endlich nahm er seinen Mut zusammen, legte eine Hand an die Felswand und ertastete den Weg nach vorn. Zunächst ging es langsam, doch als er sich allmählich an die Dunkelheit gewöhnt hatte und nichts sich ihm in den Weg stellte, kam er schneller voran. Nach einer langen Zeit, wie ihm schien, als Müdigkeit ihn befiel und er dennoch in diesem dunklen Tunnel nicht rasten mochte, sah er weit vor sich ein Licht. Er hastete vorwärts, gelangte an eine hohe, schmale Felsspalte, folgte dem lärmenden Strom zwischen den schrägen Felswänden hindurch, und trat plötzlich in einen goldverklärten Abend hinaus. Er befand sich in einer tiefen Schlucht mit hohen, senkrechten Wänden, die geradewegs nach Westen verlief. Vor ihm an einem klaren Himmel ging die Sonne unter, warf ihre Strahlen in die Schlucht und ließ die Felswände in gelbem Feuer aufflammen. Golden schimmerten die Wasser des Flusses, wenn sie sich an vielen glänzenden Steinen brachen und aufschäumten.

In dieser Tiefe schritt Tuor jetzt freudig und hoffnungsvoll dahin, denn dicht an der südlichen Felswand, an der sich ein langer, schmaler Strand entlangzog, fand er einen Pfad. Als die Nacht hereinbrach, der Fluß unsichtbar rauschte und nur funkelnde Sterne sich in dunklen Lachen spiegelten, machte er Rast, suchte den Schlaf, denn in der Nähe des Wassers, in dem er die Macht Ulmos wußte, spürte er keine Furcht.

Bei Tagesanbruch schritt er ohne Eile weiter. Hinter ihm ging die Sonne auf und am Abend vor ihm unter, und wo das Wasser über Geröll schäumte und über jähe Wasserfälle schoß, spannten sich morgens und abends Regenbogen über den Strom. Deshalb gab er der Schlucht den Namen Cirith Ninniach.

So wanderte er geruhsam drei Tage lang, trank nur kaltes Wasser und verspürte keinen Hunger, obgleich sich im Fluß viele Fische tummelten, die golden und silbern glänzten oder in den Farben der Regenbogen schimmerten, die sich über dem Wasser spannten. Am vierten Tag verbreiterte sich die Schlucht, die Felswände wurden niedriger und flacher, der Fluß jedoch gewann an Tiefe und Strömung, denn zu beiden Seiten begleiteten ihn jetzt hohe Berge, von denen sich neue Wasser über glitzernde Fälle in die Cirith Ninniach ergossen. Dort ruhte Tuor lange, blickte auf den strudelnden Fluß und lauschte der nimmermüden Stimme, bis es wiederum Nacht wurde, und über ihm im dunklen Band des Himmels kalt und weiß die Sterne aufleuchteten. Da erhob er seine Stimme, schlug die Saiten der Harfe, und über das Brausen des Wassers erhob sich sein Lied und das weiche Trillern der Harfe, und die Felsen warfen die Töne zurück und vervielfachten sie. Sie schwebten fort, klangen durch die nachtumkleideten Hügel, bis das ganze verlassene Land von süßer Musik erfüllt war. Denn ohne daß er es wußte, war Tuor zu den Echobergen von Lammoth gekommen, die den Fjord von Drengist umgeben. Hier war vor langer Zeit Feanor an Land gegangen, und die Stimmen seiner Streiter hatten sich an den Küsten des Nordens ehe der Mond aufging zu einem gewaltigen Getöse vereinigt.[4]

Ein wundersames Staunen regte sich in Tuor, ließ sein Lied verstummen, und allmählich verklang die Musik zwischen den Bergen, und es wurde still. Da vernahm er inmitten des Schweigens hoch in der Luft einen seltsamen Schrei; und er wußte nicht, von welch einem Wesen er stammte. Zuerst sagte er: »Es ist eine Feenstimme«, dann meinte er: »Nein, es muß ein kleines Tier sein, das in der Einöde klagt.« Doch als er den Schrei zum dritten Mal hörte, sagte er: »Sicherlich ist es der Schrei eines Nachtvogels, den ich nicht kenne.« Doch obwohl er ihm vorkam wie ein Klageruf, verspürte er das Verlangen, ihm zuzuhören und ihm zu folgen, denn der Schrei galt ihm und rief ihn an einen unbekannten Ort.

Am nächsten Morgen hörte er über sich wieder diesen Ruf, und aufblickend gewahrte er drei große weiße Vögel, die gegen den Westwind in die Schlucht hinabstießen. Ihre mächtigen Schwingen schimmerten im Licht der aufgehenden Sonne, und als sie über ihn hinwegflogen, stießen sie laute Klagerufe aus. So erblickte er zum ersten Mal die großen Möwen, welche die Teleri so liebten. Darauf erhob sich Tuor, um ihnen zu folgen, und um besser erkennen zu können, in welche Richtung sie flogen, erkletterte er die Klippen zu seiner Linken. Er stand auf der Spitze, spürte, wie ein kräftiger Westwind ihm ins Gesicht blies und sein Haar um den Kopf flattern ließ. In tiefen Zügen sog er diese prickelnde Luft ein und sagte: »Das erfrischt das Herz wie ein Trunk kühlen Weins.« Doch wußte er nicht, daß dieser frische Wind geradewegs vom Großen Meer kam.

Jetzt brach Tuor wieder auf und folgte den Möwen, die hoch über dem Fluß segelten. Allmählich verengte sich die Schlucht wieder, und er kam zu einem schmalen Kanal, der vom Getöse rauschenden Wassers erfüllt war. Tuor blickte hinunter und sah etwas, das ihm wie ein Wunder vorkam: Eine ungestüme Flutwelle kam durch die Enge, prallte auf den vorwärtstreibenden Fluß, und eine mauergleiche

Woge erhob sich fast bis zur Spitze der Klippe, gekrönt von Gischthauben, die im Wind flatterten. Dann wurde der Fluß zurückgeworfen, die Flut schoß dröhnend in den Kanal, überflutete ihn, und als sie hindurchfloß, geriet das Geröll im Flußbett donnernd ins Rollen. Also wurde Tuor durch den Ruf der Möwen vor dem Tod in der Flut bewahrt, die wegen der Jahreszeit und des steifen Windes von See sehr hoch auflief.

Erschreckt durch das Wüten der seltsamen Wasser, änderte er jetzt die Richtung und schlug den Weg nach Süden ein. So gelangte er nicht an die langgestreckten Gestade des Fjordes von Drengist, sondern wanderte noch einige Tage durch ein wildes, baumloses Land. Der Seewind fegte darüber hin, und alles, was dort wuchs, Kraut oder Busch, wurde durch die Übermacht des Westwindes zu Boden gedrückt. Auf diese Weise überschritt er die Grenzen von Nevrast, wo Turgon einst gewohnt hatte. Endlich und unerwartet (denn die Spitzen der Klippen am Rand des Landes waren höher als die Abhänge dahinter), gelangte er unvermittelt an das steil abfallende, schwarze Ufer Mittelerdes und erblickte das Große Meer, Belegaer, das Uferlose. Und in dieser Stunde versank hinter dem äußersten Rand der Welt die Sonne wie ein riesiges Feuer. Tuor stand mit ausgebreiteten Armen allein auf der Klippe, und eine tiefe Sehnsucht erfüllte sein Herz. Es heißt, er sei der erste Mensch gewesen, der bis ans Große Meer vordrang, und niemand, die Eldar ausgenommen, habe jemals tiefer jenes Verlangen verspürt, das von diesem Meer ausging.

Tuor verweilte viele Tage in Nevrast, und es schien ihm gut dort, denn in diesem Land, im Norden und Osten von Bergen abgeschlossen und nahe der See, war das Klima milder und freundlicher als in Hithlum. Seit langem war er daran gewöhnt, als Jäger allein in der Wildnis zu leben, und er hatte an Nahrung keinen Mangel. In Nevrast herrschte Frühling, und die Luft war erfüllt vom Geschrei der Vögel, die in großer Zahl an den Gestaden hausten oder die Linaewen-Marschen in der Mitte der Landsenke bevölkerten. In jenen Tagen aber waren in dieser Einsamkeit weder die Stimmen von Elben noch von Menschen zu hören.

Bis an den Rand dieses großen, flachen Gewässers gelangte Tuor, konnte aber wegen der ausgedehnten Sumpfflecken und pfadlosen Schilfwälder, die es von allen Seiten umgaben, nicht zum offenen Wasser vordringen. Bald verließ er diese Gegend und kehrte zur Küste zurück, denn das Meer zog ihn an, und er hielt sich nicht gern länger an einem Ort auf, wo er das Geräusch der Wellen nicht hören konnte. Im Küstenland fand Tuor zum ersten Mal Spuren der alten Noldor. Denn zwischen den hochragenden, vom Meer abgeschliffenen Klippen an der Südseite des Drengist lagen viele kleine Buchten und geschützte Einfahrten mit weißen Sandstränden zwischen den schwarzglänzenden Felsen, und dort entdeckte Tuor gewundene, in den Stein geschlagene Treppen, die hinunterführten. Unmittelbar am Wasser fand er verfallene, aus großen, zubehauenen Felsblöcken gefügte Kais, an denen einstmals Elbenschiffe festgemacht hatten. Hier verweilte Tuor lange Zeit und beobachtete das sich unablässig verändernde Meer, während das Jahr durch Frühling und Sommer gemächlich dahinfloß, die Dunkelheit in Beleriand sich vertiefte und mit dem Herbst sich das Verhängnis Nargothrond näherte.

Vielleicht ahnten die Vögel den Grausamen Winter, der bevorstand,[5] denn jene, die für gewöhnlich in den Süden zogen, sammelten sich früh zum Abflug, und andere, die im Norden zu Hause waren, kamen aus ihrer Heimat nach Nevrast. Eines Tages, als Tuor am Gestade saß, vernahm er das Rauschen und Sausen großer Flügel, und aufblikkend sah er sieben weiße Schwäne, die als schneller Keil nach Süden flogen. Aber als sie genau über ihm waren, beschrieben sie einen Kreis, stießen plötzlich herab und ließen sich gewaltig spritzend und schäumend auf dem Wasser nieder.

Tuor liebte Schwäne und kannte sie von den grauen Teichen Mithrims; überdies war der Schwan das Zeichen Annaels und des Volkes, das ihn aufgezogen hatte. Deshalb stand er auf, um die Vögel zu grüßen und mit ihnen zu reden. Staunend sah er, daß sie größer und prächtiger waren als alle Schwäne, die er jemals zuvor gesehen hatte. Aber sie schlugen mit den Flügeln und stießen rauhe Schreie aus, als seien sie zornig auf ihn und wollten ihn vom Strand vertreiben. Dann erhoben sie sich lärmend in die Lüfte und flogen über seinen Kopf hinweg, so daß ihn das Rauschen der Flügel wie ein pfeifender Wind traf. Sie zogen einen weiten Kreis, stiegen dann hoch in den Himmel und flogen in südlicher Richtung davon.

Da rief Tuor mit lauter Stimme: »Das ist erneut ein Zeichen, daß ich zu lange verweilt habe!« Und auf der Stelle kletterte er empor auf die Klippe und sah, daß die Schwäne noch am Himmel kreisten. Doch als er sich nach Süden wandte, um ihnen zu folgen, flogen sie schnell davon.

Volle sieben Tage wanderte Tuor an der Küste entlang nach Süden, jeden Morgen in der Dämmerung weckte ihn das Flügelrauschen hoch über ihm, und jeden Tag flogen ihm die Schwäne voraus. Während er wanderte, wurden die Klippen niedriger, und ihre Kuppen waren dick mit blühendem Gras bewachsen. Gegen den Osten hin standen Wälder, die sich mit dem schwindenden Jahr gelb färbten. Doch vor sich, immer näher rückend, sah Tuor eine Kette mächtiger Hügel, die ihm den Weg versperrten. Sie verlief in westlicher Richtung und endete in einem hohen Berg; dunkel, wolkengekrönt erhob er sich auf mächtigen Flanken turmhoch über einer breiten grünen Landzunge, die weit in das Meer hinausragte.

Diese grauen Hügel waren in der Tat die westlichen Ausläufer der Ered Wethrin, der Nordbegrenzung Beleriands, und der Berg war Taras, der westlichste der Türme dieses Landes, dessen Spitze der Seemann als erstes von hoher See ausmachen konnte, wenn er sich den todbringenden Gestaden näherte. In vergangenen Zeiten hatte Turgon am Fuß der weiten Hänge in den Hallen Vinyamars gewohnt, dem ältesten aller steinernen Bauwerke, das die Noldor im Land ihrer Verbannung errichtet hatten. Noch immer stand es dort, verlassen, aber die Zeiten überdauernd, hochgelegen auf großen, dem Meer zugekehrten Terrassen. Die Jahre hatten ihm nichts anhaben können, und Morgoths Knechte hatten es unbeachtet gelassen. Doch Wind, Regen und Frost hatten ihre Spuren eingegraben, und auf seinen Mauerkronen und den großen Dachschindeln wucherten üppig graugrüne Pflanzen, die, genährt von der salzigen Meeresluft, sogar in den Spalten geborstener Steine verschwenderisch wuchsen.

Jetzt gelangte Tuor zu den Überresten einer vergessenen Straße, suchte seinen Weg durch grüne Erdwälle, umgestürzte Steine und kam, als der Tag sich neigte, zur alten Halle mit ihren hohen, zugigen Höfen. Kein Schatten der Furcht oder des Bösen lauerte hier, doch Schmerz befiel ihn, wenn er jener gedachte, die hier gewohnt hatten, und die, niemand wußte wohin, verschwunden waren: jenes stolze Volk, das von weit her über das Meer gekommen war, das unsterblich war und dennoch verdammt. Er wandte sich um und blickte, wie jene es oft getan haben mochten, hinaus auf das glitzernde, bewegte Wasser bis zum Horizont. Dann drehte er sich um und sah, daß die Schwäne sich auf der höchstgelegenen Terrasse niedergelassen hatten und vor dem Westeingang warteten. Sie schlugen mit den Flügeln und schienen ihn zum Eintreten auffordern zu wollen. Tuor stieg die breite Treppe hinauf, die nun von Grasnelken und Feuernelken überwuchert war, schritt unter einem gewaltigen Türbalken hindurch, trat in den Schatten von Turgons Haus und gelangte schließlich in eine hohe Säulenhalle. Hatte diese schon von außen gewaltig gewirkt, so kam ihm jetzt das Innere noch weitläufiger und wunderbarer vor; Wehmut hielt ihn davor zurück, in ihrer Leere ein Echo zu wecken. Nichts war zu sehen, außer einem erhöhten Sitz auf einer Estrade am östlichen Ende, und so leise wie möglich schritt er darauf zu. Doch das Geräusch seiner Schritte auf dem gepflasterten Boden gemahnte ihn an die Schritte des Schicksals, und das Echo lief vor ihm her durch die säulenbegrenzten Gänge.

Im Halbdunkel stand er vor dem großen Sessel und sah, daß er aus einem einzigen Steinblock gehauen und mit seltsamen Zeichen bedeckt war. Die untergehende Sonne stand auf gleicher Höhe mit einem hochgelegenen Fenster im westlichen Giebel, eine Lichtbahn traf auf die Wand vor ihm, und blankpoliertes Metall glänzte auf. Verwundert sah

Tuor, daß an der Wand hinter dem Thron ein Schild, eine große Halsberge, ein Helm und ein Schwert, das in einer Scheide steckte, hingen. Die Halsberge schimmerte, als sei sie aus reinem Silber geschmiedet, und der Sonnenstrahl schmückte sie mit goldenen Flecken. Die Form des Schildes war lang und spitz zulaufend, und sie war Tuor fremd. Sein Untergrund war blau, und aus seiner Mitte trat das geschmiedete Emblem eines weißen Schwanenflügels hervor. Da erhob Tuor seine Stimme, und sie hallte in dem Gewölbe wie eine Herausforderung: »Kraft dieses Zeichens werde ich diese Waffen in meinen Besitz nehmen, und ich will jedes Schicksal tragen, das sie in sich bergen.«[6] Er hob den Schild von der Wand und fand ihn überaus leicht und handlich, denn er bestand aus Holz, wie es schien, doch kunstreiche Elbenschmiede hatten ihn mit hauchdünnen, harten Metallplatten überzogen, die ihn vor Holzwurm und Witterung geschützt hatten.

Dann legte Tuor die Halsberge an, setzte den Helm auf und gürtete sich mit dem Schwert, dessen schwarze Scheide und dessen Gürtel von silbernen Schnallen gehalten wurden. Also gewappnet, verließ er Turgons Halle und stand im roten Sonnenlicht auf den hohen Terrassen von Taras. Kein Auge erblickte ihn, als er, golden und silbern schimmernd, nach Westen Ausschau hielt. Er wußte nicht, daß er in dieser Stunde als einer der Mächtigen des Westens in Erscheinung trat, würdig, der Vater jener Könige zu sein, von denen die Könige der Menschen jenseits des Meeres abstammten, und in der Tat war dies sein Schicksal.[7] Aber nachdem er diese Waffen ergriffen hatte, ging eine Veränderung mit ihm vor, und sein Herz füllte sich mit Kraft. Als er die Türstufen hinabschritt, neigten sich die Schwäne vor ihm. Jeder von ihnen zog eine große Feder aus dem Flügel und bot sie ihm dar, indem er den langen Hals auf die Steine zu Tuors Füßen legte. Und Tuor nahm die sieben Federn und befestigte sie an der Spitze des Helmes. Die Schwäne aber hoben sich ohne Verzug in die Luft, flogen, während die Sonne unterging, nach Norden, und er sah sie niemals wieder.

Tuor spürte, wie seine Füße zum Meeresstrand gezogen wurden, und er ging die langen Treppen hinab und betrat ein weites Ufer an der Nordflanke des Taras-ness. Er sah, daß die sinkende Sonne in einer großen schwarzen Wolke verschwand, die am Rande des sich verdunkelnden Meeres aufstieg; es wurde kalt, und das Wasser geriet in eine murmelnde Bewegung, als kündige sich ein Sturm an. Tuor stand am Ufer, und die Sonne loderte wie ein rauchendes Feuer am drohenden Himmel. Es war ihm, als erhebe sich in weiter Ferne eine gewaltige Woge und rolle auf das Land zu, doch wie verzaubert blieb er an seinen Fleck gebannt, und unbeweglich harrte er aus. Und die Welle rollte auf ihn zu, gekrönt von dunstigen Schatten. Als sie näher herangekommen war, kräuselte sie sich, brach und griff mit weißen Schaumarmen nach vorn. Aber dort, wo sie sich gebrochen hatte, stand, dunkel gegen den aufziehenden Sturm, eine lebendige Gestalt, über die Maßen groß und majestätisch.

Tuor verbeugte sich ehrerbietig, denn ihm war, als stünde er einem mächtigen König gegenüber. Er trug eine prächtige, silbrige Krone, unter der das lange Haar, in der Dunkelheit schimmernd, wie Schaum hervorquoll. Er schlug den grauen Umhang zurück, der ihn wie ein Schleier umwallte, und enthüllte einen funkelnden Mantel, der eng am Leib anlag wie ein Schuppenkleid eines großen Fisches, und ein tiefgrünes Unterkleid, das blitzte und flakkerte, als er gemessen an Land schritt. So zeigte sich der Bewohner der Tiefe, den die Noldor Ulmo nennen, der Herr der Wasser, so erschien er bei Vinyamar vor Tuor, dem Sohn Huors aus dem Hause Hador.

Er setzte seinen Fuß nicht auf den Strand, sondern stand bis zu den Knien im grauen Wasser, während er das Wort an Tuor richtete. Der Glanz seiner Augen und der Klang seiner tiefen Stimme schienen aus dem Inneren der Welt zu kommen, und von Furcht überwältigt warf Tuor sich in den Sand nieder.

»Stehe auf, Tuor, Sohn Huors!« sagte Ulmo. »Fürchte meinen Zorn nicht, obwohl ich dich lange und vergeblich gerufen habe, und du, nachdem du endlich aufgebrochen warst, auf der Reise hierher viel Zeit vergeudet hast. Du hättest im Frühjahr hier sein sollen, doch jetzt naht ein bitterer Winter aus dem Lande des Feindes! Du mußt lernen, dich zu sputen; den angenehmen Weg, den ich dir bestimmt hatte, kannst du jetzt nicht mehr gehen, denn meine Pläne sind durchkreuzt worden,[8] und großes Unheil schleicht durch das Tal des Sirion. Zwischen dir und deinem Ziel lauert bereits ein Heer von Feinden.«

»Was ist mein Ziel, Hoher Herr?« fragte Tuor.

»Das, welches dein Herz immer gesucht hat«, antwortete Ulmo. »Turgon zu finden und die Verborgene Stadt mit eigenen Augen zu sehen; denn du bist auserkoren, mein Bote zu sein und jene Waffen zu tragen, die ich vor langer Zeit für dich bestimmt habe. Doch jetzt mußt du schattengleich die Gefahren durchqueren. Deshalb hülle dich in diesen Umhang, und wirf ihn niemals ab, bevor du nicht an das Ziel deiner Reise gelangt bist.«

Tuor schien es, als teile Ulmo seinen Umhang und werfe ihm einen Zipfel zu; als er über ihn fiel, erwies er sich als so groß, daß er sich von Kopf bis Fuß darin einhüllen konnte.

»So sollst du unter meiner Obhut wandeln«, sagte Ulmo. »Doch halte dich nicht länger auf, denn in den Ländern von Anar und in den Feuern Melkors kann ich dich nicht schützen. Willst du meinen Auftrag übernehmen?«

»Ich will, Herr«, antwortete Tuor.

»Dann will ich dir Worte sagen, die du an Turgon weitergeben sollst«, sprach Ulmo. »Doch zunächst will ich dich unterweisen, und du wirst einige Dinge erfahren, von denen kein Mensch weiß, ja, die nicht einmal die Mächtigen der Eldar kennen.« Und Ulmo sprach zu Tuor von der Verhüllung Valinors, der Verbannung der Noldor, von Mandos' Fluch und dem Verborgenen Segensreich. »Merke dir aber«, sagte er, »im Panzer des Schicksals (wie die Kinder der Erde sagen) ist immer eine Lücke und in den Mauern des Verhängnisses eine Bresche, bis zu jenem letzten Punkt, den ihr das Ende nennt. Solange ich lebendig bin, wird es eine geheime Stimme geben, die widerspricht, und ein Licht, das dort leuchtet, wo Finsternis sich ausbreiten will. Wenn ich auch in diesen Tagen des Dunkels dem Willen meiner Brüder, den Herren des Westens, scheinbar zuwiderhandle, so ist dies doch meine Aufgabe, zu der ich berufen wurde, bevor die Welt entstand. Doch das Verhängnis lastet schwer, und der Schatten des Feindes wird größer. Ich selbst bin geschwächt und werde in Mittelerde schließlich nur noch ein heimliches Flüstern sein. Die Wasser, die nach Westen fließen, trocknen aus, ihre Quellen sind vergiftet, und meine Macht muß aus dem Lande weichen, denn Elben und Menschen werden durch die Kraft Melkors mir gegenüber blind und taub. Nun geht Mandos' Fluch rasch seiner Erfüllung entgegen, alle Werke der Noldor werden untergehen, und die Hoffnungen, die sie hegten, werden zerbrechen; allein eine letzte ist geblieben, eine Hoffnung, die sie nicht erwarteten und auf die sie nicht vorbereitet sind: Diese

Hoffnung liegt in dir, denn so habe ich es beschlossen!«

»Dann wird sich Turgon also nicht gegen Morgoth erheben, wie alle Eldar noch immer glauben?« fragte Tuor. »Und was erwartet Ihr von mir, Herr, wenn ich jetzt zu Turgon komme? Wenn ich auch wahrlich willens bin, es meinem Vater gleichzutun und diesem König in seiner Not beizustehen, wie kann ich ihm von Nutzen sein? Ich bin ein einzelner, sterblicher Mensch unter den vielen tapferen Helden des Hohen Volkes aus dem Westen.«

»Wenn ich mich entschlossen habe, dich zu meinem Boten zu machen, Tuor, Sohn Huors, so glaube nicht, dieses eine Schwert sei es nicht wert, auf die Reise geschickt zu werden. Die Elben werden sich der Tapferkeit der Edain erinnern, solange die Zeiten währen, und sie erstaunen darüber, daß diese ihr Leben, das auf Erden so kurz ist, freiwillig hingeben. Aber nicht nur wegen deiner Tapferkeit habe ich dich gewählt, sondern um eine Hoffnung in die Welt zu tragen, die größer ist als du selbst, und ein Licht, das die Finsternis durchdringen soll.«

Als Ulmo dieses sagte, wuchs das Brausen des Sturms zu einem gewaltigen Aufschrei, der Wind erreichte seine größte Stärke, und der Himmel färbte sich schwarz. Der Umhang des Herrn der Wasser wehte wie eine fliegende Wolke im Wind. »Geh jetzt«, sagte Ulmo, »damit das Meer dich nicht verschlinge! Denn Osse gehorcht dem Willen

Mandos', und er ist zornig darüber, ein Werkzeug des Verhängnisses zu sein.«

»Wie Ihr befehlt«, sagte Tuor. »Doch wenn ich dem Unheil entgehe, welche Worte soll ich Turgon sagen?«

»Wenn du zu ihm kommst«, erwiderte Ulmo, »werden dir die Worte von allein auf die Lippen kommen, und dein Mund wird sprechen, als sei ich an deiner Stelle. Sprich und fürchte dich nicht! Und später handle, wie dein Herz und dein Mut es dir befehlen! Vertraue fest auf meinen Mantel, denn er wird dich schützen. Und ich will jemanden zu dir schicken, der Osses Wüten entkam, der dich geleiten wird, fürwahr, den letzten Seefahrer des letzten Schiffes, das nach Westen aufbricht, bevor der Stern aufgeht. Nun kehre ans Land zurück!«

Dann krachte der Donner, Blitze zuckten über dem Meer, und Tuor erblickte Ulmo, der wie ein silberner Turm in den Wogen stand, umgeben von züngelnden Flammen. Und er schrie gegen den Wind:

»Ich gehe, Herr, auch wenn mein Herz nun heftiger nach dem Meer verlangt!«

Darauf hob Ulmo ein riesiges Horn und blies einen einzigen, machtvollen Ton, und gegen diesen war das Tosen des Sturms nur wie ein Windstoß über einem Teich. Als Tuor diesen Ton vernahm, von ihm eingeschlossen und erfüllt wurde, wollte es ihm scheinen, als verschwänden die Küsten Mittelerdes, und wie auf einem gewaltigen Traumgemälde sah er alle Wasser der Erde: von den Wasseradern im Lande bis zu den Flußmündungen, von den Stränden und Buchten bis in die Tiefen des Meeres. Er sah das Große Meer, blickte durch seine unruhigen Sphären, wimmelnd von sonderbaren Gestalten, bis in seine lichtlosen Tiefen, wo inmitten ewiger Finsternis Stimmen widerhallten, schrecklich für die Ohren Sterblicher. Mit dem schweifenden Blick der Valar überschaute er die unermeßlichen Wasserflächen, die unbeweglich unter dem Auge Anars lagen, unter dem Sichelmond glitzerten oder sich zu verderbenbringenden Gebirgen auftürmten, die gegen die Schatteninseln[9] anbrandeten. Fern am Horizont, unzählbare Meilen entfernt, erspähte er einen Berg, der sich zu unfaßbarer Höhe erhob, hineinragend in eine strahlende Wolke, und an dessen Fuß eine langgestreckte Brandung aufschimmerte. Gerade als er sich anstrengte, das Rauschen jener fernen Wellen zu erlauschen und das ferne Licht deutlicher zu erkennen, brach der Klang des Horns ab; er verharrte unter dem Donner des Sturms, und vielarmige Blitze rissen den Himmel über ihm auseinander. Ulmo war verschwunden, die See tobte, und die wilden Wogen Osses brandeten gegen die Mauern Nevrasts.

Darauf floh Tuor vor dem entfesselten Meer, und er hatte große Mühe, auf die hochgelegenen Terrassen zurückzugelangen, denn der Wind drückte ihn gegen die Klippe, und als er ihre freiliegende Spitze erreicht hatte, zwang ihn der Sturm in die Knie. Um

Schutz zu suchen, trat er deshalb noch einmal in die dunkle, leere Halle, und, auf dem steinernen Thron Turgons sitzend, verbrachte er die Nacht. Die Säulen erzitterten unter der wilden Gewalt des Sturmes, in den sich, wie es Tuor schien, Gejammer und wildes Geschrei mischten. Da er erschöpft war, versank er zeitweise in Schlaf, der von vielen unruhigen Träumen heimgesucht wurde, doch nur an einen einzigen konnte er sich erwachend erinnern: das Bild einer Insel, in deren Mitte sich ein steiler Berg erhob. Dahinter ging die Sonne unter, Schatten verbreiteten sich über den Himmel, doch hoch darüber stand ein einzelner Stern mit blendendem Licht.

Nach diesem Traum fiel Tuor in tiefen Schlaf, denn noch bevor die Nacht vorüber war, zog der Sturm weiter und trieb die Wolken in den Osten der Welt. Schließlich erwachte er im grauen Morgenlicht, erhob sich und verließ den Thron. Als er in die schwach erhellte Halle hinabstieg, sah er, daß sie von vielen Seevögeln bevölkert war, die der Sturm hierher verschlagen hatte. Er trat ins Freie, als der Glanz der letzten Sterne im Licht des kommenden Tages verblaßte. Er sah, daß in der Nacht die gewaltigen Wellen hoch auf das Land gerollt waren und ihre schaumigen Kämme bis zu den Spitzen der Klippen geworfen hatten. Wasserpflanzen und grober Kies waren sogar auf die Terrassen bis vor die Türen geschleudert worden. An die Mauer gelehnt, blickte Tuor von der untersten Terrasse hinunter und erblickte zwischen Steinen und Tang die Gestalt eines Elben, gekleidet in einen grauen, von Seewasser durchweichten Mantel. Schweigend saß er da und starrte über den verwüsteten Strand auf die langgestreckten Wellenrücken. Ringsum war Stille, und außer dem Rauschen der Brandung war kein Laut zu hören.

Als Tuor dastand und die schweigende graue Gestalt ansah, erinnerte er sich der Worte Ulmos, und wie von selbst kam ihm ein Name auf die Lippen, und er rief mit lauter Stimme:

»Willkommen, Voronwe, ich habe dich erwartet!«[10]

Darauf wandte sich der Elbe um, sah auf, und Tuor begegnete dem durchdringenden Blick seiner meergrauen Augen und wußte, daß er einen Noldor vor sich hatte. Furcht und Staunen lagen in diesen Augen, als der Elbe Tuor hoch über sich auf der Mauer stehen sah: in seinen großen Mantel wie in einen Schatten gekleidet, den schimmernden Elben-Harnisch auf der Brust.

Einen Augenblick verharrten sie so, jeder forschte im Gesicht des anderen, und dann verbeugte sich der Elbe tief vor Tuor. »Wer seid Ihr, Herr?« fragte er. »Lange habe ich mit der unerbittlichen See gekämpft. Sagt mir also, ob sich, seit ich das feste Land verließ, etwas von Bedeutung ereignet hat. Ist der Schatten besiegt? Ist das Verborgene Volk erschienen?«

»Nein«, erwiderte Tuor. »Der Schatten lastet

noch immer auf dem Land, und das Verborgene bleibt verborgen.«

Darauf blickte ihn Voronwe lange schweigend an. »Aber wer seid Ihr?« fragte er wieder. »Vor vielen Jahren hat mein Volk dieses Land verlassen, und niemand hat seitdem hier gewohnt. Jetzt begreife ich, daß Ihr trotz Eurer Kleidung nicht meinem Volk angehört, wie ich zuerst annahm, sondern dem menschlichen Geschlecht.«

»So ist es«, sagte Tuor. »Und bist du nicht der letzte Seefahrer des letzten Schiffes, das von den Anfurten Círdans nach Westen segelte?«

»Der bin ich«, antwortete der Elbe. »Ich bin Voronwe, Sohn Aranwes. Aber ich verstehe nicht, wie Ihr meinen Namen und mein Schicksal kennen könnt?«

»Weil der Herr der Wasser am Abend zu mir gesprochen hat«, sagte Tuor, »und er sagte, daß er dich vor dem Zorn Osses gerettet habe, und dich hierher schicken würde, um mein Führer zu sein.«

Erschrocken und verwundert rief Voronwe: »Ihr habt mit Ulmo, dem Mächtigen, gesprochen? Dann müssen Euer Ansehen und Eure Bestimmung in der Tat groß sein! Doch wohin soll ich Euch geleiten, Herr? Sicherlich seid Ihr unter den Menschen ein König, und viele werden auf Euren Befehl warten.«

»Nein, ich bin ein entflohener Sklave«, sagte Tuor, »ein Verfemter, einsam in einem ausgestorbenen Land. Doch ich habe eine Botschaft für Turgon, den Verborgenen König. Weißt du, wie ich ihn finden kann?«

»In diesen schlimmen Zeiten sind viele verfemt und versklavt, denen es bei ihrer Geburt nicht bestimmt war«, erwiderte Voronwe. »Ich schätze, daß Ihr zu Recht ein Mächtiger unter den Menschen seid. Doch wäret Ihr auch der Höchste unter Ihnen, hättet Ihr doch kein Recht, nach Turgon zu forschen, und Eure Suche wäre vergeblich. Selbst wenn ich Euch bis vor seine Tore geleiten würde, könntet Ihr sie nicht passieren.«

»Nicht weiter als bis zum Tor, bitte ich dich, mich zu geleiten«, sagte Tuor. »Dort werden das Schicksal und der Wille Ulmos miteinander streiten. Wenn Turgon mich nicht zu sich läßt, ist mein Auftrag beendet, und das Verhängnis wird seinen Lauf nehmen. Aber was mein Recht angeht, Turgon aufzusuchen, höre also: Ich bin Tuor, Huors Sohn und Abkömmling Húrins, deren Namen Turgon nicht vergessen haben wird. Und überdies suche ich ihn auf Befehl Ulmos. Sollte Turgon vergessen haben, was Ulmo einst zu ihm sagte: *Denke daran, daß die letzte Hoffnung der Noldor vom Meer kommen wird?* Oder: *Wenn die Gefahr nahe ist, wird jemand aus Nevrast kommen, um dich zu warnen.*[11] Dieser Mann bin ich, ein Rad im Getriebe, das meinetwegen in Gang gesetzt wurde.«

Verwundert hörte Tuor sich selbst diese Worte sprechen, denn als er von Nevrast aufgebrochen war, hatte er Ulmos Botschaft an Turgon nicht gekannt. Niemand kannte sie, das Verborgene Volk ausgenommen. Deshalb war Voronwe um so überraschter, doch er wandte sich ab, schaute auf das Meer und seufzte: »Wohlan!« sagte er. »Ich habe gewünscht, nie wieder zurückzukehren. Sollte ich jemals wieder einen Fuß an Land setzen, so habe ich mir oft genug in den Tiefen der See gelobt, wollte ich, weit entfernt von den Schatten des Nordens, in Muße leben. Bei den Anfurten Círdans vielleicht, oder in den freundlichen Gefilden Nan-tathrens, wo der Frühling lieblicher ist, als das Herz es sich erträumen kann. Aber während ich wanderte, hat die Macht des Bösen zugenommen, die letzte Gefahr nähert sich meinem Volk, und ich muß zurückkehren.« Er wandte sich wieder gegen Tuor: »Ich will Euch zu den verborgenen Toren führen«, sagte er, »denn ein kluger Mann wird sich den Ratschlüssen Ulmos nicht widersetzen.«

»Dann wollen wir zusammen gehen, wie es uns aufgetragen ist«, sagte Tuor. »Doch klage nicht, Voronwe! Denn mein Herz spricht zu dir: möge deine lange Reise dich weit von den Schatten wegführen und deine Hoffnung, an das Meer zurückzukehren, möge sich erfüllen.«[12]

»Die Eure ebenso«, sagte Voronwe. »Aber jetzt müssen wir das Meer verlassen und uns sputen.«

»Ja«, sagte Tuor. »Aber wohin willst du mich führen und wie weit? Sollen wir nicht zuerst darüber nachdenken, wie wir uns in der Wildnis zurechtfinden oder, falls die Reise lange dauert, wie wir ohne Unterschlupf den Winter überstehen werden?«

Aber über ihren Reiseweg wollte Voronwe nichts Genaues sagen. »Was Menschen vermögen, ist Euch wohlbekannt«, sagte er, »was mich freilich angeht, so bin ich ein Noldor, und Hunger und Winterkälte müssen schon lange andauern, ehe sie jemanden aus jenem Stamm töten, der das Malm-Eis überquert hat. Wie, glaubt Ihr, konnten wir ungezählte Tage in den salzigen Wüsten des Meeres überstehen? Habt Ihr nicht von der Wegerichpflanze der Elben gehört? Ich trage noch immer einen Vorrat bei mir, wie es alle Seefahrer bis zuletzt zu tun pflegen.« Darauf ließ er unter seinem Umhang ein versiegeltes Säckchen sehen, das an seinen Gürtel geschnallt war. »Solange es versiegelt ist, können ihm weder Wasser noch Kälte etwas anhaben. Aber nur in größter Not dürfen wir es angreifen. Außerdem wird ein Verfemter und Jäger sicherlich noch andere Nahrung finden, solange es die Jahreszeit zuläßt.«

»Vielleicht«, sagte Tuor. »Doch nicht in jedem Land ist das Jagen ungefährlich, und sei noch so reichlich Beute vorhanden. Außerdem verzögert es die Reise.«

Nun machten sich Tuor und Voronwe zum Aufbruch bereit. Von den Waffen, die er aus der Halle mitgebracht hatte, nahm Tuor den kleinen Bogen und Pfeile mit; den Speer jedoch, der in der Runenschrift der Nord-Elben seinen Namen trug, stellte er an die Wand, zum Zeichen, daß er hier vorübergekommen war. Voronwe führte außer einem kurzen Schwert keine Waffe.

Bevor der Tag anbrach, verließen sie den alten Wohnsitz Turgons, und Voronwe führte Tuor die steilen Hänge des Taras hinab und über die große Landzunge. Dort hatte einst die Straße von Nevrast nach Brithombar entlanggeführt, von der jetzt nur noch eine grüne Spur zwischen grasüberwachsenen Erdwällen übrig war. So gelangten sie nach Beleriand und in den nördlichen Teil der Falas. Dort wandten sie sich nach Osten und suchten Zuflucht im Schatten der überhängenden Felsen des Ered Wethrin; dort rasteten sie versteckt, bis die Dämmerung hereinbrach. Obwohl Brithombar und Eglarest, die alten Wohnstätten der Falathrim, noch weit entfernt waren, hausten dort jetzt die Orks, und das ganze Land wimmelte von Morgoths Spähern; er fürchtete nämlich die Schiffe Círdans, die gelegentlich die Küsten überfielen und sich mit den Bewaffneten vereinigten, die von Nargothrond ausgeschickt wurden.

Als sie nun, eingehüllt in ihre Mäntel, schattengleich im Schutz der Hügel hockten, sprachen Tuor und Voronwe viel miteinander. Tuor stellte viele Fragen nach Turgon, doch sprach Voronwe über ihn nur wenig, sondern erzählte lieber von den Behausungen auf der Insel Balar und von den Lisgardh, den Schilfwäldern an den Mündungen des Sirion.

»Dort nimmt jetzt die Zahl der Elben zu«, sagte er,

»denn von beiden Stämmen fliehen immer mehr dorthin, sei es aus Furcht vor Morgoth, oder weil sie des Krieges überdrüssig sind. Ich aber verlasse das Volk nicht, dem ich mich zugehörig fühle. Im Anschluß an die Bragollach, und nachdem der Belagerungsring um Angband gesprengt worden war, überkamen Turgon zum ersten Mal Zweifel, ob Morgoth sich nicht doch als zu stark erweisen würde. In jenem Jahr sandte er eine erste Vorhut seines Volkes durch die Tore nach draußen; es waren nur wenige, und sie hatten einen geheimen Auftrag. Sie zogen den Sirion hinunter bis zu den Küsten an seiner Mündung, und dort bauten sie Schiffe. Doch sie waren nicht sehr erfolgreich: Es gelang ihnen lediglich, die Große Insel Balar zu erreichen und dort heimliche Unterschlupfe anzulegen, die außerhalb der Reichweite Morgoths lagen; denn die Noldor verstehen sich nicht auf die Kunst, Schiffe zu bauen, die den Wellen des Großen Belegaer lange standhalten.[13]

Aber als Turgon später davon hörte, daß die Falas verwüstet, die alten Anfurten der Schiffbauer geplündert worden seien, Círdan, wie man sagte, einen Rest seines Volkes gerettet habe und in südlicher Richtung zur Bucht von Balar fortgesegelt sei, schickte er erneut Boten aus. Dies ist noch gar nicht lange her, doch kommt es mir in der Erinnerung vor, als sei es die längste Zeitspanne meines Lebens gewesen. Denn ich war einer von denen, die ausgesandt wurden, und unter den Eldar war ich jung an

Jahren. Ich bin hier in Mittelerde im Lande Nevrast geboren. Meine Mutter war eine Grau-Elbe und mit Círdan blutsverwandt – in den ersten Jahren der Herrschaft Turgons vermischten sich die Völker in Nevrast häufig –, und ich habe als mütterliches Erbteil mein Seemannsblut. Aus diesem Grund war ich unter den Ausgewählten, denn wir wurden zu Círdan geschickt, ihn um Rat für unseren Schiffbau zu bitten und um den Herren des Westens eine Botschaft und die Bitte um Beistand zu übermitteln, ehe alles verloren war. Doch ich säumte unterwegs, denn ich hatte bis dahin wenig von den Ländern Mittelerdes gesehen, und es war gerade Frühling, als wir nach Nan-tathren kamen. Lieblich und herzerquickend ist dieses Land, Tuor, wie Ihr selbst feststellen werdet, wenn Ihr jemals auf den südlichen Straßen den Sirion entlangwandern solltet. Dieses Land ist das Heilmittel gegen die Sehnsucht nach dem Meer, wenn auch nicht für jene, die ihrer Bestimmung nicht entgehen können. Dort ist Ulmo nur der Diener Yavannas, und dort hat die Erde einen Überfluß an Schönheit hervorgebracht, der für jene, die in den rauhen Hügeln des Nordens leben, schier unfaßbar ist. In diesem Land vereinigen sich Narog und Sirion, ihr schneller Lauf mäßigt sich, und sie fließen breit und ruhig zwischen erquickenden Wiesen dahin. Überall am glitzernden Fluß wachsen Schwertlilien wie ein Wald aus Blüten, das Gras ist mit Blumen durchflochten wie mit Edelsteinen, mit Glocken und roten und goldenen

Flammen, einer verschwenderischen Pracht vielfarbiger Sterne auf einem grünen Himmel. Doch am schönsten sind die Weidenbäume Nan-tathrens, mattgrün oder silbrig im Wind, und das Rauschen ihrer unzähligen Blätter ist wie bezaubernde Musik. Tage und Nächte trieben unbemerkt dahin, während ich im kniehohen Gras stand und lauschte. Dort erlag ich einem Zauber, und in meinem Herzen vergaß ich das Meer. Ich wanderte umher, gab unbekannten Blumen Namen oder lag träumend unter einer Glocke von Vogelgesang und Bienengesumm. Dort würde ich noch immer in Freuden leben, ohne einen Gedanken an mein Volk, die Schiffe der Teleri oder die Schwerter der Noldor, doch mein Schicksal wollte es anders. Vielleicht war es auch der Herr der Wasser selbst, dessen Macht groß war in jenem Land.

Es kam mir in den Sinn, ein Floß aus Weidenästen zu bauen und mich auf den schimmernden Wassern des Sirion zu ergehen; so geschah es, und der Fluß trug mich. Doch eines Tages, als ich mich in der Flußmitte befand, kam plötzlich Wind auf, ergriff das Floß, trieb mich davon aus dem Land der Weidenbäume und dem Meer zu. Also kam ich als letzter der Boten bei Círdan an. Von den sieben Schiffen, die er auf Turgons Bitte erbaut hatte, waren alle bis auf eines bereits fertig. Und eines nach dem anderen setzten sie Segel, steuerten nach Westen, doch weder kehrten sie jemals zurück, noch hat man irgendeine Nachricht von ihnen empfangen.

Aber jetzt begann mein Seefahrerblut in der salzigen Seeluft schneller zu fließen, ich hatte meine Freude an den Wellen und erlernte das Handwerk der Seeleute, als hätte ich es schon immer beherrscht. So war ich denn, als das letzte und größte Schiff fertiggestellt war, begierig, aufzubrechen, und sagte mir selbst: Wenn es zutrifft, was die Noldor sagen, gibt es im Westen Wiesengründe, mit denen sich das Land der Weidenbäume nicht messen kann. Dort gibt es kein Verwelken, und der Frühling endet niemals, und vielleicht gelange ich, Voronwe, sogar dorthin. Im schlimmsten Fall ist es immer noch besser, sich dem Wasser anheimzugeben als den Schatten im Norden. Ich hatte keine Furcht, denn die Schiffe der Teleri galten als unsinkbar.

Doch die Große See ist furchtbar, Tuor, Sohn Huors, und sie haßt die Noldor, weil sie die Valar verderben will. Sie hält Schlimmeres bereit als den Untergang in ihren Abgründen: Abscheu, Einsamkeit und Wahnsinn, Schrecken des Sturms, Aufruhr und Stille und Schatten, wo jede Hoffnung vergeben ist und jedes Leben erstirbt. Und sie bespült viele sonderbare und verderbenbringende Gestade und wimmelt von Inseln voller Furcht und Gefahr. Ich will Euer Herz nicht trüben, Sohn Mittelerdes, mit der Geschichte meiner siebenjährigen Irrfahrt auf dem Großen Meer, die mich vom Norden bis in den Süden, doch niemals in den Westen verschlug, denn dieser ist uns verschlossen.

Schließlich, in finsterer Verzweiflung, zerfallen mit der Welt, wendeten wir das Schiff und flohen vor dem Verhängnis, das uns so lange verschont hatte, um uns um so grausamer zu treffen. Gerade nämlich, als wir in der Ferne einen Berg erspähten, und ich ausrief: ›Seht, dort liegt Taras, das Land meiner Geburt!‹ – in diesem Augenblick frischte der Wind auf, und aus dem Westen zogen massige, donnerschwangere Wolken herauf. Dann jagten uns die Wellen, als seien sie lebende, bösartige Wesen, und die Blitze zuckten auf uns herab. Und wenn wir wie eine hilflose Nußschale hinabgepreßt worden waren, schleuderten uns die tobenden Seen wieder empor. Aber ich blieb, wie Ihr seht, verschont. Es kam eine Woge herbei, größer und doch ruhiger als die anderen, wie mir schien, und sie packte mich, hob mich vom Schiff, trug mich hoch auf ihren Schultern, rollte an Land und warf mich in das Gras. Dann flutete sie zurück und ergoß sich wie ein Wasserfall über den Klippenrand. Länger als eine Stunde saß ich dort, noch benommen vom Meer, als Ihr auf mich zukamt. Noch immer habe ich die Furcht in mir und spüre den Schmerz über den bitteren Verlust aller meiner Freunde, die an meiner Seite waren auf einer langen und weiten Fahrt, die uns über die Gefilde der Sterblichen hinausgeführt hatte.«

Voronwe seufzte und sprach dann leise wie zu sich selbst: »Doch hell standen die Sterne am Rande der Welt, wenn sich die Wolken im Westen gelegentlich verzogen hatten. Freilich weiß ich nicht, ob wir nur ferne Wolken sahen, oder in der Tat, wie manche glaubten, die Berge der Abwehr, die Pelóri, erblickten, die sich über den ausgestorbenen Stränden unserer alten Heimat erheben. Fern, unendlich fern, standen sie, und ich glaube, kein Sterblicher wird jemals wieder in jene Gegenden kommen.« Danach verstummte er. Die Nacht war hereingebrochen, und die Sterne schimmerten weiß und kalt.

Bald darauf erhoben sich Tuor und Voronwe, kehrten dem Meer den Rücken und brachen zu ihrer langen Reise in die Finsternis auf. Wenig ist darüber zu berichten, denn Ulmos Schatten wachte über Tuor, und niemand erspähte sie auf ihrem Weg durch Wald und Fels, Felder und Auen, zwischen der untergehenden und der aufgehenden Sonne. Doch sie blieben immer auf der Hut, wichen den Jägern Morgoths aus, die auch nachts sehen können, und vermieden die ausgetretenen Pfade der Elben und Menschen. Voronwe bestimmte den Weg, und Tuor folgte ihm. Er stellte keine überflüssigen Fragen, doch bemerkte er wohl, daß sie immer dem aufwärts nach Osten verlaufenden Bergzug folgten und sich niemals nach Süden wandten. Er wunderte sich darüber, denn wie die meisten Elben und Menschen war er der Ansicht, Turgon wohne weit von den Schlachtfeldern des Nordens entfernt.

Im Zwielicht oder in der Nacht kamen sie in der

unwegsamen Wildnis langsam voran, und um so rascher zog der rauhe Winter aus Morgoths Reich herbei. Trotz der schützenden Hügel waren die Winde kräftig und beißend, und bald lag tiefer Schnee auf den Höhen, wirbelte über die Pässe und fiel auf die Wälder von Núath, ehe diese noch ihre welken Blätter gänzlich abgeworfen hatten.[14] So kam, obwohl sie in der ersten Hälfte der Narquelië aufgebrochen waren, die Hísime mit beißendem Frost, gerade als sie sich den Quellen des Narog näherten.

Dort, am Ende einer mühseligen Nacht, machten sie im Morgengrauen Halt; Voronwe erschrak und blickte sich furchtsam und schmerzerfüllt um: Wo einst der Weiher von Ivrin in seinem großen, durch die Wasserfälle ausgewaschenen steinernen Becken erglänzte, wo er als eine baumgesäumte Mulde in den Hügeln gelegen hatte, erblickte er jetzt nichts als ein besudeltes und verwüstetes Gelände. Die Bäume waren verbrannt oder herausgerissen, die steinerne Umrandung des Beckens war zerbrochen, so daß die ungebändigten Wasser des Ivrin inmitten der Zerstörung einen armseligen Morast bildeten. Alles war jetzt nur noch eine Wüstenei gefrorenen Schlamms, und ein Gestank von Verwesung lag wie ein widerwärtiger Dunst über dem Ort.

»Wehe! Ist das Böse sogar hierher gekommen?« rief Voronwe. »Einst war dieser Ort weit entfernt von der Bedrohung durch Angband, doch die Klauen Morgoths strecken sich immer weiter aus!«

»Es ist so, wie Ulmo gesagt hat«, sagte Tuor: *»Die Quellen sind vergiftet, und meine Macht zieht sich aus den Wassern des Landes zurück.«*

»In der Tat, hier hat ein böser Geist gewaltet«, sagte Voronwe, »der mächtiger ist als die Orks. Furcht umlauert diesen Ort.« Er prüfte den Rand des Morastes, bis er auf einmal innehielt und aufschrie: »Ja, das Böse war groß!« Er forderte Tuor auf, näherzutreten, und dieser sah einen Einschnitt wie eine gewaltige Furche, die nach Süden führte. Zu beiden Seiten verliefen, bald undeutlich, bald durch den Frost hart und klar im Boden ausgeprägt, die Spuren großer, klauenbewehrter Füße. »Seht!« sagte Voronwe, und sein Gesicht war von Furcht und Abscheu bleich, »vor nicht langer Zeit ist der Große Wurm von Angband hiergewesen, die grausamste aller Kreaturen des Feindes! Es kann bereits zu spät sein für unsere Botschaft an Turgon. Eile tut not.«

Gerade als er dies sagte, hörten sie einen Ruf in den Wäldern, und sie verharrten lauschend wie graue Steine. Doch es war eine friedliche Stimme, wenn auch von Schmerz erfüllt; sie schien immer wieder einen Namen zu rufen, als ob sie nach jemandem suche, der verlorengegangen war. Während sie warteten, kam jemand durch die Bäume näher, und sie sahen, daß es ein großer Mann war. Er war bewaffnet, schwarz gekleidet, hatte ein langes Schwert gezogen, und sie wunderten sich, daß dessen Blatt schwarz war, die Kanten aber hell und kalt funkelten. Kummer stand auf seinem Gesicht, und als er den verwüsteten Ivrin sah, schrie er vor Gram laut auf: »Ivrin, Faelivrin! Gwindor und Beleg! Hier wurde ich einst geheilt. Aber jetzt werde ich niemals wieder den Becher des Friedens trinken.«

Darauf schritt er schnell in nördlicher Richtung davon, wie jemand, der auf einer Verfolgungsjagd ist oder eine eilige Botschaft hat. Sie hörten ihn rufen: *Faelivrin, Finduilas!*, bis seine Stimme in den Wäldern verhallte.[15] Doch sie wußten nicht, daß Nargothrond gefallen war, und daß sie Túrin, den Sohn Húrins, gesehen hatten, den Träger des Schwarzen Schwerts. Auf diese Weise kreuzten sich für einen Augenblick und niemals wieder die Wege der Blutsverwandten Túrin und Tuor.

Nachdem das Schwarze Schwert verschwunden war, setzten sie ihren Weg noch eine Weile fort, obwohl es Tag geworden war, denn die Erinnerung an den Schmerz dieses Mannes lastete schwer auf ihnen, und sie konnten es nicht über sich bringen, in der Nähe des verwüsteten Ivrin zu bleiben. Doch bald suchten sie sich ein Versteck, denn jetzt war ringsum das Land von der Vorahnung des Bösen erfüllt. Ihr Schlaf war kurz und unerquicklich, und als der Tag sich neigte und es dunkel wurde, setzte heftiger Schneefall ein, und mit der Nacht kam grimmiger Frost. Von diesem Augenblick an hörten Schnee und Eis überhaupt nicht mehr auf, und fünf Monate lang hielt der Grausame Winter, an den man sich noch lange erinnerte, den Norden in seinem Bann. Nun wurden Tuor und Voronwe von der Kälte gequält, und sie fürchteten, ihre Spuren im Schnee könnten sie jagenden Feinden verraten, oder sie könnten in einen heimtückischen Hinterhalt geraten. Sie marschierten neun Tage lang, immer langsamer und unter wachsenden Qualen, als sich Voronwe ein wenig nach Norden wandte, bis sie die drei Quellflüsse des Teiglin überquerten. Darauf ging es wieder ostwärts, sie verließen die Berge und gingen vorsichtig weiter, bis sie den Glithui überquerten und an den Malduin kamen, dessen Wasser schwarz gefroren war.[16]

Da sprach Tuor zu Voronwe: »Der Frost ist grausam, und der Tod nähert sich uns.« In der Tat war ihre Lage sehr schlimm, denn es war lange her, seit sie in der Wildnis ein wenig Nahrung gefunden hatten, die Wegzehrung schwand dahin, und sie waren durchfroren und erschöpft.

»Es ist bitter«, sagte Voronwe, »zwischen dem Verhängnis der Valar und der Grausamkeit des Feindes gefangen zu sein. Bin ich dem Rachen der See entkommen, um im Schnee begraben zu werden?«

Aber Tuor sagte: »Wie weit müssen wir jetzt noch gehen? Du mußt jetzt endlich dein Geheimnis mit mir teilen, Voronwe. Hast du mich den kürzesten Weg geführt, und wohin führt er? Denn wenn ich meine letzten Kräfte opfern muß, möchte ich wissen, wozu es gut ist.«

»Ich habe Euch, soweit es unsere Sicherheit zuließ, den kürzesten Weg geführt«, sagte Voronwe. »Wisset nun, Tuor, daß Turgon noch immer im Norden des Landes der Eldar wohnt, wenn es auch nur wenige glauben. Wir sind seinem Wohnsitz schon recht nahe, aber es sind immer noch viele Meilen zurückzulegen, selbst wenn man wie ein Vogel fliegen könnte. Immerhin müssen wir noch den Sirion überqueren, und bis dahin kann uns möglicherweise noch viel Böses begegnen. Bald nämlich erreichen wir die Straße, die seit altersher vom Wachtturm König Finrods nach Nargothrond hinunterführt.[17] Dort werden die Knechte unseres Feindes sich aufhalten und auf der Lauer liegen.«

»Ich hielt mich für den abgehärtetsten der Menschen«, sagte Tuor, »und ich habe viele harte Winter in den Bergen überlebt, doch damals hatte ich eine Höhle als Zuflucht und ein wärmendes Feuer. Jetzt aber, hungrig wie ich bin, zweifle ich an meiner Kraft, bei dieser schlimmen Kälte weiterzugehen. Aber laß uns aufbrechen und marschieren, so weit wie wir können, bevor uns die letzte Hoffnung verläßt.«

»Wir haben keine andere Wahl«, sagte Voronwe, »es sei denn, wir legten uns hier nieder, um im Schnee auf den Todesschlaf zu warten.«

Also kämpften sie sich den ganzen bitteren Tag lang vorwärts, und der Winter machte ihnen mehr zu schaffen als die Bedrohung durch Feinde. Doch je weiter sie vordrangen, desto weniger Schnee fanden sie, denn sie stiegen jetzt wieder nach Süden in das Tal des Sirion hinab und hatten die Berge von Dor-lómin weit hinter sich gelassen. Als die Dämmerung sich vertiefte, erreichten sie die Landstraße, die sich am Fuß des dichtbewaldeten, steilen Flußufers entlangzog. Plötzlich hörten sie Stimmen, und als sie vorsichtig hinter den Bäumen hervorspähten, sahen sie in der Tiefe ein rotes Licht. Eine Gruppe von Orks lagerte mitten auf der Straße, zusammengedrängt um ein mächtiges Holzfeuer.

»Gurth an Glamhoth!« murmelte Tuor.[18] »Jetzt soll das Schwert unter dem Mantel hervorkommen. Ich will den Tod riskieren, um dieses Feuer in die Hand zu bekommen, und sogar das Fleisch der Orks wäre eine willkommene Beute.«

»Nein!« sagte Voronwe. »Auf dieser Reise hilft uns nur der Mantel. Entweder Ihr schlagt Euch das Feuer aus dem Kopf, oder Ihr müßt Turgon vergessen. Dieser Trupp ist nicht allein in der Wildnis. Sieht denn Euer sterbliches Auge nicht im Norden und Süden den Feuerschein weiterer Wachtposten? Der geringste Lärm würde ein ganzes Heer auf uns hetzen. Hört auf mich, Tuor! Es verstößt gegen das Gesetz des Verborgenen Königreichs, sich seinen Toren zu nähern, wenn einem Feinde auf den Fersen sind. Dieses Gesetz werde ich nicht brechen, weder um Ulmos Auftrag noch um des Todes willen. Wenn Ihr die Orks aufstört, werde ich Euch verlassen.«

»Also lassen wir sie ungeschoren«, erwiderte

Tuor. »Doch möge ich den Tag erleben, an dem ich nicht wie ein feiger Hund vor einer Handvoll Orks beiseite zu schleichen brauche.«

»Dann kommt!« sagte Voronwe. »Streitet nicht länger, sonst werden sie uns wittern. Folgt mir!«

Dann kroch er mit dem Wind durch die Bäume nach Süden davon, bis sie sich in der Mitte zwischen dem ersten Ork-Feuer und dem nächsten befanden. Dort stand er lange still und lauschte.

»Ich höre kein Geräusch auf der Straße«, sagte er, »aber wir wissen nicht, was im Dunkel lauert.« Er spähte in die Finsternis vor ihnen und schauerte. »Es liegt etwas Böses in der Luft«, murmelte er. »Vorwärts! Dort vor uns liegt das Ziel unserer Reise, und dazwischen gibt es nur Leben oder Tod.«

»Der Tod umringt uns von allen Seiten«, sagte Tuor. »Doch ich habe nur noch für die kürzeste Strecke Kraft. Hier muß ich die Straße überqueren oder untergehen. Ich will auf Ulmos Mantel vertrauen, und auch dich wird er einhüllen. Jetzt werde ich die Führung übernehmen!«

Mit diesen Worten schlich er zum Straßenrand. Dann warf er den weiten grauen Mantel über sich und Voronwe, den er an sich preßte, und schritt voran.

Ringsum war es still. Der kalte Wind fegte heulend über die uralte Straße. Doch dann verstummte plötzlich auch er, und Tuor spürte eine Veränderung in der Luft. Es war, als habe Morgoths Land für eine Weile den Atem angehalten, und schwach, wie eine Erinnerung an das Meer, kam eine Brise aus dem Westen herbeigestrichen. Wie ein grauer, vom Wind getragener Nebelfleck überquerten sie die steinige Straße und huschten in ein Dickicht an ihrem östlichen Rand.

Plötzlich erscholl in ihrer Nähe ein wilder Schrei, dem entlang der Straße viele weitere antworteten. Ein Horn heulte mißtönend, und man hörte das Geräusch hastender Füße. Unbeirrt ging Tuor weiter. Während seiner Gefangenschaft hatte er genügend von der Sprache der Orks gelernt, um die Bedeutung der Schreie begreifen zu können: Die Wächter hatten Tuor und Voronwe gewittert und gehört, konnten sie aber nicht sehen. Die Jagd war im Gange. Verzweifelt stolperten sie vorwärts, krochen einen langen Abhang hinauf, wo zwischen verkrüppelten Ebereschen und niedrigen Birken ein dichtes Gestrüpp aus Stechginster und Heidelbeeren wuchs. Auf dem Hügelkamm angelangt, blieben sie stehen und lauschten auf die Rufe in ihrem Rücken und auf die unten durch das Unterholz brechenden Orks.

Neben ihnen war ein Felsblock, dessen oberes Stück aus einem Gewirr von Heidekraut und Brombeeren hervorragte; darunter war ein Lager, wie es ein gejagtes Tier aufsuchen mochte, um der Verfolgung zu entgehen, oder, wenn es nicht anders ging, mit dem Rücken zum Stein sein Leben teuer zu verkaufen. Tuor zog Voronwe in diese schattige Höhle hinein, und unter dem grauen Mantel lagen sie Seite an Seite, keuchend wie zwei junge Füchse. Sie sprachen kein Wort und lauschten mit gespannter Aufmerksamkeit.

Die Rufe der Jäger wurden schwächer, denn die Orks wagten es nie, tiefer in das unwegsame Gelände beiderseits der Straße vorzudringen, doch sie schwärmten auf der Straße auf und ab. Sie machten sich wegen versprengter Flüchtlinge wenig Sorgen, doch sie fürchteten Späher und die Kundschafter bewaffneter Feinde. Morgoth hatte auf der Straße Wachen aufgestellt, nicht um Tuor und Voronwe (von denen er noch nichts wußte) oder jemand anderen zu fangen, der aus dem Westen kam; ihm ging es vielmehr um den Träger des Schwarzen Schwerts, der nicht entkommen, den Gefangenen aus Nargothrond folgen sollte, und der vielleicht Hilfe aus Doriath holen konnte.

Die Nacht ging vorüber, und über dem verlassenen Land lag wieder unheilvolle Stille. Tuor schlief kraftlos und erschöpft unter Ulmos Mantel; Voronwe jedoch kroch bald darunter hervor, stand stumm und unbeweglich wie ein Stein, und sein scharfer Elbenblick drang durch die Schatten. Bei Tagesanbruch weckte er Tuor, und nachdem dieser sich aus dem Mantel geschält hatte, sah er, daß das Wetter sich in der Tat gebessert hatte und die schwarzen Wolken fortgezogen waren. In der Morgendämmerung konnte er weit in der Ferne die Gipfel unbekannter Berge erkennen, die vor dem feurigen Osten aufglühten.

Da sagte Voronwe mit leiser Stimme: »*Alae! Ered en Echoriath, ered e·mbar nín!*«[19] Denn er wußte, daß sie die Umzingelnden Berge und die Mauern von Turgons Reich vor sich liegen sahen. Östlich unter ihnen in einem tiefen, schattigen Tal, lag Sirion, der Schöne, Vielbesungene, und darüber stieg, in Nebel gehüllt, ein graues Land zu den matt getönten Hügeln am Fuß der Berge auf. »Dort drüben liegt Dimbar«, sagte Voronwe. »Wären wir nur dort! Denn nur selten wagen es unsere Feinde, dorthin ihren Fuß zu setzen. Zumindest war es so, als Ulmos Kraft noch im Sirion gegenwärtig war. Aber nun hat sich vielleicht alles geändert[20] – außer der Gefährlichkeit des Flusses: Um diese Zeit ist er bereits tief und reißend, und es ist sogar für die Eldar gefährlich, ihn zu überqueren. Aber ich habe Euch an den rechten Ort geführt, denn dort schimmert die Furt von Brithiach, ein wenig südlich, dort, wo die Oststraße seit altersher von Taras über den Fluß in den Westen führt. Außer in verzweifelter Not wagt jetzt niemand, ob Elbe, Mensch oder Ork, sie zu benutzen, seit sie zum Dungortheb und zum Land des Grauens zwischen den Gorgoroth und dem Gürtel Melians führt; seit langem hat sie sich in der Wildnis verloren oder ist zu einem schmalen Pfad zwischen Kraut und Dornenranken geworden.«[21]

Dann deutete Voronwe nach vorn, und Tuor erspähte in weiter Ferne einen Schimmer wie von offenem Wasser im flüchtigen Licht der Dämmerung, doch darüber türmten sich dunkle Massen; dort stieg der große Wald von Brethil nach Süden auf und zog sich in ein fernes Hochland empor. Jetzt stiegen sie unter großer Vorsicht talabwärts und gelangten schließlich an die alte Straße, die von der Wegscheide an den Grenzen Brethils herunterführt, wo sie die Straße von Nargothrond kreuzte. Tuor sah, daß sie dicht an den Sirion herangekommen waren. Die Ufer seines tiefen Flußbettes traten an dieser Stelle zurück, und seine Fluten, sich brechend in ausgedehntem Steingeröll,[22] verliefen sich in breite, flache Arme, in denen das aufgerührte Wasser murmelte. Kurz danach vereinigten sie sich wieder, flossen in einem neuen Flußbett auf den Wald zu und verschwanden in weiter Ferne in dichtem, undurchdringlichem Nebel. Dort lag, was Tuor nicht wissen konnte, inmitten des überschatteten Gürtels von Melian, die Nordmark von Doriath.

Tuor wollte sofort zur Furt eilen, aber Voronwe hielt ihn zurück und sagte: »Wir dürfen die Brithiach weder am hellen Tag überqueren, noch wenn es Zweifel gibt, daß wir verfolgt werden.«

»Dann sollen wir hier sitzen bleiben und vermodern?« fragte Tuor. »Einen solchen Zweifel wird es geben, solange Morgoths Reich besteht. Komm! Im Schutz von Ulmos Mantel müssen wir es wagen.«

Noch zögerte Voronwe und blickte nach Westen zurück, doch der Pfad hinter ihnen war verlassen, und alles ringsum war ruhig, bis auf das Rauschen des Wassers. Er blickte in die Höhe, und der Himmel war grau und leer, noch nicht einmal ein Vogel flog. Plötzlich erhellte sich sein Gesicht vor Freude, und er rief laut: »Alles ist gut! Die Brithiach wird noch immer von den Widersachern des Feindes bewacht. Hierher werden uns die Orks nicht folgen, und im Schutze des Mantels können wir die Furt ohne Zweifel passieren.«

»Was hast du gesehen?« fragte Tuor.

»Die Augen der Sterblichen reichen nicht weit!« erwiderte Voronwe. »Ich sehe die Adler der Crissaegrim, und sie kommen hierher. Wartet ein wenig!»

Tuor starrte nach oben, und bald sah er in der Luft die Umrisse dreier Vögel, die mit starken Flügelschlägen von den fernen Bergen heranflogen und jetzt wieder von Wolken verhüllt wurden. Langsam, große Kreise beschreibend gingen sie nieder und sanken plötzlich zu den Wanderern herab. Aber bevor Voronwe ihnen etwas zurufen konnte, schwenkten sie flügelrauschend in weitem Bogen ab und flogen, dem Flußlauf folgend, in nördlicher Richtung davon.

»Nun laßt uns gehen«, sagte Voronwe. »Sollte irgendein Ork in der Nähe sein, wird er mit dem Gesicht flach auf dem Boden liegen, bis die Adler weit genug entfernt sind.«

Schnell hasteten sie einen langgestreckten Hang hinunter und passierten die Furt trockenen Fußes über Geröllbänke oder durch das seichte Wasser watend. Das Wasser war sehr kalt und klar, und die seichten Stellen, wo die ziehende Flut sich zwischen Steinen verloren hatte, waren mit Eis bedeckt. Doch niemals, nicht einmal im Grausamen Winter, in dem Nargothrond fiel, konnte der tödliche Hauch des Nordens die Wasser des Sirion gänzlich zum Gefrieren bringen.[23]

Auf der anderen Seite der Furt kamen sie an eine tief eingeschnittene Rinne, die früher ein Flußbett gewesen sein mußte und in der jetzt kein Wasser mehr floß. Doch vor Zeiten, so schien es, hatte sich ein Sturzbach, aus dem Norden von den Echoriath kommend, ein tiefes Bett gegraben und von dort die Steine der Brithiach in den Sirion gespült.

»Endlich!« rief Voronwe. »Wir haben nicht vergeblich gehofft! Seht! Hier ist die Mündung des Trockenen Flusses: Dies ist die Straße, die wir einschlagen müssen.«[24] Sie stiegen in das Flußbett hinab, und als sich dieses nach Norden wandte, stieg der Untergrund steil an, und die Felswände auf beiden Seiten wurden höher. Im dünnen Licht stolperte Tuor zwischen den Steinen hindurch, mit denen das unebene Flußbett übersät war. »Wenn dies der Weg ist«, sagte er, »so ist er ziemlich mühsam für jemanden, der am Ende seiner Kräfte ist.«

»Und doch ist es der Weg, der zu Turgon führt«, sagte Voronwe.

»Dann wundert es mich um so mehr, daß sein Eingang offen und unbewacht daliegt«, sagte Tuor. »Ich hatte erwartet, ein großes, streng bewachtes Tor vorzufinden.«

»Das werdet Ihr noch sehen«, gab Voronwe zur Antwort. »Dies ist nur der Zugang. Ich habe ihn eine Straße genannt, doch mehr als dreihundert Jahre hat sie niemand betreten, ausgenommen wenige Boten mit geheimen Aufträgen. Die ganze Kunstfertigkeit der Noldor ist aufgewendet worden, um diesen Zugang zu tarnen, nachdem das Verborgene Volk ihn passiert hatte. Liegt diese Straße denn offen? Würdet Ihr sie bemerkt haben, wenn Ihr nicht einen Noldor zum Führer gehabt hättet? Oder wäre Euch der Gedanke gekommen, es könnte etwas anderes sein als das Werk von Regen und Wind und dem Wasser der Wildnis? Und waren da nicht die Adler, die Ihr gesehen habt? Sie gehören zur Gefolgschaft Thorondors, der einst auf dem Thangorodrim wohnte, bevor Morgoths Macht wuchs, und die nun seit dem Fall Fingolfins in Turgons Bergen hausen.[25] Sie allein und die Noldor selbst kennen das Verborgene Königreich und wachen über seinem Himmel, wenn es auch bis jetzt noch kein Knecht des Feindes gewagt hat, sich so hoch in die Lüfte zu erheben. Sie bringen dem König Nachricht von allem, was draußen im Lande vorgeht. Wären wir Orks gewesen, so zweifle nicht, daß sie uns gepackt und aus großer Höhe auf die erbarmungslosen Klippen hinabgeschleudert hätten.«

»Ich zweifle nicht daran«, sagte Tuor. »Doch ich frage mich auch, ob nicht die Nachricht von unserem Kommen schneller zu Turgon gelangen wird als wir selbst. Ob dies gut oder schlecht ist, mußt du am besten wissen.«

»Weder gut noch schlecht«, erwiderte Voronwe. »Das bewachte Tor können wir nicht unbemerkt passieren, ob man uns erwartet oder nicht. Und wenn wir dort angekommen sind, brauchen die Wachen keinen Beweis, daß wir keine Orks sind. Doch um hindurchzugelangen, brauchen wir eine bessere Begründung. Ihr könnt Euch die Gefahren nicht vorstellen, Tuor, denen wir uns dann gegenübersehen. Werft mir nicht vor, ich hätte Euch nicht vor dem gewarnt, was dann geschehen kann. Nur im Vertrauen darauf habe ich eingewilligt, Euch zu führen. Wenn dieses Vertrauen sich nicht bestätigt, werden wir mit größerer Gewißheit sterben als durch die Gefahren der Wildnis und des Winters.«

Doch Tuor erwiderte: »Prophezeie nichts mehr. Der Tod in der Wildnis ist sicher, und der Tod am Tor scheint mir zweifelhaft, trotz deiner Worte. Führe mich getrost weiter!«

Viele Meilen arbeiteten sie sich durch das Steingeröll des Trockenen Flusses, bis sie nicht mehr weiterkonnten und mit dem Abend Dunkelheit die tiefe Schlucht erfüllte. Sie kletterten am östlichen Ufer hinauf und hatten nun die zerstreuten Hügel erreicht, die den Bergen vorgelagert waren. Hinaufblickend sah Tuor, daß sie von gänzlich anderer Gestalt waren als alle Berge, die er bisher zu Gesicht bekommen hatte: Ihre Wände bestanden aus senkrechten, stufenförmig aufeinandergeschichteten Mauern, so daß sie wie vielstöckige, große Klippentürme aussahen. Der Tag hatte sich geneigt, das Land war grau und verhangen, und das Tal des Sirion war in Schatten gehüllt. Darauf führte Voronwe Tuor in eine kleine Höhle, in einem Abhang gelegen, von der man die einsamen Berghänge Dimbars überblickte. Sie krochen in die Höhle, lagen versteckt, aßen die letzten Bissen Nahrung, sie froren und waren müde, doch sie fanden keinen Schlaf. So gelangten sie im Abenddämmer des achtzehnten Tages des Hísime, am siebenunddreißigsten Tag ihrer Reise zu den Türmen der Echoriath, zur Festung Turgons, und durch die Macht Ulmos entgingen sie dem Verhängnis und der Heimtücke.

Als der erste Tagesschimmer grau durch die Nebel Dimbars sickerte, kehrten sie in den Trockenen Fluß zurück, der bald darauf nach Osten verlief, und sich zu den nackten Bergwänden emporwand. Unmittelbar vor ihnen ragte eine große Klippe auf, die unvermittelt senkrecht aus einem steilen Hang herauswuchs, der mit einem Dickicht von Dornenbäumen bedeckt war. Das Flußbett führte in dieses Dickicht hinein, und es war dort noch dunkel wie in der Nacht. Sie blieben stehen, denn die Dornen reichten seitlich tief in die Rinne hinab. Ihre verflochtenen Zweige bildeten ein dichtes Dach darüber, das so niedrig war, daß Tuor und Voronwe oft wie Tiere, die in ihr Versteck zurückkehren, unter ihm hindurchkriechen mußten.

Aber schließlich, als sie unter großen Mühen den Fuß der Klippe erreicht hatten, fanden sie eine Öffnung, gleichsam den Eingang zu einem Tunnel, den die aus dem Inneren der Berge fließenden Wasser in den harten Fels gegraben hatten. Sie traten ein, und drinnen war es völlig dunkel. Doch Voronwe schritt rüstig vorwärts, und Tuor folgte ihm, die Hand auf Voronwes Schulter und ein wenig gebückt, denn der Gang war niedrig. Eine Zeitlang gingen sie so, Schritt für Schritt und ohne etwas zu sehen, bis sie plötzlich spürten, daß der Boden unter ihren Füßen glatt wurde und frei von Geröll. Sie blieben stehen, atmeten tief und lauschten. Die Luft erschien ihnen frisch und erquickend, und sie merkten, daß sie sich in einem großen Gewölbe befanden. Doch alles war still, und nicht einmal das Geräusch eines fallenden Wassertropfens war zu hören. Tuor wollte es scheinen, als sei Voronwe besorgt und von Zweifeln geplagt, und er flüsterte ihm zu: »Wo ist das Bewachte Tor? Oder haben wir es schon passiert?«

»Nein«, antwortete Voronwe. »Aber ich wundere mich darüber, daß irgendein Ankömmling so weit vordringen kann, ohne bemerkt zu werden. Ich fürchte einen Angriff aus dem Dunkel.«

Aber ihre geflüsterten Worte weckten die schlafenden Echos, sie wurden verstärkt und vervielfacht, liefen am Gewölbedach und an den unsichtbaren Wänden entlang, zischelten und murmelten, ein Geräusch wie von vielen heimlichen Stimmen. Und just als die Echos von den Felsen verschluckt wurden, hörte Tuor aus dem Herzen der Finsternis eine Stimme, die in der Elbensprache redete: zuerst in der Hochsprache der Noldor, die er nicht kannte, und dann in der Sprache Beleriands; doch sie wurde in einer für ihn merkwürdigen Weise gesprochen, als sei der Sprecher seit langer Zeit von seiner Heimat entfernt.[26]

»Stehenbleiben! Rührt euch nicht vom Fleck, oder ihr werdet sterben, ob ihr Freunde oder Feinde seid.«

»Wir sind Freunde«, sagte Voronwe.

»Dann tut, was wir gebieten«, sagte die Stimme.

Das Echo ihrer Stimmen verklang. Tuor und Voronwe verharrten stumm, und Tuor kam es vor, als schlichen viele Minuten langsam dahin; er empfand eine Furcht, wie er sie während ihres ganzen Weges bei keiner Gefahr erlebt hatte. Dann hörten sie Schritte, die zu festen, hallenden Tritten wurden, als marschierten Trolle durch die weite Höhle. Plötzlich leuchtete eine Elbenlampe auf; ihr heller Lichtstrahl richtete sich auf den vor ihm stehenden Voronwe, doch sonst konnte Tuor nicht mehr erkennen als einen blendenden Stern in der Dunkelheit. Er wußte, daß er sich nicht bewegen konnte, weder vorwärts noch nach rückwärts fliehend, solange der Strahl auf ihn gerichtet war.

Einen Augenblick verharrten sie so im Brennpunkt des Lichts, dann war wieder die Stimme zu hören: »Zeigt eure Gesichter!« Voronwe schlug seinen Umhang zurück, und sein Gesicht tauchte ins

Licht, hart und klar, wie aus Stein gemeißelt, und Tuor staunte über die Schönheit seiner Züge. Darauf sagte Voronwe mit stolzer Stimme: »Weißt du nicht, wen du vor dir siehst? Ich bin Voronwe, Sohn Aranwes aus dem Haus Fingolfins. Oder hat man mich nach wenigen Jahren in meinem eigenen Land vergessen? Mein Weg hat mich weit über die Grenzen von Mittelerde hinausgeführt, doch ich erkenne deine Stimme, Elemmakil.«

»Dann wird sich Voronwe auch der Gesetze dieses Landes erinnern«, sagte die Stimme. »Da ihm befohlen wurde, fortzugehen, hat er das Recht zurückzukehren, doch nicht die Befugnis, einen Fremden herzuführen. Dadurch hat er sein Recht verwirkt und muß sich als Gefangener dem Urteilsspruch des Königs unterwerfen. Was den Fremden betrifft, wird er getötet oder, wenn der Wachhabende es so bestimmt, gefangengenommen werden. Führe ihn hierher, damit ich entscheiden kann.«

Darauf führte Voronwe Tuor ans Licht, und als sie sich vorwärts bewegten, traten zahlreiche gerüstete und bewaffnete Noldor aus der Dunkelheit hervor und umringten sie mit gezogenen Schwertern. Elemmakil, Hauptmann der Wache, der die helle Lampe trug, sah sie lange und prüfend an.

»Du befremdest mich, Voronwe«, sagte er. »Wir waren lange befreundet. Warum also hast du mir die grausame Entscheidung zwischen dem Gesetz und unserer Freundschaft zugemutet? Es wäre schon schlimm genug, wenn du ohne Erlaubnis einen Angehörigen der anderen Häuser der Noldor hergeführt hättest. Doch du hast das Geheimnis des Weges einem sterblichen Menschen enthüllt – denn seine Augen verraten mir seine Herkunft. Dadurch kennt er das Geheimnis, und er kann nie mehr frei sein; und als Angehöriger einer andersartigen Sippe, der es gewagt hat, einzudringen, sollte ich ihn töten, wenn er auch dein Freund und dir teuer ist.«

»Draußen, in der weiten Welt«, erwiderte Voronwe, »stoßen einem merkwürdige Dinge zu, und unerwartete Aufgaben werden einem auferlegt. Der Wanderer, der zurückkehrt, ist ein anderer als der, welcher ausgezogen ist. Was ich getan habe, tat ich aufgrund eines Befehls, der schwerer wiegt als das Gesetz der Wache. Der König allein soll über mich urteilen und über diesen Mann, der mit mir gekommen ist.«

Darauf legte Tuor seine Furcht ab und sprach: »Ich bin mit Voronwe, dem Sohn Aranwes, hergekommen, weil der Herr der Wasser ihn dazu bestimmt hat, mein Führer zu sein. Nur deshalb wurde er vor dem Zorn des Meeres und dem Verhängnis der Valar bewahrt. Ich trage mit mir eine Botschaft Ulmos für den Sohn Fingolfins, und ihm will ich sie enthüllen.«

Als er dies hörte, blickte Elemmakil Tuor verwundert an. »Wer also bist du?« fragte er. »Und woher kommst du?«

»Ich bin Tuor, Sohn Huors, aus dem Haus Hador und dem Geschlecht Húrins. Man sagte mir, diese

Namen seien im Verborgenen Königreich nicht unbekannt. Unter vielen Gefahren bin ich aus Nevrast hierhergekommen.«

»Aus Nevrast?« fragte Elemmakil. »Man sagt, dort lebe niemand mehr, seit unser Volk es verlassen hat.«

»Das ist wahr«, entgegnete Tuor. »Leer und kalt stehen die Höfe Vinyamars. Doch von dort komme ich. Bringe mich nun zu dem, der jene Hallen einst erbaut hat.«

»In solch wichtigen Angelegenheiten steht mir kein Urteil zu«, sagte Elemmakil. »Deshalb werde ich euch ans Licht führen, wo sich mehr enthüllen mag. Ich werde euch dem Hüter des Großen Tores übergeben.«

Auf seinen Befehl wurden Tuor und Voronwe von großgewachsenen Wachen in die Mitte genommen, zwei vor und drei hinter ihnen, und der Hauptmann führte sie aus der Höhle der Äußeren Wache. Wie es schien, betraten sie einen gerade verlaufenden Durchgang, schritten lange über ebenen Untergrund, bis ein mattes Licht vor ihnen aufschien. Schließlich gelangten sie zu einem weitgespannten Bogen mit großen Säulen auf jeder Seite, die in den Fels gehauen waren. Dazwischen hing ein großes Fallgatter aus gekreuzten Holzstäben, die wunderbar geschnitzt und mit Eisennägeln beschlagen waren.

Elemmakil berührte es, es glitt lautlos in die Höhe, und sie gingen hindurch; Tuor sah, daß sie sich am Ende einer Schlucht befanden. Obwohl er lange in den wilden Bergen des Nordens umhergewandert war, hatte er niemals zuvor etwas gesehen oder sich ausmalen können, was dieser Schlucht gleichkam: Die Cirith Ninniach war neben der Orfalch Echor nicht mehr als ein Spalt im Felsen. Hier waren die Valar selbst am Werk gewesen: Während längst vergangener Kriegszeiten am Anfang der Welt hatten sie die großen Berge auseinandergezwungen; die Seitenwände der Schlucht waren so glatt wie mit der Axt behauen, und sie ragten in unvorstellbare Höhen empor. Hoch oben erkannte man einen schmalen Himmelsstreifen, und gegen seine tiefe Bläue standen schwarze Bergspitzen und zerklüftete Gipfel, entrückt, doch hart und grausam wie Speere. Die mächtigen Felswände waren zu hoch, als daß ein Strahl der winterlichen Sonne auf den Grund hätte herunterdringen können, und obwohl der Morgen fortgeschritten war, schimmerten Sterne schwach über den Bergspitzen, während tief unten alles im Dämmer lag, das vom matten Schein der Lampen, die längs des ansteigenden Pfades angebracht waren, kaum erhellt wurde. Der Boden der Schlucht stieg steil an, sie verlief nach Osten, und zu seiner Linken sah Tuor neben dem Flußbett einen breiten Weg, geglättet und mit Steinen gepflastert, der sich emporwand, bis er im Schatten verschwand.

»Ihr habt das Erste Tor passiert«, sagte Elemmakil. »Es war das Tor aus Holz. Dort ist der Weg. Wir müssen uns beeilen.«

Wie lange sie diesem tiefen Weg folgten, konnte Tuor nicht sagen, und als er nach vorn blickte, überkam ihn eine große Müdigkeit wie eine Wolke. Ein scharfer Wind pfiff die Felsen entlang, und er zog den Mantel dichter um seinen Leib. »Aus dem Verborgenen Königreich bläst ein kalter Wind!« sagte er.

»Ja, in der Tat«, erwiderte Voronwe. »Einem Fremden mag es vorkommen, als habe der Stolz die Diener Turgons erbarmungslos gemacht. Dem Hungrigen und Erschöpften erscheint die Strecke zwischen den Sieben Toren unendlich lang.«

»Wären unsere Gesetze weniger streng, wären Arglist und Haß längst eingedrungen und hätten uns zugrundegerichtet. Das weißt du wohl«, sagte Elemmakil, »aber wir sind nicht ohne Mitleid. Hier gibt es freilich keine Nahrung, und kein Fremder darf zu einem Tor zurückkehren, das er bereits einmal passiert hat. Haltet also noch ein wenig aus, und am Zweiten Tor sollt ihr erquickt werden.«

»Es ist gut«, sagte Tuor und schritt vorwärts wie befohlen. Nach einer kleinen Weile wandte er sich um und sah, daß Elemmakil allein mit Voronwe folgte. »Wachen sind jetzt überflüssig«, sagte Elemmakil die Frage erratend. »Aus der Orfalch gibt es kein Entkommen und keine Rückkehr, weder für Elben noch für Menschen.«

Also stiegen sie weiter den steilen Weg hinauf, manchmal über lange Treppen, dann wieder über gewundene Schrägen unter dem bedrohlichen Schatten der Klippe. Als sie ungefähr eine halbe Meile vom Hölzernen Tor entfernt waren, sah Tuor, daß der Weg durch eine große Mauer versperrt war, die quer durch die Schlucht verlief, flankiert von zwei gedrungenen steinernen Türmen. In der Mauer tat sich über dem Weg ein großer Torbogen auf, doch es schien, daß Steinmetze ihn mit einem einzigen gewaltigen Steinblock gesperrt hatten. Als sie näherkamen, erglänzte seine dunkle, polierte Oberfläche im Licht der weißen Lampe, die in der Mitte des Torbogens hing.

»Dieses ist das Zweite Tor«, sagte Elemmakil, »das Tor aus Stein.« Er ging darauf zu und schlug leicht dagegen. Es drehte sich um eine unsichtbare Angel, bis seine Schmalseite ihnen zugekehrt und der Weg nach beiden Seiten frei war. Sie schritten hindurch und gelangten in einen Hof, in dem zahlreiche graugekleidete und bewaffnete Wachen standen. Man sprach kein Wort, doch Elemmakil führte seine Schützlinge in eine Kammer unter dem Nordturm, wo man ihnen Speisen und Wein brachte und ihnen erlaubte, eine Weile auszuruhen.

»Die Kost mag Euch karg erscheinen«, sagte Elemmakil zu Tuor, »aber wenn sich bewahrheitet, was Ihr behauptet, werdet Ihr reichlich entschädigt werden.«

»Es ist ausreichend«, antwortete Tuor. »Kleinmütig wäre ein Herz, das nach mehr verlangte.« In der Tat erfrischten ihn die Speisen und der Trank der

Noldor so sehr, daß er sich bald kräftig genug fühlte, um weiterzugehen.

Nach einer kleinen Weile kamen sie an eine Mauer, die noch höher und stärker war als die vorherigen, und darin befand sich das Dritte Tor, das Tor aus Bronze. Es war eine große, zweiflügelige Tür, behangen mit Schilden und Bronzetafeln, die mit vielen Figuren und seltsamen Zeichen geschmückt waren. Auf der Mauer standen oberhalb der Brüstung drei rechteckige Türme. Sie waren mit Kupfer überdacht und verkleidet, das durch einen Kunstgriff der Schmiede immer glänzend blieb und im Schein der roten Lampen, die wie Fackeln längs der Mauer aufgereiht waren, wie Feuer aufleuchtete. Erneut passierten sie schweigend das Tor und erblickten im dahinterliegenden Hof eine noch größere Anzahl von Wachen, deren Harnische wie düsteres Feuer aufglühten. Die Blätter ihrer Äxte waren rot. Der größte Teil der Männer, die dieses Tor bewachten, gehörte der Sippe der Sindar aus Nevrast an.

Jetzt kam die beschwerlichste Wegstrecke, denn in der Mitte der Orfalch war die Steigung am größten, und als sie aufstiegen, sah Tuor die gewaltigsten der Mauern sich hoch über ihm im Dunkel verlieren. So kamen sie schließlich an das Vierte Tor, das Tor aus Schmiedeeisen. Die Mauer stand hoch und schwarz und von keiner Lampe erhellt. Über ihr erhoben sich vier eiserne Türme, und zwischen den beiden inneren war eine aus Eisen geschmiedete große Adlerfigur angebracht, ein Bildnis des Königs Thorondor selbst, als habe er sich aus den höchsten Lüften auf einem Berg niedergelassen. Doch als Tuor vor dem Tor stand, erstaunte er, weil er durch die Stämme und Äste unvergänglicher Bäume in den fahlen Glanz des Mondes zu blicken schien, denn es kam ein Licht durch das Filigran des Tores, dem Schmiedekunst die Form von Bäumen mit verschlungenen Wurzeln und verflochtenen Zweigen gegeben hatte, die mit Blättern und Blüten übersät waren. Als er das Tor durchschritt, begriff er, daß es nicht nur ein Türgitter gab, sondern, da die Mauer sehr dick war, deren drei. Diese waren so hintereinander angeordnet, daß sich demjenigen, der sich ihnen in der Mitte der Straße näherte, jedes als ein Teil des kunstreichen Entwurfs darstellte.

Das Licht jedoch hinter dem Tor war das Licht des Tages, denn sie waren inzwischen so weit emporgestiegen, daß sie sich hoch über den Niederungen befanden, von denen sie aufgebrochen waren. Hinter dem Eisernen Tor verlief die Straße beinahe waagrecht; überdies hatten sie das Herzstück und den Scheitelpunkt der Echoriath überschritten, und die Bergtürme fielen nun rasch zu den inneren Hügeln ab, die Schlucht wurde breiter und ihre Seitenwände flacher. Die breiten Felsvorsprünge waren mit Schnee bedeckt, und das Licht des Himmels, vom Schnee widergespiegelt, fiel weiß wie Mondlicht durch einen schimmernden Dunst, der die Luft erfüllte.

Sie schritten jetzt durch die Reihen der Eisernen Wachen, die hinter dem Tor standen. Ihre Mäntel, Panzer und Schilde waren schwarz und ihre Gesichter hinter Visieren verborgen, die Adlerschnäbel trugen. Dann setzte sich Elemmakil an die Spitze, sie folgten ihm in das bleiche Licht, und Tuor entdeckte neben dem Weg einen Streifen Gras, in dem sternengleich die weiße Blume *uilos* aufblühte, das Immertreu, das keine Jahreszeiten kennt und nie verwelkt.[27] Und so, erfüllt von Staunen und Erleichterung, wurde Tuor zum Silbernen Tor geführt.

Die Mauer des Fünften Tores war aus weißem Marmor, sie war breit und niedrig, und ihre Brustwehr war ein silbernes Gatter zwischen fünf großen Marmorkugeln, und viele weißgekleidete Bogenschützen hielten dort Wache. Das Tor, dem Mond nachgebildet, hatte die Form eines dreigeteilten Kreises, war aus Silber geschmiedet und mit Perlen aus Nevrast verziert. Oberhalb des Tores stand auf der mittelsten Kugel ein Bildnis des Weißen Baumes Telperion aus Silber und Malachit, und mit Blüten aus den weißen Perlen Balars geschmückt.[28] Hinter dem Tor, in einem weiträumigen, mit weißem und grünem Marmor ausgelegten Hof, standen auf jeder Seite hundert Bogenschützen, die silberne Panzer und Helme mit weißen Kämmen trugen. Elemmakil führte Tuor und Voronwe durch ihre stummen Reihen, und sie betraten eine lange weiße Straße, die geradewegs auf das Sechste Tor zuführte. Während sie dahinschritten, wurde der Grasstreifen breiter, und neben den weißen Sternen des Immertreu schlugen viele kleine Blumen ihre goldenen Augen auf.

So gelangten sie an das Goldene Tor, das letzte der alten Tore Turgons, die vor der Nirnaeth erbaut worden waren. Es war dem Silbernen Tor sehr ähnlich, doch bestand seine Mauer aus gelbem Marmor, und die Kugeln und die Brustwehr waren aus rotem Gold. Die Mauer trug sechs Kugeln, und in der Mitte stand auf einer goldenen Pyramide ein Bild des Laurelin, dem Baume der Sonne, mit Blüten aus Topasen, die in langen Trauben an goldenen Ketten hingen. Das Tor selbst war mit sonnenähnlichen, vielstrahligen goldenen Scheiben geschmückt, eingefügt in ein Filigran aus Granaten, Topasen und gelben Diamanten. Im Hof waren dreihundert Bogenschützen mit langen Bögen aufgestellt. Ihre Panzer waren vergoldet, von ihren Helmen wehten große goldene Federn, und ihre großen runden Schilde waren flammend rot.

Von jetzt an lag die Straße im Sonnenlicht, denn die Hügel zu beiden Seiten waren niedrig und begrünt, und nur auf ihren Kuppen lag Schnee. Elemmakil hastete vorwärts, denn die Entfernung zum Siebten Tor war gering. Es wurde das Große Tor genannt, das Tor aus Stahl, das Maeglin nach der Rückkehr aus der Nirnaeth geschmiedet hatte und das den breiten Eingang zur Orfalch Echor sperrte.

Hier gab es keine Mauer, doch auf beiden Seiten

standen zwei sehr hohe, runde, vielfenstrige Türme, deren sieben Stockwerke sich nach oben verjüngten und in einem Türmchen aus hellem Stahl ausliefen. Zwischen den Türmen spannte sich ein mächtiger stählerner Zaun, der nicht rostete, sondern in weißer Kälte glitzerte. Dort standen sieben große, stählerne Säulen von der Größe und dem Umfang starker, junger Bäume, jedoch auslaufend in einen dünnen Stift, der sich bis zur Schärfe einer Nadel zuspitzte. Zwischen den Säulen waren sieben stählerne Querstangen, und jeder Zwischenraum wies siebenundsiebzig aufrecht stehende Stahlstäbe auf, die am oberen Ende wie die Blätter von Speeren geformt waren. Aber in der Mitte, über der innersten und größten Säule, prangte eine gewaltige Nachbildung von Turgons Königshelm, der diamantenbesetzten Krone des Verborgenen Königreichs.

In diesem mächtigen stählernen Gehege konnte Tuor weder ein Tor noch eine Tür entdecken, als er aber näherkam, wollte es ihm scheinen, als sähe er zwischen den Stäben ein blendendes Licht. Er beschattete die Augen und blieb vor Ehrfurcht und Erstaunen stehen. Doch Elemmakil ging weiter; unter seiner Berührung öffnete sich kein Tor, als er aber gegen die Stäbe schlug, begann der Zaun wie eine vielseitige Harfe zu erklingen, erhob sich eine reine, vieltönige Harmonie, die von Turm zu Turm lief.

Sogleich setzten sich von den Türmen aus Reiter in Bewegung, doch vor ihnen langte vom Nordturm ein einzelner Reiter auf einem weißen Pferd an. Er stieg ab und schritt auf sie zu. War schon Elemmakil erhaben und vornehm gewesen, so zeigte sich Ecthelion noch beeindruckender und herrscherlicher, er, der Herr der Brunnen und zu dieser Zeit der Oberste Hüter des Großen Tores.[29] Er war ganz in Silber gekleidet, und seinen schimmernden Helm zierte eine mit einem Diamanten gekrönte Spitze. Als sein Knappe ihm den Schild abnahm, funkelte dessen Oberfläche, als sei sie mit Regentropfen betaut, doch in Wahrheit waren es Tausende von Kristallsplittern.

Elemmakil grüßte ihn und sagte: »Hier bringe ich Voronwe Aranwion, der von Balar zurückkehrt. Und hier ist ein Fremder, den er hierher geleitet hat und der den König zu sehen wünscht.«

Darauf wandte sich Ecthelion Tuor zu, dieser aber schlug den Umhang um sich, stand schweigend da und blickte Ecthelion an. Voronwe kam es vor, als sei Tuor in einen Schleier gehüllt; seine Gestalt schien zu wachsen, so daß die Spitze seiner hohen Kapuze den Helm des Elbenfürsten überragte, als sei sie der Kamm einer grauen Meereswoge, die an Land rollt. Doch Ecthelion richtete seinen durchdringenden Blick auf Tuor, und nach einem Schweigen sprach er ernst:[30] »Du stehst vor dem Letzten Tor. Wisse denn, daß kein Fremder, der es durchschritten hat, es jemals wieder verlassen wird, es sei denn durch die Tür des Todes.«

»Sprich nicht von Unheil! Wenn der Bote des

Herrn der Wasser durch die Tür des Todes geht, werden ihm alle folgen, die hier wohnen. Herr der Brunnen, halte den Boten des Herrn der Wasser nicht auf!«

Voronwe und alle, die in der Nähe standen, blickten Tuor verwundert an und erstaunten über seine Stimme und seine Worte. Voronwe meinte eine gewaltige Stimme zu hören, als riefe jemand aus weiter Ferne. Tuor schien es aber, als höre er sich selbst beim Sprechen zu, und ein anderer bediene sich seines Mundes.

Eine Weile verharrte Ecthelion schweigend, den Blick auf Tuor gerichtet, und allmählich überzog Wehmut sein Gesicht, als erblickte er im grauen Schatten von Tuors Mantel Bilder aus entlegenen Fernen. Dann verbeugte er sich, ging zum Zaun und legte seine Hände darauf. In der gekrönten Säule öffneten sich die beiden Flügel eines Tores nach innen. Darauf schritt Tuor hindurch, und als er eine hochgelegene Rasenfläche betrat, die Ausblick auf das sich hinbreitende Tal bot, tat sich das Zauberbild des schneeumgebenen Gondolin vor ihm auf. Und lange war er so entrückt, daß er den Blick nicht abwenden konnte, denn vor ihm lag, in Wunschträumen geahnt, die Erfüllung seiner Sehnsucht.

So stand er und sagte kein Wort. Zu beiden Seiten standen schweigend die Heere der Streitmacht Gondolins. Die Wachtruppen aller sieben Tore waren vertreten, die Hauptleute und Truppführer auf weißen und grauen Pferden. Eben als sich alle Blikke staunend auf Tuor richteten, fiel dessen Mantel zu Boden, und er stand mächtig vor ihnen, gewappnet wie er Vinyamar verlassen hatte. Und viele waren unter ihnen, die gesehen hatten, wie Turgon selbst diese Stücke an der Wand hinter dem Thron befestigt hatte.

Darauf sagte Ecthelion schließlich: »Nun ist keine weitere Prüfung vonnöten. Selbst der Name, den er als Sohn Huors beansprucht, ist weniger von Bedeutung als der klare Augenschein, der beweist, daß er von Ulmo selbst gesandt ist.«[31]

Anmerkungen

1 Im ›Silmarillion‹ (Seite 219) wird berichtet, daß nach der Zerstörung der Anfurten von Brithombar im Jahr nach der Nirnaeth Arnoediad, diejenigen Elben der Falas, die entkamen, mit Círdan zur Insel Balar fuhren und dort eine Zuflucht schufen »für alle, die sich dorthin retten konnten; sie unterhielten nämlich auch an den Mündungen des Sirion einen Posten, und viele leichte und schnelle Schiffe lagen in den Buchten und Wasserläufen versteckt, wo die Riedfelder dicht wie ein Wald waren«.

2 Die blauleuchtenden Lampen der Noldor-Elben sind an anderer Stelle erwähnt, obwohl sie im veröffentlichten Text des ›Silmarillion‹ nicht genannt werden. In früheren Fassungen der Geschichte von Túrin besitzt der Elbe Gwindor aus Nargothrond, der aus Angband entkam und von Beleg im Wald von Taur-nu-Fuin gefunden wurde, eine dieser Lampen (auf dem Gemälde meines Vaters, das dieses Treffen darstellt, ist sie zu sehen: vgl. Pictures by J. R. R. Tolkien, 1979, Nr. 37; vgl. auch: J. R. R. Tolkien, Bilder aus Mittelerde, dtv postkartenbuch, Bild 19). Es war Gwindors Lampe, die umkippte, deren Umhüllung sich löste, und in deren Schein Túrin das Gesicht Belegs erkennen konnte, den er getötet hatte. In einer Anmerkung zur Geschichte Gwindors werden sie »feanorische Lampen« genannt, deren Geheimnis die Noldor selbst nicht kannten. Sie werden beschrieben als »Kristalle, die in einem feinen Netz aus Ketten hingen und aus ihrem Innern ständig einen blauen Glanz verbreiteten«.

3 »Die Sonne soll über deinem Pfad scheinen« – In der sehr viel kürzeren Fassung der Geschichte im ›Silmarillion‹ gibt es keinen Hinweis darauf, wie Tuor die Pforte der Noldor fand, und auch die Elben Gelmir und Arminas werden nicht erwähnt. Gleichwohl erscheinen sie in der Geschichte von Túrin (›Das Silmarillion‹, Seite 236) als jene Boten, die Ulmos Warnung nach Nargothrond

brachten. Es wird von ihnen gesagt, daß sie aus dem Volk von Finarfins Sohn Angrod stammen, das nach der Dagor Bragollach mit Círdan dem Schiffbauer im Süden lebte. In einer längeren Version der Geschichte ihrer Ankunft in Nargothrond zieht Arminas einen wenig schmeichelhaften Vergleich zwischen Túrin und seinen Verwandten und spricht davon, Tuor in den »Öden Dorlómins« getroffen zu haben.

4 Im ›Silmarillion‹ (Seite 93) wird erzählt, daß während Morgoth und Ungolianth in dieser Gegend um den Besitz des Silmarils stritten, Morgoth einen Schrei ausstieß, »der in den Bergen widerhallte. Jene Gegend wurde daher Lammoth geheißen, denn das Echo seiner Stimme hauste für immer dort, so daß jeder, der in diesem Land laut schrie, es weckte und die ganze Öde zwischen den Bergen und der See mit einem Lärm wie von gepeinigten Stimmen erfüllte«. Hier wird die Auffassung deutlich, daß jeder Laut, der dort ausgestoßen wurde, sich aus sich selbst vergrößerte. Dies wird auch zu Beginn des XIII. Kapitels des ›Silmarillion‹ (Seite 120) in einer Passage deutlich (die der vorliegenden sehr ähnlich ist): »Und als die Noldor den Strand betraten, da drangen ihre Rufe zwischen die Hügel hinauf und wurden vervielfacht, so daß ein Geschrei wie von unzähligen kraftvollen Stimmen alle Küsten des Nordens erfüllte ... « Es scheint unter Bezug auf die eine »Überlieferung«, daß Lammoth und Ered Lómin (Echoberge) ihre Namen wegen ihrer Eigenschaft erhielten, die grauenhaften Schreie Morgoths im Kampf gegen Ungolianth aufzubewahren. Der anderen »Überlieferung« folgend beschreiben die Namen lediglich die besondere Natur der Geräusche in dieser Gegend.

5 Vgl. ›Das Silmarillion‹, Seite 240: »Und Túrin eilte die Wege nach Norden entlang, durch die nun verwüsteten Lande zwischen Narog und Teiglin; und der Grausame Winter kam ihm entgegen, denn in jenem Jahr fiel der Schnee, ehe der Herbst noch vorüber war, und der Frühling kam verspätet und kalt.«

6 Im ›Silmarillion‹ (Seite 142) spricht Ulmo, als er Tur-

gon bei Vinyamar erscheint und ihn auffordert, nach Gondolin zu gehen, folgende Worte: »So mag es geschehen ..., daß der Fluch der Noldor vor dem Ende auch dich ereilt und Verrat in deinen Mauern erwacht. Dann werden sie in Feuersgefahr sein. Doch wenn diese Gefahr dir naherückt, dann wird von hier, aus Nevrast, einer kommen, dich zu warnen, und Hoffnung für Elben und Menschen wird er aus Brand und Trümmern retten. Laß daher Waffen und ein Schwert in diesem Hause, daß er sie in künftigen Jahren finden möge, und daran sollst du ihn erkennen und nicht betrogen sein.« Und Ulmo erklärte Turgon, von welcher Art und Größe Helm und Panzer und Schwert sein sollten, die er zurücklassen sollte.

7 Tuor war der Vater Earendils, und dieser war der Vater von Elros Tar-Minyatur, dem ersten König von Númenor.

8 Dies muß sich auf Ulmos Warnung beziehen, die von Gelmir und Arminas nach Nargothrond gebracht wurde.

9 Die Schattigen Inseln sind sehr wahrscheinlich die Verzauberten Inseln, die am Schluß des XI. Kapitels des ›Silmarillion‹ (Seite 116) erwähnt werden und die zur Zeit der Verhüllung Valinors »wie ein Netz von Norden nach Süden im Schattigen Meer« lagen.

10 Vgl. ›Das Silmarillion‹, Seite 219: »Auf Turgons Wunsch baute Círdan sieben schnelle Schiffe, und sie fuhren hinaus in den Westen; doch keine Nachricht von ihnen kam je wieder nach Balar, nur von einem, dem letzten. Die Seeleute auf diesem Schiff kämpften lange mit der See, und als sie zuletzt verzweifelt umkehrten, gingen sie in einem großen Sturm in Sichtweite der Küsten von Mittelerde unter; und einen von ihnen rettete Ulmo vor dem Zorn Osses, und die Wellen trugen ihn und warfen ihn in Nevrast an den Strand. Sein Name war Voronwe, und er war einer der Boten, die Turgon aus Gondolin entsandt hatte.«

11 Die Worte, die Ulmo an Turgon richtete, erscheinen im XV. Kapitel des ›Silmarillion‹ in folgender Form: »... und dessen sei eingedenk, daß die wahre Hoffnung

der Noldor im Westen liegt und vom Meere kommt.« Und: »Doch wenn diese Gefahr dir naherückt, dann wird von hier, von Nevrast, einer kommen, dich zu warnen ...« (Seite 142).

12 Im ›Silmarillion‹ wird über das weitere Schicksal Voronwes, nachdem er mit Tour nach Gondolin zurückgekehrt war, nichts berichtet. Doch in der ursprünglichen Geschichte (›Von Tuor und dem Auszug aus Gondolin‹) gehört er zu denen, die aus der geplünderten Stadt entkommen, wie es Tuors Worte hier andeuten.

13 Vgl. ›Das Silmarillion‹, Seite 178f.: [Turgon glaubte] »daß mit dem Ende der Belagerung der Sturz der Noldor beginne, wenn keine Hilfe käme; und insgeheim schickte er Gesandtschaften der Gondolindrim zu den Mündungen des Sirion und auf die Insel Balar. Dort bauten sie Schiffe und setzten Segel und fuhren in Turgons Auftrag in den äußersten Westen, Valinor suchend, um Vergebung und Hilfe von den Valar zu erbitten; und sie flehten die Vögel des Meeres an, ihnen den Weg zu zeigen. Doch die Meere waren weit und wild, und Schatten und Zauberwerk lagen auf ihnen, und Valinor blieb verborgen. So gelangte keiner von Turgons Boten in den Westen, viele gingen verloren, und wenige kehrten wieder ...«

14 Die Wälder von Núath werden im ›Silmarillion‹ nicht erwähnt. Sie erstreckten sich westlich vom Oberlauf des Narog bis zur Quelle des Nenning.

15 Vgl. ›Das Silmarillion‹, Seite 234: »... doch erkannte ihn [Gwindor] Finduilas, König Orodreths Tochter, und sie begrüßte ihn, denn vor der Nirnaeth hatte sie ihn geliebt; und so sehr liebte Gwindor ihre Schönheit, daß er sie Faelivrin nannte, was das Glitzern der Sonne auf den Weihern von Ivrin bedeutet.«

16 Der Fluß Glithui wird im ›Silmarillion‹ nicht erwähnt und ist auf der ursprünglichen Karte zwar verzeichnet, aber nicht mit einem Namen versehen: ein Nebenfluß des Teiglin, der ein wenig nördlich vom Malduin in den Teiglin fließt.

17 Diese Straße wird im ›Silmarillion‹ erwähnt (vgl.

Seite 229): »Die alte Straße ... die durch den langen Engpaß des Sirion führte, an der Insel vorbei, wo Finrods Minas Tirith gestanden hatte, und weiter durch das Land zwischen Malduin und Sirion, am Rand von Brethil entlang zu den Teiglin-Stegen.«

18 »Tod den *Glamhoth!«* Dieser Name, obgleich weder im ›Silmarillion‹ noch im ›Herrn der Ringe‹ erwähnt, war in der Sindar-Sprache eine allgemeine Bezeichnung für Orks. Ihre Bedeutung ist »lärmende Herde«, »Heer des Tumults«.

19 *Echoriath:* Die Umzingelnden Berge um die Ebene von Gondolin; *ered e·mbar nín:* die Berge meiner Heimat.

20 Im ›Silmarillion‹ (Seite 224) sagt Beleg aus Doriath zu Túrin (einige Jahre vor der Zeit, in der vorliegende Geschichte spielt), die Orks hätten eine Straße angelegt über den Paß von Anach nach »Dimbar, einst ein friedliches Land«, das »unter die Schwarze Hand« fiele.

21 Über diese Straße fliehen Maeglin und Aredhel nach Gondolin, verfolgt von Eol (›Das Silmarillion‹, Kapitel XVI). Später benutzen sie Celegorm und Curufin, als sie aus Nargothrond vertrieben werden (ebd., Seite 196). Nur der vorliegende Text enthält einen Hinweis auf ihre weitere Ausdehnung nach Westen bis zu Turgons altem Wohnsitz Vinyamar am Berg Taras. Ihr weiterer Verlauf vom Punkt ihrer Verbindung mit der alten südlichen Straße nach Nargothrond am nordwestlichen Rand Brethils ist in der Karte nicht eingezeichnet.

22 Der Name »Brithiach« enthält das Element *brith* »Kies«, ebenso der Fluß Brithon und die Anfurt von Brithombar.

23 In einer Parallel-Fassung dieser Textstelle, der mit ziemlicher Sicherheit die hier abgedruckte vorgezogen worden wäre, passieren die Wanderer den Sirion nicht durch die Furt von Brithiach, sondern stoßen mehrere Meilen nördlich davon an den Fluß: »Sie gingen auf einem mühseligen Pfad, der zum Flußufer führte, und plötzlich rief Voronwe: ›Welches Wunder! Es kann Gutes oder Böses bedeuten. Der Sirion ist zugefroren; seit

die Eldar aus dem Osten gekommen sind, hat man dergleichen nicht erzählen hören. Also können wir hinübergehen und ersparen uns viele anstrengende Meilen, für die unsere Kraft nicht ausreicht. Aber auf diese Weise können auch andere hinübergelangt sein oder werden uns folgen.‹« Sie überqueren unbehindert den Fluß auf dem Eis und »so hatte die vorausschauende Klugheit Ulmos die bösen Pläne des Feindes zu seinem Vorteil gewendet, denn der Weg war dadurch verkürzt. Am Ende ihres Mutes und ihrer Kräfte gelangten Tuor und Voronwe schließlich zum Ausgang des Trockenen Flusses am Rand der Berge«.

24 Vgl. ›Das Silmarillion‹, Seite 141: »Tief unter den Bergen hindurch führte ein Weg, den die Wasser, die dem Sirion zuströmten, im Dunkel der Welt gebahnt hatten; und diesen Weg fand Turgon und kam so auf die grüne Ebene zwischen den Bergen, und er sah den Hügel, der dort stand wie eine Insel aus hartem, glattem Stein; das Tal war nämlich in alten Zeiten ein See gewesen.«

25 Im ›Silmarillion‹ wird nicht gesagt, daß die großen Adler immer auf den Thangorodrim hausten. Im XIII. Kapitel (Seite 125) hat Manwe »das Volk der Adler ausgesandt, mit dem Auftrag, in den Felsen des Nordens zu nisten und auf Morgoth Obacht zu geben«. Im XVIII. Kapitel kommt Thorondor »aus seinem Horst in den Gipfeln der Crissaegrim herbeigeeilt« (Seite 173), um Fingolfins Leichnam vor den Toren Angbands in Sicherheit zu bringen. Vgl. auch ›Die Rückkehr des Königs‹ (6. Kapitel 4): [Der Alte Thorondor] »der seine Horste auf den unzugänglichen Gipfel des Umgebenden Gebirges gebaut hatte, als Mittelerde jung war.« Alles deutet darauf hin, daß die Konzeption, nach der Thorondor zuerst auf den Thangorodrim nistete, und die sich auch in einem frühen ›Silmarillion‹-Text findet, später fallengelassen wurde.

26 Im ›Silmarillion‹ wird nichts Spezifisches über die Sprache der Elben in Gondolin ausgesagt, doch legt diese Passage die Vermutung nahe, daß einige von ihnen gewöhnlich die Hochsprache (Quenya) gebrauchten. In

einem späten linguistischen Aufsatz wird erklärt, daß in Turgons Haus gewöhnlich Quenya gesprochen wurde, und daß es die Sprache war, mit der Earendil aufwuchs. Aber: »Für die meisten Leute in Gondolin war sie eine Sprache der Bücher geworden, und wie bei den übrigen Noldor war Sindarin ihre Umgangssprache.« Vgl. ›Das Silmarillion‹, Seite 146: »Und es geschah, wie Thingol gesagt hatte . . . die Verbannten aber nahmen für alle täglichen Belange das Sindarin an, und die Hochsprache des Westens sprachen nur mehr die Fürsten der Noldor, wenn sie unter sich waren. Doch lebte ihre Sprache fort als eine Sprache der Wissenschaft, wo immer noch einer aus ihrem Volk lebte.«

27 Dieses waren die Blumen, die in verschwenderischer Fülle auf den Grabhügeln der Könige von Rohan unterhalb von Edoras blühten. Gandalf nannte sie in der Sprache der Rohirrim (ins Altenglische übersetzt) *simbelmyne*, das heißt »Immertreu«, »denn sie blühen zu allen Jahreszeiten und wachsen, wo tote Männer ruhen« (›Die Zwei Türme‹, 3. Kapitel 6). Der Elbenname *uilos* findet sich nur an dieser Stelle, jedoch auch in Amon Uilos, wie der Quenya-Name »Oiolosse« (»Immer-Schneeweiß«, der Berg Manwes) ins Sindarin übersetzt lautet. In ›Cirion und Eorl‹ trägt die Blume den anderen Elbennamen *alfirin* (vgl. ›Nachrichten aus Mittelerde‹, Seite 401).

28 Im ›Silmarillion‹ heißt es, daß Thingol die Zwerge von Belegost mit vielen Perlen belohnte: »Diese gab ihm Círdan, denn sie fanden sich in großer Anzahl in den flachen Gewässern um die Insel Balar . . . « (Seite 105).

29 Ecthelion von der Quelle wird im ›Silmarillion‹ als einer der Hauptleute Turgons erwähnt, die die Flanken des Heeres von Gondolin schützten, als es sich nach der Nirnaeth Arnoediad am Sirion entlang zurückzog. Des weiteren als derjenige, der bei der Vernichtung der Stadt den Fürsten der Balrogs Gothmog erschlug und von diesem erschlagen wurde.

30 An dieser Stelle endet das sauber geschriebene, wenngleich oft korrigierte Manuskript, und der Rest der Erzählung ist flüchtig auf ein Stückchen Papier gekritzelt.

31 Hier endet die Erzählung endgültig, und es sind lediglich einige hastige Notizen erhalten, die den weiteren Verlauf der Handlung andeuten: Tuor fragt nach dem Namen der Stadt, und man nennt ihm ihre sieben Namen. (Es ist bemerkenswert, und ohne Zweifel beabsichtigt, daß der Name Gondolin nirgends sonst in der Erzählung benutzt wird, außer an ihrem Ende; immer wird sie »das Verborgene Königreich« oder »die Verborgene Stadt« genannt.) Ecthelion gab Befehl, Signal zu blasen, und von den Türmen des Großen Tores erschollen Trompetenklänge, die von den Hügeln widerhallten. Nach einer Stille hörten sie aus weiter Ferne die Antwort der Trompeten von den Mauern der Stadt. Pferde wurden gebracht (für Tuor ein graues), und sie ritten nach Gondolin.

Eine Beschreibung der Stadt sollte folgen: die Treppen, die auf ihre hochgelegenen Terrassen führten, und ihr großes Tor; die Hügel (dieses Wort ist unsicher) der Mallorn, Birken und immergrüner Bäume; der Platz der Quelle, der Königsturm über einem Säulengang, das Haus des Königs und das Banner Fingolfins. Jetzt sollte Turgon selbst erscheinen, »das größte aller Kinder dieser Welt, Thingol ausgenommen«, mit einem weißen und goldenen Schwert in einer Elfenbeinscheide, und Tuor begrüßen. Maeglin stand auf der rechten Seite des Throns und Idril, die Tochter des Königs, saß zu seiner Linken. Tuor überbrachte die Botschaft Ulmos, entweder »im Beratungszimmer« oder »vor aller Ohren«.

Andere unzusammenhängende Notizen zeigen, daß eine Beschreibung Gondolins geplant war, wie es Tuor aus der Ferne sah, und daß Ulmos Mantel beim Überbringen der Nachricht verschwand. Es sollte erklärt werden, warum es keine Königin von Gondolin gab. Es sollte hier oder zu einem früheren Zeitpunkt ausdrücklich betont werden, daß Tuor, bevor er Idril zum ersten Mal erblickte, in seinem Leben nur wenige Frauen gekannt oder auch nur gesehen hatte. Die meisten Frauen und alle Kinder der Gefolgschaft Annaels aus Mithrim waren in den Süden geschickt worden; als Sklave hatte Tuor nur die hochmütigen und rohen Frauen der Ostlinge gesehen, die ihn wie ein Tier behandelten, oder die unglücklichen Sklavinnen, die von Kindesbeinen an zur Arbeit gezwungen wurden und für die er nur Mitleid empfand.

Es sei darauf hingewiesen, daß spätere Erwähnungen von Mallorn in Númenor, Lindon und Lothlórien nicht unbedingt bedeuten, daß diese Bäume zur Altvorderenzeit in Gondolin gediehen, wenn dies auch nicht gänzlich auszuschließen ist. Turgons Gemahlin Elenwe war bereits vor langer Zeit ums Leben gekommen, als Fingolfins Heer über die Helcaraxe setzte (vgl. ›Das Silmarillion‹, Seite 103).

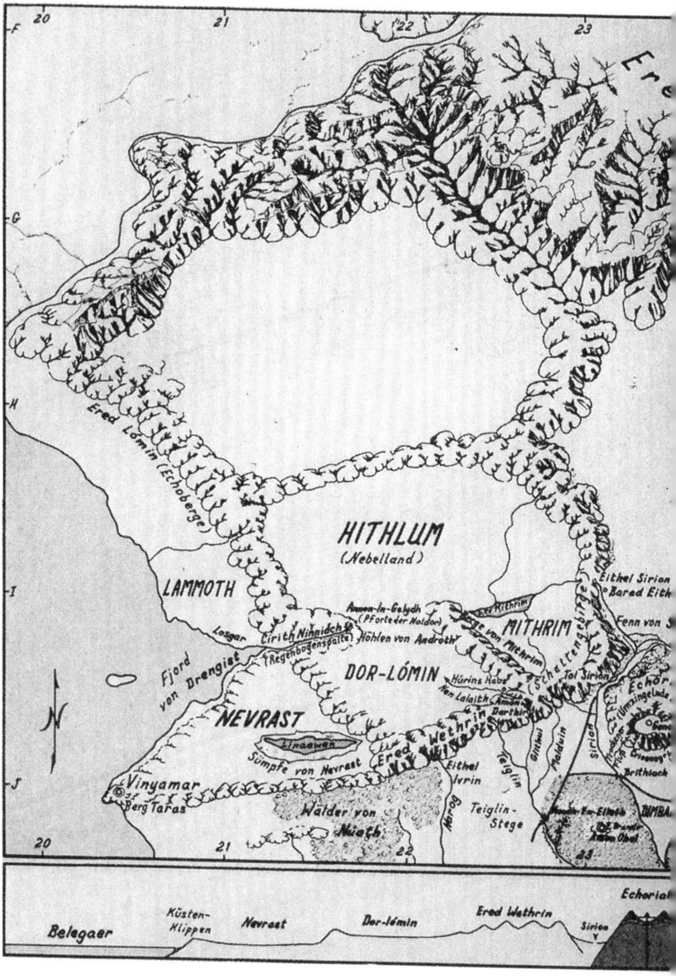

Länder im Norden

25
26
27
Gegenden ewiger Kälte
grin (Die Eisenberge)
ANGBAND
(Eisenkerker)
Thangorodrim
Dor Daedeloth
des Schattens des Schreckens
ARD-GALEN / ANFAUGLITH
(Die Grüne Gegend / Der Erstickende Staub)
Haudh-en-Ndengin
(Hügel der Erschlagenen)
Ered Luin
Die Blauen Berge
LADROS
Tarn Aeluin
LOTHLANN
Maedhros' Mark
Himring
Aglon-Paß
Maglors Lücke
Rerir-Berg
Helevorn-See
Großer Gelion
Kleiner Gelion
Arossiech (Aros-Furt)
HIMLAD
(Kühle Ebene)
Celon
MEILEN
0
50
100
150
Blaue Berge
Pass von Aglon
Himring-Berge
Maglors Lücke
Rerir-Berg

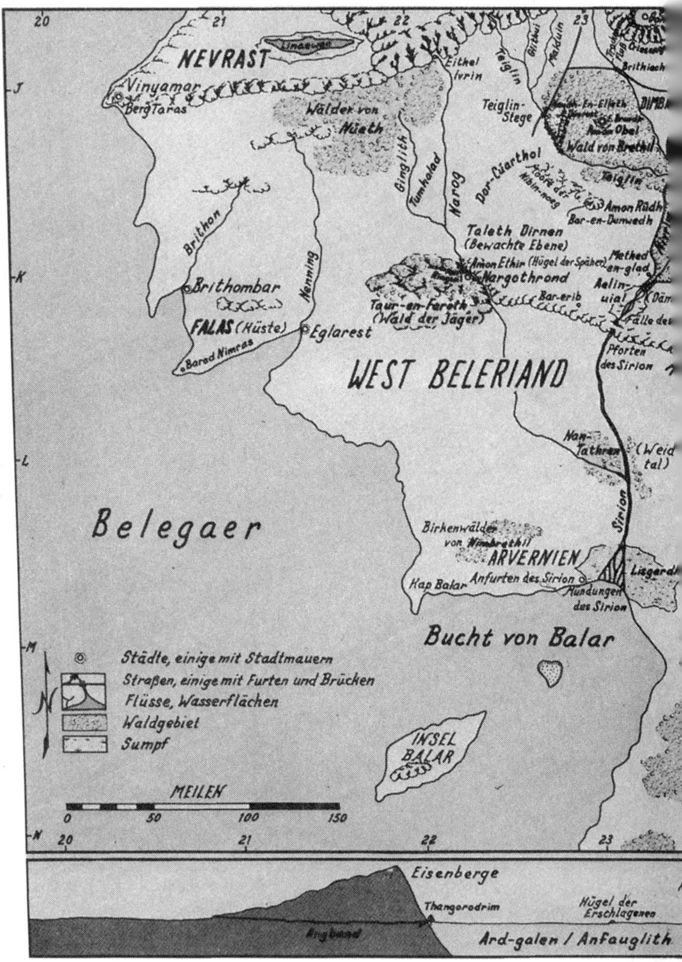
NEVRAST
Vinyamar
Berg Taras
Wälder von
Nuath
Eithel
Ivrin
Teiglin
Teiglin-
Stege
Ginglith
Narog
Brithon
Taleth Dirnen
(Bewachte Ebene)
Nargothrond
Brithombar
Nenning
Taur-en-Faroth
(Wald der Jäger)
FALAS (Küste)
Eglarest
Barad Nimras
Pforten
des Sirion
WEST BELERIAND
Sirion
Belegaer
Birkenwälder
von Nimbrethil
ARVERNIEN
Kap Balar
Anfurten des Sirion
Mündungen
des Sirion
Bucht von Balar
Städte, einige mit Stadtmauern
Straßen, einige mit Furten und Brücken
Flüsse, Wasserflächen
Waldgebiet
Sumpf
INSEL
BALAR
MEILEN
0
50
100
150
Eisenberge
Thangorodrim
Hügel der
Erschlagenen
Ard-galen / Anfauglith

Beleriand

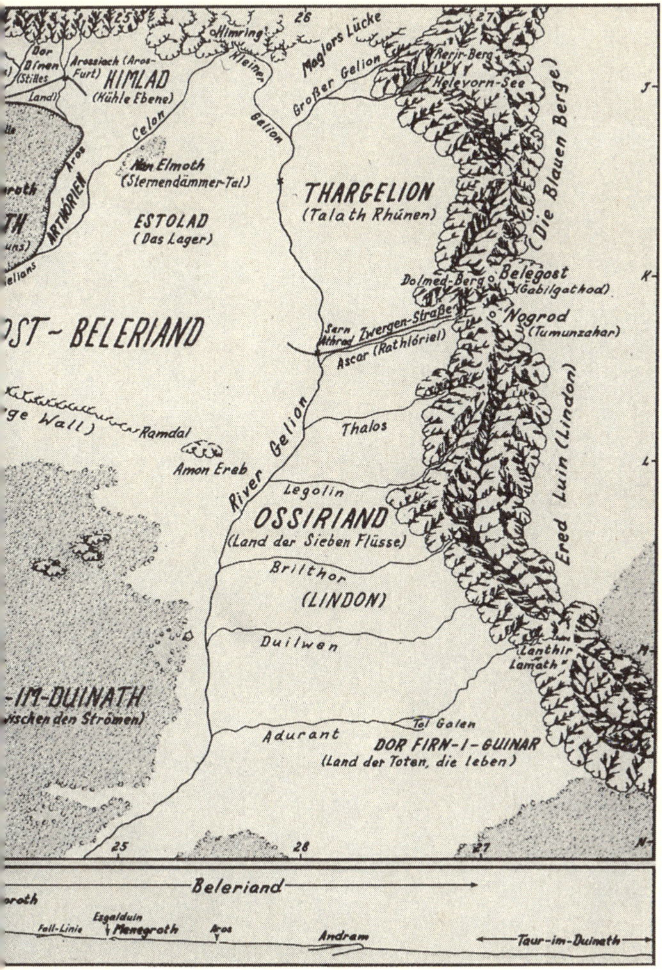

Himring
Maglors Lücke
Dor Dinen (Stilles Land)
Arossiach (Aros-Furt)
HIMLAD (Kühle Ebene)
Kleiner Gelion
Großer Gelion
Rerir-Berg
Helevorn-See
Celon
Aros
ARTHÓRIEN
Nan Elmoth (Sternendämmer-Tal)
ESTOLAD (Das Lager)
THARGELION (Talath Rhúnen)
(Die Blauen Berge)
Dolmed-Berg
Belegost (Gabilgathol)
Nogrod (Tumunzahar)
Zwergen-Straße
Sarn Athrad
Ascar (Rathlóriel)
OST-BELERIAND
Thalos
Ramdal
Amon Ereb
River Gelion
Legolin
OSSIRIAND (Land der Sieben Flüsse)
Ered Luin (Lindon)
Brilthor
(LINDON)
Duilwen
Lanthir Lamath
-IM-DUINATH
(zwischen den Strömen)
Tol Galen
Adurant
DOR FIRN-I-GUINAR (Land der Toten, die leben)
Beleriand
Esgalduin
Fall-Linie
Menegroth
Aros
Andram
Taur-im-Duinath

Von Tuor und dem Fall von Gondolin

Es wurde erzählt, wie Huor, Húrins Bruder, in der Schlacht der Ungezählten Tränen fiel; und im Winter desselben Jahres gebar Rían, sein Weib, in der Wildnis von Mithrim einen Sohn, und er wurde Tuor genannt und von Annael aufgezogen, einem der Grau-Elben, die noch in jenen Hügeln lebten. Als Tuor nun sechzehn Jahre alt war, gedachten die Elben, die Höhlen von Androth, in denen sie wohnten, zu verlassen und sich heimlich zu den Sirion-Häfen im fernen Süden durchzuschlagen; doch wurden sie von Orks und Ostlingen angegriffen, ehe sie noch die Flucht bewerkstelligen konnten, und Tuor wurde gefangengenommen und zum Sklaven Lorgans gemacht, des Häuptlings der Ostlinge von Hithlum. Drei Jahre lang ertrug er die Knechtschaft, doch dann entfloh er. Er kehrte in die Höhlen von Androth zurück, wo er ganz allein lebte; und solchen Schaden stiftete er unter den Ostlingen, daß Lorgan einen Preis auf seinen Kopf setzte.

Doch als Tuor vier Jahre lang so als ein einsamer Bandit gelebt hatte, gab Ulmo es ihm in den Sinn, aus dem Lande seiner Väter fortzugehen, denn Ulmo hatte Tuor zum Werkzeug seiner Pläne erwählt. Und so verließ er wieder die Höhlen von Androth und ging nach Westen durch Dor-lómin, und dort fand er Annon-in-Gelydh, die Pforte der Noldor, die Turgons Volk vor langen Jahren gebaut hatte, als es in Nevrast lebte. Dies war der Eingang zu einem dunklen Tunnel, der unter dem Gebirge hindurchführte und in der Cirith Ninniach wieder ins Freie trat, der Regenbogenspalte, durch die ein Wildbach dem Westmeer zufloß. So blieb Tuors Flucht aus Hithlum von Mensch und Ork unbemerkt, und keine Meldung drang Morgoth zu Ohren.

Und Tuor kam nach Nevrast, und als er Belegaer, das Große Meer, erblickte, da liebte er es, und die Laute der Wellen und die Sehnsucht nach dem Meer gingen nicht mehr aus seinem Ohr und Herzen, und eine Unruhe war in ihm, die ihn zuletzt in die Weiten von Ulmos Reich führte. Nun lebte er allein in Nevrast, und der Sommer des Jahres ging hin, und das Verhängnis von Nargothrond nahte; als es aber Herbst wurde, sah er sieben große Schwäne gen Süden fliegen, und er erkannte darin ein Zeichen, daß er zu lange verweilt hatte, und er folgte ihrem Fluge die Küste entlang. So kam er schließlich zu den verlassenen Hallen von Vinyamar unter dem Tarasberg, und er trat ein und fand Schild und Panzer, Schwert und Helm, wie sie Turgon auf Ulmos Geheiß vor langer Zeit dort gelassen hatte; und er gürtete sich mit diesen Waffen und ging ans Ufer hinunter. Da aber kam ein großer Sturm aus Westen, und aus dem Sturm erhob sich Ulmo in seiner Majestät und sprach zu Tuor, der am Ufer stand. Und Ulmo hieß ihn, von diesem Ort aufzubrechen und das versteckte Königreich Gondolin zu suchen; und er gab Tuor einen großen Mantel, um sich vor den Augen seiner Feinde in Schatten zu bergen.

Am Morgen aber, als der Sturm vorüber war, traf Tuor einen Elben, der vor den Mauern von Vinyamar stand; und dies war Voronwe, Aranwes Sohn, aus Gondolin, der mit dem letzten Schiff gefahren war, das Turgon nach Westen entsandte. Doch als das Schiff, aus dem hohen Meere zurückkehrend, zuletzt in dem großen Sturm scheiterte, in Sichtweite der Küste von Mittelerde, da trug Ulmo ihn als einzigen von allen Seeleuten empor und warf ihn nahe bei Vinyamar an Land. Und als Voronwe nun erfuhr, welchen Auftrag Tuor von dem Herrn der Wasser empfangen hatte, da war er voll Staunens und weigerte sich nicht, ihn zu dem versteckten Tor von Gondolin zu geleiten. So machten sie sich zusammen auf den Weg, und als der Grausame Winter jenes Jahres von Norden her über sie hereinbrach, da gingen sie vorsichtig unter den Ausläufern des Schattengebirges nach Osten.

Schließlich führte sie ihr Weg zu den Weihern von Ivrin, und voller Trauer sahen sie die Entweihung, die Glaurung der Drache begangen hatte, als er hier vorüberkam; doch während sie dies noch betrachteten, sahen sie einen, der eilig nach Norden ging, und er war ein großer Mensch, in Schwarz gehüllt und ein schwarzes Schwert an der Seite. Aber sie wußten nicht, wer er war, noch was im Süden geschehen war; und er ging an ihnen vorüber, ohne daß sie sich zu erkennen gaben.

Zuletzt, dank der Macht, die Ulmo ihnen verliehen, kamen sie an das versteckte Tor von Gondolin, und nachdem sie den Tunnel durchschritten hatten, erreichten sie das innere Tor und wurden von der Wache gefangengenommen. Dann führte man sie die gewaltige Schlucht von Orfalch Echor hinauf, die von sieben Toren versperrt war, und brachte sie zu Ecthelion von der Quelle, dem Wärter des Großen Tores am Ende der aufsteigenden Straße; und dort warf Tuor seinen Mantel ab, und an den Waffen aus Vinyamar, die er trug, erkannte man, daß er wahrhaftig von Ulmo gesandt war. Dann blickte Tuor hinab auf das schöne Tal von Tumladen, eingefaßt zwischen den Umzingelnden Bergen wie ein grünes Juwel; und in der Ferne, auf der felsigen Höhe des Amon Gwareth sah er das große Gondolin, die Stadt mit den sieben Namen, die ruhmreichste und meistbesungene von allen Städten der Elben in den Hinnenlanden. Auf Ecthelions Geheiß wurden auf den Türmen des Großen Tores Trompeten geblasen, und sie hallten von den Bergen wider; und von fern, doch deutlich vernahm man zur Antwort den Klang der Trompeten auf den weißen, von der Dämmerung geröteten Mauern der Stadt.

So geschah es, daß Huors Sohn durch Tumladen ritt und ans Stadttor von Gondolin kam; und nachdem er die breite Treppe zur Stadt hinaufgeschritten war, brachte man ihn zuletzt zum Turm des Königs, und er sah die Bilder der Bäume von Valinor. Dann stand Tuor vor Turgon, Fingolfins Sohn und Hoher König der Noldor, und zur Rechten des Königs stand Maeglin, sein Schwestersohn, zur Linken aber Idril Celebrindal, seine Tochter. Und alle, welche Tuors Stimme vernahmen, waren verwundert und mochten nicht glauben, daß dies wahrhaftig ein Mensch von sterblicher Art sei, denn seine Worte waren die Worte des Herrn der Wasser, die ihm in jener Stunde in den Sinn kamen. Und er überbrachte Turgon die Warnung, daß Mandos' Fluch nun der Erfüllung entgegeneile, in der alle Werke der Noldor untergehen sollten; und er hieß ihn fortziehen und die schöne und mächtige Stadt verlassen, die er erbaut hatte, und den Sirion hinab zum Meere zu gehen.

Lange bedachte nun Turgon Ulmos Rat, und ihm kamen die Worte wieder in den Sinn, die einst in Vinyamar zu ihm gesprochen wurden: »Liebe nicht zu sehr deiner Hände Werk und deines Herzens Pläne, und sei dessen eingedenk, daß die wahre Hoffnung der Noldor im Westen liegt und vom Meere kommt.« Doch Turgon war stolz geworden, und Gondolin war schön wie ein Abglanz der Elbenstadt Tirion, und selbst gegen den Rat eines Vala vertraute er noch immer auf sein Geheimnis und seine undurchdringliche Befestigung; und nach der Nirnaeth Arnoediad begehrte das Volk der Stadt nicht mehr, jemals wieder an den Sorgen der Elben und Menschen draußen beteiligt zu sein, noch durch Gefahr und Schrecken in den Westen zurückzukehren. Abgeschlossen hinter seinen weglosen und verzauberten Bergen, ließ Gondolin niemanden ein, und wäre er selbst auf der Flucht vor Morgoth gewesen; und die Nachrichten aus den Ländern draußen kamen nur selten und von weit her, und man beachtete sie wenig. Die Späher von Angband suchten Gondolin vergebens; und wo es lag, darüber gab es nur Gerüchte, und niemand konnte das Geheimnis entdecken. Maeglin sprach im Rate des Königs stets gegen Tuor, und seine Worte schienen um so schwerer zu wiegen, als sie ganz nach Turgons Herzen waren. Und zuletzt lehnte Turgon Ulmos Ansinnen ab und folgte seinem Rate nicht. Doch in der Warnung des Vala hörte er von neuem die Worte, die vor langer Zeit an der Küste von Aman gesprochen wurden, ehe die Noldor von dort schieden; und Furcht vor Verrat erwachte in Turgons Herzen. Daher ließ er zu jener Zeit sogar den Eingang zu dem Versteckten Tor in den Umzingelnden Bergen zuschütten; und hernach, solange die Stadt stand, ging niemand mehr aus Gondolin fort, ob zu friedlichem oder kriegerischem Geschäft. Nachricht kam durch Thorondor, den Herrn der Adler, vom Fall Nargothronds und später vom Tode Thingols und Diors, seines Erben, und von der Vernichtung Doriaths; doch Turgon verschloß sein Ohr vor den Leiden der Welt draußen und gelobte, nie mehr an der Seite eines Sohns von Feanor in den Krieg zu ziehen, und seinem

Volk verbot er für immer, den Sperrgürtel der Berge zu überschreiten.

Und Tuor blieb in Gondolin, denn Glück und Schönheit der Stadt und die Kenntnisse ihrer Bewohner nahmen ihn gefangen; und er wurde mächtig an Körper und Geist und vertiefte sich in die Wissenschaft der verbannten Elben. Dann wandte sich Idrils Herz ihm zu, und sein Herz wandte sich ihr zu; und Maeglins versteckter Haß wurde immer größer, denn über alles begehrte er, sie zu besitzen, die einzige Erbin des Königs von Gondolin. Doch so hoch stand Tuor in des Königs Gunst, als er sieben Jahre dort gelebt hatte, daß ihm Turgon auch die Hand seiner Tochter nicht verweigerte; denn wenn er schon Ulmos Rat nicht befolgte, so erkannte er doch, daß das Schicksal der Noldor mit dem jenes einen verknüpft war, den Ulmo gesandt hatte; und er vergaß nicht, was Huor zu ihm gesagt hatte, bevor sich das Heer von Gondolin aus der Schlacht der Ungezählten Tränen zurückzog.

Da gab es ein großes und frohes Fest, denn Tuor hatte die Herzen aller gewonnen, nur nicht Maeglins und seiner geheimen Anhänger; und so kam es zur zweiten Vereinigung zwischen Elben und Menschen.

Im Frühjahr darauf wurde in Gondolin Earendil der Halb-Elb geboren, Sohn von Tuor und Idril Celebrindal; und dies war fünfhundertunddrei Jahre nach der Ankunft der Noldor in Mittelerde. Unübertrefflich schön war Earendil, denn ein Licht war in seinem Antlitz wie das Licht des Himmels; in ihm waren die Schönheit und Weisheit der Eldar mit der Kraft und Kühnheit der alten Menschen vereinigt; und immer sprach das Meer zu seinem Ohr und Herzen, wie zu Tuor, seinem Vater.

Damals waren die Tage von Gondolin noch voll Freude und Frieden, und niemand wußte, daß das Gebiet, wo das Verborgene Königreich lag, Morgoth schon durch Húrins Schreie verraten worden war, als dieser in der Wildnis vor den Umzingelnden Bergen stand und, da er keinen Eingang finden konnte, in seiner Verzweiflung nach Turgon rief. Seither kreisten Morgoths Gedanken unablässig um das gebirgige Land zwischen dem Anach und dem Oberlauf des Sirion; dank der Wachsamkeit der Adler jedoch konnte noch kein Späher und keine Kreatur aus Angband dorthin gelangen, und Morgoth war in der Erfüllung seiner Pläne aufgehalten. Idril Celebrindal aber war gelehrt und weitblickend, und ihr ahnte Schlimmes, und Vorwissen kroch wie eine Wolke über ihren Geist. Daher ließ sie in jener Zeit einen geheimen Weg vorbereiten, einen Tunnel, der unter der Stadt bis zu einem Ausgang weit jenseits der Mauern führte, nördlich des Amon Gwareth; und sie fing es so an, daß die Arbeiten nur wenigen bekannt wurden und kein Wort davon je an Maeglins Ohr drang.

Zu einer Zeit nun, als Earendil noch ein Kind war, verschwand Maeglin. Denn, wie erzählt worden, er liebte den Bergbau und das Schürfen nach den Metallen mehr als jede andere Kunst, und er war der Meister und Führer der Elben, die fern der Stadt in den Bergen nach Metallen gruben, aus denen sie schmiedeten, wessen sie zu Krieg und Frieden bedurften. Doch oft ging Maeglin mit wenigen seiner Leute über den Sperrgürtel der Berge hinaus, und der König wußte nicht, daß sein Gebot derart mißachtet wurde; und so wollte es das Schicksal, daß Maeglin von Orks gefangen und nach Angband gebracht wurde. Maeglin war nicht schwach oder feig, doch die Qualen, die man ihm androhte, beugten seinen Geist, und er erkaufte Leben und Freiheit, indem er Morgoth die genaue Lage von Gondolin verriet und die Wege, auf denen es zu erreichen und anzugreifen war. Groß war da Morgoths Freude, und Maeglin versprach er, daß er über Gondolin als sein Vasall herrschen und Idril Celebrindal zum Besitz erhalten solle, sobald die Stadt erst genommen wäre; und gewiß erleichterten Maeglins Begehren nach Idril und sein Haß auf Tuor den Verrat, den schimpflichsten von allen, über die in den Geschichten aus den Ältesten Tagen berichtet wird. Morgoth schickte ihn jedoch nach Gondolin zurück, damit niemand den Verrat argwöhne und Maeglin den Angriff, wenn die Stunde käme, von innen unterstützen könne; und er ging weiter durch die Hallen des Königs, Lächeln im Antlitz und Unheil im Herzen, während sich das Dunkel immer dichter um Idril legte.

Endlich, in dem Jahr, als Earendil sieben Jahre alt wurde, war Morgoth bereit, und er ließ seine Balrogs und seine Orks und seine Wölfe auf Gondolin los; und mit ihnen kamen Drachen aus Glaurungs Brut, und sie waren nun zahlreich und furchtbar. Morgoths Heer kam von Norden, wo die Berge am höchsten und die Wachen am spärlichsten waren, und es kam in der Nacht vor einem Fest, als in Gondolin jedermann auf den Mauern war, um die Sonne zu erwarten und Gesänge anzustimmen, wenn sie aufginge; der nächste Tag nämlich war der große Festtag, den man als die Pforten des Sommers bezeichnete. Das rote Licht aber stieg über den Bergen im Osten auf, und niemand sah nach Norden; und so wurde dem Vordringen der Feinde kein Halt geboten, bis sie schon unter den Mauern standen und die Stadt hoffnungslos eingeschlossen war. Von den Taten verzweifelten Muts, welche die Häupter der edlen Häuser und ihre Krieger dort leisteten, nicht zuletzt Tuor, wird ausführlich im ›Fall von Gondolin‹ erzählt: wie Ecthelion von der Quelle auf dem Platz vor dem Königshause mit Gothmog, dem Fürsten der Balrogs, kämpfte und beide einander erschlugen, und wie Turgons Turm von den Männern seines Hauses verteidigt wurde, bis man den Turm umwarf. Gewaltig war sein Einsturz wie der Sturz Turgons zwischen den Trümmern.

Tuor versuchte Idril aus den Trümmern der Stadt zu retten, doch Maeglin hatte Hand an sie und Earendil gelegt; und Tuor rang mit Maeglin auf der

Stadtmauer und warf ihn hinunter, und dreimal schlug sein Leib im Fallen auf die Felswände des Amon Gwareth auf, ehe er drunten in die Flammen stürzte. Dann führten Tuor und Idril diejenigen, die sie in der Verwirrung der niederbrennenden Stadt noch zu sammeln vermochten, den geheimen Weg hinab, den Idril vorbereitet hatte; und von diesem Tunnel wußten die Hauptleute aus Angband nichts, und sie glaubten auch nicht, daß Flüchtlinge einen Weg nach Norden nehmen würden, wo die Berge am höchsten waren und Angband am nächsten. Der Qualm des Brandes und der Dampf der klaren Quellen von Gondolin, die in den Flammen der Drachen versiegten, senkte sich in traurigen Nebeln über das Tal von Tumladen; und so wurde die Flucht Tuors und seiner Gefährten begünstigt, denn sie hatten noch einen weiten und offenen Weg vom Ausgang des Tunnels bis zum Fuße der Berge zurückzulegen. Dennoch, sie kamen dorthin, und über alles Hoffen gelang ihnen der Aufstieg, in Schmerz und Elend, denn die Höhen waren kalt und schrecklich, und unter den Flüchtlingen waren viele Verwundete, Frauen und Kinder.

Dort war ein entsetzlicher Paß, Cirith Thoronath genannt, die Adlerspalte, ein schmaler Pfad, der sich im Schatten der höchsten Gipfel dahinwand, zur Rechten eine Felswand und zur Linken den entsetzlichen Abgrund der Leere. Auf diesem schmalen Weg gingen sie, als sie von Orks überfallen wurden, denn Morgoth hatte überall in den Umzingelnden

Bergen Wachen aufgestellt, und ein Balrog war unter ihnen. Furchtbar war da ihre Not, und kaum hätte sie der blonde Glorfindel durch seinen Mut gerettet, der Herr des Hauses der Goldenen Blume von Gondolin, wäre ihnen nicht Thorondor beizeiten zu Hilfe gekommen.

Der Lieder sind viele, in denen Glorfindels Kampf mit dem Balrog auf einer Felsspitze an jenem hohen Orte besungen wurde; und beide stürzten sie im Abgrund zu Tode. Die Adler aber kamen auf die Orks herniedergestoßen, die heulend flohen; und alle Orks wurden getötet oder in die Tiefe gestoßen, so daß die Nachricht von der Flucht aus Gondolin erst sehr viel später an Morgoths Ohr drang. Und Thorondor holte Glorfindels Leichnam aus dem Abgrund herauf, und sie begruben ihn unter einem Steinhügel am Rand des Passes; und grünes Gras wuchs dort, und gelbe Blumen blühten darauf inmitten der Steinwüste, bis daß die Welt geändert wurde.

So zogen die Überlebenden von Gondolin über die Berge, geführt von Tuor, Huors Sohn, und sie kamen ins Tal des Sirion hinab, und auf beschwerlichen und gefahrvollen Wegen nach Süden fliehend, gelangten sie schließlich nach Nan-tathren, ins Land der Weidenbäume, denn noch floß Ulmos Macht in dem großen Strom und beschirmte sie. Dort rasteten sie eine Zeitlang und wurden geheilt von Wunden und Müdigkeit; ihr Leid aber war nicht zu heilen. Und sie feierten ein Fest zum Gedenken an Gondolin und die Elben, die dort umgekommen waren, die Frauen und die Mädchen und die Krieger des Königs; und der Lieder waren viele, die sie für den geliebten Glorfindel sangen, unter den Weiden von Nan-tathren gegen Ende des Jahres. Dort machte Tuor ein Lied für Earendil, seinen Sohn, das von Ulmo sprach, dem Herrn der Wasser, wie er einst in Nevrast ans Ufer gekommen; und die Meeressehnsucht erwachte in seinem und in seines Sohnes Herzen. Daher gingen Idril und Tuor aus Nan-tathren fort, den Strom hinab nach Süden bis ans Meer; und dort lebten sie bei den Sirion-Häfen, und ihr Volk vereinigte sich mit der Schar von Elwing, Diors Tochter, die nur wenig früher hierher geflohen war. Und als die Meldung vom Fall Gondolins und von Turgons Tod nach Balar gelangte, wurde Ereinion Gil-galad, Fingons Sohn, zum Hohen König der Noldor in Mittelerde gekrönt.

Morgoth aber glaubte seinen Triumph vollendet, denn wenig fürchtete er Feanors Söhne und ihren Eid, der ihm nie wehgetan hatte und immer zu seinem größten Vorteil ausgeschlagen war; und er lachte in schwarzer Laune, dem einen Silmaril, den er eingebüßt hatte, nicht nachtrauernd, denn durch diesen, so glaubte er, sollten auch die letzten Spuren vom Volk der Eldar aus Mittelerde verschwinden, und alle Unruhe hätte ein Ende. Wenn er von denen bei den Sirion-Häfen wußte, so ließ er doch davon nichts merken, sondern wartete ab, daß Eid und Lüge ihr Werk täten. Aber am Sirion und am Meer wuchs aus den Nachkommen von Doriath und Gondolin ein Elbenvolk zusammen, und von Balar kamen Círdans Seeleute zu ihnen. Sie wurden heimisch auf den Wellen und erlernten den Schiffbau, sich immer nahe an den Küsten von Arvernien haltend, wo Ulmos Hand sie beschirmte.

Und es heißt, zu jener Zeit sei Ulmo aus den tiefen Wassern nach Valinor gekommen und habe dort zu den Valar von der Not der Elben gesprochen; und er rief sie auf, ihnen zu vergeben, sie vor der Übermacht Morgoths zu retten und die Silmaril zurückzuerobern, in denen allein noch das Licht der Glückseligen Tage blühte, der Tage, da die Zwei Bäume in Valinor strahlten. Manwe aber rührte sich nicht; und welche Geschichte wüßte um die Ratschlüsse seines Herzens? Die Weisen haben gesagt, noch sei die Stunde nicht gekommen gewesen; und nur einer, der in eigener Person für die Sache sowohl der Elben wie der Menschen spräche, Vergebung für ihre Missetaten und Mitleid für ihre Leiden erbittend, hätte den Sinn der Mächte zu rühren vermocht; und Feanors Eid konnte vielleicht auch Manwe nicht lösen, solange er nicht erloschen war und Feanors Söhne die Silmaril nicht freigegeben hatten, auf die sie ohne Rücksicht Anspruch erhoben. Denn das Licht, das in den Silmaril leuchtete, hatten die Valar selbst erschaffen.

In jenen Tagen fühlte Tuor, wie ihn das Alter beschlich, und immer stärker wurde in seinem Herzen die Sehnsucht nach den Weiten des Meeres. Und so baute er ein großes Schiff und nannte es Earráme, was Meeresschwinge bedeutet; und mit Idril Celebrindal fuhr er in den Sonnenuntergang nach Westen hinaus und verschwand aus den Liedern und Erzählungen. In späteren Zeiten wurde gesungen, Tuor allein unter den sterblichen Menschen sei zum älteren Geschlecht gezählt und mit den Noldor vereinigt worden, die er liebte; und sein Schicksal ist vom Schicksal der Menschen geschieden.

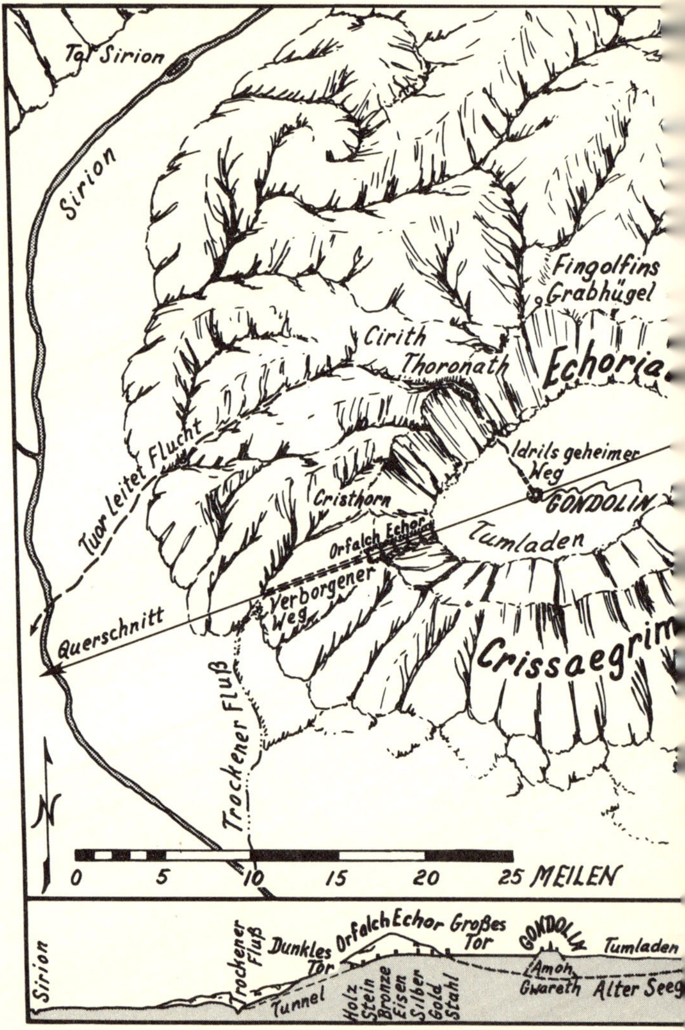

Gondolin, der Verborgene Felsen, war das Ergebnis von Turgons langen Bemühungen, eine geheime Stadt zu bauen. Ulmo offenbarte ihm die Lage des Versteckten Tales

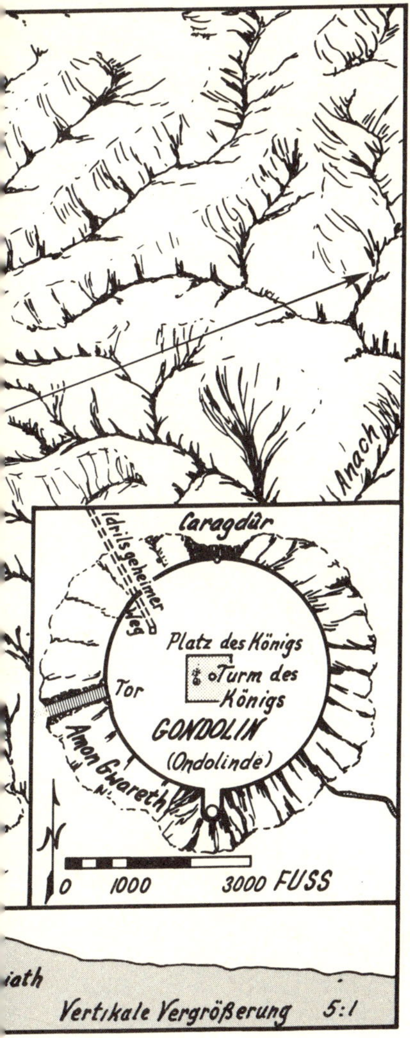

von Tumladen, und nach 52 Jahren mühevoller Arbeit war die Stadt vollendet. Die Echoriath scheinen ein gigantischer Krater und Amon Gwareth ein zweiter Kegel gewesen zu sein. Nach dem Erlöschen bildete sich ein See. Hier »waren die Valar selbst am Werk gewesen ... hatten die großen Berge auseinandergezwungen; die Seitenwände der Schlucht waren so glatt wie mit der Axt behauen« (s. S. 77). Durch diesen Spalt entleerte sich schließlich der See, und so entstanden eine flache Ebene, eine steile Schlucht, ein Tunnel und der Trockene Fluß. Als die Stadt gegen 104 in Besitz genommen wurde, nutzte man diese geographischen Besonderheiten geschickt aus. Der Verborgene Weg verlief im ehemaligen Tunnel und in dem tief eingegrabenen Bett des Flusses und wurde durch sieben bewachte Tore versperrt: aus Holz, Stein, Bronze, Eisen, Silber, Gold und Stahl. Das Dunkle (Äußere) Tor lag im Tunnel, die übrigen Tore befanden sich in der Schlucht (Orfalch Echor). Befand man sich einmal im Tal, konnte man die Stadt nur über Treppen und durch das Haupttor erreichen, denn die Berghänge waren steil, besonders im Norden, wo am Felsvorsprung von Caragdûr Eol starb.

Es ist interessant, Gondolin mit größeren Städten anderer Zeitalter zu vergleichen. Tirion war offensichtlich der Prototyp nicht nur für Gondolin, sondern auch für Armenelos auf Númenor und Minas Anor (Minas Tirith) in Gondor. Sie alle waren mauerumschlossene Bergstädte, von einem Turm gekrönt, der an einem großen Hofplatz stand, auf dem ein Baum wuchs (oder, wie im Falle Gondolins, Bilder der Zwei Bäume von Valinor enthielt). Caras Galadhon und Minas Tirith hatten überdies Springbrunnen. Gondolins ursprünglicher Name war Ondolinde, Fels der Wassermusik.

Für unsere Karte wurden eine Zeichnung von Tolkien, die ursprüngliche Karte und eine Untersuchung ähnlicher Landformen in unserer Welt herangezogen. Amon Gwareth ist als ein 400 Fuß hoher Hügel dargestellt worden. Er scheint oben abgeflacht gewesen zu sein, also wurde seine Spitze vermutlich entfernt. Der Turm des Königs hatte die gleiche Höhe, und die Turmspitze lag 800 Fuß über der Talsohle. Durch den Hügel und nach Norden bis weit unter die Ebene führend, ließ Idril als Fluchtweg einen geheimen Tunnel graben, durch den sie mit Tuor und den übrigen Gondolindrim floh, als 511, nach 400 Jahren des Friedens, Gondolin fiel.

Glossar

Aman. »Gesegnet, frei von Unheil«, das Land der Valar im äußersten Westen, oft auch als »Segensreich« bezeichnet.

Amon Gwareth. Der Hügel, auf dem Gondolin erbaut war, inmitten der Ebene von Tumladen.

Anar. Quenya-Name der Sonne.

Androth. Höhlen in den Bergen von Mithrim, wo Tuor mit den Grau-Elben und später als einsamer Geächteter wohnte.

Anfauglith. Name der Ebene von Ard-galen nach ihrer Verwüstung durch Morgoth in der Dagor Bragollach.

Angband. »Eisenkerker, Eisenhölle«, Morgoths große Höhlenfestung im Nordwesten von Mittelerde.

Angrod. Fürst der Noldor, der dritte Sohn Finarfins; in der Dagor Bragollach gefallen.

Annael. Grau-Elb aus Mithrim, Pflegevater Tuors.

Annon-in-Gelydh. »Pforte der Noldor«, Eingang zu einem unterirdischen Wasserlauf in den westlichen Bergen von Dor-lómin, nach Cirith Ninniach führend.

Aranwe. Elb aus Gondolin, Vater Voronwes.

Arda. »Das Reich«, Name der Erde als Königreich Manwes.

Aredhel. »Feine Elbin«, Schwester Turgons und Mutter Maeglins.

Arminas. Noldor-Elb, der mit Gelmir Tuor bei Annon-in-Gelydh traf und später nach Nargothrond ging, um Orodreth vor Gefahr zu warnen.

Arvernien. Küstengebiet von Mittelerde westlich der Sirion-Mündungen.

Aule. Einer der großen Valar, der Schmied und Meister der Handwerke, Gemahl Yavannas.

Balar. Die große Bucht südlich von Beleriand, in die der

Sirion mündete; zugleich die Insel in dieser Bucht, wo Círdan und Gil-galad nach der Nirnaeth Arnoediad wohnten.

Balrog. »Starker Dämon«, Sindarin-Form des Namens der Feuergeister in Morgoths Diensten.

Beleg. Ein großer Bogenschütze, Oberhaupt der Grenzwachen von Doriath, Freund und Gefährte Túrins, von dem er erschlagen wurde.

Belegaer. »Das Große Meer« des Westens, zwischen Mittelerde und Aman.

Belegost. »Große Festung«, eine der beiden Zwergenstädte in den Blauen Bergen.

Beleriand. In der Altvorderenzeit die Länder westlich der Blauen Berge.

Bragollach. Siehe *Dagor Bragollach.*

Brethil. Der Wald zwischen den Flüssen Teiglin und Sirion in Beleriand.

Brithiach. Die Furt über den Sirion nördlich des Waldes von Brethil.

Brithombar. Der nördlichste Hafen der Falas an der Küste von Beleriand.

Celegorm. Der dritte Sohn Feanors.

Círdan. »Der Schiffbauer«; Telerin-Elb, »Herr der Anfurten« der Falas; bei ihrer Zerstörung nach der Nirnaeth Arnoediad entfloh er mit Gil-galad auf die Insel Balar.

Cirith Ninniach. »Regenbogenspalte«, Name, den Tuor der Schlucht gab, die von den westlichen Bergen Dorlómins zum Fjord von Drengist führte.

Cirith Thoronath. »Adlerspalte«, ein hoher Paß durch die Berge nördlich von Gondolin, wo Glorfindel mit einem Balrog kämpfte und in den Abgrund stürzte.

Crissaegrim. Die Berggipfel südlich von Gondolin, wo die Horste Thorondors waren.

Curufin. Fünfter Sohn Feanors.

Dagor Bragollach. »Die Schlacht des Jähen Feuers« (auch einfach »die Bragollach«), die vierte der großen

Schlachten in den Kriegen von Beleriand, mit der die Belagerung von Angband beendet wurde.

Dimbar. Das Land zwischen den Flüssen Sirion und Mindeb.

Dior. »Thingols Erbe«; nach Thingol König von Doriath; Besitzer des Silmaril; von den Söhnen Feanors erschlagen.

Doriath. »Land des Zauns«, Anspielung auf den Gürtel Melians; das Königreich Thingols und Melians in den Wäldern von Neldoreth und Region, von Menegroth am Esgalduin aus regiert.

Dor-lómin. Gegend im Süden von Hithlum, das Gebiet Fingons, wurde dem Hause Hador zum Lehen gegeben; Heimat Húrins.

Drengist. Der lange Fjord, der die Ered Lómin an der Westgrenze von Hithlum durchschnitt.

Dungortheb, auch *Nan Dungortheb.* »Tal des Abscheulichen Todes«, zwischen den Hängen der Ered Gorgoroth und dem Gürtel Melians.

Earendil. Genannt »Halb-Elb«. Sohn Tuors und Idrils, Turgons Tochter; heiratete Elwing, Tochter von Dior, dem Erben Thingols; Vater von Elros.

Echoberge. Siehe *Ered Lómin.*

Echoriath. »Die Umzingelnden Berge« um die Ebene von Gondolin.

Ecthelion. Elbenfürst von Gondolin, genannt Herr der Brunnen und Hüter des Großen Tores.

Edain (Singular *Adan).* Die Menschen aus den Drei Häusern der Elbenfreunde.

Edoras. »Die Höfe«, in der Sprache der Mark Name der königlichen Stadt von Rohan am Nordrand der Ered Nimrais.

Eglarest. Der südlichste Hafen der Falas an der Küste von Beleriand.

Eldar. Die Elben der Drei Geschlechter (Vanyar, Noldor und Teleri).

Elemmakil. Elb aus Gondolin, Hauptmann der Wache des Äußeren Tores.

Elenwe. Gemahlin Turgons; kam beim Übergang über die Helcaraxe um.

Elros. Sohn Earendils und Elwings; entschied sich am Ende des Ersten Zeitalters dafür, zu den Menschen gezählt zu werden, und wurde der erste König von Númenor, genannt Tar-Minyatur.

Elwing. Tochter Diors, die mit dem Silmaril aus Doriath entkam, an den Mündungen des Sirion Earendil heiratete und mit ihm nach Aman fuhr; Mutter von Elros.

Eol. Der »Dunkel-Elb« von Nan Elmoth, Vater Maeglins.

Ered Gorgoroth. »Berge des Grauens«, nördlich von Nan Dungortheb.

Ered Lómin. »Echoberge«, bildeten die Westgrenze Hithlums.

Ered Wethrin. »Die Berge des Schattens«, »das Schattengebirge«, die große gebogene Bergkette, die Anfauglith (Ard-galen) von Westen her begrenzte und Hithlum von West-Beleriand trennte.

Ereinion. »Sprößling der Könige«, Beiname Gil-galads.

Faelivrin. Name, den Gwindor Finduilas gab.

Falas. Die Westküste Beleriands südlich von Nevrast.

Falathrim. Teleri-Elben der Falas, deren Herr Círdan war.

Feanor. Ältester Sohn Finwes, Halbbruder Fingolfins und Finarfins; Anführer der Noldor in ihrer Rebellion gegen die Valar; Schöpfer der Silmaril.

Finarfin. Dritter Sohn Finwes, der jüngere von Feanors Halbbrüdern; blieb nach der Verbannung der Noldor in Aman und herrschte über das restliche Volk in Tirion.

Finduilas. Tochter Orodreths, von Gwindor geliebt; kam bei der Eroberung von Nargothrond in Gefangenschaft, wurde von den Orks an den Teiglin-Stegen getötet.

Fingolfin. Zweiter Sohn Finwes, der ältere von den Halbbrüdern Feanors; Hoher König der Noldor in Beleriand, saß in Hithlum; von Morgoth im Zweikampf erschlagen; Vater Fingons, Turgons und Aredhels.

Fingon. Ältester Sohn Fingolfins; Hoher König der Noldor in Beleriand nach dem Tod seines Vaters; in der Nirnaeth Arnoediad von Gothmog erschlagen; Vater Gil-galads.

Finrod. Ältester Sohn Finarfins; Gründer und König von Nargothrond, wo er seinen Namen Felagund (»Höhlen-Gräber«) erhielt.

Finwe. König der Noldor in Aman; Vater Feanors, Fingolfins und Finarfins; von Morgoth in Formenos erschlagen.

Galdor. Genannt »der Lange«; Sohn von Hador Goldscheitel und nach ihm Herr von Dor-lómin; Vater Húrins und Huors; gefallen bei Eithel Sirion.

Gelmir. Noldor-Elb, der mit Arminas bei Annon-in-Gelydh mit Tuor zusammentraf und später nach Nargothrond ging, um Orodreth vor Gefahr zu warnen.

Gil-galad. »Strahlenstern«, der Name, unter dem Ereinion, Fingons Sohn, bekannt war. Nach dem Tode Turgons wurde er der letzte Hohe König der Noldor in Mittelerde und blieb nach dem Ende des Ersten Zeitalters in Lindon.

Glamhoth. Sindarin-Wort für Orks.

Glaurung. Der erste von Morgoths Drachen; beteiligt an der Dagor Bragollach, der Nirnaeth Arnoediad und der Eroberung von Nargothrond; vielfach »der Drache« genannt.

Glithui. Fluß, der von den Ered Wethrin herabfloß; Nebenfluß des Teiglin.

Glorfindel. Elb aus Gondolin, der im Kampf mit einem Balrog auf der Flucht aus der eroberten Stadt vom Cirith Thoronath herab zu Tode stürzte.

Gondolin. Die geheime Stadt König Turgons, von Morgoth zerstört. Genannt »die Verborgene Stadt«.

Gondolindrim. Die Bewohner Gondolins, genannt »das Verborgene Volk«.

Gothmog. Fürst der Balrogs, Feldherr von Angband, erschlug Feanor, Fingon und Ecthelion.

Grau-Elben. Siehe *Sindar.*

Grausamer Winter. Der Winter des Jahres 495 vom Mondaufgang an, nach dem Fall Nargothronds.

Großer Wurm. Siehe *Glaurung.*

Großes Meer. Siehe *Belegaer.*

Gwindor. Elb aus Nargothrond; in Angband versklavt, doch er entkam und half Beleg, Túrin zu retten; liebte Finduilas, Orodreths Tochter.

Hador. Genannt Goldscheitel, Herr von Dor-lómin, Vasall Fingolfins, Vater Galdors, des Vaters von Húrin; in der Dagor Bragollach bei Eithel Sirion gefallen.

Haudh-en-Ndengin. »Hügel der Erschlagenen« in der Wüste von Anfauglith, wo die Leiber der in der Nirnaeth Arnoediad gefallenen Elben und Menschen auf einen Haufen geworfen waren.

Helcaraxe. Die Meerenge zwischen Araman und Mittelerde, auch das »Malm-Eis« genannt.

Herr der Wasser. Siehe *Ulmo.*

Herren des Westens. Siehe *Valar.*

Hísime. Quenya-Name des elften Monats nach dem númenórischen Kalender, dem November entsprechend.

Hithlum. Das Gebiet, das im Osten und Süden von den Ered Wethrin und im Westen von den Ered Lómin begrenzt wurde.

Huor. Sohn Galdors von Dor-lómin, Gemahl Ríans und Vater Tuors; kam mit seinem Bruder Húrin nach Gondolin; in der Nirnaeth Arnoediad gefallen.

Húrin. Genannt Thalion, »der Standhafte«, »der Starke«; Sohn Galdors, Vater Túrins; Herr von Dor-lómin, Vasall Fingons; ging mit seinem Bruder Huor nach Gondolin; in der Nirnaeth Arnoediad von Morgoth gefangengenommen und jahrelang auf Thangorodrim festgehalten.

Idril. Genannt Celebrindal, »Silberfuß«; Tochter Turgons von Gondolin, Gemahlin Tuors, Mutter Earendils.

Ivrin. See und Wasserfälle unterhalb der Ered Wethrin, wo der Fluß Narog entsprang.

Lammoth. »Das Große Echo«, Gebiet nördlich des Fjords von Drengist zwischen den Ered Lómin und dem Meer.

Laurelin. »Goldenes Lied«, der jüngere der Zwei Bäume von Valinor, genannt »der Baum der Sonne«.

Linaewen. »Vogelsee«, großes, flaches Gewässer in Nevrast.

Lindon. Ein Name für Ossiriand im Ersten Zeitalter; später blieb der Name für die Länder westlich der Blauen Berge (Ered Lindon) in Geltung, die noch über dem Meer lagen.

Lisgardh. Riedlandschaft an den Mündungen des Sirion.

Lorgan. Oberhaupt der Ostlinge in Hithlum nach der Nirnaeth Arnoediad, von dem Tuor versklavt wurde.

Maeglin. Sohn von Eol und Aredhel, Turgons Schwester; wurde mächtig in Gondolin und verriet es an Morgoth; beim Kampf um die Stadt von Tuor getötet.

Malduin. Ein Nebenfluß des Teiglin.

Malm-Eis. Siehe *Helcaraxe.*

Mandos. In Aman der Wohnsitz des Vala, dessen eigentlicher Name Námo, der Richter, war, doch wurde dieser Name selten gebraucht, und er selbst wurde meist Mandos genannt.

Manwe. Der Höchste der Valar, genannt »der Älteste König«.

Melian. Gemahlin König Thingols in Doriath, um das sie einen Banngürtel legte.

Melkor. Der Quenya-Name des großen aufrührerischen Vala, später genannt Morgoth.

Minas Tirith. »Wachtturm«, von Finrod Felagund auf Tol Sirion erbaut.

Mithrim. Name des großen Sees im Osten von Hithlum, doch auch der Umgebung sowie der Berge im Westen, die Mithrim von Dor-lómin trennten.

Mittelerde. Die Lande östlich des Großen Meeres, genannt »die Dunklen Lande«, »die Großen Lande«.

Morgoth. Späterer Name Melkors.

Nan-tathren. »Weidental«, übersetzt als »Land der Weidenbäume«, wo der Narog in den Sirion floß.

Nargothrond. »Die große unterirdische Festung am Fluß Narog«, von Finrod Felagund begründet und von Glaurung zerstört; auch das Reich Nargothrond östlich und westlich des Narog.

Narog. Der größte Fluß in West-Beleriand, entsprang am Ivrin am Fuße der Ered Wethrin und mündete in Nan-tathren in den Sirion.

Narquelië. »Sonnen-Verblassen«, Quenya-Name des zehnten Monats nach dem númenórischen Kalender, dem Oktober entsprechend.

Nenning. Fluß in West-Beleriand, an dessen Mündung der Hafen Eglarest lag.

Nevrast. Gebiet südwestlich von Dor-lómin, wo Turgon wohnte, bevor er nach Gondolin zog.

Nirnaeth Arnoediad. Die Schlacht der »Ungezählten Tränen«, beschrieben im XX. Kapitel des ›Silmarillion‹; auch einfach »die Nirnaeth« genannt.

Noldor (Singular *Noldo*). Genannt »die Weisen«, das zweite der Drei Geschlechter der Eldar.

Núath. Wälder, die sich vom Oberlauf des Narog nach Westen erstreckten.

Númenor (Quenya-Form: *Númenóre*). »Westernis«, »Westland«, die große Insel, welche die Valar nach dem Ende des Ersten Zeitalters den Edain zum Wohnsitz gaben.

Orfalch Echor. Die große Schlucht in den Umzingelnden Bergen, durch die man nach Gondolin kam.

Orks. Kreaturen Morgoths.

Orodreth. Zweiter Sohn Finarfins; nach dem Tode Finrod Felagunds König von Nargothrond; Vater von Finduilas.

Osse. Maia des Meeres, Untertan Ulmos.

Ostlinge. Im Ersten Zeitalter Menschen, die nach der Dagor Bragollach nach Beleriand kamen, in der Nirnaeth Arnoediad auf beiden Seiten kämpften und denen danach von Morgoth Hithlum als Wohnsitz angewiesen wurde, wo sie die Überreste des Volkes von Hador unterdrückten.

Pelóri. Die Berge an der Küste von Aman.
Pforte der Noldor. Siehe *Annon-in-Gelydh.*

Quenya. Die alte, allen Elben gemeinsame Sprache in der Form, die sie in Valinor annahm; von den verbannten Noldor nach Mittelerde gebracht, doch im täglichen Gebrauch außer in Gondolin aufgegeben. Hochsprache der Noldor.

Rían. Gemahlin Huors und Mutter Tuors.

Silmaril. Die drei von Feanor vor der Vernichtung der Zwei Bäume von Valinor geschaffenen Edelsteine, welche das Licht der Bäume enthielten.
Sindar. Die Grau-Elben; der Name bezeichnete alle Elben telerischer Herkunft, welche die zurückgekehrten Noldor in Beleriand vorfanden, ausgenommen die Grün-Elben von Ossiriand.
Sindarin. Die Elbensprache von Beleriand, aus der gemeinsamen Elbensprache stammend, durch die langen Zeiten der Trennung aber gegenüber dem Quenya von Valinor stark verändert; wurde von den verbannten Noldor in Beleriand übernommen.
Sirion. »Der Große Strom«, von Norden nach Süden fließend; trennte West- und Ost-Beleriand.

Taras. Berg auf einer Landzunge vor Nevrast, zu dessen Füßen Vinyamar lag, der alte Wohnsitz Turgons.
Taras-ness. Die Landzunge, auf der sich der Berg Taras erhob.
Teiglin. Ein Nebenfluß des Sirion, entsprang in den Ered Wethrin und bildete im Süden die Grenze des Waldes von Brethil.
Teleri. Das dritte der Drei Geschlechter der Eldar.
Telperion. Der ältere der Zwei Bäume von Valinor, genannt »der Weiße Baum«.

Thangorodrim. »Berge der Tyrannei«, von Morgoth über Angband aufgetürmt; in der Großen Schlacht am Ende des Ersten Zeitalters geschleift.

Thingol. »Graumantel«, König von Doriath.

Thorondor. Herr der Adler der Crissaegrim.

Tirion. »Großer Wachtturm«, die Stadt der Elben auf dem Hügel von Túna in Aman.

Tol-in-Gaurhoth. »Insel der Werwölfe«, späterer Name von Tol Sirion.

Tol Sirion. Insel im Fluß, auf der Finrod den Turm von Minas Tirith zur Bewachung des Sirion-Passes erbaute; später Tol-in-Gaurhoth genannt.

Trockener Fluß. Das Bett des Flusses, der einst aus den Umzingelnden Bergen floß und in den Sirion mündete; bildete den Zugang zu Gondolin.

Tumladen. »Das Weite Tal«, das verborgene Tal in den Umzingelnden Bergen, in dessen Mitte die Stadt Gondolin stand.

Tuor. Sohn Huors und Ríans; er und Voronwe kamen mit Ulmos Botschaft nach Gondolin; er heiratete Turgons Tochter Idril und entging mit ihr und seinem Sohn Earendil der Vernichtung der Stadt.

Turgon. Genannt »der Verborgene König«, zweiter Sohn Fingolfins; saß in Vinyamar in Nevrast, ehe er insgeheim nach Gondolin ging, wo er bis zu seinem Tod während der Eroberung der Stadt herrschte; Vater Idrils, der Mutter Earendils.

Túrin. Sohn Húrins, Träger des Schwarzen Schwerts.

Uilos. Eine kleine weiße Blume, auch »Alfirin« und »Simbelmyne« (»Immertreu«) genannt.

Ulmo. Genannt »Herr der Wasser und König des Meeres«, einer der großen Valar.

Umzingelnde Berge. Siehe *Echoriath.*

Ungolianth. Die große Spinne, die mit Melkor die Bäume von Valinor vernichtete.

Valar (Singular *Vala*). Die herrschenden Mächte Ardas; auch »die Herren des Westens« genannt.

Valinor. Das Land der Valar in Aman.

Vinyamar. »Neues Obdach«, Turgons Sitz in Nevrast.

Voronwe. »Der Standhafte«, Elb aus Gondolin, der einzige überlebende Seefahrer von den sieben Schiffen, die nach der Nirnaeth Arnoediad in den Westen entsandt wurden; begegnete Tuor in Vinyamar und geleitete ihn nach Gondolin.

Yavanna. Eine der Valier (»Königinnen der Valar«), Gemahlin Aules.

Quellennachweis

Die Beiträge dieses Bandes sind entnommen:

›Von Tuor und seiner Ankunft in Gondolin‹ (mit Einleitung und Anmerkungen von Christopher Tolkien) aus: J. R. R. Tolkien, Nachrichten aus Mittelerde. Mit Einleitung, Kommentar, Register und Karten herausgegeben von Christopher Tolkien. Aus dem Englischen von Hans J. Schütz. Hobbit Presse/Klett-Cotta, Stuttgart 1983

›Von Tuor und dem Fall von Gondolin‹ aus: J. R. R. Tolkien, Das Silmarillion. Herausgegeben von Christopher Tolkien. Aus dem Englischen von Wolfgang Krege. Hobbit Presse/Klett-Cotta, Stuttgart 1978

Die Karten von den Ländern im Norden (S. 98), von Beleriand (S. 100) und von Gondolin einschließlich des erläuternden Textes (S. 118) sind entnommen aus: Karen Wynn Fonstad, Historischer Atlas von Mittelerde. Aus dem Amerikanischen von Hans J. Schütz. Hobbit Presse/Klett-Cotta, Stuttgart 1985

Die Geschichten des Silmarillion sind Legenden

J. R. R. Tolkien:
Das Silmarillion

Aus dem Englischen von
Wolfgang Krege
Herausgegeben von Christopher
Tolkien
386 Seiten, 1 Karte, gebunden
ISBN 3-608-93524-X

Das Silmarillion erzählt von den Ereignissen des Ersten Zeitalters – jener fernen Epoche von Mittelerde, auf welche die Helden des Herrn der Ringe immer wieder in Ehrfurcht zurückblicken. In dieser Welt, wo noch nicht alle Wege krumm sind, entwickelt sich auch die Erzählung in mächtigeren Bahnen, als wir es seither kennen. Melkor, der Meister des Verrats, raubt die Silmaril, in denen das Licht verschlossen liegt, das älter ist als Sonne und Mond; und Feanor und seine Söhne sagen ihm einen hoffnungslosen Krieg ohne Ende an.

Klett-Cotta

J. R. R. Tolkien im dtv

»Tolkien hat das Verdienst, im nüchternen 20. Jahrhundert die Welt der Drachen, Elben, Zauberer und Könige wieder transparent gemacht zu haben.«
Salzburger Nachrichten

Der kleine Hobbit

ISBN 3-423-20277-7

Bilbo Beutlin, ein Hobbit aus guter Familie und von untadeligem Ruf, wird von dem Zauberer Gandalf animiert, einer Zwergenschar bei der Rückgewinnung ihres geraubten Schatzes zu helfen ... »Die (Vor-)Geschichte zum Fantasy-Helden-Epos ›Der Herr der Ringe‹. Absolut zu empfehlen, und auch für Nicht-Fantasy-Fans sind die Abenteuer des Bilbo Beutlin in Mittelerde ein Muss!« (Berliner Morgenpost)

Feanors Fluch

ISBN 3-423-20372-2

Feanors Meisterwerk, die Silmaril, bringen Unglück über Mittelerde. Sein Fluch gegen Morgoth wird zum Ausgangspunkt jenes endlosen, bitteren Krieges in Mittelerde, den Tolkien in seinem Hauptwerk beschreibt. Die vorliegende Geschichte ist damit der Schlüsselmythos zum Kultbuch ›Der Herr der Ringe‹.

Die Geschichte der Kinder Húrins

ISBN 3-423-20459-1

Es herrscht Krieg in Mittelerde, und Húrin, der Herr von Dor-lómin, fällt seinem ärgsten Feind in die Hände – dem grausamen Morgoth.

Tuor und seine Ankunft in Gondolin

ISBN 3-423-20278-5

Aus der Sagenwelt von Mittelerde: Die abenteuerliche Geschichte des Elbenfreundes Tuor und seiner Reise in die Verborgene Stadt Gondolin.

Das Tolkien Lesebuch

ISBN 3-423-20669-1

Einblicke in die Welt von Mittelerde, Hintergründe und autobiographische Mitteilungen. – »Für Neueinsteiger und Tolkien-Anhänger.« (Rheinischer Merkur)

Farmer Giles of Ham / Bauer Giles von Ham
dtv zweisprachig

ISBN 3-423-09383-8

Herbert Rosendorfer im dtv

»Er ist der Buster Keaton der Literatur.«
Friedrich Torberg

Das Zwergenschloß und sieben andere Erzählungen
ISBN 3-423-10310-8

Vorstadt-Miniaturen
ISBN 3-423-10354-X

Briefe in die chinesische Vergangenheit
Roman
ISBN 3-423-10541-0
und dtv großdruck
ISBN 3-423-25044-5
Ein chinesischer Mandarin aus dem 10. Jahrhundert gelangt mittels Zeitmaschine in das heutige München und sieht sich mit dem völlig anderen Leben der »Ba Yan« konfrontiert ...

Königlich bayerisches Sportbrevier
ISBN 3-423-10954-8

Die Frau seines Lebens und andere Geschichten
ISBN 3-423-10987-4

Ball bei Thod
Erzählungen
ISBN 3-423-11077-5

Vier Jahreszeiten im Yrwental
ISBN 3-423-11145-3

Das Messingherz oder Die kurzen Beine der Wahrheit
Roman
ISBN 3-423-11292-1
Der Dichter Albin Kessel wird eines Tages vom Bundesnachrichtendienst angeworben. Allerdings muß er immer an Julia denken ...

Bayreuth für Anfänger
ISBN 3-423-11386-3

Der Ruinenbaumeister
Roman
ISBN 3-423-11391-X
Schutz vor dem Weltuntergang: Friedrich der Große, Don Giovanni, Faust und der Ruinenbaumeister F. Weckenbarth suchen Zuflucht.

Der Prinz von Homburg
Biographie
ISBN 3-423-11448-7
Anschaulich, amüsant und unterhaltend schreibt Rosendorfer über eine für Preußen und Deutschland wichtige Zeit.

Ballmanns Leiden oder Lehrbuch für Konkursrecht
Roman
ISBN 3-423-11486-X

Herbert Rosendorfer im dtv

Die Nacht der Amazonen
Roman
ISBN 3-423-11544-0
Ein Satyrspiel zur Apokalypse der Nazizeit.

Herkulesbad/Skaumo
ISBN 3-423-11616-1

Über das Küssen der Erde
ISBN 3-423-11649-8

Mitteilungen aus dem poetischen Chaos
ISBN 3-423-11689-7

Die Erfindung des SommerWinters
ISBN 3-423-11782-6

... ich geh zu Fuß nach Bozen und andere persönliche Geschichten
ISBN 3-423-11800-8

Die Goldenen Heiligen oder Columbus entdeckt Europa
Roman
ISBN 3-423-11967-5
Ufos landen in der Nähe von Paderborn – die Zivilisation bricht zusammen.

Der Traum des Intendanten
ISBN 3-423-12055-X

Ein Liebhaber ungerader Zahlen
Roman
ISBN 3-423-12307-9
und dtv großdruck
ISBN 3-423-25152-2

Don Ottavio erinnert sich
Unterhaltungen über die richtige Musik
ISBN 3-423-12362-1

Die große Umwendung
Neue Briefe in die chinesische Vergangenheit
Roman
ISBN 3-423-12694-9

Deutsche Geschichte
Ein Versuch
Von den Anfängen bis zum Wormser Konkordat
ISBN 3-423-12817-8

Autobiographisches
Kindheit in Kitzbühel und andere Geschichten
ISBN 3-423-12872-0

Stephanie und das vorige Leben
Roman · dtv großdruck
ISBN 3-423-25184-0

Eichkatzelried
dtv großdruck
ISBN 3-423-25195-6

T. C. Boyle im dtv

»Aus dem Leben gegriffen und trotzdem unglaublich.«
Barbara Sichtermann

World's End
Roman
ISBN 3-423-11666-8
»Ein listiges Gesellschaftsbild Amerikas.« (Die Presse, Wien)

Greasy Lake und andere Geschichten
ISBN 3-423-11771-0
»Wer den ersten Schock überwunden hat, entdeckt eine Art schwarzer Heiterkeit.« (Susanne von Paczensky)

Grün ist die Hoffnung
Roman
ISBN 3-423-11826-1
Drei schräge Typen wollen mit dem Anbau von Marihuana ans große Geld.

Wenn der Fluß voll Whisky wär
Erzählungen
ISBN 3-423-11903-9

Willkommen in Wellville
Roman
ISBN 3-423-11998-5
Michigan, 1907. Im Sanatorium des Dr. Kellogg läßt sich die Oberschicht der USA von ihren Zipperlein heilen.

Der Samurai von Savannah
Roman
ISBN 3-423-12009-6
Die tragikomische Geschichte eines japanischen Matrosen, der vor der Küste Georgias von Bord eines Frachters springt.

Tod durch Ertrinken
Erzählungen
ISBN 3-423-12329-X
Wilde, absurde Geschichten aus T. C. Boyle-Country.

América
Roman
ISBN 3-423-12519-5
Der Guerillakrieg zwischen Arm und Reich – »grell und spannend wie ein Alptraum«. (Die Zeit)

Riven Rock
Roman
ISBN 3-423-12784-8
»Eine spritzige Fahrt durch die Freuden- und Tränentäler der Begierde.« (Berliner Zeitung)

Fleischeslust
Erzählungen
ISBN 3-423-12910-7
15 skurrile Geschichten.

Giuseppe Culicchia im dtv

»Culicchia schreibt bissig, zynisch, sarkastisch, gemein, stellenweise bösartig, mit einem Wort: Klasse!«
Freie Presse

Knapp daneben
Roman
ISBN 3-423-**12616**-7

Das Leben kann ganz schön mühsam sein, wenn man wie Walter 21 ist und Techno und Markenklamotten öde findet. Wenn man keine Freundin hat und überhaupt alles ständig knapp daneben geht ... »Ein Glücksfall für fröhliche Sommerlektüre.« (Der Spiegel)

Kommt gut
Roman
ISBN 3-423-**12617**-5

Mittlerweile Zwanzig hat Walter »Karriere« gemacht. In einer Videothek. – Die neuen Leiden des jungen Walter: eine witzige Schilderung des ganz normalen Alltagswahnsinns. »Ein Wahnsinns-Rhythmus! Man liest diesen Roman wie man eine umwerfend gute Pizza verschlingt, die mit allem belegt ist, was man mag.« (Marie France)

Bla Bla Bla
Roman
ISBN 3-423-**12803**-8

Bla Bla Bla ... das ständige Geplapper seiner Freundin und die nervtötende Dauerbeschallung imEinkaufszentrum werden ihm auf einmal zuviel. Nur noch untertauchen in der Anonymität will er. Nichts leichter als das ... »Culicchia ist ein Genie.« (Mitteldeutsche Zeitung)

Mein Freund Anselm
Roman
Mit Illustrationen des Autors
ISBN 3-423-**24335**-X

Name: Anselm. Größe: 2,5 m. Gewicht: ein paar Zentner ... doch schweigen wir lieber darüber. Hobbys: Techno-Musik, Rösti backen, fernsehen. Besondere Kennzeichen: verbringt Stunden vor dem Spiegel und ist leicht zu Tränen gerührt. Wer sich dahinter verbirgt? Anselm, der Ameisenbär, ein Wesen wie du und ich, das sich tagein, tagaus dem Leben mit all seinen Höhen und Tiefen stellen muß. – Frisch und ironisch: bewegende Abenteuer des zweiten langnasigen Wesens der italienischen Literatur.

H. G. Wells,
»... der Mann, der schon gestern alles von übermorgen wußte.«

Christian Ferber, Norddeutscher Rundfunk

Die Zeitmaschine
Roman
ISBN 3-423-**12234**-X
Aus dem Englischen
von Annie Reney und
Alexandra Auer

Die ersten Menschen auf dem Mond
Roman
ISBN 3-423-**12237**-4
Aus dem Englischen von
Werner von Grünau

Tono-Bungay
Roman
ISBN 3-423-**12238**-2
Aus dem Englischen
von Grit Zoller und
Heinz von Sauter

Mr. Blettsworthy auf der Insel Rampole
Roman
ISBN 3-423-**12239**-0
Aus dem Englischen von
Helene Maria Reiff

Die Insel des Dr. Moreau
Roman
ISBN 3-423-**12264**-1
Aus dem Englischen von
Felix Paul Greve

Das Tal der Spinnen
Erzählungen
Aus dem Englischen von
Gertrud J. Klett u.a.
ISBN 3-423-**12346**-X

Das Kristall-Ei
Erzählungen
Aus dem Englischen von
Lena Neumann u.a.
ISBN 3-423-**12428**-8

Die Perlen der Liebe
Erzählungen
Aus dem Englischen
von Maria Gridling,
Gertrud J. Klett und
Lena Neumann
ISBN 3-423-**12535**-7

Wenn der Schläfer erwacht
Roman
ISBN 3-423-**20609**-8
Aus dem Englischen von
Ida Koch-Loepringen

Jostein Gaarder im dtv

»Geboren zu werden bedeutet, daß wir die ganze Welt geschenkt bekommen.«
Jostein Gaarder

Das Kartengeheimnis
ISBN 3-423-12500-4
Die Geschichte einer dreifachen Reise: einer wirklichen nach Griechenland, einer phantastischen auf eine magische Insel und einer gedanklichen in die Philosophie.

Sofies Welt
Roman über die Geschichte der Philosophie
ISBN 3-423-12555-1
Mysteriöse Briefe mit Fragen wie: »Wer bist du?« oder »Woher kommt die Welt?« landen in Sofies Briefkasten ... Ein Roman über zwei ungleiche Mädchen und einen geheimnisvollen Briefeschreiber, ein Kriminal- und Abenteuerroman des Denkens, ein geistreiches und witziges Buch, ein großes Lesevergnügen und eine Geschichte der Philosophie von den Anfängen bis zur Gegenwart. Der Roman, mit dem Gaarder Weltruhm erlangte.

Das Leben ist kurz
Vita brevis
ISBN 3-423-12711-2
Die Geschichte einer unmöglichen Liebe: zwischen Floria und dem berühmten Kirchenvater Augustinus.

Der seltene Vogel
Erzählungen
ISBN 3-423-12876-3
Zehn Erzählungen auf der Grenze zwischen Realität und Traum, Zeit und Unendlichkeit, Leben und Tod.

Durch einen Spiegel, in einem dunklen Wort
ISBN 3-423-12917-4
Ein unendlicher Kosmos tut sich der kranken Cecilie auf, als der Engel Ariel an Weihnachten mit ihr über die Wunder der Schöpfung spricht.

Maya oder Das Wunder des Lebens
Roman
ISBN 3-423-13002-4
Meeresbiologe Frank Andersen trifft auf eine Frau, die Goyas »Maya« zum Verwechseln ähnlich sieht. Eine Laune der Natur? Oder ist es möglich, daß nicht nur eine Wirklichkeit, nicht nur eine Zeit, nicht nur ein Universum existieren?

DIESES JOURNAL

GEHÖRT